文艺复兴时期

英国戏剧选 II

[英]克里斯托弗·马洛
[英]威廉·莎士比亚
[英]安东尼·芒戴
[英]托马斯·米德尔顿
[英]威廉·劳里
[英]西里尔·图纳
等著

朱世达 译

作家出版社

图书在版编目（CIP）数据

文艺复兴时期英国戏剧选 II／（英）克里斯托弗·马洛
等著；朱世达译 . －－北京：作家出版社，2021.7

ISBN 978－7－5212－1098－9

Ⅰ．①文… Ⅱ．①克… ②朱… Ⅲ．①剧本－作品集－
英国－中世纪 Ⅳ．①I561.33

中国版本图书馆 CIP 数据核字（2020）第 157214 号

文艺复兴时期英国戏剧选 II

作　　者：（英）克里斯托弗·马洛　等
译　　者：朱世达
责任编辑：赵　超　赵文文
装帧设计：卿　松
出版发行：作家出版社有限公司
社　　址：北京农展馆南里 10 号　　　　邮　　编：100125
电话传真：86－10－65067186（发行中心及邮购部）
　　　　　86－10－65004079（总编室）
E－mail: zuojia@zuojia.net.cn
http://www.zuojiachubanshe.com
印　　刷：河北鹏润印刷有限公司
成品尺寸：142×210
字　　数：380 千
印　　张：32
版　　次：2021 年 7 月第 1 版
印　　次：2021 年 7 月第 1 次印刷
ISBN 978－7－5212－1098－9
定　　价：128.00 元

目 录

前　言

　　当克里斯托弗·马洛还是剑桥大学学生时，和莎士比亚同年生的 20 岁刚出头的他创作了《跛子帖木儿大帝》（1587—1588）。这部才气超然的戏剧在伦敦公演很快获得了巨大的成功。马洛于是紧接着写了第二部。《跛子帖木儿大帝》和《西班牙悲剧》是伊丽莎白时期 80 年代最为伟大的两部诗剧。它们创作的时间都早于莎士比亚的处女作。马洛的历史诗剧宏伟的气魄，激情的气势，显然给了莎士比亚以巨大的启发。

　　马洛的戏剧是伊丽莎白时期戏剧发展史上的一块里程碑，他创造了一种新的倾向，是一位富有天才创造力的戏剧家。他是伊丽莎白时期仅次于沃尔特·雷利爵士的浪漫派诗人。在许多方面他挑战传统和现存的秩序。《跛子帖木儿大帝》第一部的开场白本身就是一个宣言，公开嘲弄了传统押韵诗剧，他要走另一条路。

　　哈佛大学比较文学系巴比特教授哈利·莱文将马洛戏剧中的人物称之为"雄心过大的人"（overreacher），这是最接近希腊词"hyperbole"的一个单词。马洛的人物，都有一个追求夸大的不切实际的雄心壮志。在他的《雄心过大的人》（*Overreacher*，1952）中，他说，克里斯托弗·马洛的主人公们，如帖木儿大帝，他想征服全世界；如浮士德，他想以知识作为权力，像马耳他岛的犹太人，他想获得无尽的财富。他说，他们"靠践行美德而获得成功，但这些美德按传统的道德观念则被认为是罪恶"。

马洛创造了跛子帖木儿大帝的悲剧形象。他自己认为他是命中注定要做伟大的事情的。"我是一位大人，我的行为将证明，/但我出身于牧羊人。"他公开宣示，"我，上帝的灾殃和愤怒，/世界唯一的惧怕和恐怖"。和亚历山大大帝一样，帖木儿大帝在征服了地球之后，还想征服天空。"锡西厄的跛子帖木儿/用乖张的令人不寒而栗的语言/威胁整个世界，/挥舞他那征服者的利剑/将一个又一个王国/覆灭在他的铁蹄之下。"这是一个雄心过大的人，一个力量与愿望相互矛盾的人。

作为锡西厄牧羊人出身的帖木儿吸引伦敦观众的一个很重要的原因就是它代表一种人文主义的思想，即人只要努力，他就可以让自己成为想成为的人。这种文艺复兴时期对权力和愿望的追求的思想具有革命性，让伦敦观众如醉如痴。但人的愿望具有建设和破坏的两重性。帖木儿破坏的一面表现在他一系列的征服上，对自己的暴力没有任何节制以及令人发指的冷酷。

披着亚洲军阀外衣的帖木儿形象实际上体现了英国当时一种帝国主义的冲动。雄心过大是英国文艺复兴时期的最本质的精神，而马洛是最能代表这种精神的一位剧作家。如莱文所言，这是一种"libido dominandi"，也就是"the will to power"（权力意志）。马洛创造了索福克勒斯式的经典悲剧英雄，并使这些英雄生活在活生生的英国文化之中，为当时的英国民众所喜闻乐见。他以异国情调和背景，英国戏剧中绵长而又富有炽烈感情色彩的独白，新的伊丽莎白时期的英语词汇震撼了伦敦观众，继而震撼了英国乃至世界的戏剧界。他开创了无韵诗剧，吸收了西班牙语、法语、荷兰语和希腊语的语汇，并将它们融入伦敦大街百姓的英语之中。

赛诺科莱特的美、温和和同情心成为帖木儿冷酷性格的一种对照，在他的生活中起了一种缓和和对冲的作用。她的死提醒了帖木

儿，他也不可能是永生的，总有一天他会像亚历山大大帝一样不可能
再征服任何王国了。死亡终于战胜了他。最终，也许是一种宿命，他
自己不得不满怀萧瑟宣布，"帖木儿，上帝的灾殃，必须得死"。《跛
子帖木儿大帝》将帖木儿不断伸张个人意志的野心戏剧化，将他作为
"一面悲剧镜子"，让人们看到这种个人奋斗所包含的讽刺性和悖论。

　　《爱德华三世》是一部全部用诗歌写成的诗剧。《爱德华三世》
被认定应包含在莎士比亚作品集中，是这三十年间在莎士比亚研
究中一件十分重要的成果。有的研究家，如埃里克·山姆士（Eric
Sams）从形象特点、语言、《圣经》和经典的引述、词汇、遣词造
句、手稿特点、对偶，与其他已知的作品特别是《亨利五世》比较
分析后，认为莎士比亚创作了全部的《爱德华三世》，应该名正言顺
地归于莎士比亚全集中。但有的研究家并不认为这部戏剧完全是莎
士比亚所作，但莎士比亚在早期（1594—1595）写了该剧的相当大
的戏份。其合作者可能是创作《西班牙悲剧》的托马斯·基德。

　　目前仅存的《爱德华三世》的四开本由卡斯伯特·博比
（Cuthbert Burby）出版于1596年和1599年。1595年，在《出版物
登记册》登记。该书的第一版封面写有"该剧在伦敦已演出许多
次"，但没有作者的署名。作品不署名是当时的一种习惯，如《泰特
斯·安德洛尼克斯》和《理查三世》在出版时也都是不署名的。

　　研究表明，第一部四开本是基于一部权威的草稿，而此草稿是
由不同的剧作家创作的一个组合。在伊丽莎白时期，大部分为公共
剧场创作的剧作是几位剧作家合作的结果。1596年出版的《爱德华
三世》版本似乎是一个在一位或几位合作的剧作家的创作的基础上
最后的定稿。根据写作习惯判断，这最后的定稿人不是莎士比亚。
但在这初稿中塞了来自不同的剧作家的几页稿纸。根据语言风格和
艺术水平，大部分莎士比亚批评家认为，第一幕第二场、第二幕和
第四幕第四场毫无疑问应该是莎士比亚创作的。在第四幕第四场中，

出现同哈姆雷特有异曲同工之妙的关于死亡的沉思。同时，根据诗剧的语言和想象力的气势，根据拼写习惯，也可以断定第二幕伯爵夫人那场精彩的占全剧三分之一的戏应该是莎士比亚的手笔。第一点理由是"immured"拼写成"emured"，这种拼法只能在"爱的徒劳"第三幕第一场和第四幕第三场中找到。同时，在1609年出版的《特洛伊罗斯与克瑞西达》的四开本和在对开本中，特定词"emures（walls）"用作名词。这是莎士比亚特别的拼写法。另一点是该剧的第一个四开本中"Cannot"一律大写，这种习惯人们在《托马斯·莫尔爵士》中也有发现，而《托马斯·莫尔爵士》包含这一拼写习惯的那一部分正是"作者D"的部分，而作者D很大程度上被证明是莎士比亚。

《爱德华三世》自1599年出版后一直没有再版。在弗兰西斯·梅尔（Francis Meres）的《智慧宝库》（*Palladis Tamia*，1598）中，列举莎士比亚早期戏剧创作的作品名单中没有《爱德华三世》。在第一部对开本（1623）以及整个17世纪的对开本中都没有出现。其原因在很大程度上是1598年出现的对歧视苏格兰的抗议，在剧本中有贬低苏格兰和苏格兰人的言论。苏格兰国王詹姆斯在1603年成了英格兰的国王，反苏格兰的戏剧更不可能得到公开的宣示。直至1760年，爱德华·卡佩尔（Edward Capell）出版现代英语拼写的《爱德华三世》，并坚持认为该剧是莎士比亚的创作。时隔一百多年后，约翰·潘恩·考利尔（John Payne Collier）出版了《爱德华三世：威廉·莎士比亚的历史剧》，用他的话说，"以期甄别莎士比亚对该剧的著作权"。1875年，德国学者亚历山大·提特根（Alexander Teetgen）出版了一本小册子，署名为"一本愤懑的小书：竟然将《爱德华三世》荒唐地毁谤性地列为'可疑的戏剧'"。他把他的发现寄给桂冠诗人丁尼生，丁尼生回信说，"毫无疑问很大一部分是莎士比亚的创作。感谢你给了我一次很好的欣赏机会"。

哈罗德·梅兹（Harold Metz）在对大量赞成或反对的意见做了

研究之后，认为"根据对这部戏剧的结构、措辞和形象创作的特点的分析，应该认为莎士比亚的贡献不仅在这四个部分，还在于其他部分。也许认为整个戏剧是莎士比亚所作仍存有疑问，但也不能断然否认"。艾略特·斯莱特尔（Eliot Slater）对该剧作了详细的统计学上的分析（1981），其结果佐证了梅兹的研究。他将上述那四部分列为"A 部分"，其他部分列为"B 部分"。他认为，"B 部分"也许写于他更早一些的岁月，而"A 部分"则写于较为晚些时候。两部分都是他的创作，只是写于不同时期而已。

根据莎士比亚对集体创作的《爱德华三世》的贡献的广度和质量，莎士比亚研究专家吉奥吉奥·梅尔乔里（Georgio Melchiori）认为，此剧应该和《泰尔亲王配力克里斯》、早期的《亨利六世·上》以及《亨利八世》一样，归于莎士比亚的创作系列之中。剑桥大学出版社于 1998 年作为新莎士比亚系列出版《爱德华三世》，1999 年再版。加里·泰勒（Gary Taylor）在为牛津大学莎士比亚全集所写的《莎士比亚：一个文本研究》（*William Shakespeare: A Textual Companion*）中说，"在所有还没有收入莎士比亚全集的戏剧作品中，《爱德华三世》是最接近可能被收入全集中的作品"。2005 年，牛津莎士比亚全集第二版时收入了《爱德华三世》。最早出版《爱德华三世》的是耶鲁大学出版社（1996），由埃里克·山姆士编辑。随后河畔莎士比亚全集也收入了《爱德华三世》。阿登（Arden）莎士比亚全集和牛津莎士比亚系列也计划出版作为莎士比亚作品的《爱德华三世》。

《托马斯·莫尔爵士》是一部描述欧洲早期空想社会主义学说的创始人、《乌托邦》作者托马斯·莫尔爵士的戏剧。据考证，它应该成书于 16 世纪 80 年代至 1603 年之间。它围绕莫尔的擢升、成就和坠落展开剧情，在相互自然衔接的和谐的五幕结构中将他一生中的几个生动的逸事传闻片段——他以智慧和雄辩帮助平定 1517 年的伦敦五月骚乱，他拒绝在亨利八世《至尊法案》上签字，他与荷兰学者伊拉斯谟的交往，他最终被送上绞刑架——串联起来，表现了莫尔作为公众人物和作为私密的个人之间的统一与和谐。作品并没有刻意追求戏剧轰动效应，叙事是平和的，但情节在莫尔的辉煌而并不挪揄的机趣中展开，他拥有无穷的智慧，但从不居高临下，傲视大众。它不同于《哈姆雷特》和《西班牙悲剧》，是一种新型的悲剧，标志着一个现代人物模型的出现——他的英雄业绩并不在于他对公共事务的献身，而在于他丰富的内心世界。

《托马斯·莫尔爵士》中的主人公是伊丽莎白时期戏剧中最复杂的角色之一，只有《西班牙悲剧》中的西埃洛尼莫，《马耳他岛的犹太人》中的巴拉巴斯和《理查三世》中的理查三世可以与之相比。它从多视角描述了莫尔作为殉道者的无处不在的诙谐、深厚的学养、高贵而宽厚的品德和视死如归的牺牲精神。这部作品被认为是英国伊丽莎白时期写得最好的里程碑式的传记戏剧。作者是安东尼·芒戴（Anthony Munday），一个激烈的反教皇的人，同时正如伊丽莎白时期许多戏剧作品一样，还包括亨利·切特尔（Henry Chettle）、托马斯·戴克尔（Thomas Dekker）等合作者，在数位改稿者中还有威廉·莎士比亚。戏剧原稿三页增稿中保留了迄今为止莎士比亚唯一存世的手迹。要是没有莎士比亚的参与，这部戏剧也许就湮没于历史的尘埃里了。

一般研究者都认为，莎士比亚在那三页底稿中增写了第二幕第三场，五月骚乱的那段戏，以及很可能第三幕第一场中莫尔的那段独白。研究者对于莫尔那段独白的判断是基于对莎士比亚风格、遣词造句的习惯而做出的。

莎士比亚的同代人托马斯·米德尔顿的一生横跨了英国历史上戏剧最为繁荣、最为多产、最为精彩的时期，他是继莎士比亚之后一位杰出的、才华横溢的诗人和剧作家。托马斯·米德尔顿和莎士比亚一样,是英国文艺复兴时期在悲剧和喜剧的创作中取得同等成就的多产戏剧家。这在任何国家和任何语言中都是非常少见的。他在悲剧、悲喜剧、历史剧和喜剧四个方面都获得仅次于莎士比亚的成就。这位"我们的另一位莎士比亚"创作的戏剧和诗歌涵盖性、贫穷、疾病、腐败、宗教虚伪和宗派仇恨。当代英国戏剧家爱德华·邦德认为,托马斯·米德尔顿是"莎士比亚之后最伟大的剧作家"。他和莎士比亚合作创作了《雅典的泰门》,在莎士比亚死后,应莎士比亚剧团之邀改写了《麦克白》和《一报还一报》。他删去了《麦克白》原稿的百分之二十五。由此可见他在英国文艺复兴时期后伊丽莎白戏剧中独一无二的地位。

T.S.艾略特对其评价道,他是一个"伟大的毫不恐惧、毫不自作多情、毫不偏见的人性的观察家"。美国莎士比亚研究专家萨缪尔·肖恩伯姆也说,"除米德尔顿以外,还没有人能将动作与对话、人物与主题如此和谐、如此有力地糅合在一起"。

《娘儿们小心娘儿们》是他一生最重要的两个悲剧之一。它成书的时间十分不确定。一般研究者认为成书于1612—1627年,更为精确的话,可能在1621—1624年。图书商汉姆弗莱·莫斯利(Humphrey Mosley)于1653年9月9日在同业公会注册登记。他于1657年出版了这部剧本,剧本的封面写有托马斯·米德尔顿,其为唯一作者。

托马斯·米德尔顿极其善于描写讽刺戏剧,《娘儿们小心娘儿们》反映了他一贯的揶揄甚至是冷嘲热讽的风格。它描写自我毁灭和暴力,对性心理有深刻的洞察力,毫不留情地揭示了金钱、淫欲和权力对人的行为的影响,讽刺了基于权力、谎言、强奸和欺骗的性。严厉的家长制是这部剧作批判的主要目标。他笔下的人物几乎都是家长制的产物。利维亚是一个复杂的人物。她思维自由,但仍然受到家长制的制约,作为人们羡慕的富寡妇深陷于家长制结构的牢笼之中。碧安莎不顾任何的阶级偏见,舍弃了财富和商务代理人利安肖私奔，成为一个男人的占有物。利安肖把这看成是一种偷窃行为，一种"购买"。到后来，碧安莎干脆觉得既然必须成为一个男人的占有物，她还不如成为一个有钱有势的人物的占有物，从通奸很快就滑向了故意谋杀。而利安肖从对妻子的浪漫中摆脱出来之后，便不自觉地陷入了家长制的观念之中。其实在公爵之前他就强奸了碧安莎。

伊莎贝拉自从听说她与希珀里托没有血缘关系便安然地陷进了通奸之中。伊莎贝拉作为"宝物""财产""首饰"，如一匹售卖的名贵母马，成为卡狄阿诺和法勃里肖之间进行财务谈判的筹码。米德尔顿揭示了在资本主义处于萌芽状态的欧洲，爱情不过是资本的附属物，女人只是性商品，所有女人作为性商品都屈从于资本，这在文艺复兴时期是具有相当进步的意义的。正如伊莎贝拉在剧中所言，"女人做出选择，/ 也不过是买来奴役罢了"。她还说，"男人购买奴隶，而女人购买主人"。对男人细加省视的伊莎贝拉，追求尊敬、财富、名望和权力的碧安莎，甚至皮条客和谋杀者利维亚都逃不出这个窠臼；无视阶级差别的爱情不过是一种幻想而已。同时，剧本通过碧安莎作为一个女人对主教大人的气势磅礴的指责，令人叹为观止，表达了文艺复兴时期对人的关怀。

剧本《娘儿们小心娘儿们》所讨论的话题也是现代人在探讨的问题，所以它具有一定的现代性，让现代人有一种亲和感。

《假傻瓜蛋》被认为是英国文艺复兴詹姆斯一世时期戏剧中杰出的作品之一，也是米德尔顿一生创作的戏剧作品中最优秀的悲剧作品之一。T. S. 艾略特在《散文选》中说，"《假傻瓜蛋》是它所处的时代除莎士比亚的悲剧之外最伟大的悲剧"。该剧由托马斯·米德尔顿和威廉·劳里合著，由汉姆弗莱·莫斯利于1653年出版。根据研究，威廉·劳里撰写了第一幕第一场和第二场，第三幕第三场，第四幕第二场第一至第16行，第四幕第三场和第五幕第三场，托马斯·米德尔顿则撰写了其他部分。

　　《假傻瓜蛋》是一出表现愚蠢和疯狂的戏剧。剧名所包含的内容是多方面的，它不仅指称安东尼奥，也指称所有"善于变异"的人，指称他们是一群傻瓜蛋。所以，剧中的人物都处于一种变异的状态之中。安东尼奥和弗朗西斯科斯在追求爱的过程中完成了"变异"。阿尔塞美罗、比阿特丽斯－乔阿娜和德弗罗在追逐各自的爱的过程中也"变异"了。

　　剧本是一个关于淫欲、谋杀和通奸的悲剧，揭示了罪恶的人性所造成的叛卖，原罪导向了撒旦式的"坠落"。整个剧本，不管其喜剧部分还是悲剧部分，都充斥了虚假，为了满足淫欲，安东尼奥装扮成一个傻瓜蛋，而为了同样的目的，弗朗西斯科斯假装疯子，而管理疯人院的洛里奥是另一类的"傻瓜蛋"，他同样为情欲所操控，淋漓尽致地表露出他的"疯狂"的一面。

　　阿里比乌斯的疯人院实际上是外面世界疯狂、愚蠢和不道德的一个缩影。剧本生动地塑造了比阿特丽斯－乔阿娜和德弗罗两个人物，批评家认为这是塑造得非常成功的两个人物形象。比阿特丽斯－乔阿娜从一个虔诚的、循规蹈矩的女人而演变为一个拥有邪恶灵魂的女人，她具有一个情人的两面，一方面，对于阿尔塞美罗来说，她是一个理想的情人；另一方面，对于德弗罗来说，是一个堕落的女人。她最终为她的情人所杀。她的"坠落"以激情开始，也因"激情"而毁灭。

　　剧本的一些精彩的对话和独白使它在英国戏剧文学中占有重要的地位，如托马佐的一段哈姆雷特式的独白，表现了詹姆斯一世时期典型的忧郁，对生活失去了兴味，对所有的人和人的动机都抱有怀疑。在描述比阿特丽斯－乔阿娜和德弗罗两个人物的戏中也表现了它非凡的艺术魅力。

　　《假傻瓜蛋》剧本沿悲剧主线和喜剧副线展开主题，副线对主线起了极其重要的辅助性的讽刺作用，创造了一个喜剧性的调包床戏，和莎士比亚的《一报还一报》非常相似，但《一报还一报》的床戏以原谅、宽恕结束，而《假傻瓜蛋》却以死亡告终。促成《假傻瓜蛋》戏剧性的主要力量就是虚假、变异和男性的力，其结局必然是死亡。

托马斯·米德尔顿的《齐普赛街上的贞女》于 1613 年为露天的天鹅剧场而创作，于 1630 年发表，是詹姆斯一世时代，或者广义地说，伊丽莎白时期最伟大、最典型的喜剧之一。

喜剧的剧名本身就是一个讽刺。齐普赛街是伦敦最繁华的商业闹市之一，街上充斥妓院和妓女。在这样的地方怎么会有贞女呢？

在英国文艺复兴时期追求人道主义和个人价值的大背景下，它描述了人们在追求性、金钱、权力和信仰上帝过程中的命运。在这部城市喜剧中，他着重描述了性和金钱在伦敦城市生活中的作用。金钱比幸福和荣誉更重要，最令人羡慕和值得追求的商品莫过于性和社会地位。米德尔顿笔下的人物不再是帝王将相，而是普通的市民，他们很可能就是我们的朋友或者邻居。剧本穿插写了四个家庭的故事，金钱和婚姻发生了冲突，有为了家庭的开支和运转宁可将妻子让与骑士做情妇生子的，有夫妇一门心思要将孩子嫁与有钱和名望的丈夫或娶一个富有的继承人，有夫妇为了避免生子太多陷于贫穷而分居的，有夫妇盼望生子以防家族财产流转他人的。

T.S. 艾略特曾经说过，"米德尔顿是一位伟大的人性的观察者，不带任何恐惧，不带任何感伤，不带任何偏见"。他的戏剧中充满了富有生命力的噱头和辛辣的讽刺，戏剧的情景富有感染力，在他的笔下，虚构的戏剧人物变成了活生生的生活中的人物，具有强大的戏剧感染效果。因此，有的批评家称他为现实主义戏剧家。

西里尔·图纳著的《不信上帝的人的悲剧》（又名《老实人的悲剧》）发表于 1611 年。它摆脱了伊丽莎白时期悲剧的窠臼，与其说是一部悲剧，还不如说是一部反悲剧（anti-revenge play）。在这部戏剧中，复仇不是作为改正不公正世界的一种手段，复仇的必要性一直处于一种似是而非的幻想的状态。戏剧揭示的欧洲现存社会秩序的危险不是来自统治者和被统治者之间的冲突，而是来自一个家族内部在封建关系处于崩溃、新的资产阶级处于萌芽生长时期的对峙。

达姆威尔的攫取性反映了16世纪和17世纪初欧洲新兴的资产阶级的企业家敛财本性。具有讽刺意味的是，他是一个"不信上帝的人"，并不是说他不信仰基督教，他只是将一个真实的上帝——金子，取代了一个虚幻的上帝。在伊丽莎白时代的英语中，atheist的意思是"一个拒绝所有道德的人"。金子就是他的道德。他甚至认为金子还能在身体里激发起新的生命。

请看他对金子情不自禁的赞美：

> 这金子的清音
> 才是抒情的曲调儿，
> 就好像天使的天籁，
> 听来让周身畅怀。……
> 这些黄金灿烂的星光
> 才决定人的命运和未来。

作为新兴的资产阶级的代表，为了追求世俗的快乐和幸福，即使死亡，他也愿意立刻沉溺于寻欢作乐之中，在甜蜜和放纵中走向死亡。他将荣誉置于资本投资之上。他相信他储存在子嗣身上的生命将永远活着。他的信条就是在经济上给予他们的生命以更多的福祉。他希望所有的人都失败，那他的财富就可以增加，"别人的痛苦，跟我无关痛痒"。一方面他策划谋杀了哥哥，谎称侄子查勒蒙在战场战死，从而攫取了哥哥家业的继承权。另一方面，他通过让长子与富有的继承人卡斯特贝拉结婚，使他的家族门楣生光，使其社会和经济地位再次大大擢升，给后代留下一份殷实的产业。"这足以让一颗诚实的灵魂，梦想成为一个歹徒。"在实行了自以为得意的阴谋诡计之后，"心灵的宁静"终于成了他的一个心理大问题，他感到罪孽的可怕，像一个欲求不满的好色之徒，羞于被世人瞧见，但罪孽却跟他面面相觑，"那咄咄逼人的眼神仿佛要我偿命"。这个不相信上帝的人终于相信自然终究是一个傻瓜，在自然之上肯定还有控制她的力量，他成了他自己的最坏的敌人。他用自己的手对自己的罪孽实施复仇，在断头台上用斧头向自己的脑袋砍去。

在文艺复兴时期，人性得到了解放。曾经的伯爵查勒蒙在贵族头衔被褫夺的情况下，认为自己却成了一个国王，丧失了一片领地，成了"一个小小的人的世界的皇帝"。同时，在那时的欧洲社会中，我们可以看到人与人之间的关系已经成为金钱关系。即使像老实人查勒蒙那样迷恋战争的高贵的人，在言谈之间已经不乏金钱的影子了。他向叔叔借钱，要留下借条。同样，查勒蒙请求朗格博照顾他的情人，说他将像借高利贷一样，租借朗格博的友谊，酬谢不会少，进账将大大超出投入。

在另一条戏剧冲突线索中，由于人的发现和人的精神的解放，人们追求世俗的快乐，性关系也发生了变化，人们从中世纪严酷的禁欲主义中解放出来，不仅认为"幸福在人间"，甚至认为淫欲是活泼生命的象征。最为突出和典型的就是莱维杜尔西亚，她公开宣称她心中充斥了淫荡的欲火！一个富有男子气概的人让她的血管里的血沸腾起来。她甚至"想跟任何我遇见的男人交欢"。

戏剧家在丑角般的蜡烛匠朗格博这个卡尔文教派牧师身上体现了他对神性的批判，揭露了宗教的虚伪，甚至说出了"离教堂越近，离上帝越远"这样的话。达姆威尔这个注重物质的歹徒在摒弃旧的习俗方面与虚伪的新教牧师蜡烛匠朗格博找到了共同的语言，沆瀣一气。这正是当时伦敦现实生活的写照。披着新教外衣的朗格博似乎知道死后从宗教那儿能得到什么好处，将他的宗教信仰和他的生活比较一下，人们就可以发现，它们是如此相悖，仿佛他的所有说教就是要世界避开罪恶，而他自己却无恶不作。

　　《文艺复兴时期英国戏剧选》现在要出第二辑了，这是我2013年最初动笔翻译英国戏剧时没有料到的。当初当听到《西班牙悲剧》中可能包含莎士比亚的创作时，我处于极大的兴奋之中。我设法买到了牛津版的《西班牙悲剧》，便开始在家中翻译起来。谁知这一发而不可收，继而又翻译了其他诸篇，直至现在的《跛子帖木儿大帝》。当时这纯然是为了乐趣，也不知是否有可能出版。狄更斯在说到他自己的创作时说，"可以说天意和机遇都让我成为一名作家，我也就满怀信心地从事这个职业了"。我觉得我也遇到了这种"天意和机遇"。说来几乎令人不可相信。出版社要出版我在20世纪90年代初翻译的多斯·帕索斯的书。但编辑找不到我。他从中国作家协会创联部得到一个地址，寄了一份挂号信去。但实际上，我已不住在那儿了。物业给我孩子打了电话，说有一封挂号信。我径直从昌平坐车到朝阳区去取了信。根据电话，我给这位编辑打了电话，他喜出望外，我们联系上了。在第一次电话中，我就给他提到了我正在翻译的文艺复兴时期的英国戏剧作品。他顿时非常兴奋，"很激动"，嗣后他给我来了电子邮件，说他们准备出版。这样令人不可思议的一件事就这样拍板敲定了，犹如一叶在大海上漂泊无定的小舟，刹那间看到了陆地和港湾。古人说索解者难觅，然而有时索解者就在不经意中出现了。

　　吴兴华先生（译著《亨利四世》）和卞之琳先生（译著《哈姆雷特》）曾经不谋而合地试验过"顿""拍"的"音步说"。这一说是对闻一多先生的"音尺说"和孙大雨先生的"音组说"的一种发展，一种承袭。也就是"照我们现代汉语的说话的客观规律，最普通以二三音节为一顿，在白话诗行里成一拍"，每行诗一般保持四到五拍。关注的是语言气流自由的抑扬顿挫和通晓，而不拘泥于外在的形式。正如孙大雨先生所说，他们"在生硬和油滑之间刈除了丛莽，辟出一条平坦的大道"。这对后来者是有很大的启示的。

　　在翻译英国诗剧的探索中，留下了各家的足印，孰褒孰贬，任由读者评说了。

跛子帖木儿大帝①（第一部）

克里斯托弗·马洛 著

① 根据 Doctor Faustus and Other Plays，Christopher Marlowe，Oxford University Press，2008 译出。

戏剧人物

迈赛特斯，波斯国王

考斯洛，波斯国王的弟弟

米安德，波斯国大臣

特力达马斯，波斯国大臣

奥提吉乌斯，波斯国大臣

塞纽斯，波斯国大臣

梅那丰，波斯国大臣

跛子帖木儿，锡西厄①牧羊人

赛诺科莱特，埃及苏丹的女儿

特切尔斯，帖木儿追随者

乌苏木卡萨纳，帖木儿追随者

马格纳特斯，米堤亚大臣

阿吉达斯，米堤亚大臣

大臣们

士兵们

一细作

一使臣

巴耶塞特，土耳其皇帝

非斯国王

---

① 锡西厄指古代欧洲东南部以黑海北岸为中心的一地区。

摩洛哥国王

阿尔及尔国王

显贵大人数人

阿尼帕，赛诺科莱特的侍女

查碧娜，巴耶塞特的妻子

伊比亚，她的侍女

埃及苏丹

卡坡林，一位埃及人

两位摩尔人

阿拉伯半岛国王

大马士革总督

公民们

四位处女

侍者们

费勒摩斯，信使

大臣们

士兵们

细作

使臣

开场白

我们将把你们
从时下押韵诗剧的打油诗
和靠小丑逗乐卖座的场景，
引领到庄严的战争幕帐之前，
在那儿，
你们将听到，
锡西厄的跛子帖木儿
用乖张的令人不寒而栗的语言
威胁整个世界，
挥舞他那征服者的利剑
将一个又一个王国
覆灭在他的铁蹄之下。
请在这悲剧的镜子中瞧一瞧他，
然后随你的兴致，
为他的命运而兴叹吧。

第一幕

第一场

迈赛特斯、考斯洛、米安德、特力达马斯、奥提吉乌
斯、塞纽斯、梅那丰等人上

迈赛特斯　考斯洛兄弟，我发现我很忧虑，
但我无法表述出来，
因为这需要一篇
华丽而令人震撼的演讲。
好兄弟，跟我的臣相们解说一番
我忧虑的原因，
我知道你比我更有智慧。

考斯洛　不幸的波斯呀，
在以往的时代，
曾是所向披靡的征服者的家园，
以它那圆滑和策略，
战败了非洲，
把国界延伸到欧洲的疆域，
那冰天雪地
太阳都不敢露脸的地方——
而如今这个统治者，

在月亮和土星会合时出生，
主神朱庇特、太阳神和墨丘利
都不屑给他
愚钝的头脑赐以智慧！
现在，土耳其人和鞑靼人
都把剑头指向了你，
他们要并吞你的疆土呀。

迈赛特斯　兄弟，我了然明白你的隐喻，
我看得出来，
你引述星象之说想说明
我当国王不够英明。
可以请我的臣相们
对我评一评，
他们对我的智慧最为了解，
是最好的见证人。
就你说的话，
我完全可以命令把你杀了。
米安德，我可不可以呀？

米安德　陛下，不能就此小错而妄为。

迈赛特斯　啊，我没有这个意思，
但我知道我可以做到。
让他活着，是的，活着吧，
迈赛特斯要让他活着。
米安德，我忠诚的师爷，
说出我心中忧虑的原因吧，
上帝知道，那个跛子帖木儿，
就像丰收时刻的狐狸，
抢劫我路途上的行人，
甚至还想拔我皇冠上的羽毛。
所以英明善断非常必要。

米安德　我常听见陛下抱怨
　　　　跛子帖木儿，
　　　　那个强壮的锡西厄盗贼，
　　　　抢劫把生意做到英国的
　　　　波斯波利斯商人，
　　　　在您的领域中，
　　　　他的不法之徒
　　　　每天都在犯无法无天的罪行，
　　　　他们迷了心窍，
　　　　妄图征服亚细亚
　　　　用原始的兵器
　　　　痴想成为东方的君王。
　　　　然而，还没等他们驰骋亚细亚，
　　　　把游牧民的破旗打到波斯，
　　　　陛下已经敕令特力达马斯
　　　　率领千乘铁骑
　　　　去把他捉拿到陛下的宝座之前。

迈赛特斯　你讲得太实在了，就像你本人，贤臣，
　　　　你的爱，堪称为莫逆之爱①。
　　　　如果你们众臣同意，
　　　　那最好立即就派遣千骑
　　　　去捉拿那锡西厄小子。
　　　　你们觉得怎么样，贤臣们？
　　　　难道这还不够一个君王
　　　　所下的决心吗？

考斯洛　这是无从选择的事，
　　　　因为这出于陛下的主意。

迈赛特斯　那就听清我给你的命令，勇敢的特力达马斯，

---

① 原文为达蒙，古罗马神话中的西西里人，与皮西厄斯是生死之交。

> 迈赛特斯军队最主要的将帅，
> 波斯的希望和支柱，
> 这支柱支撑着我们的国家，
> 让我们像人一样挺胸站着吧，
> 击败对我们怀有敌意的邻居：
> 你将统率这支千乘铁骑，
> 怀着无穷的仇恨
> 和对敌人的蔑视，
> 定然要叫那狡猾的帖木儿去死。
> 皱着眉头而别，
> 含着微笑而归，
> 就像帕里斯爵士带回那希腊美女[①]。
> 快快回来！时间消逝得太快。
> 生命太脆弱，
> 说不定我们可能今天就死。

特力达马斯　请别怀疑，我的高贵的君王大人，
在圆月重现其光华之前，
帖木儿和鞑靼贼寇，
要么在我们的铁拳下灭亡，
要么跪在陛下的脚下请求宽恕。

迈赛特斯　去吧，勇武的特力达马斯，
你的话就是利剑，
凭你威严的容貌，
就可以制服敌人。
我期望你凯旋，
到那时，我可以
看到这惊绝的一幕：
在雪白的马背上，
驮着被宰杀的人头，

---

① 指海伦。

马儿的脚踝，甚至马蹄上，
都沾染了鲜血。

特力达马斯　陛下，我谦卑地告辞了。

　　　　　　特力达马斯下

迈赛特斯　特力达马斯，一千个再见！
啊，梅那丰，
当人们为了名誉争先恐后，
你为什么却龟缩在一边？
去吧，梅那丰，到锡西厄去，
去步步紧跟特力达马斯吧。

考斯洛　不，请你让他待着吧；
一项比和贼寇作战
更伟大的使命才适合他。
任命他为亚述国总督吧，
他更能赢得巴比伦人的心，
巴比伦人要反叛波斯政府，
除非波斯拥有一个
比你更英明的国王。

迈赛特斯　"除非波斯拥有一个
比你更英明的国王！"
这是他的原话，米安德。记录下来。

考斯洛　还可以加上，所有亚细亚人
都不屑看到他们国王的蠢行。

迈赛特斯　好啊，我在王座上——

考斯洛　你还不如吻你的屁股吧。

迈赛特斯　——这王座装饰着丝绸，
国家荣耀的象征——
发誓要对这些轻蔑的话语复仇。

哦，世上还有义务和臣服吗？
难道都扔到里海和大海里去了吗？
我该怎么称呼你呢，兄弟吗？
不，什么兄弟，你只是一个敌人，
自然的魔鬼，家族的耻辱，
竟然敢于利用王权
来嘲弄我。
米安德，来。有人耻笑我了。
除了考斯洛和梅那丰，众下

梅那丰　我的大人，真叫人惊讶不已，
听见国王这么发威恫吓，
感觉怎么样？

考斯洛　啊，梅那丰，我不怕恫吓。
波斯的王侯贵卿
和米堤亚卫戍区长官们
已经谋划要立我
为亚细亚皇帝。
我们的邻国，
曾经一听说波斯国王的名字
就要发抖，
现在却坐在一旁，
讪笑我们的政权，
这令我内心万分苦恼；
遥远的赤道边上的人们，
将船只装满从波斯
掠夺去的金银宝石，
成群结队驶往东印度，
这叫我灵魂痛苦得流泪不止。

梅那丰　这应该叫殿下兴奋不已，
命运给了你机会，

> 你可以通过治理这病夫帝国
> 去夺取征服者的光环。
> 非洲和欧罗巴与你土地接界，
> 和你统治的疆域相邻。
> 你可以轻而易举派遣
> 一支强大的军队前往希腊，
> 就像居鲁士大帝①曾经做的那样，
> 迫使他们撤军回国，
> 生怕您损伤基督教世界的尊严！

响起喇叭声

考斯洛　梅那丰，这喇叭号角是什么意思？

梅那丰　瞧，我的大人，奥提吉乌斯等人
　　　　拿来皇冠要立你为帝了。

奥提吉乌斯和塞纽斯拿着一顶皇冠上，其他人随后

奥提吉乌斯　荣耀而英武的考斯洛亲王，
　　　　　我们，以波斯和其他邦国
　　　　　和这君主国百姓的名义，
　　　　　将皇冠奉献与您。

塞纽斯　好斗的士兵和绅士
　　　　充斥波斯波利斯，
　　　　在战场俘获的非洲军官，
　　　　赎金让他们穿上金衣，
　　　　耳朵上挂坠着首饰，
　　　　高耸的帽子上镶嵌着
　　　　熠熠发光的宝石，
　　　　他们在城墙之内游手好闲，
　　　　给养匮乏，军纪涣散，
　　　　很可能会发生哗变，

---

① 居鲁士大帝（前599—前530），波斯阿契美尼德王朝开国君主。

公开与国王叫板。
为了阻止兵变，
我们立殿下为帝；
士兵们会比马其顿人
击败大流士①和他富有的部队
大捞了一笔
还要充满喜悦之情。

考斯洛　　眼看波斯在哥哥的治下
　　　　　萎靡不振，
　　　　　我愿接受这顶皇冠，
　　　　　发誓戴着它为国祚而奋斗，
　　　　　尽管有人会因此而恶语中伤。

奥提吉乌斯　（给考斯洛加冕）为了确保达到期望的目的，
　　　　　我们在这里给您加冕，
　　　　　立您为东方的君王，
　　　　　亚细亚和波斯的皇帝，
　　　　　米堤亚和亚美尼亚君主，
　　　　　亚述国和阿尔巴尼亚，
　　　　　美索不达米亚和帕提亚，
　　　　　东印度和最近发现的岛屿的大公，
　　　　　黑海和汹涌的里海地区的君王。
　　　　　考斯洛，威震四方的皇帝万岁！

考斯洛　　但愿朱庇特主神赐我以生命
　　　　　足够报答你们的爱，
　　　　　引导给我以荣耀的士兵们
　　　　　去征服诸多的省份！
　　　　　依靠他们战斗的意志，
　　　　　我从来就没有怀疑过，

---

① 指大流士三世。

　　　　　　我不久将成为唯一的国王，

　　　　　　我们将很快和特力达马斯部队联系，

　　　　　　我的大人们，

　　　　　　我们定然能击败我哥的部队。

奥提吉乌斯　　在我们拿上皇冠，

　　　　　　在离你令人鄙视的哥哥的寝宫

　　　　　　这么近的地方给你行加冕典礼，

　　　　　　我们就明白，我的大人，

　　　　　　公侯贵爵们不会反应过激，

　　　　　　而败坏你称帝的礼仪。

　　　　　　如果他们暴跳如雷，

　　　　　　我们也已准备了千乘快马

　　　　　　将你从这里拉走，

　　　　　　尽管他们布置了许多探子。

考斯洛　　　我知道，我的大人，感谢你们所有的人。

奥提吉乌斯　吹起喇叭来。上帝保佑国王！

　　　　　　（响起喇叭声）众下

第二场

　　　　　　帖木儿引导赛诺科莱特上；特切尔斯、乌苏木卡萨纳
　　　　　　和其他大人（包括马格纳特斯和阿吉达斯）以及怀抱
　　　　　　珍珠宝贝的士兵上

帖木儿　　　来，女士，别让这使你受到惊吓。

　　　　　　我们所拿的首饰和财宝

　　　　　　将存放起来，

　　　　　　你如果来到的是叙利亚，

　　　　　　那比你现在的处境要糟多了，

即使你父亲，强大的埃及苏丹护卫着你。

赛诺科莱特　啊，牧羊人，可怜可怜我的困境吧，

你看上去这么阴险，

请不要掠夺一个无助的少女，

私饱你追随者的中囊；

我和这些米堤亚大臣

从米堤亚结伴前往孟菲斯，

米堤亚是我叔叔管治的王国，

我在那儿长大成人；

我携带着他亲签的盖有玉玺的通行证，

路经了强大的土耳其军队地区，

请让我们安全到非洲去吧。

马格纳特斯　我们来到锡西厄，

不仅带给强大的鞑靼王丰富的礼品，

而且还拥有陛下的信函，

救命在我们遇到危难时给予帮助。

帖木儿　但你们看，

一个更加伟大的人

视这些信函为废纸一张，

通过我的地盘，

你们必须有我这个大王的信函，

如果你们想使你们的财宝安全。

既然我是一个自由自在、

放浪不羁的人，

在我的地盘，

你们可以轻而易举当上苏丹王，

犹如你们可以从我的地盘

得到任何战利品一样；

战利品壮大了我的国力，

辖下的人口和王国增多

> 使我的地盘变得更大，
> 我一定要使我的生活
> 不再受任何人奴役。
> 告诉我，女士，阁下订婚了吗？

赛诺科莱特　订婚了，我的大人——敬请您像大人一样行事和说话。

帖木儿　我是一位大人，我的行为将证明，
　　　　但我出身于牧羊人。
　　　　女士，如此娇媚的容貌，
　　　　如此国色天香，
　　　　只适合一个征服亚细亚的人，
　　　　这人对于世界而言是恐怖，
　　　　他管辖的帝国
　　　　横跨东方和西方，
　　　　就像太阳神①统辖的疆域一样。
　　　　牧羊人的衣衫
　　　　我不再屑于穿在身上，
　　　　把它们扔在这儿吧！
　　　　这全套的铠甲和战斧
　　　　才适合帖木儿。
　　　　女士，不管你怎么评价这次邂逅，
　　　　不管你丧失了什么无价之宝，
　　　　你都会成为东方的皇后；
　　　　而这些看上去傻乎乎的乡巴佬
　　　　将率领一支强大的部队远征，
　　　　他们的步伐足以叫山峦颤抖，
　　　　犹如地心的一股气流，
　　　　呼啸着往外奔涌而出，
　　　　叫大地也要裂开一个口子。

---

① 希腊神话中的太阳神阿波罗。

特切尔斯　帖木儿穿着一身铠甲，
　　　　　就像英武的狮子
　　　　　从地上飞腾而起，
　　　　　伸出它的利爪，
　　　　　把群兽吓得魂不附体。
　　　　　我仿佛看见
　　　　　国王们跪在他的面前，
　　　　　他皱着眉头，眼睛里冒着怒火，
　　　　　一脚把囚徒脑袋上的王冠踢掉。

乌苏木卡萨纳　他把你和我，特切尔斯，立为国王，
　　　　　我们誓死跟随帖木儿。

帖木儿　多么高贵的决心，
　　　　亲爱的朋友们和随从们。
　　　　这些贵爵公卿
　　　　也许心中蔑视我，
　　　　以为我在说无聊的疯话；
　　　　我要把一个个帝国
　　　　挑在长矛尖上，
　　　　我的心思随着白云翱翔，
　　　　他们根本看不起我，
　　　　以为这只是在做白日梦。
　　　　他们不得不勉为其难，
　　　　直到亲见我成为皇帝。

赛诺科莱特　你迫害可怜的举目无亲的路人，
　　　　　众神，无辜者的守护神，
　　　　　也不会让你的宏愿得逞。
　　　　　因此，至少给我们以自由，
　　　　　尽管你想当上亚细亚皇帝。

阿吉达斯　我希望女士的和我们的金银财宝

　　　　　　可以充作我们自由的赎金。
　　　　　　把骡子和卸空的骆驼还给我们吧，
　　　　　　这样我们可以前往叙利亚，
　　　　　　她订婚的情人阿契达姆斯老爷
　　　　　　正等待与公主殿下相会。

马格纳特斯　不管我们到哪儿，
　　　　　　我们都会说帖木儿的好话。

　　帖木儿　赛诺科莱特不屑和我住在一起？
　　　　　　你们，我的大人们，
　　　　　　不屑跟随我吗？
　　　　　　难道你们以为
　　　　　　我更看重这些财宝，
　　　　　　而不是你们吗？
　　　　　　印度有钱人手中所有的金子
　　　　　　都买不来我手下一个士兵。
　　　　　　赛诺科莱特，
　　　　　　比朱庇特的情人还要可爱，
　　　　　　比罗多彼山的银子还要鲜亮，
　　　　　　比锡西厄最白的雪峰还要妖娆，
　　　　　　你，我的美人儿呀，
　　　　　　对于帖木儿，
　　　　　　你比波斯的王冠还要宝贵，
　　　　　　这顶王冠，
　　　　　　在我出生的时候，
　　　　　　天上的星辰就已经答应了我。
　　　　　　有一百个鞑靼人将侍候你，
　　　　　　他们骑着宝马
　　　　　　比双翼神马还要快；
　　　　　　你的华服将用
　　　　　　米堤亚的丝绸来制作，

镶嵌上我的珠宝，
它们比赛诺科莱特的首饰
更加华美，更有价值。
雪白的雄鹿拖曳着象牙雪橇，
带你穿越结冰的湖泊，
翻越冰冻的峰巅，
你的婀娜让冰雪瞬间融化。
我的战利品，
在拥有五十条支流的伏尔加河
捕获的五百个俘虏，
我全部奉献给赛诺科莱特，
还包括我自己
拜倒在妩媚的赛诺科莱特
石榴裙之下呀。

特切尔斯　（对帖木儿）怎么啦？爱上了？

帖木儿　特切尔斯，对女人必须甜言奉承。
这个女人我爱上了。

一名士兵上

士兵　新闻，新闻！

帖木儿　啊，怎么回事？

士兵　波斯王派遣来攻击我们的
一千骑兵已经逼近。

帖木儿　怎么样，埃及的大臣们和赛诺科莱特？
你们可以要回珍珠宝贝了。
而战胜的我将要被击败。
你们怎么说，贵爵们，
难道这不就是你们所期望的吗？

阿吉达斯　我们希望您自愿归还我们。

帖木儿　这一千个骑兵不也像你们一样
　　　　怀着这样的希望、这样的命运吗？
　　　　轻声点儿，大人们和赛诺科莱特，
　　　　在你们离开之前，
　　　　你们不得不和我分开。
　　　　一千骑兵！而我们才五百步兵！
　　　　这阵容差距未免太大了。
　　　　但是，他们富有吗？他们的铠甲好吗？

　　士兵　他们插着羽毛的头盔
　　　　由纯金打成，
　　　　剑把涂以瓷釉，
　　　　脖子上挂着沉甸甸的金项链，
　　　　一直落垂到腰间，
　　　　所有这一切都说明
　　　　他们十分勇敢，十分富有。

帖木儿　是奋勇和他们一搏，
　　　　还是期待我作一次鼓动的演讲？

特切尔斯　不。只有胆小鬼和畏怯的逃兵，
　　　　在敌人逼近时需要鼓动。
　　　　我们的利剑就是最好的雄辩家。

乌苏木卡萨纳　来，让我们埋伏在山巅，
　　　　用突袭和猛然的呐喊，
　　　　叫他们的战马惊吓得滚下山去。

特切尔斯　来，让我们齐步前进。

帖木儿　等一等，特切尔斯，先试着谈一谈。
　　　　帖木儿士兵上
　　　　把包裹打开，
　　　　卫兵保护好这些财宝；
　　　　把金条放在看得见的地方，

让它们的闪闪金光

叫波斯人惊骇不已。

士兵摆上金条

他们来时，

我们要摆出一副友好的姿态；

如果他们骂骂咧咧或者动武，

在我们丧失金条之前，

五百人要像一个人那样战斗。

举起利剑对准那将军，

要么割开他贪婪的喉咙，

要么把他生擒，

用他的项链做捆绑他的手铐，

直到送来赎金让他回家。

特切尔斯　我听见他们来了。我们要去对付他们吗？

帖木儿　站在原位，不要动弹。

我去冒最大的风险。

特力达马斯等人上

特力达马斯　锡西厄的跛子帖木儿在哪儿？

帖木儿　你找谁，波斯佬？我就是帖木儿。

特力达马斯　（旁白）帖木儿？一个锡西厄牧羊人，

身上却弥漫如此傲然之气，

穿的盔甲又是如此高贵？

那容貌能叫上天发抖

能和众神叫板；

那火辣的眼睛紧盯在大地上，

仿佛在筹划什么战略，

要把地狱黝黑的天顶一拳砸开，

从冥府把那三头狗提拎出来。

帖木儿　（对特切尔斯）如果从外表能看到内心，

这波斯佬看上去既高贵又儒雅。

特切尔斯 （对帖木儿）深沉的爱使他充满激情。

帖木儿 （对特切尔斯）他以怎样威严而尊贵的眼神
在审视这周围的世界。
（对特力达马斯）在你身上，波斯的勇士，
我看到了你们君王的愚蠢。
你眉宇间镌刻着福星，
就凭你军人刀削的脸庞
和强健的体魄，
当一支庞大军队的首领
绰绰有余，
而你现在仅仅只是千骑之长？
抛弃你们的国王，
参加到我这儿来吧，
我们将征服全世界。
我用铁链牢牢地缚住命运女神，
用手随意转动着命运之轮，
帖木儿被杀或者被击败，
太阳便马上会坠落西沉。
把你的剑从剑鞘拔出来，
你这气吞山河的战士，
如果你胆敢碰我一下毫毛，
朱庇特就会从天际伸出手来，
挡住这锋利的刀口，
让我安然无恙。
瞧，他是怎么雨滴般
给我们扔下金子，
仿佛他要给我的士兵发军饷！
他指着金条
我定然会成为东方的君王，

他给我送来了苏丹的女儿，
富有而又勇敢，
当我的妻子，丰腴而美丽的皇后。
你如果留下，名闻遐迩的勇士，
你的千骑归附于我，
你将分享这批埃及的战利品，
你的一千匹征马将驮满
从征服的王国和城市劫掠的财宝。
我们将一起漫步于断崖绝壁之上，
基督徒商人乘着俄罗斯木船，
在里海激起层层惊涛骇浪，
向我们，这湖的君王，脱帽致礼。
我们两人将作为总督统治大地，
强大的国王们只是我们的随从。
朱庇特有时会穿上牧羊人的衣衫，
沿着这些台阶步步走上天空，
但愿我们成为不朽，
就像众神。
加入到这卑贱的队伍中来吧，
（我说卑贱，因为
我们还默默无闻，
不为遥远的国家所知）
当我的大名和声誉，
像北风之神长上翅膀
吹遍大地，
像牧夫星发出那快乐的光
照遍世界，
你就将成为我的竞争者，
和帖木儿一起分享他的荣耀。

特力达马斯　甚至赫耳墨斯，众神的发言人，也做不了这么动人的劝说。

帖木儿　你将发现阿波罗的神喻
　　　　也没有我的夸耀真诚而实在。

特切尔斯　我们是他的朋友，
　　　　如果波斯国王用公爵国
　　　　和我们目前的状况交换，
　　　　我们也认为那并不划算，
　　　　因为我们相信我们的这位朋友
　　　　命定能把那些公爵国拿过来。

乌苏木卡萨纳　其实按我们的战略，
　　　　夺取王国排在最后，
　　　　征服的声誉才最重要，
　　　　让国王们匍匐在
　　　　我们征服的利剑之下，
　　　　让众多的士兵一脸惊讶站着，
　　　　恐惧地道出，
　　　　"啊，这些人值得全世界敬佩。"

特力达马斯　是什么强烈的魅力
　　　　在诱使我灵魂倒戈？
　　　　锡西厄人①能如此断然而高贵吗？
　　　　难道我要背叛我的国王吗？

帖木儿　不，你只是帖木儿可信赖的朋友。

特力达马斯　完全被你的话语慑服，
　　　　被你的容貌征服了。
　　　　我将自己、士兵、军马交给你，
　　　　只要特力达马斯活着，
　　　　誓与你同生死，共患难。

_____

① 欧洲东南部黑海北岸地区的人。

帖木儿　　特力达马斯，我的朋友，
　　　　　请握上我的手，
　　　　　仿佛我对天发誓，
　　　　　请众神见证我的盟誓。
　　　　　我的心和你相连，
　　　　　直到我们的肉体融入自然，
　　　　　我们的灵魂坐上天上的王位。
　　　　　特切尔斯和卡萨纳，欢迎他。

特切尔斯　尊敬的波斯人，欢迎加入我们的队伍！

乌苏木卡萨纳　但愿特力达马斯永远和我们在一起！

帖木儿　　这些是我的朋友，
　　　　　波斯国王为他的王冠而窃喜，
　　　　　而我为我的朋友们欣喜若狂。
　　　　　就像帕勒蒂斯和俄瑞斯忒斯的莫逆[①]，
　　　　　——我们在锡西厄膜拜他们的塑像——
　　　　　在我立你为亚细亚王国的国王之前，
　　　　　你和他们将永远不要离开我。
　　　　　好好使用他们吧，和蔼的特力达马斯，
　　　　　除了死，他们将永远不会背离你。

特力达马斯　不管是你还是他们，高贵的帖木儿，
　　　　　都可以期待我充溢着欢乐的心，
　　　　　为你们的荣誉和安全而战。

帖木儿　　万分感谢，尊敬的特力达马斯，
　　　　　现在，美丽的女士，我的高贵的大人们，
　　　　　如果你们情愿和我在一起，
　　　　　你们将得到与你们才能相匹配的荣誉——
　　　　　否则你们就只能去当奴隶。

----

① 希腊神话中莫逆之交的典型。

阿吉达斯　我们归附于您，幸运的帖木儿。

帖木儿　而您，女士，我毫不怀疑
　　　　您已经决定了。

赛诺科莱特　我不得不逢场作戏。可怜的赛诺科莱特！
　　　　众下

第二幕

第一场

考斯洛、梅那丰、奥提吉乌斯、塞纽斯和士兵上

考斯洛　我们快靠近特力达马斯
　　　　和勇敢的帖木儿了吗？
　　　　帖木儿，这誉满四方的勇士，
　　　　在他的前额上
　　　　镌刻着名声和奇迹的星辰。
　　　　告诉我，梅那丰，你遇见过他，
　　　　他身高是多少，什么脾性？

梅那丰　他身材高大，腰板挺拔，
　　　　跟他的野心一样不断飙升，
　　　　完全是当帝王的材料；
　　　　他的四肢如此硕大
　　　　关节如此坚强，
　　　　宽阔的双肩仿佛就是为了承受
　　　　老大力神的重担。
　　　　在男子汉的铁肩之间
　　　　长着一颗比全世界
　　　　还要有价值的脑袋，

那天斧雕琢的神奇的脸庞上
有一对深邃的眼睛，
那火一般燃烧的眼球
囊括着星辰运行的天空，
引导着他步步迈向王座，
荣耀的君王正端坐在那王座上；
那苍白的脸庞洋溢着激情，
对统治的渴望，对金戈铁马的热爱。
高耸的眉毛一皱
那必然意味着死亡，
一舒展开来，
那就意味着善意和生命。
一头琥珀色卷发，
就像英武的阿喀琉斯，
天风在他的头发上嬉戏，
发丝任意而庄严地跳舞。
手臂和手指颀长而发达，
勇敢和过剩精力的象征；
身上所有部位都显示，
这个人，帖木儿，
会叫世界匍匐于他的脚下。

考斯洛　你生动描述了
这个奇迹般人物的容貌和性格。
自然的禀赋，命运和星辰
使他完美的才华闻名遐迩，
他的美德也显示
他成了自己命运的主人，
人的君王，
在如此险要的时刻，
他以自己的勇敢和行为

成功劝说了

一千名誓死要击败他的敌人。

当我们的兵力结合在一起，

与我哥的部队剑头对剑头，

并在近距离开上火，

要是没能刺中他的命门，

把他杀死，

那才算他幸运。

高贵的波斯王冠

沉甸甸压在他那疲惫不堪

又无智慧的脑袋上，

总有一天会像成熟的果子

在死命的摇曳下坠落下来。

在美丽的波斯，

高贵的帖木儿

将是我的摄政王，

并仍然是君王。

奥提吉乌斯　在一个幸运的时刻，

我们将王冠加冕在您高贵的头上，

您为了我们的荣耀，

寻求与一个上天授命的人联合，

以使每一步都获得奇迹般的效果。

塞纽斯　一个从牧羊人群中出生的人，

一个为了卑微的好处，

就敢于犯错和蔑视暴政，

反对君王以维护自己自由的人，

这样一个人，

如果得到一位国王的鼎力支持，

带来一群大臣贵爵，

并塞给他金银财宝，

以满足他的私欲，

什么干不出来呢？

考斯洛　这些人和物将侍候尊贵的帖木儿。

我们的兵力将达四万之众，

帖木儿和勇猛的特力达马斯

在阿拉里斯河岸与我们一会合，

我们的力量就结合在了一起，

去对付那愚蠢的国王，

那些不愿打仗的士兵装备很差，

这时正在附近开往帕提亚，

他要对我和帖木儿报复。——

亲爱的梅那丰，引领我直接去找帖木儿吧。

梅那丰　遵命，大人。

众下

第二场

迈赛特斯、米安德，以及其他大人和士兵上

迈赛特斯　来，我的米安德，让我们讨论一下这事儿。

老实告诉你，对这贼寇跛子帖木儿，

和我那叛卖的兄弟，虚伪的考斯洛，

我心中充满了愤怒。

一千骑兵被人拿走，

一个国王就这么被人嘲弄，

他能不痛苦吗？

更可恶的是，这么一个可鄙的恶鬼，

还算是亲兄弟，

竟然觊觎他的王冠。

我想，他肯定会很痛苦。

我要对天发誓，

在黎明女神往窗外探望前，

我就要考斯洛的脑袋，

用剑头一下子戳死傲慢的帖木儿。

你往下讲吧，米安德。我说完了。

米安德　我们已经通过了亚美尼亚沙漠，

正在乔治亚山脚下安营扎寨，

山头上麇集鞑靼强盗，

他们打埋伏抢劫路人，

除了跟他们干一仗，

把这些令人厌恶的强盗除去，

我们还能干什么呢？

再说，如果让他们再逍遥法外，

他们就会得到新的给养，

会重新恢复元气。

这个国家充斥无法无天的人，

他们靠抢劫财宝为生，

这正是狡猾的帖木儿最好的兵源。

他用礼品和承诺诱使

率千骑之众的他归顺，

让虚伪的他背叛自己的国王，

这样一个人能很快

赢得跟他一丘之貉的人的心。

所以，快乐起来；

准备打仗吧。

谁能捕获或者杀死帖木儿，

敕命他当阿尔巴尼亚总督。

谁能拿来叛徒特力达马斯的头颅，

让他当米堤亚的头儿，

让他保持他抢掠来的

金银财宝和手下的士兵。
倘若考斯洛
（正如探子和我们所知）
跟帖木儿串通一气，
那就给殿下一条活路，宽大处理吧。

一细作或探子上

探子　我手下在一片开阔的平原
　　　搜索的一百骑士发现
　　　锡西厄士兵，
　　　他们飞报其阵容
　　　大大超过国王士兵。

米安德　即使他们人数大大超过，
　　　　但缺乏军纪，
　　　　所有的丘八都奔着财宝而来，
　　　　把劫掠金银看得比胜利更重要，
　　　　正如在大地种下毒龙的齿
　　　　却冒出一批兄弟来相互残杀①，
　　　　他们肆无忌惮的利剑
　　　　刺穿同伴的喉咙，
　　　　而我们则坐享其成凯旋。

迈赛特斯　亲爱的米安德，告诉我，
　　　　　真有龙齿冒出来的兄弟残杀吗？

米安德　这是诗人说的，我的大人。

迈赛特斯　诗人只是美丽的玩偶而已。
　　　　　得了，得了，米安德，
　　　　　你博览群书，
　　　　　拥有你，我就心定了。

---

① 希腊神话，腓尼基王子卡德摩斯，曾杀巨龙，埋其齿，结果长出一批武士来，相互
　残杀。

说下去吧，我的大人，

对部队说你的训词吧，

你的智慧将使我们成为征服者。

米安德　高贵的兵士们，

伏击这些贼兵，

他们的阵营已经大乱，

如果金银财宝可以蛊惑他们，

那就让骆驼驮上金子，

普通的士兵将金子

往四面八方乱扔，

卑贱的鞑靼人四处乱窜去捡，

你们，为了荣誉而不是为了金子，

挥刀去杀死这些贪婪的奴才；

当四散的敌军被制服，

你们踏着他们的尸体前进，

你们仍然可以得到

他们为之丧命的金子，

在波斯过得像一个贵人。

敲起鼓来，勇猛向前！

命运之神就端坐在我们的头上。

迈赛特斯　他说的是实话，我的士兵们，

鼓手，米安德已经下令

为什么还不敲鼓？

众下

第三场

考斯洛、帖木儿、特力达马斯、特切尔斯、乌苏木卡

萨纳、奥提吉乌斯等人上

考斯洛　尊贵的帖木儿，我在你注定的命运中
　　　　寄存着我所有的希望。
　　　　老兄，你认为我们的行动
　　　　会有什么结果？
　　　　即使有神谕启示，
　　　　我还是乐意听一听你的想法①。

帖木儿　别存有哪怕一点儿怀疑，我的大人，
　　　　命运和天谕已经一再声言，
　　　　帖木儿的行动是帝皇之兆，
　　　　和他合作的人将得到祝福。
　　　　请对此不要有任何怀疑，
　　　　如果你赞成我，
　　　　容许我的命运和勇敢
　　　　指挥你的部队，
　　　　那在这世界上，
　　　　在我的战旗下，
　　　　将陡然增加一大群兵士，
　　　　据传说，薛西斯一世②部队之众
　　　　能把米堤亚大河阿拉里斯喝干，
　　　　但与我们相比，只是一小撮而已。
　　　　我们的长矛在空中挥舞，
　　　　炮火像主神可怕的霹雳，
　　　　裹卷着火焰和浓烟，
　　　　对众神的威胁
　　　　比独眼巨龙对泰坦的震慑
　　　　还要厉害；
　　　　我们拿着金光闪闪的兵器行军，
　　　　追逐天上的星星，

① 原文为 doom，在此意为意见、想法，稍微含有讽刺的意味。
② 薛西斯一世（前 519 ？—前 465），波斯国王。

让站着赞赏我们兵器的人们
因为金光灿灿而眯上眼睛。

特力达马斯 （对考斯洛）您瞧，我的大人，
他能吟诵多么动人的诗句。
当您看到他的行动
竟然兑现他说的话，
您就不得不说话留神，
而去赞扬他的伟大，
这样看来，
我将我可怜的部队归附于他，
也就应该得到表彰和原谅。
他两位闻名遐迩的朋友，我的大人，
会让人充溢感动
而想保持与他们交往的情谊。

特切尔斯 我们以义务和情谊的名义，
臣服于高贵的考斯洛脚下。

考斯洛 我把这臣服看成我王权
不可分割的一部分。
乌苏木卡萨纳和特切尔斯，
当守护拉姆努斯金门的复仇女神
让所有幸运的士兵和武器通过，
那就意味着把我
立为亚细亚唯一的皇帝，
对你们英勇的报酬
也会随着荣誉和官阶
升级而飙升。

帖木儿 考斯洛，那就赶快当国王吧，
我，我的朋友们和士兵们，
都将成就期望已久的命运。

你的国王哥哥近在咫尺。
和这傻瓜去对阵一番，
除掉你高贵的肩膀上的重负，
这重负重重地压在
里海的沙滩和巉岩上。

　　　　一使臣上

使臣　我的大人，我们发现敌人
　　　聚集大批军队准备来犯。

考斯洛　来，帖木儿，
　　　磨一下你长着翅膀的利剑，
　　　举起你高贵的手臂，
　　　直往云霄伸去，
　　　它将抓到波斯的冠冕，
　　　把它安然戴在我胜利者的头上。

帖木儿　（挥舞剑）瞧一瞧这利器，这最锋利的战斧，
　　　它一直在波斯的部队中大砍大杀。
　　　瞧这些短剑的手把，
　　　这些翅膀将使利剑飞舞，
　　　犹如闪电和天风，
　　　在它们横扫的路上
　　　一切都得死亡。

考斯洛　这些话语更坚定了我胜利的信心。
　　　去吧，勇士，
　　　站在队伍的最前列，
　　　向那愚蠢的国王
　　　弱不禁风的队伍开战。

帖木儿　乌苏木卡萨纳和特切尔斯，来。
　　　我们有足够的兵力制服敌人，
　　　绰绰有余立一个皇帝。

　　　　众下

第四场

士兵上，前往战场，下，迈赛特斯手中拿着王冠独自
上场，想把它藏起来

迈赛特斯　最初发明战争的家伙真该死！
　　　　　他们不知道，啊，他们不知道，
　　　　　那些纯朴的人
　　　　　是怎样被猛烈的炮火击中呀，
　　　　　他们站着摇摇欲坠，
　　　　　犹如颤抖的白杨树叶，
　　　　　对狂暴的北风之神充满恐惧。
　　　　　要是自然没有赋予我智慧，
　　　　　我该处于怎样可悲的境地呀！
　　　　　国王是人们瞄准的箭靶，
　　　　　王冠就是箭靶的中心，
　　　　　人们都想把它刺穿。
　　　　　因此，我想把它藏匿起来
　　　　　倒是一条极好的对策——
　　　　　一个极好的方略，
　　　　　任何傻瓜都想不出来的法子。
　　　　　这样，人们就认不出我来，
　　　　　即使认出来，
　　　　　他们也不可能从我那儿拿走王冠。
　　　　　我就把它藏在
　　　　　这么一个简单的小洞里。（他藏王冠）
　　　　　帖木儿上

　帖木儿　怎么，胆小鬼，当邦君们都在疆场奋战，
　　　　　你却从幕帐里溜出来了？

迈赛特斯　你胡说。

帖木儿　那你敢于当着我的面来挑战吗？

迈赛特斯　滚开，我是国王。滚，别碰我。
你破坏了战争的规矩，
除非你跪下，对我高喊
"饶恕我，高贵的国王！"

帖木儿　你是波斯有智慧的国王吗？

迈赛特斯　是的，天啊，我是的。
你对我有什么诉求吗？

帖木儿　我只要求你说三个富有智慧的字。

迈赛特斯　当我觉得时机合适，我当然能。

帖木儿　（发现王冠）这是你的王冠吗？

迈赛特斯　是的。你还见过比这更美的吗？

帖木儿　你不会卖掉它吧，是吗？

迈赛特斯　你再说一次，我就要处决你。来，把王冠还给我。

帖木儿　不。我获得它了。

迈赛特斯　你在胡说。我把它给你的。

帖木儿　那就是我的了。

迈赛特斯　不，我是说我让你拿着它。

帖木儿　得了，我会还给你的。
还王冠
暂时拿去吧。我把它借给你，
直到我看到你被兵士围困。
那时，我将从你的脑袋上把它取下来。
你不是强大的帖木儿的对手。
帖木儿下

迈赛特斯　哦，神明啊，这就是跛子帖木儿那贼吗？

　　　　　我还真纳闷他竟然没有偷走王冠。

　　　　　响起开战的喇叭声，他奔着下

第五场

（戴着王冠的）考斯洛、帖木儿、特力达马斯、梅那丰、米安德、奥提吉乌斯、特切尔斯、乌苏木卡萨纳等人上

帖木儿　（给考斯洛迈赛特斯的王冠）请收下，考斯洛，戴上两顶皇冠吧。

　　　　就当作你已被帖木儿

　　　　强大的手立为帝，

　　　　仿佛众多的邦王

　　　　用最隆重的礼节

　　　　给你加冕为帝。

考斯洛　我也这么想，威震四海的武士，

　　　　除了你帖木儿，

　　　　没有人配保有这顶王冠。

　　　　我敕命你为波斯的摄政王，

　　　　我军队的主帅。

　　　　米安德，你曾引领过我哥，

　　　　在他所有的行动中

　　　　你是最主要的师爷，

　　　　现在他已被打败，

　　　　我们感谢你归顺，

　　　　宽恕你，并在我们的事务中

　　　　给予你同样的位置。

米安德　（跪下）最幸运的皇帝，

我以最谦卑的话语起誓，
我将以最真诚的信念和责任心
为陛下效劳。

考斯洛　谢谢，好米安德。
米安德起身
那么，考斯洛，你就上位吧，
让波斯恢复它往日的荣耀。
派遣大使到相邻的王国去，
让他们知道波斯的国王
已经从一个
对职责一无所知的国王
换成了一个
能控制局面的君王。
我们将率领两万精兵
向美丽的波斯波利斯进发。
我哥阵营里的大臣和将军们，
几乎没人被杀，
他们都采取了米安德的道路，
争先恐后归顺了我慈悲的统治。
奥提吉乌斯和梅那丰，我可信赖的朋友，
为了酬谢你们的功勋，
我要赋予你们更高的职位。

奥提吉乌斯　我们一直为您的福祉效力，
以您的王家的权威追求荣耀，
现在权力更大了，生活更好了，
我们更要奋力保持和推进这荣耀。

考斯洛　我不想仅仅用言辞感谢你，亲爱的奥提吉乌斯；
我的目的将证明是更好的感谢。
帖木儿大人，
我将我哥军营的士兵

都给你和特力达马斯，
跟着我到美丽的波斯波利斯去。
我们将向印度所有的矿山进军，
我愚蠢的哥输给了基督徒，
为了名声和利益赎回这些矿山。
帖木儿，你先留下收编散兵游勇，
然后来追赶我，再见，
摄政王大人和幸运的朋友们！
我期望着坐上我哥的王座。

梅那丰　陛下很快就会实现你的愿望，
凯旋穿过波斯波利斯城。

众下，除帖木儿、特切尔斯、特力达马斯、乌苏木卡
萨纳

帖木儿　"凯旋穿过波斯波利斯城"？
当个国王难道不荣耀吗，特切尔斯？
特力达马斯和乌苏木卡萨纳，
当个国王难道不非常荣耀吗？

特切尔斯　哦，我的大人，是甜蜜而充满光彩的。

乌苏木卡萨纳　当上国王等于当上半个神明。

特力达马斯　一个神明还没有一个国王荣耀。
我觉得，神明在天上享受的快乐
和国王现世安享的福分无法比拟。
一顶缀满珍珠和金子的王冠，
其价值就在于
在它身上维系着生与死，
欲望和满足，命令与服从；
姣好的容貌激发爱情，
也要有美颜才能相仪——
这种两情相惜的力量

只有王子们才配有。

帖木儿　　啊，说，特力达马斯，
　　　　　你想当国王吗？

特力达马斯　不，虽然我赞扬王冠，
　　　　　但我可以没有它而活着。

帖木儿　　我其他的朋友们怎么说？
　　　　　你们想当国王吗？

特切尔斯　是的，如果我能够的话，
　　　　　我非常想，我的大人。

帖木儿　　啊，说得好，特切尔斯。
　　　　　我也想。你们也想，我的老爷们，是不是？

乌苏木卡萨纳　然后呢，我的大人？

帖木儿　　啊然后，卡萨纳，我们会不再
　　　　　对世上五彩缤纷的生活感兴趣，
　　　　　变得毫无欲望，浑浑噩噩，
　　　　　乏善可陈？
　　　　　我觉得我们不应该这样。
　　　　　我有一种强烈的预感，
　　　　　如果我想要波斯的王冠，
　　　　　我可以非常轻易地得到它。
　　　　　如果我们定下这一高贵的目标，
　　　　　我们的兵士会同意吗？

特力达马斯　我知道通过劝说，
　　　　　他们会的。

帖木儿　　啊，那我首先要将
　　　　　波斯王国拽到手上；
　　　　　然后，你前往帕提亚，
　　　　　他们去锡西厄和米堤亚。

> 我一旦成功，土耳其皇帝、
> 教皇、埃及苏丹和希腊皇帝
> 都会拿着他们的王冠
> 匍匐在我们的脚下。

特切尔斯　那我们是否要出兵
　　　　跟凯旋的国王开战，
　　　　把他刚到手的王冠夺过来？

乌苏木卡萨纳　啊，那就得快，不要让他屁股把王座坐热。

帖木儿　那会是一个大笑话，说真的，我的朋友们。

特力达马斯　跟两万士兵开战是个大笑话？
　　　　　我觉得这步棋非常重要。

帖木儿　那是你的判断，特力达马斯，不是我的，
　　　　在他们还没有走远，
　　　　损失兵力得到补充之前，
　　　　特切尔斯将赶紧出发去打他们。
　　　　你将看到锡西厄的帖木儿
　　　　赢得波斯王冠的大笑话。
　　　　特切尔斯，带上一千铁骑，
　　　　逼他反身跟我们打一仗，
　　　　我们立他为王
　　　　只是跟自己开了一个玩笑。
　　　　我们不会像胆小鬼一样偷袭他，
　　　　给他警告，让他集聚更多的兵力。
　　　　快出发，特切尔斯，我们随后就到。
　　　　特切尔斯下
　　　　特力达马斯怎么说？

特力达马斯　就我而言，继续前进。
　　　　　众下

第六场

考斯洛、米安德、奥提吉乌斯、梅那丰和士兵上

考斯洛　这鬼牧羊人到底想干什么？
　　　　雄心勃勃，
　　　　把山峦说得高耸到天上，
　　　　居然敢于对抗愤怒的主神？
　　　　主神把反叛的巨人压在山下，
　　　　他们燃烧的嘴从裂开的山脊
　　　　喷吐出火山般烈焰，
　　　　我也要把这鬼混蛋送进地狱，
　　　　让烈火永远烤炙他的灵魂。

米安德　他的思想混杂着
　　　　圣明和地狱澎湃的力量；
　　　　他不是从人类中诞生，
　　　　他以他那无畏的傲慢，
　　　　敢于毫不犹豫地问鼎权力，
　　　　天生一个野心勃勃的种。

奥提吉乌斯　什么神明、妖怪，或者地鬼，
　　　　什么人形的魔鬼，
　　　　不管他是什么材料制成的，
　　　　不管什么星辰决定他的命运，
　　　　我们还是准备好去应战吧，
　　　　正因为我们蔑视这一鬼贼，
　　　　正因为我们热爱荣誉和权力，
　　　　让我们武装起来去对付
　　　　敌人的仇恨吧，
　　　　不管是从地上、地狱，或天上来。

考斯洛　多么高贵的决心，好奥提吉乌斯。

　　　　既然我们呼吸同样新鲜的空气，

　　　　得到同样造化的恩赐，

　　　　让我们拿出相互的爱来，

　　　　无论是死还是活。

　　　　让我们鼓动起士兵去对付他，

　　　　那个忘恩负义之徒，

　　　　那个醉心王位的家伙，

　　　　让他在自己的野心中烧死吧，

　　　　那火谁也扑灭不了，

　　　　只有鲜血和征服才能叫它熄灭。

　　　　下决心吧，我的大臣和可爱的士兵们，

　　　　去拯救你们的国王和国家，

　　　　免得遭受毁灭。

　　　　把战鼓敲起来！

　　　　鼓声响起

　　　　星辰呀，掌管我命运的星辰呀，

　　　　引导我将利剑刺向那蛮子的心吧，

　　　　他反对神明，

　　　　蔑视统治波斯的国王！

　　　　众下

第七场

部队穿过舞台奔向战场，战后受伤的考斯洛、特力达马斯、帖木儿、特切尔斯、乌苏木卡萨纳等人上

考斯洛　你野蛮而血腥的跛子帖木儿，

　　　　就这么褫夺了我的王冠和生命！

　　　　虚伪的特力达马斯，

　　　　你背叛了我，

就在我幸运时刻刚刚开始，

坐上王位还不多时，

你就落井下石颠覆了我，

结束了我的一切！

莫名的疼痛折磨着我伤心的灵魂，

死亡扼住了我的喉咙，

从你的剑刺破的伤口

进入我的身子，

把我心里的鲜血吮吸殆尽。

血腥而贪婪的跛子帖木儿！

帖木儿 对王权的渴望

和王冠甜蜜的蛊惑

诱使宙斯的长子

把溺爱他的父亲

从宝座上赶下来，

自己坐上了天国的皇座，

这启发我用兵问鼎你的国家。

还有比强大的朱庇特

更有力的先例吗？

自然界中的四元素

包围了我们，

在我们的胸中争夺统治权，

这教导我们

心中必须要有追求。

我们的灵魂能理解

世界美妙的奇迹，

计算每一颗行星的轨道，

但仍然追索无限的知识，

就像那永不止息的星球一样，

把我们弄得筋疲力尽，

但仍然奋斗不息，
直到我们摘取那最成熟的果实，
那完美的祝福和唯一的幸福，
现世最甜蜜的果实——王冠。

特力达马斯　正是那个促使我
加入帖木儿的队伍，
他粗野，
就像那宏大的地球，
它不是往上运动，
也没有高尚的行为，
但他确实君临最高贵的人之上。

特切尔斯　那使我们，帖木儿的朋友们，
举起利剑对准波斯国王。

乌苏木卡萨纳　当朱庇特推翻老萨杜恩①，
尼普顿②和狄斯③各赢得一顶王冠，
如果帖木儿在波斯称帝，
我们就有希望在亚细亚称王了。

考斯洛　这是造化诞生的最怪异的人们！
我不知道怎么承受他们的暴政。
我失血的身子变得冰冷，
生命也随之从伤口溜走了。
我的灵魂向地狱遁逃，
带走了我所有的感觉。
相互扶持的热力和湿润，
因为没有营养维系，
而变得干燥、寒冷，

---

① 罗马神话中的农业之神。

② 罗马神话中的海神。

③ 罗马神话中的冥王。

现在，死神贪婪的魔爪
已经拽住了我流血的心，
就像一头哈比怪物[①]，
用啄撕裂着我的生命。
特力达马斯和帖木儿，
我要死了，
但愿你们俩遭到可怕的报复！

考斯洛死亡。帖木儿拿上王冠，戴在自己的头上

帖木儿　并不是所有复仇女神的诅咒
都会让我在这么诱人的战利品前却步。
特力达马斯、特切尔斯诸君，
你们认为现在谁是波斯的国王？

众人　帖木儿！帖木儿！

帖木儿　即使愤怒的战神
和现世所有的君主
纠合在一起要夺走这王冠，
我仍然将作为
东方世界伟大的统帅戴着它，
只要你们说
帖木儿将统治亚细亚！

众人　帖木儿万岁，
帖木儿将统治亚细亚！

帖木儿　即使神明开一个议会，
所有的神明宣告
我是波斯国王，
那也没有现在
戴在我头上那么牢靠了。

众下

① 希腊和罗马神话中一种脸似女人，翼、尾、爪似鸟的怪物。

第三幕

第一场

巴耶塞特、非斯、摩洛哥和阿尔及尔国王、显贵大人
等人隆重上场

巴耶塞特　巴巴里地区①伟大的国王们，
　　　　　我的肥胖的显贵大人们，
　　　　　在一个叫跛子帖木儿的人率领下，
　　　　　要跟你们的皇帝寻衅，
　　　　　想要我们撤掉闻名于世的
　　　　　对希腊君士坦丁堡的围攻。
　　　　　你们知道我们的部队战无不胜，
　　　　　我们拥有受过割礼的土耳其人
　　　　　和叛教的基督徒，
　　　　　他们人数之众
　　　　　犹如地中海②
　　　　　在满月之时澎湃的波涛
　　　　　由无数小水滴组成。
　　　　　我不会允许我们无敌的部队

---

① 埃及以西广大的伊斯兰教地区。
② 原文为 Terrene Sea，解为"地中海"。

屈从一支外国军队，
在希腊人投降前，
我不会解围，
也不会撤除在城墙前的埋伏。

非斯　闻名四海的皇帝，
威武强大的将军，
如果您遣使您的显贵大人，
去游说他留在亚细亚，
要不就以
所向披靡的巴耶塞特嘴里
喷吐出来的死亡相威胁，
您觉得怎么样？

巴耶塞特　快，我的显贵大人，快去波斯。[①]
告诉他土耳其皇帝陛下，
非洲、欧罗巴和亚细亚
令人敬畏的君王，
希腊伟大的国王和征服者，
地中海和黑海的化身，
世界上最高的君主，
希望并敕令（别说我请求）
他不要涉足非洲，
或者将他的战旗插到希腊，
否则我会龙颜震怒。
告诉他我乐意停战，
因为我听说他有一颗勇士的心。
但如果他发疯和我开战，
——这是基于他很愚蠢的假设——
那你就待在他那儿；
就说是我要求你这么做的。

---

① 即去见波斯新国王帖木儿。

若太阳出山三次之后
你没有来和我们会面，
那第二天早晨的太阳
就是信使，
禀报他没有回心转意，
我们将千方百计把你救出来。

显贵大人　世界上最伟大和最强大的君主，
您的显贵大人将完成您的嘱托，
把您的想法
传达给那波斯人，
威武的土耳其属下的人。
显贵大人下

阿尔及尔　听说他已是波斯国王了；
如果他胆敢扰乱您的包围圈，
还得十倍于现在的兵力，
才能让您的强大的部队受创。

巴耶塞特　是这样的，阿尔及尔，
他们一见我的阵势就得发抖。

摩洛哥　春天都因您庞大的部队而姗姗来迟，
要么甘雨无法降落大地，
要么太阳无法将阳光普照，
因为大地上布满了如此多的兵士。

巴耶塞特　说的就像神圣的穆罕默德一样真诚，
所有树叶都被我们的呼吸吹光。

非斯　陛下，为了夺取该城，
您认为最好该做什么呢？

巴耶塞特　我救命被俘的阿尔及尔工兵
将从卡农山引向该城的

供水铅管道切断；
城里两千匹马把粮草吃光，
不让任何救援从陆路进入；
我的大帆船队控制所有海面。
然后，步兵埋伏在战壕里，
架起大炮就像地狱的大门，
开炮把城墙摧毁，
士兵一拥而入，
希腊人不得不俯首就擒。

众下

第二场

阿吉达斯、赛诺科莱特、阿尼帕等人上

阿吉达斯　赛诺科莱特夫人，我能请问
您这些恼怒发作的原因吗？
这些发作如此扰乱了您的安宁。
这一张国色天香的容貌
由于心中的忧患
而变得如此憔悴，如此苍白；
其实帖木儿对您的强暴
（这当然是您不痛快的主要原因）
应该早就化解。

赛诺科莱特　虽然值得称道的眷宠
使它早已化解，
他的爱恋足以叫天后欢欣，
改变了我最初对他的蔑视，
然而，嗣后的激情
演变成不断的忧虑和担心

　　　　　　　　充斥我的思想，

　　　　　　　　这使我的容貌丧失了生气，

　　　　　　　　如果对灾难的担心一旦成真，

　　　　　　　　那我就只能是行尸走肉了。

阿吉达斯　　　如果赛诺科莱特不幸凋殒，

　　　　　　　　那月亮底下的一切都会落陨，

　　　　　　　　那永恒的天也会塌掉！

赛诺科莱特　　啊，生命和灵魂仍在他的胸中激荡，

　　　　　　　　却让我的肉体犹如大地毫无感觉，

　　　　　　　　要不和他的生命和肉体结合在一起吧，

　　　　　　　　那样我就可以和帖木儿共呼吸，同生死！

　　　　　　　　帖木儿上，特切尔斯等人随后

阿吉达斯　　　和跛子帖木儿？

　　　　　　　　啊，美丽的赛诺科莱特，

　　　　　　　　别让一个如此卑鄙、野蛮的人

　　　　　　　　把你和你父亲拆开，

　　　　　　　　不给你皇后的名分，

　　　　　　　　却只是一个卑微的王妃，

　　　　　　　　你仅仅迫不得已才爱上他。

　　　　　　　　要是你强大的父亲听说你的惨状，

　　　　　　　　殿下不用怀疑，

　　　　　　　　随着跛子帖木儿的倒台，

　　　　　　　　他肯定会立即把你从奴役中拯救。

赛诺科莱特　　阿吉达斯，别用这些话来伤害我，

　　　　　　　　说起帖木儿多一分尊敬吧。

　　　　　　　　我们从他那儿得到的待遇，

　　　　　　　　绝不能说是卑微或者奴役，

　　　　　　　　在高贵的人儿看来，

　　　　　　　　那简直可以说是王侯般的了。

阿吉达斯　你怎么能把这么个面目可憎、
　　　　　整天泡在战略里的人
　　　　　想象得那么高贵呢？
　　　　　这个人，
　　　　　当他拥抱你的时候，
　　　　　他会告诉你他杀了多少人，
　　　　　当你从他那儿寻求欢情时，
　　　　　他却会喋喋不休数说铁与血——
　　　　　这对于你柔弱的耳朵太残酷了。

赛诺科莱特　我的高贵的喜爱美好的帖木儿，
　　　　　正如太阳喜爱尼罗河粼粼的河水，
　　　　　曙光女神把太阳神抱在怀中；
　　　　　他说话比诗神与皮厄里得斯
　　　　　比赛的歌还要甜蜜，
　　　　　比密涅瓦赢得海神
　　　　　比赛的橄榄树①还要珍贵；
　　　　　如果我和强大的帖木儿结婚，
　　　　　那我对自己的评价
　　　　　将比主神的妻子要高很多。

阿吉达斯　别让你的爱情如此水性杨花，
　　　　　在你被救供他选择后，
　　　　　让那年轻的阿拉伯国王干等。
　　　　　你看，当他
　　　　　从牧羊人刚当上王上时，
　　　　　他对你爱得发狂，
　　　　　现在当久了波斯国王，
　　　　　他已不再有那样的诗情，
　　　　　不再有那样眷恋的话语，
　　　　　不再有那样温柔的慰藉，

———————————
① 罗马神话中，密涅瓦和海神比赛，用一株橄榄树赢得阿提卡的土地。

给予你的不过是通常的问候。

赛诺科莱特　那使我容貌委顿的眼泪呀，
　　　　　　生怕因我的猥琐而失去他的爱。

　　　　　　帖木儿走到她跟前，充满爱地牵上她的手离开，向阿
　　　　　　吉达斯投以警觉的一瞥，没有说话。

　　　　　　除了阿吉达斯所有人下

阿吉达斯　命运和可疑的爱情呀，
　　　　　把我出卖，
　　　　　蹙眉和妒忌威胁着我，
　　　　　可怕的复仇让我胆战心惊，
　　　　　那隐藏在他内心的思绪
　　　　　和沉默灵魂里的愤怒，
　　　　　叫人捉摸不透。
　　　　　在他那眉毛上
　　　　　停栖着丑陋的死神，
　　　　　眼睛里像彗星一样
　　　　　闪烁着心中复仇的怒火，
　　　　　在他脸颊上投下苍白的光。
　　　　　当水手们看见毕宿星团①附近
　　　　　聚集起一片乌云，
　　　　　（南风和北风，
　　　　　像有翅膀的骏马，
　　　　　飞奔着，
　　　　　掀翻漫天大水的天空，
　　　　　用颤动的长矛挑起响雷，
　　　　　在盾牌上击出阵阵闪电）
　　　　　他们会收起樯帆，
　　　　　测试一番海深，
　　　　　对天祷告祈求帮助，

① 古人认为此星团和太阳一起升起时会下雨。

> 免受风暴和浪涛的肆虐，
> 阿吉达斯也要直面他的蹙眉，
> 那预示着一场风暴
> 要来到我吓坏的思绪，
> 我要使我的灵魂
> 即使毁灭也要高贵脱俗。
> 特切尔斯拿着一把出鞘的短剑上

特切尔斯　（给短剑）瞧，阿吉达斯，国王是怎样向你致意。
　　　　　他希望知道这预示着什么。
　　　　　特切尔斯下

阿吉达斯　我曾经预测过，
　　　　　现在我证明了
　　　　　那妒忌和爱的蹙眉
　　　　　所具有的杀伤力。
　　　　　他无须用言语来证实我的担忧，
　　　　　言语是徒劳的，
　　　　　只需一把赤裸裸的剑
　　　　　便把我的末日展示。
　　　　　它说，阿吉达斯，你必须得死，
　　　　　然而两相权衡取其轻：
　　　　　与其承受他和上天的决意，
　　　　　还不如用你自己的手去死，
　　　　　这还更加荣耀，更少痛苦。
　　　　　快，阿吉达斯，别让你的迟疑
　　　　　而造成的灾难再加害于你。
　　　　　自由地去散步吧，
　　　　　无须再惧怕暴君的怒火，
　　　　　远离他可能折磨你灵魂的
　　　　　地狱般的痛苦，
　　　　　让阿吉达斯结果阿吉达斯，

这一剑下去，去永恒地睡眠吧。

阿吉达斯自刎而死。特切尔斯和乌苏木卡萨纳上

特切尔斯　乌苏木卡萨纳，瞧这人对国王陛下的旨意
　　　了解得多么透彻。

乌苏木卡萨纳　是的，特切尔斯，够男子汉气概：
　　　既然他这么明白事理
　　　而又如此值得尊敬，
　　　让我们把他抬出去吧，
　　　恳求以最隆重的方式把他安葬。

特切尔斯　我同意，卡萨纳。我们要给予他荣誉。

抬着阿吉达斯的尸体，众下

第三场

*帖木儿、特切尔斯、乌苏木卡萨纳、特力达马斯、显
贵大人、赛诺科莱特、阿尼帕等人抬着王座上*

帖木儿　显贵大人，你的大人和老爷知道
　　　我想在比塞尼亚①跟他见面。
　　　他在哪儿？呸，土耳其人太喜欢吹牛了，
　　　只会吓唬人，
　　　让他到这战场上来，
　　　把你领走试试看！
　　　唉，可怜的土耳其佬，
　　　要跟帖木儿较量，
　　　他的命运太不行了。
　　　瞧瞧我的兵营，
　　　你公正地说：

_____

①　在君士坦丁堡附近。

我的将士看上去

是不是有征服非洲的气势?

显贵大人　你的将士是勇敢的,

但数量很少,

对强大的对手没有威慑力。

我的大人,世界伟大的统帅,

除了十五位进贡的国王外,

还拥有一万名土耳其士兵,

配备有的黎波利人送到战场来的

剽悍的毛里塔尼亚铁骑;

麾下有二十万步兵

曾经在希腊打过两场战争;

至于这场战事,

如果他愿意的话,

他可以从卫戍部队抽调

同样人数的士兵。

特切尔斯　他带来越多的兵力,

我们俘获的战利品越多;

骑士倒在我们的枪下,

我们将步兵安插在征马上,

劫掠装满财宝的土耳其士兵。

帖木儿　邦王们会跟随你们的国王吗?

显贵大人　只要陛下愿意,

有些邦王必须留下

治理刚降伏的省份。

帖木儿　(对手下的人) 勇敢地去打仗吧,

他们的王冠

就是你们的王冠。

这只手将把王冠

戴在你们这些征服者的头上，
你们使我成为亚细亚的皇帝。

乌苏木卡萨纳　让他带数百万兵士来吧，
把西非和希腊变成无人区，
这样，我们就稳操胜券了。

特力达马斯　帖木儿一瞬间消灭了两个国王，
比土耳其皇帝强大得多，
将把他从欧罗巴赶出来，
追逐他的游兵散勇，
直到他们投降或者死亡。

帖木儿　说得太好了，特力达马斯！
只有"将来时"最适合帖木儿，
他微笑的幸运之星
使他在未遇敌人时
就肯定赢得了军事胜利。
我，上帝的灾殃和愤怒，
世界唯一的惧怕和恐怖，
首先要降伏土耳其，
然后再释放①那些基督徒俘虏，
让他们去服奴役，
用沉重的铁链锁住他们，
给他们吃最粗陋的伙食
让他们赤着身子
到地中海去划船，
偶然想躺在大木船船舷
透一口气歇息，
棍子就飞下抽打上去，
每抽打一次，

————————

① 原文为 enlarge，作"释放"解。

让他们呼天喊地叫救命。
船主是残酷的阿尔及尔海盗，
那些该死的团伙，非洲的人渣，
与逃散的脱教者为伍，
迫害信奉基督教的教民。
只要我活着，
帖木儿一踏上非洲，
那城里的人就会恶言诅咒。

巴耶塞特和显贵大人们，以及进贡的国王们（非斯、摩洛哥、阿尔及尔）、查碧娜和伊比亚上，一座王座被抬了进来

巴耶塞特　显贵大人们和我的近卫兵们，
　　　　　保护好你们大人，
　　　　　非洲最伟大的君王。

　帖木儿　特切尔斯诸君，你们准备好利剑，
　　　　　我要和那个巴耶塞特较量一番。

巴耶塞特　非斯、摩洛哥、阿尔及尔国王们，
　　　　　他直呼我，
　　　　　你们称之为"大人"的我
　　　　　为巴耶塞特！
　　　　　这锡西厄牧羊歹徒多么放肆。——
　　　　　我告诉你，混蛋，即使给我牵马的人，
　　　　　在他们名字前都有高贵的头衔；
　　　　　你竟然敢直呼"巴耶塞特"？

　帖木儿　你知道，土耳其佬，
　　　　　给我牵马的人，
　　　　　将会把你当俘虏从非洲押回来；
　　　　　你胆敢称我为"跛子帖木儿"？

巴耶塞特　凭我族人穆罕默德圣体安置所

和古兰经，我发誓
我要让帖木儿在后宫
当一个持操无欲的太监
服侍我的妃子们，
端正地站在那儿的他的将军们
将拖曳我皇后坐的战车，
我带来皇后就是要让她
目睹他们的毁灭。

帖木儿　我用这把利剑征服了波斯，
现在要用它叫你们完蛋，
在全世界建立我的英名。
我不会告诉你
我将怎么处置你，
我兵营每一个普通的士兵
都会笑着看到你的惨状。

非斯　（对巴耶塞特）强大的土耳其皇帝
和卑微的跛子帖木儿
有什么可谈?

摩洛哥　摩尔人和巴巴里的勇士们呀，
你们怎么能忍受这样的侮慢呢?

阿尔及尔　别废话，
让他们尝尝你矛尖的厉害吧，
那长矛曾经刺穿希腊人的肚子。

巴耶塞特　说得好极了，我坚定的邦王们!
你们三方面的部队，
再加上我众多的兵士，
会一口吞掉这些破烂的波斯人!

特切尔斯　强大的、闻名四海的、威猛的帖木儿，
干吗这么干耗着，

还让这些混蛋活着？

特力达马斯　我急切地期待着
用我们的利剑
去夺取这些王冠，
去当国王坐拥非洲。

乌苏木卡萨纳　哪个胆小鬼会
不为这样的战利品去打仗呢？

帖木儿　勇敢地去战斗，去当国王吧！
我这么说，说的就是神谕。

巴耶塞特　查碧娜，她有三个男孩，
他们比大力神还要勇敢，
大力神在婴儿期间，
就击碎了毒蛇的下巴①，
他们的手生来拿长矛，
肩膀宽阔扛着铁胄铠甲，
四肢又粗又大，
比堤丰②的孩子都大，
当他们长大到父亲的年纪，
用男子汉的拳头将塔楼一拳击碎：
坐到这王座上来，
在你的头上戴上我的王冠，
直到我将这强悍的跛子帖木儿
和他的将军们都戴上
俘虏的镣铐。

查碧娜　（坐上土耳其皇座，戴上皇冠）
巴耶塞特得到这么好的结果！

---

① 在希腊和罗马神话中的大力神赫拉克勒斯，传说他扼杀了两条朱诺遣派来要杀死他的毒蛇。

② 希腊神话中的百头巨怪。

帖木儿　赛诺科莱特，世上最可爱的少女，
　　　　比珍珠宝石更加美丽，
　　　　帖木儿唯一的配偶，
　　　　你眼睛比天上的星星还要明亮，
　　　　话语比甜蜜的和声
　　　　还要令人愉悦，
　　　　你眼神能使阴沉的天空清朗，
　　　　能安抚暴跳如雷的主神的怒火：
　　　　戴上我的王冠，坐到她旁边去，
　　　　仿佛你就是世界的女皇。
　　　　别动，赛诺科莱特，
　　　　直到你看见我率领我的将士，
　　　　战胜他和他的邦王们，
　　　　把他们作为奴仆带到你的脚下。
　　　　在那之前，戴着我的王冠，
　　　　跟她吹嘘一番我的丰功伟绩，
　　　　当我们在打仗，
　　　　你们就用口水干架。

赛诺科莱特　（坐在波斯王座上，戴着波斯王冠）
　　　　但愿我的爱，波斯国王，
　　　　安全完好凯旋！

巴耶塞特　你将感受到土耳其武器的厉害，
　　　　它们最近使欧罗巴害怕得发抖。
　　　　我拥有土耳其人、阿拉伯人、
　　　　摩尔人、犹太人，
　　　　足够布防整个比塞尼亚。
　　　　让千百人去死，
　　　　被杀的尸骸堆垒成围墙和工事；
　　　　我的军力犹如海德拉①

————————————

① 希腊神话中百头巨怪（Typhon）的孩子。

脑袋砍了又会长出来，

受到挫折，

却又会强大地站起来，

像以前一样。

即使我的士兵

将脑袋伸到你的剑下，

你的士兵的兵器也承受不了

砍这么多次，

因为新的脑袋又长出来了。

你不明白，蠢透了的跛子帖木儿，

在这开阔的沙场跟我相见

意味着什么，

你没有齐步行进的可能。

帖木儿　征服者的利剑

将给我们指引

怎样在敌人的尸体上行进，

用征马的铁蹄踩烂他们的肚肠——

那来自白雪皑皑鞑靼山峦的骏马

是怎样勇敢的铁骑呀。

我的部队跟裘力斯·恺撒的一样，

从不打赢不了的仗；

我手下的将军们要打

就打比法沙利亚①更火热的仗。

成群的精灵们在空中飞翔，

指引着我们的子弹和箭头，

而你们的兵器仅仅伤害空气；

当胜利女神一看见

我们染着鲜血的旌旗打开，

她就张开她的翅膀，

---

① 公元前 48 年，恺撒和庞贝在希腊北部一次决定性的内战。

停栖在我雪白的帐顶之上。
来，我的大臣们，
让我们拿起武器去战斗！
战场，这土耳其佬，他的妻子，
以及一切，
都将属于我们。
帖木儿和他的随从们下

巴耶塞特　来，国王们和显贵大人们，
拿着我们的利剑去厮杀吧，
它们正饥渴难耐
要喝波斯人的血！
巴耶塞特和他的随从们下

查碧娜　下贱的姨太，
你有什么资格
和大土耳其皇后坐在一起？

赛诺科莱特　可鄙的土耳其女人，卑微的胖子，
你叫我"姨太"，
我可是正式与
伟大、威武的帖木儿订了婚的。

查碧娜　跟帖木儿，这鞑靼大盗贼！

赛诺科莱特　当你的显贵大人和你自己
跪在国王的脚下哀求饶恕，
请求我为你说好话时，
你会后悔说了这些过分的话。

查碧娜　请求你？我告诉你，无耻的姑娘，
你只配当我女仆的洗衣丫头。——
你喜欢她吗，伊比亚？她能行吗？

伊比亚　夫人，她可能把自己想得太好了。

但我可以让她做别的活儿，
让她纤巧的手指干起来。

赛诺科莱特　你听见了吗，阿尼帕，这做苦工的在胡说什么？
她的主子，我的女奴，在威胁什么？
这两个女人，就因为她们的傲慢，
只好叫她们去给士兵做饭，
离我们太近，
叫我们受不了。

阿尼帕　殿下有时可以差使她们
去做我的侍女不屑干的活儿。
　　　　　幕后响起开战的喇叭声，然后戛然而止

赛诺科莱特　左右波斯命运、
使我高贵的爱人
成为可敬的波斯王的
神明和神力呀，
让他在与土耳其佬巴耶塞特的战斗中
变得无比强大吧，
让他的敌人们，
就像成群被猎人追逐、
恐惧得要死的牝鹿，
在他威严的视线前逃窜，
愿他作为征服者归来吧。

查碧娜　穆罕默德，求天神吧，
让他从天上倾泻毁灭的子弹来，
炸碎那些锡西厄人的脑袋，
把他们炸死，
他们竟敢跟他作战，
当他最初和基督徒作战的时候①，

---

① 指 1396 年巴耶塞特一世在尼科堡战役大败匈牙利国王西吉斯蒙德率领的十字军。

他在你的神龛前拿珠宝做了祭品。

幕后又响起喇叭冲锋号

赛诺科莱特　根据这个就可以判断
土耳其人正躺在血泊之中，
帖木儿成为非洲君王。

查碧娜　你受骗了。
我听见的喇叭号角
表明吾皇已经打败了希腊人，
押着希腊俘虏到非洲去了。
我很快就会按你的自尊使用你，
准备着不管活着还是死了
做我的奴隶吧。

赛诺科莱特　即使穆罕默德从天而降，
发誓说我的国王被杀
或者被打败，
也无法让我相信，
我只信他活着，
并且将是一个征服者。
巴耶塞特飞跑过舞台，帖木儿追赶下，一场短暂战斗后，他们重上。巴耶塞特被打败[①]

帖木儿　现在，国王大人，谁是征服者？

巴耶塞特　是你，该死的仗打败了。

帖木儿　你的那些坚定的邦王在哪里？
特切尔斯、特力达马斯、乌苏木卡萨纳上（每人手拿一顶王冠）

特切尔斯　我们把他们的王冠拿来了；他们的尸体抛撒遍野。

帖木儿　每个人一顶王冠？啊，打得太好了。将它们送到我的

---

① 指 1402 年安卡拉之战。

宝库中去。

特切尔斯、特力达马斯、乌苏木卡萨纳送上王冠

赛诺科莱特　让我将挣来如此不易的王冠，
　　　　　重献给仁慈的陛下。

帖木儿　不，赛诺科莱特，
　　　　从她那儿摘下那顶土耳其皇冠，
　　　　立我为非洲皇帝吧。

查碧娜　不，帖木儿，虽然你这次占了上风，
　　　　你也不能当非洲皇帝。

特力达马斯　（对查碧娜）你最好把皇冠给她，土耳其女人。

特力达马斯从她那儿拿了皇冠，给赛诺科莱特

查碧娜　害人的恶棍，盗贼，叛教者！
　　　　你们怎么敢侮慢我的陛下？

特力达马斯　现在，夫人，你是皇后，她什么都不是。

帖木儿　（赛诺科莱特给他戴上皇冠）不是现在，她的辉煌已
　　　　经过去。
　　　　支撑半身雕像的立柱
　　　　已经崩塌在我征服者的脚下。

查碧娜　虽然他当了俘虏，但还可以赎回。

帖木儿　全世界所有的财富都赎不了巴耶塞特。

巴耶塞特　啊，美丽的查碧娜，
　　　　我们在战场上落败了，
　　　　还从没有一个土耳其皇帝
　　　　在外国敌人手中输得这么惨。
　　　　基督教的无赖们该高兴了，
　　　　为了我的倒台，
　　　　他们会欢快敲响迷信的铸钟，

点燃起篝火。
在我死之前，
那些不合教规的崇拜者
也会用他们污秽的骨头
为我烧起篝火；
虽然我今天丧失了荣耀，
但非洲和希腊的卫成部队
足够让我再次成为世界的君王。

帖木儿　这些城墙里的卫成部队
我也要制服，
将我自己书写为伟大的非洲君王。
这样，帖木儿将他那强大的手臂
从东方一直伸到最远的西方。
每年驶往威尼斯湾、
在海峡游弋伺候基督徒货船的
大帆船和小双桅帆船
就可以停泊在扎金索斯岛①，
和在印度洋、太平洋、
印度大陆周边，
甚至从波斯波利斯到墨西哥，
从那儿到直布罗陀海峡航行的
波斯船队和士兵会合，
在比斯开湾，
从葡萄牙到英吉利海峡
形成强大的威慑力量。
这样，我终将赢得全世界。

巴耶塞特　说个赎回的数吧，帖木儿。

帖木儿　怎么，你以为帖木儿在意黄金吗？

————————————

① 位于希腊西海岸。

在我死之前，我会成为印度的国王，

让他们用矿山跟我换和平，

挖掘宝藏来平息我的怒气。——

来，把他们两人绑起来。

一个人押解那土耳其佬，

由我爱的侍女

押送那土耳其女人。

差役将两人绑起来

巴耶塞特　啊，恶棍，你竟敢触碰我神圣的手臂？[①]

查碧娜　我们就这么成了

粗鲁而野蛮的锡西厄人的奴隶了吗！

帖木儿　来，把他们带进去，

为了这一幸运的胜利，

举行隆重的凯旋归来的游行

和一个盛大的军人欢庆的筵席。

众下，将被俘的巴耶塞特和查碧娜押下

---

① 以下省略两行。

第四幕

第一场

埃及苏丹，随后三四位大臣、卡坡林和一位使臣上

苏丹　醒来吧，孟菲斯的人们！
　　　听，锡西厄人的喇叭号角！
　　　听，那咆哮的火炮，
　　　把大马士革角楼轰倒！
　　　这伏尔加的流氓羁留了
　　　苏丹的女儿赛诺科莱特，
　　　做他的小妾，
　　　他率领一帮盗贼和流民，
　　　把他的战旗，
　　　公然插到我们鼻子底下，
　　　而你们，怯懦而可鄙的埃及人呀，
　　　还在繁花似锦的尼罗河岸昏睡，
　　　就好像鳄鱼，
　　　隆隆的火炮在它们厚皮上开花，
　　　它们仍然岿然不动。

使臣　不，强大的苏丹，
　　　如果陛下看见狂躁的帖木儿

　　　　　　　眉头一皱那架势，
　　　　　　　那恐怖和威严的眼光
　　　　　　　叫他的手下个个胆战心惊，
　　　　　　　陛下也会惊讶不已。

苏丹　　奴才，我告诉你，
　　　　如果那个跛子帖木儿
　　　　真像冥府之神①、地狱的王子，
　　　　苏丹也不会在他面前退后半步。
　　　　说吧，他有多少兵力？

使臣　　威武的大人，
　　　　他有三十万士兵全副铠甲，
　　　　骑着欢腾的征马，
　　　　铁蹄趾高气扬蹂躏着大地；
　　　　五十万步兵扫射子弹，
　　　　挥舞战刀，
　　　　高举长矛、铁钩镰枪的士兵
　　　　围在他们战旗的周围，
　　　　那完全是一幅荆棘林立的图像。
　　　　他们的攻击武器和火药
　　　　大大超过兵力的总数。

苏丹　　不，他们的兵力超得过
　　　　天上的星星吗？
　　　　四月天连绵的阴雨雨滴吗？
　　　　或者秋天的落叶吗？
　　　　愤怒的苏丹依据他那征服的力量，
　　　　会将他的兵力分散歼灭、消耗殆尽，
　　　　没一个人能活着
　　　　对他们的失败捶胸顿足。

---

① 类似希腊神话中美杜莎之类的魔王，它所见的一切会变成石头。

卡坡林　如果陛下有时间整顿你的部队
　　　　增加皇家的兵力，
　　　　苏丹陛下完全能做到这一切。
　　　　但是，跛子帖木儿远征而来，
　　　　正好利用你毫无准备这一弱点。

　苏丹　让他利用所有的有利条件好了，
　　　　即使整个世界跟他合谋，
　　　　不，他是魔鬼——他不是人——
　　　　他无视我们而羁留了她，
　　　　然而，为了为赛诺科莱特复仇，
　　　　这只手将送他到地府去，
　　　　用漆黑的夜色来遮掩他的愧色。

　使臣　请陛下理解
　　　　他的决心超越一切。
　　　　他第一天安下他的营帐，
　　　　帐幕是雪白的，
　　　　在他银色的头顶上，
　　　　插着一根雪白耀眼的羽毛，
　　　　那表明他心境的平和，
　　　　既然战利品已经盆满钵满，
　　　　他拒绝流血了。
　　　　但当黎明之神再次出现，
　　　　他的兵器就是殷红色的了；
　　　　那时，他燃起的怒火
　　　　必须用鲜血平息，
　　　　只要可以用战争解决，
　　　　他不会吝惜一切。
　　　　如果威胁无法带来臣服，
　　　　那么，他的色彩便是黑色的了，
　　　　——黑色的帐幕，

　　　　他的长矛，他的盾牌，

　　　　他的战骑，他的铠甲，

　　　　他的羽毛，

　　　　漆黑的羽毛预示着死亡和地狱。

　　　　遑论性别、地位或者年龄，

　　　　他用火和剑荡平所有的敌人。

苏丹　毫无怜悯之心的恶棍呀，

　　　　对战争规则和军纪

　　　　一无所知的农夫呀！

　　　　劫掠和谋杀是他的家常便饭；

　　　　这恶徒篡改了战争光荣的名义。

　　　　请注意，卡坡林，

　　　　这无赖玷污了我美丽的女儿

　　　　和那英俊的阿拉伯国王高贵的爱，

　　　　他大失所望，

　　　　会跟我们联盟和帖木儿干仗，

　　　　为她的失身复仇。

　　　　众下

第二场

　　　　一座皇座搬上舞台。一身全白的帖木儿、特切尔斯、
　　　　特力达马斯、乌苏木卡萨纳、赛诺科莱特、阿尼帕
　　　　上，两个摩尔人拖曳着关押巴耶塞特的铁笼，他的妻
　　　　子查碧娜紧随其后

帖木儿　把我的脚凳①放出来。

　　　　两个摩尔人将巴耶塞特从铁笼里拉出来

―――――――――

①　脚凳即巴耶塞特，是对他的一种侮辱称呼。

巴耶塞特　天上穆罕默德神圣的祭司们呀，
　　　　　在献祭时宰割着你们的肉，
　　　　　用你们紫色的血涂抹他的祭台，
　　　　　让上天蹙眉，
　　　　　让太阳从摩尔的沼泽吮吸毒雾，
　　　　　喷吐在这个吹牛①的独裁者的喉咙里！

帖木儿　那至高无上的上帝，那透明的原动力，
　　　　镶嵌着数千闪烁的星星，
　　　　在阴谋推翻我之前
　　　　就会把明亮的天空烧成灰烬。
　　　　但是，混蛋，你这么咒我，
　　　　给我趴到耻辱的地上，
　　　　给伟大的帖木儿当垫脚凳，
　　　　让我踩上坐到皇座上去。

巴耶塞特　在我顺应这种屈辱之前，
　　　　　用你的剑把我的肚肠刺穿，
　　　　　将我的心献祭给死神和地狱吧。

帖木儿　卑贱的混蛋，帖木儿的仆人和奴隶，
　　　　根本没有资格去拥抱或者触碰
　　　　那承载我皇家沉甸甸荣誉的大地，
　　　　弯腰，混蛋，弯腰，弯腰，
　　　　这样，他就可以命令
　　　　把你的肉片片切割下来，
　　　　像被主神的雷霆拦腰砍断的
　　　　高耸入云的雪松
　　　　到处抛撒一片。

巴耶塞特　我正在蔑视地看着该死的魔鬼们，
　　　　　恶魔，看着我，你这冥府令人恐怖的鬼神，

① 原文为 glorious，在此作 boastful 解。

用你的乌木权杖敲击这可憎的大地，
让大地把我们两人都吞下去吧！

帖木儿踩着巴耶塞特坐上皇座

帖木儿　把那层层的云障揭开吧，
　　　　让天神看一看
　　　　它们所谓的灾殃和恐怖
　　　　正踩踏在帝皇的身上。
　　　　欢笑吧，决定我出生、
　　　　让邻近星星黯淡无光的星辰！
　　　　不屑借助月亮的光。
　　　　因为我，地球上最崇高的星辰，
　　　　最初以微弱的光从东方升起，
　　　　如今却高高照耀在子午线上！
　　　　向旋转的星球送去火，
　　　　让太阳向你借光。
　　　　我的利剑在他的铠甲上擦出火，
　　　　甚至在比塞尼亚，
　　　　当我抓住这土耳其佬，
　　　　一股包裹在冰冷云翳里的火雾，
　　　　为了寻找出路，
　　　　让天空龟裂开来，
　　　　往地球袭来一阵闪电。
　　　　在我迈向富裕的波斯之前，
　　　　或者离开大马士革和埃及战场时，
　　　　我们的刀剑、长矛和炮火
　　　　让空中充斥冒火的流星，
　　　　就像克吕墨涅脑袋进水的儿子[1]，
　　　　几乎烧掉了天上的轴。

---

① 希腊神话中的克吕墨涅，声望女神，她与太阳神生的儿子法厄同向父亲索要太阳战
　车，造成悲惨的结果。

当天空变得血样地红，
那是我血染它的，
让我什么都不想，
只想鲜血和金戈铁马。

查碧娜　卑鄙的国王，你残酷
篡夺了波斯的王位。
你在沙场遇见我丈夫之前
从来没有见过皇帝，
现在他成了你的俘虏，
你怎么敢于如此侮辱他，
将圣王之躯禁锢在铁笼里，
而他的玉体应该待在
阳光照耀的黄金屋顶的皇宫中，
你怎么敢于用可憎的脚踩在他身上？
而他的脚非洲的国王们都亲吻过。

特切尔斯　（对帖木儿）你必须想出更残酷的刑罚，我的大人，
不要让这些俘虏这么信口开河。

帖木儿　赛诺科莱特，看管好你的奴才。

赛诺科莱特　她是我的侍女的奴才，
她会注意看管好她舌头，
不让她再这么口吐狂言。——
骂她，阿尼帕。

阿尼帕　（对查碧娜）这些话是对你的警告，奴才，
你怎么能侮辱国王的人格？
要再这样，
我非把你剥光衣服揍个臭死。

巴耶塞特　伟大的跛子帖木儿，
你伟大因为你打败了我，
野心将会叫你凋殒，

你竟然踩巴耶塞特的背，
他曾经叫四个强大的国王
拖曳过他的马车。

帖木儿　名义、称号、荣誉都从巴耶塞特
逃逸到我这儿来了，
我将保持着它们
和一帮国王战斗。——
把他再关进笼里去。
两个摩尔人再次把巴耶塞特关进笼子

巴耶塞特　难道这是强大的巴耶塞特
该待的地方吗？
倒霉的命运竟然这么帮了你的忙！

帖木儿　只要巴耶塞特活着，
他就得关在那里，
当我举行凯旋游行时，
就把他拉出来游街；
你，他的妻子，给他喂
我的仆人从我的餐桌上
给你拿来的残羹冷炙。
任何人给他除此之外的饭食，
将被罚坐在他旁边饿死。
这是我的决定，
必须这么执行。
地球上的帝王
即使他们将王冠放在我脚下，
也不能用赎金把他从铁笼里赎出。
世世代代将谈论帖木儿，
从今天到柏拉图的美妙年份①，

———————————

① 柏拉图所谓的时间的结束，他认为天体中所有行星回到原来轨道上的位置就意味着
时间的结束。

人们将谈论帖木儿如何处置他。
这些摩尔人从比塞尼亚
将他一直拖曳到
我们所在的美丽的大马士革，
以后我们打到哪儿，
他们就拉他到哪儿。
特切尔斯和我的可爱的随从们，
我们现在能看到大马士革
高耸入云的塔了，
那犹如金字塔的影子，
它们的美使孟菲斯的田野更为壮丽。
朱鹭的金雕像
在城墙上展翅飞翔，
在我们炮火的猛攻下，
它也保不住这城池。
市民们穿着丝绸金缕衣，
每一家都是一个宝库。
这些人，这财宝，这城池
都是我们的了。

特力达马斯　你的白营帐支在城门前，
飘扬着友善的旗帜，
我毫不怀疑总督会投降，
把大马士革奉献给陛下。

帖木儿　那他将捡一条命，
所有其他的人也会这样。
如果他一直迟疑不决，
一旦血红的旗号
在我朱红色的营帐上升起，
他就得死，
包括把我们堵在城外这么久的人。

当他们见到我穿着黑色战袍冲锋，
打着的黑旗奔拉着脑袋，
那整个的城，
没一个人能侥幸不死，
都要倒在我们的刀剑之下。

赛诺科莱特　您能否看在我的面上，
可怜可怜这城，
它终究是我的国家的城池，
我父亲的城池。

帖木儿　一旦我发誓，决不，赛诺科莱特。——
来，把这土耳其佬关进去。

众下，两个摩尔人将巴耶塞特的铁笼拖走

第三场

苏丹、阿拉伯国王、卡坡林随着旗帜上，随后跟着
士兵

苏丹　我们像梅利埃格①一样向前，
在勇敢的希腊骑士陪同下，
追赶那卡莱敦野猪；
或者像塞伐勒斯②
跟精神饱满的底比斯健儿一起
追杀发怒的忒弥斯③放来
毁灭葳蕤的底比斯田野的狼。
一个拥有五十万士兵的魔鬼首领，
集劫掠、强抢、侵夺于一身，

① 希腊神话中，卡莱敦国王，在希腊（阿尔戈）骑士陪同下，杀死卡莱敦的野猪。

② 希腊神话中的英雄。

③ 希腊神话中的法律和正义女神。

　　　　　一个人渣，上帝的仇敌和灾殃，
　　　　　在埃及闹得天怒人怨。
　　　　　我的大人，他就是跛子帖木儿，
　　　　　一个恶棍，一个卑贱的盗贼，
　　　　　靠谋杀爬上了波斯的王位，
　　　　　竟然要来觊觎我们的领土。
　　　　　为了杀一杀这畜生的狂妄气焰，
　　　　　阿拉伯和苏丹王的力量联合吧，
　　　　　我们将王家的军队结合在一起，
　　　　　赶紧去解大马士革的围。
　　　　　这么个鄙俗的篡权的流浪汉，
　　　　　竟然敢于与一个国王作对，
　　　　　还戴上高贵的王冠，
　　　　　这是陛下无法容忍的呀。

阿拉伯　名闻四海的苏丹王，
　　　　你听说
　　　　强大的巴耶塞特
　　　　在比塞尼亚被打败吗？
　　　　他像对待奴隶一样
　　　　虐待那高贵的土耳其人
　　　　和他的美艳绝伦的皇后吗？

　苏丹　听说了，为他的坏运气遗憾。
　　　　伟大的阿拉伯高贵的国王呀，
　　　　苏丹王只能这么自慰，
　　　　听说他倒台的消息，
　　　　好比舵轮手站在安全港里，
　　　　眼看一个陌生人的船
　　　　在狂风暴雨中飘摇无依，
　　　　冲撞在礁石上粉身碎骨。
　　　　然而，出于对他遭难的同情，

我对天和对他，
以神圣朱鹭的名义，
做出神圣的宣誓：
跛子帖木儿如此可耻地
侮辱一位神圣的王子，
把美丽的赛诺科莱特羁押这么久，
做他的姬妾以满足他的淫欲，
他将不得不对这一天、
这一刻后悔莫及。

阿拉伯　让痛苦和愤怒催促我们去复仇吧！
因为跛子帖木儿的倒行逆施
愿上天和我们把所有的灾难
都倾倒在他的头上吧。
我真想在他王冠上
劈断我的长矛，
看看他的本事到底有多大，
我怀疑人们
在传布他的功绩时
过于夸大了。

苏丹　卡坡林，你核算过我们的兵力吗？

卡坡林　埃及和阿拉伯伟大的皇帝们，
你们俩兵力合计为
十五万匹军马，
二十万精良武装的步兵，
英勇顽强，坚忍不拔，
犹如在沙漠树林中
追逐野兽的猎人充满勃勃生气。

阿拉伯　我心中预感到幸运的结果。
跛子帖木儿，我确实预见到

你的部队和你将全部完蛋。

苏丹　那就举起你的旗帜！
　　　让你的战鼓敲起来，
　　　指引我们的士兵
　　　向大马士革城墙冲锋。
　　　现在，跛子帖木儿呀，
　　　以偷盗和劫掠而闻名的帖木儿呀，
　　　伟大的苏丹王来了，
　　　还带来伟大的阿拉伯国王，
　　　你们的下贱和卑微只能相形见绌，
　　　锡西厄人和波斯奴隶的乌合之众呀，
　　　你们的命运也只能是被扫荡和驱散了。

　　　（响起战鼓）众下

第四场

摆上筵席，帖木儿穿着红色的衣袍来到席前，赛诺科
莱特、特力达马斯、特切尔斯、乌苏木卡萨纳、土耳
其人（巴耶塞特，其铁笼由两个摩尔人拖着）、查碧
娜等人上

帖木儿　将我们血红的旌旗
　　　　在大马士革挂起来，
　　　　当他们在城墙上战战兢兢走步时，
　　　　将血色映上他们的脑袋，
　　　　在他们领受我的愤怒前
　　　　就已经吓得半死。
　　　　然后，让我们欢宴畅饮，
　　　　为战神喝一大碗一大碗的酒，
　　　　这意味着往你的头盔里

　　　　　塞一大把一大把金子，

　　　　　让大马士革的财宝使你们

　　　　　像伊阿宋拥有

　　　　　一船金羊毛一样富有。①

　　　　　巴耶塞特，你现在还有胃口吗？

巴耶塞特　是的，我有胃口，残酷的跛子帖木儿，

　　　　　我真想生吃你血淋淋的心。

　帖木儿　不，你的心更容易得到；把那心挖出来，供你和你妻

　　　　　子吃。好啊，赛诺科莱特，特切尔斯，和所有宾客开

　　　　　吃吧。

巴耶塞特　开吃，但愿你吃的肉永远不能消化！

　　　　　复仇女神啊，戴上面具在黑暗中

　　　　　潜游到冥府的湖底，

　　　　　用你的手拿起那地府的毒液，

　　　　　将它挤在跛子帖木儿的酒杯里！

　　　　　要不，生着翅膀的勒娜蛇，

　　　　　射出你们的刺来，

　　　　　将你们的毒汁留在暴君的饭食里！②

　查碧娜　但愿这场筵席像普罗科涅

　　　　　对待好色的色雷斯国王，

　　　　　将自己的儿子炖了给他吃。③

赛诺科莱特　我的大人，您怎么受得了这些奴才对您的恶毒的诅咒

　　　　　呢？

　帖木儿　圣洁的赛诺科莱特，

---

① 希腊神话，伊阿宋从希腊驶船到黑海的东端科尔喀斯取回金羊毛的故事。

② 希腊神话，多头蛇勒娜怪兽的血涂在赫拉克勒斯的箭上，他射出的箭造成的伤口无
　法治愈。

③ 希腊神话，普罗科涅是色雷斯国王的妻子，色雷斯国王却恋上了她的妹妹菲洛梅
　拉，还割去了她的舌头。为了复仇，她将自己的儿子炖了给他吃。

> 让他们看看，
> 即使我具有天帝的力量，
> 可以让诅咒报应他们自己，
> 但我仍然会因敌人的诅咒
> 而感到无上光荣。

特切尔斯　　夫人，让他们去诅咒吧。刚才的这番言辞对他们可谓是振聋发聩。

特力达马斯　陛下还是希望能喂他们些食物，这对他们有好处。

帖木儿　　（对巴耶塞特）爷们，为什么不开吃？也许你被带大时吃得太精细了，你不能吃自己的肉了？

巴耶塞特　魔鬼军团首先要把你撕成碎片。

乌苏木卡萨纳　混蛋，你知道你在跟谁说话？

帖木儿　　哦，让他去。——吃吧，先生。从我的剑尖上吃肉吧，要不我就要将它塞到你心里去。

　　　　　巴耶塞特拿喂给他的肉，将它扔到脚下踩

特力达马斯　他将肉扔到脚下踩，我的大人。

帖木儿　　（对巴耶塞特）把肉捡起来，混蛋，吃下去，要不我就要让你将你手臂上的肌肉割下来，跟烧肉一块儿吃。

乌苏木卡萨纳　不，最好让他杀死他妻子，那她自然不会有饿死的问题，而他则预先有了一个月的食物。

帖木儿　　（对巴耶塞特）我的短剑在这里。当她还肥腴的时候，把她结果了吧，如果她再活下去，她的肉吃起来就要皱眉头了，就不值得吃了。

特力达马斯　（对巴耶塞特）你认为穆罕默德能忍受这个吗？

特切尔斯　　如果他不得不忍受的话，他能够的。

帖木儿 （对巴耶塞特）吃，吃你的肉吧。——怎么，一点儿
也不吃？也许是因为他今天还没有喝水。给他水喝。
摩尔人给他水喝，他把水泼到地上
你绝食，好吧，先生，饥饿会让你吃的。——怎么样，
赛诺科莱特，这土耳其佬和他的老婆在筵席上难道不
是做了一个很精彩的表演吗？

赛诺科莱特 是的，我的大人。

特力达马斯 我觉得这比音乐演奏要精彩得多了。

帖木儿 但音乐可以大大激起赛诺科莱特的兴致。
（对赛诺科莱特）请你告诉我，你为何如此悲伤？如
果你喜欢听歌，这土耳其佬可以为你吟唱。为什么会
这样呢？

赛诺科莱特 我的大人，看到我父亲的城池被围，
我诞生于斯的国家遭到蹂躏——
怎么能不痛击我的灵魂呢？
如果你心中还存有哪怕一点儿爱，
如果我对陛下的爱
值得陛下高抬贵手，
那请陛下撤除对大马士革的围攻，
和我父亲实行友好的停火。

帖木儿 赛诺科莱特，即使埃及是主神的土地，
我的利剑也要叫主神弯腰。
我要批判那些地理学家
他们把世界分为欧亚非，
排除了我想去游历，
用这柄剑去制服，
用我的和你，赛诺科莱特的名字
命名的省份、城市和乡镇。
我把这里，大马士革，

　　　　　　　作为子午线的起点。
　　　　　　　难道你愿意我
　　　　　　　为了赢得你父亲的爱
　　　　　　　而失去它吗？
　　　　　　　告诉我，赛诺科莱特。

赛诺科莱特　幸运的帖木儿
　　　　　　　永远享受声誉的眷宠！
　　　　　　　请允许我为父亲说情，我的大人。

　　帖木儿　请放心吧。
　　　　　　　他的人身，
　　　　　　　美丽的赛诺科莱特所有朋友
　　　　　　　将会安然无恙，
　　　　　　　只要他们愿意投降，
　　　　　　　即使勉为其难，
　　　　　　　也拥护立我为皇帝；
　　　　　　　埃及和阿拉伯必须是我的。
　　　　　　　（对巴耶塞特）吃吧，你这奴才。用我的木盘子喂你，
　　　　　　　你也许还以为你非常幸福。

　巴耶塞特　我的空空如也的胃，
　　　　　　　充斥了多余的热量，
　　　　　　　从我孱弱的器官汲取鲜血，
　　　　　　　它维系了自己的活力，
　　　　　　　却加快了残酷的死亡。
　　　　　　　我的血管变得苍白无色，
　　　　　　　肌肉啊，又硬又干，
　　　　　　　关节啊，麻木不仁。
　　　　　　　再不吃，我要死了。

　　查碧娜　吃吧，巴耶塞特。不管他们，让我们活下去吧，但愿
　　　　　　　有一个幸运的神明可怜我们，让我们自由。

帖木儿 （给巴耶塞特一个空的木盘子）土耳其佬，盘子在这儿，你愿意要一个干净盘子吗？

巴耶塞特 是的，暴君，肉再多一点。

帖木儿 轻声点儿，先生，你必须得先少吃一点儿；一下子吃得太多会叫你恶心。

特力达马斯 （对帖木儿）会的，我的大人，特别是几乎不走路，活动量这么少。

拿上第二批装在木箱里的王冠

帖木儿 特力达马斯，特切尔斯，卡萨纳，这儿是三个你们想要的箱子，是不是？

特力达马斯 是的，我的大人，但除了国王之外，谁也不能享用的。

特切尔斯 像我们也就看看而已，帖木儿才乐意要它们。

帖木儿 （祝上一杯酒）啊，这酒是敬给埃及苏丹王、阿拉伯国王和大马士革总督的。拿上这三顶王冠，向我宣誓做我的邦王吧。（他逐个赠以王冠）我在这里给你，特力达马斯，加冕为阿尔及尔国王；特切尔斯，非斯国王；乌苏木卡萨纳，摩洛哥国王。——你怎么说，土耳其佬？这些不是你的邦王。

巴耶塞特 我警告你，他们也不会长久是你的邦王。

帖木儿 （对他的追随者）阿尔及尔、摩洛哥和非斯国王们，
你们跟随幸运的帖木儿
从遥远的冰天雪地的天边
征战到太阳从海上升起的东边，
继而又来到酷热难耐的大陆，
就凭你们的勇敢和高尚，
完全值得我赠予这些称号。
低贱的出身并不影响你们的名声，
美德才是荣誉奔涌出来的源泉，

他们正是荣名要立为国王的人。

特力达马斯　既然陛下开恩赋予我们荣誉，
如果我们的美德没有超过
原先的地位和行事，
那就请把它们拿走，
让我们沦为你的奴隶吧。

帖木儿　说得太好了，特力达马斯！
神圣的命运之神
把我立为强大的埃及的国王后，
我们要往南极进发，
征服所有我们脚下的人，
比所有的皇帝还要名震四海。
赛诺科莱特，我还不会给你加冕，
直到我拥有更大的荣耀。
众下。两个摩尔人将巴耶塞特的铁笼拉走

第五幕

大马士革总督，由三四位公民和四个手中拿着月桂枝
的处女陪同上

总督　这个人，这个战神，
　　　还在摧毁我们的城墙，
　　　夷平我们的塔楼。
　　　还死命反抗，
　　　或者寄希望于苏丹的援军，
　　　那无异于自取灭亡，
　　　让生命陷入绝望。
　　　我看到他的营帐
　　　已改成最残酷恐怖的颜色。
　　　到处招展着漆黑的号旗，
　　　这城将面临一场大抢劫；
　　　如果我们按战争的礼仪，
　　　将生命置于他的怜悯之下，
　　　我担心呀，
　　　他利剑所遵循的原则——
　　　只有利剑才能震慑世界，
　　　那与他名誉密不可分，
　　　他绝不会摈弃惯常的做法

而对我们垂怜，
他定然会把我们屠杀。
为了这些无辜的处女，
她们的荣誉和生命全仰仗于他，
让我们希望
她们毫无瑕疵的祷告，
淌着泪珠的脸颊，
发自肺腑的卑微呻吟，
将感动他，让他起怜悯之心，
像一个可爱的征服者善待我们。

处女甲　如果女人用血与泪，
那在脸上或者心中
流淌的不幸的血与泪，
做谦卑的乞求或祈祷——
这些女人可能是你的妻子，
也可能是你的孩子呀——
能感动你那冷酷的心，
对我们的生命表示几丝关怀，
当危险的阴魂在城墙游荡，
这比发出的死亡令还要危险，
却又不能指望得到
即使是些微的帮助。

总督　啊，可爱的处女们，
考虑到我们对国家的关怀，
对荣誉的爱，
我们不愿受外国人欺凌，
不愿受蛮横的桎梏的束缚，
在所有援救被否定之前，
你们和我们都不会因恐惧，
把自己置于奴役的铁蹄之下。

在公平地权衡你们和我们的
安全、荣誉、自由和生命之后，
你们要么忍受恶意星宿的捉弄，
帖木儿和战争的愤怒的火焰；
要么充当凌驾一切的上天的使者
去减轻这些炽热的生死险情，
用你们美丽的容貌
给我们带来宽恕。

处女乙　在上天和埃及的守护神前，
我们怀着顺从的心跪着
祈求上帝聆听我们的话语，
怜悯我们的容貌，
希望这一擘画能带来幸运，
让帖木儿所见所闻的愉悦
给他的心注入悲悯。
神啊，但愿这些月桂的枝叶，
放在征服者的太阳穴上，
遮蔽他深沟般的蹙眉，
掩盖他生气的面目，
而显得快乐、怜悯而慈悲。
让我们走吧，我的大人，
可爱的乡亲们，
单纯的处女能劝说的，
我们将尽力而为。

总督　再见了，亲爱的处女们，
我们的城池、自由和生命
和你们安全归来紧密相连！
（除处女们）众下。帖木儿、特切尔斯、特力达马斯、
乌苏木卡萨纳等人上；帖木儿一身穿黑，非常忧郁。
处女们鞠躬

帖木儿　怎么，乌龟们将脑袋从龟壳里伸出来了？
　　　　唉，可怜的傻瓜们，
　　　　难道该你们首当其冲
　　　　感受大马士革该死的毁灭吗？
　　　　他们深知我的习惯。
　　　　当我雪白的闪烁着甜蜜怜悯的号旗
　　　　发射出柔和的光辉，
　　　　你们以不屑一顾的眼光瞧它，
　　　　而现在，我漆黑的营帐
　　　　已宣示愤怒和刻骨的仇恨，
　　　　它要的是屠杀和恐怖，
　　　　说实话，它已经告诉你们
　　　　屈从来得太迟了。

处女甲　地球上最幸运的国王和皇帝，
　　　　荣誉和高贵的象征，
　　　　天神为您创造了这世界，
　　　　在它的宝座上
　　　　端坐着神圣的美惠三女神，
　　　　在她们玉体中凝聚着
　　　　造化的精华和庄严的天意：
　　　　请怜悯我们的困苦吧，
　　　　请怜悯可怜的大马士革吧！
　　　　请怜悯那些老者，
　　　　他们的银发昭示着
　　　　曾经的荣誉和尊敬！
　　　　请怜悯那些婚床吧，
　　　　许多丈夫，
　　　　正当年华，浸润在
　　　　爱的快乐之中，
　　　　现今却流着悲哀的血泪

拥抱着他们惊恐万分的妻子
惴惴不安①的身子，
他们一想到
您的强大而永不停歇的手臂
会将他们的身子生离，
不让他们即使在老年
也享受那宝贵的快乐——
他们的脸颊和心
由此而变得苍白无力，
几近憔悴委顿得要死，
而我们无情的总督
却拒绝了您怜悯的手，
那手所持的御杖
决定他们的自由、爱情和生命，
那是天使亲吻、复仇之神惧怕的呀，
为此他们痛苦万分。
哦，为了这些人，
也为了我们自己，
为我们，为婴儿，为所有的生命呀，
他们从不想反对您的统治，
可怜，哦，可怜，神圣的皇帝，
可怜这悲惨的城池，
它已经俯伏在您的脚下了；
请接受这金色的花环——
臣服的象征，
权贵的人士每人都缀上花枝，
他们作为尊敬的子民
以能为皇家的花环，
甚至真正的埃及皇冠效劳

---

① 原文为 jealous，作 anxious 解。

而感无上荣幸。
　　她献上花环

帖木儿　贞女们，你们如此费神纯粹徒劳，
　　　　我用荣誉发誓要做的事
　　　　是不可能被阻止的。
　　　　看我的剑。
　　　　你们在剑头上看到什么？

处女们　除了恐惧和要命的钢铁，
　　　　什么也没有看到，我的大人。

帖木儿　你们恐惧的心灵蒙上了迷雾，
　　　　在剑头上端坐着死神，
　　　　那傲视一切的死神，
　　　　在那锋利的剑刃上
　　　　死神保有他的巡回法庭。
　　　　但我很高兴你们没有看见他；
　　　　他正端坐在我骑兵的长矛上，
　　　　他的无形的身影正待在矛尖。
　　　　特切尔斯，去叫几个骑兵来，
　　　　向这几个少女冲锋，
　　　　显露一下我的仆役——死神，
　　　　正穿着血红色衣服
　　　　端坐在骑兵的长矛上。

处女们　哦，请可怜我们！

帖木儿　把她们带走，听见没有，让她们瞧瞧死亡！
　　　　特切尔斯等人将她们带走
　　　　我不会宽恕这些傲慢的埃及人，
　　　　也不会为了金色尼罗河的财富，
　　　　而改变我的军法规程，
　　　　维纳斯为了爱，

　　　　　她愿意离开愤怒的战神，
　　　　　而和我睡在一起。①
　　　　　他们拒绝了活命的提议，
　　　　　他们应该知道
　　　　　我的决定是断然而绝对的，
　　　　　犹如愤怒的星宿、死神，或者命运。
　　　　　特切尔斯上
　　　　　怎么，骑士给处女们看死亡了吗？

特切尔斯　他们给了，我的大人，
　　　　　被屠杀的尸体已经
　　　　　挂在大马士革的城墙上。

　帖木儿　这景象对于她们的灵魂
　　　　　就像塞萨利毒药一样有害。
　　　　　但就这样吧，我的大人们。
　　　　　其余的人用剑解决。
　　　　　除特力达马斯外其余人下
　　　　　啊，美丽的赛诺科莱特，
　　　　　圣洁的赛诺科莱特！
　　　　　对于你，
　　　　　"美丽"已经是一个太拙劣的形容了，
　　　　　由于你对祖国的热爱，
　　　　　惧怕看到父王受到伤害，
　　　　　你披头散发，
　　　　　乱丝粘在脸颊斑斑的泪痕上，
　　　　　就像花神在清晨鲜花盛开的时候，
　　　　　在空中摇曳她那银色的枝条，
　　　　　将珍珠般的露珠抛洒在大地上，
　　　　　将蓝宝石点缀在你容光焕发的脸上，

———————————

① 希腊神话，维纳斯是战神马尔斯的情人。

在那儿端坐着

美丽女神，缪斯的母亲^①，

用她那象牙的笔作种种的阐释，

从你流光溢彩的眼睛接受指示——

黑夜之神在你

庄严、寂静的薄暮中散步时

来到天空，

那眼睛呀，

使那月亮，那星星，那流星

都陡然明亮起来了。

这些穿水晶戎装的天使

和我的不由自主的思绪——

关于埃及的自由和苏丹的生命——

打了一场无法确定的战争，

赛诺科莱特对他的生命

如此焦虑，

其忧伤比我的军队

对大马士革的围困

更重重地包围我的灵魂；

波斯的国王和这土耳其佬

都没有像赛诺科莱特

这样使我气馁。

美含有什么奇异的魅力？

难道我纷乱的思绪

就是它魅力的明证吗？

如果诗人所持有的神笔

撩拨起主人的思绪，

那缕缕甜蜜的诗情

激发他们的心灵和思想，

---

① 希腊神话，缪斯的母亲应该是莫涅莫辛涅，美丽女神（Beauty）是马洛的杜撰。

引发他们对钦慕对象的灵感；
如果诗人从不朽的诗意
提炼出天意般的精华，
从中我们窥见
人类最高的智慧；
如果所有这一切结晶成一首诗，
汇聚在一起构成美的价值，
那么，在诗人焦躁不安的脑袋上
则应该游荡着一个思想，一种优雅，
至少是一个奇迹，
那最才华横溢的诗人
也难以用诗句
来把它们挥洒吟诵出来。
但是，对于像我这样
寄身锋刃的男子汉，
对于我这样的骑士，
对于我的本性，
对于引起恐怖的我的名字，
脑袋中却存有女性化的柔弱思想
是多么地不可思议！
除了正当地欢呼美，
人的灵魂都会被美所感动——
甚至士兵也迷恋上
名誉、勇敢和胜利——
美必然影响他的思想。
我一方面接受美，
另一方面又设法制服它，
啊，它曾经遏制了神明间的暴风雨，
让它们从点缀着火焰的天上
来到牧羊人可爱而温暖的篝火间，
野草丛生的村舍中，

我纵然出身微贱，
但还要向世界宣示，
美德是光荣的总和，
美德让人变得高贵。——
里面是谁在那儿？
两到三个仆役上
巴耶塞特今天喂了吗？

仆役　喂了，大人。

帖木儿　把他带到这儿来，
让我们了解一下这城是否已洗劫一空。
仆役们下，特切尔斯、特力达马斯、乌苏木卡萨纳等
人上

特切尔斯　我们已占据了这城，我的大人，正在给我们提供征服
带来的战利品。

帖木儿　好极了，特切尔斯。有什么新闻吗？

特切尔斯　苏丹王和阿拉伯国王沆瀣一气，
正猛烈向我们开拔而来，
似乎没有别的出路，只有开战了。

帖木儿　如果只有一条出路，那就让咱们打赢吧，
我向你担保，特切尔斯。
两个摩尔人把关在笼中的土耳其人巴耶塞特和查碧娜
带上

特力达马斯　我们知道胜利肯定属于我们，大人。
但让我们保全可尊敬的苏丹的生命吧，
美丽的赛诺科莱特如此为他担忧。

帖木儿　那是我们最要注意的，特力达马斯，
亲爱的赛诺科莱特的美
可以征服任何一颗心。——

现在，我的垫脚凳，

如果我在战场失利，

你可以期望得到自由和补偿。——

让他待在这儿，师傅们，远离营帐，

直到我们准备好奔赴沙场。——

（除巴耶塞特和查碧娜外）众下

巴耶塞特　滚开吧，永远不会有班师回朝！

数百万士兵包围着你，

要把你千刀万剐！

利镞雨滴般射向你的战马！

复仇之神从地府的黑河里

破土而出，高举着火把，

迫使你踩上那涂了毒药的尖刀阵！

无数子弹穿透你行了魔法的皮肤，

每一颗子弹都涂了毒药！

要不让呼啸的炮弹打断你的腿，

把你炸飞到比鹰隼还要高的空中！

查碧娜　让战场上所有的利剑和长矛

都刺中他的胸口！

鲜血从每一个毛孔汩汩流出，

那持续的疼痛让他心死，

让疯狂把他该死的灵魂送到地狱！

巴耶塞特　啊，美丽的查碧娜，

我们可以诅咒他的权力，

上天有可能皱眉，

大地有可能地动山摇，

但是那颗比斯蒂科斯河①

或者命运女神还要强大的

———————————

① 地府中的一条河。

统治上天和神明的星宿

指挥着他的利剑。

难道我们就在这可厌的

羞耻、饥饿、恐惧之中，

回忆过去的辉煌而扼腕叹息，

没有希望结束我们极端的忧虑吗？

查碧娜　难道穆罕默德、天神、

精灵、命运女神都不在了吗？

难道就没有希望结束

对我们无耻而荒谬的奴役吗？

裂开个大口子吧，大地，

让地府的精灵出来看一眼

这另一个地狱，

绝望而又充满恐怖，

就跟埃勒巴斯的河岸①一样荒芜，

颤抖的魔鬼不断地尖声呻吟

在丑陋的渡工头上飞翔，

等着摆渡到极乐世界去！

我们干吗还要活着？

哦，悲惨的人，乞丐，奴隶，

我们干吗还要活着，巴耶塞特，

在九重云霄中

构筑我们虚妄的希望，

在压迫中苟延残喘，

全世界都要嘲笑

我们陛下曾经的光荣，

如今沦落到无人知晓的

地狱般的奴役之中？

巴耶塞特　哦，生命，

---

① 希腊神话中阳府和阴府之间的地带。

对于我烦恼的思绪，
比冥府蛇恶臭的秽物
还要令人厌恶，
那腐臭充斥地狱所有角落，
让魔鬼传染上无法治愈的痛苦！
哦，我苍凉、可憎的眼睛，
看着我的王冠、荣誉和名声，
扔在了一个盗贼的桎梏之下，
为什么还迎取白昼可诅咒的阳光，
不隐蔽到我被折磨的
灵魂的深处去呢？
你们看见我的妻子，
我的王后和皇后，
名望哺育和支撑的贵人呀，
十五个邦国王后之上的王后呀，
如今被鄙弃在阴暗的陋室之中，
到处是最卑鄙的苦力留下的污垢，
一个遭受羞辱、蔑视和欺凌的女隶农。①
该诅咒的巴耶塞特，
他怜悯的话语，
可以让查碧娜的心欢快起来，
让我们的灵魂在串串泪珠中
找到慰藉，
然而，痛彻心扉的饥饿
让思绪无法变成言语说出来。
哦，可怜的查碧娜，
哦，我的王后，我的王后，
为我焦渴的胸口拿一点水来，
更长久些安慰我吧，

---

① 西欧封建社会中介于奴隶和自由农之间的依附农民。

在逐渐短促的生命中，
我也许可以将我的灵魂
用爱的语言
倾注在你的怀抱之中，
我们爱的交媾的呻吟
一直被愤怒和仇恨所阻隔，
那无法言说的、该诅咒的刑罚。

查碧娜　亲爱的巴耶塞特，
我要使你的生命延长，
只要任何鲜血或气息
能消除或者减轻我痛苦的折磨。

她走出

巴耶塞特　现在，巴耶塞特，结束令人苦恼的日子吧，
撞破这被征服的脑袋，
既然其他死亡的办法
都属在禁之列。
哦，永恒的主神最高的星宿呀，
这可诅咒的日子
充斥了痛苦，
将你的被污秽的脸
掩藏在永无止境的黑夜之中，
遮蔽了明亮天空的窗户！
让丑陋黑暗女神锈迹斑斑的马车
包围在黑云所携带的暴风雨中，
用永不消散的浓雾紧锁大地，
让她的马匹的鼻孔吮吸
叛逆的狂风和可怕的雷霆，
正是在这种阴森恐怖中，
跛子帖木儿赖以生存，
而我憔悴的灵魂，

化入了太虚之中，

可以惩罚、折磨他的思绪！

然后，就让冰冷的石块

飞穿过我枯萎的心，

结束我可厌的生命！

他一头撞向铁笼。查碧娜上

查碧娜　　我的眼睛看见了什么？

我丈夫死了！

他的头颅摔成两半，

脑浆泼溅了一地！

巴耶塞特的头颅，

我的主公和国王！

哦，巴耶塞特，

我的丈夫和我的大人，

哦，巴耶塞特，哦，土耳其人，

哦，帝王——给了他烈酒了？我没给。拿牛奶和火
来，我再给他带来我的血；把我撕裂成碎片吧，给我
一把剑，要剑刃上燃烧一团烈火。打倒他，打倒他！
到我孩子那儿去。走，走，走！啊，救救这婴儿，救
救他，救救他！我，我，让我跟她说话。太阳落山
了。旗幡，白色的，红色的，黑色的，在这儿，在这
儿，在这儿。将肉扔在他脸上。跛子帖木儿，跛子帖
木儿！把士兵们埋葬。地狱，死亡，跛子帖木儿，地
狱！把我的马车准备好，我的坐椅，我的首饰。我来
了，我来了，我来了！①

她一头撞向铁笼。赛诺科莱特和阿尼帕上

赛诺科莱特　悲惨的赛诺科莱特，

亲眼见到大马士革城墙

---

① 在这里马洛将诗与散文结合在一起表达一种疯狂的状态。后来莎士比亚在奥菲利亚
和麦克白夫人中也有类似的写法。

沾染上埃及人的鲜血，
那是你父亲的子民，你同胞的血呀，
你的大街上乱抛着残腿断臂，
受伤的人们在呼唤着救命，
最该诅咒的是看到
天使般的阳光处女
和毫无瑕疵的姑娘，
被骑兵们的长矛挑起，
无辜地承受残酷的死亡！
这些少女姣好的容貌
足以叫愤怒的战神
折断他的刀剑
而温情脉脉善待她们！
凶猛而又壮健的鞑靼种骏马，
当骑兵手持颤动的长矛驰骋，
铁蹄曾经踩在别的马身上飞奔，
看到她们的美丽
竟然也勒住了缰绳原地踏步。
啊，帖木儿，难道你，
说赛诺科莱特是你的最爱的你
是这一切的始作俑者吗？——
处女们的生命
比赛诺科莱特的还要宝贵，
难道除了对你自己的爱
就什么也没有了？
（她看见死亡的巴耶塞特和查碧娜）
瞧，又一个血腥的惨象！
啊，悲哀的眼睛呀，
总是跟我的心过不去，
让我瞧见如此多凄惨的情景，
告诉我灵魂如此多流血的故事！

啊，啊，阿尼帕，看看他们还有气息吗？

阿尼帕 没气息了，也没感觉了，
两人都不动了。
啊，夫人，他们是被帖木儿
极端的凶残迫害死的。

赛诺科莱特 大地啊，从你的地核
喷涌出泉水来，
为他们的英年早逝
让眼泪濡湿你的面颊吧；
为他们所受的恐惧和痛苦，
颤抖吧，
天啊，羞赧吧，
在他们诞生时，
你赐以他们荣耀，
而如今让他们如此野蛮地死去！
这两人以变化无常的帝权而自豪，
无限醉心于世俗的辉煌。
瞧这土耳其人和他的高贵的皇后！
啊，帖木儿，我的爱，
亲爱的帖木儿，
为御杖和不牢靠的王冠而战，
瞧这土耳其人和他的高贵的皇后！
你在你的幸运的星宿引导下，
每晚睡觉眉宇间都是征服，
不愿看到战争出现逆转，
生怕承受失败的痛苦，
瞧这土耳其人和他的高贵的皇后！
啊，强大的朱庇特和神圣的穆罕默德，
原谅我的爱，哦，原谅他轻蔑
于世俗的命运和对怜悯的爱，

　　　　　不要让无情追逐的征服

　　　　　反过来要了他的命，

　　　　　就像这伟大的土耳其人

　　　　　和他不幸的皇后！

　　　　　原谅我！

　　　　　他们遭受如此长的迫害，

　　　　　而我没有对他们表示怜悯。

　　　　　啊，你会遭遇怎样的命运呢，

　　　　　赛诺科莱特？

阿尼帕　夫人，你还是满足吧，

　　　　　你就这么想，

　　　　　你的爱

　　　　　掌控着命运女神，

　　　　　她会待着，

　　　　　不去转动她的轮子，

　　　　　那么，他那强大的手臂就会有生命，

　　　　　那为荣誉而奋斗，

　　　　　给你头上增添更多光环的手臂。

　　　　　信使费勒摩斯上

赛诺科莱特　费勒摩斯还带来什么坏消息？

费勒摩斯　夫人，您父亲和阿拉伯国王，

　　　　　殿下您最初的情人，

　　　　　就像图努斯对付埃涅阿斯[①]，

　　　　　手持长矛来到埃及的战场，

　　　　　要和我的大人国王陛下开战。

赛诺科莱特　哦，耻辱和责任，爱情和恐惧，

　　　　　给我殉情的灵魂万千的痛苦呀。

---

① 图努斯与勒维尼亚原先订了婚，开战击败了要与勒维尼亚结婚的埃涅阿斯。见维吉尔《埃涅阿斯纪》。

当我悲惨的快乐分割和折磨

在责任和可诅咒的心愿之间，

我希望谁赢得这致命的胜利呢？

父王和我最初订婚的情人

要跟我的生命和当今的情人作战，

我的反复无常斥责了我的信念，

让我的行为臭名远扬。

但是，正如神明为了结束特洛伊战争，

将勒维尼亚从图努斯手里夺了过去，

而成就了埃涅阿斯的爱情，

对于图努斯，这可是致命的呀。

所以，为了了结我的痛苦，

爱抚我的国家和我的爱情，

考虑到双方力量都不可战胜，

我希望帖木儿最好依据一场

较为温和的胜利，

和他们结成荣誉的联盟；

这样，正如神明预先注定，

我父亲的生命得以保障，

英俊的阿拉伯也得到保护。

　　　　喇叭吹开战号角，帖木儿获胜。然后，受伤的阿拉伯
　　　　国王上

阿拉伯　是什么该诅咒的力量

在指导这臭名远扬的暴君的士兵，

他们砍杀的技能太高超了，

没有谁能幸免逃过，

幸运女神也不让对手获胜。

躺下吧，阿拉伯，你伤得快要死了，

让赛诺科莱特美丽的眼睛看看，

你为她扛起了这倒霉的武器，

　　　　　　　如今为她死在这武器上，
　　　　　　　让鲜血见证我对她的爱吧。

赛诺科莱特　为这种爱做见证，
　　　　　　　代价太昂贵了，我的大人，
　　　　　　　瞧赛诺科莱特，这该诅咒的对象，
　　　　　　　她看似的好命
　　　　　　　从来就没有让她释怀！
　　　　　　　瞧，她心灵为你而感受的苦痛，
　　　　　　　跟你为她而身受的创伤
　　　　　　　是一样地深沉。

　　阿拉伯　我怀着一颗满足的心去死。
　　　　　　　如果我没有受伤，
　　　　　　　一瞥神圣的赛诺科莱特，
　　　　　　　那会给我的伤口带来温暖，
　　　　　　　那快乐叫我去死也愿意——
　　　　　　　啊，致命的疼痛呀，
　　　　　　　给我一会儿诉说衷肠的时间吧，
　　　　　　　回忆那些甜蜜的往事，
　　　　　　　你邂逅的一切，
　　　　　　　那完全与你的美德相配，
　　　　　　　虽然你禁锢在低俗的枷锁之中，
　　　　　　　我希望我可以在私下和你分享
　　　　　　　那些你理应得到的快乐和爱！
　　　　　　　现在请瞧我一眼吧，
　　　　　　　将悲哀从我孱弱的灵魂驱走，
　　　　　　　既然死亡将剥夺我快乐的源泉，
　　　　　　　拒绝给予我关怀，
　　　　　　　我的心将坦然死去，
　　　　　　　请用你慰藉的手将我的眼睛合拢。
　　　　　　（他死亡）帖木儿引领苏丹王上；特切尔斯、特力达

马斯、乌苏木卡萨纳（手持一顶给赛诺科莱特的后
冠）等人上

帖木儿　来吧，赛诺科莱特幸运的父亲——
　　　　这比你苏丹王的称号高贵得多。
　　　　虽然我的右手让你受了惊吓，
　　　　你高贵的女儿将会让你自由——
　　　　她释解了我利剑的愤怒，
　　　　这利剑
　　　　是曾经沉浸在血泊之中的呀，
　　　　像幼发拉底河或尼罗河一样
　　　　宽广和深邃。

赛诺科莱特　哦，欢迎呀，我快乐的灵魂，
　　　　看到父王从危险的疆场回来，
　　　　因为我征服一切的爱而安然无恙！

苏丹　见到我唯一的女儿，
　　　　亲爱的赛诺科莱特，
　　　　太美好了，
　　　　虽然我失去了埃及和王冠。

帖木儿　是我赢得了胜利，我的大人，
　　　　因此你不要因为落败而悲伤，
　　　　我将把一切都放在你的手上，
　　　　还要给你的地域
　　　　比埃及国王所能得到的更强的力量。
　　　　战神将他的地位让给我了，
　　　　要让我成为世界的主帅。
　　　　朱庇特见到我一身铠甲戎装
　　　　都会脸色苍白而憔悴，
　　　　惧怕我将他从宝座上拉下来。
　　　　我一来，

三位命运女神都会惊吓得
大汗淋漓，
而恐怖的死亡之神，
来回奔跑，
向我的利剑致敬；
在非洲，很少下雨的地方，
自从我来到，
我的胜利之师带来了雨云，
那雨吸自痉挛伤口的鲜血，
鲜血又融化成紫色的雨滴——
这流星可以震撼整个大地，
每吮吸一滴就足以叫它地动山摇。
数百万灵魂挤坐在冥河的岸边，
等待摆渡的船归来；
地府和极乐世界都挤满了冤鬼，
是我从战场上派遣过去，
在地狱或在天上宣扬我的名声。
瞧，我的大人，这一幅奇异的图景：
皇帝和国王们匍匐在我的脚下。
土耳其佬和他的高贵的皇后，
我们出外征战把他们留在了后面，
他们自己了结了奴役的生命。
还有阿拉伯国王，
他也送了命——
所有这些情景
都在印证我的胜利。
而这一切对于帖木儿太合适了，
那犹如一面镜子，
从中您可以看到他的荣耀，
当人们试图跟他打仗，
那只能是鲜血横流。

苏丹 上天和穆罕默德让你变得强大，
　　　名扬四海的帖木儿，
　　　所有的国王都必须
　　　将王冠和王国呈献给他。
　　　一个像您一样地位崇高的人
　　　如此以礼相待赛诺科莱特，
　　　我也就对我的被推翻感到宽释了。

帖木儿 您瞧，她的地位和为人无须浮华；
　　　至于有关贞操的污点，
　　　我已经请上天见证，
　　　她天赐的玉体洁白无瑕。
　　　因此无须再浪费时日，
　　　赶紧将波斯的后冠
　　　戴在她高贵的头上；
　　　在这儿，
　　　这些与我同命运的国王，
　　　为了他们实战的功勋，
　　　就是这只手给他们加了冕，
　　　现在，这只手，会同他们的手，
　　　一起给她戴上波斯的后冠。
　　　高贵的苏丹王和赛诺科莱特，
　　　你们有什么要说的？

苏丹 我谨此表示感谢，
　　　因为您对她的爱，
　　　但愿您将拥有无限的荣誉。

帖木儿 美丽的赛诺科莱特毫无疑问
　　　将很快满足我们的要求。

赛诺科莱特 要不我就太辜负您了，我的大人。

特力达马斯 让我们将后冠戴在她的头上吧，

为这一高位，

它已经等待得太长久了。

特切尔斯 我的手已经准备履行它的使命，

在她的婚礼之后，

我们就可以安然休息了。

乌苏木卡萨纳 后冠在这儿，我的大人；

帮着戴上去吧。

帖木儿 请坐，神圣的赛诺科莱特。

在加冕礼中，她坐上她的宝座

我们在这里将你加冕为波斯、

帖木儿最近降伏的

所有王国和地区的皇后。

她就像朱庇特用群山

将巨人压在地下时的朱诺，

在我的爱的眉宇间

述说着我的凯旋和胜利；

或者像拉托那的女儿^①，

醉心于狩猎，

给我征服的心增添勇气。

为了使您高兴，亲爱的赛诺科莱特，

埃及人、摩尔人和亚洲人，

从巴巴里到西印度，

将每年向殿下进贡，

他那强大的手臂

将从非洲的疆域

一直延伸到恒河河岸。

我的大臣们和忠诚的随从们，

你们用战绩获得了王国，

---

① 即希腊神话中的阿耳忒弥斯，月亮与狩猎女神。

现在脱去戎装铠甲，
穿上紫红色的袍子，
由贵爵们陪同
走上你们的王位，
制定法律统治你们的地域。
将你们的武器挂在
阿尔喀特斯门柱上，
因为帖木儿和整个世界停火。
对赛诺科莱特
您最初订婚的情人阿拉伯
我们将按厚礼将他安葬，
同时安葬的还有
那伟大的土耳其人和他美丽的皇后。
在这肃穆的葬礼之后，
我们将举行庄严的婚礼。
众人抬着尸体庄严前行，下

2018 年 3 月 14 日

跛子帖木儿大帝[①]（第二部）

克里斯托弗·马洛 著

① 根据 Doctor Faustus and Other Plays，Christopher Marlowe，Oxford University Press，
2008 译出。

戏剧人物

奥凯恩斯，纳托利亚国王

加塞勒斯，比龙①总督

尤里巴萨

随从数人

西吉斯蒙德，匈牙利国王

弗莱德里克

鲍德温

卡拉帕恩，巴耶塞特的儿子

阿尔梅达

帖木儿

赛诺科莱特

卡里法斯，帖木儿的儿子

阿米拉斯，帖木儿的儿子

塞勒比努斯，帖木儿的儿子

特力达马斯

特切尔斯

乌苏木卡萨纳

使者

三位医生

---

① 在巴比伦和沥青湖之间的一座城镇。

特拉布松国王

索里亚国王

耶路撒冷国王

士兵们

扫雷工兵们

将军，奥林匹亚的丈夫

奥林匹亚

将军的儿子

佩迪卡斯

姨太太们

巴比伦总督

马克西姆斯

公民们

阿马西亚国王

卡拉帕恩手下的将军

开场白

帖木儿最近来到我们的舞台，
受到广泛的欢迎，
我们的诗人又写了第二部，
死亡阻断了他的辉煌，
残酷的命运女神
将他所有的胜利踩在脚下。
美丽的赛诺科莱特
遭遇了什么？
他用多少城池当祭品，
隆重举行她悲哀的葬礼？
他将亲自来展现他的故事。

第一幕

第一场

纳托利亚国王奥凯恩斯、比龙总督加塞勒斯、尤里巴
萨，以及他们拿着喇叭和战鼓的士兵上

奥凯恩斯　东部这些总督太可恶了，

　　　　　他们由伟大的巴耶塞特的后嗣，

　　　　　神圣的大人，强大的卡拉帕恩所任命，

　　　　　现今他困在埃及

　　　　　成了那混蛋的战俘，

　　　　　那歹徒曾经将他父亲囚禁在铁笼里。

　　　　　我们二百个军团，

　　　　　从美丽的纳托利亚①出发，

　　　　　战斗部队正在多瑙河岸休整，

　　　　　匈牙利国王西吉斯蒙德

　　　　　将亲自来缔结停战协定。

　　　　　我们是和基督徒谈判，

　　　　　还是过河到疆场决一死战？

加塞勒斯　纳托利亚王上，让我们寻求和平吧。

　　　　　我们已经手染太多基督徒的血，

---

① 在小亚细亚，现今的土耳其。

如今面对一个更为强大的敌人：
傲慢的跛子帖木儿，
他正在亚细亚，靠近盖隆①，
征服的铁蹄正在逼近，
誓死要把土耳其烧成灰烬。
我的大人，你的军力要对付的是他。

尤里巴萨　此外，西吉斯蒙德国王从基督徒国度
不仅带来匈牙利人，
还带来斯洛文尼亚人、德国人、
骑兵、瑞士人、丹麦人，
手持长戟、长矛和致命的战斧，
如果和谈，我们就可以避开这锋芒。

奥凯恩斯　在北纬圈有广袤的格陵兰，
被结冰的海洋包围，
在那儿居住的人高大而又壮实，
就像独眼巨人波吕斐摩斯一样。
即使数百万士兵跨过北极圈，
使西吉斯蒙德的军力相当于全欧洲，
土耳其的锋刃仍将割破他们的喉咙，
将这平原变成一条血河。
流向特拉布松的多瑙河，
它的血色的波涛携带着
被杀的基督徒的尸体，
作为战争礼品献给国内的朋友。
多瑙河最后注入地中海，
由于这场战争，
它将成为血腥的海。
骄傲的意大利漂泊的水手，
将遇见随潮水漂流而来的

---

① 现今叙利亚阿勒颇东北一镇。

　　　　　基督徒的尸体，
　　　　　一堆一堆尸骸撞击着
　　　　　满载世界奇珍异宝的商船，
　　　　　犹如美丽的欧罗巴骑着公牛①，
　　　　　上岸时戴着哀悼的黑纱。

加塞勒斯　强大的奥凯恩斯，世界的总督，
　　　　　既然帖木儿集结了他所有的兵力，
　　　　　他的总部随部队从开罗往北推进
　　　　　到亚历山大和前线城镇，
　　　　　旨在夺取我们的领土。
　　　　　和匈牙利国王西吉斯蒙德
　　　　　谈和非常必要，
　　　　　这样，我们就可以调兵
　　　　　对付傲慢的跛子帖木儿，
　　　　　他正想攻打纳托利亚。

奥凯恩斯　比龙总督，你说得非常明智。
　　　　　我的国家，在帝国的中央，
　　　　　我们失守，整个土耳其就亡。
　　　　　为此，基督徒们也愿意要和平。
　　　　　斯洛文尼亚人、德国人、骑兵、
　　　　　瑞士人、丹麦人
　　　　　吓不倒奥凯恩斯，
　　　　　却能吓倒跛子帖木儿大帝——
　　　　　其实也不是他，而是命运
　　　　　让他成了伟人。
　　　　　我们和希腊人、阿尔巴尼亚人、
　　　　　西西里人、犹太人、阿拉伯人、
　　　　　土耳其人和摩尔人打过仗，

① 希腊神话中的腓尼基公主，被爱慕她的宙斯化成一条公牛把她带到另一个大陆，即现今的欧洲。

纳托利亚人、索里亚人、黑埃及人、
伊利里亚人、色雷斯人和比塞尼亚人
联合在一起足够
把残兵败将西吉斯蒙德一口吞掉，
但对付跛子帖木儿却远远不够。
他把全世界的人带到了战场。
从锡西厄到印度的东部海滩，
印度洋滔天的浪涛
带着喧哗和咆哮
拍打着这些地区的海岸，
水手们从未见过如此奇景，
亚细亚都和跛子帖木儿联盟。
从炎热的北回归线赤道
到南回归线的亚马孙地区，
从那儿到更远的爱琴海群岛，
非洲都是跛子帖木儿的盟友。
所以，总督们，基督徒必须要和平。

西吉斯蒙德、弗莱德里克、鲍德温和拿着战鼓、喇叭
的随员上

西吉斯蒙德　　奥凯恩斯，我们的使节已经对你声明，
我们和盟友已经跨过多瑙河，
是友好的和平
还是进行垂死的战争？
正如罗马人的习俗，
我给你一把出鞘的剑
由你选择。

他把剑给奥凯恩斯

你想战争，把剑锋对我挥舞一下，
你想和平，把剑再还到我手上，
我会将剑插进剑鞘，

表明我也想和平。

奥凯恩斯　等一等，西吉斯蒙德。
难道你忘了我就是那个人，
他用大炮叫维也纳城墙摇晃，
当大地的泥土飞扬，
在天轴周围发抖，
城墙也随之跳起舞来？
难道你忘了
我弯弓发射雨滴般的飞箭，
箭头沾着鸩毒或带有钢钎，
箭镞如此密集射击
紧闭眼睛的市民抱头鼠窜，
你，帕莱坦伯爵，
波希米亚国王，
奥地利公爵，
派遣传令官来，
谦卑地跪在那儿
以你的名义哀求我停火？
难道你忘了
为了请求我撤围，
你送成车黄金来到我营帐前，
马车上装饰着展翅的鹰隼，
爪子抓着朱庇特可怕的雷霆？
你怎么可能想到罗马人这一套，
你还能选择战争吗？

西吉斯蒙德　维也纳被围时，我在那儿，
我当时是帕莱坦伯爵，现在是国王；
我们所做的都是极端的事。
现在，奥凯恩斯，看看我王家的军队，
都隐蔽在平原，

　　　　　宽阔而广大，
　　　　　犹如你站在巴格达高塔上
　　　　　遥看阿拉伯沙漠一样，
　　　　　或者犹如旅行者
　　　　　在白雪皑皑的亚平宁山顶上
　　　　　望断大海一样；
　　　　　请告诉我，
　　　　　我是否该如此谦卑，
　　　　　和纳托利亚国王谈判停火呢？

加塞勒斯　纳托利亚和匈牙利国王，
　　　　　我们从土耳其来
　　　　　就是为了缔结一个同盟，
　　　　　不是为了到沙场开战。
　　　　　两位可以进行一场友好谈判。

弗莱德里克　我们从欧洲来也是为了这一目的，
　　　　　如果你们的将军拒绝，
　　　　　我们已经扎好营盘，
　　　　　士兵们都严阵以待，
　　　　　只要你们一蠢动
　　　　　我们就可以冲杀过来。

奥凯恩斯　我们也没有懈怠。
　　　　　如果西吉斯蒙德说话像个朋友，
　　　　　不坚持不合理的条件，
　　　　　那就把剑拿去；
　　　　　让我们按双方使节
　　　　　议定的条件媾和。

西吉斯蒙德　（接受剑）我把它插进剑鞘，
　　　　　把手伸给你，
　　　　　永远不再拔出剑鞘

和你或者你的盟友开战。
只要我活着，我就和你休兵。

奥凯恩斯　但是，西吉斯蒙德，你还是发个誓吧，
在上天和基督面前起誓。

西吉斯蒙德　凭着他，
创造这个世界和拯救我灵魂的人，
上帝的儿子，圣女的圣子，
亲爱的耶稣基督，
我庄严宣誓，
将永远不破坏这和平。

奥凯恩斯　凭着神圣的穆罕默德，真主的朋友，
他神圣的可兰经与我们同在，
当他离世时，
他的光荣的圣体，
置于一座棺椁中，
悬挂在庄严的麦加神庙的顶上，
我起誓这和平神圣不可侵犯；
按照我们的条件和庄严的誓言，
和平条约经我们亲手签字，
我们各方保留一份文件，
作为对我们联盟的见证和纪念。
现在，西吉斯蒙德，
如果任何基督徒国王
侵犯你王国的领土，
对他们说纳托利亚奥凯恩斯的话，
他将信守与多瑙河地区结盟的誓言，
他们一听说就会发抖，
赶紧撤走了事，
所有的国家都见我害怕得要死。

西吉斯蒙德　如果任何异教徒君主或者国王
　　　　　　侵略纳托利亚，
　　　　　　西吉斯蒙德将派遣
　　　　　　十万训练有素的金戈铁马，
　　　　　　配备德国锋利长戟，
　　　　　　那是帝国的力量和精华。

　奥凯恩斯　我感谢您，西吉斯蒙德；
　　　　　　不过，我一旦进入战争，
　　　　　　小亚细亚、非洲和希腊
　　　　　　都会跟随在我的战旗
　　　　　　和震天的战鼓后面。
　　　　　　来吧，让我们到幕帐去赴宴吧。
　　　　　　我将调遣我的大部分兵力
　　　　　　到美丽的纳托利亚
　　　　　　和特拉布松去，
　　　　　　等我一到就和傲慢的帖木儿开战。
　　　　　　我的朋友西吉斯蒙德
　　　　　　和匈牙利贵爵们，
　　　　　　让我们去赴宴，畅饮一番，
　　　　　　然后回到各自的国家去。
　　　　　　众下

第二场

卡拉帕恩和他的看守阿尔梅达上

　卡拉帕恩　亲爱的阿尔梅达，
　　　　　　可怜可怜卡拉帕恩
　　　　　　悲惨的处境吧，
　　　　　　他是巴耶塞特的儿子，

生来就是西亚的君王，
而如今却被残酷的帖木儿羁禁。

阿尔梅达　我的大人，我怜悯你的处境，
衷心希望你能得到释放。
但他的愤怒就意味着死亡。
我的君王，名震四海的帖木儿，
除了这以外
不会再给你更多的自由。

卡拉帕恩　啊，难道我如此笨拙
说不清我将想干什么吗？
我知道你将和我一起离开这儿。

阿尔梅达　我不会在非洲整程陪同你。
所以不要来游说我。

卡拉帕恩　听我说完，温和的阿尔梅达。

阿尔梅达　关于那事，就此为止，求你啦，先生。

卡拉帕恩　在开罗逃——

阿尔梅达　我告诉你啦，不要谈论逃亡的事，先生。

卡拉帕恩　再说点儿，温和的阿尔梅达。

阿尔梅达　好吧，先生，说什么？

卡拉帕恩　从开罗逃往亚历山大海湾
尼罗河三角洲，
在那儿停泊着土耳其皇家船队
一艘大帆船，
等着我来到河边，
希望想办法把我救出去，
我只要一上船，
船就升帆开航，

很快就可以驶到地中海，

穿越过塞浦路斯岛和克里特岛，

我们很快就可以抵达土耳其海域。

在那儿，你将看到成百的国王

跪在地上欢迎我回国。

在这些闪闪发光的金王冠中，

你可以选择一顶；

一切听随你便。

我将给你一千艘

基督徒奴隶划的大木船。

它们将穿过直布罗陀海峡，

从西班牙海岸带来大海船，

船上装满从富饶的美洲运来的黄金。

希腊处女将侍候你，

她们能歌善舞，特别熟谙情歌，

如皮格马利翁的象牙女郎[①]一样美丽，

俨然是可爱的艾奥[②]的化身。

你乘香车在大街上凯旋，

香车将由赤身裸体的黑人拖曳，

轮子下铺着土耳其地毯，

墙上挂着花毯，

一切装饰都愉悦你高贵的眼睛。

一百名显贵大人穿着绛紫色丝袍，

骑巴巴里马在你前面开道；

当你出行，

一顶金色的华盖替你遮阳，

华盖上缀着宝石，

犹如太阳神从地球的半球跃起，

---

① 根据奥维德的《变形记》，传说中的国王爱上了自己雕塑的少女像。

② 根据奥维德的《变形记》，宙斯追求的少女之一。

　　　　　而降落到另一半球
　　　　　将整个世界笼罩一样的辉煌而美丽——
　　　　　还有许多我无法一一述说。

阿尔梅达　你说，大木船离这儿有多远？

卡拉帕恩　亲爱的阿尔梅达，还不到一英里半。

阿尔梅达　难道我们上船不会被发现吗？

卡拉帕恩　楼船就藏匿在一座山
　　　　　和一块畸形巉岩之间，
　　　　　风帆收起，桅杆和索具都放下，
　　　　　楼船躲得很隐秘谁也发现不了。

阿尔梅达　这我倒很喜欢。但是告诉我，我的大人，如果我真让
　　　　　你逃亡，你会信守你的诺言吗？我把你放了，你会让
　　　　　我当国王？

卡拉帕恩　作为皇帝卡拉帕恩，
　　　　　凭着穆罕默德之手，
　　　　　我发誓你将加冕为王，
　　　　　成为我的同僚。

阿尔梅达　我阿尔梅达起誓，
　　　　　作为帖木儿大帝手下
　　　　　对你的看守——那是我现在的职责——
　　　　　即使他派遣一千个士兵
　　　　　来拦截我们这个大胆的行动，
　　　　　我仍然会冒险把大人送走，
　　　　　如果我让你又被抓回我就去死。

卡拉帕恩　谢谢，温和的阿尔梅达。
　　　　　那就赶紧吧，
　　　　　不要耽误时间了，
　　　　　我们两人一起走。

阿尔梅达　听你的，我的大人。我准备好了。

卡拉帕恩　马上就走。再见了，该死的跛子帖木儿！
　　　　　我要去为我父亲的死报仇。
　　　　　同下

第三场

帖木儿和赛诺科莱特以及三个拿着战鼓和喇叭的儿子
卡里法斯、阿米拉斯和塞勒比努斯上

帖木儿　明亮的赛诺科莱特，世上最美丽的眼睛，
　　　　你的光明照亮天上的星星，
　　　　你快乐的容貌横扫乌云，
　　　　让天空穿上水晶般的华服，
　　　　现在请在美丽的拉里萨平原①休息，
　　　　埃及和土耳其帝国在这儿分界，
　　　　邻近你当皇帝的儿子们，
　　　　他们每一个人都有自己的地盘。

赛诺科莱特　亲爱的帖木儿，
　　　　你什么时候远离战争，
　　　　让你神圣的身体
　　　　摆脱愤怒的战争的危险？

帖木儿　当天空停止在两极的轴上运转，
　　　　当我的士兵迈步其上的大地隆起
　　　　直逼新月，
　　　　我才会远离战争，
　　　　不会在此之前，我亲爱的赛诺科莱特。
　　　　坐下吧，像一个可爱的皇后。

---

①　在埃及和叙利亚之间的海岸。

　　　　　她坐在她的后座里
　　　　　瞧，她端坐在荣耀和庄严之中，
　　　　　我的儿子们——
　　　　　在我的眼中比我征服的
　　　　　所有富有的王国还要宝贵——
　　　　　依偎在她身边，
　　　　　端详着她们母亲的脸庞。
　　　　　不过我觉得
　　　　　他们的眼神过于温情，
　　　　　没有刚强之气，
　　　　　不像是帖木儿的儿子；
　　　　　水和空气混合在一起，
　　　　　缺乏的是勇气和智慧；
　　　　　他们头发如奶一样雪白，
　　　　　如羽毛一样轻盈，
　　　　　它们应该像豪猪的刺，
　　　　　像煤玉一样黑，像钢一样坚强，
　　　　　对于战争而言，
　　　　　他们还是太精致了。
　　　　　手指用来弹拨琴弦，
　　　　　手臂用来搂抱女人的颈项，
　　　　　双腿用来跳舞和在空中雀跃
　　　　　倒是绝顶地相配，
　　　　　这让我寻思他们可能是私生子，
　　　　　而不是我帖木儿的儿子。
　　　　　但我知道他们从你的子宫生出，
　　　　　而你除了帖木儿
　　　　　从不瞧一眼别的男人。

赛诺科莱特　我尊贵的大人，
　　　　　他们拥有母亲的容貌，

但一旦决意做什么事，
他们的心像征服世界的父亲。
这可爱的男孩，三人中最小的一个，
不久前骑着一匹锡西厄种马，
在训马场骑马比武，
当他俯身用一根细棍
去捡一只手套时，
他收紧缰绳，
马前蹄猛然腾空，
接着后蹄也陡然飞踢，
我不禁失声叫了起来，
生怕他从马上跌落下来。

帖木儿　（对塞勒比努斯）好极了，我的孩子。
好极了，我的孩子。
我将给你配备盾牌、长戟、
铠甲、战马、戎盔和战斧，
我教你如何向敌人冲锋，
在致命的长矛攻击中如何脱身。
你如果喜欢跟随我打仗，
我将加冕你为王，和我一起统治，
把俘虏的皇帝关在囚笼里。
如果你比两个哥哥更优秀，
具有更多的美德，
你会先于他们而成为大王，
你的子嗣
在离开母亲的子宫前
就会戴上王冠。

塞勒比努斯　是的，父亲，你将会看到，
我活着，在我手下
将有跟你一样多的国王，
进军的士兵如此之众，

全世界看到都会发抖。

帖木儿　你这些话儿让我相信，孩子，
　　　　你是我的儿子。
　　　　当我年迈打不了仗了，
　　　　你就成世界的灾殃和恐怖。

阿米拉斯　为什么我不能，我的大人，
　　　　　跟他一样成为世界的灾殃和恐怖呢？

帖木儿　你们都成为世界的灾殃和恐怖吧，
　　　　否则不是帖木儿的儿子。

卡里法斯　当我的兄弟们跋涉征战，我的大人，
　　　　　让我陪着亲爱的母亲吧。
　　　　　他们足够征服整个世界，
　　　　　你打下的天下够我治理的了。

帖木儿　你这杂种，什么胆小鬼戳出来的，
　　　　绝不是伟大的帖木儿的后代。
　　　　在我征服的所有地域，
　　　　没你的立锥之地，
　　　　除非你有一颗勇敢而必胜的心。
　　　　瞧瞧我吧，
　　　　我将戴上波斯的皇冠了，
　　　　然而，我的头上有最深的疤痕，
　　　　胸口上有无数的创伤，
　　　　我狂暴不羁，
　　　　眼睛里放射出闪电，
　　　　在我深沟般蹙眉中
　　　　隐藏着复仇、战争、死亡和残酷。
　　　　沙场覆盖着紫红色的血液，
　　　　散点着被屠戮的人的脑浆，
　　　　只有这样，我才能得到我的王座；

想坐到那王座上去的人
必须拿着刀剑
蹚过那齐脖的血河。

赛诺科莱特　我的大人，
对高贵的儿子们说这些话，
在他们尝到愤怒的战争
给予他们的痛苦之前
会伤害他们的心灵。

塞勒比努斯　不，夫人，这些话儿对我们振聋发聩。
他的王座一旦浸在血泊之中，
在我失去王冠之前
我就要准备一艘船去救它。

阿米拉斯　在我失去王冠之前
我会试图游过血河，
或者用被屠杀的尸体搭成桥梁，
那桥拱就用土耳其人的白骨。

帖木儿　好极了，可爱的孩子们，
你们两人都将成为皇帝，
你们征服者的手臂
将从东方伸向西方。
（对卡里法斯）你，小伙子，
如果你想戴上王冠，
当我们和土耳其代表
和他的总督们见面时，
把王冠从他脑袋上夺过来，
用利剑将他的头颅劈成两半。

卡里法斯　任何人如果保护他，
我也要出击，
用我的剑把他的脖子劈开。

帖木儿　抓住他，也把他劈成两半，

否则我要把你劈成两半，

我们很快就要向他们进军了。

特力达马斯、特切尔斯和卡萨纳

答应在拉里萨平原和我会师，

各军协同对付土耳其部队，

我凭着神圣的穆罕默德发誓，

要把这变成我的王国的一部分。

吹起喇叭来，赛诺科莱特。他们来了。

特力达马斯和他的士兵，拿着战鼓和喇叭上

欢迎，特力达马斯，阿尔及尔国王！

特力达马斯　我的大人，伟大而强大的帖木儿，

世界的主君，

我在此怀着爱戴将我的王冠

和我所有的权力

敬献在您高贵的脚下。

他将王冠放在帖木儿脚下

帖木儿　谢谢，好特力达马斯。

特力达马斯　在我的战旗下行进着

一万名希腊士兵，

阿尔及尔和前方城镇的

四万名勇敢的战士

誓死要攻下纳托利亚。

五百艘双桅帆船正鼓满风帆，

从阿尔及尔向的黎波里航行，我的大人，

将很快驶到纳托利亚，

将夷平海岸的城堡。

帖木儿　说得好极了，阿尔及尔。

请再次接受你的王冠。

他交回特力达马斯的王冠。

特切尔斯和乌苏木卡萨纳同上

摩洛哥国王和非斯国王，欢迎。

乌苏木卡萨纳 （将他的王冠放在帖木儿面前）

雄才大略和绝世无双的帖木儿，

我和我邻国的非斯国王

带十万精兵前来

支援你的土耳其远征。

从阿扎莫儿到突尼斯沿海

巴巴里按您的指令已成无人区，

所有男子穿上铠甲归在我麾下，

我谨愉快地将王冠还归于您。

帖木儿 将王冠还给乌苏木卡萨纳

谢谢，摩洛哥国王。

请再次接受你的王冠。

特切尔斯 将他的王冠放在帖木儿面前

赫赫一世的帖木儿，地球上的神明，

他的容貌使这低等的世界颤抖，

我谨将非斯王冠归还给您，

一支训练有素的摩尔大军，

那漆黑的脸让敌人抱头鼠窜

心惊胆战，仿佛地狱的魔王

率领数百万强大的折磨人的鬼魂，

令人恐惧的复仇之神

在前面高擎着火旗，

穿越冥府的黑暗

也前来支援你的土耳其战争。

从坚固的特塞拉到比勒达尔，

巴巴里因为您而变成了无人区。

帖木儿 （将王冠还给特切尔斯）
　　　　　谢谢，非斯国王。
　　　　　请再次接受你的王冠。
　　　　　亲爱的朋友们和国王们，
　　　　　你们使我充满了愉悦，
　　　　　我们协同作战让我想到
　　　　　我们可能获得的成功，
　　　　　太令人兴奋了。
　　　　　即使主神天宫的水晶门大开，
　　　　　从而能进去一览碧霄的辉煌，
　　　　　也没能比看见你们更使我高兴。
　　　　　我们在这平原上吃一顿盛宴，
　　　　　然后向土耳其进发，
　　　　　士兵之众犹如北风之神
　　　　　撕裂一千朵蓄满雨水的乌云
　　　　　所倾泻而下的雨水；
　　　　　纳托利亚的傲慢的奥凯恩斯
　　　　　和他的总督们将会怕得要死，
　　　　　即使像丢卡利翁①一样，
　　　　　所有石头都变成了男人，
　　　　　他还是会被打败。
　　　　　我将要叫土耳其人
　　　　　流如此之多的血，
　　　　　主神也会派遣他的会飞的使臣②
　　　　　请求我将剑插进剑鞘离开战场。
　　　　　太阳神无法忍受目睹这一惨景，
　　　　　将脑袋埋在美人鱼
　　　　　水淋淋的膝盖上，

---

① 西方神话中的人物。他和妻子皮拉在一次大洪水之后将石头往身后扔去，结果石头变成了人。

② 即墨丘利。

将他的战马给了美丽的牧夫神；

这场战争将毁灭半个世界。

现在，我的朋友们，

让我来考察你们。

和我辞别以后你们干了什么？

乌苏木卡萨纳   我的大人，巴巴里士兵背负兵器

奔袭四百英里

围城十五个多月，

自从我们在苏丹宫阙揖别，

我们攻下了瓜拉提亚①

和伸向西班牙海岸的土地。

占领了狭窄的直布罗陀海峡，

叫加那利②称我们为王和大人，

但我们的士兵从没有寻欢作乐，

也从没有一天松懈过；

所以，让他们休整一下吧，我的大人。

帖木儿   休整一下吧，卡萨纳，是时候了。

特切尔斯   我沿尼罗河奔袭至马奇达，

在那里，强大的基督教牧师，

人称伟大的约翰③

穿着奶白色的长袍

坐在他的宝座里，

我一把就把他的教皇皇冠拿走，

让他宣誓效忠我的王冠。

从那儿我又挥师前往喀查兹④，

在战场和亚马孙人回合，

---

① 利比亚沙漠一城镇。

② 即加那利群岛。

③ 据传是阿比西尼亚基督教牧师或国王。马奇达在阿比西尼亚境内。

④ 靠近尼罗河源头。

因为全是女人，我允诺了结盟；

我的兵力又向桑给巴尔，

非洲的西部挺进，

在那儿我见到了埃塞俄比亚海、

河流与湖泊，

但不见任何男人和小孩。

我又挥师前往马尼科，

没有遇到任何反抗，

我把部队调走。

终于在巴尔塞尔海岸，

我来到黑人居住的库巴尔，

把它征服后我赶紧奔袭至努比亚[①]。

攻下国王所在地博诺城之后，

我抓住了国王，把他用铁镣铐上，

押送至大马士革[②]，

我一直驻扎在那儿。

帖木儿　干得好极了，特切尔斯。特力达马斯，你有什么说的？

特力达马斯　我离开非洲境域

航船到了欧洲，

在提洛斯河流域

我攻克了斯托卡、

坡大利亚[③]和柯德米亚，

横渡大海来到奥布里亚

和黑森林，魔鬼跳舞的地方，

我不管这些，一把火把它烧了。

从那儿我横渡过人们称之为

黑海的地方。

---

① 在尼罗河和红海之间。

② 马洛想象大马士革在尼罗河上。

③ 在俄罗斯南部，靠近罗马尼亚。

　　　　　我的士兵马不停蹄，

　　　　　直到纳托利亚跪在您的脚下。

帖木儿　我们会胜利的，

　　　　　让我们设宴欢饮吧；

　　　　　付钱给厨师，

　　　　　让他们烹调美食，

　　　　　献上世界上最美味的佳肴。

　　　　　最普通的士兵要用大碗

　　　　　一口气喝干基督之泪①

　　　　　和卡拉布里亚酒——

　　　　　是啊，当我们征服了他②，

　　　　　液体的黄金，

　　　　　还有珊瑚和东方的珍珠

　　　　　都会有的。

　　　　　来吧，让我们去欢宴狂饮吧。

　　　　　众下

---

① 意大利南部一种甜的烈酒。

② 指纳托利亚国王。

第二幕

第一场

西吉斯蒙德、弗莱德里克、鲍德温以及侍从上

西吉斯蒙德　说说看，我的布达和波希米亚大人们，
　　　　　　　是什么事儿激发了你们
　　　　　　　让你们突然胆敢去打这一仗？

弗莱德里克　我很肯定，陛下一定记得
　　　　　　　这些异教徒土耳其人最近
　　　　　　　在珠拉城和多瑙河之间
　　　　　　　屠戮了多少基督徒的生命？
　　　　　　　不久前在瓦尔纳和保加利亚之间，
　　　　　　　甚至到罗马城墙下，
　　　　　　　他们屠杀了我们多少士兵。
　　　　　　　现在需要陛下趁有利时机，
　　　　　　　对这些异教徒施行报复。
　　　　　　　陛下知道帖木儿就要到来，
　　　　　　　这在土耳其人心中引起恐慌。
　　　　　　　纳托利亚重新部署大部队
　　　　　　　在库塞伊亚和奥米尼乌斯山之间
　　　　　　　对付我们的兵力，

　　　　　　　　调遣他们到贝尔加萨、阿坎萨、
　　　　　　　　安提奥奇和希萨里亚
　　　　　　　　去支援索里亚和耶路撒冷国王。
　　　　　　　　我的大人，这是突然降临的
　　　　　　　　一个千载难逢的机会，
　　　　　　　　如果把他们推翻，
　　　　　　　　我们就能吓走任何
　　　　　　　　敢于和基督徒作战的异端军队。

西吉斯蒙德　难道阁下不记得
　　　　　　　　我们和奥凯恩斯国王的结盟？
　　　　　　　　那是用发誓和和平条款保证，
　　　　　　　　凭基督来见证我们的真诚的。
　　　　　　　　要忤逆我们的誓言，
　　　　　　　　那是背叛和暴力。

　　鲍德温　一点儿也没有忤逆，我的大人。
　　　　　　　　和这些没有信仰的异教徒打交道，
　　　　　　　　我们不受践行誓言
　　　　　　　　和基督教神圣戒律约束；
　　　　　　　　其实他们振振有词的誓言，
　　　　　　　　并非按照谨慎的治国方略制定，
　　　　　　　　是对我们的肯定的承诺。
　　　　　　　　所以，我们对他们所发的誓言
　　　　　　　　不应该约束我们去打仗，
　　　　　　　　并赢得胜利。

西吉斯蒙德　虽然我承认他们所做的誓言
　　　　　　　　对我们的安全没有约束力，
　　　　　　　　但他们做有损于他们的信仰，
　　　　　　　　他们的荣誉，他们的宗教的事，
　　　　　　　　并不等于说我们也可以这样做。
　　　　　　　　我们的信仰是健全的，

必然应该是最高的、
宗教的、正义的、没受亵渎的真理。

弗莱德里克　我可以肯定地对陛下说，
如此信守可以被摒弃的誓言，
这是一种迷信。
难道我们能轻易放弃
上帝所给予我们的
替基督徒的死亡报仇，
让亵渎神明的异教徒遭殃的机会吗？
难道我们要遭遇
不听上帝命令去杀、去诅咒的
撒母耳和巴兰同样的命运吗？①
如果我们忽视这天降的胜利，
上帝就要对我们报复，
他那可怕的愤怒的手
就会压在我们罪过的头上。

西吉斯蒙德　那就赶紧武装起来，我的大人们，
向全体士兵颁发命令，
立即行军去攻打异教徒，
去赢得上帝给予的胜利。

第二场

奥凯恩斯、加塞勒斯、尤里巴萨和侍从上

奥凯恩斯　加塞勒斯、尤里巴萨、贵卿们，
我们要从骄傲的奥米尼乌斯山
向美丽的纳托利亚进军，

---

① 见《旧约·撒母耳记上》15，《旧约·民数记》22。

> 我们邻近的国王们
> 正盼望我们王家的兵力
> 去对付残酷的跛子帖木儿，
> 在那决战的夜晚，
> 拉里萨将迎来一支强大的部队，
> 战车辚辚犹如万钧雷霆崩裂，
> 在人们的心中和上天引发地震。

加塞勒斯　我们现在带来的兵力
　　　　　远超他的骄傲的心所能想象，
　　　　　会叫他的肌肉吓得发抖。
　　　　　一百个国王一波接一波开战，
　　　　　每一波有十万百姓之众——
　　　　　如果致命的雷电从云际
　　　　　倾泻而下，
　　　　　犹如冰雹击打在他们头上，
　　　　　即使那锡西厄人得到部分援兵，
　　　　　我们的勇气和戎盔，
　　　　　再加上数不清的兵力，
　　　　　定能坚持住并征服他。

尤里巴萨　我看得出来
　　　　　当你跟基督徒国王签订和平条约，
　　　　　他是多么高兴。
　　　　　这肯定说明在此之前
　　　　　当他尝到了我们雄师的厉害，
　　　　　他是多么惊吓。
　　　　　一使臣上

使臣　武装起来吧，令人敬畏的国王，贵爵们！
　　　变节的基督徒军队
　　　趁我们军力薄弱，
　　　在向我们奔袭过来，

      定要和我们血战，
      要我们宝贵的生命。

奥凯恩斯 叛贼们，歹徒们，该死的基督徒们！
      难道我这儿没有共同签署的
      和平的条款和庄严的盟约吗？
      他凭基督而我凭穆罕默德起了誓。

加塞勒斯 他们简直昏了头，
      妄想通过叛变来推翻我们，
      却全然不顾他们的先知基督！

奥凯恩斯 基督徒们怎么可能如此欺骗，
      长着人的血肉之心能如此叛卖？
      而他们主神的形象却是人呀。
      倘若如基督徒说的，有一个基督，
      （而在行为上却否认基督）
      如果他真是永生的朱庇特的儿子，
      他伸出的手威力无比，
      如果他珍视他的名声和荣誉，
      就像我们的先知穆罕默德，
      我在此把这些文件当作祭品，
      让你目睹你仆人的背信弃义！
      他将和约撕成碎片
      打开吧，你光辉的月华的面纱，
      透过九重苍天照射下来，
      他就坐在那云霄高处，
      永不睡眠，
      也不局限在一个地方，
      却让每个大陆的每处地方
      都充溢他奇异的神圣的力量，
      但愿以他那无限的权力和贞洁，
      能报这叛徒违逆的仇！

你，基督呀，你被认为是万能的，
如果你能证明你是一位完美的神，
值得所有虔敬的心信仰，
那就请对这叛贼的灵魂报仇，
让我留守的很少的一点部队
（太少了，远不够保护我们无辜的生命）
足够去击溃
这些虚伪的基督徒军队。
武装起来吧，我的大人们！
让我们吁请基督吧。
如果真有基督，我们将获得胜利。

众下

第三场

战斗号声响起，西吉斯蒙德受伤上

西吉斯蒙德　基督徒军队都给挫败了，
　　　　　　上帝从天上为可诅咒的叛变
　　　　　　降下了复仇之剑。
　　　　　　哦，罪过的惩罚者，
　　　　　　公正而可怕，
　　　　　　我罪有应得，
　　　　　　我在这致命的创伤中
　　　　　　经受到丢脸的痛苦，
　　　　　　让我在一命呜呼中
　　　　　　了结我所有的忏悔吧，
　　　　　　用死亡结束我的罪孽，
　　　　　　在无限的怜悯中重生吧！
　　　　　　（他死亡）奥凯恩斯、加塞勒斯、尤里巴萨与侍从等上

奥凯恩斯　现在基督徒们躺在了血泊之中，
　　　　　无论基督还是穆罕默德
　　　　　都是我的朋友。

加塞勒斯　瞧这诓骗人的叛贼匈牙利人，
　　　　　为他的歹行流血死了。

奥凯恩斯　他野蛮的身子
　　　　　将是野兽和鹰隼的美食，
　　　　　吹拂每一棵凝然不动的树
　　　　　树叶的微风都在述说
　　　　　他的可憎的罪恶。
　　　　　在鞑靼河里
　　　　　煮沸他的灵魂浇灌
　　　　　嫁接在地狱火海中的毒树——
　　　　　苦果树，
　　　　　它繁花如锦，
　　　　　成了花神的骄傲，
　　　　　结的苹果却像该死的精灵的头颅。
　　　　　那儿的魔鬼戴着
　　　　　无法扑灭的火焰的镣铐，
　　　　　将引领它的亡魂
　　　　　通过地狱燃烧的海湾
　　　　　从痛苦到痛苦，
　　　　　永远没完没了。
　　　　　加塞勒斯，你对他的失败有什么说的？
　　　　　我们让他受到基督的审判，
　　　　　他的伟力像月亮的光辉
　　　　　一样丰满，一样清晰。

加塞勒斯　这是战争的命运，我的大人，
　　　　　这种命运的力量往往像是一种奇迹。

奥凯恩斯	在我的思想中基督有他荣誉的地位，
	这对穆罕默德并没有损害，
	在我们的胜利中他也发挥了威力。
	虽然这个恶棍背弃了信誓，
	作为天地的叛逆而死，
	我们还是要看守好他的尸体，
	以免平原的猛禽啄食。
	去吧，尤里巴萨，直接去下命令。

尤里巴萨　遵命，我的大人。

　　　　　尤里巴萨等人抬着尸体下

奥凯恩斯	现在，加塞勒斯，
	让我们赶快去见我们的部队
	和耶路撒冷、索里亚、
	特拉布松、阿马西亚国王朋友们，
	用纳托利亚大碗满盛
	希腊琼浆玉液开怀畅饮，
	让我们庆祝吧，
	我们幸运的征服，
	他可悲的下场。

众下

第四场

　　　　　帐幕拉开，赛诺科莱特躺在她华美的病床上，帖木儿
　　　　　坐在他的旁边；三位医生在她床旁边配药。特力达马
　　　　　斯、特切尔斯、乌苏木卡萨纳和三个儿子（卡里法
　　　　　斯、阿米拉斯、塞勒比努斯）上

帖木儿　最光明的日子的美是黑色的！
　　　　永恒的金色的火团，

在天空

银色的波浪上

随那光芒翩然起舞。

如今他太需要火力呀,

然而,他却软弱无力,

耻于见人,

脑门围绕着幂幂的乌云,

让地球陷入永恒的黑夜之中。

赛诺科莱特,

给他光明和生命的人,

她的眼睛呀

理应发射出火焰,

给每一颗灵魂以生命的热,

但愤怒的上天妒忌她呀,

她呼吸那最后的一息慰藉,

却像地狱死亡的浓雾一般

发出迷乱的光。

天使在天空的墙上起舞,

作为哨兵祈请不朽的灵魂

安慰神圣的赛诺科莱特。

太阳、月亮和不停运转的星球呀,

冷眼瞧着这个可憎的地球,

不再给予它光明了,

而只照亮天空,

安慰神圣的赛诺科莱特。

水晶般的喷泉呀,

晶莹剔透,

在永恒地欢愉

她那趣味优雅的眼睛,

就像优美的银星的河流

流经天堂,

安慰神圣的赛诺科莱特。
小天使们和六翼天使们
在万王之王面前吟唱和游戏，
用它们的歌喉和音乐
安慰神圣的赛诺科莱特。
在这甜蜜而奇异的和声中，
为我们的灵魂
创作这音乐的神明，
用最庄严的神态伸出手臂
安慰神圣的赛诺科莱特。
在神圣的恍惚惆怅之中，
请把我的思绪
传送到天上的帝国宫阙，
我的生命有可能
像亲爱的赛诺科莱特的日子呀，
也一样短暂。
医生们，还有药能治好她吗？

医生　我的大人，陛下很快就能看出来；
　　　如果她缓过这一阵发作，
　　　那最糟糕的情况就算过去了。

帖木儿　告诉我，我美丽的赛诺科莱特情况怎么样？

赛诺科莱特　我的情况，我的大人，和其他的皇后一样，
　　　这脆弱的瞬息即逝的肉体
　　　吸收空气的精华，
　　　当它提供给身体的精神气
　　　只能维持屈指可数的时日，
　　　那它就会衰退，就会变化。

帖木儿　但愿我的爱永远不要变化，
　　　在她的身体里寄托着我的生命呀，

她在天际的存在，
美丽而又健康，
给太阳神和恒星以光明，
一旦消失，
太阳和月亮会黯然无光，
就像在地球的两极，
要么挂在巨蛇星的脑袋上，
要么拖在它逶迤的尾巴上。
活下去吧，我的爱，
这样我也能保持我的生命，
否则，就死了，
你的死将带来我的死。

赛诺科莱特　活下去吧，我的大人，
哦，让我的君王活着，
与其在这可憎的地球上当你的国王，
还不如让天边的火球快快熔化
给你造就一个王国出来！
我只要一想到
你将跟随我去死，
我就完全绝望，
不再期望未来在天上
与陛下相拥的快乐，
这一点点的慰藉也没有了。
这让我伤心，
让我愤怒呀，
大大扰乱了我目前的宁静。
让我死吧，我的爱，
还是让我死吧；
你的痛苦和愤怒
伤害了我死后的生活。
在我死之前让我亲吻我的大人，

让我亲吻着我的大人去死。
既然我还一息尚存，
让我跟我亲爱的儿子们、
我的大人们告别，
在这最后的时刻
我仍然铭记着他们高贵的品性。——
亲爱的儿子们，永别了！
要死，就像我这样，
活着，则像你们父亲那样优秀。
来点儿音乐吧，
这阵发作很快就会过去，我的大人。

他们传唤奏乐

帖木儿　你傲慢的愤怒，
你叫人无法忍受的发作，
竟敢折磨我的爱的玉体，
给不朽的上帝的灾殃带来灾殃！
爱神丘比特
用奇迹和爱来伤害这世界，
如今他惯常端坐的眼睛却可悲地
充斥苍白而可恶的死亡，
他的箭着实击中了我的灵魂。
她那圣洁的美使天空着迷，
倘若她生活在特洛伊围困之前，
那么海伦，她的美让希腊大动干戈，
派遣一千艘船只来到忒涅多斯岛①，
就不可能出现在
荷马的《伊利亚特》中了；
她的芳名就会出现在
他写的每一行诗中，

---

① 该岛现在土耳其。

如果老罗马引以为傲的狂放的诗人，

看了她一眼，

也就不会抒写莱斯比亚

或考琳娜①的名字了；

赛诺科莱特就会成为

每一首短诗隽语或挽歌的主题。

音乐响起，她死亡

怎么，她死了？

特切尔斯，拔出你的剑来，

向大地劈去，把它劈成两半，

让我们降落到地狱里去，

揪住命运三女神的头发，

为夺走我美丽的赛诺科莱特，

把她们扔进地府的壕沟里去。

卡萨纳和特力达马斯，准备血战！

把炮台筑得比行云还要高耸，

用大炮把天空轰开，

炮击那灿烂辉煌的太阳宫阙，

让星空发抖，

好色的朱庇特夺走了我的爱，

要立她为天上高贵的皇后。

要是哪个神明把你拥在怀中，

给你美酒佳肴，

瞧着我，神圣的赛诺科莱特，

我怒吼，我暴躁呀，

我绝望，我疯狂呀，

我一把把长戟折裂，

把天门神神庙②锈迹斑斑的门梁打断，

---

① 卡图卢斯、贺拉斯和奥维德作品中女人的名字。

② 在古罗马废墟，现已不存在。据说，这天门神（又谓两面神）神庙战时打开，和平时期关着。

　　　　　　让死神和震慑一切的战争
　　　　　　在这血腥的旗帜下跟随我前进；
　　　　　　如果你可怜帖木儿大帝，
　　　　　　那从天上下来，
　　　　　　再跟我一起生活！

特力达马斯　啊，我的好大人，忍耐些吧。
　　　　　　她已经死了，
　　　　　　所有这些怒吼不可能让她重生。
　　　　　　如果言辞有用，
　　　　　　我们的哭喊早把空气撕裂；
　　　　　　如果哭泣有用，
　　　　　　我们的眼泪早把地球淹没；
　　　　　　如果痛苦有用，
　　　　　　我们悲戚的心都可以挤出血来。
　　　　　　什么都无济于事了，
　　　　　　因为她死了，我的大人。

帖木儿　　　"因为她死了！"
　　　　　　你的话语直戳我的灵魂。
　　　　　　啊，亲爱的特力达马斯，别再这么说了。
　　　　　　虽然她死了，让我仍然想着她活着，
　　　　　　安慰我的想她想得要死的心。
　　　　　　不管她的灵魂在哪儿，
　　　　　　（转身对着赛诺科莱特的遗体）你将和我同在，
　　　　　　给你涂上肉桂、龙涎香和没药，
　　　　　　你不能用铅而要用金子裹着；
　　　　　　在我死之前你不会土葬。
　　　　　　我们两人将同时
　　　　　　安息在一座辉煌的陵墓里，
　　　　　　只立一块墓碑，
　　　　　　上面写着我用剑

征服的所有王国的语言。
这该诅咒的城我要一把火毁灭它，
因为它夺走了我的爱。
焚毁的房屋将看上去像是在哀悼，
我要在这儿立一座她的塑像，
我的悼念的部队
将为赛诺科莱特
而低垂痛苦的头颅
围绕着它行进。

帐幕拉上。众下

第三幕

第一场

特拉布松国王和索里亚国王上，一个手拿一把剑，一个手拿一根权杖；然后，纳托利亚国王奥凯恩斯和耶路撒冷国王拿着王冠上；继后，卡拉帕恩以及其他大臣们和阿尔梅达上。奥凯恩斯和耶路撒冷国王给卡拉帕恩加冕，其他人给他权杖

奥凯恩斯　卡拉皮努斯·西立塞里博斯，又名西博琉斯，已故的强大皇帝巴耶塞特的王子和子嗣，凭着天神和他的朋友穆罕默德的帮助，纳托利亚、耶路撒冷、特拉布松、索里亚、阿马西亚、色雷斯、伊利里亚、卡莫尼亚①以及最近成为他强大的父亲的邦国的一百三十个王国的国王们给您加冕：土耳其皇帝卡拉皮努斯万岁！

卡拉帕恩　可尊敬的纳托利亚国王和其他诸位国王，
　　　　　我将用帝国所可能提供的尊荣
　　　　　来酬谢你们的忠贞。
　　　　　当父王坐在这王座里的时候，
　　　　　这王座是何等样坚固，
　　　　　但可诅咒的命运却把它肢解了，

---

① Carmonia，在土耳其和叙利亚交界附近。

你们应该看到

那锡西厄盗贼，

那傲慢的篡位的波斯国王，

也不得不承认我们的强大①，

因为对先父的凌虐而受到报复。

那污名簿记载着

对我们高贵名字的污蔑，

我要一笔把它勾销。

我毫不怀疑你们愿意帮助帝国

对付这该诅咒的敌人。

强大的巴耶塞特的王子，

以他的美德而受到爱戴的皇帝，

要振奋真正土耳其的心灵，

那仍然充斥对先父耻辱回忆的心灵呀，

我们不要有任何怀疑，

傲慢的命运之神，

这长期辅佐强大的帖木儿

利剑的神明，

再也不会重复先前的践行，

在我们激烈而总是幸运的对抗中

把我们的荣耀推高到霄汉。

这样，上天让我的灵魂

摆脱了痛苦的重压。

朱庇特，我的庇护神，

充满对我们受辱的同情，

将幸运如霖雨般洒在我们的头上，

给那傲慢的跛子帖木儿以灭顶之灾。

奥凯恩斯　我有十万全副武装的士兵，

---

① 原文为 Do us such honour and supremacy，意为 acknowledge us with honour as supreme，
这种英语语法非常奇特，甚至在牛津词典中也找不到。

在征服发伪誓的基督徒时，

以少战胜了一支强大的部队，

要说数量，

他们足可以喝干尼罗河

或者幼发拉底河的水，

就军力而言，

他们足可以赢得整个世界。

耶路撒冷　我带来来自耶路撒冷、

朱迪亚①、加沙、斯卡罗尼亚②的士兵

在西奈山上飘扬起来的旗帜，

看上去就像天上的彩云，

预告第二天早晨又是一个大晴天。

特拉布松　我带来来自黑海沿岸的特拉布松、

开俄斯岛③、法玛斯特罗和阿马西亚，

以及理索、山基纳、

幼发拉底河源头附近城镇的兵士，

那该诅咒的锡西厄人

把他们的城池一把火夷成废墟，

他们的勇气随着那火焰而高涨，

发誓要把那歹徒残酷的心烧成灰烬。

索里亚　索里亚带来七万兵士，

来自阿勒颇、索尔迪诺、的黎波里

和我的城市大马士革，

我带兵和相邻的国王们会合，

来协同对付这跛子帖木儿，

誓把他俘获押到陛下的脚下。

---

① 古巴勒斯坦南部地区。

② 即 Ascalonia，在现雅法以南。

③ 在爱琴海东部。

奥凯恩斯　我们已做好战斗准备。
　　　　　攻击阵形按照古老的习俗
　　　　　呈新月形，
　　　　　新月的两头
　　　　　将这傲慢的锡西厄人
　　　　　歹毒的脑浆在弥漫毒雾的空中抛洒。

卡拉帕恩　好极了，高贵的大人们，
　　　　　这位是我的朋友，
　　　　　他把我从敌人的桎梏中解放出来。
　　　　　我想兑现我的承诺立他为王，
　　　　　这是一件必要的有关信誉的事，
　　　　　我知道他至少是一位绅士。

阿尔梅达　先生，从绅士晋升为王
　　　　　也是十分自然的，
　　　　　跛子帖木儿原本不只是
　　　　　一介草民吗？

耶路撒冷　陛下可以选择一个恰当的时间
　　　　　来履行您承诺的典礼。
　　　　　赐予一个王国对于您来说
　　　　　不是一件轻而易举的事吗？

卡拉帕恩　我很快就要兑现我的承诺，阿尔梅达。

阿尔梅达　啊，谢陛下。
　　　　　众下

第二场①

拿着赛诺科莱特的画像的帖木儿和乌苏木卡萨纳，以

① 场景在拉里萨附近。

及他三个儿子卡里法斯、阿米拉斯、塞勒比努斯，各
拿着一根纪念柱子，一面葬礼旗帜，一块纪念牌上；
四位士兵抬着赛诺科莱特的棺椁上，鼓奏着悲哀的进
行曲，城市在燃烧

帖木儿　把这该死的城①的塔楼烧掉，
　　　　让火焰蹿升到太空，
　　　　燃烧起团团的氤氲，
　　　　那犹如带火的流星
　　　　预言人的死亡和毁灭；
　　　　在我的天顶
　　　　悬挂着一颗燃烧的彗星，
　　　　在天空化解之前
　　　　它将一直在那儿照耀，
　　　　地上的残灰不断给它增添燃料，
　　　　将给这土地带来死亡和饥馑！
　　　　飞腾的龙、闪电、可怕的雷霆，
　　　　把这美丽的平原烧成焦土吧，
　　　　使它一片漆黑，
　　　　像复仇之神藏匿的
　　　　地狱三条河流围绕的小岛一样黑，
　　　　就因为我亲爱的赛诺科莱特死了！

卡里法斯　这纪念柱子放在这儿，
　　　　上面用阿拉伯文、希伯来文和希腊文写着：
　　　　"帖木儿大帝焚毁的这城，
　　　　禁止任何人把它重建！"

阿米拉斯　纪念横幅将放在这儿，
　　　　装饰着波斯和埃及兵器，
　　　　表明她生为公主，

① 指拉里萨。

又是东方君王的妻子。

塞勒比努斯　纪念牌放在这儿，
记录着她的完美的美德。

帖木儿　这儿是赛诺科莱特的画像，
显示她那倾国倾城的美——
神圣的赛诺科莱特婀娜的画像
挂在这儿将吸引来天上的神明，
南半球星辰可爱的面貌
将可以在北半球看到，
当它们跨过赤道
作为朝觐者来到北半球，
就为了看一眼赛诺科莱特。
（对着她的棺椁）你不要去装饰拉里萨平原①，
就安息在我的怀抱中吧！
当我包围一座城镇，
你将挂在国王的幕帐里，
当我在疆场与敌军相遇，
这美貌将激励我的铁血雄师，
就仿佛女战神贝罗娜
在敌人的脑袋上
扔下了锋利的剑和火球。——
现在，我的贵卿们，
再次举起你们的长矛。
不再悲伤，我的亲爱的卡萨纳。
孩子们，不再哀悼。
这城烧成了灰烬，
会永远悼念你们母亲的死。

卡里法斯　即使我为她泪流一汪海水，

---

① 指赛诺科莱特的画像。

那也无法消释我的悲戚。

阿米拉斯　和那夷为废墟的城一样，
我的心因母亲的死
痛苦、悲哀得奄奄一息。

塞勒比努斯　母亲的死伤了我的心，
我已痛苦得无言。

帖木儿　我的孩子们，出发吧，
让我给你们讲一下战争的基本原则。
我要你们学会睡在硬地上。
穿着铠甲在沼泽地行军，
要忍受炎热和酷寒，
饥饿和焦渴——
这些战争必然会遇到的酷刑；
在这之后去爬城堡的墙，
包围一座堡垒，
毁掉一座城镇，
让整个城市爆炸冲向天空。
在平坦的开阔地上，
最能发挥你兵力的编队
是新月形攻击阵形；
在地形起伏的阵地上，
要用五角阵形攻打，
根据地形用锐角或钝角之势
突破堡垒防御的最弱点。
最外围挖的防御壕沟必须深，
壕沟的外崖要又窄又陡，
外护墙体要又高又阔，
要塞角上的堡垒
和堤状的防御土墙
必须宽阔而坚固，

堡垒里要建有火炮指挥台，
墙内的扶垛要厚实，
空间要足够屯兵六千。
壕沟与下面私密的小壕沟相连，
城墙外壕沟下要挖地道，
以防敌人可能埋雷，
还要建秘密的出口通道保卫壕沟。
要塞前必须筑有高高的土垒工事
和铺砌的走道，
以防堡垒正面受到炮击，
要有胸墙可以埋伏火枪手，
暗炮台置放大炮和军火，
从每一翼都能看到
要塞塔楼之间的墙，
把敌人的大炮从炮车上轰下来，
杀死敌人，保全围墙不被摧毁。
通过简单而易懂的演示，
你们学会了陆地行动之后，
我要教你们如何筑坝挡水，
这样，你们可以不湿鞋
就跨过湖泊和池沼、
深深的河流、避风港、溪水和浅海，
在惊涛骇浪中用一块
巨大的凹形魔石挡着，
建起一座堡垒，
得地形之利而战无不胜。
这做到了，你们才是战士，
才不愧是帖木儿大帝的儿子。

卡里法斯　我的大人，这样做很危险，
　　　　　在没有学会之时

我们就可能会被杀。

帖木儿　混账，你是帖木儿的儿子吗？
　　　　你怕死，害怕用战斧
　　　　向自己的肉砍去，
　　　　剐一个伤口出来吗？
　　　　你看到过霹雳的炮火、
　　　　长矛兵，配以火枪手和铁骑的进攻吗？
　　　　断臂残腿飞到空中，
　　　　就像阳光下的尘埃一样稠密？
　　　　胆小鬼，你能承受对死亡的惧怕吗？
　　　　难道你没有看到
　　　　我的骑兵向敌人冲锋陷阵，
　　　　火药击穿手腕，
　　　　手臂不翼而飞，
　　　　用奔突的鲜血染红他们的戟？
　　　　晚上，他们还到我的幕帐中来狂饮，
　　　　用酒去充斥他们空虚的血管，
　　　　清酒也就变成了他们的血。
　　　　难道害怕受伤，
　　　　就不敢奔赴疆场吗？
　　　　瞧我，你们的父亲，
　　　　他征服了无数国王，
　　　　率领雄师绕地球行军，
　　　　但没有伤疤，从未受过伤，
　　　　为了战争，他从未流过一滴血，
　　　　然而，为了给你们教育，
　　　　他现在用戟来割破他的肉。
　　　　他割手臂
　　　　一个伤口，一般不会有这么深，
　　　　没什么了不起，

鲜血是战神华丽的制服。

现在我看上去就像一个战士，

这伤口对于我

就像包金的椅子，

镶嵌着钻石、蓝宝石、红宝石，

富庶的印度最美的珍珠，

是一个伟大的恩典和威权；

金椅子置放在这幕帐里，

我穿着宽大的袍子

坐在这宝座里，

这袍子刚刚还穿在非洲君王身上，

这家伙我绑着押到了

大马士革城墙下。

来，孩子们，

用手指来触摸我的伤口，

在我的鲜血中洗涤你们的手，

而我端坐在这儿含笑观望。

他们用手指触摸他的伤口

现在，孩子们，你们是怎么想一个伤口的？

卡里法斯　我不知道我怎么想它。

我想那是一个可怜的情景。

塞勒比努斯　那没什么。给我砍一刀，父亲。

阿米拉斯　也给我一刀，父亲。

帖木儿　（对塞勒比努斯）来，小鬼，把你的手臂给我。

塞勒比努斯　（伸出手臂来）在这儿，父亲，断然砍下去，就像你砍
你的一样。

帖木儿　这充分表明
你能承受伤痛。
我的孩子，在与土耳其军队会战之前，

你不会流一滴血。
到时候，疯狂冲过最厚密的荆棘，
不怕攻击，不怕流血，不怕死。
让燃烧的拉里萨城墙，
我说过的关于战争的话，
你们看到的这刀伤，
教育你们，我的孩子们，
保存一颗勇敢的心，
不愧为帖木儿的扈从。
乌苏木卡萨纳，
让我们行军
去跟特切尔斯和特力达马斯会合，
他们正在焚烧可恨的土耳其人的
集镇、塔楼和城市，
去追杀那胆怯的卡拉帕恩
和那该死的叛贼阿尔梅达，
让他们在火与剑的丛林中走投无路。

乌苏木卡萨纳　那该死的逆贼阿尔梅达，
背叛了我仁慈的君主，
我早想一剑就戳他个灵魂出窍。

帖木儿　让我们瞧瞧胆怯的卡拉帕恩
敢不敢对我们的追杀应战，
我们要将铁脚踩在他的脖子上，
让当俘虏的他比他父亲
经受残酷得多的虐待。
众下

第三场

特切尔斯、特力达马斯和他们的随从们（士兵和工
兵）上

特力达马斯　我们已经行军到
　　　　　　趿子帖木儿的北面，
　　　　　　靠近索里亚前线；
　　　　　　这儿是巴尔塞拉，
　　　　　　他们最主要的要塞，
　　　　　　庋藏着这国家所有的财宝。

特切尔斯　把轻型大炮米尼恩斯、
　　　　　法尔克内兹和赛科尔斯
　　　　　拉到战壕里来，
　　　　　轰开城墙，让砖块倒在壕沟里，
　　　　　从缺口冲入去抢黄金。
　　　　　你们怎么说，士兵们，去不去？

士兵们　去，我的大人，去！喂，让咱们干吧。

特力达马斯　等一会儿。先谈一下，击鼓。
　　　　　　知道有两个国王，帖木儿的朋友，
　　　　　　率领如此强大的雄师兵临城下，
　　　　　　他们也许会乖乖投降。
　　　　　　（战鼓）击鼓示意谈判。将军携带妻子奥林匹亚和儿
　　　　　　子在城墙上出现

将军　你们有什么要求，老爷们？

特力达马斯　将军，把你据守的城堡交给我们吧。

将军　交给你们？啊，你们以为我怕打仗吗？

特切尔斯　不，将军，你恐怕会丢命，
　　　　　如果你一意跟帖木儿的朋友较劲。

特力达马斯　这些阿尔及尔工兵
　　　　　甚至可以在炮火下
　　　　　用土和柴堆一座
　　　　　比你的城堡还要高的山。
　　　　　无数炮火将越过
　　　　　你的土木工事和铺砌的走道，
　　　　　砸向你守卫的城堡，
　　　　　直至把城墙轰破，
　　　　　废砖碎石塞满你的壕沟；
　　　　　一旦我们攻入城内，
　　　　　即使上天也不能
　　　　　把你、你妻子和家人赎出来。

特切尔斯　将军，这些摩尔人将割断
　　　　　给你部队和你输送饮水的铅管，
　　　　　埋伏在你城墙前的堑壕里，
　　　　　没有食物，也没有任何其他东西
　　　　　再能运进城内，
　　　　　你的士兵只能等死。
　　　　　因此，将军，悄悄把城堡移交给我们吧。

将军　帖木儿的朋友们，
　　　即使你们是神圣穆罕默德的兄弟，
　　　我也不会投降。
　　　你们干最糟糕的吧。
　　　堆你们的土木工事，开炮，
　　　挖壕沟，埋地雷，
　　　掐断饮水源，阻断军需供应，
　　　但我已横下一条心。
　　　那就再见了。

众人从城墙上下

特力达马斯　工兵们，开始干！
　　　　　按我立的木桩的范围挖沟，
　　　　　将土往城墙方向堆，
　　　　　在土堆还不能保护你的时候，
　　　　　尽量弯腰作业，
　　　　　他们的火力打不到你们。

工兵们　遵命，大人。

工兵们下

特切尔斯　派一百匹马到平原上去巡逻，
　　　　　侦察有没有救兵会来支援城堡。
　　　　　我们两人，特力达马斯，
　　　　　将指挥士兵挖沟，
　　　　　把土堆起来，
　　　　　用雅各布测量仪测量一下
　　　　　堡垒的高度以及与壕沟的距离，
　　　　　这样就能知道
　　　　　我们的炮火能否直接命中城墙。

特力达马斯　注意把我们的大炮
　　　　　从壕沟搬到炮台上，
　　　　　在那儿放置塞满泥土的
　　　　　六码宽的柳条筐工事，
　　　　　可以挡住火枪手对炮手的射击，
　　　　　在柳条筐工事之间顿时火炮齐鸣，
　　　　　城墙将轰然倒塌，烟雾腾起，
　　　　　火光冲天，一片尘埃飞扬，
　　　　　炸裂声、呐喊声、士兵的厮杀声，
　　　　　震耳欲聋，
　　　　　把澄澈的天空也变成混沌一片了。

特切尔斯　喇叭手和鼓手，立刻奏起冲锋号！

士兵们，拿出勇气来。这城堡是你们的了！

（喇叭手和鼓手奏冲锋号）众下

第四场

将军与妻子奥林匹亚和儿子上

奥林匹亚　来，我的好大人，让我们从这个洞赶快离开，

远远离开敌人吧。

收复被攻克的城堡已经无望了。

将军　一颗致命的子弹从侧面射来，

正击中我的心脏。

我活不成了。

我感觉我的肝被击穿，

那滋养我全身的血管

被撕扯成碎片，

我的内脏沉浸在血泊中，

在伤口处一阵阵抽搐。

永别了，亲爱的妻子！

亲爱的儿子，永别了！

我死了。

他死亡

奥林匹亚　死神，你到哪儿去了，

让我们两人都活着？

回来吧，亲爱的死神，痛击我们两个！

一刹那间结束我们的生命，

一个棺椁盛放我们两人的遗体！

死神，你为什么不来？

她拔出一把短剑

好呀，这准是你的使臣。
现在，丑陋的死神，
张开你那黑色的翅膀，
把我们俩的灵魂带到他的遗体旁。——
告诉我，亲爱的孩子，
你愿意死吗？
这些野蛮的锡西厄人
残酷至极，
在摩尔人身上
你永远找不到怜悯，
他们要宰杀我们，
把我们绑在轮子上，
或者什么他们发明的刑罚，
比那还要残酷。
还是死在母亲的怀抱里吧，
她将用这轻柔地割一下
你那象牙般的喉咙，
迅速结束你的痛苦和生命。

儿子　母亲，送我走吧，要不我就自杀，
难道你以为
看见他死，我还可以活着吗？
把你的剑给我，好母亲，
要不你就对准要害刺吧。
绝不能让锡西厄人在我身上施威。
亲爱的母亲，刺吧，我可以见我父亲了！
她刺他

奥林匹亚　啊，神圣的穆罕默德，
如果这是罪孽的话，
请您在天神来到之前
为我哀求天神的宽恕，

洗涤我的灵魂吧！

她烧毁遗体。特力达马斯、特切尔斯和侍从上。奥林
匹亚试图自杀，但被阻止

特力达马斯　怎么啦，夫人，你在干什么？

奥林匹亚　我杀了儿子，现在我要自杀，
生怕锡西厄人会肢解他，
我烧毁了他父亲和他的遗体。

特切尔斯　干得太有勇气了，
不愧为一个战士的妻子。
你将要跟我们一起
去见帖木儿大帝，
当他听说你是如此坚决，
将要把你嫁给一个总督或国王。

奥林匹亚　逝去的大人对于我
比总督、国王或皇帝
还要宝贵得多。
为了他的缘故，
我要结束我的生命。

特力达马斯　但是，夫人，你还是跟我们去见帖木儿，
你将见到一个
比穆罕默德更伟大的人，
他那崇高的容貌
比你在整个宇宙，
从最外沿的火球，
那主神宏大宫阙的凹面，
到那月华普照的凉亭，
可爱的西蒂斯①穿着水晶般的华衣
正端坐在那儿的月球，

———————
① 希腊神话中海神的女儿。

所能发现的还具有更多的威严；

他把命运女神踩在脚下，

让伟大的战神做他的奴隶；

死神和命运三女神

将裸露的剑锋

和紫红的丧服悬在他头上；

在他的面前，涅墨西斯①骑在狮子背上，

头戴一顶沾满鲜血的头盔，

奔跑的一路洒满了

被杀的人们的脑浆；

在他以为骄傲的身旁

可怕的复仇女神随时听命，

如果他要给世界带来灾殃；

在他的头顶上飞翔着荣誉之神，

她穿着薄纱的太虚的外衣，

胸间插着鹰隼的翅膀，

吹奏着金子的喇叭，

举世无双的帖木儿的名字

从辉煌的宇宙天轴的一端

传响到另一端——

美丽的夫人，你亲眼去看一下他吧。

来。

奥林匹亚　（跪着）请矜怜一个女人的悲泪，

她谦卑地跪着哀求你们

将她扔到那燃烧着

她丈夫和儿子的火堆里去吧。

特切尔斯　（扶她起来）夫人，烧毁一张如此美丽的脸庞，

还不如把我们烧死吧，

这张脸比造化

---

① 希腊神话中的复仇女神，其神庙位于马拉松以北的拉姆诺斯。

从永恒的混沌中
吸收的天上星星的光辉还要灿烂。

特力达马斯　夫人，我已经爱上了你，
你必须跟我们走。
没有别的选择。

奥林匹亚　我不在乎你们把我带到哪儿，
让这注定的旅程
成为我该诅咒的生命的终点吧。

特切尔斯　不，夫人，这是你欢乐的起点。
那就顺从地跟着来吧。

特力达马斯　士兵们，让我们去见将军，
他现在在纳托利亚①，
正准备向土耳其人进攻。
从这城堡搜到的金银珍珠，
你们平均分配。
这位夫人将从我们的财宝中
分得双倍的份额。

众下

第五场

卡拉帕恩，奥凯恩斯，耶路撒冷、特拉布松和索利亚
国王；以及阿尔梅达，和随从们上，一使臣上

使臣　闻名四海的皇帝，强大的卡拉帕恩，
天神派在世界上的伟大的将军、
波斯国王跛子帖木儿

---

① 马洛误把纳托利亚说成一座城市了。

带着一支王师埋伏在阿勒颇①——
兵力人数犹如
伊达山森林颤抖的树叶，
当陛下的猎狗狂吠着
追逐一只受伤的牝鹿——
他意在包围纳托利亚城墙，
把城烧毁，荡平这土地。

卡拉帕恩　我皇家的雄师和他的一样多，
这支部队捍卫着从弗里几亚②
到惊涛拍岸的塞浦路斯，
疆域内有山峦、河谷和平原。
总督们，土耳其的盟友们，
拿出勇气来！
当你们的利剑都砍向跛子帖木儿，
他的儿子们，他的军官们，和他的跟随者，
凭穆罕默德，他们没一个人能活下来！
这场战争将要开打的沙场
将成为波斯人的坟墓，
我们胜利地纪念地。

奥凯恩斯　那个称作自己是主神的灾殃、
世界的皇帝、俗世的神明的人，
将不得不终止他战争的进程，
一头栽进地狱的湖里去，
在那儿，魔鬼的兵团
知道他在纳托利亚
陛下的手下必死无疑，
挥舞着永不熄灭的火焰，
张开他们可怕的爪子，

---

① 阿勒颇，在叙利亚，靠近土耳其。当时位于纳托利亚的东南。

② 在今日的土耳其中部和西部地区。

露出牙齿狰狞地笑着，
守在地狱的大门迎接他的亡魂。

卡拉帕恩　告诉我，总督们，你们的兵力
　　　　　和皇家的部队估算有多少。

耶路撒冷　自从上次陛下检阅之后，
　　　　　我带来三万来自希伯来的
　　　　　巴勒斯坦和耶路撒冷的兵士。

奥凯恩斯　正如上次向陛下估算，
　　　　　我从阿拉伯沙漠和美丽的塞米勒米斯①
　　　　　重建巴比伦的甜蜜的土地，
　　　　　带来四万勇敢的步兵和骑兵。

特拉布松　正如上次向陛下估算，
　　　　　我从小亚细亚的特拉布松，
　　　　　带来五万多士兵，
　　　　　其中有归化的土耳其人
　　　　　和剽悍的比提尼亚人，
　　　　　打起仗来，
　　　　　他们不知道什么叫退却，
　　　　　不胜利决不回师。

　索里亚　我带来来自陛下的土地——
　　　　　索里亚的哈拉和邻近城市
　　　　　一万骑兵和三万步兵；
　　　　　皇家军队一共估算有
　　　　　六十万勇士。

卡拉帕恩　那就欢迎你，跛子帖木儿，走向死亡。
　　　　　来，强大的总督们，
　　　　　让我们到疆场——

———————

① 传说中的美丽的亚述女王，她重建了巴比伦。

波斯人的坟墓——去吧，

向穆罕默德祭献

成山的尸体，

穆罕默德和朱庇特一起

启开了苍天

来看我们杀戮敌人。

帖木儿和他的三个儿子（卡里法斯、阿米拉斯、塞勒
比努斯）、乌苏木卡萨纳以及士兵们上

帖木儿 怎么样，卡萨纳？

瞧，一群国王端坐在那儿，

仿佛在猜谜语。

乌苏木卡萨纳 大人，你的存在让他们脸色苍白而憔悴。

可怜的人儿呀，

他们瞧上去仿佛死亡临头。

帖木儿 啊，他是这样的，卡萨纳。

因为我在这儿。

我要救他们的命，

让他们做奴隶就可以了。——

土耳其的小国王们，

我来了，

就像赫克托耳来到希腊兵营，

向希腊人的骄傲挑战，

直面力大无比的阿喀琉斯，他的对手。①

我也同样向你们挑战；

正如赫克托耳对阿喀琉斯，

如果我向你们任何一个挑战，

我看得出来你们会怕得要死，

---

① 这情节在荷马史诗《伊利亚特》里是没有的。是荷马之后才有此传说，如 Lydgate
的 Troy Book。

　　　　　　　把我扔下的手套像扔蝎子一样
　　　　　　　扔了回来。

奥凯恩斯　　你担忧你部队的弱点，
　　　　　　你想在一次决战中占上风。
　　　　　　牧羊人的狗崽子，
　　　　　　出身微贱的跛子帖木儿，
　　　　　　想一想你的结局吧。
　　　　　　这把利剑将割断你的喉咙。

帖木儿　　　混蛋，我这牧羊人的儿子，
　　　　　　在出生时上天显示了恩典，
　　　　　　两颗星星会合在了一起①，
　　　　　　直到世界熔化的那一天②，
　　　　　　再也不会有这样的会合。
　　　　　　上天都没有想到
　　　　　　会把强大的帖木儿
　　　　　　变成如此不可一世的征服者，
　　　　　　他将折磨你和卡拉帕恩
　　　　　　就像将凌虐那被收买的逃兵，
　　　　　　那孽种，那奸贼，那土耳其狗，
　　　　　　他背叛了主上，
　　　　　　他也会诅咒帖木儿的出身。

卡拉帕恩　　别咒骂了，骄傲的锡西厄人。
　　　　　　我要为我父亲受到的非人的虐待
　　　　　　和我自己的受辱报仇。

耶路撒冷　　凭穆罕默德，要把他戴上脚镣，
　　　　　　和基督徒一起在双桅船上划桨，

---

① 按文艺复兴时期的星相学，应该是金星和木星。

② 见《新约·彼得后书》3：12："在这日子上，天要为火所焚毁，所有的原质也要因火而熔化。"

在希腊岛屿间抢劫，
重操他古老的职业。
这家伙会成为一个干练的盗贼。

卡拉帕恩　不，一旦战事结束，
我们将坐在一起研究一番
用什么刑罚最能折磨他的肉体和灵魂。

帖木儿　卡拉帕恩伙计，我要在你脖子上挂一只木屐以防你再
逃走。这样也就不要再麻烦我去抓你了。
至于你，总督①，将会有你的份，
就像辕马一样给我拉马车，
不拉车的时候，就用皮鞭抽你。
我要叫你习惯吃秣草，
睡在马棚的木板上。

奥凯恩斯　但是，帖木儿，你首先得给我们跪下，
谦卑地哀求饶你一命。

特拉布松　我们强大的联军
将把你五花大绑
绑到将军的营帐前。

索里亚　所有的人都发誓
要把你残酷地处死，
要不就让你经受没完没了的折磨。

帖木儿　好吧，先生们，得喂草了。你们知道不久我就要给你
们脸色看了。

塞勒比努斯　瞧，父亲，那狱卒阿尔梅达怎么看着我们！

帖木儿　（对阿尔梅达）奸贼，叛徒，该死的逃兵，
我真希望大地把你吞了。
难道你在我愤怒的容貌中

---

① 可能是指阿尔梅达，称呼他总督含有嘲讽之意。

没有看到死亡吗？
去，奸贼，去一头撞到岩石上吧，
要不把你的肠子扯出来，
把你的心挖出来，
这才解我心头之恨，
要不折磨你一番，
用火热的铁和滚烫的铅水
烧焦你的肉，
让你的关节都变形，
在轮子底下压断成两半。
即使你能活下来，
也没什么能让你躲得开
帖木儿的愤怒。

卡拉帕恩　　得了，即使你暴跳如雷，
他还将是一位国王。
来，阿尔梅达，请接受我的王冠。
我谨此立你为红海沿岸麦加附近的
阿里阿丹国王。
卡拉帕恩给阿尔梅达一顶王冠，但阿尔梅达有些犹
豫，恐惧地瞧着帖木儿

奥凯恩斯　　（对阿尔梅达）怎么啦，拿呀，老兄！

阿尔梅达　　（对帖木儿）我的好大人，允许我拿它吧。

卡拉帕恩　　（对阿尔梅达）难道你还要请示他吗？王冠在这儿，拿
吧。

帖木儿　　（对阿尔梅达）拿吧，伙计，
拿你的王冠吧，凑个半打的数吧。
阿尔梅达接受王冠
伙计，既然当了国王，你得有盾形纹章才成。

奥凯恩斯　　（对帖木儿）他会有的，纹章盾牌上还会刻有你的头颅。

帖木儿　不，让他在他的旗帜上挂上一大串钥匙，好记住他曾
　　　　　是一个狱卒，一旦我抓着他，我就用这些钥匙砸烂
　　　　　他的脑袋，不叫你拖拉我的战车时，就把你锁在马
　　　　　棚里。

特拉布松　走吧！让我们在战场上见，把这家伙宰了。

帖木儿　（对一个士兵）伙计，去准备鞭子，
　　　　　把我的战车拉到营帐前来。
　　　　　战事一结束，我要在营地坐着车凯旋转一圈。
　　　　　特力达马斯、特切尔斯和随从上
　　　　　现在怎么样，你们这些小国王，
　　　　　啊，这是些唬人的怪物呀，
　　　　　会叫你们毛骨悚然，
　　　　　把你们的王冠踩在他们脚下。——
　　　　　欢迎，特力达马斯和特切尔斯。
　　　　　你们见见这乌合之众吧，
　　　　　认识这国王吗？

特力达马斯　认识，我的大人，他是卡拉帕恩的看守。

帖木儿　是呀，他现在是国王了，盯住他，特力达马斯，打仗
　　　　　时，别让他把王冠藏起来，就像那愚蠢的波斯国王做
　　　　　的那样。

索里亚　不，帖木儿，我对你实说，那样急迫的战事，还不会
　　　　　叫他去。

帖木儿　谁也说不准，先生。
　　　　　但是现在，我的随从们和朋友们，
　　　　　还是要像征服者一贯的那样去战斗。
　　　　　这幸运日子的光荣属于你们。
　　　　　我的严阵以待将引来胜利女神，
　　　　　在我们铁血雄师间翱翔，
　　　　　栖息在我身上，

　　　　　　拿着月桂枝桂冠

　　　　　　戴在我们的头颅上。

特切尔斯　一想到一旦开战，

　　　　　　纳托利亚成了囊中之物，

　　　　　　士兵们怎么大汗淋漓

　　　　　　在背脊上驮着珍珠宝贝，

　　　　　　就会不禁开怀笑起来。

　帖木儿　你们所有人都将立马成为王子。

　　　　　　来打吧，你们这些土耳其人，

　　　　　　要不就投降我们吧。

奥凯恩斯　不，我们要跟你正面较量，

　　　　　　你这奴才跛子帖木儿。

　　　　　　众（从各自部队）下

第四幕

第一场

战斗号角响起。阿米拉斯和塞勒比努斯从营帐门出
来，卡里法斯正坐着在打盹儿

阿米拉斯　这些傲慢的土耳其人的王冠
　　　　　金光闪闪，就像许多太阳
　　　　　褫夺了天空一半的光辉。
　　　　　兄弟，让我们追随父亲的利剑吧，
　　　　　那剑愤怒地飞舞着，
　　　　　比我们的思想还要快速，
　　　　　用它那征服者的翅膀
　　　　　杀戮着敌人的士兵。

塞勒比努斯　把那慵懒的兄弟从营帐里叫出来，
　　　　　如果父亲在战场上见不到他，
　　　　　他胸中燃起的怒火
　　　　　将会给他的心带去致命的雷击。

阿米拉斯　（往营帐里喊）兄弟，哎，你怎么这么困，
　　　　　当敌人的战鼓
　　　　　和隆隆的炮火在耳际震响，
　　　　　那可能意味着我们的毁灭

　　　　　　　和父亲的失败，
　　　　　　　你怎么能安之若素呢？

卡里法斯　　　走开吧，你们这些傻瓜！
　　　　　　　父亲不需要我，
　　　　　　　也不需要你们，
　　　　　　　这不过是孩子气的胡闹，
　　　　　　　谁也不会认为
　　　　　　　那是男子汉的勇气。
　　　　　　　即使兵营一半士兵跟我一样睡觉，
　　　　　　　父亲也能把敌人吓得魂飞魄散。
　　　　　　　你们以为我们能助一臂之力，
　　　　　　　那其实是给陛下帮倒忙。

阿米拉斯　　　怎么，你知道父亲对你的胆怯深恶痛绝，
　　　　　　　当他与排山倒海的敌人奋战时，
　　　　　　　每每希望你奔赴疆场，
　　　　　　　让尚未沾染鲜血的剑
　　　　　　　去接受战争的洗礼，
　　　　　　　就像给它们喂吃肉食一样，
　　　　　　　难道你还敢不赴疆场吗？

卡里法斯　　　我知道，先生，杀人是怎么回事。
　　　　　　　这让我良心受到谴责。
　　　　　　　我不想以杀人为乐，
　　　　　　　当美酒可以解渴的话，
　　　　　　　我就不想用鲜血来止渴。

塞勒比努斯　　哦，胆小的孩子！
　　　　　　　说真的，太丢人啦，过来。
　　　　　　　你侮辱了男子气概和家门。

卡里法斯　　　走，走，你这高大的小伙子，
　　　　　　　你去为我们俩打仗吧，

你这想当第二个战神的家伙，
要不也把我另一个兄弟带上。
听到你们俩在战场上
赢得一大堆荣誉，
将瘦小的尸体抛在沙场，
我躺在那儿就好像和你们做伴，
那也会叫我开心。

阿米拉斯　那你不去吗？

卡里法斯　你说对了。

阿米拉斯　即使最遥远的鞑靼
绵延的高山
都变成了珍珠请求我羁留，
那我也不会以此换取父亲的愤怒，
当他经过鏖战凯旋
却发现他的儿子们
在所有的荣誉中没有份儿。

卡里法斯　你去拿你的荣誉吧，
我要我的舒适和安逸；
我的智慧将为我的胆怯开释。
我到战场上去有什么必要呢？
　　战斗号角吹响，阿米拉斯和塞勒比努斯奔下
子弹乱来想飞哪儿就飞哪儿，
即使我去杀死一千个敌人，
一颗子弹飞来就结果性命，
比从不打仗的人要早夭得多。
假使我去既不做好事也不干坏事，
那我也可能受损，
所做的好事都汇入父王的王冠，
而我却永远好不了了。

我还是玩牌吧——佩迪卡斯！

佩迪卡斯上

佩迪卡斯　有，大人。

卡里法斯　来，我们来打牌消磨时光。

佩迪卡斯　好吧，大人。赌什么输赢呢？

卡里法斯　在我父亲征服了土耳其人之后，
赢者先亲吻最漂亮的土耳其妃子。

佩迪卡斯　好吧，说话算数。

他们在敞篷营帐内打牌

卡里法斯　他们说我是一个胆小鬼，佩迪卡斯，我才不怕他们的
冲锋号角，他们的利剑，或者他们的大炮，我倒是怕
那戴金面纱的裸体女人，因为生怕我害怕，不跟我
上床。

佩迪卡斯　这种惧怕，大人，从来难不倒您。

卡里法斯　我倒希望父亲把我放在这种战斗里试试我的勇气。

战斗号角响起

这么乱糟糟的！我估计他们中有些人受伤了。

帖木儿、特力达马斯、特切尔斯、乌苏木卡萨纳、阿
米拉斯、塞勒比努斯押着土耳其国王们（纳托利亚的
奥凯恩斯、耶路撒冷、特拉布松、索里亚和士兵们）
上

帖木儿　看见了吗，你们这些混蛋，
我儿子把你们的傲气一扫而光，
让你们的荣耀在利剑下俯首称臣。
把他们带过来，我的孩子们，
告诉我战争是不是
一种给神明增光的生活，
是不是会激发你们的精神，

　　　　　让你们觉得在兵法和骑术上
　　　　　还需要进一步训练?

阿米拉斯　是否把这些国王再次放走,大人,
　　　　　让他们去纠集更多的兵力来对付我们,
　　　　　这样他们就会相信
　　　　　他们的失败并非偶然,
　　　　　他们面对的是
　　　　　无法匹敌的力量和恢宏的气场?

帖木儿　　不,不,阿米拉斯,
　　　　　别跟命运女神开这个玩笑。
　　　　　跟新的敌人斗争来锻炼你的勇气,
　　　　　而不要局限在跟已被击败的对手搏斗。
　　　　　那胆小鬼,那混蛋在哪儿?
　　　　　那不是我的儿子,
　　　　　只是我名声和权威的逆子。
　　　　　他走进营帐,把卡里法斯提拎出来
　　　　　这懒蛋和孬种,
　　　　　我名声的奇耻大辱,
　　　　　看到他这副鬼模样
　　　　　真叫我火冒三丈,
　　　　　我羞耻
　　　　　伤透了我的心呀,
　　　　　我不满,
　　　　　我心已死呀,
　　　　　怎么可能还会有任何恻隐
　　　　　不让我伸手
　　　　　对你那无耻的灵魂劈下军刀呢?
　　　　　帖木儿麾从跪下

特力达马斯　我恳请陛下宽恕他吧。

特切尔斯
乌苏木卡萨纳　我们大家祈请陛下原谅他。

帖木儿　起身，你们这些平庸、不称职的战士！
难道你们不知道军法吗？
他们站起，阿米拉斯和塞勒比努斯跪下

阿米拉斯　我的好大人，原谅他一次吧，
从今以后我们将强迫他上战场。

帖木儿　起身吧，我的孩子们，
我要教你们怎么使用兵器，
对军事的热情意味着什么。
他们站起
哦，撒马尔罕，我呱呱坠地的地方，
高兴呀，
生就这一副充满战争热情的肉身，
脸红呀，脸红，美丽的城市，
因为给你丢脸，
羞耻呀，
面对你自然壮丽的美景，
锡尔河以它那最深沉的爱
把你拥抱在怀中，
却也无法洗去你眉宇间的愤怒！
在这儿，主神朱庇特，
再次接受他那脆弱的灵魂吧——
他刺死卡里法斯
这胆怯的人
从帖木儿肉体汲取了生命，
却不配他不朽骨肉的一部分，
在他的生命里
运行着一个不朽的
和您一样的精神，

那精神激励我勇往直前，
傲视一切，野心勃勃，
集聚力量准备追逐您的宝座，
要将天空的行星
玩于股掌之间；
地球和大气之间
已容不下帖木儿了。
我凭着您伟大的朋友穆罕默德发誓，
您给我送来这样一个儿子，
大地的糟粕、
自然的渣滓，
没有勇气、力量和智慧，
有的只是愚蠢、懒惰和该死的安逸，
那你就结了一个不共戴天的仇雠，
这敌人比那个将大山抛在您头上，
摇撼那肩负着大地的大力神
还要更加不共戴天，
对于这个大力神，您仅仅只是气得发抖，
而自己则躲在太虚后面，
身披乌黑的云翳生怕被人看见。——
你们这些亚细亚腐败的杂种狗，
你们拒绝承认帖木儿的力量，
尽管他像太阳一样辉煌，
现在你们可以感觉到帖木儿的力量了，
他的绝对的完胜
证明他和你们之间的差异。

奥凯恩斯 你那野蛮该死的残暴证明了我们和你之间的差异。

耶路撒冷 你的胜利变得如此暴力，
上天充斥着
你的专横造成的血与火的流星，

将倾泻下血与火在你的头上，
那滚烫的血滴将穿透你的脑袋，
用我们的血报我们流的血的仇。

帖木儿　恶徒们，我执行的这些恐怖和专横——
如果你们认为公正的军法是专横——
那是上天的命令，
去摧毁上天痛恨的傲慢；
我也不是主神的手
因为我大量的善行或高贵
而提拔和加冕的
世界的君王。
既然我拥有一个更加博大的名声——
上帝的灾殃和世界的恐怖，
我必须让自己无愧这样的称号，
给那些拒绝承认我身上凝聚着
上天永恒权威的粗莽汉子
带去灾殃。
特力达马斯、特切尔斯、卡萨纳，
洗劫傲慢的土耳其人的营帐和宫闱，
把王妃和粉黛们带来。
让她们埋葬这柔弱的孩子吧，
不准任何士兵男子汉
染指如此孱弱的一个男孩。
然后把那些土耳其婊子
带到我营帐里来，
我将随兴处置她们。
把他抬进去吧。

士兵们　是，大人。
帖木儿的扈从们和士兵抬着卡里法斯的尸体同下

耶路撒冷　哦，多么残忍该死的家伙，

哦，不，简直是地狱的魔鬼，
即使魔鬼也不像你那样残酷，
也不像你那样怀有如此深刻的仇恨！

奥凯恩斯　复仇吧，拉达曼堤斯和爱考士①，
但愿你们的仇恨
由于他的残酷而变得更加深沉，
把他判死刑吧，
那是使我们灵魂痛苦的根源。

特拉布松　但愿白天他成个眊者，
那喷射愤怒和火的目光，
总给他的心送去如此冷酷的情感！

索里亚　但愿精神、血管或动脉
永远不要给那残酷的心
输送该诅咒的养料，
但愿那心
因缺乏湿润和同情的血液，
只能眼睁睁地干枯，
因热而坏死！

帖木儿　啊，狂吠吧，你们这些杂种狗。
我要给你们的嘴装上马嚼子，
用烧红的铁条紧箍起来，
一直塞到那可恶的喉咙口，
我的刑罚是如此痛苦，
你们会吼叫起来，
大地也会回响你们的呻吟，
就好像一群强壮的
和母牛隔栏相望的条顿公牛，
来回奔跑着哞哞嚎叫，

———————
① 宙斯的儿子，阴间判官。

牧牛人怒鞭抽打着它们，
空中回荡着它们苦恼的嘶号。
我将用从未用过的攻城手段
征服、劫掠、荡平
你们的城镇和黄金的宫殿，
燃烧的火焰将直冲云霄，
让上天愤怒，
让星星熔化，
它们仿佛是穆罕默德的眼泪，
为他的国家的豪气被焚毁而哭。
在我看见或听见
不朽的朱庇特说，
"停手吧，我的帖木儿"之前，
我不会停止对世界实施恐怖，
制造出流星来，就仿佛是士兵，
在天上的塔楼上行军，
在倾斜的苍穹上奔跑，
在空中将他们燃烧的长戟折断，
庆祝我的奇迹般的胜利。
来，把他们带到大帐去吧。
卫兵押解被掳的大人们下

第二场

奥林匹亚单独上，手中拿着一小瓶油膏

奥林匹亚　断肠的奥林匹亚呀，
你的泪眼自从到达这儿
还没见到太阳，
被羁留在一顶营帐中，

双颊憔悴失色，

看上去和死亡没什么两样，

与其屈从他，

一个颠沛流离的人可憎的追求，

那只能使你丢尽脸面，

还不如想些办法结束生命算了。

既然滴落你泪珠的大地

无法提供使你致命的药草，

回响着你叹息的太虚

也没有鸩毒的气体让你感染，

这封闭的洞穴里

也没有刀剑可以自刎，

姑且用上这药膏吧。

特力达马斯上

特力达马斯　见到了你，太美好了，奥林匹亚。

我在我的营寨中找你，

当我看到这地方偏僻而又阴暗，

像你那样的美人儿定然喜欢敞亮，

我气愤极了，

在营地满世界找你，

还以为好色的朱庇特派遣儿子，

那长翅膀的赫耳墨斯

把你从这儿带走了。

我现在找到你，担忧也就消释了。

告诉我，奥林匹亚，你应允我的追求吗？

奥林匹亚　我的大人和丈夫死了，

我亲爱的儿子也已离世，

我的爱随着他们已经埋葬，

剩下的只有痛苦和悲哀

在啮噬我的心，

> 不允许我存有哪怕一丝
> 与爱相关的想法，
> 我只在思量死亡——
> 对于一颗沉思的灵魂，
> 这再恰当不过了。

特力达马斯　奥林匹亚，可怜这个人吧，
　　　　　　对于他，你容貌的魅力
　　　　　　比月亮控制潮汐
　　　　　　还要强大得多，
　　　　　　只有看到你，我才最为高兴，
　　　　　　而一离开你，兴味就会消退殆尽。

　奥林匹亚　啊，可怜我吧，我的大人，
　　　　　　将你的剑拔出剑鞘，
　　　　　　向我纷乱的灵魂刺来，
　　　　　　它正敲打着这监狱的胸壁，
　　　　　　要去与丈夫和可爱的儿子相会。

特力达马斯　除了丈夫和儿子，
　　　　　　就什么也不想了吗?
　　　　　　别管这些，我的爱，
　　　　　　听我说。
　　　　　　你将成为美丽的阿尔及尔王后，
　　　　　　穿着金丝银缕的锦衣美服，
　　　　　　端坐在王宫大理石高台上，
　　　　　　就像维纳斯坐在华丽的椅子里，
　　　　　　一切都在愉悦你高贵的眼睛。
　　　　　　我将把兵器放在一边，
　　　　　　和你坐在一起，
　　　　　　共同生活在甜蜜的爱河之中。

　奥林匹亚　在我听来，

这生活没有什么乐趣,
它以死亡开始,
又以死亡结束。
我不想当皇后。

特力达马斯　不，夫人，
如果这一切规劝不能见效,
我将使用其他办法叫你就范。
这是我在爱情中
爆发的愤怒,
我必须得到满足,
你必须允诺。
再回到营帐去吧。

　奥林匹亚　等一等，我的好大人！
如果你答应不骚扰我的贞操,
我给阁下一个礼物,
那是倾世界之力
都无法给予的礼物。

特力达马斯　那是什么呢?

　奥林匹亚　一位狡猾的炼金术士
用超自然的魔法,
精灵们在一旁口念咒语,
从最纯的香树脂提炼油膏,
它包孕所有矿物的元素,
赋有大理石般的功能,
涂在你娇嫩的皮肤上,
手枪、刀剑或长戟
都无法穿透你的肉。

特力达马斯　啊，夫人，
你想就这么糊弄我吗?

奥林匹亚　　为了证明效力，
　　　　　　我在我裸露的喉咙上涂上它，
　　　　　　当你刺的时候，
　　　　　　瞧着剑锋，
　　　　　　那剑头会弯曲反弹回来。

特力达马斯　既然你爱你丈夫，
　　　　　　这油膏又如此神奇，
　　　　　　你为什么没有给你丈夫涂呢？

奥林匹亚　　我是想这么做来着，我的大人，
　　　　　　但他死得太突然了。
　　　　　　为了证明我没有欺骗，
　　　　　　在我身上试一下吧。

特力达马斯　好吧，奥林匹亚，
　　　　　　我将把它当作东方世界
　　　　　　最贵重的礼物。
　　　　　　她给自己的喉咙涂药膏

奥林匹亚　　刺吧，我的大人，
　　　　　　瞧准了你的剑头，
　　　　　　如果用力过猛，
　　　　　　剑头还会弯曲过来。

特力达马斯　（*刺她的喉咙*）就对准这儿，奥林匹亚。
　　　　　　怎么，我把她杀死了？
　　　　　　混蛋，把你自己刺死吧！
　　　　　　把这只杀死我的爱的手臂砍掉，
　　　　　　在她身上这个时代的贤者
　　　　　　有可能发现许多这个世界
　　　　　　正在寻觅的奇妙的奇迹！
　　　　　　现在地狱比极乐世界更加美丽了；
　　　　　　比苍天明亮的眼睛更加明亮的星星，

从它那儿所有的星星借用光明，
眼下在黑暗的轨道上徘徊，
被惩罚的鬼魂不再
经受痛苦的煎熬，
因为复仇女神们
都在观赏她的容貌。
冥王在追求我的爱，
为了她，
举行化装舞会和豪华的演出，
打开他的宝库的门，
迎接这贞操的皇后，
她的玉体将以我的王国
所能承担的隆重礼节安葬。

下，将她移走

第三场①

帖木儿在他的战车上，战车由嘴中含着马嚼子的特拉
布松国王和索里亚国王拖曳着，他左手拽着缰绳，右
手拿着鞭子，抽打着他们。特切尔斯、特力达马斯、
乌苏木卡萨纳、阿米拉斯、塞勒比努斯上；纳托利亚
的奥凯恩斯和耶路撒冷国王由五六个士兵押着走过
舞台

帖木儿　呵呵，你们这些亚细亚被宠坏了的驽马！
怎么，你们身后配着这么一辆高贵的战车，
驭手又是伟大的帖木儿，
从我征服你们的沥青湖②

---

① 场景在比龙，在向巴比伦进军的途中。

② 在巴比伦附近。

到我如此抬举你们的比龙，
一天才拉二十英里？
那引领天上金眼、
从鼻孔喷吐出曙光、
在乱云上疾蹄飞奔的天马，
也没有像你们，奴才们，
得到像强大的帖木儿
驭手那样的崇高荣誉。
色雷斯的阿尔喀德斯①
驯服的任性的驽马，
埃勾斯国王②给它们喂人肉，
把它们养得如此不可驾驭，
它们明白自己的力量，
也没有为比你们勇敢得多的
这只从不屈服的手臂所驯服。
为了把你们训练成骏马，
合我的胃口，
我要给你们喂带血的人肉，
让你们用提桶喝最烈的马斯卡特酒③。
如果你们这样能活命，
那就活下去，
拖拉我的战车比风卷残云还要快。
如果活不成，
那就像畜生一样死去，
一钱不值，
只落得个不祥黑乌鸦的栖木。
这样，我实在是最高主神的灾殃，
在我身上看到了那灾殃的形象。

① 即赫拉克勒斯。
② 传说中的雅典国王。
③ 一种强烈的甜酒。

这就是我的名望，我的威权。

阿米拉斯　把战车给我吧，我的大人，
　　　　　我来驾驭
　　　　　由这俩无能国王拖曳的战车。

帖木儿　你太年轻了，不容你有这样的安逸，
　　　　我高贵的儿子。
　　　　他们明天将拖曳我的战车，
　　　　让别的国王们轮休一下。

奥凯恩斯　哦，统治地府的冥王呀，
　　　　　像主神一样拥有威权的国王呀，
　　　　　就若来到丰饶的西西里，
　　　　　摘取岛上所有的荣耀吧！
　　　　　就像你劫走美丽的普罗塞耳皮娜①
　　　　　独享刻瑞斯园子里的果实，
　　　　　为了爱，为了荣誉，
　　　　　你把她立为皇后，
　　　　　那现在，为了仇恨，为了羞耻，
　　　　　降伏这拥有可怕权力的骄矜的家伙，
　　　　　彻底地发一次火，
　　　　　打掉他的自负，
　　　　　把他打发到地狱的最底层去！

特力达马斯　（对帖木儿）陛下去找些马嚼子来，
　　　　　　把他们发出诅咒的舌头锁住，
　　　　　　就像对付执拗、从未受过伤的驽马，
　　　　　　打开牙齿将马嚼子
　　　　　　使劲儿往里塞到最里边。

特切尔斯　不，干脆打掉他们的牙齿，
　　　　　把它们轻蔑无礼的舌头

———————

① 朱庇特与谷物和耕作女神刻瑞斯之女，被冥王劫走，强娶为后。

从嘴里割将出来。

乌苏木卡萨纳　　陛下已经想好了
一个办法来治一治
这些拖车小马驹辱骂的舌头。
塞勒比努斯给奥凯恩斯上马嚼子①

塞勒比努斯　　感觉怎么样，国王先生？
干吗不说话了？

耶路撒冷　　啊，残酷的混小子，
一个专制者生的狗崽子，
他奚落人，专横起来，
多么像他那该诅咒的老子！

帖木儿　　啊，土耳其人，
我告诉你，
如果主神觉得我已不太适合这世界，
在我征服非洲、欧洲和亚细亚之前，
要擢升我和金牛座——
那美丽明亮的红眼星②并驾齐驱，
这孩子将就是那个
劫掠我没来得及抢劫的王国的人。
他将获得的荣耀比这还要辉煌得多。
把土耳其王妃们带上来。
我请她们埋葬了
我那早夭的儿子。
王妃们被带了上来
我的那些在沥青湖平原
打仗打得像狮子一样勇敢的

———————————

① 在这里，塞勒比努斯给奥凯恩斯上马嚼子，可能是施一下酷刑，然后又拿出来了，
否则，奥凯恩斯怎么可能在后面说话呢？

② 在金牛座。

　　　　　　士兵在哪儿？

士兵们　在这儿，大人。

帖木儿　听着，高大的士兵们。每人挑一个女王——
　　　　我说女王就是国王的王妃们。
　　　　挑吧。拿上她们，
　　　　把她们和她们的珠宝平分一下。
　　　　让她们轮流为你们每一个人服务。

士兵们　感谢陛下的隆恩。

帖木儿　我警告你们，不要为了女人吵架，
　　　　违者必死无疑。

奥凯恩斯　你这害人的独裁者，
　　　　难道你要让你的士兵
　　　　奸淫这些无辜的贵妇
　　　　使你的可恨的胜利名誉扫地吗？

帖木儿　你们这些奴才，
　　　　当初你们待在大陆老巢，
　　　　不让这群骚货紧跟
　　　　在你们怠惰的脚后跟，
　　　　不就什么事儿也没有了吗？

王妃们　哦，可怜我们吧，大人，
　　　　让我们保持贞操吧！

帖木儿　你们还不带着这些娘儿们快走，奴才们？
　　　　　士兵们带着女人们跑步下

耶路撒冷　哦，毫无人性的地狱般的残酷呀！

帖木儿　“保持你们的贞操”！
　　　　在你们知道贞操是什么时，
　　　　你们早就失去它了。

特力达马斯　他们似乎想征服我们，
　　　　　　让我们跟他们的妓女玩。

　　帖木儿　现在他们自己被征服了，
　　　　　　我们的士兵玩上他们的妓女。
　　　　　　让他们玩个够吧，
　　　　　　我们很快就要向巴比伦进发，
　　　　　　那是我们下一步的远征。

　特切尔斯　那我们就不能懈怠，大人，
　　　　　　我们要为征服巴比伦做好准备。

　　帖木儿　是的，特切尔斯。——向前进，你们这些驽马！
　　　　　　最伟大的亚细亚的国王们，
　　　　　　屈膝弯腰吧，
　　　　　　听说我这个灾殃将要降临，
　　　　　　挥舞鞭子横扫城镇，
　　　　　　将国王们控制在他的麾下，
　　　　　　将他们的珍珠宝贝收归我有，
　　　　　　发抖吧。
　　　　　　从纳托利亚北边的黑海、
　　　　　　西边的地中海、东北的里海，
　　　　　　到南边的红海，
　　　　　　我们将满载的战利品
　　　　　　源源不断运往波斯。
　　　　　　这样，我的出生地撒马尔罕，
　　　　　　那银波荡漾的清新的锡尔河，
　　　　　　她高贵城市的骄傲和美，
　　　　　　将声名远扬到最迢遥的大陆；
　　　　　　我的王宫将耸立在那儿，
　　　　　　那金碧辉煌的角楼
　　　　　　将使天空相形失色，
　　　　　　把特洛伊楼台的声誉

抛到地狱里去。

押着一大群被征服的国王

走过大街，

我穿着金色的甲胄如太阳①，

从我的戎盔将伸出三根羽毛，

镶嵌着宝石在空中翩翩起舞，

这表明我是三个大陆的皇帝，

就像一棵笔挺的杏树

耸立在长青的塞利纳斯②

直指云霄的高山之巅，

装饰着比维纳斯的眉毛

还要洁白的花朵，

那鲜嫩的花儿

随着天际每一丝呼吸的起伏

而微微地颤动。

在我的马车里，

朱庇特端坐着，

斑斓的战车涂上了火焰的色彩，

高贵的鹰隼拖曳着它飞驰过

镶嵌着明亮水晶和星辰的天路，

众神站在路边赞叹他的辉煌，

我也会这样跃马驰骋过撒马尔罕街道，

直到我的灵魂与肉体分离，

上升到银河和主神相会。

---

① 这段关于帖木儿野心的描述，马洛显然从埃德蒙·斯宾塞的《仙后》对亚瑟王子的描述汲取了灵感："Upon the top of all his loftie crest, /A bunch of haires discoloured diversely, /With sprinkled pearle, and gold full richly drest, /Did shake, and seemed to daunce for jollity, /Like to an Almond tree ymounted hye/On top of greene Selinis all alone, /With blossomes brave bedecked daintily ; /Whose tender locks do tremble every one/At every little breath, that under heaven is blowne."

② 在西西里岛朱庇特神庙的所在地。

到巴比伦去，大人们，到巴比伦去！

帖木儿坐在他的战车里，战车由特拉布松和
索里亚国王拖拉着。众下

第五幕

第一场

巴比伦总督和马克西姆斯等人在城墙上

总督　马克西姆斯，你说什么？

马克西姆斯　敌人在城墙攻破了个缺口，
他们肯定会击败我们，
要躲过征服者的铁手，
保命和保城都只能是缘木求鱼了。
把屈辱求和的旗帜升起来吧，大人，
顺应公众的祈求，
帖木儿冲天的怒气
也许会因我们的卑躬屈膝
而有所缓解。

总督　混蛋，难道你更珍惜你那为奴的生命，
而不惜牺牲你国家和你个人的荣誉吗？
难道我的生命和我的国家
对我不珍贵吗？
难道这城和我出生的国家的福祉
不像你想的那么宝贵吗？
难道我们不是希望，

尽管城墙被攻破，

我们还是可以安居乐业，

把敌人挡在国门之外？

难道我们不是拥有

那著名的沥青湖，

任何东西到那湖里

去浸润一下，

就可以筑起新的城墙，

比死亡或地狱的大门还要坚不可摧？

当我们可以如此抵抗敌人，

除了他那吓人的容貌以外

也没什么恐怖的，

我们干吗要让胆怯

驱赶走我们的勇气呢？

（在城墙上）另一位公民上，跪下

公民甲　大人，如果您有恻隐之心，

那请您保护我们的生命，

屈服吧，升起停战的旗帜，

帖木儿也许会怜悯我们的痛苦，

像个慈善的征服者那样对待我们。

虽然这是他可怕的围城

通牒的最后一天，

他绝不会放过大人或小孩，

但城里有乔治亚①的基督徒，

他对他们的处境一直同情，

并加以爱护，

如果阁下能顺应时势，

他们会得到他的宽恕。

总督　我灵魂周围到底是些什么人呀，

---

① 在里海的西岸。

这永世著名的巴比伦城，
充斥胆小的逃兵，
如此无耻和媚外！
另一个公民上，对总督跪下

公民乙　大人，如果您想赢得我们的心，
放弃这城，救救我们的妻子和孩子！
与其承受帖木儿的暴行，
我宁可从这城墙上跳下去，
要不在一场暴力中赶快死去。

总督　奴才们、胆小鬼们、卖国贼们！
趴到大地上，戳开地狱的深渊，
让作恶的冤鬼们
不断捶打你们奴才的胸口，
叫你们痛不欲生！
只要心还在我的胸中跳跃，
我不会投降，
这城也不会投降。
特力达马斯、特切尔斯及士兵上

特力达马斯　你这走到绝路的巴比伦总督，
珍惜你的一条命，
也让我们省点儿事，
赶快把这城移交给我们吧，
否则你不得不感受
比卖国者更剧烈的苦楚。

总督　独裁者，
我要将卖国者的指责
扔回给你，
不管怎么样，我们要卫城。——
把士兵们召集起来保卫城墙。

特切尔斯　投降吧，傻总督。
　　　　　我们将给这些胆敢
　　　　　抵抗我们的围困
　　　　　到最后第三天的
　　　　　骄傲的士兵
　　　　　以从未有过的优厚待遇。
　　　　　你也看见我们已准备最后攻城，
　　　　　一开战就没有任何谈判的余地了。

总督　攻吧。我们永远不会投降。
　　战斗号角响起，帖木儿的士兵爬上了城墙。公民们和
　　总督从城墙上下，接着特力达马斯、特切尔斯及士兵
　　随从下。帖木儿穿着一身黑袍子，坐在由特拉布松和
　　索里亚国王拖曳的战车来到舞台中央，随行的有乌苏
　　木卡萨纳、阿米拉斯和塞勒比努斯等人；以及两个没
　　有拖车的国王纳托利亚的奥凯恩斯国王和耶路撒冷
　　国王

帖木儿　美丽的巴比伦庄严的建筑，
　　　　那高大的立柱耸立在飞云之上，
　　　　足可以给远航的海员以指引，
　　　　大炮把它们一炮轰到了这儿，
　　　　塞满了沥青湖的湖口，
　　　　构筑了一座通向攻破城墙的桥。
　　　　贝鲁斯①、尼努斯②和亚历山大大帝③
　　　　曾经在这儿驾车班师，
　　　　帖木儿也在这儿凯旋，
　　　　这些国王在一堆堆白骨上

---

① 传说中的巴比伦的创立者。
② 传说中的尼尼微的创立者，尼尼微是古代东方奴隶制国家亚述的首都，在现今伊拉克摩苏尔附近。古代传说中的亚述女王塞米勒米斯创立了巴比伦。
③ 亚历山大大帝在公元前331年攻克了巴比伦。

拖曳他的粼粼战车，
战车的轮子碾碎了亚述人的白骨。
在这美丽的塞米勒米斯
翩跹起舞的地方，
在这国王们和亚细亚的权贵们
曾追逐这美人儿的地方，
我的士兵正迈步前进；
穿着华丽的亚述女人们
像妩媚的朱诺一样
在盛大的典礼中
骑马行进在大街上。
口中吆喝着，
紧皱着眉头，
我的骑兵们挥舞着
不受管束的剑锋。

特力达马斯和特切尔斯带进巴比伦总督

你们带来什么人，大人们？

特力达马斯 这个不听劝说的巴比伦总督，
让我们对这城动了武，
对陛下又是如此轻慢。

帖木儿 把这混蛋捆绑起来。
用链条把他吊在这破城的废墟上。——
伙计呀，看到我们鲜红的帐篷了吗？
即使苍天燃烧起来，
往地球释放彗星和流火的星星，
也没有这些帐篷更恐怖，
但它们没有能把你吓倒；
不，你也不怕我，
不怕强大的朱庇特使者发怒，
他用利剑征服了所有尘世的国王，

也无法规劝你降服，
你把所有城门紧闭。
混蛋，我告诉你，
我只要碰一下地狱生锈的大门，
那三头猛犬就会狂吠，
叫醒冥王趴着跪在我面前；
而我在攻破城墙前
给你发了好几炮，
却还是未能入城。

总督　要是我的身子能堵住击破的城墙，
残酷的帖木儿，
那你也进不了城。
不是你的血红的营帐
也不是上帝的愤怒能让我投降，
虽然你的大炮震撼了城墙，
但我的心却没有被摇撼，
胆量也没有因此而减弱。

帖木儿　好吧，那我就要叫它颤抖。——
去把他吊起来。
用链条将他吊在城墙上，
让士兵把这混蛋射死。

总督　卑鄙的魔鬼，地狱女巫生的儿子，
从地狱派到世界上来施行恐怖，
干你所能干的最糟糕的事吧，
死亡，帖木儿，
折磨，或者痛苦，
都不能吓破我的胆。

帖木儿　那就把他吊起来，身子千刀万剐。

总督　但是，帖木儿，

在沥青湖里
放着比巴比伦多得多的黄金，
那是我在围城时藏匿在那儿的。
救我一条命，我把那黄金给你。

帖木儿　你不是很勇敢吗，怎么要救你一条命了呢?
黄金在哪儿?

总督　藏匿在一条挖空的堤岸里，
正对巴比伦的西门。

帖木儿　你们中去几个人，把他的黄金拿来。
　　　　几个士兵下
其余人快速前进!
把他押走，别让他再说话。——
我觉得我让你的心胆怯了。
　　　　总督由士兵押送下
这事做完，
我们就要从巴比伦
以最快速度向波斯进发。
这些驽马已经疲惫得喘不过气来了，
把他们解了套吧，换上新马。
　　　　士兵给特拉布松和索里亚解套
既然已经为我尽了最大的力了，
把他们马上带走吊死。

特拉布松　你这邪恶的暴君，野蛮、血腥的帖木儿!

帖木儿　把他们带走，特力达马斯。瞧着把他们结果了。

特力达马斯　遵命，大人。
　　　　特力达马斯和被押解的特拉布松以及索里亚下

帖木儿　来，亚细亚的总督们，过一会儿该轮到你们
尝一尝你们伙伴的命运了。

奥凯恩斯　用你的锡西厄马把我们肢解吧，
　　　　　不要让我们像可鄙的奴隶一样，
　　　　　拖曳你的战车，
　　　　　用可憎、可耻的办法来奴役
　　　　　我们高贵的心灵。

耶路撒冷　把你的兵器借给我吧，帖木儿，
　　　　　让我用它往我这胸口刺去。
　　　　　死亡一千次，
　　　　　也不及一想到干这差事
　　　　　我们的灵魂所感到的恼怒。

阿米拉斯　他们还要唠叨下去，大人，
　　　　　如果不用马嚼子勒住他们的舌头。

帖木儿　给他们上马嚼子，让我上我的马车。
　　　　给他们上马嚼子并上了套。观众发现巴比伦总督被用
　　　　链条吊着。特力达马斯重新上。帖木儿走上他的战车

阿米拉斯　瞧，我的大人，将军吊得多么勇敢！

帖木儿　吊得好极了，我的孩子。太好了！
　　　　大人，你先射击，然后其他人跟着。

特力达马斯　那就让我先挽雕弓射吧。
　　　　　特力达马斯射击（击中总督）

总督　饶我一条命吧，
　　　让这伤口平息
　　　伟大的帖木儿冲冠的愤怒吧。

帖木儿　不，虽然沥青湖是液体的黄金，
　　　　可以算作救你命的赎金，
　　　　但你还得死。——立即向他射击。
　　　　他们射击
　　　　现在他吊在那儿像个巴比伦总督了，

　　　　　他身上的弹痕
　　　　　跟攻破的城墙的缺口一样多。
　　　　　去把市民的手脚捆起来，
　　　　　马上扔到这城的湖里去；
　　　　　鞑靼人和波斯人将住在城里，
　　　　　为了控制这城，
　　　　　我要建一座城堡，
　　　　　这样，臣服波斯国王的非洲
　　　　　将把给我的进贡送到巴比伦。

特切尔斯　那他们的妻子和孩子怎么处置，大人？

帖木儿　特切尔斯，把他们全淹死，男人、女人和孩子，
　　　　　在城里不要留下一个巴比伦人。

特切尔斯　我将立即执行。来，士兵们。
　　　　　　　特切尔斯和士兵们下

帖木儿　现在，卡萨纳，
　　　　　那些在穆罕默德神庙里发现的
　　　　　土耳其的书，
　　　　　那一大堆迷信的书在哪儿？
　　　　　我还曾经把他想成是一位神明呢。
　　　　　把它们烧了吧。

乌苏木卡萨纳　（给书）书在这儿，大人。

帖木儿　说得好极了。马上生起火来。
　　　　　　　士兵们点燃一堆火
　　　　　我看人们徒劳膜拜穆罕默德。
　　　　　我的利剑叫数百万土耳其人去了地狱，
　　　　　杀死了他的教士、他的亲属和他的朋友，
　　　　　而我还活着，他拿我毫无办法，
　　　　　我毫发无损。

有一个上帝充满了复仇的怒火，[1]

他发出了雷霆和闪电，

我是他的灾殃，

但我将臣服于他。

所以，卡萨纳，把书扔进火堆里去吧。

　　书被焚烧

现在，穆罕默德，如果你有神力，

你就下来，制造出一个奇迹来吧。[2]

你不值得被顶礼膜拜，

书写你教义的书被扔进火堆，

你却无动于衷。

你为什么不刮起一阵愤怒的旋风，

把你的书吹到你天上的宝座，

人们说你就坐在上帝的旁边，

或者拿帖木儿的脑袋复仇，

他正挥舞着利剑向你的权威挑战，

脚踢书写着你愚蠢教义的书。

士兵们，穆罕默德一直待在地狱里；

他听不到帖木儿的声音。

如果有神明的话，

去寻觅另一个礼拜的上帝吧，

这上帝端坐在天上，

他独自在那儿，

没有其他神明，只有他。[3]

　　特切尔斯重上

　特切尔斯　我已经完成陛下的旨意，大人。

---

① 指匈牙利国王西吉斯蒙德的死。

② 这原本是《新约·马太福音》27:40 对基督的一种挑战："如果你是天主子，从十字架上下来吧！"

③ 见《旧约·申命记》4:35："只有上主是天主，除他以外再没有别的神。"

数千人被淹死在沥青湖里，
使湖水漫出了堤岸，
吃了尸体腐肉的鱼，
惊讶不已，在波涛上跳上跳下，
仿佛它们吃了酸葡萄，
跃出水面呼吸空气。

帖木儿　好啊，我的大人朋友们，
我们现在要做的
是不是留下足够的卫戍力量，
在我们取得这些胜利之后，
立即向波斯进发？

特力达马斯　是的，我的好大人。
让我们赶紧去波斯吧，
把这家伙从城墙上撤下来，
埋到城附近的高山上。

帖木儿　好吧。执行吧，士兵们。
等一等。我感觉我似乎突然病了。

特切尔斯　是什么东西胆敢叫帖木儿生病？

帖木儿　是什么东西，特切尔斯，
但我不知道是什么。
前进，诸位诸侯！不管怎样，
病痛或者死亡
永远不可能把我征服。

帖木儿坐在由奥凯恩斯和耶路撒冷国王拖曳的战车里。总督的尸体从城墙上移走，或者藏了起来，观众看不见。众下

第二场

卡拉帕恩、阿马西亚国王、一位将军拿着战鼓和喇叭
的士兵们上

卡拉帕恩　阿马西亚国王，
　　　　　我们的雄师正在大亚细亚^①行军，
　　　　　在那儿
　　　　　幼发拉底河和底格里斯河滔滔奔流，
　　　　　我们现在能看到伟大的巴比伦，
　　　　　由沥青湖围绕，
　　　　　帖木儿和他的部队正在那儿休整——
　　　　　刚打了围城的仗，
　　　　　他们已经疲惫不堪了。
　　　　　在他的围城部队得到援军之前，
　　　　　我们要出其不意去攻打他，
　　　　　如果上帝或者穆罕默德眷顾，
　　　　　就能报最近失利的一箭之仇。

阿马西亚　毫无疑问，大人，我们会打败他。
　　　　　这恶魔喝下了海量的鲜血，
　　　　　还要喝更多的血解渴；
　　　　　土耳其利剑将立刻送他进地狱；
　　　　　那好战的国王们
　　　　　拖曳的尸体只能由鹰隼啄食，
　　　　　因为出身卑微的独裁者帖木儿
　　　　　永远不配在坟墓中安息。

卡拉帕恩　每当我想到我父母的屈辱，

---

① 伊拉克的古名。

他们残酷的死亡，
我的囚禁生活，
我的总督们在帖木儿手下
戴枷锁的奴役，
我就恨不能让他死一千次
报复他的秽行。
啊，神圣的穆罕默德！
您目睹了数百万土耳其人
被帖木儿屠戮，
王国被荡平，
英勇的城镇被抢掠、焚毁，
只剩下一支部队为您而战，
帮助顺从的仆人卡拉帕恩吧，
让他在所有这些失败之后，
击溃该诅咒的帖木儿！

阿马西亚　别担心，大人，
我看见伟大的穆罕默德
穿着紫色的云彩，
头戴比太阳神的王冠
还要鲜亮夺目的花冠，
在苍穹下和武装的战士迈步前进，
前来和您会合去和帖木儿开战。

将军　举世闻名的将军，
赫赫一世的卡拉帕恩，
即使上帝和神圣的穆罕默德
来阻止您的力量，
您强大的部队也会
克服一切艰难险阻，
让不可一世的帖木儿跪在
陛下的脚前哀求宽恕。

卡拉帕恩　将军，帖木儿的兵力强大，
　　　　　　他的命运更加强大，
　　　　　　他让世界为之凄惨的胜利
　　　　　　最伤害我们的决心。
　　　　　　骄傲的月亮女神一轮明光，
　　　　　　但也有月食的时候，
　　　　　　我盼望他也会这样，
　　　　　　我们在这儿聚集了至少
　　　　　　二十多个王国的精英部队。
　　　　　　没有农夫、牧师或者商人待在后方；
　　　　　　所有土耳其人都在卡拉帕恩的麾下
　　　　　　武装起来了，
　　　　　　在他和他的部队被征服之前，
　　　　　　我们绝不让我们的士兵和武器分散。
　　　　　　是时候了，必须让我成为不朽，
　　　　　　去征服世界上的独裁者。
　　　　　　来，士兵们，让我们在这儿埋伏
　　　　　　当我们发现他离开了兵营，
　　　　　　在他和部队再会合之前
　　　　　　发动袭击，
　　　　　　我们必然会胜利。
　　　　　　众下

第三场

特力达马斯、特切尔斯、乌苏木卡萨纳上

特力达马斯　哭泣吧，老天，化成泪水吧！
　　　　　　陨落吧，那掌管他出生的星辰，
　　　　　　凝聚天上所有熠熠发光的星星，

将多余的火抛到地球上来，
通过大气起作用于人的命运吧！
用永恒的乌云遮掩你的美丽，
地狱和黑暗搭起了黝黑的营帐，
死神随同地狱的鬼魂们
对帖木儿的心灵开战。
不同于惯常的爱，
将神圣的美德倾倒在他的宝座上吧，
使他成为上天的荣誉，
但这些胆小鬼却暗暗攻击他的灵魂，
威胁着要抢夺我们的君权；
如果他驾崩，你的荣耀也会受损，
大地会低下头颅，
说天上变成了地狱。

特切尔斯 哦，你左右永恒地位、
引导宏大地球的威权呀，
如果你的神圣仍然值得膜拜，
你崇高的地位指引我们的思想，
请不要如此随意妄为，
全然不顾你的声誉；
别跟你的敌人们沆瀣一气，
对于他的坠落兴高采烈，
他是你亲自提携的呀；
因为他的出生、生命、健康和君权
都奇异地得到上天的祝福和眷顾，
所以，上天呀，
在上天熔化之前，
给他的出生、他的生命、
他的健康和威权
以荣光吧。

乌苏木卡萨纳　害羞呀，上天，你失去了信誉，
颠倒若此，脚凳盖上了你的脑袋，
别让你高贵的胸膛
存有如此卑鄙的羞辱，
眼看魔鬼坐上天使的宝座，
而天使则掉进地狱的湖中。
他们以为受煎熬的日子到了头，
富有的力量如主神一样强大，
这使他们斗胆要和你的地位抗争，
让他们感觉
帖木儿的力量吧，
你的威权，
是他们所不可能征服的呀。
如果他驾崩，你的荣耀也会受损，
大地会低下头颅，
说天上变成了地狱。
帖木儿坐在由纳托利亚的奥凯恩斯和耶路撒冷国王拖
曳的战车上，阿米拉斯、塞勒比努斯和医生们看护在
旁

帖木儿　是哪一个神明竟然如此妄为
胆敢征服强大的帖木儿的身子？
难道疾病要证明我只是一个
被称为世界的恐怖的人吗？
特切尔斯，诸位，拔出你们的利剑来，
砍断那个敢于攻击我灵魂的手。
让我们向上天的力量进军，
在苍穹下举起我们的黑旗，
我们要杀戮的是神明。
啊，朋友们，我要干什么呢？
我站不住了。

来，带我到跟神明作战的战场上去，

他们如此妒忌壮健的帖木儿。

特力达马斯　啊，我的好大人，

别再说这些不耐烦的话了，

这只会使你的病更加危险。

　帖木儿　为什么我要坐以待毙

在痛苦中萎靡下去呢？

不！敲起战鼓，

为了复仇这痛苦，

让我们的长矛对准那大力神，

他肩膀上扛着地球，

如果我死亡，

天与地有可能消失。

特力达马斯，

赶紧前往主神的宫阙。

请他派遣阿波罗①立刻到这儿来

给我治疗，

要不我自己去把他带下来。

特切尔斯　坐着别动，我的仁慈的大人。

这痛苦很快就会过去，

不会持续太久，

这痛苦是如此深沉。

　帖木儿　不会持续太久，特切尔斯？

不，我将死去。

瞧我那奴才，那丑陋的死神，

颤抖着，因恐惧苍白而又憔悴，

手持致命的箭正瞄准着我，

我只要对他看一眼，

---

① 是光明之神，也是医神。

他就慌忙逃逸，
当我瞧着别处，
他又偷偷走来。——
混蛋，走开，快回到你的场所去!
我和我的士兵将来给你的船
装上成千的断臂缺腿的亡魂。——
瞧，他到什么地方去!
瞧，他又来了，
因为我没有动。
特切尔斯，我们行军吧，
让疲倦的死神带着亡魂去地狱吧。

医生　（给药）陛下把这药喝下去，
它会缓和你愤怒的发作，
让你处于更加平和的心态。

帖木儿　告诉我，你怎么认为我的病?

医生　我看了你的尿样和沉淀物，
黏稠而模糊，
这让你的病况十分危险;
你的血管里充斥着不正常的热，
使你的血液中的湿气干涸。
有的人认为，湿气和正常的热
不是元素的一部分，
而是更加神圣和纯洁的物质，
在你身上，
这些生命的源泉
衰竭了，消耗殆尽了，
引发死亡。
另外，大人，今天这日子
从星象之学来说是不祥的，
对于像你处于那样情况的人，

那是危险的呀。

和血管平行的动脉

输送心脏产生的生命力，

而你的动脉枯竭了，

没有了这种生命力，

灵魂便也无法运作，

按医学的诊断，这是无法持久的。

不过陛下如果能逃过今日，

毫无疑问你很快便会康复。

帖木儿　那我就安抚一番我的生命力，

活下去，

不管今日死神在逡巡窥视。

幕后响起开战号角，一使臣上

使臣　大人，年轻的卡拉帕恩，就是最近从陛下监狱逃离的
那个，重新聚集了一支部队，听说你没能上战场，马
上要跟我们开战了。

帖木儿　瞧，医生们，

主神送来了一剂多么好的良药

来治愈我的病痛！

我的容貌就可以叫他们魂飞魄散，

如果我追杀的话，

这些歹徒的士兵没一个能还手。

乌苏木卡萨纳　我的大人，我真感到高兴，

陛下如此强大，

这本身又加强了陛下的存在，

叫敌人闻风丧胆。

帖木儿　我对此知道得很清楚，卡萨纳。——

拉车，你们这些奴才！

尽管有死神，

　　　　　　我还要去露一下脸。
　　　　　　战斗号角响起。帖木儿（坐在战车里）下，接着又跟
　　　　　　随行人员上

帖木儿　　这些歹徒，胆小鬼，
　　　　　　吓得逃走了，
　　　　　　就像夏日的热气消散得无影无踪，
　　　　　　我如果能在战场再追上一阵，
　　　　　　卡拉帕恩会再次成为我的俘虏。
　　　　　　我考虑到我的元气已消耗殆尽；
　　　　　　我徒然叱骂那些
　　　　　　要把我置于更高宝座上的力量，
　　　　　　对于这可鄙的地球那太高了。
　　　　　　给我一张地图，
　　　　　　让我瞧一瞧在世界上
　　　　　　还有多少王国等待我去征服，
　　　　　　也许我的儿子们能完成我的夙愿。
　　　　　　一人拿来一张地图
　　　　　　我从这里往波斯进发，
　　　　　　沿着亚美尼亚和里海，
　　　　　　从那儿再挺进到提尼亚，
　　　　　　我俘获了土耳其皇帝和皇后；
　　　　　　然后我进军埃及和阿拉伯，
　　　　　　在这儿，离亚历山大港不远，
　　　　　　那是地中海和红海汇合的地方，
　　　　　　它们之间相距不过千里[1]，
　　　　　　我曾想在它们之间开挖一条运河[2]，
　　　　　　这样就可以很快航行到印度了。
　　　　　　从那儿跃进到博尔诺湖的努比亚，

---

[1]　原文为一百里格，旧时长度单位，一里格约为五公里。
[2]　帖木儿预想的苏伊士运河。

沿着埃塞俄比亚海，

越过南回归线

我一路征服到桑给巴尔。

然后，从非洲北部，

我最终打到希腊，

从那儿征伐到亚细亚，

我违背了我的意志留了下来，

那儿终究有锡西厄，

我发轫的地方呀，

这样风雨兼程南北征战，

气吞数万里路云和月。

瞧这儿，我的孩子们，

从北回归线中端往西

到地球隆起的地方，

太阳在我们的眼前垂地，

却在对面另一半球冉冉升起。

难道我死了，

这些就不征服了吗?

啊，瞧这儿①，

我的儿子们，

全是金山银山，

无数的药材和珠宝，

比亚细亚和世界其余的地方

更加宝贵;

瞧，从南极往东，

有更多的处女地②，

那儿富有珍珠般的石头，

像天上美丽的星星熠熠发光;

---

① 指西印度群岛。

② 帖木儿指的是澳大利亚。

难道我死了，
这些就不征服了吗？
听着，亲爱的孩子们：
死神使我未能完成的伟业，
尽管有死亡，
但你们在有生之年要去成就。

阿米拉斯　唉，大人，我们因陛下的痛苦
而悲伤，而流血的心
怎么可能还去想享乐，
还去谈论恬适的生活呢？
悲戚而谦卑的我们
从您的灵魂汲取了精神，
我们的肉体已经融入您的身体。

塞勒比努斯　您的痛苦刺穿了我们的心；
希望已经太渺茫了；
因为只有在您的生命中
我们才有蓬勃不息的生机。

帖木儿　儿子们，我这身体
已经没有足够的火力
来维系它的生命，
注定是要离世了呀，
它将它的生命力平均
传送到你们俩的心胸；
我的肉体分配在
你们宝贵的身体里，
虽然我死了，
你们仍然会保留我的精神，
并在你们的子嗣中永存。
把我搬离这儿吧，
这样我可以将我的职位和头衔

　　　　　　传给我的儿子。
　　　　　　（对阿米拉斯）首先拿上我战车的皮鞭
　　　　　　和我的皇冠，
　　　　　　登临我辉煌而高贵的战车，
　　　　　　在我死去之前我可以看见你加冕。
　　　　　　帮我一把，大人们，让我最后移动一下。
　　　　　　大臣们帮助他从战车移到椅子里

特力达马斯　一个多么悲哀的变化呀，我的大人，
　　　　　　这比使我们的灵魂毁灭还要痛苦。

　　帖木儿　坐上吧，我的儿子。
　　　　　　让我瞧一瞧你怎么变成
　　　　　　你父亲的君王。
　　　　　　他们给阿米拉斯戴上皇冠，但他拒绝步上皇家的战车

　阿米拉斯　如果我还能苟且享受
　　　　　　你给我的生命和灵魂的礼物呀，
　　　　　　如果我的身子，
　　　　　　非但没有因痛苦而受损，
　　　　　　反而去拥抱这世俗的尊贵，
　　　　　　那我的心肠定然是铁石的了！
　　　　　　哦，父亲，如果死神和地狱无情的耳朵
　　　　　　拒绝倾听我的祈祷，
　　　　　　如果上天的恶意
　　　　　　拒绝让我的灵魂安享它的欢乐，
　　　　　　那我怎么能违背我的内心
　　　　　　移步我可恨的双腿，
　　　　　　去拥抱这样一个荣光，
　　　　　　而我自己现在只想到死，
　　　　　　哀求也无法拒绝
　　　　　　这样一个不受欢迎的君权呢？

帖木儿　别让你的爱超过你对荣誉的追求，儿子，
　　　　也不要让爱影响你博大的心胸，
　　　　去做高贵认为所必须做的事情。
　　　　坐上去吧，我的孩子，
　　　　拿这些<u>丝绸缰绳</u>
　　　　去勒住那些驽马的傲慢。

特力达马斯　（对阿米拉斯）大人，既然命运使然，
　　　　高位所必需，
　　　　你必须服从陛下。

阿米拉斯　（步上战车）上天见证，
　　　　我是怀着怎样一个破碎的心，
　　　　怎样悲戚的精神，
　　　　走上这宝座的。
　　　　在我父亲逝世之前，
　　　　让我分担他的悲伤和病痛吧！

帖木儿　去把美丽的赛诺科莱特的棺椁搬来，
　　　　放在我这致命的椅子旁边，
　　　　作为我葬礼的一部分。
　　　　部分人下

乌苏木卡萨纳　难道陛下不可能会感觉舒缓一些，
　　　　难道我们沉浸在血泪中的心
　　　　不可能看到陛下康复的希望吗？

帖木儿　卡萨纳，不可能了。
　　　　地球上的君王
　　　　和那折磨我灵魂的瞎眼的魔鬼
　　　　不可能看到你为我流的眼泪，
　　　　所以他们仍然会胡作非为。

特切尔斯　那就让个什么神明
　　　　用他那神圣的权力

去反对死神的愤怒和残暴，
让他那催泪的永不熄灭的仇恨
自取其辱吧。

他们搬进赛诺科莱特的棺椁

帖木儿　现在，眼睛呀，
当我的灵魂得以透过棺椁和金片
怀着狂喜饱览你，
好好欣赏一番眼前的一切吧。
拉起缰绳，我的儿子！
鞭打、役使这些奴才，
用你父亲的手
引导你辚辚的战车。
你所掌控的权力非常宝贵，
不要像克吕墨涅愚蠢的儿子
将那太阳车翻车，
把月亮女神象牙般雪白的脸烧焦，
整个地球，
像埃特纳火山一样燃烧。
用他来警戒自己；
学会用谨慎的眼光
来审视像他那样危险的宝座。
如果你的思想
缺乏像阿波罗那样
纯洁而又充满活力的
太阳的光芒，
那么，这些傲慢的从未被征服的驽马，
会利用最细微的机会起事，
在比里海的悬崖还要陡峭的绝壁上，
把你像希波吕托斯一样撕得粉碎。
你的战车不可能容忍

一个比我的脾性还要暴烈，

比法厄同还要骄傲的驭手。

永别了，我的孩子们；

我的最亲爱的朋友们，永别了！

我能感受，我的灵魂能看到

你们失去朋友的痛苦，

帖木儿，上帝的灾殃，必须得死。

他死亡

阿米拉斯　天与地相合了，

让一切就在这儿终结吧！

大地已耗尽了所有值得骄傲的果实，

而天空也燃尽了他所有的火。

让大地和天空哀悼他永恒的死亡，

无论是大地还是苍天，

都对他望尘莫及。

送葬队伍抬着赛诺科莱特的棺椁和帖木儿的遗体下，

奥凯恩斯和耶路撒冷国王拖曳着阿米拉斯的战车下

（全剧终）

2018 年 5 月 19 日于北京威尼斯花园

爱德华三世①

威廉·莎士比亚 著

① 根据 King Edward III，William Shakespeare，Cambridge University Press，1998 译出。

戏剧人物

英国人

爱德华三世，国王

菲利帕，王后

威尔士王子

索尔兹伯里伯爵

索尔兹伯里伯爵夫人

沃里克伯爵，索尔兹伯里伯爵夫人的父亲

威廉·蒙太古爵士，索尔兹伯里的外甥

德比伯爵

奥德莱勋爵

帕西勋爵

约翰·科帕兰，乡绅，后封为科帕兰爵士

罗德韦克，爱德华国王的秘书

两位乡绅

一位传令官

支持英国的人

罗伯特

阿图瓦伯爵

里士满伯爵

蒙特福德勋爵，布列塔尼公爵

戈宾·德·格拉斯，法国俘虏

法国人

约翰二世，国王

查理王子，诺曼底公爵，他的长子

腓力王子，他的最小的儿子

洛林公爵

维利埃，诺曼底勋爵

加莱将军

另一位将军

一位水兵

三位传令官

来自克雷西的两位公民

其他三位法国人

一位携带着两个孩子的女人

加莱的六位有钱的公民和六位穷困的法国人

支持法国的人

波希米亚国王

波兰将军

丹麦士兵

苏格兰人

大卫国王，苏格兰的布鲁斯

威廉·道格拉斯爵士

两位信使

勋爵们、扈从们、军官们、士兵们、公民们、仆人们
等等

第一幕

第一场①

爱德华国王、德比、威尔士王子、奥德莱、阿图瓦、
沃里克等上

爱德华国王　阿图瓦的罗伯特，虽然你被逐放
　　　　　　法兰西故土，但你在这儿
　　　　　　仍将享受显秩的爵位，
　　　　　　我敕封你为里士满伯爵。
　　　　　　我们来叙谈一下王位的问题：
　　　　　　谁将继承美男子腓力？

阿图瓦　　　他有三个儿子，相继登上
　　　　　　父亲的国祚，却都已死亡，
　　　　　　全没留下男性的承嗣。

爱德华国王　我母亲不是他们的妹妹吗？

阿图瓦　　　是的，陛下，伊莎贝拉是
　　　　　　腓力唯一的公主，后来，
　　　　　　她远嫁了您父亲爱德华二世；

---

① 场景地点在伦敦威斯敏斯特宫中一国事房间。提及的历史事件介于1337年（英法
　　百年战争开始）至1341年（第三次征伐苏格兰）之间。

从她那芬芳的子宫花园里
诞生了高贵的陛下，欧洲的希望之花，
她名分是法兰西王位的继承者。
但请注意那些反骨之徒的想法：
既然美男子腓力没有子嗣，
法国人无视你母亲的权利，
虽然她是血缘最近的一脉，
宣布瓦卢瓦的约翰为国王。
他们申辩法国拥有无数
诞生于高贵家族的王子，
应该让一位男性后嗣
来统治这个国家。这是
他们给出的歧视性的理由，
图谋将陛下排除在继嗣之外。

爱德华国王　这凭空杜撰的理由
将只是一堆一钱不值的尘埃。

阿图瓦　也许这看起来十恶不赦，
我，一个法国人，来揭示这个；
我祈求上天为我的誓言做证：
不是出于仇恨，也不是出于私怨，
而是出于对国家和权力的挚爱，
我才让舌头如此肆无忌惮。
您是我们和平与安宁
最亲近的守望者，瓦卢瓦的约翰
往上爬的是旁门歪道。①
作为臣民，除了拥抱他们的国王，
还能有什么别的办法呢？②

---

① 原文为 "John of Valois indirectly climbs"，请比较莎士比亚的《亨利四世·下》第四幕第五场中的 "by what by-paths and indirect crooked ways I met this crown"。

② 原文为 "What then should subjects but embrace their king?"，按照英语语法，"but" 之前应该有 "do"，在这儿 "do" 省略了，这是莎士比亚经常采用的方式。

哦，除了竭力去阻挠独裁者的专横，

将真正的牧人置放在①

国家的宝座上，

什么还能更加彰显

我们的尽忠尽职呢?

爱德华国王　这一场推心置腹，阿图瓦，如同

纷纷飘落在果树上的春雨，

使我的尊严萌发倍增，

你的火一样的言语

燃起了我胸中炽烈的勇气，

由于无知，它一直被禁锢在

牢笼之中，如今，它乘上了

金色荣誉的翅膀，这将验证

我不愧为高贵的伊莎贝尔的后裔，

有能力用铁链去紧箍那些

拒绝给我王权的人的

顽固的头颅。②

号角声响起

有信使来了。——奥德莱勋爵，去看看来自何方。

洛林作为信使上

奥德莱　是洛林公爵，他渡海而来，

请求觐见国王陛下。

爱德华国王　让他进来吧，贵爵们，我可以听听新鲜的近闻。——

说，洛林公爵，你为何而来。

洛林　声名显赫的王爷，法国约翰国王，

---

① 原文为 place，即 establish in office。这种用法在莎士比亚的《伯利克里》中也有应用："If I can place thee, I will."

② 原文为 "That spurn against my sovereignty in France"，请比较莎士比亚的十四行诗《鲁克丽丝受辱记》中的 "In vain I spurn at my confirmed despite"。

向你，爱德华，致意，并诰命我转达，

作为他的慷慨礼物，

将吉耶纳公国①敕封予你，

而你却对他总是傲慢无礼。

为此，我要求你，

在四十天内前往法国，

按照传统的礼仪，

宣誓成为法国国王的藩属；

否则，你在那个省份的名分即刻撤销，

他将重新占有吉耶纳。

爱德华国王　　瞧，机缘是如何在对我拦头嘲弄②；

刚想准备前往法兰西赴约，

却甩过来一个威胁——不，

对这带有惩罚性的条件，

对他顽童般的胡闹说不。

洛林，你去回禀你的大人：

我将按他的要求去面见他。

怎么见？不是去卑躬屈膝，

而是作为一个盖世的征服者，

让他对我低头称臣。

将他的拙劣的小儿科诡计，

暴露于光天化日之下，

真理将撕下他傲慢的面具。

他竟胆敢命我俯首称臣？

告诉他，他窃取的王冠原是我的，

他应该立地跪下顶礼膜拜③：

---

① 在现法国西南部。

② 原文为 "See how occasion laughs me in the face"，请比较莎士比亚的《哈姆雷特》第四幕第四场中的 "How all occasions do inform against me, /And spur my dull revenge."

③ 原文为 "And where he sets his foot he ought to kneel"，请比较《托马斯·莫尔爵士》中莎士比亚（Hand D）所创作的部分："Your reverent knees/Make them your feet"。

我要的并不是一个小小的公国，

而是法兰西整个的土地，

他如果不愿交出，

我将斩断那偷窃来的王冠上的翎毛①，

将他赤裸裸放逐到荒野之地。

洛林　那么，爱德华，尽管你的王公贵爵们都在场，

我要当面对你训斥。

王子　训斥，法国佬？我随即给你扔回法国去，

送进你主子的喉咙里。②——

对我慈爱的父亲和贵爵们

说话请放尊重些——

我觉得你的话过于挑衅，

遣送你来的那个家伙

犹如一只慵懒的公蜂，

偷偷爬上雄鹰的巢穴③，

我们要用一场暴风骤雨

把这寄生的逆贼赶走，

而它的下场对别人则是一场教训。

沃里克　这蠢驴还是脱下那狮子的皮吧④，

---

① 原文为"I'll take away those borrowed plumes of his"，请比较莎士比亚的《亨利六世·上》第三幕第三场中的"We'll pull his plumes."。

② 原文为"We rebound it back, /even to the bottom of thy master's throat." 英语谚语"To lie in one's throat"。请比较莎士比亚的《泰特斯·安德洛尼克斯》第二幕第一场中的"till I have……Thrust those reproachful speeches down his throat"。

③ 关于公蜂寄生在鹰巢里的形象源自古罗马诗人维吉尔的《农事诗集》。原文为"And him that sent thee like the lazy drone/Crept up by stealth unto the eagle's nest"，请比较莎士比亚的《亨利六世·中》中第四幕第一场的"Drones suck eagle's blood, but rob beehives"，《亨利五世》第一幕第二场中的"Delivering o'er to executors pale/The lazy yawning drone"。

④ 源自伊索寓言《披着狮皮的笨驴》。请比较莎士比亚的《亨利五世》第四幕第三场中的"The man who once did sell the lion's skin/While the beast lived, was killed with hunting him."。

要不他在沙场遇到真正的雄狮，

会因他的傲慢被撕得粉碎。

阿图瓦　我给国王陛下的忠告是

在惨败之前就投降吧。

主动做一件羞耻的事总比

以暴力对抗正义更少受人蔑视。

洛林　逆贼，毒蛇，

你到底是在哪里哺育出来的！

你也在这阴谋中插上一脚吗？

他拔出剑

爱德华国王　（拔出剑）洛林，请细瞧这冰霜的刃锋：

而我心中的热望

比这剑刃还要锋利百倍；

每每在我睡前，

听到夜莺的啼啭，我便深感不安，

但愿我的战旗插遍法兰西。

这就是我给你的最后的答复：走吧。

洛林　并不是他的，或者任何英国佬的自吹自擂，

而是他那荼毒的看法，

让我感受到深深的伤害：

一个本是诚实而忠厚的人①

却变得如此虚伪。

下

爱德华国王　现在，主啊②，我们的船队已升起风帆，

事端已经挑起，很快就会兵戎相见，

干戈一经开始，就不会很快有个完。

蒙太古上

———————

① 指阿图瓦。

② 剑桥版为 Lord，也有现代版本将这写成 lords（贵爵们）。

威廉·蒙太古为什么前来觐见？
苏格兰人和我们的结盟怎么了？

蒙太古　破裂了，散伙了，最尊贵的王上。
那善变的国王一听说你撤军，
便把先前的盟誓抛到九霄云外。
他侵犯了边境的城镇。
贝里克沦陷，纽卡斯尔被掠夺一空，
这独夫包围了罗克斯巴勒城堡，
在重围之下，
索尔兹伯里伯爵夫人性命难保。

爱德华国王　那是你女儿，沃里克，是不是？
她的丈夫在布列塔尼为了
树立蒙特福德勋爵的权威
而服役了很长时间？

沃里克　是的，陛下。

爱德华国王　忘恩负义的大卫！难道你
除了用刀枪威吓手无寸铁的女人之外①
就没什么可干的了？
我要叫你的蜗牛触角缩回去！②
首先，奥德莱，我特敕令如下：
征召开赴法兰西的步兵；
南德③，振奋起我们士兵的士气；
在每一郡挑选一个单独的兵团；
让他们成为气冲霄汉的兵甲，

---

① 原文为 silly ladies，在伊丽莎白时期的英语中，silly 可作"无助的"解。

② 原文为"But I will make you shrink your snaily horns！"，请比较莎士比亚的长诗《维纳斯和阿多尼斯》中的"As the snail，whose tender horns being hit，/Shrinks backward in his shelly cave with pain"。

③ 爱德华王子的爱称。

除担心辱没自己的荣誉之外，

无所畏惧，勇往直前；

请谨慎行事，因为我们将进行

一场光荣的战争，而对手

是一个如此强大的国家。

德比，我派你前往我岳父大人，

埃诺伯爵那儿当大使，

让他了解我的意图，

请他偕同我们在弗兰德尔的盟友，

以我的名义，寻求德国皇帝的支持。

在你完成以上两件事务的同时，

我将统率麾下已有的军队行军，

前去扑灭苏格兰人的反叛。

王公贵爵们，要坚强不屈；我们将

在两条战线上同时出击；南德，

你必须立即着手筹备，

忘却你的学习和书本吧，

让肩头更适应铠甲的重压。

王子　对于血气方刚的青年，

这陡然严峻的战事，

听起来令人欣喜若狂，

犹如在帝皇加冕登基时，

人们欢呼、高喊：万岁，恺撒[①]!

我将在这荣誉的学校中学习，

要么让敌人去死，

要么我在疆场拼杀中永息。

让我们欣然踏上征程，各走各的路吧；

在伟大的征伐中容不得半点迟疑。

众下

---

① 　原文为拉丁语：Ave Caesar。

第二场①

索尔兹伯里伯爵夫人在舞台上方上

伯爵夫人　唉，可怜的眼睛一直在期盼
　　　　　王上前来援救，
　　　　　可是多么令人失望!
　　　　　啊，蒙太古外甥，
　　　　　你必须拥有足够应机善变的智慧，
　　　　　以我的名义去苦苦谏劝王上。
　　　　　你没有禀告他，
　　　　　当苏格兰人的俘虏②
　　　　　是多么屈辱，
　　　　　不是用言不由衷的誓言③
　　　　　来哄骗我，
　　　　　就是用令人不快的词言
　　　　　来恫吓我;
　　　　　你有没有禀告他，
　　　　　如果他④在这儿取胜，
　　　　　北方佬将会怎样嘲笑我们，
　　　　　他们会跳起粗俗的舞蹈，
　　　　　在那蛮荒贫瘠之地，
　　　　　吹嘘他们的征服，
　　　　　嘲弄我们的败绩。

---

① 　场景在罗克斯巴勒城堡。
② 　原文为 scornful，作 scorned 解。请比较莎士比亚的《鲁克丽丝受辱记》中的 "Thy surviving husband shall remain/The scornful mark of every open eye"。
③ 　原文为 untuned，作 rude、distressing 解。请比较莎士比亚的《错误的喜剧》中第五幕第一场中的 "untuned cares"。
④ 　指苏格兰国王。

　　　　　　大卫国王、道格拉斯、洛林上
　　　　　　我必须躲避起来。
　　　　　　这不共戴天的敌人
　　　　　　来到城墙边；
　　　　　　我要悄悄走到一边，
　　　　　　细听他们愚蠢而傲慢的交谈。

大卫王　　洛林勋爵，请向我的法国兄弟，
　　　　　　基督教世界中
　　　　　　我最尊崇的人致以问候。
　　　　　　回国后请转告他，
　　　　　　我们决不会和英格兰谈判，
　　　　　　既不会和解，也不会停火，
　　　　　　我们要焚烧他们边境的城池，
　　　　　　要持续不断地突击、骚扰
　　　　　　约克城以外的地区。
　　　　　　在你们的国王说，
　　　　　　"够了，饶饶这些英格兰佬吧！"之前，
　　　　　　我们英俊的①骑兵永远不会懈怠，
　　　　　　那锈斑②永远不会有时间
　　　　　　将轻装的笼辔和灵巧的马刺腐烂，
　　　　　　他们不会将铠甲③抛扔一边，
　　　　　　不会将苏格兰桦木梯子
　　　　　　闲靠在城墙上，
　　　　　　也不会不将短剑常挂在
　　　　　　那有饰钉的茶色皮腰带上。

————————

① 原文用苏格兰语 bonny，即英语的 comely。

② 原文为 rusting canker，请比较莎士比亚的《维纳斯与阿多尼斯》中的 "Foul cank'ring rust the hidden treasure frets."。

③ 原文为 jacks of gimmaled mail，铠甲。请比较莎士比亚的《亨利五世》第四幕第二场中的 "The gimmal'd bit/Lies foul with chaw'd-grass"。

再见，告诉他你从这城堡前启程，
在我们攻下之后才远行。

洛林　告辞了，我将向我们的王上
转达您诚挚的祝愿。
下

大卫王　现在，道格拉斯，我们再回到
瓜分战利品的事儿上。

道格拉斯　陛下，我只想要这位夫人，
别的都可以舍弃。

大卫王　不，轻声点儿，老兄；我得先挑，
我挑的就是她。

道格拉斯　那么，陛下，就让我占有她的首饰吧。

大卫王　这是她的私产，是属于她的，
拥有她的人才能获得。
苏格兰信使匆匆上

信使甲　陛下，为了收集战利品，
我们在山上扬蹄飞马
前来时，
看见一大群人马开来。
阳光在铠甲上金光闪闪，
刀枪的方阵，长矛的森林
在行进。
请陛下当机立断：
四个小时不紧不慢地行军，
压尾的都可以抵达这里，陛下。

大卫王　快撤！快撤！英格兰国王来了。

道格拉斯　杰米，老兄，骑上我的漂亮的黑马①吧。

大卫王　你想打一仗吗，道格拉斯?
　　　　我们太屡弱了。

道格拉斯　我太明白了，陛下，所以撤吧。

伯爵夫人　苏格兰的王爷们，
　　　　能留下喝上清樽一杯吗?

大卫王　她在嘲弄我，道格拉斯;
　　　　我真受不了。

伯爵夫人　好大人们，告诉我，你们谁
　　　　分得女人，谁分得她的首饰?
　　　　我敢肯定，大人们，
　　　　在你们分赃完之前，
　　　　不会离开这儿。

大卫王　她偷听了信使和我们的谈话，
　　　　拿来嘲弄我。
　　　　　另一信使上

信使乙　快上马，尊贵的陛下，我们遭突袭了!

伯爵夫人　快去追赶法国大使，陛下，
　　　　说你不敢骑马前往约克，
　　　　就借口说你的龙驭腿崴了。

大卫王　她也偷听了那个谈话;太令人不堪了!
　　　　娘儿们，再见!虽然我没留下——
　　　　　苏格兰人下

伯爵夫人　你不怕，你逃什么。——
　　　　哦，叫人倍感幸福的消息，

---

① 用 bonny 形容马，也可以从莎士比亚的《亨利六世·中》第五幕第二场和《亨利五世》第三幕第七场中看到。

终于降临到我们家园！
这些傲慢、血腥、自吹自擂的苏格兰人呀，
在我的城墙前发誓不会
因为英格兰的军威而后撤，
现在，他们一听说来袭，
就顶着率刺刺的东北风，
怕得要死而开溜。

蒙太古上

哦，多么明丽的日子！
瞧，我的外甥来了。

蒙太古　舅妈，过得怎么样？
我们不是苏格兰人，
为什么对朋友城门紧闭？

伯爵夫人　欢迎你，外甥，
你把我的敌人驱赶走了。

蒙太古　国王将亲自驾临这儿。
亲爱的舅妈，下城楼向陛下致礼吧。

伯爵夫人　我该怎么招待陛下，
以符合我的身份和他的尊严？

下

爱德华国王、沃里克、阿图瓦等上

爱德华国王　怎么，难道偷食的狐狸
在还没有放逐猎狗之时
就逃之夭夭？

沃里克　是的，陛下；猎狗们正欢快地叫喊着
死死地追逐它们呢。

伯爵夫人上

爱德华国王　这是伯爵夫人吗，是不是，沃里克？

沃里克　是她，陛下；
　　　　她的绝世美貌连独裁者
　　　　都要惧怕三分，
　　　　但她的美已经溃烂、
　　　　萎靡、沮丧、毁灭，
　　　　犹如五月的鲜花
　　　　在风吹雨打中溃烂、
　　　　萎靡、沮丧、毁灭。①

爱德华国王　沃里克，她是不是以前
　　　　比现在还要妩媚动人？

沃里克　仁慈的国王，她以往的绰约风姿
　　　　和现在的袅娜款款不啻霄壤，
　　　　她现在根本算不上绝世佳人了。

爱德华国王　那眼睛蕴含着什么样奇异的魅力，
　　　　使它们超越固有的美？
　　　　即使她现在的美已经暗淡，
　　　　但仍然具有足够的魅力
　　　　将我顺从的，
　　　　而不是威严的，
　　　　视线
　　　　吸引到她身上，
　　　　而且还对她充满了怜爱。

伯爵夫人　我跪在最底层的土地上，
　　　　蹲下麻木的双腿，
　　　　心中充满感激，
　　　　这见证对陛下的臣服。
　　　　让我代表成百万百姓
　　　　对王上的来临感恩。

---

① 请比较莎士比亚十四行诗第18首："Rough winds do shake the darling buds of May."。

　　　　　　您的光临将战争与危险
　　　　　　从我的城门前驱赶殆尽。

爱德华国王　夫人，请起身；
　　　　　　我来就是为带来和平，
　　　　　　不管需要付出多大代价。

　伯爵夫人　您已经没有仗可打了，陛下；
　　　　　　苏格兰人已经逃逸，
　　　　　　心怀刻骨仇恨
　　　　　　策马逃回苏格兰了。

爱德华国王　我千万不能在此
　　　　　　陷入可耻的爱情之中，
　　　　　　来人哪，快去追赶苏格兰人。
　　　　　　——阿图瓦，开路!

　伯爵夫人　等一会儿，尊贵的王上，请等一等，
　　　　　　让一个强大的君王的荣耀
　　　　　　给我们的蓬荜增辉；
　　　　　　我的丈夫在疆场征战，
　　　　　　当他听说王上大驾光临敝舍，
　　　　　　定然会欢欣鼓舞而更加英勇杀敌。
　　　　　　亲爱的王上，屈尊一下吧①，
　　　　　　既然已到城下，
　　　　　　就请迈进我家的大门吧。

爱德华国王　请原谅我，伯爵夫人，
　　　　　　我不能进去；
　　　　　　我昨晚做了一个叛乱的噩梦，
　　　　　　我忧心忡忡。

　伯爵夫人　让丑恶的叛乱远离这儿吧!

_____

① 原文为 niggard，行事吝啬，只有莎士比亚将此词用作动词。

爱德华国王　（旁白）不能，不能

再离她那勾魂的眼睛更近了，

那眼睛向我的心射来毒液，

那不是智慧或者医术可以抵挡。

如果说太阳用它那

万丈光芒让人目眩，

如今又平添了两颗晨星

那足以让我眼花迷乱，

神魂颠倒。①

蠢蠢欲动的情欲啊，

在心底里勃发的情欲啊，

有可能将你制服。——

沃里克，阿图瓦，上马，

让我们上路吧！

伯爵夫人　让陛下驻跸，我还能再说什么呢？

爱德华国王　（旁白）有什么力量可以抵挡

那一对会说话的眼睛？

那眼睛比雄辩的口才

还更为蛊惑。

伯爵夫人　别让您的光临

像四月天的太阳，

亲吻一下大地

便骤然消遁。

您给我的城墙带来荣耀，

远不如您让我家蓬荜生辉，

---

① 原文为 "For here two day-stars that mine eyes would see/More than the sun steals mine own light from me."，第三人称复数用第三人称单数的动词形式（steals）在莎士比亚是非常平常的事。请将此与莎士比亚的《爱的徒劳》第一幕第一场中的台词作比较："Light, seeking light, doth light of light beguile"，以及第五幕第二场的 "When we greet, /With eyes best seeing, heaven's fiery eye, /By light we lose light."。

让我感觉荣幸非凡。
我们家，陛下，
犹如一个乡巴佬，
粗俗、鲁莽而直率，
没有什么可以炫耀，
但却因其慷慨热情、
内在含蓄的辉煌而更现妖娆。
蕴藏黄金的土地呀，
覆盖的是自然的本色，
荒凉、枯萎、荒芜、干瘪，
但那片土地
却为挖掘出来的财富、
芬芳和多彩的宝藏，
为从那污秽的腐烂的土中
涌现出黄金和璀璨而自豪。
将我的比喻简单说来，
这破损斑驳①的城垣，
虽然并不代表内在的蕴藉，
但却像是一件外套遮掩了
原始的宝藏，
不让它因日晒雨淋而颓败。
这一切比我的话语
更为恳切地
请求您驻跸，
恳求您小歇片刻。

爱德华国王　（旁白）太聪明而端丽了：
　　　　　　当智慧做美丽女神的门卫，

---

① 原文为 ragged（walls），意为 rough、decaying，请比较莎士比亚的《亨利四世·下》
序幕中的 "this worm-eaten hold of ragged stone"，以及《理查二世》第五幕第五场中
的 "my ragged prison walls"。

这话语怎么可能
不撩起听者万般的激情呢？——
伯爵夫人，虽然战事倥偬，
那也只好暂缓一下，
让我来听候
你的吩咐吧。——
喂，王公贵爵们，我要在这儿住宿一晚。

众下

第二幕

第一场①

罗德韦克上

罗德韦克 我看得出他在她的眼神中迷失，
耳朵沉浸在她那甜蜜的话语之中，
变化无常的激情就如同
变幻的丝丝行云掀动着惠风，
在他困惑的双颊上
一会儿激荡，一会儿和缓。②
啊，当她含羞飞红，
他的脸却会苍白失色，
仿佛她的粉腮能魔力般地
汲干他殷红的鲜血。
渐渐，当她因敬畏而惨白，

---

① 场景同第一幕第二场，在罗克斯巴勒城堡花园。

② 原文为 "I might perceive his eye in her eye lost, /His ear to drink her sweet tongue's utterance, /And changing passions, ……/Increase and die in his disturbed cheeks.", 动词 "perceive" 统领后面所有的动词 "lost" "to drink" "increase and die"。使用一系列平行的动词性复合宾语从句是莎士比亚经常使用的写作手法。

他的腮帮却泛起红晕来[①]，
但那不是朝日鲜艳的红色，
只是红砖或珊瑚的颜色，
或活像刚死亡的活物的成色。
他为什么总是尾随她的脸色？
如果她真的脸红，
那是由于面对至高无上的君王
一丝温情脉脉的羞涩；
如果他真的酡颜，
那是赤裸裸的粗鲁的羞赧，
作为一国之君，
却低垂下他的眼睛。
如果她变得苍白，
那是孱弱女人
在君主面前的窘迫，
如果他变得煞白，
那是作为国王
错爱了一个女人，
他感到内疚和惧怕。
苏格兰战争，永别了；
我担心
这将成为一个英格兰人
追逐一场变化无常的
爱情浪漫史。
王上独自在散步，正在走来。
爱德华国王上

爱德华国王　自从我来到这儿，
　　　　　　她变得更加惊艳娉婷，

---

① 原文为 put on their scarlet ornaments，scarlet ornaments 也可以在莎士比亚的十四行诗
　第 142 首中发现，"scarlet" 形容一个偷情的情人的嘴唇，因此有"罪愆"的含义。

一句比一句更加哀婉动听，
其聪慧如行云流水，
口音与大卫和苏格兰人大相径庭！
"甚至这样"她说，"他说"——然后娓娓道来，
用苏格兰成语和口音，
但比苏格兰人说得悦耳多了。
"她这样说道"①——她自己回答了自己——
谁能像她那样说话呢？——她
在城楼上吟哦了来自天籁的歌，
以其甜润的调儿表达对野蛮的蔑视。
她一谈起和平，语气似乎
可以将战神锁进牢狱；
一谈起金戈铁马，似乎可以将恺撒
从罗马坟墓中唤起，来聆听
她关于战神的美谈。
在她的言谈中，智慧只不过是愚蠢，
美只不过是对她玉容花貌的诋毁。
只在她那容貌中，
才会有欢乐的夏天，
只在她的蔑视中，
才会有凛冽的冬天。
我不能责备苏格兰人围困了她，
因为她确是英格兰所有的瑰宝；
我们称他们为胆小鬼，
因为他们逃逸了，
为了如此撩人、美好的情事应该留下。——
是你在那儿吗，罗德韦克？
给我将墨水和纸拿来。

罗德韦克　遵命，陛下。

① 伯爵夫人在用第三人称叙述她与苏格兰人的对白。

爱德华国王	让贵卿们继续下棋取乐吧，
	我们一块儿去散步，思考些事儿。
罗德韦克	是，王上。

罗德韦克下

爱德华国王	这家伙熟谙诗赋，
	讨人喜欢，又鼓舌如簧，
	我要把我的激情告诉他，
	他会用明澈的比喻描述出来，
	由此，美后中之美后将可以知晓
	我为什么会如此神魂颠倒。

罗德韦克上

罗德韦克，笔、墨、纸都准备好了吗？

罗德韦克	都准备好了，陛下。
爱德华国王	在这夏季的凉亭请坐我身边，
	那是我的枢密院、密室。
	我的想法最近乍现，
	会面的地点也新近才选，
	在这儿，让我的思想自由释放。
	现在，罗德韦克，请召唤天才的诗神，
	给你拿来一支魔笔，
	写唏嘘，便写下真正的叹喟，
	写断肠，让你情不由主地呻吟，
	写眼泪，那就用甜蜜的嗟叹擦干它，
	竟然还能叫鞑靼人潸然泪下，
	让铁石心肠的锡西厄人悲天悯人——
	诗人之笔具有如此动人的力量，
	如果你是一位诗人，
	也这样才情迸发，
	让君王的爱情丰富你的文采吧。

　　　　　既然甜蜜的琴弦那么一拨，
　　　　　就可以招引冥府的耳朵来倾听①，
　　　　　那么，诗人智慧的琴弦可以
　　　　　使柔婉易感的心灵着魔到何等样地步！

罗德韦克　　陛下，我的诗将对谁讴吟？

爱德华国王　对一个人，这人的美丽
　　　　　让美丽的人感到羞耻，
　　　　　让智慧的人感到自惭形秽；
　　　　　这人是世界上所有美德的
　　　　　化身和象征，诗的开首
　　　　　必须是"比美更美"。
　　　　　创造出一个比美更美的世界来吧，
　　　　　你歌吟的每一个智力和外形的美，
　　　　　都将美提升到极点。②
　　　　　即使奉承，
　　　　　你无须担忧愧疚，
　　　　　即使溢美之词无限夸张，
　　　　　那花颜也会无数倍于你的礼赞。
　　　　　开始吧。在这期间，
　　　　　我要沉思一会儿。
　　　　　别忘了写上
　　　　　她的妖娆让我
　　　　　多么激情澎湃，
　　　　　多么柔肠欲断，
　　　　　多么忧伤不已！

　罗德韦克　　歌吟一个女人吗？

---

①　引自希腊神话，诗人和歌手奥菲斯以歌喉感动冥王，让他的死亡的妻子欧律狄刻回生。

②　这是驯猎隼的术语，猎隼可以飞到的最高点，诗人非常喜欢运用这一比喻。请看
　　《理查二世》第一幕第一场中的"How high a pitch his resolution soars"。

爱德华国王　还能有什么别的美能制服我？

除了女人，还有谁值得我用情歌去迎合？

啊，难道你以为

我要你去赞美一匹马吗？①

罗德韦克　她属于什么层次，有什么地位？

这是我必须要知晓的，陛下。

爱德华国王　说到她的地位，那就是王座，

我是王座前的垫脚凳，

让她踩在脚下；

你可以根据她的旖旎

来判断她的层次了。

写下去吧，让我在心中

思索一番她的一颦一笑。②

她声调犹如音乐般悠扬，

夜莺般动听——

热爱夏日③的乡巴佬都会觉得

被太阳晒黑④的情人的私语

犹如音乐一样美妙。

我为什么将她比喻为夜莺呢？

夜莺吟诵情爱的歌⑤，

---

①　这句话的讽刺含义也可从莎士比亚的《亨利五世》中的第三幕第七场中王太子和奥尔良公爵的对白中看到：王太子："I once writ a sonnet in his praise and began thus 'Wonder of nature'"——奥尔良公爵："I have heard a sonnet begin so to one's mistress."。

②　下面原稿有漏行。据 Moore Smith 和 Tucker Brooke 推测，国王应该在这儿有一行或数行习惯性的歌吟情人的诗句。

③　原文为 summer-leaping，这种复合词的组成，还可以在莎士比亚的《维洛那二绅士》第二幕第四场读到"summer-swelling flower"，在《麦克白》第四幕第三场中读到"summer-seeming lust"。

④　被太阳晒黑在当时被认为是地位低下的一种象征。

⑤　据希腊神话，雅典公主菲洛梅拉被蒂留斯强奸后变成夜莺。在莎士比亚的《鲁克丽丝受辱记》也可读到"Philomel, that sing'st of ravishment"，在《泰特斯·安德洛尼克斯》中也多次提及。

那样比喻太讽刺了；

虽然这是罪愆，

但不会被认为是罪愆，

只是美德被误认为罪愆、

罪愆被误认为美德而已。

她的秀发，比丝绸还要柔软，

如同一面奉承的镜子，

将琥珀美发[①]呈现得更为漂亮。——

"如同一面奉承的镜子"出现得太早了，

因为写到她的眼睛，我要说

它们像一面凹镜照耀着阳光，

那炽热的影像反射在我的胸口上，

熊熊的火燃烧着我的心。

啊，在这回肠荡气的爱情的基调上，

变奏着美妙的旋律

是怎样地感动我的灵魂呀。

来，罗德韦克，你的墨水写出了

金子般的诗句没有？

如果还没有，先用大写字体写下

我情人的名字，

它将让那锦笺闪闪发光。

朗诵吧，大人[②]，朗诵吧，

用那甜蜜的诗句

来充斥我空洞的双耳。[③]

罗德韦克　我对她的赞美还没有画上句号。

———

① 秀发通常被比喻为琥珀色，如莎士比亚的《爱的徒劳》第四幕第三场中的"her amber hairs"。

② 王上对不是贵族的他这样称呼带有一种开玩笑的意味。也有研究者认为，很可能是罗德韦克"Lodowick"缩写"Lod"的误读。

③ 原文为 the empty hollows of mine ears，同样可在莎士比亚的《罗密欧与朱丽叶》第三幕第三场中读到"the fearful hollow of thine ear"。

爱德华国王　对她的赞美，如同我的爱，

无边无际，

不要有陡然的结束，

不要有句号。

她的倾国丽质无与伦比，

只与我的爱情相配；

她的袅娉让众多女人黯然，

我的爱也超越天下男人，

比谁的爱都更炽热；

对她的美的赞誉，

似海水的水滴，

不，似大地的沙砾，

将她的美铭刻在记忆的幕上，

你为什么跟

期盼无限爱的人说结束呢？

朗诵吧，让我来倾听。

罗德韦克　"比夜后①还要美丽，还要圣洁"——

爱德华国王　这诗句有两个缺陷，笨重而突兀②：

将她与苍白的夜后相比，

难道因为夜色，

才显得更为明亮？

当阳光照耀在她头上，

她像快泯灭的烛火，

有什么荣光？

我的爱将向太空之眼挑战，

她一露出她的脸，

要比金色的太阳还要辉煌。

---

① 罗马神话中的狄安娜，月亮与贞操女神。

② 原文为 palpable，请比较莎士比亚的《亨利四世·上》第二幕第四场中的 "gross as a mountain, open, palpable"。

罗德韦克　陛下，另一个缺陷是什么呢？

爱德华国王　把这诗句再念一遍？

罗德韦克　"还要美丽，还要圣洁"——

爱德华国王　我并没有要你谈论贞操，
去骚扰她心灵中的宝藏，
我倒情愿有人追求她，而不要贞操。
把那月亮的诗句删掉，我讨厌。
我情愿将她比喻为太阳。
她比太阳的光辉还要明亮，
她的完美与太阳相辉映，
她孕育众多鲜艳的花朵，
消融冬天的严寒，
给新鲜的夏日带来欢乐，
让仰视她的人眼花缭乱，
在这比喻中，
让她像太阳一样自由而博大，
给予最卑微的杂草以温暖，
让它与芬芳的玫瑰一样可爱。① ——
让我瞧瞧月光后面的诗句。

罗德韦克　"比夜后还要美丽，还要圣洁，
在忠诚方面，还要坚强。"

爱德华国王　在忠诚方面比谁还要坚强？

罗德韦克　"比犹滴②"——

爱德华国王　哦，多么可怕的诗句：
要是接着写短剑，

---

① "basest weed"和"fragrant rose"的联用，在莎士比亚作品中仅仅另外出现过一次，
即他的十四行诗第 94 首和第 95 首。

② 古犹太寡妇，相传杀亚述大将而救全城。

我就要哀求她砍去我的脑袋！

删掉，删掉，好罗德韦克。让我听听下一句吧。

罗德韦克　就写到这儿。

爱德华国王　那就感谢你了。你没做错什么——

只是有些诗歌的表达欠缺感情。

啊，只有将军才配讲述野蛮的战争

和黑暗的高墙里的囚犯，

只有病弱的人才能写出死亡的痛苦，

饥饿的人才会懂得盛宴的美妙，

冻僵的灵魂才会知晓火的好处，

每一项痛苦都有幸福的对立面；

只有情人才能唱出爱情的歌。①

给我纸和笔，我来写。

伯爵夫人上

轻声点，我精神上的宝贝来了。——

罗德韦克，你不知道怎么布阵：

这两翼，这些侧卫，这些中队，

显示你战术上的缺陷；

你应该把这个布置这儿，

把那个布置在那儿。

伯爵夫人　请原谅我的唐突，极其仁慈的大人们；

我不揣冒昧姑且将它称作职责吧，

来看看陛下过得怎么样。

爱德华国王　去吧，按我说的去布阵吧，

我已告诉你使用什么战术了。

罗德韦克　我就去。

罗德韦克下

---

① 原文为 "Love cannotsound well but in lover's tongues"，请比较《罗密欧与朱丽叶》第二幕第二场中的 "How silver-sweet sound lovers' tongues."。

伯爵夫人	很遗憾，我见到王上如此闷闷不乐， 臣下可以做什么，把您 从悲哀的伴侣和沉闷的忧郁中拽回来？
爱德华国王	啊，夫人，我是鲁莽之人， 我不能在羞耻的土地上 抛撒慰藉的鲜花。 自从我来到这儿，我被错待了。
伯爵夫人	我决不允许在我家中发生 任何人亏待陛下！无上高贵的国王， 请告诉我您不悦的原因。
爱德华国王	要多久才能治愈我的悲伤呢？
伯爵夫人	陛下，我将尽我女人的力量 尽快找来那治愈的药方。
爱德华国王	如果你是真诚这么说的话， 那就这么来救赎我吧： 用你的女性的力量 来拯救我的欢乐， 那我就快乐了，伯爵夫人； 否则就是死。
伯爵夫人	我会这么做的，陛下。
爱德华国王	发誓，伯爵夫人，你会这么做。
伯爵夫人	上天在上，我发誓。
爱德华国王	你走开一点儿， 告诉你自己 有一位国王迷恋上了你； 说在你的力量之内， 让他尽量幸福，说你已起誓 在你的力量之内给予他快乐。

起誓吧，告诉我什么时候我能得到福祉。

伯爵夫人　已经起誓了，我的至为尊贵的国王。
我有力量给予的爱，
我以最诚挚的顺从，请您拿去：
请试试我的诚意吧。

爱德华国王　你听见我说我迷恋上你了。

伯爵夫人　如果是迷恋上我的美，
只要您能够，就请拿去，
虽然有点儿美，但我根本没有介怀。
如果是迷恋上我的美德，
只要您能够，就请拿去，
懿德因给予而增色。
只要我能给予的，
请拿去，占有它吧。

爱德华国王　我想要的是你的美。

伯爵夫人　哦，如果美是画在画上的画，
我宁愿将画撕下来，
我不要，将它奉献给您。
但是，陛下，美存在于我的生命之中：
要美，就必须要我的生命，
犹如一个谦卑的影子，
它紧随在我蓬勃的生命后面。

爱德华国王　但你能将它借与我，让我把玩。

伯爵夫人　我可以轻易地借与智慧的灵魂①，
还仍然保留我的身体，
如果我借与蕴藏我灵魂的身体，

---

① 原文为 intellectual soul，灵魂被认为是智慧之所在。请比较莎士比亚《错误的喜剧》第二幕第一场中的 "Man, more divine, the master of all these, …Indued with intellectual sense and souls"。

身体离开了她，但仍然保留灵魂。
我的身体是她的闺房、宅邸、寺院，
她是一个天使，纯洁、神圣、无瑕；
如果我离开她的屋宇到您那儿，陛下，
我就扼杀了我可怜的灵魂①，
而我可怜的灵魂便扼杀了我。

爱德华国王　难道你没有发誓要给我之想要吗？

伯爵夫人　我发誓了，陛下，如果我能够给予您之想要。

爱德华国王　我想要的正是你可以给予的，
我不会乞求，我会支付代价——
那就是你的爱；为了你的爱，
作为昂贵的交换，我付与我的爱。

伯爵夫人　但您的嘴唇是神圣的，陛下，
您会亵渎爱的神圣的名字。
您付与我的爱，是不能给予的，
因为恺撒就欠他的皇后那份情意。
您乞求我的爱，那是我不能给予的，
因为撒拉欠她的主那份职责。②
毁损或伪造钱币上您头像的人
将被处死，陛下；难道您神圣的自我
会去犯触怒天王的忤逆之罪，
将他的头像镌刻在犯禁的金币上③，

① 莎士比亚在此发展了关于身体是灵魂的屋宇的比喻。源自《新约·哥林多后书》5：1-2："如果我们这地上帐篷式的寓所拆毁了，我们必由天主获得一所房舍，一所非人手所造，而永远在天上的寓所。诚然，我们在此叹息，因为我们切望套上那属天上的寓所。"莎士比亚在十四行诗第146首写道，"Poor soul…Dost thou upon thy fading mansion spend？"。

② 《新约·彼得前书》3：6："Even as Sara obeyed Abraham，calling him lord."。

③ 这一比喻也被莎士比亚应用在《一报还一报》第二幕第四场中"Their saucy sweetness that do coin heaven's image / In stamps that are forbid"。

忘却了您的义务和誓言？
您破坏了神圣的婚姻的法律，
这就污损了比您更崇高的权威。
荣升国王的宝座是一件比婚姻
更为年轻的事：您的先祖，
宇宙唯一的王——亚当，
上帝让他成为一个结了婚的男人，
而不是给他施以为王的涂油礼。
违反您的法是刑事罪，
虽然这些法在陛下为王之前制定；
那您会违反多少上帝口述、
由他批准的神圣的法？
我知道，王上在试探我对丈夫——
他正在为王上的战争尽忠——
索尔兹伯里的爱，
看看她会不会
为诱奸的甜言蜜语而动情？
生怕由于我的羁留而造成误会，
我不得不回转身去，
这是为了回避
一个放浪的人的淫话，
而不是为了回避王上。
下

爱德华国王　是她的美丽使她的言辞更为神圣，
还是言辞成为她美的
甜言蜜语的牧师呢？
正如同顺风使船帆更为漂亮，
船帆昭示不可见的风的存在，
她的言辞让她更为美丽，
而她的美催生了这些言辞。

哦，但愿我成为一只采蜜的蜂，
将蜜从这朵鲜花采撷到美德的蜂巢去，
而不是让喷吐毒液的可怕的蜘蛛^①，
将我采集的美汁变成致命的毒液！
宗教是严峻的，而美是温和的——
一个太严格的庇护人守护着
一个如此美丽的孩子。
哦，但愿她是我周围的空气！
唉，她确实是空气；当我想拥抱她，
真的拥抱了，我抱着的只是
除了自己之外的虚无。
我必须要享用她，
因为我已不能理智地自责，
驱赶走我珍惜的爱情。
沃里克上
她父亲来了：我要去说动他，
在这爱的战场上竖起我的战旗。

沃里克　为什么陛下如此闷闷不乐？
我能冒昧请问陛下的烦恼是什么吗？
我将尽老骥之力尽力去消除它，
别让它拖累得王上过于持久。

爱德华国王　你主动送上了一份仁慈的厚礼，
我正想请求你一件事。
但是，哦，俗世啊，
你这个谄媚的伟大的保姆呀，
你为什么赋予人的话语
如此多黄金般的词汇，
却给他们的行动压上沉重的铅锤，

---

① 英语谚语，"蜜蜂在哪儿采蜜，蜘蛛在哪儿采毒"。英文原文"envious"在伊丽莎白
　一世时期的英语作"可怕的"解。

以致美好的行动也不能如愿？
哦，但愿一个人能封闭他的心灵，
当如簧的巧舌说些过分慷慨、
言不由衷的话，就将它窒息。

沃里克　在我这个年龄，
我绝不想独占黄金而将烂铅给予别人：
年龄哺育犬儒主义者，
他绝不想谄媚什么人，
我再说一遍，如果我能知道你的忧伤，
而且我有可能减轻它，
我会将个人的安危置之度外，
首先考虑的是陛下的福祉。

爱德华国王　这是虚伪的人们庸俗的交易，
他们从不支付说话所欠的债务。
你不用信守你发的誓言，
但你一旦了解我忧伤的原因，
这会让你突然哑口无言，
收回你的信誓①，
让我再度陷于无助的境地。

沃里克　苍天在上，我不会，即使陛下
要我一头撞上你的短剑而死。

爱德华国王　我的忧伤没有药饵能治愈，
除非你将你的荣誉损毁。

沃里克　既然除此之外没有灵药
能医治您，那我就把那
看作是对我的恩惠。

爱德华国王　你不会再次反悔誓言吗？

---

① 此说法源自《旧约·箴言》26：11："愚人一再重复他的愚行，犹如狗再吃它呕吐之物"。

沃里克　我不会；即使我能够，我也不会。

爱德华国王　如果你反悔，我该怎么跟你说?

沃里克　可以说对任何赌假誓的混蛋说的话，
因为那破坏了发誓的神圣性。

爱德华国王　对不信守誓言的人你会怎么说?

沃里克　就说他破坏了对上帝和人的信念，
在上帝和人之间存在被开除教籍的人。

爱德华国王　是什么诱使一个人去破坏
法和宗教的誓言?

沃里克　那是魔鬼，不是人干的事。

爱德华国王　你必须对我尽那魔鬼的职责，
要么背弃你的信誓，
要么废除你我之间
爱与被爱的关系。
因此，沃里克，
如果你是一个正直的人，
一个对自己说的话和誓言
有担当的勋爵和老爷①，
去找你的女儿，以我的名义，
命令她，哄骗她，用任何方法疏导她，
让她做我的情妇和秘密的爱人，
我几乎忍受不了在你给我回答之前
这段时光的煎熬，
要么让你的誓言压倒她的信誓②，
要么就让你的国王去死。

沃里克　哦，愚蠢的国王!

---

① 请比较莎士比亚十四行诗第 94 首："the lords and owners of their faces"。

② 指他女儿婚姻的誓言。

哦，令人生厌的使命！
当他用上帝的名义让我发誓，
去破坏以上帝的名义作的誓言[1]，
我只能规劝自己去错待自己了。
如果我用这只右手发誓去砍掉右手，
那会怎么样呢？
最好的办法
是去亵渎偶像，
而不要颠覆偶像本身。
但这两样我都不会做：
我要信守我的誓言，
同时，我要在女儿面前撤回
我以前宣讲的所有道德的说教。
我将说，她必须忘怀丈夫索尔兹伯里，
如果她还记得要去拥抱国王；
我将说，信誓可以轻易废弃，
一旦废弃，就不容易得到原谅；
我将说，爱带有慈悲，
但真正的爱并不那么慈悲；
我将说，国王能承担这羞耻，
但他的王国却无法忍受这罪愆；
我将说，我有职责劝说她，
但她的正直可以让她拒绝。

伯爵夫人上

瞧，她来了；为父的从来没有过
如此窘迫为难的使命。

伯爵夫人　　我的大人和父亲，我一直在找你。
我母亲和贵爵们要求你陪伴国王，
希望你尽力让陛下快乐。

---

[1] 指他女儿婚姻的誓言。

沃里克　（旁白）我怎么来执行这不光彩的使命？

　　　　我一定不能算她为孩子，

　　　　天下哪有父亲这么引诱他的孩子？

　　　　难道我拦头说"索尔兹伯里妻子"吗？

　　　　不，他是我的朋友，

　　　　天下哪有朋友这么损毁友情？

　　　　（对伯爵夫人）你既不是我的女儿，

　　　　也不是我挚友的妻子，

　　　　我不是沃里克，如你想的那样，

　　　　而只是地狱宫掖的使臣，

　　　　在宫廷里寄托着他的精神，

　　　　他如今给你带来国王的口信。

　　　　英格兰盖世的国王恋上了你。

　　　　那个有权力要你命的人，

　　　　也有权力给你荣誉①；

　　　　那就同意牺牲你的荣誉，

　　　　而不是你的生命吧。

　　　　荣誉每每可以失而复得，

　　　　但是生命一旦陨灭，

　　　　就不可能复生。

　　　　将稻草晒干的太阳

　　　　也同样滋润青草，

　　　　想亵渎你的国王

　　　　也同样可以让你飞黄腾达。

　　　　诗人赋诗说阿喀琉斯的矛

　　　　可以让它刺伤的伤口痊愈②：

① 请比较莎士比亚的十四行诗第 94 首："They that have power to hurt"。

② 源自奥维德《变形记》第十二章，指阿喀琉斯的矛上的铁锈治愈了它刺试勒福斯的
　伤口。见《亨利六世·中》第五幕第一场中的"these brows of mine，/Whose smile
　and frown，like to Achilles'spear，/Is able with the change to kill and cure"。

道理就是，

做了错事的强大的人能够纠错。

雄狮以它血腥的利牙而称霸，

但是当藩属在它利爪前发抖，

它对猎物也会饶恕，非常温和。①

国王以他的荣光可以遮掩你的耻辱，

那些试图在他的视线之下找你错的人，

会像面对太阳一样眼前漆黑一片。

一滴毒液怎能损害汪洋大海？

它的宽阔广袤能够中和罪愆。

国王伟大的英名将冲淡你的秽行，

给毒辣的谴责涂上一层甜蜜。

再说，做这事也无大碍，

如果没有廉耻的话，

完全可以平安无事。②

这样，我以陛下的名义，

用睿智的说教给罪愆

裹上了一层华丽的外衣，

正等待你对他追求的回应。

伯爵夫人　可怕的围攻！

乍摆脱危险的敌人，

却又遭朋友更为阴险的包围，

我太不幸了！

难道他没有别的办法来

玷污我贞操的鲜血，

却去拉拢生我养我的亲人，

做他的令人讨嫌的狡猾的媒人？

---

① 请比较《爱的徒劳》第四幕第一场中的 "Submissive fall his (the lion's) princely feet before, /And he from forage will incline to play."。

② 请比较莎士比亚十四行诗第 94 首："That do not do the thing, they most do show"。

这没有什么奇怪，

当毒液包围了树根，

树枝会受到污染；

这没有什么奇怪，

当心怀鬼胎的奶妈将乳头涂上毒液[①]，

婴儿就中毒夭折。

啊，那就给罪愆发通行证，

让青春自由放任、为所欲为吧；

毁损法律严格的禁忌，

废除法治的每一条准则，

用羞耻对付耻辱，

用反悔对付犯罪。

不，如果这暴烈的意志

如此信马由缰，

在我同意下流的淫乱之前

让我去死吧。

沃里克　唉，你说了我希望你说的话，

请注意我言犹未尽的地方：

一个正直的坟墓比

国王污浊的寝宫还要受人尊敬；

一个人越伟大，他所做的事情，

不管好坏，影响也越深远；

微不足道的尘埃，在阳光中飞舞，

它所显现出来的实质

比它本身要浮夸得多；

最明亮的夏日

会让腐肉最快地腐烂，

它甚至还会去亲吻

---

① 请比较《罗密欧与朱丽叶》第一幕第三场中的 "When it did taste the wormwood on the nipple/ Of my dug，and felt it bitter"。

那令人生厌的腐肉①；

用巨大的斧子

可以砍很深的伤痕；

如果罪愆是在神圣的地方所犯，

那它就加倍地严重；

利用权力而违犯的歹行，

是罪恶，是教唆②；

给一头猿穿上金线的华服，

那衣饰的美丽只能使人

更加嘲弄那野兽。

我可以引述许多道理来阐述

他的荣光，女儿啊，和你的羞耻之间的关系：

盛在金瓯里的毒液是最有害的③；

闪电让黑夜显得更加黑沉④；

溃烂的百合比野草恶臭得多⑤；

犯罪的显赫大人物，

与小人物相比，

要加倍地羞耻。

在你离开我的时候，

将我的祝福藏在心中吧，

当你从一个具有美好声誉的女人

变成一个污秽婚床上羞耻的婊子，

我的祝福就会变成恶毒的诅咒。

伯爵夫人 我要遵照你的意愿去做，

---

① 请比较《哈姆雷特》第二幕第二场中的"If the sun breed maggots in a dead dog, being a good kissing carrion"。

② 原文为 subornation，莎士比亚很喜欢用这一词，在《鲁克丽丝受辱记》中，鲁克丽丝指责"机运""perjury and subornation"。

③ 英语谚语："金樽藏毒。"

④ 这一比喻在《罗密欧与朱丽叶》中运用了多次。

⑤ 此句与莎士比亚十四行诗第 94 首的最后一句完全一样。

当我的心这么改变了主意，
我的身体就将我的灵魂浸润在
无尽的悒怏之中。

众下

第二场①

从法国来的德比从一边门上，一位鼓手引导奥德莱从
另一边门上

德比　无比高贵的奥德莱，幸会。
　　　我们的国王和贵爵们怎么样？

奥德莱　整整两星期没见王上了，
　　　　他派遣我去招募兵员，
　　　　我已按圣旨执行，将整装待命的兵甲
　　　　带到这儿来觐见王上。
　　　　德比勋爵，从德皇②那儿带来什么好消息？

德比　正如我们所期望：德皇
　　　给予王上友好的援助，
　　　让王上在他所有
　　　土地和大领地当代理总督。
　　　到法国的广阔土地上来吧！

奥德莱　啊，王上听到这消息还不手舞足蹈？

德比　我还没有找到时机呈报，
　　　国王在密室正烦闷生气，
　　　我不知道为什么，他发令
　　　在晚饭之前谁也不许打扰他。

----

① 在罗克斯巴勒城堡一房间。
② 此德皇应该是（巴伐利亚的）路德维希四世。

索尔兹伯里伯爵夫人和父亲沃里克，
阿图瓦和所有的人都疾首蹙额。

奥德莱　显然，什么地方出问题了。

后台喇叭声响起

德比　号角吹响了；王上出来了。

国王上

奥德莱　国王陛下驾到。

德比　王上得到期望得到的一切。

爱德华国王　除非你是一个巫师！

德比　德皇向您致意——

爱德华国王　要是这是伯爵夫人就好了。

德比　他答应了陛下的请求——

爱德华国王　你说谎了，她没有答应，
我真希望她能应允。

奥德莱　奉献给我的王上陛下所有的爱和忠诚。

爱德华国王　只要有一个人还没有，那就什么也没有。——
你带来什么消息？

奥德莱　陛下，我已经按您的圣旨
征召了马匹和步兵，并带到了这儿。

爱德华国王　那就让这些步兵骑上马儿
离开这儿。德比，
我很快就会知道伯爵夫人的心思。

德比　陛下，伯爵夫人的心思？

爱德华国王　我是说德皇。——让我一个人待一会儿吧。

奥德莱　他心中在想什么？

德比　　　让他独自待着去生闷气吧。

德比和奥德莱下

爱德华国王　因为心里充满什么，就说了什么[①]：
　　　　　　把"伯爵夫人"说成"皇帝"了。
　　　　　　这倒也是，为什么不呢？
　　　　　　她对我就是绝对的君王，
　　　　　　我对她就像是跪着的藩属走狗，
　　　　　　要看她的眼色行事。

罗德韦克上

　　　　　　这比克利奥帕特拉还要漂亮的人儿
　　　　　　对恺撒说什么呢？[②]

罗德韦克　　陛下，还没有回答。
　　　　　　在夜幕降临之前，
　　　　　　她会给陛下一个答复。

后台鼓声响起

爱德华国王　这鼙鼓擂的是什么雄壮的调儿，
　　　　　　惊吓了我心中温情的爱神？
　　　　　　可怜的羊鼓皮呀，怎么和那擂鼓的争吵不休哪！
　　　　　　去，把那雷鸣般鼓的底皮给撕下来，
　　　　　　让它击出柔和的鼓点，
　　　　　　直击天上玉女的心扉；
　　　　　　我将用那羊皮做我赋诗的纸，
　　　　　　不让他再敲这聒噪不休的鼓点，
　　　　　　去当传令官和私密的信使
　　　　　　穿梭于女神和强大的国王之间。
　　　　　　去，请鼓手学着弹鲁特琴，
　　　　　　要不就用他的鼓带吊死算了[③]，

---

① 引自《新约·马太福音》13：34。

② 在此，恺撒泛指一位国王，即爱德华三世。

③ 此说源自英语谚语"他很可能用自己的吊袜带吊死"，请比较《第十二夜》第一幕
　第三场中的"let them hang themselves in their own straps"。

我想，用如此严酷的鼙鼓声

去惊扰上天，实在是太粗暴无礼。

去吧。

罗德韦克下

我卷入的争执无需武器，

但需我的双手①；用这双手

在长吁短叹声中去对付我的对手；

我的眼睛将是我的箭，

我的唏嘘

将是为我效劳的顺风，

送去我最甜蜜的炮火②。

啊，但是，唉，太阳向着她③，

因为她本身就是太阳，

太阳一照耀，

正如诗人吟唱的，

一身英武的丘比特也眼花缭乱。④

但爱情长有眼睛，

眼睛引导着它，

直到爱的光辉使它们昏眩迷乱。

现在怎么样了？

罗德韦克上

罗德韦克　　陛下，敲打那生动行进鼓点的

是您英勇无比的儿子、

爱德华王子手下的随从。

爱德华王子上

---

① 在英语中，arms 既可以解为武器，也可以解为双手，剧作家在此用了双关语。

② 这段诗句带有明显的性的暗示。在爱情诗中，情人的充满激情的眼睛被描述成"炮火"，对付心上人儿的抵抗。

③ 莎士比亚在《爱的徒劳》第四幕第三场中运用了类似的比喻："Saint Cupid, then! ...but be first advised, /In conflict that you get the sun of them"。

④ 丘比特在神话的描述中总是拿着弓箭，而且眼睛被蒙着。

爱德华国王　（旁白）我看见这男孩了。

哦，他母亲

在他脸上的影儿，

矫正了我迷失的欲望，

谴责了我的心思，

嗔怪我的贼眼，

其实占有她为后，

我应该很满足了，

然而我还心有旁骛；

最无耻的偷窃

连贫穷的借口都没有。——

孩子，有什么消息？

王子　亲爱的父王，我已经征集了

英格兰最高贵、最精良的子弟，

准备开赴法兰西，我来此

聆听陛下的训敕。

爱德华国王　（旁白）我仍然在他的相貌中

窥见了他母亲的情影：

那眼睛神似她，

注视着我，令我脸红，

因为自我作孽会原形毕露。

肉欲是一团浓烈的火，

而男人，犹如那兽角灯笼①，

狂乱的欲火在里面燃烧，

而且还往灯笼外照耀。

滚吧，那无常如破败绫罗的虚荣！

---

① 兽角灯笼的形象是一个模棱两可的比喻，它既含有"光"的含义，又含有"欲火"的含义。在《亨利四世·下》第一幕第二场中莎士比亚也运用了兽角灯笼的形象："for he has the horne of abundance，and the lightness of his wife shines through it…yet can not he see though he haue his owne lanthorne to light him"。

　　　　　难道骑旎的布列塔尼广袤的土地，

　　　　　就要败在我手里吗？

　　　　　难道我不能控制

　　　　　我这栋小小的华屋吗？

　　　　　请给我锋利的兵器！

　　　　　我要去征服外国的国王们，

　　　　　难道我还不能制服自己？

　　　　　难道我要与敌为友吗？

　　　　　绝对不能这样。——

　　　　　来，孩子，向前进！

　　　　　让我们的战旗使法兰西的空气

　　　　　更加甜蜜芬芳吧。①

　　　　罗德韦克上

罗德韦克　　陛下，伯爵夫人带着欢快的微笑，

　　　　　希望能来到陛下跟前。

爱德华国王　（旁白）啊，竟然就这样发生了！

　　　　　她那嫣然一笑赎回了被俘的法兰西，

　　　　　让国王、王太子和贵卿们自由了。——

　　　　　你走开吧，南德，跟你的朋友们去寻欢作乐吧。

　　　　罗王子下

　　　　　你母亲是一个奸诈的人，你，

　　　　　跟她一样，让我在心中一想到她

　　　　　就觉得讨厌。——

　　　　　去吧，在你的护卫下带她到这儿来吧。

　　　　罗德韦克下

　　　　　愿她驱走冬日阴霾的云，

　　　　　因为她给予天地万物以美。

---

① 在这里，原文将"sweet"当动词用，请比较《罗密欧与朱丽叶》第二幕第六场中的
"sweeten with thy breath/This neighbor air"。

从裹兽皮的亚当到现在①，
罪愆从来是杀穷，
而不会介意在非婚的床上
拥抱一个绝世的粉黛佳人。
罗德韦克和伯爵夫人上
去，罗德韦克，把手放在钱袋里②，
去找乐子，花钱，送礼，闹饮，
去奢侈，去浪费，做什么你想做的事，
你离开这儿，让我独自待一会儿。
罗德韦克下
现在，我的心上人儿，你来了，
你来是对我追逐的美好的爱情
说出那具有天意的"是"吗？

伯爵夫人　我父亲在祝福中令我——

爱德华国王　委身于我。

伯爵夫人　是的，亲爱的陛下，是属于您的了。

爱德华国王　那么，我最亲爱的爱恰恰是
　　　　　以权力换权力，以爱换爱。

伯爵夫人　恰恰是以错换错，以仇恨换仇恨。
　　　　　既然陛下如此执意，
　　　　　那么，我的推诿，我丈夫的爱，
　　　　　您的高位，一切伦理，
　　　　　都于事无补了，
　　　　　您的崇高的权势
　　　　　将压倒所有这些至切的关怀，
　　　　　我将制服我的不满，

---

① 见《旧约·创世记》3：21："上主天主为亚当和他的妻子做了件皮衣，给他们穿上。"
② 原文为 put your hand into the purse，在《奥赛罗》第一幕第三场中，伊阿古不断地劝说，"put money into the purse"。

将强迫自己接受心所不愿，
只要您扫除横亘在
陛下的爱和我的爱之间的障碍。

爱德华国王　详细道来。美丽的伯爵夫人，
苍天在上，我将去扫除它们。

伯爵夫人　横隔在我们之间的是生命，
我有可能把他们掐死，陛下。

爱德华国王　谁的生命，夫人？

伯爵夫人　我的无比亲爱的陛下，
您的王后，我的婚配丈夫索尔兹伯里。
我们在爱情中能赐予他们的
不可能是他们活着享用的名分，
而只能是死亡。

爱德华国王　你的反建议不符合我们的法律。

伯爵夫人　您的欲望也是。如果法律
能阻止您去处死一个人，
那就让它也阻止您去处死另一个人。
除非您兑现您所发的誓言，
我不可能相信
如您所言的那样爱我。

爱德华国王　别再说了：
你的丈夫和王后都得死。
虽然你比海洛妩媚得多
但毛头小子勒安德尔没有我魁梧强壮：
他为了爱不过破浪渡海罢了，
而我却要游过染满鲜血的达达尼尔海峡，
才能抵达塞斯托斯，
我的海洛待着的地方。

伯爵夫人　　不，您还必须做更多的事：
　　　　　　您要让这河流淌那些
　　　　　　将我们的爱拆开的人的热血，
　　　　　　那就是我的丈夫和您的妻子。

爱德华国王　你的美使他们死有余辜，
　　　　　　同时也证明了他们必须得死，
　　　　　　我作为法官对他们作这一判决。

伯爵夫人　　哦，对死亡做证的女人，
　　　　　　更为腐败的法官！
　　　　　　当至高无上的星室法庭①
　　　　　　做出最后的审判，
　　　　　　为这阴险的罪愆，
　　　　　　我们两人都要战栗发抖。

爱德华国王　我美丽的情人儿，说什么？
　　　　　　她决定了吗？

伯爵夫人　　决定了，决心被毁；
　　　　　　现在，伟大的国王，
　　　　　　信守您的誓言，我是您的了。
　　　　　　您就站在您所在的地方——
　　　　　　我要离您稍微远一点儿——
　　　　　　看看我怎么把自己交到您手里。
　　　　　　在这里，在我的身上
　　　　　　佩挂着我的一对婚刀②：
　　　　　　您拿着一把去杀掉您的王后，
　　　　　　要让我看到她躺在您的怀里；
　　　　　　我要用另一把去杀死我的爱，

---

① 星室法庭，英国直接置于君王之下的最高法庭，创立于 15 世纪，所以在爱德华三世时代，这属于年代误植。

② 是新娘垂挂在腰间的一对插于同一剑鞘内的刀剑。

他正在我的心中酣睡。

当他们全完蛋，我就应允爱您。——

别动，好色的国王，别阻止我：

我主意骤然已定，您已无法阻挠，

也不可能来拯救我了；

如果您动一下，我就要动刀——

所以，您还是站在那儿别动，

听明白我给您的选择：

要么放弃您那十分淫秽的求爱，

从此再也不来追求我，

要么苍天在上，这把尖刀

将让您的土地染上

我可怜的贞洁的鲜血。

发誓吧，爱德华，发誓吧，

否则，我就要动刀向自己砍去，

死在您的脚下。

爱德华国王　即使我拥有那上帝给予的权力

来发誓，那权力给予我的

也只有羞愧的份儿，

我不能再张开我的嘴唇，

说任何求爱的话。

请站起来，你真正的英格兰夫人，

这是我们岛国可以

比罗马更引为自豪的女人，

罗马那被强暴的贞操①

曾经引多少诗人为之讴吟；

请站起来，

让我的错误成为你的荣誉，

---

① 指罗马的鲁克丽丝，她被王子塔昆纽斯强奸后自杀。莎士比亚为此专门创作有一首叙事长诗《鲁克丽丝受辱记》（1594）。

这荣誉历经数百年后①

将大大丰富关于你的传说。

我从这百无聊赖的梦中

惊醒过来了。——

沃里克、我的王子、德比、阿图瓦和奥德莱，

所有勇敢的武士，你们这一阵都在哪儿？

所有人上

沃里克，我敕封你为北方总督，

你，威尔士王子，和奥德莱直接下海；

急速行军穿越纽黑文②；

在那儿为我留下一部分兵甲，

我自己，阿图瓦，和德比将前往弗兰德尔，

向我们的朋友致以问候，并寻求援助。

今晚已足够让我明白

我追求一个忠实的情人，

多么愚蠢，

在东方染红彩霞之前，

我们将用和谐的军乐唤醒太阳。

众下

---

① 原文为 after ages，指"将来"，请比较莎士比亚十四行诗第 101 首："To make him much outlive a gilded tomb，/And to be praised of ages yet to be"。

② 英国苏塞克斯郡的一个港口，通往对岸弗兰德尔。

第三幕

第一场①

法国约翰国王、他的两个儿子查理和腓力，以及洛林
公爵上

约翰国王　我们的海军拥有千艘帆船，

　　　　　将轻松地在海上打败敌人，

　　　　　让我们在这儿安营扎寨，

　　　　　等候他们胜利的捷报吧。

　　　　　洛林，爱德华在怎么备战？

　　　　　你听说他在这场战役中

　　　　　将使用什么军事武器吗？

　　洛林　不说不必要的恭维之词，

　　　　　也不花时间在琐碎礼节上，

　　　　　陛下，根据可靠情报，

　　　　　他统率的兵力非常强大，

　　　　　他的子民踊跃参军，

　　　　　似乎都怀着必胜的信念。

　　查理　英格兰人是天生的捣蛋鬼，

---

① 场景应在弗兰德尔海岸附近法军行辕。

　　　　嗜血成性、煽动骚乱的喀提林①分子，
　　　　胡乱花钱的花花公子，
　　　　什么都不想，整天就想改朝换代。
　　　　这种人你能指望他们忠心耿耿吗？

　洛林　苏格兰人不一样，
　　　　他们严正地发誓，
　　　　正如我跟王上说的，
　　　　永远不将利剑入鞘，
　　　　或者接受停火。

约翰国王　啊，那是希望之所在。
　　　　但是，另外，想一想爱德华国王，
　　　　在荷兰可能仍然维持什么朋友？
　　　　这些寻欢作乐的荷兰人②——
　　　　这些浅薄的人，整天往肚里灌啤酒，
　　　　他们走到哪儿喝到哪儿③——
　　　　他们一点儿也不会让我感到棘手。
　　　　我还听说德皇和他结盟，
　　　　用德皇的权威给他敕封头衔。④
　　　　但是，终究是谁更强大，
　　　　谁就会赢得更大的光荣。⑤
　　　　除了国内的兵力，我还有些朋友：

---

① 喀提林（前108？—前62），罗马共和国贵族，策动政变，在率部反抗中战死。

② 原文为 epicures，荷兰人、佛来芒人、德意志人，以豪饮著称。在《麦克白》第五幕第三场中，莎士比亚用了 "the English epicures"。

③ 原文为 swill，豪饮，在《理查三世》第五幕第二场中，可以读到 "The...usurping boar...Swills your warm blood"。

④ 原文为 stalls，做动词用，请比较《理查三世》第一幕第三场中 "Decked in thy rights as thou art stalled in mine"。

⑤ 原文为 all mightier that the number is/The greater glory reaps the victory，请比较《亨利六世·下》第五幕第一场中的 "The harder matched，the greater victory"。

严肃的波兰人、好战的丹麦人、
波希米亚和西西里国王，
都成了我的盟友，
我寻思，他们正加速往这儿开来。
后场传来鼙鼓声
但，轻声点儿，我听到他们的战鼓声了，
从鼓声判断，他们已经很近了。
*波希米亚国王偕同丹麦人，一位波兰将军和一些士兵
从另一端上*

波希米亚　法兰西的约翰国王，作为盟国和邻居，
当朋友有难，
我带领我国的兵士前来支援。

波兰将军　我从莫斯科，土耳其怕得要命的地方，
和高贵的波兰，意志坚强的人的摇篮，
率领来这些雇佣军为您而战。
他们心甘情愿献身于您的事业。

约翰国王　欢迎，波希米亚国王。欢迎所有的人：
我将永志不忘你们的善意。
你们将得到克朗作为回报。
一个骄傲自大的国家，长着疯狂的脑袋，
耀武扬威踢开我们国门，
对它的胜利将带来三方面的好处。[①]
我现在充满信心，情绪高昂：
在海上，我们的海军
如阿伽门农在特洛伊港一样强大；
在陆地上，我们具有
堪与薛西斯一世[②]相比的伟力，

---

① 三方面好处：1. 国王的感激；2. 克朗收入；3. 瓜分战利品。
② 薛西斯一世（前 519? —前 465）：波斯国王。

自负如拜亚尔^①莽撞的南德^②，

竟敢前来攫取我的王冠，

他将要么被海浪吞噬，

要么上岸被砍成齑粉。

水兵上

水兵　陛下，当我在海岸忙碌值勤时，

我看见爱德华气势汹汹的舰队，

最初远远看见，

它仿佛一丛凋零的松树；

但，当舰队驶近，

那辉煌鲜亮的船体，

一排排用彩色丝绸做的彩旗，

犹如开满各色鲜花的草场，

装点着大地裸露的胸脯。

舰队威严行进的队形

就像一轮弯弯的新月；

在旗舰后桅杆上，

在所有侍女服饰上，

都按纹章艺术，平等地

分列英格兰和法兰西盾形纹饰。

在顺风的推动下，

它们正加速鼓帆向我们驶来。

约翰国王　他们竟敢来撷取百合花^③？

我倒希望，他从百合采集了花蜜，

毒蜘蛛来到百合，

让百合的花叶渗出致命的毒汁来。

我们的海军在哪儿？他们准备

① 拜亚尔是查理大帝赠送给里纳尔多的一匹马的名字，后来就作为盲目蛮干的代名词。

② 在此指爱德华三世，具有贬义。

③ 百合花是法国王位的象征。

怎么升帆迎战这群乱飞的乌鸦?

水兵　他们从探子那儿一得到消息,
　　　确实马上就起锚,用他们的愤怒,
　　　而不是劲风,鼓满风帆,
　　　犹如饥饿的雄鹰,
　　　为了饥肠辘辘的空肚
　　　去捕杀它的猎物。

约翰国王　这是给你的消息的犒赏,回你的船去吧;
　　　　　如果你侥幸躲过了血腥,
　　　　　而没有死于这场战争,再来到这儿,
　　　　　让我听听你对战事的描述。
　　　　　水兵下
　　　　　同时,贵爵们,我们最好分散
　　　　　到各处去,万一他们果然上了岸。
　　　　　首先,我的大人,带着你的波希米亚士兵,
　　　　　在右翼布置战阵迎战;
　　　　　我的长子,诺曼底公爵,
　　　　　在莫斯科士兵驰援下,
　　　　　爬上左翼较高的山地;
　　　　　我最年轻的儿子腓力和我
　　　　　将扼守在这中部海岸地区,在两翼中间。
　　　　　贵爵们,各自回去吧,恪尽职守:
　　　　　为法兰西,这美丽而广袤的国家而战。
　　　　　除约翰国王和腓力外,余人均下
　　　　　现在请告诉我,腓力,
　　　　　关于英国人的挑战,你有什么高见。

腓力　我说,陛下,让爱德华去胡说八道吧,
　　　家族谱系从来没有这样清晰,
　　　是您应该拥有这王冠,

　　　　　　　这是炳若观火的法序①；
　　　　　　　如果事态逆反，他获得上风，
　　　　　　　要么我将奉献我最宝贵的鲜血，
　　　　　　　要么将这群乌合之众赶回老家去。

约翰国王　　说得好极了，年轻的腓力！送上面包和酒来，
　　　　　　　让我们饱餐一顿，
　　　　　　　我们将可以勇气百倍地去面对敌人。
　　　　　　　可以听见远处的厮杀声
　　　　　　　现在，海上酣战的一天开始了。
　　　　　　　战斗，法国人，战斗；就像熊厮打的战场，
　　　　　　　为保护在洞穴的幼崽而战。
　　　　　　　愤怒的复仇女神，驾着那幸运之轮，
　　　　　　　用你那熊熊的地狱之火，
　　　　　　　去驱散和击沉英国佬的舰船。
　　　　　　　炮声响起

　　腓力　　哦，父王，这隆隆炮声的回响，
　　　　　　　多么像是甜蜜的和声，
　　　　　　　帮助消化这美味佳肴！

约翰国王　　现在，孩子，你听到了了为了王权
　　　　　　　会经历怎样雷鸣电闪般的恐怖。
　　　　　　　当地动山摇令人眩晕，
　　　　　　　当风驰电掣的闪电击破长空，
　　　　　　　那根本吓不倒国王们，
　　　　　　　一旦他们决定发泄
　　　　　　　憋闷在心中的深仇大恨。
　　　　　　　响起撤退的号声
　　　　　　　撤退的号角响起来了：一方处于劣势。
　　　　　　　哦，如果那是法国人的话，亲爱的命运之神，

_____

① 如英语谚语所说，"Possession is the surest point of law"。

请把命运之轮扭转过来，
将逆风变成顺风，
在上天的保佑下，
我的士兵将会战胜，而敌人将闻风丧胆。
水兵上
我的心在抱怨。——说吧，苍白死亡之镜，
今天的胜利属于谁？
我请求你说吧，如果你还有气力
说出这次溃败令人伤悲的过程。

水兵　我会的，大人。
仁慈的陛下，法兰西遭受惨败，
自吹自擂的爱德华赢了。
这两国铁了心的海军，
正如我上次报告的那样，
充满了仇恨、希望和令人惊惧的力量，
急匆匆相互追逐，拦头布阵开战，
最终相遇，我们的旗舰
遭遇敌方旗舰发射来的无数炮弹。
而敌方其他的舰船，
眼见两艘旗舰交火正烈，
一齐给予了我旗舰进一步的摧毁，
那火力就像火龙在高空盘旋飞翔，
一旦面对面，从那冒烟的子宫里，
发射出无数可怕的死亡大使。
天开始进入阴暗的黑夜，
夜幕包围了活人，
也给刚死的人蒙上了阴影。
没有余暇对死亡的朋友致以悼念，
即使他们想这样做，
那地狱般的嘈嘈

让所有人犹如聋哑。
海洋一片绯红，狭窄的港口充斥血污，
鲜血从缺胳膊断腿的人那儿流淌出来，
挟带着鲜血的海浪涌进
炮弹击穿的木板船壳的缝隙。
这儿一颗身首异处的头颅在坠落，
那儿断手残腿被甩到空中，
旋风裹挟着夏日的尘土，
在空中纷纷散落下来。
摇摇欲坠的舰船炸成两半，
晃晃悠悠沉入无情的海浪，
直至再也看不见它那桅杆的顶。
所有的战术，防御抑或进攻，无所不用其极；
在这儿，勇敢、力量、决心和胆怯
都生动地表现出来：有的人为了名誉，
有的人迫于无奈而战。
无比号舰船尽了它的力量，一艘英勇的船。
波罗涅黑蛇号也表现不凡，
一艘比它美得多的船
连风帆还没有升起就被炸沉；
但一切全都徒然：阳光、风向、水流，
都对我方不利，而有利于敌方，
我们一弃战，
他们便登陆了。我报告完毕：
我们在背运的时刻失利，他们赢了。

约翰国王　现在能够做的只能是赶快
　　　　　将分散的兵力集中起来，
　　　　　趁他们还没有深入陆地太远，
　　　　　和他们决一死战。
　　　　　来，高贵的腓力，让我们在这儿分手，

这水兵的话刺穿你父亲的心。

众下

第二场①

两个法国人上；一个女人携带着两个孩子和他们相
见，还有其他公民

法国人甲　终于见面了，先生们。情况怎么样，
　　　　　有什么新闻？你们为什么
　　　　　带着这么多的家什？
　　　　　难道这是搬家日吗？
　　　　　带着这么多行李！

　公民甲　搬家日？唉，我看恐怕是分尸日吧，
　　　　　难道你没有听说到处传播的消息吗？

法国人甲　什么消息？

　公民乙　法国海军在海上全线溃败，
　　　　　英国士兵闯进国门来了。

法国人甲　那又怎么样？

　公民甲　你说什么？唉，当恶意②和毁灭来临，
　　　　　难道不该逃难吗？

法国人甲　放心吧，老兄；他们还远开八只脚呢，
　　　　　当他们深入到我们王国这么远，
　　　　　要付出高昂的代价。

　公民甲　哎，冬天来到之前，蚱蜢折腾得欢蹦乱跳，
　　　　　严寒一来到，将它无远见的脑袋冻僵，

---

① 场景位于克雷西附近的乡下。

② 原文为 envy，在伊丽莎白一世时期它的含义要严重得多，作"伤害、恶意"解。

　　　　　　懊悔也就徒然了。①
　　　　　　一个人一看到下雨，
　　　　　　就想到要去穿大衣，
　　　　　　但由于没想到未雨绸缪，
　　　　　　将大衣洗掉了。
　　　　　　我们有赡养责任的人，
　　　　　　必须照管好家人和自己，
　　　　　　否则一旦有事，即使心有余，
　　　　　　也力不足了。

法国人甲　你可能因失败而绝望，
　　　　　　会想到你的国家将从此被人奴役。

　公民乙　我们也说不好；最好还是从最坏处着想。

法国人甲　宁可战斗到底，
　　　　　　也不会像不肖子孙那样，
　　　　　　在困苦的时候抛弃至亲父母。

　公民甲　呸，数百万无所畏惧的人拿起了武器，
　　　　　　而敌人人数只是凤毛麟角。
　　　　　　争执的核心还是有理可循：
　　　　　　爱德华是先王妹妹的儿子，
　　　　　　而约翰·瓦卢瓦隔着三辈的名分。

　　女人　另外，在坊间流传这样一个预言，
　　　　　　那是曾经当过托钵修士的人算的命，
　　　　　　他的神谕许多次被证明灵验：
　　　　　　他说，很快在西方
　　　　　　会有一头狮子苏醒，
　　　　　　来攫取法兰西的百合。
　　　　　　我就只能告诉你们这些，

———————————

①　原文为 redeem his time，请比较《亨利四世·上》第一幕第二场中的 "Redeeming time when men think least I will"。

类似的传说让法国人胆战心惊。
一个法国人上

法国人丙　逃吧，同胞们，法兰西的公民们！
安宁的鲜花盛开的和平，
幸福生活的根基，
已经从我们的土地上被抛弃了，
被驱逐了，
代之而起的是破坏一切的战争，
它就像神鸦停栖在你家的房顶上；
屠杀和暴行就在衢街上横行，
它们走到哪儿，混乱就紧随其后。
从我来到这儿的美丽的山巅上
就目睹了乱象。
我极目远望，
四座城市在漫天燃烧，
玉米田和葡萄园成了火炉，
升腾的狼烟在风中驱散开来，
无数居民逃离了火海，
却倒在了士兵的长矛之下。
这些可怕的愤怒之师，
从三路踩着悲剧进行曲的舞步迈进：
从右路杀来的是征伐的国王，
从左路奔来的是他疯狂不羁的儿子，
在中间的是他们金光闪闪的贵族之花。
三路人马，虽然相互远隔，却都给
所经之地留下凄惨和悲凉。
因此，逃吧，公民们，如果你还有理智，
到远处找个歇脚的地方吧。
待在这儿，
你的妻子将被强奸凌辱，

当着你的泪眼，将你的财产掳掠。

去找个藏身之处吧，暴风雨就要来临。

走吧，走吧，我似乎听到他们的鼙鼓声了。

啊，悲惨的法兰西，我真担心你会陷落：

你的荣耀像一垛摇摇欲坠的墙

将刹那间倒塌。

众下

第三场①

爱德华国王和德比伯爵率领着士兵上，同时，戈宾·德·格拉斯上

爱德华国王 那法国人在哪儿？

靠着他熟悉带路，

我们找到了索姆河浅水区，

并得到了引路穿过河流入海口。

戈宾 在这儿，好大人。

爱德华国王 你叫什么名字？告诉我你的名字。

戈宾 禀告阁下，我叫戈宾·德·格拉斯。

爱德华国王 戈宾，为了你的效劳，

我释放你，给你自由；

除了这个福分之外，还要奖赏你，

你将获得五百马克金币②。——

我不知道怎么和我儿子会面，

我在心中一直向往见他。

阿图瓦上

---

① 场景在索姆河皮卡迪，离克雷西平原不远，时间是1346年8月26日早晨。

② 旧时英格兰币制，一马克等于三分之二英镑。

阿图瓦　好消息，陛下：王子就在附近，
　　　　奥德莱勋爵和扈从们和他在一起，
　　　　自从登陆一直未能见到他们。
　　　　爱德华王子、奥德莱勋爵和士兵上

爱德华国王　欢迎，好王子！自从登上法国海岸，
　　　　过得怎么样，我的儿子？

王子　非常顺利，感谢仁慈的上天。
　　　我们夺取几座防守最严的城市，
　　　例如巴夫勒尔①、圣洛②、勒克罗图瓦③、卡伦坦④，
　　　它们全部遭到严重破坏，
　　　留下的是一片废墟和
　　　一条孤寂笼罩的小道。
　　　凡是投降的，我们都给予仁慈的宽宥，
　　　那些蔑视我们、拒绝我们和平提议的人，
　　　受到了惩罚和复仇。

爱德华国王　啊，法兰西，为什么你要如此顽固，
　　　　反对你朋友的友好拥抱呢？
　　　　我们在抚摸你的乳房时是多么温柔，
　　　　脚踩在你的土地上是多么轻软，
　　　　而你们却回以任性、蔑视、傲慢，
　　　　像一匹难以驾驭的公驹，
　　　　惊惧得一跃而起，用后蹄踢我们！
　　　　告诉我，南德，在你征伐的路上，
　　　　遇见那僭越的法国国王了吗？

王子　是的，好父王，不到两小时之前，

---

① 巴夫勒尔为法国诺曼底芒什省的一市镇。
② 圣洛位于巴夫勒尔以南 47 英里。
③ 勒克罗图瓦是索姆河出海口北部的一个港口城市。
④ 卡伦坦位于诺曼底，在巴夫勒尔和圣洛之间。

他在河岸一边陈兵十万之众，
另一岸也有无数士兵。
我担忧他会来进攻我们较弱的一翼；
幸运的是，看见你逼近，
他撤回克雷西平原，
从他的布阵来看，
他想和我们很快打一仗。

爱德华国王　太好了，那正是我所期望的。
约翰国王、诺曼底公爵、洛林公爵、波希米亚国王、
年轻的腓力和士兵上

约翰国王　爱德华，明知我约翰，法国真正的国王，
你竟胆敢蹂躏他的土地，
在你的专横的推进中
屠杀他的臣民，夷平他的城镇，
他要往你脸上吐唾沫，据此，
我要训斥你傲慢的入侵：
我要谴责你，一个乞丐，
一个贼海盗，一个穷光蛋，
一个流离失所的人，
栖居在荒凉的土地上，
那儿寸草不长，
你只好靠小偷小摸为生；
你背弃了你的誓言，
破坏了与我庄严的盟约，
你是一个虚伪、有害的混蛋；
虽然我不屑与一个
和我相比如此低下的人打交道，
考虑到你的饥渴就是为了黄金，
与其惧怕，还不如同情，
为了满足你的贪欲，

我来到这儿，带来大量宝物、珍珠和金币。

不要再去蹂躏弱者，

用武力对付武力。

否则，等着瞧吧。且不说小偷小摸，

你怎么能像男子汉那样赢得这场掠夺？

爱德华国王　如果胆汁和苦艾含有

令人愉悦的味儿，那么，

你的一番恭维还算是甜蜜，

但它们没有这样的特性，

所以你的恭维就十分可笑。

我要正告你我是怎么

看你的毫无价值的奚落：

如果你是来败坏我的声誉，

或者模糊我高贵的出身，

你的号叫对我毫发无损；①

如果你与世界狡猾地周旋，

用婊子的浓妆艳抹

来掩盖你阴险而扭曲的卖淫，

那伪装终究会褪去，

最终露出你那丑陋的本性。

你以为我胆小谨慎，

或者麻木冷漠，需要刺激一下，

以为在海上我总是迟疑不决，

登岸以后也没夺取城池，

傻待在海岸毫无进展，

一直在那儿睡大觉，

据此，你不断地跟我挑衅；

那请从另外的角度想一想，瓦卢瓦，

---

① 此处暗喻英国古老的谚语："The dog barks in vain to the moon"，"The moon does not heed the barking dog"。

我做的一切与此正相反，
我来到这儿打仗，
并不是为了劫掠，而是为了王冠，
你正戴着那顶王冠，我发誓要夺回来。
我们两人终有一人要进坟墓。

王子　别到我们这儿来找臭骂，
来自找恶声的诅咒。
姑且让躲在堤岸洞穴里的毒蛇，
用它们的牙来咬人吧；
我们拥有无情的利剑，
它们会为我们说话。
以父王的名义我正告你：
你充满无耻毒液的嘴
说的无非是臭不可闻的谎言，
而我们是正义之师，
我们今天在此相见，从此弭兵吧。——
但愿我们都兴旺发达，都心想事成，
要不就都倒霉，被永世诅咒！

爱德华国王　这毫无疑义，我知道
他的良心告诉他那是我的权力。
因此，瓦卢瓦，在镰刀砍向玉米田、
在燃烧的愤怒变成漫天大火之前，
你是否愿意辞去王位？

约翰国王　爱德华，我知道你在法国的权力，
在我卑贱地辞去王位之前，
这平坦的战场将血流成河，
我们的前程只能是一座屠宰场。

王子　是的，那向你证明，独夫，你是什么东西：
既不是父亲、国王，也不是王国的保护人，

　　　　　　　而是一只用利爪撕裂她的肚肠，
　　　　　　　吮吸她的鲜血的饥饿的老虎。

奥德莱　法国的贵爵们，你们为什么要跟随他，
　　　　这个草菅人命的家伙？

　査理　你这老混蛋，他们不跟他，法国真正的君王，
　　　　跟谁？

爱德华国王　你骂他，难道就因为岁月
　　　　　　在他脸上镌刻下了深深的印记？
　　　　　　你要知道这些经验丰富的学者，
　　　　　　就像耸天的橡树，
　　　　　　即使狂风把年轻的小树连根拔起，
　　　　　　它们仍然岿然不动。①

　德比　你父系家的人，除了你之外，还有谁当过国王？
　　　　爱德华按母亲伟大的谱系，
　　　　掌控节杖达五百年之久。
　　　　就按这谱系，阴谋家们，
　　　　谁是真正的王家出身？
　　　　是这位，还是那位？

　腓力　父亲，布置你的战阵吧，
　　　　别再多费口舌。
　　　　英国佬宁可把时间花在清谈上，
　　　　这样，黑夜一降临，
　　　　他们就可以不战而逃了。

约翰国王　贵爵们，我亲爱的臣民们，
　　　　　是时候了，
　　　　　你们壮大的队伍必须接受检验。

────────────

① 在这里，爱德华三世颠覆了一个古老的谚语："风暴把橡树吹倒，但芦苇却仍然挺立。"

因此，朋友们，请考虑如下几个简略的问题：

你们为之而战斗的是你们合法的国王，

你们与之战斗的是一个外国人；

你们为之而战斗的人在仁慈地统治法国，

用温和而友善的手段管理你们；

你们与之战斗的人，一旦获胜，

将迅即走上独裁的宝座，

奴役你们，用高压的手段，

限制和剥夺你们最宝贵的自由。

因此，为了保卫你们的国家和国王，

让你们高昂的勇气，

随同你们的巧手，

去追赶那些入侵的乞丐。

这爱德华是个什么人？

一个饕餮之徒，

一个软绵绵的淫棍，一个玩弄女人的流氓，

说不定哪一天会因纵欲而死。

我请问你们，他漂亮的卫士们是些什么人？

如果消减他们的赘肉，

剥夺掉他们舒适的锦衾绣裯，

他们立即就变得

像疲劳过度的病马一样萎靡。

法国同胞们，蔑视这些

要成为你们太上皇的人，

用铁镣将他们捆绑、监禁起来。

所有法国人　国王万岁！① 上帝保佑法兰西约翰国王！

约翰国王　在克雷西平原上，你们散开布阵，

爱德华，如果你有胆量，就开战。

约翰国王、查理、腓力、洛林、波希米亚国王和士

————————

① 原文为法文：Vive le roi！

兵下

爱德华国王　法国的约翰，我很快就会与你相遇。——
英格兰的贵卿们，让我们在今天做出决断吧，
要么洗刷掉泼在身上的
耸人听闻的脏水，
要么清清白白走进坟墓。
南德，这是你打的第一个对阵仗，
正如古代军事家的习俗那样，
我特授予你骑士的服饰，
并在庄严的仪式上授予你金甲雕戈。
来人哪，传令官，为王太子，我的儿子，
拿一套坚实的兜鍪盔甲来。

四位传令官上，拿来一件饰有盾形纹章的盔甲、一顶
兜鍪、一把长矛和一个盾牌

爱德华·普兰塔琪纳特，以上帝的名义，
我将这饰有盾形纹章的盔甲
套在你的胸前，
愿你高贵、永不屈服的心，
充满坚石般无与伦比的毅力，
卑鄙的感情将永远无法潜入。
去英勇战斗，去征服你来到的这地方。——
贵爵们，该轮到你们了，给予他荣耀吧。

德比　爱德华·普兰塔琪纳特，威尔士王子，
我将这兜鍪戴在您头上，
您的头颅受到了护卫，
愿贝罗娜①的手
给您额头戴上桂冠②。

————

① 贝罗娜，罗马神话中的战争女神。
② 桂冠是一种胜利的象征。请比较《安东尼与克莉奥佩特拉》第一幕第三场中的
"Upon your sword/Sit laurel victory."。

去英勇战斗，去征服您来到的这地方。

奥德莱　爱德华·普兰塔琪纳特，威尔士王子，
　　　　请接受这支长矛，将它紧握在手中，
　　　　权当一支严峻的笔，
　　　　勾勒出在法国血腥的战略，
　　　　将您的英勇行为载于史册。
　　　　去英勇战斗，去征服您来到的这地方。

阿图瓦　爱德华·普兰塔琪纳特，威尔士王子，
　　　　请拿住这盾牌，挂在手臂上，
　　　　但愿从它背后窥视出去，
　　　　就像帕尔修斯的圆盾①，
　　　　吓破被你窥视的敌人的胆，
　　　　让他们变成行尸走肉。
　　　　去英勇战斗，去征服您来到的这地方。

爱德华国王　现在剩下的仅仅是骑士身份，
　　　　这要延宕一下，
　　　　等你在战场上建立功勋，
　　　　我自然会将它授予你。

王子　仁慈的父亲，贵爵们，
　　　　你们给予我的荣誉激励起
　　　　我年轻的偶露峥嵘的生命的力量，
　　　　带来美妙的令人鼓舞的兆头。
　　　　这无异于老雅各
　　　　对儿子们说的祝福的话。②
　　　　如果我亵渎了

① 在希腊神话中，凡看一眼怪物美杜莎的都要变成石头，帕尔修斯杀死了怪物美杜莎，将其头颅割下来装在雅典娜的盾上。在这里，雅典娜的盾变成了帕尔修斯的盾。
② 见《旧约·创世记》48-49，雅各在埃及死前，祝福他的三个儿子，并预言他们将回到故土。

你们给我的令人敬畏的馈礼，

如果我没有用它们去荣耀上帝，

没有去照顾孤儿和穷士，

没有去为英格兰的和平而浴血奋战，

那我还不如变得残缺不全，

让关节就此羸弱不堪，

让我的双腿退化萎缩，

让我的心像枯树一样萎靡，

我也就成了臭名昭著的象征。

爱德华国王　我们的铁甲士兵这样布阵：

南德，你是前锋主力，

为了配合你那勇往直前的精神，

我让善于深思熟虑的奥德莱给你辅弼，

勇气和经验联姻，

你的驾驭能力就天下无敌。

我将指挥主力，

德比率兵压尾殿后。

战局布阵就这样定了，

让我们上马，愿上帝助我一臂之力。

众下

第四场①

警报号角响起。一群法国人在逃难，穿越过舞台。爱德华王子追逐上。然后，约翰国王和洛林公爵上

约翰国王　哦，洛林，告诉我，为什么我的人在逃亡？

我们的人数远远超过敌人。

---

① 场景同第三场。

洛林　这些热那亚弩成士兵，陛下，

　　　　来自巴黎，长途跋涉疲惫不堪，

　　　　对突然调防怨声载道，

　　　　到前线一触即溃，

　　　　望风而逃，这惊扰了百姓，

　　　　他们也跟着逃亡起来，

　　　　因为争先恐后，

　　　　奔逃的人群踩踏致死的人数，

　　　　千倍于被敌人杀伤的人数。

约翰国王　哦，倒霉的命运！

　　　　让我们试试能不能劝说他们留下来。

　　　　众下

　　　　爱德华国王和奥德莱上

爱德华国王　奥德莱勋爵，趁我的儿子在追敌，

　　　　将我们的士兵撤到这座小山上，

　　　　让我们在这儿休整一下。

奥德莱　遵命，陛下。

　　　　下

　　　　吹撤退号

爱德华国王　上天，判断精准的上天，

　　　　对我们那愚蠢的方略

　　　　做出神秘的前瞻性启示，

　　　　真是不可思议，

　　　　我们要赞颂你那神奇的伟力呀，

　　　　让我们作战节节胜利，

　　　　让奸诈的敌人自己踩死自己。

　　　　阿图瓦上

阿图瓦　快，爱德华国王，快去拯救你的儿子！

爱德华国王　拯救，阿图瓦？怎么，

　　　　　　难道他成了阶下囚，
　　　　　　或者中枪从马上翻了下来？

阿图瓦　　两样都不是，陛下，但是，
　　　　　　他追赶的法国人
　　　　　　突然转身杀回马枪，
　　　　　　他被重重围困在中间，
　　　　　　除非陛下马上亲临前线，
　　　　　　他没法逃出重围。

爱德华国王　啊，让他去独自作战；我今天给了他武器，
　　　　　　他正在争取一个骑士的身份，老兄。
　　　　　　德比上

　　德比　　王子，陛下，王子！哦，帮他一把吧！
　　　　　　他被重重包围，吉凶未卜。

爱德华国王　如果他能以勇气拯救他自己，
　　　　　　他将赢得无上的荣光。
　　　　　　如果他不能，拯救他干吗？
　　　　　　我不是只有一个儿子，
　　　　　　我有许多儿子来抚慰我老年的时光。
　　　　　　奥德莱上

　　奥德莱　显赫一世的爱德华，我请求
　　　　　　让我带上兵甲去营救王上的公子，
　　　　　　王子有被残杀的危险。
　　　　　　法国佬的陷阱
　　　　　　就像蚁山的蚂蚁，
　　　　　　团团围在他的周围；而他
　　　　　　像一头困狮，陷落在狩猎人的猎网中，
　　　　　　正疯狂地撕扯、啃咬编织的网；
　　　　　　但这一切都是徒然，
　　　　　　他无法让自己自由。

爱德华国王　奥德莱，放心吧。我不会允许
　　　　　　任何人去营救他，否则处死。
　　　　　　这一天是命运决定的，
　　　　　　就是要用苦难去磨炼他的勇气，
　　　　　　他一旦突围出来，
　　　　　　如果他活得像内斯特[①]一样长，
　　　　　　他将会一直陶醉于
　　　　　　对这一殊勋回忆的快乐之中。

　　德比　啊，他不可能活到今天。

爱德华国王　但墓志铭载有对他永恒的赞颂。

　奥德莱　但，我的好王上，那太任性了，
　　　　　完全可以救他，却让他去流血。

爱德华国王　别再争执不休了，你们谁也说不准
　　　　　　外来的援助到底能否灵验。
　　　　　　他也许早已被杀戮或者被俘虏；
　　　　　　当猎隼在空中扑向猎物时受到干扰，
　　　　　　它就将会变得一无所用。
　　　　　　让爱德华由我的手交出去吧，
　　　　　　如果仍然处于危险之中，
　　　　　　他也只能是这样的处境；
　　　　　　然而，如果他将自己从那儿拯救出来，
　　　　　　他就快乐地征服了死亡和恐惧，
　　　　　　从此，也就不会再惧怕它们，
　　　　　　仅仅把它们当作小儿或者俘虏而已。

　奥德莱　哦，铁心肠的父亲！那就永别了，爱德华。

　　德比　永别了，亲爱的王子，骑士的希望。

　阿图瓦　哦，但愿我的性命可以将他赎回！

———————

① 内斯特，希腊神话里特洛伊战争中贤明的长者。

　　　　　　响起撤退号角

爱德华国王　轻声些，我似乎听见凄凉的撤退号角：
　　　　　　我希望跟随他的人没全被杀死——
　　　　　　总有人逃回带来消息，不管好坏。
　　　　　　爱德华王子凯旋，手中握着破损的长矛，在前面抬着
　　　　　　用波希米亚战旗包裹着的波希米亚国王的尸体。
　　　　　　他们跑上前去拥抱他

　　奥德莱　哦，令人愉悦的情境，
　　　　　　胜利的爱德华活着！

　　　德比　欢迎，英勇的王子。

爱德华国王　欢迎，普兰塔琪纳特。

　　　王子　（跪下，亲吻他父亲的手）我尽了我应尽的职责，
　　　　　　贵爵们，我衷心向你们致谢。
　　　　　　现在，瞧，我犹如冒着冬天的严寒，
　　　　　　驾船渡过波浪滔天的大海，
　　　　　　一会儿掉入吞噬一切的波谷深渊，
　　　　　　一会儿遇到坚如磐石的暗礁浅滩，
　　　　　　我终于率领士兵到达期望的港口，
　　　　　　那是我美好的希望，
　　　　　　对我征程最甜蜜的回报，
　　　　　　在这里，我谦卑地奉献上
　　　　　　这一祭品，我利剑砍杀的第一个敌人，
　　　　　　在死亡的门槛前叫他送了命：
　　　　　　父王，我杀死的这波希米亚国王
　　　　　　率领数千士兵挖壕沟把我重重包围，
　　　　　　用长矛猛打我破损的兜鍪，
　　　　　　犹如捶打在铁砧上。
　　　　　　但意志一直支撑着我，
　　　　　　当我疲惫不堪的双手，

由于受到不断攻击，
就像砍伐橡树的伐木工的斧头，
开始颤抖起来。但很快想到
你给我的礼物，我的热情的誓言，
勇气又让我重新获得力量，
我以蔑视敌人的气概，杀出了一条血路，
让大部的人得以迅速逃亡。
啊，就这样，爱德华完成了您的要求，
我希望，也完成了一个骑士的职责。

爱德华国王　啊，你完全够格当骑士，南德，
因此，佩戴上那把沾满企图
杀死你的那些人的鲜血的利剑，①
他的利剑由一名士兵佩着
起身，爱德华王子，值得信赖的佩剑的骑士，
你今天让我欣喜异常，
证明了你是一位合格的储君。

王子　这儿是一份名单，仁慈的父王，记录了
在与敌人的对抗中被杀的人：
十一位著名的王子，八十位贵爵，
一百二十位骑士②，三万名
法国士兵；我们死亡一千名。

爱德华国王　赞美上帝吧！约翰国王，
我希望你现在知道爱德华国王
并不是一个玩弄女人的人，
不是因爱情而憔悴的男人，
他的士兵也绝不是驽马。
那可怕的国王是从哪条路逃走的？

---

① 按习俗，授予骑士身份的仪式是将剑置放在跪着的接受骑士身份的人的肩上。

② 这份敌人损失的清单抄自《霍林西德编年史》(Holished's Chronicle)，但其中骑士的死亡数字抄错了，应该是一千二百名骑士。

王子　往帕瓦捷方向逃走的，高贵的父王，
　　　还有他的儿子们。

爱德华国王　南德，你和奥德莱去追逐他们；
　　　我和德比将直接奔往加莱，
　　　去包围那座避风港城市。
　　　它现在命悬一线，当猎物受惊
　　　正在逃跑时，赶紧出击。①
　　　这是一幅什么画？

王子　一只鹈鹕，父王。
　　　它用尖喙咬破自己的胸口，
　　　用从它心中流淌出来的鲜血
　　　喂养巢里的幼鸟。
　　　座右铭是 Sic et vos：“你也应该这样。”
　　　众下

---

① 在此爱德华国王引用了一句猎人常用的谚语，即猎物一旦受惊，就要紧追其后。请
　比较《亨利五世》第三幕第一场中的 “The game's afoot! Follow your spirits”。

第四幕

第一场①

蒙特福德勋爵手中拿着一顶小冠冕，与索尔兹伯里伯爵上

蒙特福德　　索尔兹伯里大人，由于你的帮助，
宿敌布洛瓦的查理爵士已经被杀，
我又重新坐断布列塔尼公国，
为了你的王国和你的友善的驰援，
我决心宣誓忠于英王陛下。
从礼仪上，请接受这顶小冠冕，
把它带给陛下，同时转达我的誓言，
永远做爱德华忠实的朋友。

索尔兹伯里　　我收下，蒙特福德。我希望，
整个法兰西的疆土不久将
臣服在他的征伐的巨靴之下。
　　　　　蒙特福德下
如果我知道如何能安全通过，
我就可以去加莱觐见国王。
从书函我确信他的士兵移防到加莱。

---

① 场景地点在布列塔尼，索尔兹伯里伯爵率领下的英军的行辕。

我应该实行这样一个策略。——

啊，里面是谁？——叫维利埃到我这儿来。

维利埃上

维利埃，你是我手下的俘虏，

我可向你索要十万法郎赎金，

否则，继续羁押、监禁。

现在有一个小小的差使，

如果你愿意干，你也许会被释放。

差使是这样的：

给我弄一份诺曼底公爵

签署的通行证来，让我毫无阻碍地

通过他管辖的地区直奔加莱。

我想，你可以非常容易地做到，

因为我经常听你说

他和你曾是同窗好友；

办了这事，你就自由了。

怎么说？你愿意干吗？

维利埃　我愿意，大人；但我必须亲自去跟他说。

索尔兹伯里　当然，你可以；骑上马，赶快出发。

只是在你走之前，请发个誓，

如果你不能完成所托，

你将回到你的牢房，

这点保证对我也就足够。

维利埃　我同意你的条件，大人，

我将忠诚地履行我的使命。

下

索尔兹伯里　再见，维利埃。

这是第一次试探法国佬的诚实。

下

第二场①

爱德华国王和德比带着士兵上

爱德华国王　既然他们拒绝提议的盟约，大人，
　　　　　　不打开城门让我们进入，
　　　　　　我们就在城四周挖壕沟，
　　　　　　严禁一切食品和人员
　　　　　　前来援救这该死的城。
　　　　　　饥荒将完成利剑不能完成的事。

六位可怜的法国人上

　　德比　承诺的援助让他们观望不定，
　　　　　当援助被阻滞，走了另一条路，
　　　　　这有可能消解他们的固执。——
　　　　　这些破衣烂衫的可怜人儿是什么人，大人？

爱德华国王　问问他们是什么人；好像是从加莱来的。

　　德比　你们这些绝望、痛苦的可怜人儿，
　　　　　你们是什么人，是活人，还是
　　　　　从坟墓里爬出来走在世上的鬼魂？

可怜人甲　我们不是鬼魂，大人，我们经历的生活
　　　　　比死亡平静的睡眠还要恐怖。
　　　　　我们是可怜的遭难的平民，
　　　　　长期生病，孱弱不堪，步履维艰，
　　　　　因为我们不适合服役，
　　　　　市长就把我们赶出城门，
　　　　　好节省食品消耗的开支。

_____

① 场景在加莱城墙外皮卡迪的英军行辕。

爱德华国王　毫无疑问，这实在太慈悲，太值得表彰了！
　　　　　　你们怎么活命呢？
　　　　　　我们是你们的敌人，
　　　　　　我们完全可以将你们付诸刀剑，
　　　　　　因为我提议的弭兵被拒绝了。

　可怜人甲　如果陛下不给活路的话，
　　　　　　对于我们生远不如死。

爱德华国王　可怜的无助的人，被虐待了，更加痛不欲生！
　　　　　　去，德比，去，把他们释放了。
　　　　　　下命令给他们提供食品，
　　　　　　给每个人发五克朗。
　　　　　　德比和法国人下
　　　　　　雄狮不屑触碰顺应的猎物，
　　　　　　爱德华的剑专刺任性、固执和顽钝①。
　　　　　　帕西勋爵上
　　　　　　帕西勋爵，欢迎。英格兰有什么新闻？

　　　帕西　陛下，王后向王上致以问候，
　　　　　　从王后和代理执政官殿下，
　　　　　　我带来胜利的好消息：
　　　　　　苏格兰的大卫最近拥兵起事，
　　　　　　趁王上不在国内希图速胜，
　　　　　　由于贵卿们卓有成效的应对，
　　　　　　王后殿下事必躬亲，
　　　　　　虽然身怀六甲每天仍然枕戈待旦，
　　　　　　大卫终于被击溃、制服，当了俘虏。

爱德华国王　谢谢，帕西，衷心感谢你带来的消息！
　　　　　　谁在战场上擒获他的？

---

① 原文为 flesh，作动词用，请比较《亨利六世·上》第四幕第七场中的 "Did flesh his
puny sword in Frenchmen's blood"。

帕西　　　　是一位乡绅，陛下；他的名字叫约翰·科帕兰，
　　　　　　虽然王后殿下请求他，
　　　　　　但除了陛下，他拒绝交给任何人，
　　　　　　王后为此大为不悦。

爱德华国王　那我将派遣一位王家信使，
　　　　　　迅即招科帕兰来晋谒，
　　　　　　同时将俘虏的国王押解来。

帕西　　　　陛下，王后眼下正渡海而来，
　　　　　　如果顺风的话，
　　　　　　将很快在加莱登岸，前来觐见陛下。

爱德华国王　欢迎她；在等待她到来之时，
　　　　　　我要在这沙岸附近搭起帐篷。

　　　　　　（法国）将军上

将军　　　　威震四海的王爷，加莱市议员
　　　　　　一致批准将加莱城堡
　　　　　　置于王爷手下管辖，
　　　　　　条件是，陛下必须保证他们
　　　　　　生命安全并让他们获得恩惠。

爱德华国王　他们愿意这样？这样的话，他们也许还能
　　　　　　按他们所愿指挥、处置、选择和统治！
　　　　　　不，老兄，告诉他们，既然他们曾经
　　　　　　拒绝我们最初慷慨的宽厚条件，
　　　　　　他们不能现在就得到它，虽然终究会。
　　　　　　除了火和剑之外，我不接受任何东西，
　　　　　　除非城里最有钱的六个商人，
　　　　　　在两天之内来到这儿，除了内衣，
　　　　　　什么也不穿，每个人脖子上
　　　　　　挂个套索，匍匐在地上，
　　　　　　等着被鞭打、上绞架，或者

任什么我愿意的方式；
你就这样告诉他们的上司。
（除将军外）爱德华国王和帕西下

将军　唉，这无异于太依赖断手杖了。①
　　　难道不是有人说，约翰国王
　　　会带兵来解救加莱吗？
　　　我们没有坚持抵抗。
　　　但为时已晚，谁也无法挽回，
　　　毁掉几个人，救下大伙儿，也值。②
　　　下

第三场③

诺曼底的查理和维利埃上

查理　我想，维利埃，你是在
　　　为不共戴天的敌人求情。

维利埃　我并不是为他，仁慈的大人，
　　　当一个热忱的说客，
　　　而是为我的赎金。

查理　你的赎金，老兄？为什么这样说？
　　　难道你不自由吗？
　　　难道所有使我们对敌有利的机会
　　　都可以接受，都可以利用吗？

维利埃　不，我的好大人，除非是正义的，

---

① 见《旧约·以赛亚书》36：6："看哪，你依靠的埃及是一根破裂的芦杖，谁依靠这杖，它就刺伤谁的手。"
② 英语谚语："与其大伙儿都死，不如就死一个。"
③ 场景在帕瓦头，靠近帕瓦捷，诺曼底公爵行辕。

　　　　利益必须和荣誉相伴，
　　　　否则就是可耻。
　　　　但是，顺应他们古怪的要求吧，
　　　　劳驾啦，殿下是签还是不签？

查理　维利埃，我不会签，我也不能签；
　　　　索尔兹伯里不会因为一张通行证
　　　　而任意妄为。

维利埃　唉，我知道结果了，
　　　　我不得不回到我出来的监狱了。

查理　回去？我希望你不要。
　　　　难道逃出围网的鸟儿
　　　　还会飞回那陷阱吗？
　　　　一个千辛万苦渡过危险海湾的人，
　　　　还会让他再经历一次那险恶吗？
　　　　否则，那是太愚蠢，太自信了。

维利埃　啊，那是我的誓言，仁慈的大人，
　　　　良心不允许我背弃，
　　　　否则，一个堂堂的王国
　　　　也不会让我来到这儿。

查理　你的誓言？啊，那确实会约束你。
　　　　难道你没有发过誓服从你的王爷吗？

维利埃　服从他下的所有公正的命令；
　　　　不管是劝我，还是威胁我，
　　　　让我不信守我的誓言，
　　　　那是无法无天，我不会服从。

查理　一个人杀人，
　　　　但不背弃他跟敌人作的誓言，
　　　　那是合法的吗？

维利埃　大人，一旦开战，就会有杀戮，
　　　　争端起于不公正，
　　　　毫无疑问，法律允许这样做；
　　　　但是，在发誓前，必须深思熟虑，
　　　　发什么誓，一旦发誓，
　　　　就不能破坏它，即使为此而殒命。
　　　　所以，大人，我自愿回监狱，
　　　　犹如飞回天堂。

查理　等一等，我的维利埃，你的高贵的心灵，
　　　值得永远敬佩。
　　　你的要求再不会拖延：
　　　把那张通行证给我，我签字，
　　　我一直爱着本是维利埃的你，
　　　我现在更要拥抱你，就像拥抱我自己。
　　　等一等，还是一如既往，和你的大人做朋友吧。

维利埃　我谦卑地感谢殿下。我必须赶紧完事，
　　　　将通行证送到伯爵手上，
　　　　然后我再来为殿下效劳。

查理　就这么办吧，维利埃——查理，当他有难，
　　　但愿他的士兵也这样，不管荣辱贵贱。①
　　　　约翰国王上

约翰国王　来，查理，带上武器。爱德华被围，
　　　　　威尔士王子落入我们手中，
　　　　　我们包围了他，他不可能逃逸了。

查理　陛下今天要开战吗？

约翰国王　还能是别的吗，我的儿子？
　　　　　他只有八千人马

_____

① 这是查理用第三人称对自己说的话。

　　　　　　　而我们至少有六万。

查理　　我这儿有一个预言，仁慈的陛下，
　　　　　写下了在这场激烈的战斗中，
　　　　　我们有可能获得的结局。
　　　　　那是在克雷西战场上，
　　　　　一位年迈的隐士给我的。
　　　　　（读）"当飞禽让你吓得魂飞魄散，
　　　　　石头在空中飞舞打破战阵，
　　　　　那就请想到这个没有欺骗你的人，
　　　　　因为那预示一个可怕的日子。
　　　　　最终，你的士兵将前往英格兰，
　　　　　就像你的敌人来到法兰西。"

约翰国王　从这预言来看，我们将会有运气：
　　　　　因为石头不可能飞将起来，
　　　　　打破我们的战阵，
　　　　　飞禽也不可能叫武士颤抖，
　　　　　所以，我们不可能被打败。
　　　　　这可能会应验；最终，
　　　　　他预言我们将会把他们赶走，
　　　　　去掠夺他们的国家，
　　　　　就像他们掠夺我们，
　　　　　通过这样的复仇，
　　　　　损失将会是微不足道。
　　　　　不过，这全是无聊的
　　　　　幻觉、想象和梦幻而已。
　　　　　我们一旦围困住了他儿子，
　　　　　下一步就要去抓他老子。

　　　　　众下

第四场①

爱德华王子、奥德莱和其他人上

王子　奥德莱，致命的兵器包围着我们，
　　　我们别无选择，只有去死，
　　　为了寻求更为甜蜜的生活，
　　　付出了苦涩的代价。
　　　在克雷西战场，
　　　我们的烟雾和阴云，
　　　令法国佬感到窒息，
　　　将他们分隔了开来；
　　　但现在，成百万法国士兵，
　　　将美丽的太阳与我们阻隔，
　　　我们没有希望，只剩下忧郁和黑暗，
　　　以及末日夜晚不见天日的恐怖。②

奥德莱　他们突然、猛烈、快速的推进，
　　　真是太妙了。
　　　在前方的山谷有国王，
　　　他得到天时的襄助，
　　　他的兵力，高贵的王子，部署得比我们强大得多。
　　　他的儿子，诺曼底公爵金戈铁马
　　　扼守在右手的山冈，
　　　这隆起的小山像座银色的采石场，
　　　又像一顶王冠金冕，
　　　幌子、爵士方旗、乍到的燕尾矛旗

---

① 场景在英军行辕。
② 原文为 all-ending night，请比较《理查三世》第三幕第一场中的"the general all-ending day"。

急飔飔迎风飘扬，
风儿也因为它们的华丽
而亲吻邀宠。
左手是国王年轻的儿子腓力的兵甲，
他们略胜一筹，那笔直的镀金长矛，
就像是由黄金、燕尾矛旗和花瓣组成的
一片密匝匝挺拔的树林；
古色古香纹章图案色彩艳丽，
犹如丰富多彩的水果，
让它成了赫斯珀里得斯①的金苹果园。
身后山岭高峻，
犹如半月敞开的胸怀，
仅仅一条出路，
它将我们包围其中：
背后布有致命的弓箭手，
由粗鲁的夏迪龙率领。
现在情况就是这样：
可以逃逸的山谷有国王把守；
两个儿子骄傲地扼守着两边山峦，
背后山岗上夏迪龙的死神虎视眈眈。

王子　死神的名字比它的行动更为强大；
你在陈述这些兵力时，他们
似乎比世界上任何力量都坚不可摧，
但它毕竟只是一支部队而已。
就好比我双手能拿住的沙，
也只不过一巴掌，
可以轻易拿起，轻易抛弃。
但如果我去细数一粒粒沙粒，
这数目会叫我们的记忆无法应对。

---

① 赫斯珀里得斯，希腊神话中看守金苹果园的众仙女。

让一件使命变成数十亿，

其实它毕竟只是一而已。

这些兵团、大队、中队，

在我们的前方、后方、两翼，

也只不过是一支部队而已。

当我们说一个人，

他的手、他的脚、他的脑袋有不同的力量，

但也只是一个人的力量而已。

啊，所有这些，奥德莱，仅仅只是一而已。

我们可以说这是一个人的力量。

一个要走很远的路的人，

会以英里来计算他的行程：

如果以步伐来计算，那就会要他的命。

一场洪水所包含的水滴无穷，

但我们通常只是说一场暴雨。

只有一个法兰西，一个法国国王：

法兰西并没有更多的国王，

而那个国王所拥有的

也只是一个国王的一支强大的军队而已，

我们也有一支军队。别担忧不利，

一对一是完全的平等。

约翰国王的一传令官上

王子　什么消息，信使？简短道来。

传令官甲　法国国王，我的君主，

命我向他的敌人威尔士王子致意。

如果你召集一百名

勋爵、骑士、乡绅和英格兰绅士，

让他们和你亲自跪在他的脚下，

他马上就卷起血腥的战旗，

并取消赎命的赎金；

如果不，这一天将叫
英格兰人血流成河，流的血
比在布列塔尼流的还要多。
对此充满怜悯的提议有何答复？

王子　法兰西的上天是充满怜悯的，
它驱使我做顺从的祷告，
但是对一个凡人说祈求怜悯的话语
绝对应该从我的嘴里杜绝，
因为上帝不许。回去告诉国王：
我的舌头由钢铁铸成，
他的胆怯的头盔①将祈求我的宽恕。
告诉他，我的战旗和他的一样鲜艳，
我的士兵一样勇敢，
英格兰的武器一样强大：
将我的蔑视拦头扔回给他。

传令官甲　是。

传令官甲下
传令官乙上

王子　你带来什么消息？

传令官乙　诺曼底公爵，我的王子，
怜悯你这么年轻，却被危险重重包围，
他命我送上一匹西班牙骓骝，
骑上它，它能扬蹄飞奔，
他劝你骑上这匹骏马逃亡吧，
否则死神定然会要你的命。

王子　将这畜生送回赠送它的畜生！
告诉他我不能骑上一匹胆小鬼的马。

① 此处"头盔"原文为"burgonet"，莎士比亚用此词仅仅三次，另外两次分别在《亨利六世·中》和《安东尼与克莉奥佩特拉》中。

请他自己今天骑上这匹驽马，
我要将我的马周身涂上鲜血，
给我的马刺双倍地镀金，我要抓住他。
就这么告诉这顽皮的男孩，走吧。

传令官乙下
传令官丙上

传令官丙　威尔士的爱德华，威震四海的信仰基督的
　　　　　法国国王的仲子腓力，
　　　　　看到你的生命奄奄一息，
　　　　　出于怜悯和基督徒的爱，
　　　　　将这本祈祷书推荐给你，
　　　　　请你的高贵的手翻阅它，
　　　　　让它陪伴你生命中的时光，
　　　　　他请求你在这本书中沉思，
　　　　　在你漫长的生命旅途中陶冶灵魂。
　　　　　我已经转述了他的恳求，就此回程。

王子　　　腓力的传令官，请向小王爷殿下转达问候。
　　　　　他能送，我就能接。
　　　　　莫不是这鲁莽的男孩，
　　　　　在对我示好过程中，
　　　　　糟蹋了自己？
　　　　　他也许没有这本书就无法做祈祷：
　　　　　我想他不是一个做即席布道的牧师。
　　　　　所以，把这本普通的祈祷书带回给他吧，
　　　　　当他在逆境时，这书对他大有裨益。
　　　　　他并不知晓我犯什么罪愆，
　　　　　因此，并不知道我需要什么祷词。
　　　　　在入夜之前，他会对上帝祷告，
　　　　　我将会听听他到底忏悔什么。

就这么禀告那朝廷的小流氓①，走吧。

传令官丙　是。

　　传令官丙下

王子　他们的兵力让他们多么自信！
　　现在，奥德莱，振起你那银色的翅膀，
　　让雪白的卷发成为时间的信使，
　　在这国事蜩螗的时刻
　　运筹你古老的经验吧。
　　你经历过许多战役，
　　用铁笔写下过以往军事的策略，
　　这一切都镌刻在你高贵的脸上。
　　在战争的苦难中，你算是一个已婚的男人，
　　然而，险情就像含羞的少女诱惑着我，
　　在这危急时刻，给我一点启示吧。

奥德莱　生与死，是寻常事：
　　一个是选择，一个是追逐的劫数，
　　从我们堕地的那一刻，
　　我们都在追逐死亡的时刻。
　　我们含苞待放，争奇斗艳，
　　开花结果，然后凋零萎谢，
　　就像影子紧随其身，我们追逐死亡。
　　既然在追猎死亡，为什么要怕死？
　　即使我们怕死，又怎么能逃过？
　　怕死反而加剧了惊悚，
　　使死亡更早地来临。
　　如果不怕，那就没有定数
　　可以打破命运的极限，
　　因为无论成败兴亡，我们都要枯萎脱落，

---

① 原文为 courtly wanton，请比较《约翰王》第五幕第一场中的 "a beardless boy, /A cock'red silken wanton"。

就像抽签定然会抽到末日一般。

王子　啊，睿智的老人，
　　　你的话语如百万铠甲压在我的背上，
　　　你把生活说成了一个傻瓜，
　　　去追逐它惧怕的东西；
　　　你使厮杀生命的死亡之神
　　　帝皇般的胜利
　　　变得何等样地臭名昭著，
　　　因为所有他箭镞刺杀的人
　　　都在追逐他，而不是他在追逐他们，
　　　这使他的荣耀成为耻辱。
　　　我不会在意牺牲生命，
　　　我更不会去躲避死亡，
　　　因为活着仅仅是追逐死亡而已，
　　　而死亡是新生命的发轫。
　　　让那个时刻来到吧，
　　　掌控这个时刻的上帝规定它将要发生：
　　　生或死，我毫不介意。

　　　众下

第五场①

约翰国王和查理上

约翰国王　遽然的黑暗让天空改观，
　　　　　风儿因为惧怕躲进了洞穴，
　　　　　树叶儿纹丝不动，整个世界悄然无声，
　　　　　鸟儿不再啁啾，蜿蜒的小溪
　　　　　也不像往常向溪岸淙淙歌吟，

---

① 场景在法军行辕。

静谧预示着奇迹的来临，向世人告示
上天将发出预言。
这寂静源自何方？

查理　兵甲瞠目结舌，面面相觑，
就像在聆听别人说话时
那样地对视，却没有说辞：
恐惧使时光坠入午夜，一片噤若寒蝉，
话语在醒着的人们中酣睡。

约翰国王　灿烂的太阳曾经骄傲地
从它金色的马车里窥视世界，
然而，遽然间，它隐藏了自己，
大地一片坟墓般地黑暗，死一般静寂，
森森得令人毛骨悚然。
乌鸦的鸣叫声
听，我听到的是什么样死亡的呐喊呀？
腓力上

查理　我的兄弟腓力来了。

约翰国王　你是那么阴沉。
你那容貌会预示什么样可怕的话语呢？

腓力　逃，快逃！

约翰国王　胆小鬼，逃什么？你在胡说，
根本没有必要逃亡。

腓力　快逃！

约翰国王　驱除你那胆怯之气吧，
告诉我你到底惧怕什么？
惊惧是如此深深地镌刻在你的脸上。
怎么回事？

腓力　一群不祥的逃亡的神鸦，

在士兵的头上嘹唳、盘旋，
以三角和正方队形飞翔，
正合我们的布阵。
神鸦带来一场
突然降临的大雾，遮天蔽日，
将这颤抖的世界的正午
变成了非同寻常的黑夜。
士兵放下了武器，
站在那儿，呆若木鸡，
脸色苍白，互相傻看。

约翰国王　啊，我记起来那预言，
但我不能让胆怯潜入心中。——
回去吧，鼓舞一下那些放弃的灵魂，
告诉他们，神鸦看见他们全副武装，
如此密匝匝的兵甲，金光闪闪布阵在沙场，
面对一小撮饥饿线上挣扎的敌人，
便飞来吃他们杀死的
尸体腐肉的盛筵。
一匹马倒下快死时，
那些神鸦便栖息在一旁，观看它奄奄一息，
正是为了那些
注定要死亡的可怜的英国人的尸体
而在振翅飞翔，盘旋。
如果它们向我们鸣叫，
正是为了我们必须去屠杀的肉。
去吧，去安抚我的士兵们，
吹响起喇叭，去应对
愚蠢的幻觉这点儿小事。

胖力下
又响起一阵骚动。索尔兹伯里由一位法国将军带上

将军　　　　瞧，陛下，这个骑士和四十个人，
　　　　　　他们大部已经被杀或者逃逸，
　　　　　　想尽办法突破我们的封锁，
　　　　　　前往被包围的王子那儿。
　　　　　　请陛下处置他。

约翰国王　　去，到那棵大树那儿，忠诚的战士，
　　　　　　你看见那一棵吗？
　　　　　　立即在那上面将他处置了。
　　　　　　我总是觉得法国的树，
　　　　　　真是太适合绞死英国贼了。

索尔兹伯里　我的诺曼底公爵，我有你签署的通行证，
　　　　　　在通过这方土地时确保我的安全。

查理　　　　维利埃为你得到它的，是不是？

索尔兹伯里　是的。

查理　　　　那就有效：你可以自由地通过。

约翰国王　　啊，自由地前往绞刑架绞死，
　　　　　　不允许任何异议或阻挠。
　　　　　　把他带去。

查理　　　　我希望父王不会让我如此丢脸，
　　　　　　完全否定我带有纹章的印章的价值。
　　　　　　他拥有我从未失信的、
　　　　　　作为一个王子的签名；
　　　　　　与其毁弃一个王子无可辩驳的决定，
　　　　　　还不如别让我当太子了吧。
　　　　　　我恳求父王，让他悄悄通过了吧。

约翰国王　　你和你的话语都在我的操控之下。
　　　　　　难道我不能打破你的允诺吗？
　　　　　　下面两条，哪一条让人更感到耻辱：

　　　　　　　背弃你父亲，还是背弃你自己？
　　　　　　　你的话语，任何人的话语，
　　　　　　　都不能超越他的权力，
　　　　　　　你父亲从未背弃过他说的话，
　　　　　　　他的话都是为了保证发挥他的最大权力。
　　　　　　　信誓的背弃与否由你的灵魂决定，
　　　　　　　如果你的灵魂没有同意而你背弃了，
　　　　　　　那你不会因背弃信誓而受到谴责。
　　　　　　　去，吊死他；你的自由在我的权限之内，
　　　　　　　我的决断可以为你开释。

查理　　　什么，难道我对自己的信誓
　　　　　　　不能像战士一样做主吗？
　　　　　　　那么，武器，永别了，让别人去战斗吧。
　　　　　　　难道我连自己的皮腰带都无权送人吗？
　　　　　　　难道我必须得到一个守护者的同意，
　　　　　　　否则我就无权赠送任何东西吗？
　　　　　　　凭良心说，难道威尔士王子没有遵守他的信誓，
　　　　　　　用他那高贵的手签发了通行证，
　　　　　　　让你所有骑士通过他父王的土地？
　　　　　　　英格兰国王为了给他好战的儿子面子①，
　　　　　　　不仅让他们通过，而且还设宴
　　　　　　　款待他们和他们的扈从。

约翰国王　你引述从前骑士风度的范例？那就这样吧。
　　　　　　　告诉我，英国佬，你是什么等级？

索尔兹伯里　英格兰的伯爵，虽然在这儿是一个俘虏，
　　　　　　　认识我的人叫我索尔兹伯里。

----

① 诺曼底公爵查理在维利埃的劝说下同意让索尔兹伯里自由通过他的领地。他继而用
　曾经发生过的一次历史事件劝说他的父亲约翰国王：威尔士亲王爱德华曾经让约翰
　国王的骑士自由通过他父王爱德华二世的土地，他的父王不仅允准了儿子的决定，
　而且还给了他儿子面子，盛宴款待了这些法国骑士。

约翰国王　索尔兹伯里，告诉我你要到哪儿去？

索尔兹伯里　到加莱去，我的王上爱德华在那儿。

约翰国王　到加莱，索尔兹伯里？那就动身去加莱吧，
请国王为他的王子黑爱德华①
准备一座高贵的坟墓。
你从这里往西出发，
离这儿两里格②有一座高峻的山，
它的山顶似乎总望不到头，
因为天穹将山峰藏匿在它那蔚蓝的胸口，
当你到达山巅，回头望一下低处
毫不起眼的山谷，但它只是曾经的不起眼，
现在因兵家布阵而不同凡响了。
从那儿再看一下可怜的威尔士王子，
四周被一圈铁箍紧紧箍住，
看了这个，便可以快马加鞭前往加莱，
说王子的咽喉被扼住，但还没有被杀；
告诉国王这还不是他的全部不幸，
因为我会在大大出乎他意料之前去见他。
走，出发吧；虽然子弹还没有打到敌人那儿，
我们炮弹的硝烟就会把他们熏死。

众下

第六场③

号角声响起。爱德华王子和阿图瓦上

阿图瓦　殿下感觉怎么样？你没有中弹吧，大人？

---

① 即黑太子。约翰国王在前面就称呼他和他的幕僚们是一群黑帮。

② 里格，旧时长度单位，一里格约合三英里。

③ 场景在帕瓦捷战场。

王子　没有，亲爱的阿图瓦，
　　　但被尘土和硝烟憋得够呛，
　　　走到一边喘口气，呼吸一下新鲜空气。

阿图瓦　那就呼吸新鲜空气吧，再吸一口。
　　　法国佬看到那乌鸦困惑得要死，
　　　如果我们的箭囊充斥利箭，
　　　殿下将会看到我们辉煌胜利的一天。
　　　哦，有更多的箭就好了，大人！
　　　那正是我们所缺乏的。

王子　勇气，阿图瓦，翎箭算什么，
　　　当一群长翎羽的鸟儿
　　　飞聚在一起支持我们！
　　　当呱呱嘹唳的乌鸦让敌人胆战心惊，
　　　还有什么必要去战斗、流汗和无事生非呢？
　　　振作起来，振作起来，阿图瓦，
　　　前沿阵地上已经准备了装有炸药的石块：
　　　命令长弓手拉开彩色的紫杉木弓，
　　　射出石头去！去吧，阿图瓦，去吧！
　　　我的灵魂在预言今天的胜利。
　　　众下
　　　军号声响起。约翰国王上

约翰国王　我们的队伍自个儿乱了阵脚，
　　　困惑，气馁，心慌意乱；
　　　迅速蔓延的恐惧引起惊慌失措，
　　　每一细小的不利都会鼓动
　　　那惶惶不安的怯懦的灵魂去逃窜。
　　　虽然我自己意志坚强如钢，
　　　全然不像他们那样卑贱，
　　　但是一想起那预言，
　　　说法国石头英国人用来当箭镞

也会反对我们，
令人惊讶的是我也着了魔，
心中也产生了孱弱、放弃的恐惧。
查理上

查理　逃吧，父王，逃吧！法国人在相互残杀：
　　　要坚守的在枪毙要脱逃的，
　　　我们的鼙鼓只敲打令人沮丧的鼓点，
　　　我们的喇叭只吹奏卑鄙和撤退的号角；
　　　恐惧，恐惧的无非就是死亡，
　　　胆怯本身造成了混乱。
腓力上

腓力　把我的眼睛挖掉，我不要见到今天的耻辱！
　　　单手竟然就可以征服一支军队：
　　　微不足道的大卫用一块石头
　　　就对付了二十个身强力壮的歌利亚巨人。①
　　　二十个赤手空拳的快饿死的人用小石块
　　　击退了一大群装备精良的士兵。

约翰国王　该死！他们向我们扔石头，把我们杀死，
　　　四十个瘦弱的家伙用石头砸死
　　　不少于四万名胆怯的长官和士兵。

查理　哦，但愿我是另一个国家的公民！
　　　今天大大地嘲弄了法国人，
　　　全世界都在蔑视我们。

约翰国王　怎么，难道没有希望了吗？

腓力　没有希望，只有死亡埋葬我们的耻辱。

约翰国王　跟着我再冲锋一次吧。
　　　剩下来活着的士兵足够去对付

———————————

① 见《旧约·撒母耳记上》。

那一小撮疲惫不堪的敌人。

查理　那就再冲锋吧。如果天不罚我，
　　　我们今天不能输。

约翰国王　冲，走吧！
　　　　　奥德莱受了伤，上，两位乡绅救了他

乡绅们　大人感觉如何？

奥德莱　就像一个人吃了一顿血腥的筵席。

乡绅甲　大人，我希望这伤不会致命。

奥德莱　如果致命也无关紧要；从最坏处着想，
　　　　最终也不过死一个人而已。
　　　　好朋友们，请向爱德华王子致意，
　　　　我穿着玫瑰血色的盛装向他致敬，
　　　　希冀这能使他更加荣耀。
　　　　我将微笑着告诉他，这一伤口
　　　　结束了奥德莱的战争。
　　　　众下

第七场①

爱德华王子、约翰国王、查理和其他人上。
战旗摊放在地上。响起撤退号角

王子　法国的约翰，最近才当法国的国王，
　　　这血腥的战旗成了我的战利品，
　　　而你，吹牛的诺曼底的查理，
　　　今天还要送我一匹马让我潜逃，
　　　现在却成了我怜悯的阶下因。

―――――――――――

① 场景英军行辕。

说实在的，大人们，英格兰的男孩们，

他们年轻，嘴上没毛，

却在你们王国的心脏，

以一抵二十，把你们打得落花流水，

难道这不是一种耻辱吗？

约翰国王　你的运气，不是你的兵力，征服了我们。

王子　这表明老天帮助正义的人。

阿图瓦带着腓力上

瞧，瞧，阿图瓦把他带来了，

我的灵魂的睿智的老顾问。

欢迎，阿图瓦；欢迎，腓力。

现在，是你还是我需要服软？

这个谚语在你身上应验：

太辉煌的清晨会带来阴晦的一天。①

响起喇叭声。奥德莱和两位乡绅上

但是，请告诉我，这是怎样的一个

叫人万分心疼的人来到这里？

啊，法国成千士兵在奥德莱的脸上

镌刻下了怎样的死亡的印记？

说话呀，你以自若的微笑抚慰死亡，

面对你的坟墓却如此坦然，

仿佛你享受着这样的结局。

哪一把饥不择食的利剑划破了你的脸，

从我的灵魂中砍去了

这么一个真诚的朋友？

奥德莱　哦，王子，你对我的悲哀的话语，

---

① 一个古老的英语谚语。请比较长诗《维纳斯与阿多尼斯》中的 "Like a red morn, that ever yet betokened/wreck to the seamen，tempest to the field" 和《亨利四世·上》第五幕第一场中的 "by his hollow whistling in the leaves/Foretells a tempest and a blustering day."。

是对一个行将死亡的人的哀悼的丧钟。

王子　亲爱的奥德莱，如果我的话语敲响了你的末日，
　　　那我的双臂就是你的坟墓。
　　　我可以做什么挽回你的生命，
　　　或者为你的死亡复仇呢？
　　　如果你想喝被俘的国王们的血，
　　　认为那有回天的神效，那就请
　　　索要一个国王的鲜血，
　　　我将与你干杯。
　　　如果荣誉可以豁免你的死亡，
　　　那今天的永恒的荣誉
　　　由你独享，奥德莱，活下去。

奥德莱　无往而不胜的王子——你无愧这样的称呼，
　　　因为你俘获国王的功勋堪与
　　　恺撒的英名相比——
　　　如果我能将幽暗的死亡拒之门外，
　　　直到我觐见国王，你的父亲，
　　　我的灵魂情愿将我肉体的城堡，
　　　这被毁损的礼物，
　　　交与黑暗、劫数、尘土和蛆虫。

王子　勇敢的人，快乐起来吧，
　　　你的灵魂太高贵，
　　　而不会与她的城堡分离，
　　　不会因法国人柔软的利剑
　　　而与她的世俗的伴侣离异。
　　　啊，我在英格兰的土地上每年
　　　封赏你三千马克颐养你的生命。

奥德莱　我要用你的赐予来清偿我的债务。
　　　这两位乡绅冒巨大的生命危险

将我从法国人手里救了出来，
你赐予我的，我将给予他们；
如果你爱我的话，
王子，请同意我最后的要求。

王子　声名遐迩的奥德莱，活着吧，
你和这两位乡绅将得到双倍的封赏；
但是，不管是活还是死，你的赠予
和他们自己的那一份将永远生效。
来吧，先生们，我要看到我的朋友
在舒适的担架上接受我的馈赠。
然后，我们要开步迈向加莱，
走向父王，带上我们的战利品——
美丽法兰西的国王。

众下

第五幕①

爱德华国王、菲利帕王后、德比、士兵上

爱德华国王　行啦，菲利帕王后，平静下来吧。
除非科帕兰能开释他的错误，
他将看到我们不悦的脸色。
现在，开往那傲慢的抵抗的城市：
士兵们，冲啊！我不愿再为他们
虚与委蛇的延宕所蒙骗了。
拔出利剑来，将这城洗劫一空。

六位公民穿着衬衣、赤着脚，脖子上套着绞索上

众公民　饶命，爱德华国王，饶命，仁慈的大人！

爱德华国王　令人憎厌的混蛋，你们现在高喊停火了？
我耳朵塞了耳塞，不想听你们无谓的叫喊。
敲起战鼓；拔出所向披靡的利剑！

公民甲　啊，高贵的王爷，怜悯怜悯这城吧，
听听我们的申述，威力无比的国王。
我们来寻求王上陛下的承诺：
两天的宽限期还没有结束，
我们宁愿接受您想给我们的

---

① 场景在加莱城墙前皮卡迪英军行辕。

折磨人的死亡或惩罚，
让吓得痛不欲生的天下得救。

爱德华国王　我的承诺？得啦，我已说得很明白：
我要求最主要的公民、
最富有的人投降。
你们也许只是听命别人的小人物，
或者海上作案的罪大恶极的强盗，
这种人，一旦逮捕，我要处决，
虽然我想宽宥也不行。
不，不，你们不能这么哄骗我。

公民乙　可尊敬的大人，太阳在西方下山，
看见我们在痛苦中煎熬，
清晨紫色的丽日在东方
看见我们来此，曾向我们致意①，
要是我们说的不是真话，
就让我们跟该死的恶魔同归于尽。

爱德华国王　如果是这样，那就让我们的协约还有效吧。——
我们和平占领这城；
至于你们，你们不要后悔，
正如皇家的法律规定的，
你们将要被拽到城墙边，
由铁斧剁成肉块。
这是你们的末日。
去吧，士兵们，去执行吧。

王后　对这些投降的人温和些吧！
树立和平是一件荣耀的事，
国王离上帝最近，

---

① 一个相似的谚语"In the morning the heights, in the evening the depths"，在塞内加的
戏剧中可以读到。

344 / 文艺复兴时期英国戏剧选 II

应该给予人们生命与安全。

如果你准备当法兰西国王，

那就让法国人活着喊你万岁，

用刀剑乱砍，用兵燹的烈火乱烧，

会毁坏我们的声誉。

爱德华国王　虽然经验告诉我这是对的，

当大部分的暴行得到控制，

和平与安宁会带来最大的快乐，

我应该明白，

我既然靠利剑征服了别人，

我也能控制我的感情①，

菲利帕，你赢了：我听从你的劝告。

这些人将活下去以传布我的宽厚，

而独裁啊，只会给你自己造成恐怖。

公民们　陛下万岁！祝愿您的王朝兴旺发达！

爱德华国王　去吧，离开这儿，回你们的城吧，

如果这一善行值得你们爱戴，

那就尊爱德华为你们的王。

众公民下

现在我能听到我的征伐在国外的反应。

在灰暗的冬日终结之前，

我要花些时间布置士兵卫戍。——

谁来了？

科帕兰和大卫国王上

德比　来的是科帕兰，陛下，和大卫，苏格兰国王。

爱德华国王　这就是那个傲慢、放肆，

不愿将俘虏交给王后的

北方佬乡绅吗？

---

① 引自谚语："He is not fit to command other that cannot command himself"。

科帕兰　陛下，我确实是一个北方佬乡绅，
　　　　但我认为我既不傲慢也不放肆。

爱德华国王　是什么驱使你如此顽固，
　　　　　敢于违逆王后的旨意？

科帕兰　没有任何的违逆，气吞万里的国王，
　　　　是我应得的权利和既成战争的法则
　　　　驱使我这样做。
　　　　在一场单手较量中，我擒拿了国王，
　　　　正如一个士兵，不愿失去
　　　　这成名的机会。
　　　　科帕兰遵照陛下的圣旨，
　　　　来到法兰西，怀着一颗谦卑的心，
　　　　向陛下躬身致意。
　　　　可尊敬的王上，请接受我的战利品，
　　　　我劳动的双手获得的宝贵的贡品，
　　　　要是国王在国内，
　　　　这早就应该送到陛下手中。

王后　但，科帕兰，你却蔑视了国王的权威，
　　　无视我们以他的名义行使的权力。

科帕兰　我尊重他的名义，但我更尊重他的人。
　　　　他的名义让人服从他，
　　　　但见到他本人，我则屈膝跪地膜拜。

爱德华国王　菲利帕，我请求你将不悦忘掉吧。
　　　　　这个人确实让我喜欢，
　　　　　我喜欢他说的话语；
　　　　　成就了伟大的事业，
　　　　　却失去应该随之而来的荣耀，
　　　　　那算什么呢？
　　　　　所有的河流都奔向大海，

科帕兰的信念就如同
河流奔向大海一样奔向国王。
他因此而跪了下去。——
起身，爱德华国王的骑士，
为了保持你的地位，
我敕赏你和你的家人每年五百马克。

索尔兹伯里上

欢迎，索尔兹伯里伯爵，从布列塔尼有什么消息？

索尔兹伯里	声名显赫的国王， 我们已经拿下了这半岛， 查理·德·蒙特福特，半岛的摄政王， 将他的小冠冕呈献给陛下， 重申对王上的臣服。
爱德华国王	对你的勋劳表示感谢，勇敢的伯爵。 向我提条件吧，我欠你一份情。
索尔兹伯里	陛下，虽然这是令人兴奋的消息， 但我必须再说一些悲剧， 那些令人悲戚的事儿。
爱德华国王	怎么，难道我的士兵在帕瓦捷被打败， 或者我的儿子遭遇危难？
索尔兹伯里	是的，他遭难了，陛下。 我和四十名忠诚的骑士 拿着王太子签署的通行证， 策马经过了那段地区， 发现他命悬一线。 一队长矛轻骑兵拦住了我们， 竟然把我们扣留送到国王那儿， 擒拿了俘虏，国王兴奋不已， 他急于复仇，下令立即砍头，

要不是公爵比他愤怒的父亲
更充满荣誉感，
我们早已成了砍刀下的冤鬼。
公爵为我们争取到了递解出境。
行前，"向你们的国王致意，"他说，
"请他为儿子准备好葬礼——
我们的利剑今天将要他的命，
比他预想的要更早，
以雪他给我们造成的伤害。"①
他说完，我们就走，
不敢有任何的答话，
心死灭了，疑惑而憔悴。
我们最终爬过了那座山，
在山巅，虽然我们愁怀依旧，
亲眼所见加重了我们的忧虑。
陛下，哦，我们确实看见了
在山谷两军的布阵——
法国佬挖的战壕犹如一个团圞，
在每一座挡墙前是一片开阔地，
密密麻麻放置了铜制大炮，
大炮伪装得就像皮椅上的饰钉。
一千名铁骑在整装待命，
双倍的长矛兵呈扇形一字排开，
还有弩箭手和致命的掷镖兵，
在中间，犹如地平线圆圈中的一个细点，
大海中一个浮起的泡沫，
松树林中的一棵榛树，
用链条锁在柱子上的一头熊，

---

① 原文为 To quittance those displeasures，quittance 作动词用，请比较《亨利六世·上》第二幕第一场中的"to quittance their deceit"。

> 爱德华屹立在那儿，一身荣光，
> 在盼望着驰援，
> 而那些法国狗正在围追着他的肉。
> 丧钟很快敲响，
> 大炮齐鸣，那震撼一切的隆隆声
> 甚至动摇我们①所站立的山峦。
> 喇叭的号角在空中响起，
> 两军相遇一场鏖战，
> 我们再也无法分清敌我，
> 这糟糕的混战是如此犬牙交错，
> 我们嗟叹着转过了泪眼
> 犹如一股黑尘起火冒出了浓烟。
> 太遗憾了，我讲了这最不合时宜的
> 爱德华失陷的故事。

王后　啊，天，难道这是对我来到法国的嘉奖吗？
　　　难道这是对我翘首以待见到爱儿的慰藉吗？
　　　亲爱的南德，我倒情愿你母亲还在海上
　　　免得听到这致命的悲伤的消息！

爱德华国王　别伤心，菲利帕：眼泪也无法召回他来，
　　　如果他真的被擒的话。
　　　像我一样，安慰一下自己吧，高贵的王后，
　　　想一想怎么用前所未有的、可怕无情的手段复仇。
　　　他②要我为他③准备葬礼！
　　　我会的；所有法国的公侯贵爵
　　　都得来悼念，哭出血泪，
　　　直至他们的血管干竭。
　　　他们的白骨将做他棺椁的支柱，

---

① 原文为 they，卡佩尔建议改为"we"，这样更讲得通一些。

② 指约翰国王。

③ 指爱德华王子。

法国城市的废墟将做他坟头的土，
垂死的人们的哭喊将作为他的丧钟，
当我们为勇敢的儿子的死哀哭时，
不要坟头小小的蜡烛，
而要一百五十①座大楼的烽火祭祀。

幕后响起花腔喇叭声，一位传令官上

传令官　欢呼吧，陛下，走上你那王座吧——
强大的令人闻讯丧胆的威尔士王子，
血腥战神伟大的战士，
法国佬的恐惧，他同胞的骄傲，
这位胜利者骑着马俨然像罗马的贵胄，
而法国约翰国王和他的儿子，
则戴着镣铐踉跄行走在他的马镫旁②，
他拿着他的王冠准备给你戴上，
并宣布你为法国国王。

爱德华国王　让哀悼见鬼去吧，菲利帕，擦掉你的眼泪！
吹奏起来，喇叭手们，欢迎普兰塔琪纳特归来！

爱德华王子、约翰国王、腓力、奥德莱和阿图瓦上

正如丢失的东西失而复得，
我的儿子让父亲欣喜万分，
即使我的灵魂仍在忐忑不安。

王后　让这成为表达我的欢乐的象征吧，

---

① 莎士比亚似乎非常喜欢一百五十这一数字，在他已知作品中出现过三次：《亨利四世·上》"I will kill thee in a hundred and fifty ways"，《温莎的风流娘儿们》"He will make you a hundred and fifty pounds jointure"，《终成眷属》"Let me see：Spurio，one hundred and fifty；Sebastian，so many"。

② 请比较《裘力斯·恺撒》第一幕第一场中的 "What tributaries follow him to Rome / To grace in captive bonds his chariot wheels?"，《亨利六世·上》第一幕第一场中的 "death's dishonourable victory / We with our stately presence glorify，/ Like captives bound to a triumphal car"。

（亲吻他）

激荡的内心让我说不出话来。

王子　仁慈的父王，请接受这礼物，

这征服者的花环和战争的馈赠，

这是冒着生命危险取得的，

其代价史无前例。

给予陛下您应有的权力，

我在此将这些俘虏，

我们狩猎的主要猎物，

交与您手上。

爱德华国王　法国的约翰，我看得出来，

你还是信守了你的话语：

你曾经期望更早跟我相遇，

现在果不其然。

本来有多少城镇可以毫发无损，

而如今却变成了废墟，

有多少生命本该活下来，

而如今却过早进了坟墓。

约翰国王　爱德华，别再说无可挽回的事了。

告诉我，你要多少赎金。

爱德华国王　你的赎金，约翰，不久就可以知晓。

但首先你必须渡海到英格兰去，

去看看英格兰将提供多少享乐——

不管石头怎么掉下来，对你的接待

也不会逊于我们在法国所受到的款待。

约翰国王　该诅咒的家伙！

有人曾经告知我这预言，

但我错误地阐释了它。

王子　父王，爱德华向您作一请求，

因为恩惠是您最坚强的后盾：
由于您不吝我的浅薄而选择我
作为您权力的继嗣，
请给予其他王子更多的恩惠，
这样，诞生于斯、成长于斯的他们
可以以同样的辉煌而名垂史册。
就我而言，我希望我所受的血腥洗礼，
那些视察战场的疲惫夜晚，
经历过的战争的危险，
受到过的可怕的威胁，
那酷热、严寒，以及万般苦难，
变得无数倍地险恶，
在以后的岁月中，当人们读到
我在弱冠之年所经历的痛苦，
会激发起他们的决心，
以至不仅仅法国，
而且西班牙、土耳其等
挑衅美丽的英格兰的国家，
都会因为他们的存在而发抖、屈服。

爱德华国王　英格兰的公侯贵爵们，
我在这里宣布休息，
一场痛苦的战争的间歇：
将你们的利剑插入剑鞘吧，
让疲惫不堪的四肢去重新获得活力，
细数一下你们的战利品，
在这海港休整一两天之后，
如上帝许可，我们将启程回国，
我相信，在那幸运的时刻，
将有三位国王、两位王子和一位王后

抵达彼岸英格兰。①

众下

（全剧终）

2016 年 3 月 26 日于北京威尼斯花园

---

① 在历史上，当时爱德华国王和王后菲利帕都在英格兰。实际上是爱德华王子押着约翰国王和腓力王子回的英格兰。所以，应该是"一位国王，两位王子"，没有王后。

托马斯·莫尔爵士[①]

安东尼·芒戴 亨利·切特尔
托马斯·戴克尔 托马斯·海伍德
威廉·莎士比亚 等著

[①] 根据 Sir Thomas More，Anthony Munday and others，Manchester University Press，1990 译出。

戏剧人物

托马斯·莫尔，伦敦司法执行官，爵士，大法官

莫尔夫人

罗珀少爷，莫尔女婿

罗珀夫人，莫尔的大女儿

莫尔的小女儿

高福，秘书

凯茨比，管家

伦达尔，仆役总管

罗宾·伯鲁尔

南特·巴特勒 〉莫尔家中人物

加尔斯·波特

马夫拉福

切尔西的仆役

伦敦塔的仆役

鹿特丹的伊拉斯谟，学者，莫尔的朋友

施鲁斯伯里伯爵

萨里伯爵

托马斯·帕默爵士

罗杰·乔姆利爵士

约翰·费希尔博士，罗彻斯特尔主教

枢密院职员

克罗夫茨，国王信使

伦敦市长

市长夫人

伦敦司法执行官甲

伦敦司法执行官乙

汤恩斯，警卫官

萨利斯比法官

伦敦刑事法院法官

伦敦塔中尉

伦敦塔守卫

刽子手

约翰·林肯，经纪人

乔治·贝茨，商店老板

拉夫·贝茨，小丑，他的兄弟

威廉逊，木匠

桃儿·威廉逊，他的妻子

希尔文，金匠

弗朗西斯·德·巴德，伦巴第人

卡夫勒，伦巴第人

扒手

斯玛特，原告

莫里斯，罗彻斯特尔主教秘书

杰克·福克纳，他的仆人，一个流氓

穷女人

优伶（开场白朗诵者）

罪愆

机智 } 卡迪纳主教剧院优伶

虚荣夫人

鲁金斯

信使们、市政官们、夫人们、看守人、侍者们、法官们、司法执行官辖下军官们、莫尔家仆役们

第一幕

第一场^①

> 约翰·林肯和贝茨兄弟俩从一边门上场，弗朗西斯·德·巴德和桃儿·威廉逊，一个壮健的女人，从另一边门上，巴德手拽着桃儿

桃儿 你要把我拽到哪儿去？

巴德 想把你拽到哪儿就拽到哪儿；你是我的玩意儿，我花钱买下了你。

桃儿 买下了我？去你妈的，流氓！我是正儿八经木匠的老婆，尽管我长得难看，配不上我的丈夫，不管怎么样，我也不想跟个外国人。正告你吧，把手从我身上拿开。

巴德 乖乖跟我走吧，要不我就要动武啦。

桃儿 动武啦，你这条狗？你以为你诱拐了金匠的老婆，连带金匠的金盘子，就了不起啦？你把她还给金匠时，真气死人，你竟然还要他付老婆的饭钱。

巴德 要是我愿意的话，我也会叫你老公付饭钱。

---

① 场景在伦敦一条大街上。时间在 1517 年 4 月 19 日复活节前一个礼拜。

卡夫勒拿了两只鸽子上，木匠威廉逊和希尔文跟随其后

桃儿　他来了，你有种跟他说。

卡夫勒　别再跟着我啦，我告诉过你了，我不会还给你。

威廉逊　我在齐普赛街花钱买的。

希尔文　他是花钱买的，先生。

卡夫勒　即使他是花钱买的，那我也得拿。像他这种下等人，只配吃牛肉和菜汤。一个下三烂的木匠还配吃鸽子肉吗？

林肯　一个英国人对外国人如此忍气吞声，不敢反抗，真是太可悲了。

乔治　林肯，让我给他们一顿好揍，真忍不下去了。

林肯　别，贝茨。耐心点儿，听他们怎么说。

桃儿　怎么样，老公？哎呀，一个外国人要拿走你的鸽子，另一个外国人要抢走你的老婆，你怎么说？天啊，是人就很难忍受这种侮辱。

林肯　难道就不能用另外的办法来解决这个问题吗？难道就必须忍受这些侮辱吗？

乔治　让我们掺和进去，为他们雪耻复仇。

巴德　你还谈论雪耻复仇？要是市长大人不因为这一无耻妄想而惩罚你，我们的大使大人也会再一次惩罚你们的市长。

威廉逊　说实在的，市长大人有一天把我送到纽盖特监狱去，因为我不给外国人让城墙边的路。你可以做任何事情，不管是金匠的老婆，还是我的老婆，都听命于你。

乔治　你们两个能忍这种事儿，真是傻瓜蛋奴才。

巴德　忍？你还是不要这么说吧，我告诉你们这些家伙，我还要娶过伦敦市长的老婆呢，即使他说不，我也不怕。

乔治　我告诉你，伦巴第佬，你说这话，我会要你的脑袋，要不是责任和服从让我不能这么任性。伦敦市长的老婆？哦，天，真有这么回事儿吗？

桃儿　贝茨，难道我对于我的丈夫跟市长老婆对于市长不一样的亲密吗？（对威廉逊）难道你对你的耻辱这么无动于衷吗？——（对巴德）你这傲慢的外国人，把手从我的身上拿开，天啊，要是软骨头的男人们不敢揍外国人，娘儿们忍不下这口气，会把你们全打倒。

巴德　娘儿们，我说你会乖乖跟我走。

桃儿　别碰桃儿·威廉逊，要不她会叫你去见地府的冥王。——（对卡夫勒）而你，先生，给木匠们吃这么粗糙的饭食，他们自己出钱买了鸽子，你还想要拿来满足你的口福：把鸽子还给我老公，要不我就要叫来一大群娘儿们把你撕成碎片。如果老公们还受法律约束，得忍受你们的欺凌，他们的老婆们却不买你们的账，会把你们打得臭死。

卡夫勒　走吧，巴德，我们到大使大人那儿去告状去。

两人下

桃儿　滚吧，让他到我们这儿来，我们会好好欢迎他的。真可耻，生而自由的英国人在外国的土地上扫荡了外国人，在本土家里却还要受外国人的气。①

希尔文　这并不是因为我们缺乏勇气，而是因为我们被束缚了

①　暗示百年战争中英国的胜利。参见莎士比亚《理查三世》第五幕第三场："These bastard Bretagnes, whom our fathers/Have in their own land beaten, bobbed, and thumped, /And, on record, left them heirs of shame, /Shall these enjoy our lands, lie with our wives？"

手脚。我就是那个你所说的受气的金匠，然而，为我和你所受的侮辱雪耻完全超出了我们的能力。

林肯 不对，不是这样的，我的朋友们。我名叫约翰·林肯，虽然是一个卑微的人，一个经纪人，但是，长期以来，对于这种疯狂的行为我无法忍气吞声，视而不见。这儿的名叫贝茨的兄弟俩可以见证，我愿意牺牲自己的生命来雪耻这些欺凌和侮辱。

乔治 依我说呀，如果在理的话，他真会这么豁出命去干的。

桃儿 请告诉我，你怎么干? 给桃儿·威廉逊说来听听。

林肯 你们知道下星期要进行斯帕特尔布道①。我已经开列了一张单子，罗列了我们所受的屈辱和外国人的骄横。

乔治 他意思是说布道者将在讲台上公开地将这些说出来。

威廉逊 但愿如此! 这将狠狠地刺一下外国人。

桃儿 是的，如果你们男人不敢的话，上帝在上，我们娘儿们敢。把一个贞洁的女人从她的老公那儿抢走! 啊，那真是不可容忍。

希尔文 到哪儿去找布道的牧师呢?

林肯 牧师斯坦迪西博士在他的布道中不想掺和在这些事中，但牧师比尔博士答应承接这布道，他认为这有助于消除这些耻辱。你们可以看到在行文中并没有什么对当局造成伤害的话；文稿就在这儿，请你们听一听。

全体 我们将洗耳恭听，看在上帝的分儿上，请念吧。

林肯 （读）我们向伦敦城所有令人尊敬的贵爵大人和商人

---

① 指复活节周（在 1517 年应该是 4 月 20 日—25 日）在圣玛丽教堂进行的布道。据此推算，此场景应该发生在 1517 年 13 日—18 日。

呼吁，吁请他们对穷人——他们的邻居——怀有同情，对无法容忍的巨大的伤害、损失和失败心怀善意，正是这些伤害、损失和失败造成了生活在此城和郊区的国王子民们的赤贫。这就是说，外国人吃掉了孤儿的面包，剥夺了技师们赖以生存的手段，夺走了商人们的生意，贫穷的情况愈演愈烈，人们只好惺惺相惜，匠人们堕落成了乞丐，商人们变成了穷鬼。考虑到这些情况，必须对部分百姓做出补偿。由于伤害和毁灭波及所有的人，因此，所有人都应该奋起要求补偿，不再受富有的外国人的欺凌，不让本地的人们走向毁灭的道路。

桃儿 　上帝在上，这文稿好极了，我认为这要求是合理的。

希尔文 　喂，文稿已经念了，你是怎么想的呀？

乔治 　什么？天啊，你听我说。这势必让我们结交更多的朋友，他们的名字我们将秘密地书写在一张纸上，在五月一日的早晨①，我们将出动上街，让这五月一日成为外国人的丧日。你怎么说？你参加吗？或者到头来只是一个胆小鬼？

桃儿 　瞧，贝茨，这儿是我的手和我的心；上帝见证，我要当个头儿，做点儿能流芳百世的事儿。

威廉逊 　师傅们，在分别之前，让我们哥儿们去喝点儿，以生命担保保守秘密。

乔治 　那儿是一个天使在说话；来吧，让我们去尽情喝个够吧。

众下

---

① 按照伦敦市民的传统，五月一日早晨去田野采撷鲜花和绿枝。

第二场①

拉开幕布，市长大人、法官萨利斯比及其他法官，司
法执行官莫尔和另一位司法执行官在法庭上端坐在一
起；斯玛特是原告，扒手作为犯人待在审判台上

市长　处理了重大事务之后，
　　　我们可以来处置较小的罪孽了。
　　　执行官莫尔大人，这家伙犯的什么罪？

莫尔　大人，有人指控他偷钱包，
　　　他已经被审判过了，陪审团的意见是一致的。

市长　谁把他送到这儿来的？

萨利斯比　我，大人。
　　　要是按他的罪过，他早该绞死了，
　　　他是一个贼帮的头儿。

市长　他叫什么名字？

萨利斯比　正如他从事的罪孽，他叫扒手，大人。
　　　就是那种可以神不知鬼不觉
　　　从钱袋里偷钱的人。

市长　这就是他②控告他的罪行吗？

萨利斯比　是的，大人，关于他，
　　　请大人原谅，我要说几句，
　　　在一定程度上，
　　　他是罪有应得。

---

① 场景在伦敦市政厅刑事法庭。
② 指斯玛特。

市长　　　好萨利斯比法官老爷，说吧，
　　　　　我们静心听你来陈述。

萨利斯比　听我说，斯玛特，你是一个傻瓜蛋；
　　　　　如果扒手受到法律制裁——
　　　　　我看陪审团也帮不了他多少忙——
　　　　　那我可以断言
　　　　　你对他的死负有责任。

莫尔　　　大人，这很值得听一听。

市长　　　那就让我们来听吧，好莫尔老爷。

萨利斯比　我老实告诉你，你拿这么多的钱
　　　　　来引诱穷人，
　　　　　实在太不应该。
　　　　　钱袋里装上十多英镑，先生，
　　　　　在酒馆里到处招摇过市，
　　　　　吹嘘你的富有，
　　　　　我告诉你，一个老老实实的人，
　　　　　见到这么多钱，
　　　　　也会心动，即使他不想偷手也痒。
　　　　　是什么造成这么多扒手和小贼？
　　　　　难道不就是因为
　　　　　有像你这样的傻瓜蛋投下诱饵
　　　　　在招惹那些穷光蛋吗？
　　　　　十多镑钱，一个够大的钱数
　　　　　装在口袋里，
　　　　　还不如放在家里安全。
　　　　　　市长大人和莫尔耳语
　　　　　上帝在上，真应该罚你们这些人，
　　　　　去解除那些穷困犯人的困难，

　　　　　也好给你们一个教训。①

莫尔　好大人，你真会逗乐②，
　　　　那就在这案子里做个试验吧。

市长　好啊，好莫尔大人。——我们休会一会儿吧，
　　　　等陪审团作出裁决，
　　　　我们到花园里去散散步。
　　　　法官们觉得怎么样？

众人　好极了，大人，我们跟你一块儿去。
　　　　市长大人和法官们下

莫尔　原告，你也下去。
　　　　斯玛特下
　　　　警官们，
　　　　请站一边，让我跟犯人聊一会儿。
　　　　——扒手，走过来。

扒手　大人想干什么？

莫尔　伙计，你知道我认识你，
　　　　我一上任，
　　　　就设法把你从这儿救出去。
　　　　你也看到，萨利斯比法官是你的对头，
　　　　他假装将所有的罪责推给斯玛特，
　　　　说你被一大笔钱诱惑。
　　　　我在想，我们设计一个办法
　　　　去偷他的钱包。
　　　　请相信我，
　　　　我是一个基督徒，一个男子汉，
　　　　我保证到时候帮你赦免

----

①　在此，原稿漏两行。

②　此处漏失数词。

这一玩笑所造成的后果。

扒手　好执行官大人，别让我倒霉啦。
　　　你知道，老爷，我有许多敌人，
　　　还会有许多指控落到我的头上。
　　　你老谋深算，不是我这种人可以对付，
　　　你在英国是有名的聪明人。
　　　我祈求你，执行官大人，
　　　别把我的生活毁了吧。

莫尔　扒手，我是国王忠诚的臣民，
　　　你大大地错怪我了，
　　　别以为我这么做是为了损你，
　　　你干了，我会为你辩护。
　　　你知道我手中有权力，
　　　如果我想影响陪审团的话，
　　　我无须用这种陷阱来害你。
　　　我所想的无非就是开个玩笑，
　　　去干吧，扒手，我会全力保护你。

扒手　感谢大人，但愿上帝保佑你。
　　　萨利斯比法官大人走进去了，
　　　我不知道怎么能挨近他。

莫尔　那就瞧我的，我来当一回帮凶吧，
　　　以你的要求为借口，
　　　有私事要找他，
　　　我马上就把他叫到这儿来。

扒手　既然老爷这么说，
　　　其他的事儿就由我来干。
　　　四十比一的可能性
　　　他的钱包就会不翼而飞。

莫尔　说得太好了，

但你必须如数给我，
绝不能私吞一分钱。
就看你怎么来演
这一招狡猾的把戏。

扒手　我向你保证，执行官老爷，我将遵命。
　　　莫尔下
　　　我看得出这位绅士的用意，
　　　他想捉弄一下法官，
　　　在一桩严重的窃案中，
　　　法官反而指责受害人，
　　　如今他也会丢失钱包。
　　　这可以救我一条命，
　　　真是一件值得冒险的事儿。
　　　别出声，哦，法官来了。
　　　萨利斯比法官上

萨利斯比　伙计，你找我有什么事？
　　　你想要像个真诚的人那样坦白吗？
　　　要跟我说什么，伙计？简短点儿，简短点儿。

扒手　尽量简短。
　　　（旁白）如果你好好站在那儿，我就不用费舌啰唆。

萨利斯比　说吧，别弯弯绕，你要跟我说什么，伙计？

扒手　老爷，上帝保佑，
　　　对我的指控太过分了呀——

萨利斯比　伙计，伙计，是"太过分了"，
　　　因为你犯的是重罪。
　　　你受到太过分的指控，
　　　那就是偷窃，
　　　这罪不是真诚的人会犯的。
　　　你是一个无赖，

说这个一点也不过分。
别跟我纠缠了，别，别，伙计，
你坦白就是了，别的我不想问。

扒手　会的，老爷，会的，按老爷说的做——

萨利斯比　会什么，无赖？会什么，告诉我会什么？
快说，会的，会什么，恶棍？

扒手　会有扒手，非常狡猾的家伙，
当你站在那儿，瞧着他们的脸，
他们就可以把你的钱包掏摸走。

萨利斯比　你是一个正直的歹徒。
告诉我他们是谁？在哪儿可以抓到他们？
是的，他们正是我想抓的土贼。

扒手　你说到我，老爷，
我是一个无名之辈。
事实上，真有这样一个人，
和我同名，他是扒手之王。①

萨利斯比　你这么熟悉内情，我的混账朋友，
这正是我想知道的。

扒手　（旁白）在你离开之前，你就可以知道他的厉害。——
这家伙，老爷，有可能这么，
这么，这么碰到你，跟你打招呼，
（偷窃动作）假装认识你，当然有点儿迟疑，
然后这么抱住你——

萨利斯比　（高兴地耸耸肩）啊，天啊，扒手，
他们为什么要拥抱呀？

扒手　就是想试探一下，

---

① 下面漏失两行。

船到底是否装满货。

萨利斯比　说得明白一点，扒手，
　　　　就是钱包是否装满钱？

　　扒手　你猜对了，老爷。

萨利斯比　好极了，好极了。

　　扒手　然后，老爷，为了礼貌起见，
　　　　你还必须跟他一块儿走一阵，
　　　　因为他跟你同路，
　　　　不是说你把他忘了，
　　　　就是说他认错人了。

萨利斯比　他在这个时候偷我的钱包了吗？

　　扒手　还没有，老爷，呸！
　　　　市长大人等人上
　　　　不，我也没拿你的钱包。
　　　　我们得忍着点儿，大人们回来了。

萨利斯比　该死！扒手，我们以后再玩这把戏吧，
　　　　是的，你说得对，有些混账确实狡猾得很。
　　　　他坐下
　　　　让他们欺骗我，糊弄我，把我当傻瓜蛋，
　　　　但他们比我差远了。
　　　　歹徒只能偷傻瓜的钱包，
　　　　而聪明人却把他们的钱包看得死死的。

　　莫尔　（对扒手）扒手，干了吗？

　　扒手　（对莫尔）干了，执行官老爷，钱包就在这儿。

　　莫尔　（对扒手）我发誓，我要救你一命。

刑事法官　扒手，来到被告席。陪审团审议你有罪，你必须得死。
　　　　按惯例，由司法执行官来执行。

市长　绅士们，正如你们要执行的，
　　　因为我们没有丧葬的土地，
　　　在埋葬眼下处决的犯人问题上
　　　你们想赐予什么样的恩典呢？
　　　请捐献吧。我首先捐献一份。

刑事法官　我捐献一份。

另一位　我也捐献一份。

萨利斯比　倒霉，我的钱包不见了。

莫尔　不见了，先生？什么，在这儿？这怎么可能？

市长　简直不可思议，就坐在法官凳上？

萨利斯比　我跟你说话了，难道你在这儿扒我的钱包了，嗯？

扒手　老爷，你怀疑我吗？哦，这是怎样的一个世界呀！

莫尔　听我说，萨利斯比老爷，你肯定
　　　你身上带着钱包吗？

萨利斯比　肯定，执行官老爷，百分之百肯定，
　　　　　钱包里有七英镑和一些零头。

莫尔　七英镑多钱？你疯了？
　　　一个聪明人，一个执法官，
　　　在兜里放这么多钱。
　　　七英镑多钱，老天，这真是羞耻，
　　　用这么多钱来诱惑穷光蛋。
　　　我可以肯定，一个正直的人
　　　走到大街上，见到这样的诱惑，
　　　会不由自主地给挑动起来。
　　　怎么会有这么多的窃贼和重罪犯，
　　　难道不就是因为这些傻瓜设下诱人的陷阱
　　　来引诱这些悲惨的穷光蛋吗？

如果他被查出偷了你的钱包，
毫无疑问，他会受到法律惩罚，
但我认为你对他的死负有责任。
真应该罚你这么多钱，
去解救那些穷困的犯人，
同时也给你一个教训，
把钱好好锁在家里。

萨利斯比　啊，莫尔老爷，你真是一个逗乐的高手，
我看出来了，先生，我看出其中的蹊跷了。

莫尔　不，先生，你应该明白，你身上带这么多钱，
而扒手正为了一个类似的案子在受审，
要是这可怜的穷光蛋不是一个犯人，
你就会怀疑他偷了你的钱。
由此，你可以看出犯罪
每每是因为你在身上带了太多的钱。

市长　在我看来，萨利斯比老爷，这太奇怪了，
你这样一个充满自信的人
竟然也折在你谴责别人的道理里。

莫尔　喂，萨利斯比老爷，你的钱包在这儿，
放着你所有的钱；别怕莫尔：
智慧是一扇门。①
众下

---

①　这一行中间有漏失的字。

第三场①

施鲁斯伯里伯爵、萨里伯爵、托马斯·帕默爵士和罗
杰·乔姆利爵士上

施鲁斯伯里　萨里伯爵和托马斯·帕默爵士，
我能有幸聆听你们的建议吗？
说实话，在这危机四伏的时刻，
我不喜欢愁眉苦脸。
我平生还从没有看到
比我在伦敦愤懑的百姓中所看到的
更恍惚而痛苦的脸容了。

萨里　太令人诧异了，
在我们富饶的土地上，
外国人享受着陛下的宽容，
怜悯和恩宠，
在与我们的贸易中发财，
但这些领受国王慷慨的外国人
却如此傲慢无礼，
不满已经流露在国王臣民的脸上。

帕默　希尔文最近控告德·巴德，
大使通过祈求国王
而阻挠希尔文上告，
这法国人勾引他的妻子，
抢走了他价值四百英镑的金盘，
这让被损害的公民气愤至极，
侮辱既然来到了家门口，
希尔文逮住了他，

---

① 场景在王宫一房间里。

让他因为耍了他的妻子付钱。

萨里　　这混蛋巴德玩了希尔文的女人
　　　　还要问他要饭钱：
　　　　我可不喜欢那样，施鲁斯伯里大人。
　　　　这英国人实在太不幸了，
　　　　把好马①借给了别人，
　　　　而那人还不给喂饲料。

乔姆利　萨里大人真好开玩笑。

帕默　　阁下当时派遣我去
　　　　平息由此事引起的骚乱，
　　　　在处置的过程中，
　　　　我用劝说安抚了被损害的，
　　　　抚慰了城里不满的人群，
　　　　而他却口出狂言，
　　　　说如果他搞上伦敦市长的夫人，
　　　　他也不会顾惜英国人的反对。

萨里　　这样看来，托马斯爵士，
　　　　你我都很安全，
　　　　你老婆死了，而我是一个光棍。
　　　　如果谁都保不住妻子不被人耍，
　　　　那我倒很高兴，托马斯·帕默爵士，
　　　　我压根儿没有老婆。

乔姆利　一旦他沾上了我老婆，我老婆就是他嘴里的肉。②

萨里　　那倒是很好的理由，罗杰·乔姆利爵士
　　　　淫荡的法国佬要寻欢作乐，
　　　　他们得拿钱来付账，

---

① 原文为 well-paced horse，意为"健步如飞的马"，在此含有明显的性暗示。

② 参见莎士比亚《亨利四世·下》第二幕第四场："I am meat for your master"。

现在倒好，悄悄玩上了我们的老婆，
还要我们来支付饭钱。

施鲁斯伯里　大人，我们的管家
不敢到市场上去购买食品，
外国人会公然抢走他们的东西。
有人最近告诉我，一个木匠
在齐普赛街买了一对鸽子，
法国佬从他手中一把抢了去，
不给的话还要挨揍，
木匠抱怨他受到的委屈，
反而受到了严厉的惩罚。

萨里　英国人忍无可忍，
我看他们已经义愤填膺，
我怕在他们激情亢奋的时候，
有些粗鲁无礼的外国人
会因为他们的傲慢，
在任何可能爆发的地方，
付出惨痛的代价。
这一股愤怒的浪潮
恐怕会夺走太多人的性命。

乔姆利　上帝在上，阁下请原谅我直言，
这是像你们居庙堂之高的人的错，
我跟你们直说，大人们，
陛下并不知道这些卑鄙的勾当，
这些百姓日常遭受的苦难。
如果他知晓的话，我知道，
他的仁慈和智慧会纠正它们。
信使上

施鲁斯伯里　伙计，有什么消息？

乔姆利　我看没有什么好事。

信使　大人，坏消息，恐怕还有更糟的，
如果这事不快速处理的话。
伦敦城骚动起来了，
市长出行有生命危险。
有一些穷困的工匠在闹事。①

乔姆利　我早就担心会发生这个。
这事就紧跟在博士牧师发表
关于羞辱的斯帕特尔布道之后。

施鲁斯伯里　讲这个布道，
比尔博士给自己倒了大霉。

帕默　我们赶快去集结兵力解救市长，
将这反叛的骚乱镇压下去。

萨里　我现在想到
莫尔老爷，一位司法执行官，
他是一个睿智而有学问的绅士，
跟百姓有良好的关系。
他和一些严肃而冷静的人士一起，
用他们温和而有劝说力的言辞，
也许比使用暴力更有效力。

施鲁斯伯里　阁下的建议很有道理。
赶快去找他吧，
否则今日上午恐怕就要出人命。
众下

---

① 此处漏失一行。

第二幕

第一场①

> 林肯、乔治和小丑拉夫·贝茨、威廉逊、希尔文和其
> 他拿武器的人，桃儿穿着一件铠甲，戴着头盔，手持
> 短剑和盾牌，身后尾随一群暴徒上

小丑　来，来，我们去踢他们的屁股，把荷兰佬的屁股砸
　　　烂。难道要让外国人称王称霸吗？我们要好好地揍他
　　　们一顿。来，来，挥舞起我们的武器，挥舞我们的
　　　武器。

乔治　兄弟，让开路，听听林肯会说什么。

小丑　是的，林肯，我的头儿，
　　　桃儿，我的娘儿，
　　　大伙儿来呀来
　　　干你想干的一切。
　　　难道我们还要挨打吗？被欺凌吗？不！
　　　难道我们还要被压在底层吗？不！
　　　我们生来自由，
　　　不愿被人

---

① 场景在伦敦城外国工匠聚居区圣马丁街。时间为 1517 年 5 月 1 日清晨。

使唤来使唤去。

桃儿　听我说，安静，听林肯头儿演讲，
　　　安静，听听他到底想说什么。

小丑　那就讲吧：讲吧，朋友，谁要是打断你，我就叫他吃
　　　这拳头。

林肯　勇敢的人们，你们，自由的灵魂，
　　　无法忍受外国人侮辱的人们呀，
　　　让愤怒爆发吧，去焚烧
　　　张牙舞爪的外国人的房屋。
　　　这是圣马丁大街，
　　　那边住着富有的皮卡第人莫蒂，
　　　在绿门居住着
　　　德·巴德、彼特·凡·霍洛克、安德里安·马丁，
　　　和许多来自异族的逃难者。
　　　在我们的国家，
　　　难道他们要享受更多的特权吗？
　　　还要让我们成为他们的奴役。
　　　既然法律对他们没有震慑力，
　　　那我们就来充当无法无天的法官吧。

小丑　别用短剑，
　　　也别废话，
　　　去烧房子，
　　　勇敢的头儿
　　　鼓动我去烧房子。

桃儿　是的，在五一这一天，我们可以像在仲夏天烧篝火；
　　　我们要改变日历上的这一天，让它成为用燃烧的字母
　　　来书写的一天。

希尔文　等一等，那将会危及整个城池，
　　　我可不想让伦敦遭殃。

桃儿　不，我也不想，让我家的房子也遭受火烧。让我来告
　　　诉你怎么回事儿吧：我们将把外国人拖曳到摩尔菲尔
　　　德，在那儿把他们狠揍一顿，直到他们吓得讨饶。

小丑　要干就得赶快干，他们可能已经听到风声了。

乔治　我们一部分人进入外国人的屋子，
　　　找到他们，就把他们拽出来。

桃儿　如果你们在找到他们之前
　　　把他们带来①，
　　　我绝不允许。

小丑　为了荣誉开战了，
　　　不管是荷兰人还是法国人，
　　　只要是个姑娘
　　　我就扑上去。
　　　部分人和希尔文下

威廉逊　哥儿们，我们怎么能保证安全？
　　　我听说市长调集了士兵，
　　　执行官莫尔一小时之前在卢德门
　　　接见了枢密院的顾问。
　　　要么拿起武器得到安宁，要么完蛋：
　　　我们很快就会成为首犯。

桃儿　那又怎么样？要是你害怕，老公，滚回家去吧，把脑
　　　袋埋在枕头里，而我，上帝在上，既然开始了这把
　　　戏，我就要玩到底。

乔治　我们得警惕，要是他们来的话，
　　　我们就得把他们当敌人对待。
　　　希尔文等人上

小丑　抓呀，抓呀！我们找呀，我们找——

---

① 这是一句笑话。

桃儿　什么？

小丑　鬼也没有找到。既没有弗兰芒籍法国人，也没有法籍
　　　弗兰芒人，所有的外国人都装扮成英国人逃走了。

林肯　你找到外国人吗？

希尔文　没，一个鬼也没找到，全逃走了。

林肯　那就烧房子，
　　　趁市长忙着灭火的当儿，
　　　我们就逃掉。
　　　我们马上烧掉那狗窝，
　　　让这五月天成一个倒霉的日子。

小丑　火，火！我先来点火：
　　　要是得绞死，那就绞死吧，大不了死。
　　　众下

第二场①

托马斯·莫尔和市长大人上

莫尔　暴动的头儿们
　　　已经武装起来，
　　　冲进了两座监狱，
　　　释放了各色债务犯人，
　　　我还听说他们前往圣马丁大街，
　　　准备对受惊吓的伦巴第人施以暴力。
　　　因此，大人，跟这些愤怒的人
　　　要么使用警力，要么谈判。
　　　信使上

---

① 场景在伦敦市政厅。

市长　　现在怎么样了？有什么新闻？

信使　　大人，暴徒已经打开纽盖特监狱，
　　　　放走了许多犯人，
　　　　重罪犯，臭名远扬的杀人犯，
　　　　混杂在一大群无法无天的逃犯中。

市长　　把吊桥吊起来，
　　　　派遣兵力前往康希尔和齐普赛街。
　　　　先生们，如果事事都缜密安排，
　　　　那么，这场风暴很快就会平息。
　　　　施鲁斯伯里、萨里、帕默、乔姆利上

施鲁斯伯里　市长大人，陛下获悉这场危险的骚乱后，
　　　　派遣我、萨里大人、托马斯·帕默
　　　　前来协助用最有效的手段
　　　　来平息这场叛乱。
　　　　愿上帝和幸运祝福我们，
　　　　让我们尽快着手干吧：
　　　　只要有一个国民流血，
　　　　国王都会觉得不安。

萨里　　我听说他们打算焚烧伦巴第人的房子。
　　　　哦，权力，在一个疯子眼中你是什么？
　　　　你让十足的白痴变得嗜血成性。

莫尔　　大人们，我觉得我们应该
　　　　用温和的煦风
　　　　安抚那不满的浪潮。

帕默　　把他们请来商谈毫无疑问
　　　　会产生很好的效果。
　　　　莫尔老爷，说得好极了。

莫尔　　让我们去见见这些普通的人吧，

许多热衷叛乱的人压根儿不知道，

由于他们罪恶的行为

法律的利剑已经悬在他们的生命之上。

愚蠢的人全然不解胡作非为的后果，

就像傻瓜蛋拿着笔写字，

终究不知道胡写了些什么，

既无常识，又无一丁点儿智慧。

这些人随波逐流，

但因为和挑起事端的人同流合污

而自己遭殃。

看在上帝的分儿上，用严肃的言辞

去平息我们国内的对手，

而不是用危险的手段打击他们。

众下

第三场①

林肯、桃儿、小丑、乔治·贝茨、希尔文、威廉逊和
其他人从舞台一边上，警卫官随后莫尔、另一位司法
执行官、帕默和乔姆利，从舞台另一边上

林肯　安静，请听我说——不愿看到四便士银币一条红鲱
　　　鱼，一磅黄油十一便士，一蒲式耳粗磨面粉九先令，
　　　十四磅牛肉四十先令金币的人们，请听我说。

另一位公民　要是容忍外国人胡作非为的话，真会是那样的价格：
　　　听他说。

林肯　我们国家是一个吃货的国家，因此他们在我们国家吃
　　　比在他们自己国家多得多的东西。

---

① 场景在伦敦圣马丁大街。

小丑　按金衡制，一天一个半便士面包。

林肯　他们带来外国蔬菜，这只能叫贫穷的学徒倒霉，请想一想毫无价值的欧洲萝卜①对一个食欲旺盛的人有什么用处？

另一个公民　垃圾货，垃圾货！它们引发眼痛，够让伦敦人得麻痹症。

林肯　不，他们已经让伦敦城许多人得了麻痹症了，这些臭大粪杂种——他们就是在大粪中长大的——已经让我们感染，这种感染让整个伦敦城里的人惊吓得要命②，一部分原因就是吃了欧洲萝卜。

小丑　对极了，还有南瓜。

警卫官　你对国王的怜悯是怎么看的？
　　　　难道你否认国王的怜悯吗？

林肯　你想一下子把我们问得哑口无言，是不是？不，天啊，我们不会；我们接受国王的怜悯，但我们对外国人决不怜悯。

警卫官　你们在这个问题上
　　　　都太容易上当受骗了。

林肯　你说什么？学徒们容易上当受骗？去他妈的！

众人　学徒容易受骗，学徒容易受骗！
　　　　市长大人、萨里伯爵、施鲁斯伯里伯爵上

执行官　住手，看在国王的分儿上，住手！

萨里　朋友们，同胞们——

市长　安静，哦，安静！我要求你们安静。

---

① 林肯在此把欧洲萝卜和马铃薯搞混了。马铃薯在 16 世纪 80 年代引入英国。

② 可能指 1592—1593 年的伦敦瘟疫。

施鲁斯伯里　先生们，同胞们——

　　希尔文　让高贵的施鲁斯伯里伯爵讲话。

　　乔治　我们要听萨里伯爵讲话。

　　林肯　还是听施鲁斯伯里伯爵的。

　　乔治　我们要听两个人都讲。

　　众人　两个人，两个人，两个人，两个人！

　　林肯　我说安静，安静！你们是有头脑的人，还是什么玩意儿？

　　萨里　要是都是没有头脑的人，跟他们打什么交道。

有些公民　我们不听萨里伯爵的！

　　其他人　不，不，不，不，不，施鲁斯伯里，施鲁斯伯里！

　　莫尔　如果他们泛滥出顺从的河堤①，
　　　　　他们什么都会干的。

　　林肯　司法执行官莫尔说话。我们听司法执行官莫尔讲话好吗？

　　桃儿　让我们听听他说什么吧。作为司法执行官，他慷慨仁义，他让我的弟弟亚瑟·瓦钦斯当了警卫官塞夫的跑腿。让我们听司法执行官莫尔讲话。

　　众人　司法执行官莫尔，莫尔，莫尔，司法执行官莫尔！

　　莫尔　即使按照你们自己的做法，
　　　　　你们也应该安静下来。

有些人　萨里，萨里！

---

① 用溃决河堤的形象来形容反叛在莎士比亚的戏剧中屡见不鲜。如《哈姆雷特》第四幕第五场："The ocean, overpeering of his list, /Eats not the flats with more impetuous haste/Than young Laertes, in a riotous head, /Overbears your officers."。

其他人　莫尔，莫尔！

林肯与乔治　（同时）安静，安静，别再叫喊啦①，安静！

　　莫尔　说话算数的，
　　　　　叫这群人安静下来。

　　林肯　该死，他们不愿安静下来，
　　　　　鬼②也管不住他们。

　　莫尔　你们带领一帮多么粗鲁而混乱的人，
　　　　　鬼也管不住的人群。
　　　　　先生们，听我说话。

　　桃儿　我们是群众，莫尔。你是一个好人，我代我弟弟亚
　　　　　瑟·瓦钦斯谢谢阁下。

　　众人　安静，安静！

　　莫尔　你们所做的正与你们所呼吁的相反，
　　　　　那就是安宁；在场没有一个
　　　　　你们是婴儿时活着的人现在还活着，
　　　　　那时，他们完全可以颠覆安宁，
　　　　　就像你们现在所为，
　　　　　那样，你们成长所需要的宁静
　　　　　就不复存在，
　　　　　流血的岁月就不可能让你们成长成人。
　　　　　唉，可怜的人们，
　　　　　即使我们假设
　　　　　你们获得了所追求的东西，
　　　　　你们得到了什么呢？

---

① 原文拼写为"silens"（silence），这种拼法同样发生在《亨利四世》第二部中，而在伊丽莎白时代其他的作品中绝无仅有。这表明这场戏出自莎士比亚的手笔。

② 原文为 deule，在《罗密欧与朱丽叶》和《哈姆雷特》的四开本中，都是这样的拼法，这也表明改写者 D 是莎士比亚。

乔治　天啊，把外国人赶出去，
　　　这别无选择，
　　　只会让伦敦贫穷的工匠们得益。

莫尔　如果外国人被赶了出去，
　　　你们的叫嚷压过了英格兰国王的声音，
　　　那又怎么样呢？
　　　请想象一下，你看到悲惨的外国人，
　　　背上背着婴儿，手提着可怜的行李，
　　　缓步走向港口和海岸等待遣返，
　　　而你们端坐在那儿，
　　　就像国王那样实现了你们的愿望，
　　　你们的嘶喊，你们自负的尖叫
　　　压倒了威权：
　　　你们得到了什么？
　　　我告诉你们：
　　　你们只是证明了
　　　傲慢和暴力怎么大行其道，
　　　秩序怎么被破坏殆尽，
　　　按照这样的模式，
　　　你们没有一个人不完蛋。
　　　暴徒们
　　　为自己的幻想所驱使，
　　　会以自己的手、理由和权利
　　　把你们当猎物捕获①，
　　　而你们也会像吃人的鱼一样
　　　互相吞噬。

桃儿　上帝在上，说得跟福音书一样有道理。

---

① 　人与人之间互相捕猎的形象在莎士比亚的戏剧中多次出现。如《特洛伊罗斯与克瑞西达》第一幕第三场中的："And appetite, an universal wolf, /So doubly seconded with will and power, /must make perforce an universal prey, and last eat up himself."

乔治　不，这是一个有知识的家伙，让我们听他说什么。

莫尔　亲爱的朋友们，
　　　让我按照你们的思维
　　　来做一个假设。
　　　如果你们聆听的话，
　　　你们将会看到你们的反叛①
　　　是多么地可怕。
　　　首先，这是一个使徒们
　　　劝诫我们警觉的罪过，
　　　他们劝说我们服从威权②，
　　　如果我告诉你们，
　　　你们拿起武器反对的是上帝，
　　　这是绝对没有错的。

众人　天啊，上帝不许。

莫尔　不，你们反对的肯定是上帝，
　　　上帝让国王具有令人敬畏的权力，
　　　赋予他公正、权柄和敕命的职责，
　　　请求他治理国家，也要求你们服从；
　　　为了使这使命更为庄严隆重，
　　　他不仅赋予国王形体、
　　　王座和宝剑，
　　　而且还将自己的名分赐予他，
　　　称他为俗世的上帝。
　　　你们起而反叛上帝所树立起来的他，
　　　难道不就是反对上帝吗？

---

① 原文为 innovation，莎士比亚喜欢用 "innovation" 来表示反叛。如《亨利四世·上》第五幕第一场中的："at the news/Of hurlyburly innovation"。

② 《新约·罗马书》13∶1-2："每人要服从上级有权柄的人，因为没有权柄不是从天主来的，所有的权柄都是由天主规定的。所以谁反抗权柄，就是反抗天主的规定，而反抗的人就是自取处罚。"

哦，你们如此绝望，
你们这样做，
如何对得起你们的灵魂呢？
用泪水洗涤你们迷失的心灵吧，
反叛者们，将你们那双扰乱安宁的手，
举起来拥护和平吧，
权且将渎圣的膝盖当脚，
跪下祈求宽恕
是你们这些专事捣乱的人
争取权力的最安全的途径。
顺从吧：即使你们的胡闹
也不可能不依赖顺从。
什么造反的头儿——
就像可能发生的哗变中那样——
能让暴徒平静下来？
谁会服从一个叛徒？
当头儿除了是造反者之外
别无其他头衔，
他的命令怎么可能是合法的呢？
你们要镇压外国人，
杀死他们，割他们的喉咙，
占领他们的房子，
把庄严的法律当猎狗套在狗圈里，
只在有利的时候才把它放出来。唉，唉！
现在，国王发话，
如果骚乱者幡然悔悟，
他会非常宽宏大量，
对于你们的死罪
他会豁略大度，
仅仅放逐你们，
那么，你们能去哪儿呢？

按照你们罪行的性质，
哪个国家会成为你们的避风港呢?
去法国、荷兰，
去德国、西班牙或者葡萄牙，
不，任何一个与英国无关的地方，
那么，你们也成了外国人了。
你们愿意看到一个如此野蛮的国家吗?
暴徒们施行恐怖的暴力，
不让你们有安身立命之地，
可憎的磨刀直刺你们的喉咙，
把你们当贱狗一样对待，
仿佛你们不是由上帝所创造，
仿佛自然的恩泽与你们无缘，
仅仅惠及他们。
受到这样的对待，
你们会怎么感受?
这就是外国人可能遇到的境遇，
也反证你们的暴行缺乏人性。

众人　说真的，他说得好极了；希望人怎么待我们，我们就
要怎么待人。①

林肯　如果您愿意做我们的朋友去争取我们的宽恕，莫尔老
爷，我们就听从您的。

莫尔　还是听从这些高贵的爵爷吧，
恳请他们到王上跟前去说情，
你们就此向法和秩序投降，
服从郡长的权威，
无疑你们就会得到宽恕，
如果你们想要的话。

———————————

① 　源自《新约·路加福音》5：31："你们愿意人怎么对待你们，也要怎样对待人。"
《马太福音》7：12："凡你们愿意人给你们做的，你们照样要给人做。"

众人　我们投降，祈求陛下的宽恕。
他们放下武器

莫尔　无疑陛下会给予你们宽恕。
但你们必须首先前往牢狱，
直到陛下下发进一步的圣旨。

众人　您要我们去哪儿，我们就去哪儿。

施鲁斯伯里　市长大人，将他们送往监狱吧，
无论如何要好生相待。
萨里大人，请骑上马
前往齐普赛街，
市政官正和武装士兵在一起。
命令他们开往各自的卫戍区，
镇压新的骚乱，
逮捕那些胆敢反抗的人。

萨里　我就去，高贵的大人。
下

施鲁斯伯里　我们将直接前往国王陛下那里，
禀告他这一喜讯。
同时，司法执行官莫尔，我们将禀报王上
你用你的雄辩
成功劝说了许多臣民，
避免了许多可悲的死亡。
施鲁斯伯里和乔姆利下

市长　林肯和希尔文，你们俩前往纽盖特监狱，
其他人解往康特监狱。

帕默　去，把他们押到那儿去吧。说了一点儿好话就得到皆
大欢喜的结果，避免了一场流血。

桃儿　司法执行官莫尔，你用你的好话取得了比他们用武器
有效得多的效果。把你的手给我，请信守关于国王饶

恕的承诺，否则，我敢发誓我要说你是一个彻头彻尾
的骗子。

林肯　再见，司法执行官莫尔，我们被你说动，
那就请让我们得到安宁，你要公正地处置。

小丑　是的，别让我们上绞刑架，否则，你就是两面派。
他们被带下

市长　司法执行官老爷莫尔，你让伦敦
避免了一场极其危险、暴烈的骚乱，
要是圣马丁街的火
蔓延到其他已经燃起的火焰之中，
那就会点燃起更大的愤怒，
吞噬更多的生命。

帕默　不是冷剑
而是雄辩
得到了这一结果。
你把我们从一场血洗中
救了出来。

莫尔　大人和弟兄们，
出于对我的国家的爱，
我让伦敦安全了一些，
但我也想到
在平息叛乱暴力中
我不过是上帝手中孱弱的工具。
我想，我的大人，最好两小时之后，
我们在市政厅会面，
力保每一个地区都用武装
严密护卫，特别是城门今晚
要精选士兵和乡绅守卫，
以防骚乱进一步蔓延。

市长　好的。

　　　　施鲁斯伯里上

　　　　我想是施鲁斯伯里大人来了。

施鲁斯伯里　大人，陛下向你，你的弟兄们，

　　　　　　忠诚的臣民们，警惕的市民们，

　　　　　　致以亲切的谢意。

　　　　　　而对你，莫尔大人，

　　　　　　陛下赐予一个不太舒适，

　　　　　　但更为善意的致意：

　　　　　　你的名字太短，不，你必须跪下，

　　　　　　作为骑士称号的授礼，

　　　　　　在肩膀上要接受这剑背的一击。

　　　　　　请起身，托马斯·莫尔爵士。

　　莫尔　对陛下给予我如此崇高的荣誉，

　　　　　深表谢意。

施鲁斯伯里　这只是陛下最初的宠幸，

　　　　　　陛下还高度赞赏你的智慧和美德，

　　　　　　敕封你进枢密院，

　　　　　　把权杖置放在你的手中。

　　莫尔　我的大人，婉拒陛下的厚爱

　　　　　无异于将宝石扔进石堆①，

　　　　　那是它们原来待着的地方，

　　　　　它们永远也不可能再回来②；

　　　　　用我的缺陷来谦让，

　　　　　就像习俗一样的陈腐。

　　　　　不，我的大人，

　　　　　当生与死悬挂在陛下的头上，

---

① 参见《新约·马太福音》7∶6∶"不要把你们的珠宝投在猪前。"

② 意思是：任意抛弃了好处，好处就永远不会再来了。

　　　　我要为王上效力，
　　　　这绝对毋庸置疑。

市长　　王上作出这一抉择，
　　　　也是伦敦城的荣耀。

莫尔　　我的大人和弟兄们，
　　　　虽然我要进阶王宫，
　　　　但我的爱仍然停留在这里。①
　　　　我要去睡在王宫里了，
　　　　和熟睡再也无缘：
　　　　宫廷大臣操劳的是公众的福祉。
　　　　而在我的谦卑的内心深处，
　　　　我殚精竭虑的还是伦敦的福利。
　　　　克罗夫茨上

施鲁斯伯里　克罗夫茨，情况怎么样？有什么消息？

克罗夫茨　我的大人，陛下特地钦命，
　　　　这次骚乱要做下历史记录，
　　　　直接控告为首的暴徒，
　　　　陛下本人明天将出席
　　　　在威斯敏斯特的审讯。

施鲁斯伯里　市长大人，你听到对你的谴责了吧？
　　　　来，托马斯·莫尔爵士，让我们赶快去法庭吧：
　　　　你是这次骚乱的劝解人。

莫尔　　再见，我的大人，
　　　　新的一天带来新的潮汛，
　　　　人生围着命运的旋涡回转，
　　　　倏然一下子而卷进坟墓。
　　　　各人分别下

――――――――――

① 此处漏失一行。

第四场①

　　　　　司法执行官上，见到一信使

执行官　信使，有什么消息？

　信使　处决执行了吗？

执行官　还没有，囚车正停在楼梯口，
　　　　很快就会驶往泰伯恩刑场。

　信使　请等一等，执行官老爷，
　　　　为了让更多的人
　　　　从这恶劣的案件中引以为戒，
　　　　枢密院决定在齐普赛街，
　　　　紧靠斯坦特德水库，
　　　　竖起绞刑架，命令你
　　　　将林肯等首犯押送那里，
　　　　立即执行绞刑。
　　　　警官们上

执行官　遵命，先生。
　　　　信使下
　　　　警官们，赶快去
　　　　找一副绞刑架，竖起来；
　　　　派人前往纽盖特监狱，
　　　　把犯人押到这儿来。
　　　　快去，不得有任何耽搁。

警官们　是，先生。
　　　　一部分警官下，一部分竖绞刑架

_____

① 场景在伦敦齐普赛街东端的斯坦特德水库边。

执行官　干得好极了，伙计们；各就各位。
　　　　　但愿上帝怜悯这混乱的时世。
　　　　　围观的人群已经把街道堵塞，
　　　　　命令荷长戟的武装警官，
　　　　　开出一条道来，好让囚车通过。
　　　　　再一次贴出告示，
　　　　　每一家户主必须看管好学徒，
　　　　　违者处死，
　　　　　每人必须拿着武器
　　　　　在家门口待命，
　　　　　不得有误。

　警官　遵命，先生。
　　　　　下，另一位警官上

执行官　快把犯人押送到刑场。
　　　　　令状已经下达两小时，
　　　　　再这么耽搁，
　　　　　伦敦要受到责难。

　警官　在纽盖特监狱人山人海，
　　　　　囚车无法靠拢楼梯，
　　　　　让囚犯上车。

执行官　那就让他们走着来，
　　　　　我们不能这么空耗着
　　　　　对待来自高层的命令。

　警官　老爷，皇家法庭法官认为，
　　　　　应该在大街广为告示
　　　　　处决推迟至第二天清晨，
　　　　　当大街上人数稀少，
　　　　　立即用链条封路。
　　　　　犯人们在森严的警卫下上场

执行官　等一等，我觉得他们来了。
　　　　　瞧，他们来了，太好了。
　　　　　把林肯解往那儿，
　　　　　第一个上绞刑架。

小丑　　我殿后压阵，老爷。

林肯　　我知道，老爷，我肯定是第一个受刑。
　　　　　那句老话果然应验①，
　　　　　林肯应该为伦敦受难。
　　　　　以上帝的名义，开始吧：伙计，干呀，
　　　　　他爬上绞刑架梯子
　　　　　在这次骚乱中我是头儿，
　　　　　我也应该头一个为此而死。

桃儿　　够勇敢的，约翰·林肯，
　　　　　让你的死做证：
　　　　　你活着是一条汉子，
　　　　　死也毫不逊色。

林肯　　桃儿·威廉逊，你目睹这一切。
　　　　　对所有前来围观我死亡的人，
　　　　　我必须坦言，我没有什么苟且的目的，
　　　　　我只是反对那些过于欺凌我们的人。
　　　　　我现在看清，像我们这样的小人物
　　　　　不应该任意妄为去寻求报复。
　　　　　不，从我的身上汲取教训吧。
　　　　　顺从在每一步都是最好的。
　　　　　我谦卑地请求国王宽恕，
　　　　　把自己交与法律。
　　　　　愿上帝饶恕成为这次骚乱起因的人们，

---

① 林肯在此用他的名字和"林肯"地名作双关语打趣。林肯在罗马统治时期曾经是首都。所以，在民间有一句谚语"林肯衰落，伦敦崛起"。

作为一个基督徒，我从内心深处，
祈求他们的宽恕。①
我希望其他的人以我为戒，
不要用类似的暴力
去对付定居在这里的外国人。
永别了，人们，
我相信我们下次在天堂再见，
互相还会打招呼问候。
他踢开梯子

桃儿 永别了，约翰·林肯，人们只想说：
你活着是一个好人，
死时是一个正直的人。

小丑 到现在为止，我还在前往死亡的路上：第一段路是最
痛苦的，我想。

执行官 把威廉逊带上来。

桃儿 司法执行官好老爷，我有一个认真的请求，
作为男人，别拒绝我。

执行官 娘儿们，什么请求？只要在我的权力之内，
你就会得到满足。

桃儿 下一个让我去死，老爷，
我就这么个请求。
你简直无法想象
让我死在丈夫前面
对我可怜的心灵
是一个怎样的慰藉！

执行官 立即处决她，满足她的要求。

小丑 老爷，我也有一个请求。

① 此处漏失一行。

执行官　什么请求？

小丑　既然你首先绞死了林肯，接着绞死她，那你压根儿就
　　　别绞死我好啦。

执行官　不，是你打开康特监狱的大门，作为首犯，你必须得
　　　被绞死。

小丑　那就只能这么着了。

桃儿　老爷，你信手拈来的恩惠让我心满意足。
　　　请代向那位好老爷莫尔问候，
　　　要不是他的劝说，
　　　约翰·林肯也不会吊死在这儿了。
　　　我们还不如关上里德霍尔市场的大门，
　　　待在里面和屋顶一块儿烧成灰算了。

执行官　娘儿们，莫尔老爷所为是一个臣民的责任，
　　　让仁慈的国王陛下如此大悦，
　　　特钦命晋升他
　　　进枢密院当陛下的顾问。

桃儿　说真的，他配那个职位，
　　　一个正直、聪明、能说会道的绅士，
　　　如果他信守了诺言，
　　　拯救了我们的生命，
　　　我会更加赞誉他的正直。
　　　就这样吧，人终究是人，
　　　空话终究是空话，
　　　站着说话不腰疼。
　　　老公，人们也许会说，
　　　因为我，你才走到了这一步，
　　　我在这儿向你敬一杯死亡之酒，
　　　你不会饮到比死在你前面的我
　　　更苦涩的酒。

　　　　　我只不过是个女人，
　　　　　这也没有关系，
　　　　　我亏欠上帝一个死，
　　　　　我必须偿还。
　　　　　老公，把你的手给我，
　　　　　别愁眉苦脸，
　　　　　这活儿干完，一切债务撇清。
　　　　　只是我们遗下两个婴儿，
　　　　　在这时我所能祈求的
　　　　　也不过是有一位正直的好人
　　　　　发善心把他们抚养成人。
　　　　　老爷们，挺直腰板走路的人
　　　　　无须去学跛行①，
　　　　　他们将活着弥补父母的不足。

威廉逊　哎，说得好极了，老婆，真鼓舞我呀，
　　　　　把你的手给我，
　　　　　让我们亲吻，然后分手。
　　　　　他亲吻在绞刑架梯子上的她

桃儿　　下一次亲吻，威廉逊，就要在天堂里了。
　　　　　高兴起来吧，哥儿们，乔治·贝茨，握你的手，
　　　　　拉夫，握你的手，正直的好希尔文，也握你的手。
　　　　　让我告诉伦敦城里的女人们，
　　　　　没有外国人能叫桃儿躺下。
　　　　　我是一个英国人，
　　　　　没有一个法国佬，或者荷兰佬
　　　　　能亲我的嘴。
　　　　　我就要死了，我还可以说，
　　　　　我死也不愿当外国人的囊中玩物。
　　　　　一阵尖叫和嘈杂声

————————————

①　源自一个古老的谚语："住在跛子隔壁也得学跛行。"

幕后声　刀下留人，赦免，赦免，赦免，
　　　　让萨里伯爵过去，让路，让路。
　　　　萨里上

　萨里　赦免这人的性命，如果还来得及。

执行官　太迟了，我的大人，他已经被绞死了。

　萨里　我说你呀，执行官老爷，
　　　　人命关天的事，
　　　　太操之过急。
　　　　你这么操劳反误了事，
　　　　因为陛下非常仁慈，
　　　　不希望任何百姓流血。

执行官　高贵的大人，
　　　　我们要早知道就万无一失了，
　　　　枢密院一直在催促我们执行；
　　　　要不也不会这么突然行刑。

　萨里　托马斯·莫尔爵士跪在地上，
　　　　祈求赦免所有的死罪，
　　　　因为正是他的话语
　　　　让他们俯首听命。
　　　　国王敕封他为英格兰大法官，
　　　　他完全胜任这一任命。
　　　　林肯已经不可能再活，
　　　　遵照威严的陛下的口令，
　　　　我在此宣布赦免所有的人。

　众人　（将帽子抛向空中）上帝保佑国王，上帝保佑国王，
　　　　保佑好大法官，萨里伯爵。

　桃儿　桃儿从心底里希望
　　　　莫尔的英名铭刻在
　　　　心中这高贵的一隅。

每当我们谈起骚乱的五月，
我们就要赞誉莫尔。①

萨里　　国王陛下怜悯和宽宥，
张开和蔼、温存、同情的双臂，
拥抱你们，
犹如可爱的保姆
对待任性的婴儿一样，
而不是让法律的木棍
无情地敲打在你们头上——
我希望你们远避那违逆的
会引发骚乱的集会，
远避那些叛逆的秽行，
用一己之仇的手
打击你们亲爱的国家，
而留下公共的伤痕。
哦，上帝，但愿高贵的眉毛
不再疾首蹙额，
哦，但愿可怕的司法
透过一袭容忍的面纱
瞧着脆弱的众人，
不要以不可饶恕的罪名
来惩罚你们！
国王赦免了你们的死刑：
让给予你们生命的人
延年益寿吧。

众人　　上帝保佑国王，上帝保佑国王，
保佑好大法官，萨里伯爵。
众下

---

① 此处漏失数个字。

第三幕

第一场①

一张桌子，上面覆盖着一袭绿色的毯子，桌上放着大法官图徽，图徽上放着盛玉玺的袋和权杖，托马斯·莫尔爵士上

莫尔　在天堂，我变成这样那样②，
　　　我们亵渎地称之为命运的东西呀，
　　　那是上天的赐予，
　　　是自然，
　　　是与生俱来的力所塑造。
　　　仁慈的上帝，仁慈的上帝，
　　　我出身如此谦卑，
　　　却步上庙堂高位，
　　　在法律界呼风唤雨——
　　　唉，父亲在世的时候，
　　　我竟然还享受他的跪拜，

---

① 场景在切尔西莫尔的家。
② 原文为"It is in heaven that I am thus and thus"，莎士比亚在《奥赛罗》第一幕第三场中伊阿古说，"'Tis in ourselves that we are thus and thus"。他们的态度正好相反。莫尔认为人性由天意决定，而伊阿古认为每个人能决定自己的命运。

我的办公室和他的相连，
他让我走原本属于他的
平坦的右手的通道，
这些事情呀，
如果不加以矫正，
会败坏我们的血统。
莫尔，你拥有越来越多的
荣誉、官职、财富或使命，
——它们每每令你趋之若鹜——
那你就更应该把它们看成毒蛇，
警惕那华丽的外衣，
时时记住那利牙会咬人。
让这成为你的座右铭吧：
当你驾驭了万种风险
而达到俗世的峰巅，
那显要辉煌
无疑是一个滚起来的线球，
线球绕得越大，
松解时风险也就越大。
他的仆役总管伦达尔穿着跟他一样上
来吧，伙计，准备好了吗？

伦达尔　准备好了，大人。只有一些细节还要再琢磨一下。我
　　　　马上就可以准备就绪。凭上帝起誓，我已排练了好几
　　　　遍大人的闹剧，我都觉得这让我变得傲慢了，大人。

莫尔　　你应该傲慢一些，
　　　　要不永远不可能像个要人。
　　　　听我说，伙计：
　　　　博学的伊拉斯谟来访英格兰王宫。
　　　　我听说昨晚

> 他和著名诗人萨里伯爵把盏共饮①，
> 我今天得知，
> 这位著名的鹿特丹学者
> 将访问托马斯·莫尔爵士。
> 因此，伙计，坐上我的位置：
> 你就是大法官了。
> 穿上我的服装，模仿我的步态，
> 请注意别说太多的话，
> 否则就会露馅。
> 缄默的人显得智慧，
> 让人捉摸不透；
> 而喋喋不休
> 只能是一个肤浅的人。
> 我要瞧瞧
> 伟大的伊拉斯谟是否能够
> 分辨出美德和虚华。

伦达尔　如果我不能演好大人的这出戏，那就让我当你马夫的仆役，永远不要让我披银戴金。②

莫尔　好啦，伙计，我要藏起来，
　　　好好演我的戏份，
　　　我完全相信你能演好。
　　　司法执行官押着流氓福克纳，以及警官们上
　　　怎么啦？怎么回事？

福克纳　别拽我，我又不是狗熊。他妈的，即使巴黎花园③里所有的狗都跟在我屁股后面狂吠，我也会说：我才不认什么受洗的国王，我只认我的好大法官，把它们都吓走。

---

① 莫尔故意将诗人萨里和他的父亲萨里伯爵相混。

② 当时大家族家的仆役戴金项链。

③ 泰晤士河南岸靠近赛斯沃克的一片土地，在那里展示熊与狗相斗，供人娱乐。

执行官　我们要给你施以洗礼，伙计。把他带过来。

莫尔　怎么回事？你胡闹了什么？

福克纳　愿蓝天保佑我的高贵的大法官。

莫尔　这是什么人？

执行官　一个流氓，大人，把半个城闹得不得安宁。

福克纳　我的大人——

执行官　在帕特诺斯特街发生了一场混战，打架的混混儿都不愿歇手，马车在整条街上都堵塞得一塌糊涂。

福克纳　高贵的大人，潘叶尔街口子上通畅着哪。

莫尔　伙计，安静点儿。

福克纳　我可以证明这条大街没有堵车，就像它成为大街以来一直通畅一样。

执行官　这家伙是群殴的首犯——

福克纳　他妈的，我压根儿没有斗殴，我到现场正手痒痒想出手时已经打得差不多了。

执行官　他不愿见其他法官，只愿见您，阁下。

福克纳　我被拽到这儿来的，高贵的大人。

莫尔　这么鸡毛蒜皮的事儿
　　　不找别人偏来找我，
　　　在这么忙的时候！
　　　走吧，你打扰我了，执行官老爷。
　　　你自己处理他吧。
　　　把这流氓送到纽盖特监狱去。

福克纳　纽盖特监狱？他妈的，托马斯·莫尔爵士，我要上诉，我要上诉！不去纽盖特监狱，到过得去的两个康特监狱中任何一个倒可以。

莫尔　伙计，你是谁的人，说起话来这么满不在乎？

福克纳　我名叫杰克·福克纳。在上帝和亲王莫里斯老爷、罗
　　　　彻斯特尔大人秘书手下干事。

莫尔　像你这样的家伙
　　　当个秘书的打手倒是再恰当不过。

福克纳　我也这么想，大人。是伊利主教的仆人和罗彻斯特尔
　　　　主教的仆人大打出手。我感到道义上有责任将他们分
　　　　开。以我的声誉和地位我不屑出现在一个伦敦城法官
　　　　面前。我知道那会叫我完蛋。

莫尔　你赶到那儿似乎太迟了。

福克纳　我知道阁下绝顶聪明，我只想被你审问，我的高贵的
　　　　大法官大人。

莫尔　伙计，伙计，你是一个非常危险的十足的流氓。

福克纳　流氓？

莫尔　你这头发多长了？

福克纳　自从我生下来，就一直是这个头发。

莫尔　你知道你答非所问。
　　　这一头乱发挂在你脑袋上多长了？

福克纳　多长，大人？
　　　　有时候，这么长，
　　　　有时候，短一点儿，
　　　　随着命运和脾性变化。

莫尔　应答得好机灵呀，伙计，哈？
　　　我看出来，你是个率直的家伙，
　　　喜欢直来直去。伙计，告诉我，
　　　你最后一次到理发店是什么时候？
　　　脑袋上顶着这一堆乱发多长时间了？

福克纳　大人，杰克·福克纳说的不是伊索寓言。
　　　　说真的，我有三年没到理发店去了。
　　　　我发了一个傻誓，决不再理发，
　　　　以命运担保信守这一誓言。

莫尔　什么时候那誓约失效？

福克纳　当这疯劲儿过去，但不在这三年中。

莫尔　誓言会在上天的法庭记录下来，
　　　因为发誓是神圣的行为。
　　　年轻人，我劝你，
　　　别信守那誓言了吧，
　　　反正你也不会发财，
　　　再说，一个男子汉一头乱发
　　　太不雅观，
　　　到纽盖特监狱去待着，
　　　直到你的誓言和三年结束。
　　　走吧。

福克纳　大人——

莫尔　把长头发剃掉，最长不过一个月。

福克纳　即使让我当欧洲大法官，我也不愿损失一根头发。

莫尔　去纽盖特监狱吧。伙计，
　　　顶着一个傻脑袋，
　　　什么罪恶都可能犯。
　　　把他带走。
　　　　　除伦达尔外，众下
　　　　　萨里、伊拉斯谟和随员们上

萨里　伟大的伊拉斯谟，你将要拜访一位
　　　最值得尊敬的学者。
　　　在我们小小的岛国没有人

比他更精通艺术，
也没有人像他那样伟大，
绝无半点儿虚饰的美德：
他知识渊博，作为一位政治家
比他的大法官地位更受到敬仰。

伊拉斯谟　大人，关于你们大法官声誉的报道
　　　　　早跨过了狭窄的海峡，
　　　　　传到好几个基督教国家。
　　　　　我怀着挚爱期望见到
　　　　　在书斋业已神交的本人。
　　　　　那是托马斯·莫尔爵士吗？

　　萨里　是的，伊拉斯谟。
　　　　　你将要见到的这位可敬的学者，
　　　　　是最善于运用政策
　　　　　做好事的人，
　　　　　英格兰大法官，
　　　　　正最公正地治理着我们的国家。
　　　　　这书斋是观察英格兰的前哨：
　　　　　在这里，国王的安全和联邦的安宁，
　　　　　由于他不懈的勤奋而得到维系。

伊拉斯谟　我毫不怀疑他的完美无瑕，
　　　　　如你所说，当他最卑微的仆役
　　　　　还能卖弄一番学问。
　　　　　你也见到了，大人，
　　　　　守门人在大门口用拉丁短语
　　　　　欢迎我们。
　　　　　他的仆役都那么不同凡响，
　　　　　遑论他的主人了。

　　萨里　大人阁下正忙于什么重要事务，

到现在还没有注意到我们。

伊拉斯谟　我想，还是让我用一小段拉丁文
来行晋见之礼吧：
"诞生于一个声名远扬而光荣的国家更难于让自己成
名——"①

伦达尔　请好伊拉斯谟还是说英语吧。我拒绝说拉丁语，否则
我倒可以滔滔不绝地跟你讲上一阵拉丁语取乐。不，
伊拉斯谟，请坐，好大人萨里，请坐。我将请我的夫
人很快就来款待你们。

伊拉斯谟　这是托马斯·莫尔爵士吗？

萨里　哦，好伊拉斯谟，你必须了解他的处事方式，
他总是会想出一些诙谐的噱头。

伦达尔　是的，是这样的，
我的博学的诗人倒没有说谎。
我是一个不折不扣的快乐的托马斯爵士。
跟我一起吃晚饭吗？天啊，
与其陪王室的公侯到乡间游览，
我还是爱跟一个极其聪明的人待在一起。
托马斯·莫尔爵士上

萨里　我们受骗了，这不是大人阁下。

伦达尔　我想请问你，伊拉斯谟，荷兰奶酪可以存放多长时间
而不生蛆虫？

莫尔　傻瓜，装模作样的笨蛋，
还是去干你原来的活儿吧。
伦达尔下
你们可以看到，

---

① 原文为拉丁文：Qui in celeberrima partria natus est et gloriosa plus habet negotii ut in lucem
veniat quam qui——

我的可爱的博学的朋友们，
敬意往往赋予那些徒有其表、
卑贱、没有知识的富人，
而穷困的有学问的人
往往被认为是傻瓜。
请原谅，可尊敬的德国朋友①，
我将一个小小的笑剧糅进了
对阁下欢迎的盛情之中。
你知道，伊拉斯谟，
我要让我满脸皱起欢乐的皱纹，
直到它遗弃我，让我拥抱坟墓。

伊拉斯谟　阁下的乐观正是健身
最好的药物。因为我们知道，
忧郁阻塞气血，
而高昂的情绪延年益寿。
学习是生命中最严肃的时光，
在业余的生涯中，
则用娱乐来补偿思绪的艰辛。

莫尔　伊拉斯谟鼓吹福音而鄙视医药。
我的高贵的诗人——

萨里　哦，大人，你用那个意味赋闲的词
来损毁我了。
那是让命运贫瘠的行当，
人们都认为诗人与政治相悖。

莫尔　哦，亲爱的大人，
别将美好的诗赋鄙弃
到如此地步。
但愿我能说说心里话，

───────────

① 在当时，把荷兰人和德国人混淆是常事。

诗歌是艺术最甜蜜的形式，
其不凡犹如粗糙的冬青
与温柔的月桂相异。

萨里　但是，大人，
与所有学科相比，
诗歌已经处于从属的地位了。

莫尔　啊，我来讲讲为什么。
这不是诗人吟唱的时代：
诗人讴歌的是英雄事迹[①]，
国王气吞万里的史诗[②]；
但伟大题材缺失，
没有千古英雄的天地浩气，
诗人也就只能萎靡不振了。
莫里斯老爷上
来，请大人进来吧？
亲爱的伊拉斯谟——
我马上会听到莫里斯老爷要说什么——
大人，我家宅荣耀的客人；
我准备了一些新鲜而传统的肴馔，
我们将在这儿吃一顿便饭，
让诗神的音乐激扬我们的精神，
学者围坐而食的点心，
以简洁的智慧制作，
必须简简单单。
萨里、伊拉斯谟和扈从们下
什么事，莫里斯老爷？

莫里斯　我以我仆役的名义请求大人阁下一件事。

---

① 原文为拉丁文：heroica facta。

② 原文为拉丁文：Qui faciunt reges heroica carmina laudant。

莫尔　　就是蓄长发的那个人吗？好莫里斯老爷，
　　　　三年之后再来找我，到那时我会听你说。

莫里斯　我懂得你所说的话，阁下，但这傻瓜蛋去找了理发
　　　　师，长发已经剃掉了，他准备在大人面前重新起誓，
　　　　从今以后当个循规蹈矩的人。

莫尔　　那就跟他谈谈吧。请他进来。
　　　　福克纳和警官们上

福克纳　上帝保佑阁下，一个新人，大人。

莫尔　　啊，这绝对不是原来的你。

福克纳　如果阁下允许的话，剃头师傅要送你一小撮我的头发。
　　　　我现在是真正的福克纳了，大人。

莫尔　　啊，现在你的脸是一个诚实人的脸了。
　　　　你新剃的头很好，你赢了。

福克纳　不，大人，我失掉了上帝给我的一切。

莫尔　　上帝让你到这世界上来
　　　　就是你现在这个短发模样。
　　　　在纽盖特监狱，三年过得多快呀。

福克纳　我也这么认为，大人，
　　　　在去牢狱和坐满漫长的刑期之间
　　　　好像仅仅隔着一根头发。

莫尔　　我看你这个人身上还有些美德，
　　　　让你自由吧。
　　　　把他放走，伙计们。
　　　　再见，莫里斯老爷。
　　　　你这脑袋似乎更适合你这肩膀了：
　　　　头发很少，却智慧很多。
　　　　下

莫里斯　我不是总告诫你剃掉这头卷发吗?

福克纳　这卷发要是再长出来,齐普赛街上所有的剃头师傅也没有办法把它们弄直。他妈的,要是我在镜子里再瞧见头发竖起来,我就是一头该死的臭猫。这当然是他妈的说笑啦。那汤姆剃头师傅把我的头发剃得像个布朗光头党搞阴谋的坏蛋,要是我不给他剃个阴阳头,就把我吊死。我对他可就不仅仅是拔十个牙齿的该死的混蛋剃头师傅,要比这厉害得多了。唉,这光脑袋看上去就像个生梅毒的嫖客。

莫里斯　什么招惹你了?你疯啦?

福克纳　疯啦?天啊,要是把头发剃掉都不能让一个人发疯,什么能够?我给废黜了,脑袋上的皇冠给剃掉了。莫尔还不如去疏浚莫尔菲兹的臭水沟①,也比剃掉我的头发好。难道他要把杰克·福克纳当一头黑绵羊来剪毛吗?

莫里斯　不,如果你把这当成一场笑话,就没什么不好过了。

福克纳　啊,那就再见吧,凛冽的寒霜!光着这脑袋,让我害臊死了。要把杰克弄成个光头阿拉伯人吗?

莫里斯　你这个嚣张的混蛋,我看
　　　　你是着魔了——

福克纳　魔鬼是个该死的流氓。

莫里斯　我再不要你侍候了,
　　　　你再也不要叫我老爷了。

福克纳　再听我说句话,莫里斯老爷。

莫里斯　我不听,伙计,永别了。

福克纳　该死,永别?

---

① 如何清理莫尔菲兹(Moorfields)的臭水沟和露天阴沟是当局者遇到的常见问题。

莫里斯　你干吗老跟着我？

福克纳　因为我是个十足的傻瓜蛋。难道你把我脑袋一剃掉，
就把我抛在一边吗？难道我命定得哭号吗？难道命运
没有装疯卖傻，而我成了命运的出气筒吗？现在脑袋
瓜子成了这鬼样子，我就得打包走人吗？（哭泣）

莫里斯　你这傻瓜蛋。

福克纳　不，你毁了我，让我变得如此可笑，全是因为这头发，
这头发。

莫里斯　得了，你这傻瓜蛋。来吧，伙计，把眼泪擦掉，还回
你那老地方，别再干这些傻事了。

福克纳　我并不在意被炒鱿鱼，也不在乎被绞死，只要合我的
兴致，或者命中就该这么着。不，老爷，如果命中活
该要让我倒霉，福克纳宁肯再找一条出路。不干太伤
脑筋的活儿，在我将头发卖给假发制造商之前，我还
不如当个拉皮条的，做人肉买卖。

众下

第二场①

托马斯·莫尔爵士、随从们、一位信使上

信使　可尊敬的大人，伦敦市长，
在夫人和扈从们陪伴下，
正在向这儿走来，已经很近，
前来与您欢宴。一位仆役已经抵达
传告大人阁下他们的莅临。

莫尔　啊，一个多么令人鼓舞的消息。

---

① 场景仍在莫尔的家，在第三幕第一场同一天的晚上。

朋友们来来往往：
令人尊敬的伊拉斯谟，
隽永的言辞，
犹如智慧的灵魂和生命，
最近刚走，
伤心的离别的眼泪
惊起了泰晤士一池闪光的涟漪，
因为承载着这一令人骄傲的智者，
河水也快乐地盈满起来，
用她那袒露的胸膛送他归到大海。
他去鹿特丹了，愿宁静伴随着他；
他的远去令我感伤呀，
但如今我又得到了慰藉：
仁慈的市长大人，
他的扈从绅士们以及他们的爱妻，
将要来和我们推杯把盏。
啊，命该如此呀：
莫尔快乐的心浸润在友朋中间。
仁慈的先生们，请大快朵颐吧，
我们的菜肴为美食家而烹饪，
在世上所有的人们中，
伦敦人享受着最丰盛的美味。

罗珀少爷和仆役们上，安置餐桌

来吧，我的好伙计们，卷起衣袖，卖力干吧，
懒惰是一个偷闲的家伙，远离他，
时间需要你们赶紧干。
把夫人们坐的凳子放在这儿。
好女婿罗珀，你已经安排好点心了吧？

罗珀　是的，大人，一切准备就绪。

莫尔夫人上

莫尔　哦，欢迎，夫人，请告诉我们，
　　　夫人们该怎么就座，
　　　你精于此道。
　　　至于市长大人、同事兄弟们和其他人，
　　　由我来安排：男人总能最好地指挥男人。

夫人　我向你保证，大人，一切都会安排得非常得体。
　　　有一个人待在外面想跟你说话，
　　　请我转告你他是一位优伶。

莫尔　一位优伶，夫人？你们去个人把他叫来。
　　　一个仆役下
　　　不，把这些伙计鼓动起来，说真的，干得太慢了。
　　　请注意，灯火要准备好，
　　　茶点桌放在这儿。天啊，夫人，
　　　把市长夫人晾在一边了吗？
　　　我们两人都离开餐桌了？
　　　我们的女婿也离席了？
　　　我们的客人会怎么想？

夫人　大人，他们正坐在餐桌尽头壁炉旁边呢。

莫尔　啊，你去陪侍他们，
　　　我们两人都离席太不合适。
　　　夫人下
　　　优伶上
　　　欢迎你，好朋友，找我有什么事吗？

优伶　大人，我的戏子同事们和我
　　　前来为您效劳，
　　　请给我们指教。

莫尔　怎么，你是说演一出戏？
　　　你们是哪个剧团的？

优伶　红衣主教大人。

莫尔　红衣主教大人剧团的优伶吗？

请相信我，欢迎你们。

你来得正是一个好时候，

让我高兴，同时也让你得益。

伦敦市长，一些高级官员，

市长夫人和官员的爱妻们

今晚正在我家欢宴。

在茶点之前看一出戏

倒是个极好的主意。

你怎么认为，贤婿罗珀？

罗珀　这样挺好，大人，

对你的客人倒是一个极佳的款待。

莫尔　请告诉我，你有什么剧目？

优伶　大人，各种剧目：《安全的摇篮》

《击中要害》①《不耐烦的穷困》②

《四个人的戏》③《富人和拉匝禄》④

《淫荡的青年人》⑤《风趣和智慧的婚姻》⑥。

莫尔　《风趣和智慧的婚姻》？就这出戏，小伙子。⑦

我就喜欢这出戏，主题非常好，

---

① 很可能是一个杜撰的篇名。

② 1560 年出版的一出匿名的幕间节目。

③ 约翰·海伍德（John Heywood）在 1541 年至 1547 年之间出版的一出幕间节目，描写一位赦免修士、一个变戏法的人、一个买药的人和一个小贩争一个有利地盘的故事。

④ 基于《新约·路加福音》16：19–31 故事的幕间节目。

⑤ R. 韦弗（R.Wever）写的一个反天主教的幕间节目，1558 年之后非常流行。

⑥ 弗兰西斯·莫博利（Francis Merbury）在 1571 年至 1578 年之间写的一出幕间节目。

⑦ 以下演的戏并不是这出戏，而是基于托马斯·英格伦德（Thomas Ingelend）的《不顺从的孩子》（1569）改编的。

讨论了一个自由的题材。
要将风趣和智慧联姻需要机巧：
许多人善于取巧却疏于思考。
我们将要看桂冠诗人
怎么饰演他的角色，
幽默或者智慧怎么给他的诗歌
平添流光溢彩。
去，给他喝杯酒，也请他的所有戏子。
你一共有多少戏子？

优伶　四个男的和一个男孩，老爷。

莫尔　只一个男孩吗？噢，
戏里女性角色很少。

优伶　一共三个女角，老爷：科学夫人、虚荣夫人，
还有智慧夫人。

莫尔　一个小优伶演这么多女角？[1]天啊，担子太重了。
得了，伙计们，打理一下，
赶快准备好。
给予他们的演出以必要的帮助，
要不客人等待的时间太长了。
请抓紧时间。

优伶　我们会的，大人。
仆役和优伶下

莫尔　乐师在哪儿？去，请他们演奏起来，
好填补这一段空白的时间。
夫人上
客人们现在情况怎么样？

夫人　大人，他们来了。

---

① 当时流行男孩扮演女性角色。

莫尔　欢迎他们，夫人，我告诉你一件事：
　　　我们的余兴变得更有趣了，
　　　今晚将有戏子演《风趣和智慧的婚姻》，
　　　由红衣主教大人剧团演出。
　　　你喜欢吗，夫人？

夫人　大人，我喜欢。
　　　瞧，他们来了。
　　　乐师们演奏双簧管
　　　市长大人、众多长官、穿猩红色衣服①的市长夫人、
　　　众多的夫人、托马斯·莫尔爵士的女儿们，以及高擎
　　　点燃着的火炬的仆役们上

莫尔　再一次欢迎你们，欢迎您，我的好市长大人，
　　　以及朋友们，我曾经是你们的手足，
　　　现在在心中仍然是兄弟。
　　　地位的不同
　　　不能把我们的爱和伦敦隔离。
　　　有的人爬上了高位
　　　却把自己谦卑的出身忘却。②
　　　但只要他们想一想原先的出处，
　　　就知道他们是怎么升迁，
　　　也就知道该怎么使用手中的权力。

市长　大人，你给伦敦增加了光彩，
　　　你的英名让它幸福非凡。
　　　我们得说，当我们记起莫尔，
　　　我们就记起是他
　　　将骚乱从我们的门口清除，
　　　用温和而和蔼的言辞，

① 所有的人都穿着猩红色长袍，是当时官方一种隆重的仪式。
② 这两行在原稿中遭到破损，是一些专家在研究的基础上猜测的。

拯救了无数百姓的生命。
哦，伦敦因你而名扬四海，
因你的美德而戴上桂冠呀。

莫尔　别再说了，我的好市长大人，
对所有的人表示感谢，
你们日理万机，
却前来访问一个将你们的善意
看得如此亲切的人。
夫人，你还没有和市长夫人，
以及这些美丽的夫人尽兴，
请你带领她们就座，
而这里，我的大人，由我来引领你就座，
其他的人就请入座吧。
你不会再急于访问我了吧，
我让你感觉厌烦了。

夫人　好夫人，请坐，请坐在这儿。

市长夫人　好夫人，请原谅我，可能不能坐在这儿。

夫人　那我来坐这儿吧，我坐在您旁边。
好夫人们请坐，拿几张凳子来这儿！

市长夫人　这是您的意思，夫人，让我坐在
这超乎我荣誉的地方。

夫人　当我们到您家，
您也会像我们吩咐您一样吩咐我们。
我得告诉您，夫人，
我们将演一出戏欢迎你们；
这出戏怎么好，我也不太了然，
我的大人选的。

莫尔　夫人，我希望是一出好戏，

他们会尽力演好，
挑刺儿的人再怎么也不会满意。
红衣主教大人剧团的好戏子们，
我非常感谢他们为我们演戏，
作为余兴让我们在一起
待更长的时间。
据说是《风趣和智慧的婚姻》，
不管戏如何，主题还是很有意思；
如果艺术乏力，那就让我们用爱去补足。[①]
啊，他们准备好了没有？

仆役　大人，有一位优伶想跟您说话。

莫尔　跟我？他在哪儿？
　　　罪愆，已化装，上

罪愆　我在这儿，大人。

莫尔　什么事？

罪愆　我们希望大人阁下推迟一下：一位同事正奔向奥格
　　　勒[②]处，为年轻的风趣取一款假胡子，他马上就到。

莫尔　为年轻的风趣取一款假胡子？啊，老兄，在结婚之
　　　前，他可能没有胡子，因为并不是头发越长就越风趣
　　　的。风趣什么时候出场？

罪愆　第二幕开场白之后出场，大人。

莫尔　那就开始演吧，到那时，风趣的胡子也长成，要不他
　　　也把胡子拿来了。你演什么角色？

罪愆　罪愆，大人。

---

① 参见莎士比亚《亨利五世》第三幕致辞者："And eech out our performance with your mind."。

② 约翰·奥格勒是伊丽莎白时期一位著名的道具制作师。

莫尔　　非常感谢你，我也能演罪愆这一角色，要是我愿意的
　　　　话；你手中拿着那缰绳干吗？

罪愆　　我太野了，很快就得套上辔头，大人。

莫尔　　你最好不要马上就上鞍，因为那也无济于事，风趣会
　　　　策马飞跑得那么快，他将超越智慧，而变得傻里傻气
　　　　的了。

罪愆　　他就是这么对待虚荣夫人的；我们在戏里没有愚蠢这
　　　　一角色。

莫尔　　那就没有一点儿风趣了，我敢发誓：愚蠢对于风趣就
　　　　像影子对于人体一样，风趣要是过分了，那就是愚蠢
　　　　了。按我说呀，我们宁可要一个没胡子的风趣，也不
　　　　要一个有胡子但没头脑的风趣。

罪愆　　不，他已经戴上了胡子，大人，准备上场了。

莫尔　　好罪愆，那就开场吧。
　　　　罪愆下
　　　　市长大人，风趣没有胡子，要不戏早就开始了，
　　　　我愿意把我的胡子借给他，但太薄了。
　　　　安静，他们来了。
　　　　喇叭声响起，开场白致辞者上

致辞者　在最近的日子里，
　　　　在世界各地，
　　　　罪愆盛行，而美德衰落，
　　　　邪恶占了上风，
　　　　所以，善良而温和的观众们，
　　　　我们带来一出幕间戏
　　　　马上在这儿演出，
　　　　希望全场寂静，
　　　　对演出报以得体的回应。

这戏叫《风趣和智慧的婚姻》。
这听来简洁而令人愉悦，
总之我们将给你显示全貌。
我得走了，风趣上场了。

下

风趣大摇大摆地上，同时上的还有罪愆

风趣　我安睡在绿意盎然的凉亭，
　　　鸟儿在日中鸣啭甜蜜的歌声，
　　　我做了欢乐和嬉戏的梦。
　　　青春就是享乐，就是享乐呀。
　　　我来回踱步在睡梦中，
　　　我不能离开她的倩影，
　　　但一觉醒来，全是一场乌有。
　　　青春就是享乐，就是享乐呀。
　　　我的心只想与她的倩影独处，
　　　那是我的欢乐和嬉戏。
　　　青春就是享乐，就是享乐呀。

莫尔　请注意，大人，这是没胡子的风趣；当他得到了那买
　　　来的胡子之后，他将会是怎样的一个人呢？

罪愆　哦，老爷，她走来的路是一条更为顺畅的路。
　　　她以很少的一点肉比
　　　拥有一桌肉肴的人更让人享用。

风趣　她的名字叫智慧吗？

罪愆　是的，伙计，给你当老婆
　　　再合适不过的了，
　　　我的好老爷，
　　　我的好挑剔的亲爱的风趣。

风趣　我就是想跟她在一起。
　　　因此，我请求让我们走吧，

风趣对智慧夫人情有独钟。

罪愆　哦，伙计，她很快就会走来，
　　　我告诉了她我们将在什么地方，
　　　她说她将会跟我们招手打招呼。
　　　跟这些小伙子和粗鲁的混蛋们一起
　　　往后退！（挥舞短剑）
　　　啊，你站在这儿好一副傲慢的架势？
　　　我一听见你们聊天、交谈，
　　　我的短剑就想要你们的脑袋。

风趣　敢情她会到这儿来见我们吗？

罪愆　我可以给你一个肯定的回答，
　　　因此，你必须熟悉她的规矩。
　　　当她娉婷而来，
　　　你必须拥抱她，
　　　还要充满热情，
　　　不要让她因为
　　　你是陌生人，
　　　而感到和你在一起
　　　有危险。

风趣　我告诉你，罪愆，我会很忙。
　　　哦，风趣何等样急迫
　　　想跟智慧夫人厮混在一起。
　　　虚荣夫人上，吟唱着歌，举手招呼

虚荣　到这儿来，到这儿来，到这儿来，来：
　　　我这儿有一些美味，让我们来分享。

莫尔　这是虚荣夫人，我用生命担保：
　　　请注意，好风趣，别娶她当老婆。

罪愆　啊，不起眼的老实人，让我在你耳边说句话。

她示意想离开

我发誓，你绝不能走开，

在这儿的全是你的朋友，别害怕，

这年轻的绅士热恋上了你，待在这儿吧。

风趣　我相信她不会觉得有危险，

因为我喜欢和标致女人厮混；

虽然对于你，我是陌生人，

但风趣会时不时和你作乐。

虚荣　谁，你？不，你是一个如此神圣的人，

你不敢轻易触碰女人。

我相信你不会去吻一个年轻的女人，

即使给你二十金镑。

风趣　是，老实说，夫人，我会的，

我发现我心里一直痒痒

想吻你短裤里的东西。

虚荣　我能承受任一个男人的重量。

人们多次对我说，

你不会跟我同流合污。

风趣　风趣不跟智慧夫人做伴？

哦，天哪，那我到这儿来干吗呢？

罪愆　伙计，她只是想证明

她有点儿生气了。

即使她这么说，

别在意要这点儿小脾气，

去吻她一下把气消了。

另一优伶上

鲁金斯带着胡子来了吗？

优伶　不，他还没有回来。唉，我们该怎么办呢？

罪愆　事实上，我们没有他就演不下去了，因为他演的角色是
　　　好顾问，这时，他应该上场告诫风趣这是虚荣夫人，
　　　不是智慧夫人。

莫尔　不，如果真是这样的话，你们不应该因此而不演下
　　　去；我们不应该因为没有一个小小的好顾问角色而中
　　　止演出。在你们这位优伶来到之前，让我来给他尽可
　　　能好的劝诫吧。——请原谅我，市长大人，我喜欢寻
　　　欢作乐一番。
　　　哦，风趣，你寻错目标，
　　　被大大地迷惑了。
　　　我告诉你，这个调皮而邪恶的罪愆
　　　用一种非常奇怪的方式
　　　将你引入歧途。
　　　这不是智慧夫人，而是虚荣夫人，
　　　请听一听好顾问的话，让我来引导你。

罪愆　事实上，大人，这正是鲁金斯角色要说的台词。该你
　　　说了，风趣。

莫尔　我要尽力不让我们的观众失望。

风趣　你是好顾问，这么对我说吗？
　　　你要风趣离开智慧夫人吗？
　　　我跟你说，
　　　你是个骗子，说这是虚荣夫人。

莫尔　风趣，请不要根据外表来判断人[①]：
　　　眼睛往往看错，这你也知道。
　　　好顾问以他的诚实担保，
　　　这不是智慧夫人，而是虚荣夫人。
　　　鲁金斯拿着胡子上

罪愆　哦，大人，他来了，我们现在要演下去了。

---

①　见《新约·约翰福音》7：24："你们不要按照外表判断，但要按照工艺判断。"

莫尔　你来了？啊，伙计，我用你的名义说了一些话。如果
　　　你能给风趣比我更多的劝诫的话，那就请尽量说出
　　　来。我把他留给你关照了。
　　　这时，我可以肯定餐后小吃准备好了。
　　　大人和夫人们，请先尝一尝美味，
　　　然后他们再来演出，
　　　这位优伶的缺席和我的客串，
　　　不仅没有帮忙，反而把戏弄糟了。
　　　请准备好我们归来：我是说灯光。
　　　所以，傻瓜每每不仅无补于事，
　　　反而帮了倒忙。
　　　除优伶们外，众下

风趣　啊，伙计鲁金斯，你帮了我们一个大忙，难道你不这
　　　么认为吗？

鲁金斯　唉，奥格勒不在店里，他老婆不让我拿胡子，说真
　　　的，我一路跑着回来，跑得浑身大汗了。

罪愆　你们听见了没有，伙计们？难道大人没有演一个出色
　　　的角色吗？哦，不管怎么样，他定能主持一个比国王
　　　剧团的梅森更好的剧团。①难道你们没有注意到他即
　　　席演了鲁金斯那角色，几乎跟剧本里写的一模一样？

风趣　安静，你们明白你们说了什么吗？说我的大人是优
　　　伶？别再扯这些事了吧。我还是感到有一点儿骄傲，
　　　大人与我演的角色对上了。喂，还是让我们去准备再
　　　演出吧。

鲁金斯　是的，那最好，我们现在什么也不缺了。
　　　男仆拿着给优伶们的报酬上

男仆　优伶们在哪儿？

---

① 国王剧团和演员梅森都是杜撰的。

众人　在这儿呢，先生。

男仆　法庭遣人来叫大人，
　　　客人晚餐后都已离席，
　　　就不再麻烦你们了，
　　　我受命给你们八个金币，
　　　同时向你们表示诚挚的感谢。
　　　请你们用了晚餐之后再走：
　　　他叮嘱了要好好款待你们。
　　　请跟我来。

风趣　这都是由于你的多事造成：
　　　去拿风趣的胡子而把戏弄砸，
　　　爱挑刺儿的人不喜欢这戏，
　　　没看完就甩手走了。

罪愆　天啊，他说得倒很有道理。听着，伙计们，八个金
　　　币，呃？我的老板永远不会给八个金币：那不过十二
　　　便士而已。一般的报酬是三、五或者十英镑，给了我
　　　们八个金币，那是四英镑，还缺一英镑。

风趣　我敢打赌，赔率二十比一。我想出了一个计策——大
　　　人来了，靠边站。
　　　莫尔手中拿着国玺包和权杖，随从们跟从上

莫尔　这么着急召去枢密院！什么事儿，
　　　陛下这么晚还要召见我？——
　　　伙计，你还要什么？

风趣　没，什么也不要。
　　　大人阁下差人给我们八个金币，
　　　我掉了两个金币在草垫子里。

莫尔　风趣，听着。八个金币？
　　　我叫人给你们十个金币。

是谁给他们的？

男仆　是我，大人。我现在没有了，
　　　但他们会如数得到。

莫尔　妙极了，风趣，干得太风趣了，
　　　你使了一点儿小聪明，
　　　当然不能就这样被人骗。
　　　难道我赴此公职不就是要
　　　公正地赋予每个人应得的权利吗？
　　　难道我能容忍在家中有骗子吗？
　　　当仆人贪污主人的赏钱，
　　　蒙骗这些穷人，
　　　那我的鼓励还有什么意义呢？
　　　来人哪，把他的号衣剥掉。
　　　这样的人太多了：他们滥用权力。
　　　风趣，让你的朋友们感谢你吧：干得太漂亮了。
　　　你完全匹配智慧夫人了。

　　　与随从们下

罪愆　上帝可怜我们吧，风趣。——伙计，因为你有一个主
　　　人叫托马斯·莫尔爵士，我们也因此得到了更多的
　　　犒赏。

鲁金斯　上帝祝福他吧，我希望世上有更多像他这样的人：他
　　　喜欢我们的戏，他还是一个有学问的人，对世界有
　　　了解。

罪愆　是的，一个仁慈的人，比许多人更加平易近人，但我
　　　认为我们碰到了第一个——

鲁金斯　第一个因贪污我们的金币而开除他的仆役的人，这家
　　　伙今天被炒了鱿鱼，很可能明天就挤在汉姆弗莱公爵

墓地那群穷光蛋中间了。①

罪愆　如果这样的好处再多一些的话，我们就可以骑上史密斯菲尔德最便宜的老马了。②

众下

---

① 原文为 dine with Humphrey，这是当时一个流行的成语，指不名一文的游手好闲的人喜好在汉姆弗莱公爵墓地附近的圣保罗教堂中殿游走，希图遇到一位相识者请客吃饭。

② 参见莎士比亚《亨利四世·下》第一幕第二场："I bought him in Paul's, and he'll buy me a horse in Smithfield. And I could get me but a wife in the stews, I were manned, horsed, and wived."。

第四幕

第一场①

施鲁斯伯里伯爵、萨里伯爵、罗彻斯特尔主教和其他贵爵们上，分别相互作揖，枢密院职员光着脑袋守候在一边

萨里　施鲁斯伯里伯爵，早安。

施鲁斯伯里　萨里伯爵阁下，早安。
　　罗彻斯特尔主教大人来了。

罗彻斯特尔　我的好贵爵们，早安。

萨里　枢密院职员，什么时候了？

职员　八点多了，我的大人。

施鲁斯伯里　我在琢磨大法官大人
　　耽搁了这么长时间，
　　一定有很重要的事务要处理。

萨里　枢密院职员，请通知大人阁下，
　　贵爵们在这儿等他。

罗彻斯特尔　没有必要了：

① 场景在威斯敏斯特枢密院房间。

大人阁下来了。

托马斯·莫尔爵士胸前捧着国玺包和权杖，上

莫尔　早安，好朋友们。

来，好大人们，让我们坐下。

他们坐下

哦，这张严肃的桌子呀，

在这小小的桌旁每天

要诊断英格兰的健康和生存。

我们这些医生，

要谨慎地把脉，要不然就会流血①。

我们的辛劳和谨慎的审察，

使国王在安宁吟唱的

睡眠曲中安睡。

——请无关人员撤出房间——

贵爵们，今天要议论什么问题?

施鲁斯伯里　我的好大人，

是关于德皇率军

与背信弃义的法军

开战的报酬问题。②

萨里　大人们，正如这儿的习俗，

最年轻的人首先发言，

如果我说话过于幼稚，

请原谅我。

我认为，法国已经

从战争造成的杀戮中

---

① 原文为 letting blood，参见莎士比亚《理查二世》第一幕第一场："Let's purge this choler without letting blood：/This we prescribe，though no physician."

② 作者在此把历史搞颠倒了。德皇马克西米连在 1513 年秋天同意率领瑞士雇佣军参加英军对法军的战争。作者将在 1519 年逝世的马克西米连一世与其继承人查尔斯五世搞混。

缓过气来，现在正处于
锋芒毕露之时，
我也同意英国和德国军队联合，
这将很快保证征伐的胜利。
但是，大人们，
关于狮子和其他动物
狩猎的寓言告诉我们，
用狡猾手段联合的力量，
强者会掠夺弱小伙伴的那一份。
如果德皇在战争的法庭上
提出要求雄狮的那一份，
那就只能用利剑来解决分歧，
我们也就只能暗自痛惜
拱手给他的那一份了。

施鲁斯伯里　考虑到最坏的结果
是聪明人的盾牌，
那会带来安全感；
但人们都知道：
德皇是一个对英国皇家友好的人。
他对我们国王的爱促使
他步下他的皇座，
在英国的旗帜下奋战，
在他那男子汉的胸膛上
佩戴着英国十字勋章，
他把它看成高级的荣耀。
这样服役的一个人，
就不是个人的行为了，
而是一个指挥官，
统率着金戈铁马，
一个自我约束的将军。

罗彻斯特尔　但我的好大人——

施鲁斯伯里　让我说完。
　　　　　　由于德国百姓并不参与
　　　　　　他们国王的征战,
　　　　　　和英格兰结成同盟的好皇帝,
　　　　　　除了奖赏那些勇敢的下属之外,
　　　　　　无须贪恋英国的战利品
　　　　　　而损害他的荣誉。

　　莫尔　这是没有问题的;
　　　　　报酬应该高贵而易于散发。
　　　　　我常常听说好将军们愿意
　　　　　有钱人当他们的士兵,
　　　　　他们会为他们的生命和财富而战。
　　　　　这样的人是一个好皇帝;
　　　　　我祈求上帝,让我们
　　　　　拥有上万这样勇敢的兵士。
　　　　　哈,那样就不会有朝廷,有城池,
　　　　　他们会拿钱来,
　　　　　为了自己的利益而战。
　　　　　为了防止英国在对法战争中损失,
　　　　　那就让德国的旗帜
　　　　　和英国的十字架旗一起飘扬。
　　　　　托马斯·帕默爵士上

　　帕默　大人们,陛下派遣我
　　　　　将这些密封的条文①送来,
　　　　　请贵爵们阅读并签字。
　　　　　我怀着极大的
　　　　　对这房间的敬意而来。(崇敬地)

　　莫尔　对这些条文签字? 请等一等。让我们想一想:

---

① 剧中没有具体指出这是什么条文,但据称是1534年4月13日呈放于莫尔面前的《至尊法案》。

我们的良知先要斟酌一番法律。
罗彻斯特尔大人，请你看一下这文件。

罗彻斯特尔　为这些条文签字？好托马斯·帕默爵士，
请国王赦免我吧。
如果签字，
我的灵魂会谴责我的手：
我就是一个伪善者。

帕默　你拒绝签字，大人？

罗彻斯特尔　是的，托马斯爵士。

帕默　那你亲自去面见陛下吧，
这轻蔑，
这杀身之祸的蔑视呀。

罗彻斯特尔　我起身走了，
请代为向他表达衷心的致意。
　　他起身

帕默　阁下签字吗，我的大人？

莫尔　爵爷，请转告陛下，
我恳求给予我更多时间
思考一番。
同时，我要辞官而去，
将亲自将国玺交与陛下。

帕默　大人，那就请听一下敕令：
如果拒绝签字，那就请回到
切尔西家中，
静待国王下一步决定。

莫尔　遵命。
贵爵们，如果你们到切尔西来访问我，
我们一起去捕鱼，带上精巧的渔网，

而不仅仅是细丝篓子，
我们将逮到的只能是大鱼。
再见了，我的高贵的大人们。
啊，这太绝妙了：
早安，太阳，晚安，国家。
下

帕默　你们签字吗，大人们？

萨里　马上就签，好托马斯爵士。
他们签字
我们将把签字文本亲自送给陛下。

帕默　罗彻斯特尔大人，
你必须跟我走，
解释你为什么做出
如此蔑视王权的决定。

罗彻斯特尔　对于一个置生死于度外，
不再有任何忧虑的人，
没有比这更糟糕的了。
罗彻斯特尔和帕默下

萨里　现在让我们前往陛下那儿去吧。①
太奇怪了，大法官大人会拒绝
上帝的法律所规定的
对国王的责任。

施鲁斯伯里　啊，让我们进去吧。
毫无疑问他会改变看法，
主教也会。
这是脑袋里
装了太多的学问闹的。
众下

---

① 原稿此处有两个音节的字模糊不清，其义是猜测的。

第二场①

莫尔夫人、她的两个女儿和罗珀少爷上，在舞台上来
回散步

罗珀　夫人，是什么让你如此闷闷不乐？

夫人　说真的，孩子，我也不知所以然，
　　　我没病，但觉得不舒服：
　　　想快乐起来，
　　　但心中沉重，
　　　不由自主太息不已。
　　　你是一位学者：
　　　请你告诉我，能相信梦吗？

罗珀　亲爱的夫人，你为什么要问这个？

夫人　今晚我做了一个最奇怪的梦，
　　　梦从来没有如此搅扰我的睡眠。
　　　我梦见那是夜晚，
　　　国王和皇后在泰晤士河上
　　　乘着游艇聆听音乐。
　　　我梦见大人和我在一条很小的船上，
　　　上帝呀，上帝呀，
　　　在睡梦中会出现多么奇怪的东西呀！
　　　我们离筏子很近，
　　　我们抓住了搭载国王和皇后的游艇。
　　　从那不断滑行的音乐舞台上
　　　传来令人愉悦的音乐和说话声，
　　　我梦见湍急的水流将我们跟

---

① 场景在切尔西莫尔家的花园里。

那金碧辉煌的游艇分开，
陡然将我们往伦敦桥冲去，
我们惊恐万分
飞也似扑向桥下，
一阵突发的波涛汹涌而至，
我们的小船静止不动，
正对着伦敦塔，
然后，小船转呀转，
在它周围形成了一个
将一切吸引进去的漩涡。
我梦见我们两人叫喊了起来，
我们沉下去，手拉着手淹死。

罗珀　别在意这噩梦，亲爱的夫人：
它们只是幻觉而已。

夫人　别对我这么说，
睡梦，不管吉祥还是凶恶，
经常很是灵验。
在我没有听说大人情况之时，
我的心情不可能平静。

罗珀　（旁白）我也是。——到这儿来，贤妻，
我不想用对梦的解释
来惊吓你母亲；但，请相信我，亲爱的，
今晚你父亲让我焦虑不已，
简直不可思议。

罗珀的妻子　真的，我也是。
我梦见他来到切尔西教堂，
站在被污损的十字架圣坛上①，
他跪了下去，在圣像面前祈祷，

_____

① 指圣像被新教徒所污损。但这发生在莫尔逝世之后。

圣像和他一起掉坠到合唱台的顶端，
可怜的父亲躺在那儿浑身是血。

罗珀　我们的梦恐怕都指向
　　　一个结论：致命。

夫人　你们在谈什么？请你们让我也知道。

罗珀的妻子　没什么，好妈妈。

夫人　这是你们一贯的做法，不让我知道实情。
　　　叫凯茨比来，让他赶紧到朝廷去，
　　　看看我的大人在干什么：
　　　除非我的心紧贴在他的胸口，
　　　否则我安静不下来。

　　　托马斯·莫尔爵士高兴地上，仆役们跟随其后

小女儿　瞧爸爸来了，很快乐。

莫尔　水手们经历了一场暴风雨后
　　　在海岸边欢快地跳舞，
　　　我正处于这样一个心境——
　　　哦，我可以像一个诗人一样
　　　吟唱。
　　　天啊，我现在一身轻了。
　　　贤妻，请给我一个仁慈的
　　　欢迎；
　　　我胡子拉碴，
　　　你要责怪我的亲吻了，
　　　我最近被免除了公职，
　　　朝廷炒了我鱿鱼，
　　　真的，这是真的。

　　　女儿们跪了下去

　　　上帝保佑你们。罗珀贤婿，把你的手给我。

罗珀　欢迎阁下回家。

莫尔　阁下？哈，哈。
　　　你怎么想呀，贤妻？

罗珀　他神态太奇怪了。

夫人　大人阁下请进来吧。

莫尔　大人阁下？不，贤妻，那已是明日黄花，
　　　我们赖以安身立命的冰面太薄了。

夫人　大人，阁下总是改不掉说笑话的习惯！
　　　说实话，这不太适合你。

莫尔　哦，好妻子，
　　　荣耀和笑噱都逃遁了：
　　　英格兰最快乐的法官已经死亡。

夫人　那是谁呀，我的大人？

莫尔　还在说"大人"？那是大法官，贤妻。

夫人　那是你呀。

莫尔　当然是，但是我已改变了我的生活。
　　　难道我不是比以前更瘦了吗？
　　　好日子过去了：我的头衔只是莫尔。
　　　我将满足于一个单纯的头衔
　　　和一种平静的生活方式：
　　　那些有许多头衔的人
　　　并不总是最好的人。
　　　我已经辞职；难道我不明智吗？

夫人　哦，上帝。

莫尔　来，别流泪。
　　　国王愿意这样。

夫人　犯了什么事了？

莫尔　呸，让那过去吧，我们以后再讨论这个。
　　　国王仿佛是我的命运的医生，
　　　他的高贵的心灵
　　　还是总想让我恢复公职。

罗珀　那就当他的病人吧，我的最为尊敬的岳父。

莫尔　哦，贤婿罗珀，
　　　当药物令人厌恶，还不如让它去吧。①
　　　不，贤妻，快乐吧，所有的人，快乐吧，
　　　当我升迁，你们微笑；
　　　当我倒台，也无需哭泣。
　　　让我们进去吧，快乐犹如私人的朋友，
　　　愉悦的日子总有让人后悔的结局。
　　　伟大充满凯旋的辉煌，
　　　它每每在灿烂的正午
　　　在公众的蔑视中坠落。②
　　　众下

第三场③

罗彻斯特尔主教、萨里、施鲁斯伯里、伦敦塔中尉、
拿武器的伦敦塔守卫上

罗彻斯特尔　高贵的大人们，我感谢你们
　　　　　　仁慈的劝说，但在我的心中
　　　　　　有一颗灵魂，向往更为高贵的目标，

---

① 此处引文为拉丁文：Ubi turpis est medicina, sanari piget。引自塞内加《俄狄浦斯》。
② 请比较莎士比亚《李尔王》第三幕第六场："I'll go to bed at noon."
③ 场景在伦敦塔。

　　　　　　而不是去迎合世俗国王的喜好。
　　　　　　我真心愿上帝保佑国王，
　　　　　　虽然现在我们分道扬镳，
　　　　　　我们终究会有重逢的一日。

萨里　　　我们毫不怀疑你的智慧
　　　　　　能够省视什么最适合你；
　　　　　　但是，出于爱和热情，
　　　　　　我们请求你
　　　　　　做出一个不同的决定。

施鲁斯伯里　毫无疑问神父阁下
　　　　　　会对这件事做出更好的考量，
　　　　　　就像以前一样，
　　　　　　再度得到国王的宠幸。

罗彻斯特尔　如果上帝同意
　　　　　　我从世俗的事务中抽身，
　　　　　　我将更多地关注我自己，
　　　　　　而不是令人骄傲的自由。
　　　　　　伦敦塔将私下里和我
　　　　　　讨论我自由时所犯的错误。
　　　　　　我连累了你们两位阁下，
　　　　　　在卸职了之后我仍然缅怀你们。
　　　　　　中尉老爷，我是你的阶下囚了，
　　　　　　虽然你囚禁我的身体，
　　　　　　但在费希尔有生之日
　　　　　　我仍然爱国王和你。

萨里　　　再见了，罗彻斯特尔大人，
　　　　　　我们将竭尽一切可能
　　　　　　祈求你的释放。

施鲁斯伯里　放心吧。

我们离开你，
把你留给你快乐的思绪。
大人们下

罗彻斯特尔 现在，中尉老爷，
以上帝的名义，走吧，
我怀着快乐的心情跟随你走，
就像一个逃学的学生
跟学校说再见一样。
众下

第四场①

托马斯·莫尔爵士、莫尔夫人、女儿们、罗珀少爷、
绅士们和仆役们，在切尔西莫尔家

莫尔 早晨好，贤婿罗珀；好夫人，请坐在（指矮凳子）
这张谦卑的板凳上——时世这么要求。
将你的心安放在大地上吧，
那是坟墓的穹顶呀。
你瞧，大地是起伏不平的，
这矮凳和王座离天一样近。
姑娘们，你们就像葳蕤的枝叶
遮蔽着一栋私人的住宅，
放心吧，姑娘们，
你们的未来是美好的：
美德造就绅士②，
她能培养最好的后代。

---

① 场景在舞台提示中已经说明。

② 请与英语谚语"Virtue is the true nobility"相比较。

女儿们　早安，阁下。

莫尔　不，还不如说"晚安"。
　　　你们的阁下已经偃旗息鼓，
　　　而你们的父亲却在快乐着。

罗珀　哦，在一个湫隘的房间里
　　　装盛着怎样的礼仪，
　　　怎样的对秩序的崇敬呀！
　　　在这里，
　　　对公众事务的关注
　　　不再阻拦昏昏欲睡的眼睛，
　　　在这里，
　　　暴乱不会因为穿着
　　　大户人家的号衣而招摇过市，
　　　就像一盘棋戏，
　　　士兵和国王似乎地位平等。
　　　那些期望升迁的人，
　　　却乐见他毁了前途。

莫尔　是这样的，贤婿，在这里不再是这样的了，
　　　如簧之舌不再将谗言
　　　吹进耳朵，
　　　而耳朵就像虎钳，
　　　一把钳住了那诽语。

夫人　我们在这儿耳根清静。

莫尔　那就享受这清静吧，好妻子。

夫人　我们（拥有了这新奇的指南针）
　　　在规定的范围内航行，
　　　但还是走出了范围。

莫尔　是走出了范围。

夫人　我们被逐出朝廷了。

莫尔　你还在弹这老调①。

　　　被逐出朝廷是因为罪孽，

　　　但从未体味过朝廷生活的人

　　　还在一味追求那甜蜜的满足。②

夫人　哦，但是，亲爱的丈夫——

莫尔　我不想听你说这个，贤妻。

　　　你那饶舌永远没个完。

　　　安静坐在那儿，我的好贤妻，

　　　请你住嘴，相信我，

　　　我们用拉丁语说的话，

　　　你一个字也听不懂：

　　　Humida vallis raros patitur fulminis ictus。③

　　　平民比戴着王冠的国王

　　　享受更多谦卑的闲暇。④

　　　伟人不过是音乐家，就像俗世一样：

　　　在升高音调之后每每是低音相随。

罗珀　好爵士，还是保持你的本色吧，

　　　请记住在这昙花一现

　　　寻欢作乐的舞榭歌台，

　　　在这俗世，世俗的东西

　　　不过是供时世消遣的玩物呀。

　　　如果人自己甘愿堕落，

---

① 原文为 harpst，请与莎士比亚的《哈姆雷特》第二幕第二场此句相比较："still harping on my daughter"。

② 源自英国谚语，诸如："Content lodges in cottages than in palaces""Far from court far from care"。

③ 拉丁语：潮湿而低洼的山谷很少遭受雷击。源自塞内加的《希波吕托斯》。

④ 请与莎士比亚《亨利四世》中篇第三幕第一场此句相比较："Then happy low lie down/ Uneasy lies the headthat wears a crown."在这以后本剧诗句有遗失。

那世俗的荣誉和头衔，

或者那令人肃然起敬的威严，

怎么能避免毁灭呢？

高贵的岳父，

你恳求你的亲人用激情

培养你的后代，

这种激情仍然高昂不衰，

正如你的高升让我们喜悦不已，

我们会以同样的心情，

弃绝任何攀龙附凤的念头。

莫尔　别用眼泪来结束这一幕，

那表明你们仍然耿耿于怀。

如果你们跟我共命运的话，

那请给自己宽慰吧：

无数的微笑因一声太息

而前功尽弃；

啊，我们是男子汉。

让眼泪从那些孱弱的眼睛里流出吧，

那证明她们只是女性，

她们不可能再聪明一些。

让我们来看一看我们的处境吧：

在这儿端坐着我的妻子

和亲爱的令人尊敬的后嗣，

在那儿站立着我的可爱的仆人们。

在那些人和这些人之间

存在着差异。

你们将听我讲话，

一个郁郁不乐的莫尔。（停顿）

我认为自然拥有各种本质，

她用这些本质塑造了人，

每一个人比其他人具有更大的价值，
最精致的本质创造了人类的精英，
而俗世上其他人在降生之前
就决定了鄙俗的命运。
因此，奴隶在造就的时候就命定，
自然为卑俗的人们提供满足：
在皮鞭、重负和艰困的威逼下，
他们在忍耐中拖曳着鄙俗的身子；
而在王子饕餮的胃里
和他那散发恶臭的肉里
在中午还负疚般地
消化昨晚积存的
几乎快要撑死人的美食。
我们诞生时自然赋予
我们富足或者贫穷。
由于屈从于仇恨，
我们从幸福而坠入奴役，
我们经历过好日子，
现在体验失去权力的痛苦，
再也无法挺直腰杆儿走路。
你们在你们的年岁[①]
遇到从未有过的挑战，
仿佛命运已无法偿还债务，
因为它花尽了所有的借款。

凯茨比　老爷，我们见过比这更好的日子。

莫尔　我带来的那些好日子，
心中明白那只是浮华，
向世人炫耀而已；
你们跟这个给你们

———————

① 这是对仆役说的话。

带来好日子的人一起垮台，
请不要难过：
为慷慨的主子而死是仆役的光荣。①
亲爱的高福，你是我的有学问的秘书，
你，凯茨比，我家的管家，
和其他像你们的人
在我的命运的阳光中
有充裕的时间生长。
但我必须告诉你们，
你们失去了职务，
没人再贿赂你们。
贿赂在灵魂和地狱之间开辟通道，
将受贿人作为猎物
送到行贿人的手中。
洁身自好，你们也能很好地活着：
真诚不会将你们引向地狱。
一个仆役上

仆役　大人，萨里和施鲁斯伯里伯爵
　　　在大门口刚下了马，
　　　他们希望到内室跟您见面。

莫尔　请大人们到大厅里来。

夫人　哦，上帝，他们会带来什么消息呢？

莫尔　啊，贤妻，怎么啦？
　　　他们不过是来拜访老朋友。

夫人　哦，上帝，我害怕，我害怕。

莫尔　你怕什么，傻妻子？
　　　如果天塌下来，

---

①　原文为拉丁文：Pro eris generosis servis gloriosum mori。

正直的人会无畏地面对毁灭。①
让我过跟伟人不同的生活吧:
他们不过是铅钩上的金钓饵而已。
萨里和施鲁斯伯里伯爵,拿着权杖的汤恩斯以及随员们上

施鲁斯伯里　上午好,好托马斯爵士。

萨里　日安,好夫人。

莫尔　欢迎,我的好大人们。
　　是什么让大人们看上去郁郁不乐?
　　哦,我知道,你们生活在朝廷,
　　而朝廷的饮食只适合医生。

萨里　哦,托马斯爵士,
　　我们说的话就是国王的圣旨,
　　而我们忧虑的容貌表明对你的爱。
　　是温和的国王钦命我们来找你,
　　再一次垂询你是否
　　在他上次下发你的法案上签字。
　　请聆听一下我们的劝说吧,
　　以我的名誉担保,大人,为了同样的固执,
　　当时和你采取同样态度的
　　严肃的费希尔博士,罗彻斯特尔主教,
　　已经被押送进伦敦塔;
　　陛下只将你在家中软禁。
　　但如果你现在拒绝签字,
　　那紧接着的将是更为严厉的惩罚。
　　夫人和女儿们哭泣着跪下

夫人　哦,亲爱的丈夫!

---

① 原文为拉丁文:Iustum, si fractus illabatur orbis, impavidum ferient ruinae。源自贺拉斯的《奥德赛》。

女儿们　哦，亲爱的父亲！

　　莫尔　瞧，大人们，
　　　　　这位伴侣和我的亲骨肉
　　　　　背叛了我的良知。
　　　　　但是，好大人们，
　　　　　如果我拒绝，我必须进伦敦塔吗？

施鲁斯伯里　你必须，大人。
　　　　　这位警卫官就是准备
　　　　　以叛国罪逮捕你。

　　夫人
　女儿们　哦，上帝，哦，上帝！

　　罗珀　请镇静，好夫人。

　　莫尔　哎，汤恩斯，是你吗？
　　　　　我曾经救了你的命，
　　　　　要不骚乱的暴徒早把你撕成碎片。
　　　　　你活了下来，
　　　　　来召我进那精神的法庭。
　　　　　请把你的手给我，好伙计，
　　　　　别紧张：
　　　　　你的饮食因肉豆蔻①而生色，
　　　　　而我永远受用不了它：
　　　　　我消化不了，伙计，
　　　　　它们将存积在我孱弱的胃里。

施鲁斯伯里　请简洁一些，大人，
　　　　　我们只有一小时回旋的余地。

　　莫尔　一小时？好极了，
　　　　　丧钟很快就要为我敲响。

———————————

① 原文为 mice，它有两层意思：1. 权杖；2. 肉豆蔻衣。在这里，一语双关。

夫人　（跪下）亲爱的丈夫，如果你不为我考虑，
　　　请为孩子们考虑一下吧。

莫尔　贤妻，请起身。
　　　（沉思状）我又想了一下，
　　　我将满足国王美好的要求。

女儿们　哦，多么令人愉快的改变呀。

施鲁斯伯里　那就来签吧，大人。

萨里　对你这一华丽的转身，
　　　我太高兴了。

莫尔　哦，请原谅我，
　　　我将以万分驯服的心情
　　　签字进伦敦塔，
　　　在那儿，我将用我的白骨
　　　夯实裘力斯·恺撒宫殿的基座。
　　　我的大人，现在我愿意
　　　用我的鲜血满足国王，
　　　我也不想辜负你们的耐心。
　　　朋友，执行你的公务吧。

汤恩斯　托马斯·莫尔爵士，英格兰大法官，
　　　我以国王的名义按叛国罪
　　　将你逮捕归案。

莫尔　非常感谢，朋友。
　　　莫尔必须阔步走向
　　　那伟大的牢狱，摆脱
　　　良知和脆弱生命之间的龃龉。
　　　切尔西，再见，再见，
　　　这真是奇怪的告别，
　　　你们将再也见不到

　　　　　莫尔本人，
　　　　　我也不会再见到你们。
　　　　　仆役们，永别了。
　　　　　贤妻，别糟蹋你平平常常的脸容，
　　　　　要理智：
　　　　　莫尔遗孀的丈夫将会让你发达。
　　　　　女儿们①，这是什么？这是什么？
　　　　　我差一点儿要流泪了。
　　　　　亲爱的女婿，继承我的美德，
　　　　　那我从未抛弃过。
　　　　　严肃的莫尔就此
　　　　　轻松走向活坟墓。

罗珀　细小的痛苦通过交谈而释然，
　　　而巨大的痛苦只能让人默然。②

莫尔　在那儿的人们，
　　　请为我的历程祷告吧：
　　　我将乘船到牢狱，
　　　从空中到天堂。
　　　众下

---

① 原稿此处有三个音节无法辨认。

② 原文为拉丁文：Curae leves loquuntur，ingentes stupent。源自塞内加《希波吕托斯》。

第五幕

第一场①

伦敦塔守卫拿着长戟上

守卫甲　嗬，在这儿站个岗。

守卫乙　中尉大人明确命令，
　　　　　桥上必须清场，不准有行人。

守卫丙　谁知道，他从哪儿解来？

守卫甲　我听说从德拉姆楼。

守卫乙　一小时之前，卫兵就在那儿等着了。

守卫丙　如果他待在那儿的时间太长，
　　　　　他就到不了码头，
　　　　　到时候泰晤士河上会挤满了船。

守卫甲　哎，他讲话从来不伤害任何人，
　　　　　在英格兰，没有一个绅士
　　　　　比他更聪明、更善良了。

守卫乙　我觉得穷人将用眼泪来埋葬他。
　　　　　从我出生以来，我还从未

---

①　场景在伦敦塔大门。

听说哪一个人
有那么多人为他流泪悲悼。

守卫丙　这女人想干什么？——你还想往哪儿挤？

守卫甲　这女人很快就要被踩死。

守卫乙　你到这儿来干吗？

女人　跟那个好人，托马斯·莫尔爵士，说话。

守卫甲　跟他说话？他已经不是大法官了。

女人　看在上帝的分儿上，先生，
这就更可怜了。

守卫甲　如果你要递送诉状，
我看你还是乖乖算了吧。

女人　我是一个穷娘们儿，
这两年我在大法官法庭有诉状，
他拿着我所有的文件，
如果我败诉，
我就彻底完蛋了。

卫士甲　真的的，恐怕你再也得不到你的文件了。
我真为你感到遗憾。
施鲁斯伯里和萨里伯爵以及托马斯·莫尔、随从们上，
中尉和伦敦塔守门人上

守卫乙　娘们儿，往后退，
你不能待在这儿，
大人们要从这儿到伦敦塔去，

莫尔　我感谢你们，大人们，
感谢你们一直劳神
护送我到我的堡垒去。

女人　好托马斯·莫尔爵士，看在基督的分儿上，

　　　　　　　把我的诉状还给我吧，
　　　　　　　那是我的命呀。

莫尔　　啊，我的老顾客，你也到这儿来了？
　　　　　可怜的傻女人呀，
　　　　　我得承认我曾经有过你的诉状，
　　　　　但国王已经把权拿过去了：
　　　　　他拥有我的一切；娘们儿，
　　　　　向他求助吧，
　　　　　我帮不了你的忙，
　　　　　你得宽容我。

女人　　啊，温和的心呀，
　　　　　我的灵魂为你感到难过，
　　　　　再见了，穷人最好的朋友。

看门人　　在你进入伦敦塔大门之前，
　　　　　你上面的衣服属于我。

莫尔　　伙计，拿去吧，在这儿。
　　　　　他给他帽子

看门人　　你背上最上面的衣服，老爷，
　　　　　你理解错了。

莫尔　　伙计，现在我明白你的意思了，
　　　　　你是指我背上的衣服，
　　　　　要不最上面应该是帽子。

施鲁斯伯里　　再见了，善良的大人，上帝将让我们快乐地相见。

莫尔　　阿门，大人。

萨里　　再见，亲爱的朋友，我希望你安全地归来。

莫尔　　我的大人，我的亲爱的诗人朋友，
　　　　　再见了，再见了，我的最高贵的诗人。

中尉　再见，最受尊敬的大人们。

　　　　大人们下

莫尔　美好的牢狱，欢迎。
　　　我觉得，对于你如此华美的建筑，
　　　称之为牢狱太过于糟蹋了。
　　　许多负疚的灵魂，
　　　许多无辜的人，
　　　对你的空洞的牢房道了永别。
　　　我经常走这条路来到你这儿，
　　　但是，感谢上帝，我的良知从来没有
　　　像此时此刻那样清明。
　　　值得欣慰的是：
　　　不管我的居所多么简陋，
　　　贫穷的起诉人，丧失父亲的孤儿，
　　　忧伤的寡妇的哭喊
　　　将不会再搅扰我安详的睡眠了。
　　　继续往前走，上帝啊，
　　　那就是紧锁的牢房：
　　　上帝是强大的，无处不在。

　　　　众人下

第二场①

巴特勒、伯鲁尔、波特和马夫②从不同的方向上

巴特勒　罗宾·伯鲁尔，怎么样，老兄？情况怎么样呀？情况
　　　　怎么样呀？

---

① 场景在莫尔家。

② 他们是莫尔家宅的主要仆役，分别负责食品储藏室、酒窖、门卫和马厩。

伯鲁尔　说真的，南特·巴特勒，我跟你一样难过；其他的哥
　　　　儿们，管家拉夫啦，加尔斯·波特啦，难过，难过，
　　　　难过呀：他们说大人今天要受审。

　马夫　要受审，老兄？啊，已经开始了。但愿上帝让他免灾
　　　　免难。

　波特　阿门。即使我希望上帝保佑我发财，但我还是希望上
　　　　帝保佑令人尊敬的大人和主子托马斯·莫尔爵士消灾
　　　　消难。

巴特勒　我说不好，我跟超过我能力的事儿沾不上边儿，上帝
　　　　在上，如果让我说说心里话儿，我会说满世界没有一
　　　　个比他更善良的绅士了。

伯鲁尔　没有一个比他更明智、更快乐、更真诚的绅士。我得
　　　　记住这个。

　波特　不，如果你们不说他的慷慨和好客的美德，那你们
　　　　就该死。许多大法官为这慷慨和好客到岁末都负债
　　　　累累!

　马夫　哎，对于我们，他是一个太好的大人了，所以，恐
　　　　怕上帝本人会找他去。再侍候这样的好人是不可能
　　　　的了。

伯鲁尔　轻声点儿，老兄，我们还没有被解雇。大人也许会回
　　　　来，一切就都正常了。

巴特勒　我不信这个：一旦他们审判他，那往后一大段日子就
　　　　不会风平浪静了。
　　　　高福和凯茨比拿着一张纸上
　　　　轻声点儿，高福老爷和凯茨比老爷来了，
　　　　我们能听到更多的消息了。

　马夫　天啊，他们看上去郁郁不乐，恐怕大人被判处死刑了。

波特　愿上帝保佑他的灵魂，让这一切世俗的判决见鬼去吧。

高福　说得好极了，加尔斯·波特，
　　　我为此表扬你，
　　　说这话的不愧为仁慈大人
　　　忠心的仆人。

凯茨比　他不再是大人了，
　　　亲爱的伙计们，我们不再有老爷了，
　　　他也许会活下去，只要国王愿意。
　　　但法律已经让他成僵尸，
　　　用斧子砍了他的头，
　　　但他的善良的灵魂
　　　将活在圣人中间。

高福　请你们去召集
　　　其他悲哀的伙计——
　　　根据花名册，一共一百四十人——
　　　告诉他们一位善良而可敬的大人
　　　为他最卑微的下人做了什么。
　　　夫人今天早晨在他的书房
　　　发现了这张纸，上面
　　　按府上工作地点和职务
　　　写着每位仆役的名字。
　　　他不问级别和地位
　　　慷慨地给每一人
　　　二十枚金币。
　　　凯茨比老爷现在给你们分发。

凯茨比　拿上这钱吧，
　　　这是对这位远为仁慈的主人
　　　仁慈的纪念，
　　　他放弃了家宅，

悲剧性地落败，
竟然还跟我们说声永别。
但这棵耸天葳蕤的大树
不会独自倾颓呀，
它将以它那沉甸甸的身躯
压在周边的草木之上。①
不再为此费舌了，
来领取你们的那一份吧，
自此之后，我们就是
遭受同一灾厄的伙伴。

众下

第三场②

托马斯·莫尔爵士、中尉、一位服侍的仆役走进伦敦
塔一座牢房

莫尔　中尉老爷，令状送达了吗？
　　　如果已经抵达，看在上帝的分儿上，
　　　告诉我吧。

中尉　已经送达，大人。

莫尔　对于我，先生，这太好了，
　　　我全身心欢迎。
　　　按陛下可祝福的意志做吧。

中尉　你的智慧，老爷，
　　　已经得到充分的证明，

---

① 请与莎士比亚的《哈姆雷特》第三幕第三场罗森格兰兹的台词比较："The cease of majesty/Dies not alone；but like a gulf doth draw/what's near it with it"。

② 舞台提示中已说明场景。

你在监禁中表现的忍耐，
显示了你面临任何灾厄时
所特有的沉着
和基督徒誓死的意志，
这使我们相信你不是毫无预感。

莫尔　不，中尉先生，感谢上帝
　　　我拥有良心上的宁静，
　　　虽然我与这个世界有一点儿过节。
　　　但我希望过不了多久我们就会持平。
　　　令状上写的什么时候执行极刑？

中尉　明天上午。

莫尔　那就齐了，先生，感谢你。
　　　良心上我一片坦然，
　　　我不惧怕死。
　　　中尉先生，
　　　晚上曾袭来一阵结石的痛感，
　　　既然国王送来这样稀有的药方，
　　　也就无须惧怕，
　　　为此感谢他。

中尉　无论生与死，
　　　托马斯·莫尔爵士总是快快乐乐的。

莫尔　伙计，请给我看尿盆。
　　　仆役把尿盆给他
　　　哈，让我瞧瞧。尿里有沙砾，
　　　我敢真诚地发誓[1]，
　　　如果国王愿意的话，
　　　这个人还可以活很长时间。
　　　伙计，拿去吧。

---

[1]　由于原稿破损，此行丢失，这是约翰·哈林顿爵士根据上下文推测的。

仆人　我要拿去给医生看吗，老爷？

莫尔　不用，别费心了，那白给他一笔钱。
　　　我跟你保证，明天上午
　　　你将看见我吃一种药，
　　　那将治愈我的结石，信不信由你。
　　　中尉先生，有关于我的大人
　　　罗彻斯特尔的消息吗？

中尉　他昨天上午被处决了。①

莫尔　愿他安息吧。
　　　一个有学问、
　　　受人尊敬的圣职者，
　　　请相信我，
　　　一个富有的人。②

中尉　如果他是富有的话，
　　　那托马斯·莫尔爵士又怎么样呢？
　　　他一直当着大法官哪。

莫尔　你也这么说，中尉先生？
　　　你认为像我长期占有这职位的人
　　　该有多少钱呢？

中尉　我的大人，也许两千英镑一年。

莫尔　中尉先生，我要对你抗议了，
　　　我毕其一生也没有
　　　获得可怜的一百英镑一年。
　　　我想我是英格兰最穷的大法官了，
　　　虽然以此高位
　　　我可以期望得到更好的待遇。

---

① 罗彻斯特尔于 1535 年 6 月 22 日被处决，距莫尔被处决 14 天，而不是两天。

② 莫尔在此指精神上的富有，中尉领会错了。

中尉　这太奇怪了。

莫尔　事实就是这样。
　　　我想，先生，我用收入的大部分
　　　去购买了
　　　你一生从未听说过的奇怪的商品。

中尉　什么商品，我的大人？
　　　我能冒昧问一下吗？

莫尔　中尉先生，拐杖和没有衬里的衣服。
　　　跛脚的士兵和穷困的学者
　　　在大法官府获得我提供的便利。
　　　请想一想，没收我的财产
　　　对国王是一种何等样的欺骗！
　　　我祈请你，如果你是一位绅士的话，
　　　看一下我的财产清单。
　　　作为诗人的那个我，
　　　让我恣意潇洒：
　　　那是我们都有的痼疾：
　　　诗人从来不会节俭，
　　　也永远不会。
　　　　服丧的莫尔夫人、女儿们、罗珀少爷上

中尉　哦，高贵的莫尔。——
　　　我的大人，您的夫人、女婿、女儿们来了。

莫尔　贤婿罗珀，欢迎；欢迎，贤妻和姑娘们。
　　　你们为什么哭泣？
　　　是因为我活得太自在了吗？
　　　你们难道没有看见，
　　　当大法官
　　　每刻都被诉讼者搅扰，
　　　无法安睡、用膳，

　　　　也无法安安静静细嚼慢咽？
　　　　在这儿，全然没这类事，
　　　　在这儿，我可以安坐，
　　　　和正直的狱卒聊上大半天，
　　　　说说笑话，高兴得很。
　　　　那你们为什么要哭泣呢？

罗珀　我的大人，这些眼泪
　　　　为你如此漫长的监禁而流呀[1]，
　　　　如果我们有幸想到
　　　　就此可以赢得你的生命，
　　　　那希望也可以补偿于万一。

莫尔　在监狱中苟活，这是怎样的一种生活！
　　　　国王（我感谢他）比这还要爱我。
　　　　明天我就要放飞自由，
　　　　在了结了我的勾当之后，
　　　　我就要到我能去的地方了。

夫人　啊，丈夫，丈夫，屈从吧，
　　　　看在你可怜妻子和孩子们的分儿上。

莫尔　贤妻，我考虑了你和孩子们，
　　　　我将你们托付给上帝，
　　　　寡妇和孤儿的天父呀，
　　　　他比我更能够让你们安全无虞。

罗珀　我的大人，世人都认为
　　　　你是一位智慧之士，
　　　　屈从国王的旨意
　　　　并不会给你的智慧带来瑕疵。

莫尔　我必须承认，我哄骗了自己；

---

[1] 莫尔从 1534 年 4 月至 1535 年 7 月被监禁在伦敦塔里。

正如你说的，贤婿，

坦承这一点，

并不带有任何轻蔑的含意。

夫人　那立刻就会禀告王上陛下。(做告别状)

莫尔　不，听我说，贤妻，

首先让我告诉你怎么回事呀。

我曾经想过请理发师刮须，

继而一想那纯然是浪费，

刽子手咔嚓一下就把脑袋割下来，

更无须说胡须了。

罗珀的妻子　父亲，人们说，

只要你一屈从，

陛下立马就会

按你惯常崇高的荣誉，

亲自接见你。

莫尔　小姑娘。国王陛下①

让我肩负了一点儿小小的责任。

如果那已成明日黄花，我的姑娘，

你应该看我就那责任跟他说什么。

但在做那事之前我忙极了，

我也就不会再在意。

女儿们　啊，亲爱的父亲。

夫人　亲爱的大人和丈夫。

莫尔　别发愁，贤妻，和我的孩子们好好生活，

爱她们吧，

我把照顾她们的重担付托给你。

贤婿罗珀，为了我对你曾经的爱，

---

① 此处一行原稿模糊不清。

也为了她的美德，
请珍惜我的孩子。
姑娘，为你的丈夫的爱而骄傲吧，
始终保持谦虚的美德。
谦虚是一件如此秀美的衣服，
它永远不会过时：
它既适合谦卑的女人，
也适合女王。
黄金可以购买的东西
远逊于它的价值，
不用什么装扮粉饰
它比任何东西更让一个女人美艳。
活下去吧，相互爱戴，
这样，你们就给你们的父亲
一个最好的敬意。

女儿们　你的祝福，亲爱的父亲。

莫尔　必须走了，我，
愿上帝祝福你们，
上帝正在召唤，我要和他说话。

夫人　啊，我亲爱的丈夫。

莫尔　亲爱的妻子，晚安，晚安，
上帝用他永恒的光
照亮我们所有的人。

罗珀　我想在此刻之前，
绝不会有更沉重的心灵
在伦敦塔里道别。
众下

第四场①

> 伦敦司法执行官们和辖下的警官们从一边门上，伦敦
> 塔守卫们拿着长戟从另一边门上

执行官甲 警官们，什么时候了？

警官 快八点钟了。

执行官乙 我们得赶紧，要不耽搁得太长了。

守卫甲 上午好，执行官老爷；
中尉老爷希望你们到
伦敦塔城边去，
在那儿接收你们的犯人。

执行官甲 回去禀告阁下我们准备好了。

执行官乙 请军官们去清一条路出来，
好让犯人走。
> 中尉和他的警卫带着莫尔上

莫尔 感谢上帝，一个多么美好的日子
让我们启程。中尉老爷，
在塔楼外小道上行走
多么惬意呀。

中尉 如果你顺应国王的旨意，
我敢发誓你经常可以在这儿漫步。
> 他哭泣

莫尔 先生，我们正行走到
一个更加美好的地方。

---

① 场景为伦敦塔西北的塔希尔高地。

哦，先生，你的仁慈而友爱的眼泪，
犹如那保存尸体的香料
使你的朋友充满芬芳。
感谢你贤惠的夫人，
在你家做客时，
真把我给宠坏了。

中尉　哦，我真希望我们不要分手。

莫尔　我必须离开你一会儿。
过会儿再来找我，
有那么多人来围观我，
而我很自豪
我已哑然不会说话。
而我的记忆力如此糟糕，
恐怕我会忘掉
脑袋就在身后。

中尉　愿上帝和他的天使们保佑你。
执行官老爷们，
请接收你们的犯人。

莫尔　执行官老爷们，
两位上午好。
我感谢你们屈尊会见我。
就此我看出来你们没有忘掉
我曾经当过伦敦司法执行官
在你们现在的位置上。

执行官甲　老爷，那你明白
我们正在履职。

莫尔　我太明白了，先生，
你们还不如省点儿事儿，
别亲自驾到，

                那样我会更高兴。

                啊，执行官老爷，

                你和我是老相识了：

                当我在圣劳伦斯教堂

                作神学演说时，

                你是一位耐心的听众。

执行官乙   托马斯·莫尔爵士，

                正如许多人一样，

                我常常听你演讲，

                那是一种巨大的慰藉。

莫尔   我真诚希冀

                但愿上帝还能让你这样。

                曾记否，

                当我在林肯法律学院学习时，

                在一个案例中，

                我辅导过你。

执行官甲   我正要这么说，好托马斯爵士。①

莫尔   哦，这就是那地方吗？

                说实在的，这是一座极好的绞刑架。

                事实上，我昏头昏脑来到这里，

                已没有任何话要说。

                啊，让我们以上帝的名义，

                爬上这阶梯吧。

                我觉得这梯子有一点儿摇晃：

                请你，我的真诚的朋友，

                伸手扶持我一下。②

                至于掉落下去，

---

① 下面有一行在原稿中无法辨认。

② 在托马斯·基德的《西班牙悲剧》第三幕第四场中有相似的描写。

那是我自己的事了。

那份心由我自己操。

当他在爬梯子时，萨里和施鲁斯伯里伯爵上

莫尔　萨里和施鲁斯伯里伯爵大人，在我们（分别）之前，请将你们的手给我。你们瞧，虽然国王陛下乐意让我爬到如此高的地方，但我一点儿也不觉得（自豪），因为我爬得越高，我就越能看清我的朋友们的面目。我正在做一次漫长的旅行，而这怪异的木马将要驮我到那儿；从你们的脸色上我看到你们并不赞成我的做法，你们中没有一个人敢于做这样的险行。（来回走步）说实在的，这是一个非常令人愉悦的门廊，与我的齐普赛街的花园相比，我更喜爱它的气氛。好人们①，你们怎么闯进了我的卧室，如果你们不打扰我的话，我将睡一个好觉。

施鲁斯伯里　大人，你对世人公布了你对国王的冒犯，这很好。②

莫尔　我的大人，我请求对刽子手按习俗做一件事，并且马上就做（将自己的衣袍给他）。我承认陛下一直待我很好，我对陛下的冒犯使我从一个国家的辩护人变成了一个演员（虽然我已年迈，嗓音也不悦耳），演出我的悲剧的最后一幕。为了我的过失，我将我的尊敬的脑袋，虽然有点儿谢顶，馈赠给他，并不是任何一个脑袋有幸被包裹着送到庙堂金殿的。但这也不会让他高兴，因为我觉得我的身体对我也没有什么用，干脆就让他埋葬这个，拿走这个。③

萨里　我的大人，我的大人，向你的灵魂再垂询一次吧：你

---

① 指执刑的人和卫士们，他们已经来到绞架上。

② 当时作为处决程式的一部分，被处决者要公开承认自己的罪行。

③ 参见莎士比亚《哈姆雷特》第二幕第二场波洛涅斯对白："(Pointing to his head and shoulder) Take this from this, if this be otherwise."。

明白，我的大人，生命太短促了。

莫尔　　我明白，我的好大人，昨晚我考虑了这个问题。我到
　　　　这儿来就是准备给放血的：这里的医生告诉我这对头
　　　　疼有好处。①

刽子手　我的大人，我请求你原谅。

莫尔　　原谅你，好伙计？为什么？

刽子手　因为你的死亡，我的大人。

莫尔　　哦，我的死亡？我倒情愿你原谅我，因为你将要对我
　　　　采取最致命的行动：因为法律就掌在你的手中，我
　　　　的好朋友。这是你的报酬（他的钱袋），我的好伙计，
　　　　把我的案子赶快了结了算了；一下子斩头的痛苦比拖
　　　　沓的死亡或者活在不断的诉讼的折磨和煎熬中要好。
　　　　但我可以告诉你，我的脖子是如此之短，即使你已经
　　　　斩了像我这样的一百个贵族的脑袋，你也不会因此而
　　　　显得多么不凡。因此，请留意，先生，斩得干脆些，
　　　　要不我说你永远没法跟我打交道。

刽子手　我得等待命令，我的大人。

莫尔　　还有一件事，请小心别砍了我的胡须。哦，我忘了，
　　　　昨晚已经通过了斩决，身体埋葬在伦敦塔内。——等
　　　　一等，在这样森严的警卫之下，有可能逃亡吗？是有
　　　　可能的。
　　　　有一样更为优秀的东西，
　　　　在我身上，
　　　　它将我的精华
　　　　从这些孱弱的眼睛前，
　　　　向上升华。

---

① 莫尔在这里调侃在当时英国流行的放血治疗。医生指刽子手。

司法执行官老爷，
我将从守卫我死亡的冷剑中，
突破出去，飞向苍天。
让我们来想一想怎么办吧。

刽子手　我的大人，请你脱掉紧身上衣。

莫尔　请不要说话这么冷酷。
我的嗓音已经嘶哑，好伙计，
我也不愿再多穿什么了。
请把绞刑架指给我看，我从没有到过这儿。

刽子手　往东边走，我的大人。

莫尔　那就往东走，
我们
去叹息基督之死，
去永息。
在这里，莫尔将放弃所有的欢笑，
为什么？理由太充分了：
肉体，这傻瓜蛋，
和脆弱的生命
必须一同死亡。
没有一颗眼睛用眼泪
向我的躯体致意；
当我们在天国再生时，
我们应该没有恐惧。
下

萨里　一个博学、令人尊敬的绅士，
用鲜血给他的谬误做了了结。
来，让我们到朝廷去。
在他前往天国时，
悲哀呀，

让我们奋力使我们
未知的命运更加完美吧——①

（全剧终）
2017 年 4 月 29 日于北京威尼斯花园

---

① 具有讽刺意味的是萨里继后在 1547 年因反亨利八世而以叛国罪处斩刑。

娘儿们小心娘儿们[①]

托马斯·米德尔顿
威廉·劳里 著

---

① 根据 Women Beware Women and Other Plays，Thomas Middleton，Oxford Univerity Press，1999 译出。

戏剧人物

佛罗伦萨公爵

红衣主教大人，公爵的兄弟

另两位红衣主教

勋爵

法勃里肖，伊莎贝拉的父亲

希珀里托，法勃里肖的兄弟

卡狄阿诺，傻瓦特的叔叔

瓦特，一位有钱的年轻继承人

利安肖，地产管理人，碧安莎的丈夫

索迪多，瓦特的仆人

利维亚，法勃里肖（和希珀里托）的妹妹

伊莎贝拉，利维亚的侄女

碧安莎，利安肖的妻子

寡妇，利安肖的母亲

佛罗伦萨贵族们，公民们，学徒们，男孩们，信使，
  仆役们

（勋爵们，贵妇们，少女们，侍酒者，随从们）

地点：佛罗伦萨

第一幕

第一场

利安肖偕同碧安莎及母亲上

母亲　对于我，再没有什么
　　　比看见你更宝贵的了；
　　　以一个母亲的爱欢迎你，
　　　那是源自母爱的慰藉。
　　　自从你出生——一个母亲最高兴的事儿，
　　　经历了临盆的劬劳之后，
　　　再没有比这将你贴在心上的时刻
　　　更珍贵的了。
　　　再一次欢迎你。

利安肖　（旁白）唉，可怜的充满温情的灵魂呀，
　　　她的快乐让我何等样感动！
　　　我常常目睹这种温情，
　　　我也知道一般混小子
　　　都有这么痴心溺爱的母亲。

母亲　这位女士是谁？

利安肖　哦，你问到了一个年轻人所能有的
　　　最为无价的宝贝。

时不时瞧一眼那瑰宝，
而且那还是我的——
真是一种祝福呀——
它让我欣喜异常，
生活在男人中间
命里注定要拥有这样一个生灵；
但我的生活可怕而贫困，
这让人好好想一想。
将几十年的辛劳和痛苦
一下子塞进雪白的裹尸布里——
我想这该引起偷情者们深思：
他们应该知道，
他们亵渎的被单
终久会成为他们的裹尸布：
哦，那是对女人怎样的一个警示呀！
那美，那能够使一个野心勃勃的
征服者满意的美，
一直约束着我的行为；
我无意迷醉于
这个人的妹妹，那个人的妻子：
以爱情的名义，让她们保持贞操，
和丈夫在一起吧，①
那是她们的义务。
我前往教堂可以认真做祷告了，
不用像春心骚动的人
总在偷看娘儿们的脸蛋，
仿佛在礼拜日市场上兜售淫欲。
我必须承认，母亲，

① 见《旧约·创世记》2：24，《新约·马太福音》19：5："为此，人要离开父亲和母亲，依附自己的妻子，两人合为一体。"

　　　　　我还有一个比原罪
　　　　　还要严重的罪过；
　　　　　但我以此为荣：那就是偷窃，
　　　　　这犹如伟大人物擢升一样地高贵。

　母亲　怎么回事？

　利安肖　我永远不会后悔，母亲，
　　　　　虽然这是死罪；①
　　　　　如果我不犯这罪的话，
　　　　　我早就死了。
　　　　　这是我的杰作：瞧瞧她！
　　　　　好好瞧瞧她，她是我的。仔细瞧瞧。
　　　　　看看她是不是自古以来
　　　　　最好的窃物。
　　　　　我为此可以得到宽恕：
　　　　　因为它最终以婚姻而结束。

　母亲　跟她结婚！

　利安肖　你得保密，母亲，否则我就完蛋了；
　　　　　一旦泄露出去，我就会失去她；
　　　　　请想想那样的失落
　　　　　对我意味着什么——跟它相比
　　　　　生命只是小事一桩。
　　　　　我把她从威尼斯带到这儿，
　　　　　她父母家财万贯，
　　　　　眼下正在气头上。
　　　　　让风暴发泄它们的愤怒吧；
　　　　　我们现在拥有一处居所
　　　　　来庇护我们宁静而无辜的爱情，
　　　　　我们心满意足；

---

① 见《新约·罗马书》6：23："罪恶的薪俸是死亡。"

　　　　　　她只给我带来很少的金钱；
　　　　　　只要瞧一眼她的脸容，
　　　　　　你就能见到所有的嫁妆
　　　　　　除了隐藏在德行里的宝藏，
　　　　　　那庋藏在首饰盒里的财宝。

母亲　　我说你错了，
　　　　　　如果你的顺从允许反驳，
　　　　　　对这样一个完人说不。

利安肖　怎么错了？

母亲　　把这样一个人
　　　　　　从她那幸运的命运中拽过来，
　　　　　　这毫无疑义有时候异常高贵，
　　　　　　但你不明白你干了什么。
　　　　　　我所能给予你的帮助非常少，
　　　　　　你也不能指望我死后的遗产；
　　　　　　你到此为止的收入刚够
　　　　　　维系你单身的生活，尚且还非常艰难。
　　　　　　你有什么能力给予她
　　　　　　与她出身和德行相称的人生？
　　　　　　每一个女人都希冀得到，
　　　　　　与阶层、美德、血统、出身相配的生活，
　　　　　　有的在欲望、希冀和任性的驱使下
　　　　　　甚至还希望得到更好一些。

利安肖　轻声些，亲爱的母亲，给她听见
　　　　　　你就把她教坏了；
　　　　　　你要是不想让一切坏事，
　　　　　　那才怪呢。
　　　　　　当她一味顺从的时候，
　　　　　　我请求你不要教她违逆；

当女人在昂贵的花销上
占上风，
为了一年买六条长裙，
她们会和丈夫恶声相向，
并且为此一味蛮干下去。
她们是一群鬼魂——很容易激发起来，
很不容易让她们安静下来，母亲。
比方说，
一个女人的肚子会突然大起来——
要再次放倒她得费好多钱：
在女人争吵和做坏事的时候
从来都是这样。
我是一个骄傲的男子汉，
从未听见过女人唠叨，
她们很安静，我太感谢我的幸运，
我能安然睡觉；
请不要用你的巧舌
去唤醒她们。
如果你能安安静静，她对
我所能给予她的就会心满意足：
做一个爱丈夫的妻子，
花销也量入为出，
不像她的老同学们那样任性放荡。
她打算复制一些绣花样儿，
来描摹诚实的爱情，
那类爱情无视贫困，
好像跟穷困开个玩笑，
生出好多孩子，
让富人诘问天意，
为什么给他们送来充斥房间的钱袋，
却让婚床上的子宫空空如也。

好母亲，请不要由于你的坦率
把事情弄得一团糟——请你注意这点——
也不要学那些老混蛋，
将一场欢乐弄得兴味索然，
仅仅因为她们自己过了寻欢的年龄。
我愿意你对年轻人，
特别是亲骨肉有更多的怜悯。
我将证明我是一个完美的丈夫，
这是我的手；
准备好婴儿的食物，
静候我的消息，
四十周之后你将成为祖母。
去吧，亲吻她，热烈地欢迎她吧。

母亲　女士，这是在友爱的会见时，
时髦的陌生人之间的礼节；（吻她）
考虑到你跟我之亲密：
再亲吻一个，（亲吻她）
作为女儿，再亲吻你一个，
这比一般的爱更要深沉得多的爱呀。（再次亲吻她）

利安肖　啊，这太好了，
很少有六十岁的老太
能比这做得更周到的了。

母亲　我所能欢迎你的太稀少了，
请自便吧；我们太贫困，
没有什么昂贵的东西款待你。

利安肖　这太丢人了，
说起话来就像一个没牙的老妪。
这些老东西尽说匮乏和欠缺，
因为她们满脑子就是这些。

碧安莎　仁慈的母亲，当她享受着所有的欲望，
　　　　她就没有什么欠缺了。
　　　　上天给这位男人的爱带来宁静，
　　　　那我就是富有的了，
　　　　就像富有道德的人
　　　　有可能贫困一样；
　　　　那就足够让我建立起
　　　　一座幸福的大厦，
　　　　为精神和情感。
　　　　我抛弃了家庭、财产和我的国家，
　　　　每时每刻都沉浸在欢乐之中：
　　　　这儿就是我的家，
　　　　人少反而可以多享用。
　　　　（对利安肖）你的命运，
　　　　不管好坏，我都将与你休戚与共；
　　　　无论是欢乐还是绝望，
　　　　我都将随遇而安。
　　　　这犹如邀请各色人等赴宴，
　　　　人们命运各有不同，
　　　　但都得竭诚欢迎、款待他们。
　　　　我将这儿视为我新生的地方，
　　　　这太恰当了：
　　　　因为在这儿诞生了我的爱情，
　　　　那是一个女人快乐的旦日。
　　　　自从我来，你还没有给予我欢迎。

利安肖　我毫无疑问亲吻过你了。

碧安莎　不，肯定没有，怎么回事？
　　　　我都忘了。

利安肖　这么亲吻你的。（吻她）

碧安莎　哦，先生，是的，
　　　　我记起来了。我错怪你了，
　　　　请再吻一次，先生。
　　　　他们再次相吻

利安肖　在一小时之内
　　　　我能忍受多少这样的错怪呢?
　　　　把玉漏再翻一次，
　　　　错怪就加倍了!

　母亲　请你进来，女儿。

碧安莎　谢谢，亲爱的母亲;
　　　　没有什么比这如同母亲的声音
　　　　更让我感觉舒服的了。
　　　　母亲和碧安莎下

利安肖　虽然自尊和富有老板的信任
　　　　管束着我的代理人身份，
　　　　今日良宵我只知道
　　　　和她厮混，
　　　　她的亲密和顺从。
　　　　但一想到明天就发愁:
　　　　我必须离她而去，
　　　　让她苦苦盼望甜蜜周末的来临。
　　　　在老板星期六晚上支付钱之前
　　　　那快乐不得不克制和约束。
　　　　天啊，你会说，这更好，
　　　　凑成一笔十分可观的钱。
　　　　哦，美丽的佛罗伦萨，
　　　　你是否知道
　　　　你成为我的情人，
　　　　是怎样一个无与伦比的宝石呀，

欲望①会占有你，

注入你所有年轻的儿子的血液中

具有摧毁一切的力量！

将值钱的宝贝藏在最不显眼的地方，

这一直是一个狡猾的窍门：

如果我们向窃贼展示财富，

那就会让他们更加大胆。

诱惑是一个魔鬼，

是不会费心倾听圣人之言的——

请注意这一点。

首饰藏在首饰盒里，

不让别人瞅见；

谁能想象一颗如此宝贵的玉石

就藏在这简陋的屋檐之下？

那不在家的时候怎么办？

这种约束能有什么保证呢？

是的，是的，有一个保证：

老母亲见过世面，

当儿子锁好柜子，

母亲就是最好的看管锁的人。

下

第二场

卡狄阿诺、法勃里肖、利维亚以及仆人上

卡狄阿诺　啊，你女儿见到他了？你知道那个吗？

法勃里肖　这无关紧要，她将会爱他。

---

① 原文为 a pride，在米德尔顿的语汇中，这往往带有"情欲"的意味。

卡狄阿诺　不，让我们公正地处理这个问题：
　　　　　　他在我的监护之下已有十五年，
　　　　　　在我的监护临近结束时，
　　　　　　按传统和道德规范，
　　　　　　我要给他找一个妻子。
　　　　　　现在，先生，
　　　　　　我要在你的女儿中挑选一个：
　　　　　　你瞧，我的意思很明确。
　　　　　　如果提供的（让我也用上你的说法）
　　　　　　这个女儿拒绝他，那我就吃闭门羹了。
　　　　　　（*旁白*）为了探询一个傻老头儿
　　　　　　关于他最宝贝女儿的想法，
　　　　　　我还是要仔细斟酌我的话语。——
　　　　　　你怎么回答，先生？

法勃里肖　我还是说她会爱他。

卡狄阿诺　还这么说吗？
　　　　　　她不用什么理由就爱他吗？

法勃里肖　啊，难道你认为女人爱需要理由吗？

卡狄阿诺　（*旁白*）我看傻瓜并不是总傻，
　　　　　　就像聪明人并不总聪明一样。

法勃里肖　我有一个妻子，
　　　　　　她爱得我发狂；她没有理由，
　　　　　　我看不出为了任何东西。
　　　　　　（*对利维亚*）你怎么认为，贤妹？

卡狄阿诺　（*旁白*）两个人全都智穷力竭，
　　　　　　问她倒是合适。
　　　　　　（*对他*）她似乎是一个可爱的妻子，
　　　　　　她总是尽量顺杆儿爬。

法勃里肖　如果她的女儿性起不会癫狂，
　　　　　将理智置于我的意愿之上，①
　　　　　那她就不像她，也不像我。
　　　　　（对利维亚）你一个饱经风霜的寡妇，贤妹，
　　　　　请说说你的看法。

利维亚　　如果我说实话，我会站在侄女一边
　　　　　而得罪你，我觉得强迫她去爱一个
　　　　　从未见过的人太不公正。
　　　　　姑娘应该见见夫家，并喜欢上他：
　　　　　见上一次也就够了；
　　　　　如果他们确实燕侣莺俦，那就好了。
　　　　　请想想她嫁一个男人是一世的事，
　　　　　那是很难决定的一个难题。
　　　　　你可以在结婚三年后
　　　　　询问年轻的妻子们，
　　　　　看看情况怎么样。

法勃里肖　啊，贤妹，难道男人
　　　　　不是受责任和义务所制约的吗？
　　　　　不是终生只爱一个女人吗？

利维亚　　这对于男人太过分了：
　　　　　他尝过各种各样菜肴，
　　　　　而我们这些可怜虫
　　　　　连舔一下的份儿都没有：
　　　　　顺从啦，屈服啦，责任啦等等花样
　　　　　都是我们杜撰出来，而为他们所用。

法勃里肖　妹妹，你是一个甜蜜的女人，一个智慧的女人——

利维亚　　一个智慧的女人！哦，赞扬含苞待放的花，
　　　　　只适合十六岁的姑娘；而我已经凋萎了，哥，

---

① 在女儿的婚姻问题上，是否由父母决定是詹姆斯一世时代辩论的问题之一。

　　　　　　到这年岁我该理智了；
　　　　　　比方说，我体面埋葬了两任丈夫，
　　　　　　再也不想嫁人了。

卡狄阿诺　不想嫁人了？啊，为什么？

利维亚　因为这第三任将永远不会埋葬我。
　　　　　我觉得我学乖巧了；
　　　　　你怎么认为，哥？

法勃里肖　我总是付钱
　　　　　请个脑袋瓜子不灵的律师。

利维亚　那我必须告诉你，
　　　　　你的钱很快就会这样花完。①

卡狄阿诺　（对法勃里肖）开导开导她，老兄！

利维亚　我侄女在哪儿？赶快去把她找来。
　　　　　　仆人下
　　　　　如果你抱有希望的话，
　　　　　婚礼有可能举行，
　　　　　但她应该与他见一面，
　　　　　悠着点儿，不要匆忙就拉郎配，
　　　　　仿佛他们赶着要去新殖民地。②

法勃里肖　你找她的叔叔，肯定就能找着她。
　　　　　这两人永远拆不开；
　　　　　人们听见他们在夜半谈心；
　　　　　月夜是正午时光：
　　　　　散步权当睡眠，
　　　　　简直像梦游患者，

---

① 英语谚语："傻瓜和钱很快就会分手。"
② 有可能指纽芬兰或北美的弗吉尼亚等新殖民地，当时前往的人们总是匆忙完婚
　　而行。

当着我的面也这样。
哎呀，我说的全是真话；
他们就像一条链条：
抓住一根链，其他就跟着提拎出来了。

仆人引着希珀里托和伊莎贝拉上

卡狄阿诺　哦，亲情，
你们是何等美妙的工匠的作品呀！
干净利落，没有淫乱，而只有爱，
非常丰富的爱呀；
在一般男女之间，
根本就没有爱，而只有淫欲。

法勃里肖　（对伊莎贝拉）你还是戴上你的面具，
像你那样的妙龄少女，
不能随意被人瞧见，①
哎，好好利用你的时间，
看看你到底喜欢什么；
不，我是说
你到底喜欢看到什么。
听见了吗？不能再耽搁了，
这绅士快二十了，
是该拥有合法的继承人的时候了，
而你该为他生育这些继承人。

伊莎贝拉　好父亲！

法勃里肖　别告诉我流言蜚语。
你会说这绅士有点儿简单——
如果你聪明的话，对于丈夫这更好，
嫁傻瓜的人都会过上贵妇的日子。
把面具戴上，我不想再听说什么了；

———————————

① 英语谚语："少女应该是被人瞧，而不是被人听的。"

这傻瓜有钱，活生生掉在钱堆里。（伊莎贝拉戴上面具）

利维亚　别这么躲躲藏藏的，
　　　　我想这是他的屁股，好大的一块肉，
　　　　全身现出来还不知道怎么样呢。
　　　　瓦特拿着一根棍子①和他的仆人索迪多上

　瓦特　揍了他？
　　　　在野外我就用他自己的棍子揍了他一顿，
　　　　我一上手就给了他一棍。

索迪多　哦，太不可信了！

　瓦特　真的，
　　　　他叫了一帮流氓混混来对付我。

索迪多　怎么，那娘娘腔的女装裁缝？②

　瓦特　是的，我也揍了他。

索迪多　那没有什么了不起，
　　　　他是耗子胆儿，总逆来顺受。

　瓦特　不，我一开始棒击木片时，
　　　　就抽打了他。

索迪多　你说起这事儿，有个鸡贩子的娘儿们昨晚给你的监护
　　　　人抱怨了好长时间，说你在她小子脑袋上打了一个大
　　　　包，有鸡蛋那么大。

　瓦特　鸡蛋赶明儿会变成小鸡，到时候这鸡贩子娘儿们就可
　　　　以卖鸡赚钱了。我一玩上游戏，就没命了；即使我母
　　　　亲的眼睛一直盯着我，我也不会心慌丧失我赢的势

---

① 这种棍子叫作 trap stick，棒击两头尖的短木片（cat），使之弹起后再击远的游戏。
　在此剧中，cat（木片儿）又含有妓女的意思。
② 在当时，女装裁缝被认为是娘娘腔而胆怯的人。

头。不，要是她还活着，嘴里只有一颗牙齿，我也能看准了把那颗牙齿打下来。我一玩上瘾，就把什么人都忘了，我可认真了。该死，我的监护人！请把我的木片儿和棍儿放好。

索迪多　老爷，放哪儿？放在烟囱旮旯儿里吗？[①]

瓦特　烟囱旮旯儿里？

索迪多　是的，老爷，你的木片儿在烟囱旮旯儿里总是非常安全，除非她们烧着了自己的裙子。[②]

瓦特　天啊，那是我最害怕的！

索迪多　啊，那我就把你的木片儿放在阴沟里，我肯定她在那儿是最安全的。

瓦特　如果我活着拥有一栋房子，我就要把你养成一个肥仔，要是光吃肉和喝酒就能成的话。那我就能大胆地俯身干那事儿了，对着那洞儿，我就是一条公狗。我纳闷我的监护人为什么一直不给我找个老婆；那我就去找这些丫鬟，或者半夜去找那看守食品室的娘儿们，在奶油果子泥或者牛奶甜酒面前行鱼水之礼。

卡狄阿诺　瓦特！

瓦特　我感觉不管做什么事儿总是猴急猴急的：让我骑上去吧，欲念快把我烧死了；牵一条木马来。

卡狄阿诺　啊，瓦特，听我说！

瓦特　我对天发誓不在月夜吃鸡蛋，[③] 我吃个鸡蛋，不出二十四小时就能把我那玩意儿挺起来；如果我的热血还没有冷下来，那准能管用。

---

① 在詹姆斯一世时代，和妓女睡觉的人被认为是睡在烟囱旮旯儿里。

② 这可能指得了梅毒。

③ 在当时有一种传说，认为鸡蛋是一种壮阳的食品。

卡狄阿诺　听见没有，先生？跟我走，我必须得教训教训你。

瓦特　教训我？我才瞧不起那一套说教啦；我已经过了被教
　　　训的年龄了。我还不至于那么低下还要学读和写，我
　　　一出生就有一个好命。

　　　卡狄阿诺、瓦特和索迪多下

法勃里肖　（对伊莎贝拉）姑娘，你喜欢他吗？这是你丈夫。
　　　不管你喜欢不喜欢他，姑娘，
　　　你都得嫁给他，
　　　你都得爱他。

利维亚　哦，轻声点儿，哥！虽然你是一名法官，
　　　你的令状也不能越过你的管辖区；
　　　你以父亲的威望可以逼迫女儿
　　　接受血肉之躯无法接受的东西；
　　　然而，一旦有了爱，
　　　那情景就完全不同：
　　　你就处于另一种氛围，
　　　你的法律就只不过是
　　　罗马神庙里鹅的嘎嘎声。①

法勃里肖　她要嫁给他，
　　　然后再谈爱情。

　　　法勃里肖下

利维亚　你现在说话的腔调，哥，
　　　就像一个典型的老人，
　　　俨然一个从天而降拿着权杖的神；
　　　你想左右爱情——
　　　就像那些从没有过爱的大多数老人。
　　　（对希珀里托）我最亲爱的哥哥，
　　　我正在瞧着你；

① 据说，罗马神庙里的鹅半夜的叫声唤醒了罗马士兵去应对高卢人的突袭。

在世上再没有什么地方
比这儿更表现出所有的美好。

希珀里托　你说得要让我脸红了。

利维亚　这不过像在宴席前的感恩祷告，
最恰当不过的；
你就像是赴一场筵席，
她把你当作最令人愉悦的客人。
请设法让我的侄女快乐起来吧。

　　　　利维亚下

希珀里托　（旁白）我真希望我能对她直抒胸臆，
但那不是一件注定的事，
上天不允许那样做；
还不如我去死，
而不要让神圣的天命
受到些许的玷污；
深埋在心底吧，我的忧伤；
别声张，让我在沉默中消亡，
在世人都知道我的病态之前
让我死吧。你目睹了我的沉默；
如果你对我还友好的话——把我杀了吧。

伊莎贝拉　（旁白）跟个傻瓜蛋结婚！
对于一个女人，
捆在丈夫身上，而不认识其他男人，
还有什么比这更悲哀的吗？
据说美德要求这样。
啊，我怎么能服从并赞誉他，
怎么能去崇拜一个虚假的偶像呢？
一个傻瓜蛋不过是一个像人的人，
犹如一个偶像像神一样。
哦，悲惨的断肠的少女呀，

父命强迫的爱呀!
最好的境遇也够糟糕的了:
女人做出选择,
也不过是买来奴役罢了,
给男人带来丰厚的嫁妆,
不过是让自己成为囚犯——
仿佛一个可怕的囚徒
要行贿狱卒一样,
尽管有贿赂,
她还得待在牢狱里,
时不时被用一下,被瞧上一眼
还感到乐不可支。
天啊,没有什么痛苦超越女人的痛苦了:
男人购买奴隶,
而女人购买主人。
贞操和爱情让她感到幸福,
那是仅次于天使的祝福呀。
天意创造了各种毒药,
每一样都有其用处,
它让互不相容的要素
在人的身体里和谐相处,
天意在事物中创造了一种和谐,
那全然不是人的理由可以解释。
哦,但是这婚姻!
(对希珀里托)怎么,难道你也很烦恼吗,叔叔?
全家人都病了!
既然我最好的朋友也陷于闲愁,
我到哪儿去寻找慰藉呢?
难道这也传染给你了吗,先生?

希珀里托　只有一样痛苦不会离我而去,

我现在欢迎这痛苦了。
每一个人都有点儿什么
支撑他直到他的末日，
这点儿什么
由于你父亲对你的残酷无情
而愈盛。

伊莎贝拉　哦，快乐起来吧，亲爱的叔叔！
你痛苦郁悒多久了？
我从没有看出来；
我的眼力多么拙劣。
请问多长了，先生？

希珀里托　自从我第一次见到你，离开博洛尼亚，侄女。

伊莎贝拉　你将烦恼向我隐瞒这么久，
你怎么能如此鲁莽对待我的心呢？
啊，我以后怎么可能相信你的爱呢？
我们经历如许多的讨论，
难道却把那最重要的思想错失？
我们经常彻夜散步交谈，
却把那最主要的忘得一干二净？
我们两人都应怪罪；
这是一种倒错而任性的遗忘，
两人都有责任。
让我们抓紧时光：
说吧，好叔叔，你感觉痛苦。怎么回事？

希珀里托　在所有可以听说它的人中，
你是最不应该听说它的，侄女；
这不是一件你注定要听到的事。

伊莎贝拉　我不能，先生？那把我的一切快乐都扼杀了。
你曾经发誓说过你最爱我，

　　　　　　那不过是白话而已！

希珀里托　是的，我太真诚了，
　　　　　生怕我为此而受到责詈。
　　　　　请听一听那最糟糕的吧：
　　　　　我爱你比叔叔所能爱的更要炽烈。

伊莎贝拉　啊，你总是这么说，我相信。

希珀里托　（旁白）她的思想多么单纯，
　　　　　她不懂得一个几乎快成为罪人的人的
　　　　　亵渎神明的语言。
　　　　　我不得不（虽然这让我脸红）
　　　　　把事情挑明。
　　　　　（对她）我爱你，就像一个男人爱他的妻子。

伊莎贝拉　什么？我听到坏消息向我袭来，
　　　　　人们一般认为坏消息长翅膀，
　　　　　一听说就贸然行动。
　　　　　我必须阻止它，
　　　　　虽然我感觉更加快乐，欢迎它吗？
　　　　　不，我不希望它再临近我的耳朵。
　　　　　永别了，所有友好的慰藉和交谈，
　　　　　我将设法没有你也活下去，
　　　　　因为你比你的慰藉更加危险。
　　　　　如果我们不能信任这样的一个人，
　　　　　当血亲之爱和淫欲搅和在一起，
　　　　　在爱中哪里还有真诚可言？
　　　　　　伊莎贝拉下

希珀里托　最坏不过是死亡，让死亡来吧；
　　　　　对于一个生活不愉快的人呀，
　　　　　每一天都是末日。
　　　　　　下

第三场

利安肖单独上

利安肖　离别后，我就像
一场狂欢之后第二天看到的
那些叱咤风云的风流男子一样
变得沉闷而呆滞；
如果你仔细观察，
我就是他们这模样儿。
对这事感到极大兴味的人，
离弃它无异于入了地狱。
许多假日连在一块儿
让你可怜的脑袋在很长时间里
变得麻木，手脚也不灵了，
在性事方面，
刚结婚的一对儿也是这样：
他们不再珍惜时光，
躺在床上想方设法玩新的花样，
那实在太费精神。
碧安莎和母亲在舞台上方上
瞧，她特地来到窗前
给我送行。
即使吊死我，
我也无力再前行了。
永别了，所有的世事，
除了细瞧那丽人儿再没别的欲望了；
让货物去待在码头，
我干吗要让我的青春累死累活？
这也只提前两三年沦落成乞丐，

而却可以长久跟她厮混在一起——
难道不是这样吗?
哦,呸,我相信了什么样的道理!
好不羞耻,快跳出来吧;
最爱的男人
能提供最大经济上的关怀:
那才表明他爱得最深。
跟真正的爱情相比,
沉溺于其中而不能自拔,
正如跟有钱人妻子玩蒙眼游戏①,
那是傻瓜一个——
当肚子吃饱了,
仓库里堆满了货物,
玩玩是可以的;
而眼下得放聪明点儿,
放纵娱乐还为时过早;
错失了一日之晨,
便错失了一日最好的时光。
那些有钱人都是在黄昏后
变成富足得流油的人;
他们可以偃旗息鼓,
在安适中发福,
宴请啦,玩游戏啦,运动啦,
而像我这样的人得在烈日下干活,
而且还得干得很欢。

碧安莎　我看见,先生,
你还没有走;
我真希望你留下来。

---

① 英格兰乡间的一种游戏,一个人跪着,将头放在另一人的膝盖上,人们击其背让他猜是谁。

利安肖　再见，我一定不能。

碧安莎　来吧，来吧，回来吧；
　　　　明天也就多干一点
　　　　就把落下的给补了；
　　　　相信我吧，会的，先生。

利安肖　我真希望我能待在你的左右。
　　　　但放浪的爱情必须得有所管束，
　　　　那得谨慎小心，否则把一切全毁：
　　　　爱情中需要张弛有度，
　　　　正如一个王国需要管治一样；
　　　　要是一味纵欲无度，
　　　　那犹如人民起义，
　　　　根据自我意志而举旗谋反，
　　　　兵戈相争而没有任何理由。
　　　　但是，考虑未来发展的爱情
　　　　就像是一个让全国相安的好国王。
　　　　再见了吧。

碧安莎　就这一晚，我请求你。

利安肖　唉，要是我留下再待一晚，
　　　　那就可能再待二十个晚上，
　　　　然后四十个晚上：我有如此肉欲的福气，
　　　　除了供两人骑的马，我还没有买过别的马。
　　　　如果我再待下去，
　　　　我就要成一个浪子。
　　　　如果你想过好的生活，
　　　　就不要再挽留我，
　　　　弄得我不知该顾哪一头——
　　　　再见了吧。

碧安莎　既然不得不这样，那就再见吧。

利安肖下

母亲　女儿，你错了，
　　　你这样要把他惯成个坏丈夫，
　　　真的是这样。
　　　我告诉你，自我放纵是很容易学的，
　　　很快就会融入年轻人的血中，
　　　于是便变成一条懒虫。
　　　不，唉，明白吗，
　　　你哭什么？
　　　我活了六十多岁，
　　　我的担忧是有道理的。
　　　请相信我，你错了，
　　　他离家至多也不过五天。
　　　干吗要流这些眼泪呢？
　　　难道爱不能反映在一张姣好的脸蛋上，
　　　非要以泪洗面么？
　　　那脸就像乡下姑娘在一盆水中
　　　梳理她的秀发。
　　　来吧，为爱而泣
　　　也是一种古老的风俗。
　　　两三个男孩，和一两个公民，偕同一个学徒上

男孩们　他们来了，他们来了！

男孩乙　公爵！

男孩丙　贵族！

公民　多近了，孩子？

男孩甲　在前面一条街上，先生，很快就来了。

公民　伙计们，给情人们找个站脚的地儿①，

---

① 原文为 standing，意为站脚的地方，但在詹姆斯一世时代也可解释为 erection（勃起），
故有下面学徒的反应。

全城最好的地势。

学徒　我早为她找好了，先生，
　　　我要在晚上干她，
　　　把她干得死去活来。

公民　那就快去把她挑逗起来，
　　　去吧，先生。
　　　学徒下

碧安莎　这么行色匆匆干吗？
　　　你能告诉我吗，母亲？

母亲　这是怎样的一个回忆！
　　　岁月似乎倒流，又回到我的身边了。
　　　那是每年一次的列队，
　　　行进到圣马可教堂的盛典，
　　　四月十五日①公爵和公国
　　　奉行的宗教仪式——
　　　要是我笨拙的脑袋没有忘记的话。
　　　你问这个问题真是太好了，
　　　要不我就会下楼，
　　　坐在那儿就像一个唠叨的老太婆，
　　　从不会想起这茬事儿。
　　　我愿意年轻十岁而错过这次盛典，
　　　也不愿意你错过它；
　　　你可以看到我们的公爵，
　　　就他的年岁而论，一个好英俊的男人。

碧安莎　他很老吗？

母亲　大约五十五岁。

碧安莎　对于男人来说，那年岁不算老，

---

① 母亲还是记错了。威尼斯的圣马可节是在四月二十五日。

那正是智慧和判断力最好的年月。

母亲　红衣主教大人，
　　　他的高贵的兄弟，一位漂亮的绅士，
　　　在虔诚方面他比他的出身还要崇高。

碧安莎　他值得一看。

母亲　你会看到佛罗伦萨所有高贵的精华，
　　　你在这庄严的节日来，真是太幸运了。

碧安莎　我希望永远如此。
　　　音乐声

母亲　我听见他们在走近，你站着舒服吗？

碧安莎　舒服极了，好妈妈。

母亲　坐上凳子吧。

碧安莎　我不需要，谢谢你。

母亲　那就锻炼锻炼你的意志吧。
　　　六位光头骑士、两位红衣主教、红衣主教大人、公爵
　　　依次庄严上场；其后是佛罗伦萨贵族，两人一排，伴
　　　随着音乐和歌声。行进列队下

母亲　喜欢吗，女儿？

碧安莎　这是一个高贵的公国。
　　　我想我的灵魂可以寄存于
　　　具有如此庄严而有价值的风俗的地方。
　　　公爵不是抬头看了吗？
　　　我觉得他看见我们了。

母亲　每一个看见公爵的人都会那么想；
　　　如果他眼神在谁身上停留一会儿，
　　　他就紧紧盯视他们；
　　　这位善良而操碎了心的绅士，

其实并没有在意什么；
他投射的眼神
只是注意他自己留心的东西，
他所关注的是大众的福祉。

碧安莎　好像是这样。

母亲　来吧，来吧，让我们到楼下去结束这场纷争。
　　　众下

第二幕

第一场

希珀里托和寡妇利维亚夫人上

利维亚　　每当我一想到这，哥，
　　　　　总觉得这是一种奇怪的爱；
　　　　　我纳闷你怎么会怀有它的。

希珀里托　这太轻易了，
　　　　　就像一个男人会很轻易地毁灭，
　　　　　他每每将毁灭就揣在怀里。

利维亚　　在这世界女人很多，
　　　　　这造物与生俱来
　　　　　是如此美丽而风情万种，
　　　　　难道爱情就应该指向你的至亲吗？
　　　　　这有点儿太违背自然了。
　　　　　难道你的眼神不得不邪恶地落在
　　　　　你亲人的美貌上，
　　　　　而不去别处寻求？
　　　　　它只是局限在一个
　　　　　比为它设定的更为狭小的牢狱里——
　　　　　在那个牢狱里，

只有陌生人被允许进入，
在那儿，伟大的慷慨是荣誉的源泉，
而苟且吝啬是一件丢脸的事，
女人绝不会因此而感激涕零；
上天会蔑视、嘲弄
那些不走习俗的路的人，
将精力白白地浪费殆尽。

希珀里托　仔细想来，
没有谁的痛苦
是如此深地掩埋在心中。

利维亚　不，我是如此地爱你，
我将尽力不让可怕的痛苦
和灾难降临在你头上。
当我看见你因指摘而晕倒时，
那简直要了我的命，
我只得放弃，
虽然我知道没有什么会对你更好一些。
亲爱的哥哥，请你不要让悲伤
损害你美好的光阴和命运。
我爱你的生命
就像我爱自己宝贵的生命，
请珍惜那生命的精髓吧；
如果你认为我以前出于真诚和爱
说的话过于刻薄，
那不过是恩惠和美德的一次冒险。
我能够让你对她的狂热的欲望
得到令人愉悦的满足。
这我能够做到。

希珀里托　哦，没有什么能够使我的欲望得到满足！

利维亚　如果你将你的爱押在这场赌博上，哥，
　　　　你那样做定然很快会输掉，
　　　　而我却可以轻易为你赢得她的爱。
　　　　先生，我可以像佛罗伦萨任何尖刻的女人，
　　　　给贞操来一个狡猾的阻击：
　　　　假若她是一个好骑手，坐得稳稳当当，
　　　　那我的阻击没法儿让她掉下马来。
　　　　请鼓起勇气来，老兄；
　　　　虽然另一个人会因此而绝望，
　　　　但我同情你的爱，愿意去试一试——
　　　　我不会明说出来，那不是很地道。
　　　　你一旦体会到我的能耐，
　　　　那就请赞扬我一番吧。

希珀里托　恐怕我
　　　　不可能匆忙就会表扬你。

利维亚　值得慰藉的是，哥，
　　　　你并不是第一个做
　　　　这等犯禁的事。
　　　　我要找各种治疗心病的药给你，
　　　　我想让你振作起来，老兄。

希珀里托　我已经没救了。

利维亚　亲爱的，你将看到我会用一剂古怪的药方，
　　　　来疗治这一致命的病症，
　　　　这一奇耻。
　　　　你什么时候再见她？

希珀里托　再也不会安心见她了。

利维亚　你是这么没有耐心。

希珀里托　你相信吗？该死，

她已经发誓不与我为伍，
红着脸儿把路堵死了。

利维亚　我看得出来
这一切都是谎言；
好吧，事情办成了，
这就更加光彩了。
　　仆人上
怎么，伙计，有事儿吗？

仆人　夫人，你侄女，美德的伊莎贝拉
下了马车要见您。

利维亚　（对希珀里托）太巧了；
老兄，你真是福星高照。
（对仆人）把她引进来吧。
　　仆人下

希珀里托　我该怎么办？

利维亚　你回避一下，亲爱的哥哥，
我必须为你使出浑身解数。

希珀里托　是的，这样更好。
　　希珀里托下

利维亚　你该死，难道我爱你爱得不够吗！
我要上床去了，让这件事不了了之。
在爱中我是那么愚蠢，
不仅操心他们的健康，
还要操心他们的性事，
甚至忘却自己的福祉。
我采取了一条怜悯他的路，
给自己的名声不留任何余地。
我是如此慷慨——很少有这样的姐妹，

将她们兄弟的性事和快乐
看得比自己的贞操还要重。
如果你们怀疑我的爱，
那么请记住，每个人终久都有缺陷。
　伊莎贝拉侄女上
侄女，欢迎你的爱。
唉，你的脸颊怎么这样苍白？
是因为这场强迫的婚姻么？

伊莎贝拉　在诸多的烦恼中
它倒反而帮了忙，好姑妈；
但我绝口不谈这些烦恼，
因为与其说它们会让思想痛苦，
还不如说会让说出口的舌头蒙羞。

利维亚　不管怎么说，瓦特是一个简单的人。

伊莎贝拉　简单！那敢情好：
啊，跟这样一个丈夫倒好相处。
但他是一个傻瓜蛋，
一个实打实的傻瓜蛋。

利维亚　既然这样，我认为这取决于你的选择，
是同意还是拒绝，侄女？

伊莎贝拉　你瞧我并不能选择。
我痛恨他，
就像美人痛恨死亡，痛恨老年，
那最终要来到的充满恶意的年华。

利维亚　那就把这纷争干脆公开出来。

伊莎贝拉　生来就一贯听从父亲之命，
我怎么可能那样做呢？
如果他下死命，我必须服从。

利维亚 唉，可怜的人，请你不要觉得冒犯，
如果我把姑侄的关系暂且搁在一边，
从一个外人的角度来同情你——
我的心中就有一个想法，
那就是拒绝这门亲事。

伊莎贝拉 怎么，拒绝，姑妈?

利维亚 是的，这样给你自己更大的自由，
也不用整天为这事忧伤了。

伊莎贝拉 亲爱的姑妈，请不要向我隐瞒
可能对我生命有利的东西。

利维亚 是的，是的，我不得不隐瞒，
当我一想到名声，
一想到我给你已逝的母亲，
我最亲爱的嫂子，
所做的庄严的誓言——
只要我心中还保存那份记忆，
别指望我会同情你。

伊莎贝拉 仁慈、温情、亲爱的姑妈——

利维亚 不，这是我一直特别保守的一个秘密，
是你母亲在临死的时候透露给我的;
已经九年了，我从没有把它说出来，
也没有合适的时间和由头。

伊莎贝拉 如果想赢得贞操的名声——

利维亚 好一个痛苦的原因!
我愿意帮你忙，
只要不损害秘密和名望。

伊莎贝拉 如果我还有生儿育女的希望，
秘密和名望都不会因我而受到损害。

利维亚　不，那是对你自己的损害，
　　　　一旦发生，那损害就会相当严重。

伊莎贝拉　那我就无须再去劝说父亲了。

利维亚　充其量说，你可以拒绝这傻瓜蛋，
　　　　或者嫁给他，主要考虑如何对你有利；
　　　　只有最聪明的人才能应付这局面。
　　　　你有足够的自由意志，
　　　　你不可能被逼迫做什么：
　　　　犹如一朵怒放的鲜花，
　　　　你采撷了，
　　　　它让你的人生充满芬芳和甜蜜。
　　　　你所说的父亲的成命微不足道；
　　　　你必须将你的顺从降低到最低限度。
　　　　如果你在这件事中为你的幸福擘画一番，
　　　　或者说，如果你挑选出最让你心驰神荡的东西，
　　　　这对你也许会有好处。
　　　　你已经看到欢乐的端倪，
　　　　好像看到几样菜肴，
　　　　但还不是宴会的全席，
　　　　我不会把什么都告诉你。

伊莎贝拉　请相信我，我当然求之不得
　　　　在这件事中找到对我有利的东西。
　　　　亲爱的姑妈，请把话说得明白一点。

利维亚　那我需要你发一个誓，
　　　　一旦我告诉你这个秘密，
　　　　你会大吃一惊。
　　　　我怎么能相信你的信用，
　　　　相信你会守口如瓶呢？

伊莎贝拉　正如我在你的身上找到神圣的怜悯，

你可以在我的身上找到你所需要的信用。

利维亚 这就足够了。
请记住，不管习俗怎么说，
为了家门，
你我之间的姑侄关系不能有任何损失。

伊莎贝拉 怎么回事？

利维亚 我告诉过你我会让你大吃一惊。
你和我们中任何人没有血缘关系，
不过是最疏远的陌生人而已，
人们只是出于对你母亲和你的名声的尊敬，
假定她是忠于她丈夫的，
但我们只是最疏远的陌生人而已，
你生在那不勒斯，而丈夫却在罗马：
我们之间有如此多的歧点。
既然你想知道更多，
我又有你的保持缄默的信誓，
我便可以更加放开地来谈论了：
当你到了懂事的年龄，
难道关于闻名遐迩的科利亚侯爵的议论
没有充盈你的耳朵，让你觉得好奇吗？

伊莎贝拉 是的，他是谁？
当我们住在那不勒斯时，
我经常听说与他荣誉有关的事。

利维亚 那你听到的就是对你父亲的赞扬。

伊莎贝拉 我父亲！

利维亚 是他。但所有的情事
都干得小心翼翼，
侯门声誉没有受到损害，丝毫没有。
你母亲直至死一直是如此谨慎，

除了她的良知和情人外，谁都不知道，
直到她对我作忏悔，
而我现在因对你的怜悯而作透露。
否则这将长时间都是一个秘密——
我希望你秉性所具有的对人的关怀和爱，
再加上你的信誓，这将不会对你造成伤害。
现在看来，你所谓的父亲的成命
难道还不软弱得要命吗？
难道他的所有强迫的行为，
你的所有顺从的动机不都非常徒然吗？
在你的意志和自由中
你拥有多么博大的机会
去接受，或者拒绝，或者两样都做？
聪明孩子的父亲也可能是傻瓜蛋。
你有充裕的时间考虑这些。
哦，我的姑娘，
除了轻率失检，
没有什么能击败女人；
我们能够像世上所有的人一样做得好。
请别忘了依然叫我姑妈；
注意这点，在有的场合也许会引起怀疑。
把你的想法闷在心里，不要告诉别人，
亲人啦，挚友啦，不，
我恳求你
也不要告诉你称之为叔叔的人；
虽然你很爱他，
我知道甚至陌生人都称道他的美德，
不要让他知道这个，我恳求你不要——
也许有朝一日你需要另一个爱人，
也许你爱上另一个人，
所以请不要告诉他。

伊莎贝拉　请相信我的誓言，我不会。

利维亚　啊，说得好。
（旁白）要是有人比我还要技高一筹
将一个姑娘弄得如此晕头转向，
那我情愿向她甘拜下风。
希珀里托上
（对他）她是你的了，上。
利维亚下

希珀里托　（旁白）唉，再好的恭维也疗治不好我的忧伤！

伊莎贝拉　（旁白）直到这可祝福的一刻，
我在无知中虚度了多少时光，
从没有可能了解自己？
多亏她那好心的怜悯，
把一切披露。
只要我早一天知道这个，
他就会得到有利的允诺，
而不是那尖刻的回绝——可怜的人儿：
这对于他的美德来说，
是一次小小而沉重的打击。

希珀里托　（旁白）从她的脸容看来，
似乎充满了更多的愤怒和焦躁，
我还是走开吧，受不了第二次风暴的肆虐；
第一次的发飙还记忆犹新。

伊莎贝拉　（旁白）你，我生命中的慰藉，
随着这个男人回来了？
我要紧紧把你抱住，
我险些和这个世界永别
而未能尽情快乐地享用你。
（对他）请原谅我，

我指责你仅仅是为了取乐；
最热烈的爱情每每会使用这种手法，
它让爱情具有更锋利的霜刃。
当我们邀请最好的朋友赴宴，
并不仅仅奉献上各式肉食：
还有辣酱和盐，
这样，把盏饮酒才更有兴味。
所以我想
在一场有滋有味的争执之后，
亲吻一下才更加美妙，更沁人心脾。（吻他）
你是怎么想的，难道这不好吗？

希珀里托　这令人如此心荡神驰，
　　　　　我简直不知道如何赞颂、如何表述了。

伊莎贝拉　这场婚姻终久要结束。

希珀里托　和瓦特？
　　　　　你是认真的吗？

伊莎贝拉　否则我们两人都要遭殃。

希珀里托　（旁白）我们两人？她这是什么意思？

伊莎贝拉　（旁白）说真的，
　　　　　在这一刻我才开始感觉安详——
　　　　　这婚事足以叫人心碎——
　　　　　但什么都不可能叫我断肠了。
　　　　　如果父亲给我配一个
　　　　　更加糟糕的傻瓜蛋，
　　　　　（我想我可以同样应付裕如）
　　　　　越傻越好，如果傻瓜蛋真的缺心眼儿，
　　　　　他就不会碍事。
　　　　　只要我爱的人小心谨慎，
　　　　　具有美德和判断力，我就够满足了。

（对他）女人一旦当上主妇
她不可能每天胃口都很好，先生，
犹如一个年轻的女侍臣，
她一般和女主人一起用餐，
精美的菜肴不传到她那儿来，
但她却都可以尝一下。
当她自己做了女主人，
她很乐意每星期，至多两星期，
吃一些精美的糕点：
所以，爱情需要用感恩来培育。
请你不要把你的爱当作陌生人，先生，
这就是我要说的。
（旁白）你是一个陌生人，你并不知道这个，
我发誓决不能让你知道这个。

伊莎贝拉下

希珀里托　这简直不可思议！
快乐从未如此地来临
不期然地迎合人的欲望。
她怎么会这样？
她①对她做了什么，谁能告诉我？
这全然超越巫术、药物，或者迷魂汤。
有些魔术没有命名，但更加可怕，
在我游历的十年，在所有见过的奇迹中
还从未见过这奇迹；
但我还是对此感恩。
这场婚礼还要进行，
那是智慧可以想到的最好的办法
来掩饰我们的交往，
避开世人咄咄逼人的眼光。
下

———————

① 指利维亚。

第二场

　　　　　　卡狄阿诺和利维亚上

利维亚　怎么，先生，
　　　　你从那寡妇窗口看到的这位夫人，
　　　　果真如你描述的，
　　　　这么年轻，这么绰约吗？

卡狄阿诺　她！

利维亚　是参加我们星期日聚餐会的那女人吗？

卡狄阿诺　她还参加星期四的晚餐会。[①]
　　　　　我不知道她怎么把她生出来的，
　　　　　我敢打赌她的脸蛋儿
　　　　　是佛罗伦萨最漂亮的；
　　　　　毫无疑问身材也婀娜多姿。
　　　　　公爵亲自在窗口看见她；
　　　　　仿佛独自钦羡一个女人
　　　　　远远不够刺激，他在
　　　　　极度的狂喜中把我召了去，
　　　　　小心翼翼地提到这绝色佳人，
　　　　　仿佛生怕她因为被看得太多
　　　　　而很快会褪去美色似的。
　　　　　我从未看见过：他被一个女人
　　　　　弄得如此神魂颠倒。
　　　　　但我不能指责他的嗜好，
　　　　　也不能将他的狂喜看作佯狂：
　　　　　她果然是一个美人，

---

① 这些聚餐会是一种为穷人举行的慈善性质的聚会。

倾国倾城之色，
让为君者觉得
为她效劳是举国的荣光。
我们该怎么来筹划呢？
他已经垂询两次了。

利维亚　两次？

卡狄阿诺　你简直无法理解
多么奇怪，
就那么一瞥弄得他心荡神驰；
谁要是能让他得到满足，
赐予多少财富和宠幸都不嫌多。

利维亚　如果像我这样的佛罗伦萨夫人都做不到，
或者仅仅差一点儿做到，
（你劳驾帮一点儿忙）
那我就此打住，改弦易辙了。

卡狄阿诺　这是为了公爵，
如果我误了你的事，
让财富和晋升都和我无缘。

利维亚　赶快把那老娘儿找来，
我这就开始。

卡狄阿诺　用这老家伙做钓饵，
定然会有一个好结果，
一个甜蜜的结果。
来人哪！
仆人上

仆人　老爷，你呼我吗？

卡狄阿诺　走过来，听我说。（他们在一边交谈）

利维亚　我真想见一见这粉黛绝色，

              她赢得如许多的称羡和赞美。

卡狄阿诺　去，伙计，要快。

利维亚　就说我希望她能来陪陪我；
            听见了吗，伙计？

仆人　是，夫人。
            仆人下

利维亚　那就赶快把她带来。

卡狄阿诺　我真希望赶快把好事办成；
            公爵在等待良辰美景，
            而我在等待叙爵封侯。
            这十五年我时来运转，
            就像玩骰子游戏福星高照。
            法勃里肖上
            法勃里肖先生！

法勃里肖　哦，先生，我要告诉你们一个新闻，
            改变主意了！

卡狄阿诺　改变主意！（旁白）我琢磨他又在说傻话了；
            他总是说傻话，是不是？
            （对他）好极了！请问改变了什么主意，先生？

法勃里肖　一个新主意。

卡狄阿诺　（旁白）又一个主意！主意实在太多了。

法勃里肖　我女儿爱上他了。

卡狄阿诺　什么，她爱上他了，先生？

法勃里肖　爱他爱得简直难以想象，除了瓦特别人不嫁，真的！
            除了瓦特不嫁别人——她在所有认识的男人中
            选择了他。
            我的想法还赶不上她的变化，

还没等我下死命她就答应了。

卡狄阿诺　啊，先生，要是你让我说出真实想法，
　　　　　我觉得这场婚姻有戏了。

法勃里肖　是的，以我来判断，
　　　　　一对甜蜜的年轻夫妻。

卡狄阿诺　（旁白）这算什么屁判断。
　　　　　（对他）明天中午之前请她过来，
　　　　　打扮得水灵点儿；我希望在那时
　　　　　引她到家里来，把她交给他。

法勃里肖　我向你保证她会打扮得漂漂亮亮的。
　　　　　她的东西一件件都会打理得干净利索，
　　　　　今晚就把她的有些部位梳妆起来。

卡狄阿诺　啊，说得太好了。

法勃里肖　这是她妈妈时代的习俗，
　　　　　举行一场上午的婚礼，
　　　　　她得隔夜把头发梳理入时①，
　　　　　洗一个澡，
　　　　　给脖子戴上三条套环。

卡狄阿诺　（旁白）是套索吗？

法勃里肖　戴上她的珍珠项链，红宝石手链，
　　　　　装扮各式饰品，还有些小玩意儿——

卡狄阿诺　你女儿必须得这样打扮。

法勃里肖　我要去处理这些琐事了，先生。
　　　　　　法勃里肖下

利维亚　　多么傻的为父的劲儿，

---

① 英文原文为 lather，在伊丽莎白时期是 halter，为双关语，而 halter（笼头）是由皮革制成，固有双关的"套索"问语。

| | 仿佛一小时挣六盎司, |
| | 看上去忙得还挺在理! |

卡狄阿诺　你让他的傻劲儿找了一个出路,夫人。

利维亚　他的宝贝女婿就要来这儿了。
　　　　他们在婚前就智慧来说
　　　　就已经结合在一起了;
　　　　当他们的关系更加亲密,
　　　　他们会怎么样呢?
　　　　他们肯定超越不了傻瓜蛋,
　　　　那是他们的定数。
　　　　瓦特和索迪多上,一个拿着羽毛球,一个拿着羽毛球拍

卡狄阿诺　啊,年轻的继承人!

瓦特　这羽毛球之后该是什么事儿了?

卡狄阿诺　你明天要见一位淑女——
　　　　那是你妻子。

瓦特　和一对羽毛球拍①一起
　　　　还应该有另一件东西。
　　　　我的娘儿们! 她能干什么?

卡狄阿诺　不,那是一个当你们单独在一起,
　　　　你应该问你自己的问题,瓦特。(利维亚和卡狄阿诺
　　　　单独谈话)

瓦特　那得看我喜欢不喜欢。
　　　　我希望我可以在任何什么地方问我娘儿们这个问题。
　　　　如果我乐意,我可以在礼拜堂问她,那还可以豁免一
　　　　份特许结婚证书。②我的监护人的脑筋比一个卖草药

———————————

① 一对羽毛球拍暗喻睾丸。

② 英国风俗,举行婚礼前连续三个星期日在所属教区教堂等处预先发布结婚公告,给
　人以提出异议的机会。如果没有这样做,那就需要一份特别的准许证件。

的老娘儿们好不了多少，她卖喷香的草本和鲜花，却
留了一口臭气回家吹她的热汤。

索迪多　让我来给你选媳妇儿，如果你想要一个脸蛋儿漂亮的
娘儿们。

瓦特　那你就选吧，亲爱的索迪多。

索迪多　我可会瞧娘儿们啦：让我单独见见她，我只要瞟上一
眼，哎呀，我就能知道你最不乐意看到的最细微的缺
陷。

瓦特　你能？那说来让我听听你的诀窍，索迪多。

索迪多　好吧，听着；我已经编成了小调儿。
送来的媳妇儿
得标致，挺拔而苗条呀；
秀发儿不短，腿儿不长，
手儿不大，说话声儿不响；
眼睛里没有白翳，
鼻子上没有红疣，
看不见烧痕和割伤，
仅把那一处开口张呀。
一口皓牙，没有黄垢，
甜蜜蜜的亲吻；
肌如雪，体如柳，
身挺拔，屁股圆，
扭起腰来不像螃蟹爬呀；
不风骚，要有味，
不走外八字，
飘起裙儿沾白露呀。
还有两件事儿我忘了告诉你：
她决不能背上长包或者肚子怀儿——
这些缺陷都会让她落选。

瓦特　　这些要是我还看不出来，我就是一个糟透了的傻瓜蛋。

索迪多　　不说这个了；老实说，老爷，你应该见见她的裸体，
　　　　　这是古老的风俗。①

瓦特　　见见她的裸体？
　　　　那倒是挺好玩。
　　　　我要仔细查阅一番书籍，
　　　　如果我查到以前的人确实一丝不挂，
　　　　那她就不能穿一丁点儿东西。等一等，等一等，
　　　　如果她也想看到我光身子呢？
　　　　我赤身裸体，皮肤糙得很。

索迪多　　那你穿上干净的衬衣，不就遮盖过去了，老爷？

瓦特　　那我就不跟她玩这把戏了。

　　　　瓦特下

索迪多　　你让她穿着衣服，
　　　　　那你就承受她所有的缺陷吧！
　　　　　穿着丰臀垫子，好多毛病就掩盖了，
　　　　　说实在的，选个穿裙环的姑娘
　　　　　犹如在没窗户的披屋里买东西：
　　　　　尽是骗人的假货，
　　　　　就有可能找个有病的娘儿们上床，
　　　　　裤裆里都烂了。

　　　　　索迪多下

卡狄阿诺　　这件婚事能成功。

利维亚　　我看不出有任何障碍。

　　　　　仆人带着母亲上

　　　　　（对仆人）怎么回事，这么快就回来了？

---

① 英国人文主义者托马斯·莫尔在他的著作《乌托邦》（1516）中提议，夫妇应在结婚前互相看一下各自的裸体。

卡狄阿诺　她来了。

　　　　仆人下

利维亚　好极了。

　　　　（对母亲）孀妇，来，来，我要和你吵一架：
　　　　说真的，我要骂你一顿，所以就把你找来了！
　　　　你跟我们这么疏远，从不来访，
　　　　做邻居这么近，却这么冷淡。
　　　　要我说呀，你这就不对了，我告诉你，
　　　　在佛罗伦萨你到哪儿都是受欢迎的。

母亲　真是感激不尽了，夫人。

利维亚　那你为什么这么冷淡呢？我坐在这儿，
　　　　这位绅士有事离开家，
　　　　我整天就没有伴儿。
　　　　我乐意找朋友，
　　　　喜欢像你那样的伙伴。
　　　　我知道你也一样孤独；
　　　　我们干吗不像好邻居那样，
　　　　互相陪伴，聊聊话儿，
　　　　说说在外面的遭遇，
　　　　时而笑那么一下消磨光阴，
　　　　一起度过老年①时光呢？

母亲　老年！夫人，说来好笑！它就在我家门口了，
　　　　而离夫人还远着呢。

利维亚　天啊，我三十九岁，
　　　　每一方面还像是个少女；
　　　　但在骑士夫人或寡妇们中
　　　　却把我们算作老女人，
　　　　年轻人瞧也不瞧一眼。

---

① 英文原文为 merrily，现代英语释为快活地，但在詹姆斯一世时期它意为"meerly"。

> 在我们中间有一个例子，
> 传来传去，
> 我记得是这样的——
> 有个女人四十九岁找了个情人；
> 天啊，她给他不少钱，结果呢？
> 他用她的钱却养起了婊子，
> 他耗尽了她的金银财宝，要了她的命。

母亲　她得到应得的惩罚，夫人，
　　　而且对其他五十岁操守端正的女人
　　　也是一个警示。

利维亚　是的，要么永不，老婆子。
　　　　来吧，我现在有了你做伴侣，我就不想
　　　　让你吃晚饭之前走了。

母亲　夫人，我必须请求您原谅。

利维亚　我说你必须待着吃了晚饭再走。
　　　　我们没有外人，老婆子，
　　　　只有几个我的客人和我，还有这位绅士，
　　　　他保护的年轻继承人；就这些人。

母亲　还是其他时间我再冒昧留下吧，夫人。

卡狄阿诺　不，请留下，孀妇。

利维亚　事实上，她不会走；
　　　　难道你以为我虚情假意吗？
　　　　　餐桌和棋盘

母亲　到晚餐还有好长时间呢，
　　　我现在走开一会儿，夫人，
　　　既然夫人阁下坚持，
　　　我晚上再来。

利维亚　晚上！说实在的，老婆子，

你待在这儿，我就要留你；
你单独坐在家里，肯定有重要的事儿要做，
我真纳闷这有什么乐趣可言！
要是我的话，我就会整天拜访这家邻居
或者那家邻居；
没有什么责任，
不管你是外出还是待在家里，
也没有什么人可以呵责你，
这样难道不活得更潇洒、更舒心吗？
来吧，让我们下国际象棋，或者下跳棋；
可以有好多办法打发晚饭前的时光，
不用担心，老婆子。

母亲　我只回去一会儿，马上就回来，夫人。

利维亚　啊，我信不过你；我知道
你对许多好朋友找借口撒谎。
如果你肯定锁上了门，
还会有什么事？那是你的全部家当，
我知道你要小心行事。
但仅仅一个下午，
却可以有这么多的乐子！
我应该邀请你和我住一两个晚上，
或者一星期，
或者干脆离开你那房子一个月——
那是老邻居和朋友之间
流行的一种善意。
你会拒绝这样的一个邀请吗？
实话实说，随意说说吧。

母亲　那我失礼了，夫人。

利维亚　呸，下你的棋吧；
在我们变老之前，

我们要整夜寻欢作乐，老婆子。

母亲　（旁白）还不如就直说了吧，
　　　　她似乎下决心要知道这个；
　　　　我觉得她还是位友好的太太。

利维亚　啊，孀妇，在想什么呢？

母亲　在想家呢，夫人。
　　　　实话告诉您，我在家留下一个淑女，
　　　　整天一个人呆坐着，那太不舒服了，
　　　　尤其是对于一个年轻人。

利维亚　又是一个借口！

母亲　不，要不天罚，我说的是实话；
　　　　不信你派人去看看。

利维亚　什么淑女！呸！

母亲　我儿子的妻子；
　　　　除了您，谁也不知道。

利维亚　那我要怪你了，
　　　　你怎么能对她如此不地道，
　　　　到这儿来却不把她带来？
　　　　那太不友善了。

母亲　我生怕太冒昧了。

利维亚　太冒昧了？
　　　　哦，在旧日的时光里，
　　　　邻居们之间是怎么相亲相爱的？

母亲　她是一个外国人，夫人。

利维亚　那更应该欢迎了。
　　　　难道还有什么比款待外国人
　　　　更有礼貌的事吗？

我又要呵责你了——
把她留在家里，可怜的淑女，单独一个儿！
赶快补救吧，把她找来，去。

母亲　那请您吩咐一个仆人去吧，夫人。

利维亚　来人哪！

仆人上

仆人　夫人？

利维亚　侍候一下这位夫人。

母亲　（旁白）这必须绝对秘密地进行，
不让我儿子知道；否则他会大发雷霆。
（对仆人）听着，先生。

母亲和仆人私下交谈。仆人下

利维亚　（对卡狄阿诺）下面该是你的好戏了。

卡狄阿诺　（对利维亚）是的，我知道，夫人，
要是我忘了台词，
公爵就把我所有差事都罢免了，
不管是放荡的还是正经的。

利维亚　你差使他去了吗，嬷妇？

母亲　差使他去了，夫人，这会儿差不多快到家了。

利维亚　我请求你从今以后
在我们的友谊中
不要再让这些令人不快的禁忌
损害它的光辉。请想一想：
如果你不让我，
一个喜欢高朋满座的人，
去接触朋友，
那对我是不公平的；

你不能让我承受不光彩的名声，
因为好客是有钱人的信誉和光荣。
我看得出来你后悔了，
你的善行将这一切弥补。

母亲　她来了，夫人。
　　　碧安莎和仆人上

碧安莎　（旁白）我纳闷她怎么会找人来叫我？
　　　仆人下

利维亚　女士，热烈欢迎你，请相信我，
　　　你的来临将受到应有的接待和尊敬。

碧安莎　谢谢了，夫人。

利维亚　我听说你单独留在家，
　　　虽然我不认识你，
　　　也从未见过你——
　　　母亲只为她自己着想——
　　　不让你来参加我们的聚会，
　　　把你一个人羁留在家里。
　　　我冒昧差人去请你，
　　　希望看到你的光临——
　　　这是那位绅士好心的提议，
　　　我请求你，
　　　看在他为关怀和怜悯付出的代价，
　　　赐予他认识你的荣幸，
　　　这位绅士专为妇女权利而奔走，
　　　那是他的职业。

碧安莎　那是一个高贵的职业，
　　　使我们的相识荣耀。

卡狄阿诺　我所有的努力

都是为像你这样的女士服务。

碧安莎　那是你谦虚，
　　　　让你的功德如此低调，先生。

利维亚　来吧，媚妇。瞧，女士，这就是我们要干的事。
　　　　（指着棋盘）难道你不认为这样打发时间挺好吗？
　　　　我们一直在下棋，永远不会有结果。

碧安莎　不，我想你有够多的男人来陪你，夫人。

利维亚　嗬，他们让我们参战，
　　　　然后就把我们体面地打发走，可怜的人儿，
　　　　以后的事男人就撒手不管了。
　　　　请坐下，如果你有足够的耐心
　　　　观看两个棋艺不高的人慢条斯理地下棋。

卡狄阿诺　事实上，夫人，下棋一直可以下到晚上，
　　　　你有足够的时间；
　　　　这位淑女是外国人，
　　　　她会更有兴致观看你的房间和画。

利维亚　天啊，好好看看吧，先生，
　　　　你想得真周到；
　　　　请你带她去观览一番——
　　　　那也是打发时间的好办法；
　　　　钥匙在这儿，
　　　　还带她去看看纪念碑；
　　　　那不是来这儿的人都能看的——
　　　　你能看那个，媚妇。

母亲　那是很值得一看的，夫人。

碧安莎　仁慈的夫人，
　　　　我担心我太打扰您了。

利维亚　　一点儿也不。

碧安莎　　太麻烦这位彬彬有礼的绅士，
　　　　　他的胸中充满了高贵的恩德，
　　　　　对一位外国人如此好客有加。

卡狄阿诺　只要你接受我的效劳，
　　　　　那是我的款待所能得到的
　　　　　最大的恩惠和荣耀了。

碧安莎　　我要是不这样做，
　　　　　那就太不应该、太不合时宜了。
　　　　　请您引路，先生。

利维亚　　在下了一两盘棋以后，
　　　　　我们就来和你们会合，有教养的人们。

卡狄阿诺　再没有比聆听你的教诲、
　　　　　和你的伴侣在一起更美好的时光了。

母亲　　　感谢您的赞扬。虽然我在听您话的时候，先生，
　　　　　那微不足道的"城堡"
　　　　　挡了我所有的路，几乎要全盘皆输了。
　　　　　卡狄阿诺和碧安莎下

利维亚　　唉，可怜的孀妇，我要对你不客气了。

母亲　　　您棋下得太精明了，我发誓，夫人。

利维亚　　在我让你走这步棋之前，你就应该看出来了。
　　　　　我在用兵方面是非常在行的——

母亲　　　是这样的，夫人。

利维亚　　如果我想赢的话，老婆子，我从不会输。
　　　　　不，别拿错，这黑国王是我的。

母亲　　　天啊，夫人。

利维亚　这是我的皇后。

母亲　噢，明白了。

利维亚　公爵走到这儿，
很快就会影响整个棋局——
你的兵不可能再回头救自己了。

母亲　我知道，夫人。

利维亚　你还是下得很好的。
你是何等样地藏而不露！
我敢打赌两达克特金币，
将死你的白国王，
很简单——吃掉你那儿的白国王。
　　她走棋，吃掉一个子

母亲　别高兴得太早了，夫人，
我看您的诡计给破了。
　　她走棋，吃掉一个子
再笑啊。

利维亚　是的，很简单，我失一个子得两个子。
　　她走棋，吃掉一个子

母亲　哎，有什么办法，只得耐心。
　　卡狄阿诺和碧安莎在舞台上方上

碧安莎　请相信我，先生，
我从未看见过如此美丽的装饰。

卡狄阿诺　不，我认为无论佛罗伦萨
还是威尼斯，都没有比这更为生动的装饰了。

碧安莎　先生，我认同
您的看法。

卡狄阿诺　还有比这些都更加美好的。

> 公爵在舞台上方上，但没有被碧安莎看见

碧安莎　不可能，先生！

卡狄阿诺　请相信我吧；
　　　　当你见了，你就知道了。
　　　　把眼睛转过来，
　　　　你马上就能看见。
　　　　　卡狄阿诺下

碧安莎　（看见公爵）哦，先生！

公爵　他走了，美人儿！
　　　呸，别再找他了。他只是一缕水汽，
　　　太阳出来就不见了。

碧安莎　哦，这真是不光彩的背叛！

公爵　请不要发抖。
　　　我感觉你的乳房
　　　在挚爱的手的抚摸下
　　　像斑鸠一样在喘息。
　　　你为什么这样害怕？
　　　我爱美，
　　　理应得到你的尊敬和爱戴。
　　　你知道我，你看见过我；
　　　我的心可以见证
　　　我看见过你。

碧安莎　那对我更加危险。

公爵　那对我更有运气。哎，别挣脱，亲爱的；
　　　这样的力量用在爱情上
　　　该多好，可惜用错地方了。
　　　别设法脱身，却把我禁锢在对你迷恋的牢狱中。
　　　说真的，在我释放之前，你是走不掉的；

我们两人同时释放，要不就一起待在里面；
这样，即使禁囚在囹圄中
还是叫人春心荡漾。

碧安莎　哦，我的大人！

公爵　我不是无缘无故到这儿来；
仔细想一想，你很快就会明白。
你大声喊叫就像一个赞扬敌人的人，
设法陷害原来为他谋利的人。
我请求你听我的警告；对于我，
你仿佛是一个集温柔
和顺从于一身的人——
那温柔和顺从
使这女神一般的脸庞生辉，
让艺术为创造了她而感到自豪——
任何哪怕有一点儿邪恶的手触碰你，
我也会感到无限的缺憾。

碧安莎　哦，我的天！
我的大人，您想要什么？

公爵　爱情。

碧安莎　爱情已经不可能，
我已嫁人。

公爵　那是一种可怜的慰藉，
因为那只是单个儿在享用；
除他之外，再找一个情人。

碧安莎　那是双重的罪孽，
违逆宗教的道德。

公爵　别颤抖，
别给自己制造的恐惧吓倒。

碧安莎　不，高贵的大人，
　　　　别让我对死亡和毁灭放肆，
　　　　它们不惧怕您，
　　　　但它们定然会惧怕我。
　　　　那样的话，
　　　　我就是最健康的人呀。
　　　　要是雷霆说话，
　　　　没有人会去听它，
　　　　它也就失去了名分，
　　　　还不如沉默不语。
　　　　我不是那种在大风暴中
　　　　还能酣然入睡的人；
　　　　在天气最暴烈、肆虐的时候
　　　　我大部分时间醒着，
　　　　呼吁给予美德以力量。

　公爵　我想
　　　　你知道怎么让我快乐
　　　　我特别喜欢充满激情的哀求，
　　　　而不喜欢轻易得手，
　　　　但我从不怜悯任何不怜悯我的人
　　　　——他们不配怜悯。
　　　　我是能下敕令的，
　　　　想一想这个吧。
　　　　如果你真正知道
　　　　在心与心之间交流爱时，
　　　　我会在温柔、苦苦的哀求中
　　　　得到无限乐趣，
　　　　那你就赶快让我高兴吧。

碧安莎　为什么您要拿走，老爷，
　　　　您永远不可能归还的东西？

公爵　但我可以给予更好的东西：
财富，荣誉。
能得到公爵垂幸的女人，
就像树上的灯光，
是多少女人渴望得到的荣光；
如果你母亲看见你在那里采撷果子①，
她会赞扬你的明智，称颂你出生的时光。
抓住这荣光吧。
难道我不知道
你艰难度日，
收入仅够维持可怜的健康和时髦？
我最近才听说，心中不由产生怜爱。
难道你忍心和你的美丽作对，
在婚床上度过甜蜜的一两个月，
而以后整年为贫穷而哭泣？
来吧，做个聪明的女人，从长计议吧；
当风暴来临时，
让它们发现你稳稳当当得到庇护。
即使发生不确定的事，
也不要让任何东西困扰你；
请信任我的爱，
这爱完全有可能让你的心灵宁静。
我们将一起散步，
对于我们的幸运
油然而生感激和欢乐之情吧。
公爵、碧安莎在舞台上方下

利维亚　我不是说过我的公爵会让你输棋，嬷妇？

母亲　我想您在说这个的时候，是认真的，夫人。

利维亚　我的黑国王也正在全力加速前进。

---

① 公爵在此暗示堕落，把碧安莎比喻为夏娃，把自己比喻为蛇。

母亲　　嗯，夫人，我会适时对付他的。

利维亚　我已经将死你两次了。

母亲　　您看得清，夫人，
　　　　我眼力不行了。

利维亚　你眼力确实不行了，老婆子。
　　　　卡狄阿诺上

卡狄阿诺　（旁白）一想到这，我就忍俊不禁：
　　　　这可怜的傻瓜就这么轻易被骗，
　　　　简直难以想象；这是一个欺骗的时代。
　　　　从来没有像今天这样
　　　　为女人的贞操设下如此精巧的陷阱；
　　　　从来没有像今天这样，
　　　　为捕捉肉蝇①的银翅，
　　　　蜘蛛的网编织得如此精致。
　　　　为了让她的脾胃做好准备
　　　　去赴爱神的盛宴
　　　　——我看那太令人恶心，
　　　　我给她看裸体的画像：
　　　　那也是为了撩拨起她的胃口。
　　　　啊，叙爵论功，
　　　　我冒着多大的风险追逐着你；
　　　　如果你将在盾牌顶端
　　　　携带一个更高的头衔而来，
　　　　那我将耐心地背负起这十字架②，
　　　　等待更风光的爵位降临：
　　　　为此，我什么都可以忍受。

利维亚　这棋戏厮杀正进行得淋漓酣畅；

① 在文艺复兴时期，flesh-fly（肉蝇）同时释为"性与死亡"。
② 指皮条客。

你会看到，孀妇，
这盘棋所有的棋子将怎么发落。

母　亲　我甚至会看到我自己怎么发落，夫人。

利维亚　请以后带上邻居一块儿来下棋。

母　亲　如果按与我的年龄相仿来挑选，
她们几乎要比您年长一倍，夫人。

利维亚　难道我的公爵不忙得够呛吗？

母　亲　是的，夫人，
在这盘棋中他骗了我好多次。

利维亚　他暴露了他的本性。

母　亲　您称这是他的本性？
我可要诅咒这种本性了。

利维亚　是的，诅咒吧。

卡狄阿诺　听，听，有人下楼了；
是她。
碧安莎上

碧安莎　（旁白）救救我吧，让我免掉一场丑闻；
我看见了那让所有女人惧怕的东西。
他的眼睛里漂浮着歹毒的雾霭，
世界末日的阴影笼罩着他。
既然我的荣誉已毁，
那我何必还要保存
那引起这场灾难的美呢？
来吧，毒死所有的人吧。
（对卡狄阿诺）你这由卑鄙道德
哺育出来的卑鄙的人，
我要在心中永远诅咒你的虚伪和叛卖，

穿着一身美丽、友好的外衣，

欢迎我一个外国人；

想一想吧，这是值得思索一番的。

重压在临死时

负疚的心灵上的谋杀

也比不上

这一叛卖负荷在良知上

来得沉重。

请明白，

你将一个花貌少女奉献给罪愆：

和妓女睡过觉的人，

即使他们早已堕落，

那仍然是重压在灵魂上的

一个致命的罪愆；

正如智慧的人所知，

如果他们一直不改，

那最初将她们引入勾栏的人

该是何等样地内疚呀？

我对你说这些，请你细细思量。

我现在被弄得无所畏惧了；

我感谢你的叛卖；

罪愆和我所认识的人，

再没有比这更亲密和友好的一对了。

我像那伟人①，

在论述用政治手法

利用一个卑鄙小人时说的，

他喜欢背叛，但痛恨背叛者。②

所以，我恨你，混蛋。

---

① 很可能是指马基雅维利。

② 英语成语。它与托马斯·A.贝克特死后的亨利二世，以及理查二世被谋杀后的亨利
四世有关。

卡狄阿诺　（旁白）哼，只要公爵宠爱我的话，
　　　　　我就不会混得差：一天当然不会
　　　　　同时有两场盛宴，
　　　　　不能这么指望。

碧安莎　怎么，还在下棋吗，母亲？

母亲　你看见我们正坐在棋盘旁。
　　　你怎么这么快就回来了？

利维亚　（旁白）这么活灵，这么快乐，好征兆呀。

母亲　你没有全看？

碧安莎　全看了，母亲，
　　　　纪念碑什么的。瞧，
　　　　这位仁慈、诚实、彬彬有礼的绅士
　　　　——你简直难以想象，母亲——
　　　　带我看了一切，
　　　　让我从一个地方到另一个地方，
　　　　如此的排场——
　　　　有些人的仁慈是多么地慷慨！
　　　　说实在的，我看见了
　　　　我一早醒来从未料想见到的东西。

母亲　不，在你参观之前
　　　我就告诉过你，是值得走这一趟的。
　　　为了我女儿，先生，
　　　为了所有的慷慨，
　　　我十分感谢你。

卡狄阿诺　哦，好寡妇！
　　　　　祝她好运——（旁白）四十个星期见分晓。①
　　　　　仆人上

———————————

① 指碧安莎有可能怀上公爵的孩子。

利维亚　什么事，先生？

　仆人　请夫人进去，
　　　　晚餐已经准备就绪。

利维亚　好吧，我们就来；
　　　　女士，请？

碧安莎　谢谢，尊贵的夫人。
　　　　（对利维亚）你是一个该死的皮条客！
　　　　（大声）我们跟随在你后面；
　　　　请引导我母亲进去。
　　　　（对利维亚）跟你一起走的是一个老傻瓜。
　　　　（大声）我和这位绅士绝不分开。

利维亚　你们俩走在前面。

碧安莎　（旁白）这是他的所长之处。①
　　　　碧安莎、卡狄阿诺和仆人下

利维亚　孀妇，你先走，我跟随在你的后面。
　　　　母亲下
　　　　是这样吗：该死的皮条客？
　　　　你这么气愤吗？这只是经历太少——
　　　　她的火气只因为是第一次②，
　　　　不适应那女人的惊涛和诱惑的骇浪。
　　　　这只是一种对荣誉的自责，
　　　　很快就会雨打风吹去，
　　　　眼下有一点儿火气，但不会长久。
　　　　尝试第一口罪愆就像饮下苦艾水，
　　　　沉醉之后就变成琼浆玉液了。
　　　　下

---

① 指卡狄阿诺善于为凡事做铺垫的工作。

② 原文为 sea-sick，常用来代指第一次的性经验。

第三幕

第一场

母亲上

母亲　我真希望要么儿子待在家中，
　　　要么我待在坟墓里！
　　　她只出门一天，
　　　从此变得如此无礼，没法儿跟她说话。
　　　我不知道
　　　是因为目睹了夫人家中盛大的欢宴，
　　　还是因为家中简陋的饭菜让她扫兴，
　　　可以肯定的是她变得非常古怪。
　　　我永远不要再和媳妇住在一个屋檐下，
　　　即使我有一百个。
　　　我读到过婆媳和谐相处的报道，
　　　但她和她的婆婆在头三个月就闹翻了——
　　　不，天啊，在第一个星期就对骂了吧？
　　　所以，我想我家里染上了新病①。
　　　我真不想当这个婆婆了，
　　　没有什么能叫她快乐，

---

① 16 世纪晚期一种没有诊断出的病症，称作 new disease。

不知道怎么能让她满意；

她来了。

碧安莎上

碧安莎　这是最古怪的屋子，

　　　　淑女只能忍受它所有的缺陷，

　　　　在它的屋檐下消磨爱情。

　　　　为什么垫子连块刺绣的罩布都没有，

　　　　卧室也没有漂亮的挖花刺绣，

　　　　当然更谈不上一只镀银的香水喷壶？

　　　　不，既然我乐意对你仁慈，

　　　　也就免了银盆和花瓶水罐，

　　　　按我的时髦标准它们必不可少——

　　　　我睡觉的地方从未缺少这些装饰——

母亲　（旁白）她说的那些把整个房子卖了也买不起。

碧安莎　母亲，难道这家就永远不撑

　　　　一条盖在床上的绿丝绸被吗？

母亲　说实在的，不会有，

　　　　甚至深橘色的也不会有。

碧安莎　敢情在这样的家里

　　　　淑女能生育孩子吗？

母亲　能，即使简简单单，

　　　　在这屋子里一年生过三个孩子，

　　　　孩子们都长着漂亮脸蛋儿，

　　　　可爱极了，

　　　　如果你生育孩子，

　　　　也会一样漂亮、可爱。

　　　　我不会对你吝啬。

　　　　怎么，你觉得

　　　　没有镀银的香水喷壶

就不能生育孩子吗？
能的，生的孩子照样可爱极了：
磨坊主女儿生的儿子白白嫩嫩，
她用牛奶和豆粉洗澡。
老话说："穷困自有其乐"；
但愿在破屋里洋溢着王子般
真正的爱情。

碧安莎　你为老房子说了如些漂亮话儿；
要不了多久就会倾颓在你脚边感谢你，
要不在你上床时倒塌，
就像孝子跪在那儿为你祝福。
难道我必须生活在穷迫之中，
就因为我的命运让我和你儿子成婚？
妻子不是卖给丈夫的东西，
有朝一日可以给抛到一边。
她们期望有更美好的前景，
受到温柔的宠爱，
更多的尊敬，生活更富裕——
给丈夫无偿奉献一生，
她们理应得到回报。
我要求的比我在父亲家
做姑娘时所有的少多了；
总是缺乏一个妻子必须要有的东西，
不，一个妻子想——想要有的东西，母亲，
如果她生来不是一个傻瓜的话；
有人说，
我可以去力争与生俱来的权利，
根据法律，我可以占有这份土地。
你听见我说的话了吗，母亲？
碧安莎下

母亲　是的，想得太简单了；
　　　你说话时要是我是聋子，
　　　就不会影响我心灵的安宁了。
　　　这真是太突然、太奇怪的变化，
　　　最难以理解的变化。
　　　我不知道什么原因；
　　　但她已经不像是我当初
　　　还没有跟男人睡觉时那样的淑女；
　　　（她是一个多么年轻的女人）
　　　当她刚来下马车的时候，我就告诉她
　　　她会发现一切是多么寒酸；
　　　她很高兴，一点儿也没有反感。
　　　我把一切缺陷都亮给她看，
　　　她仍然兴趣盎然的样子。
　　　然而现在她着魔了，
　　　什么都看不顺眼。
　　　今晚，儿子答应回来；
　　　只盼他归来，
　　　我真厌腻这责任，这生活。
　　　她只想日日夜夜
　　　用金瓯银器侍候；
　　　她痛恨听说白镴工匠的名字，
　　　就像病人痛恨听到垂死的喘息，
　　　就像病骨听到榔头的捶打，
　　　似乎每一声叮咚都会要他的命。
　　　我该怎么办呢？她这么讨厌我。
　　　　　母亲下，利安肖上

利安肖　我离幸福越来越近了，
　　　　这世上无与伦比的绸缪！
　　　　深埋在地下的宝藏

也没有一个拥有女人的爱的男人
藏而不露的快乐宝贵。
渐渐走近家门我就闻到
那空中荡漾着的祝福。
那是婚姻所散发出来的
何等样恬适的气息！
紫罗兰花坛也没有它芬芳。
忠诚的婚姻
就像建在花园里的宴会厅①，
春天纯洁的鲜花让它弥漫淡淡的清香；
而卑鄙的淫欲，
随带着它那脂粉和艳丽，
只是阴沟旁一座华而不实的屋宇。
每当我瞥见一个美艳、危险的妓女，
她浑身弥漫着毁灭的美，
我就会将她的花月之身
比喻为一座华丽的
建在腐烂的白骨堆上的庙宇②；
我就会渐渐往后退缩，
用冷静的沉思浇灭我的欲火；
我又是原来的样子了。
我将受到一场欢迎，
足以叫男人妒忌得要命：
一个亲吻，那将挂在我的嘴唇上，
就像玫瑰花瓣上晨露一样地甜蜜，
而且一直满满地沾在那儿。
经过五天的离别，
她将会何等样地贪婪，

---

① 詹姆斯一世时期典型的花园设计，花园的宴会厅往往是男女幽会的场所。
② 见《新约·马太福音》："祸哉，你们经师和法利塞假善人！因为你们好像用石灰刷白的坟墓：外面看来倒华丽，里面却满是死者的骨骸和各样的污秽。"

　　　　　　我正纳闷怎么摆脱她的纠缠；
　　　　　　好戏开场了。
　　　　　　碧安莎和母亲上

碧安莎　欢迎你回家，先生。

　母亲　（*旁白*）哦，他回家了？太高兴了。

利安肖　就这个吗？
　　　　　（*旁白*）啊，这就跟一个富人
　　　　　突然死亡一样地可怕，
　　　　　他答应在老了的时候
　　　　　用忏悔来救赎他的罪孽，
　　　　　但是，他未到老年就谢世了。
　　　　　（*对她*）看来你肯定不舒服！你感觉怎么样？

碧安莎　在此之前我感觉好多了。

利安肖　唉，我也这么想。

碧安莎　不，比你现在看见我糟糕多了，先生。

利安肖　我很高兴你突然改过来了，
　　　　　我的心也随之改过来了。
　　　　　你怎么啦？
　　　　　我不在的时候，有什么让你不愉快了吗？

碧安莎　没，肯定地说，我拥有了佛罗伦萨
　　　　　所能提供的最令人满意的东西。

利安肖　你得到了最好的东西；
　　　　　告诉我，母亲，什么原因？你肯定知道。

　母亲　说实在的，我什么也不知道，儿子，
　　　　　让她自己说吧。
　　　　　（*旁白*）很可能就是让路西法①

————————

① 路西法（Lucifer）：基督教传说中的堕落天使。

堕落的那东西——傲慢。

碧安莎　这栋房子没什么能让我称心；
　　　　我希望住在富人区，先生，
　　　　要是能靠近宫掖就更好了：
　　　　对于淑女来说，
　　　　能站在窗户前，看看时髦男子，
　　　　真是一种甜蜜的乐事。

利安肖　我似乎看见了一个不同脾性、
　　　　完全陌生的人；
　　　　我想见到的倒是你的本色。

碧安莎　我不赞赏，
　　　　傻样地沉醉于鱼水之欢
　　　　不仅不合时宜而且卑微。
　　　　我绝不愿我的丈夫
　　　　在世人面前吻我。
　　　　而且，长时间总是看见一样东西
　　　　多么地烦人，先生，
　　　　即使那是倾心相爱；
　　　　不，如果你的爱有一种力量
　　　　将我从我的朋友中吸引开，
　　　　我也就不会这样，
　　　　总是这么望着你。
　　　　说真的，我不会，先生；
　　　　善行是盲目的，无须看见什么，
　　　　就如同总是盯着看一样东西。
　　　　眼睛的宝贵之处
　　　　不就在于能看不同的东西吗？
　　　　你是一个有知识的人，先生，
　　　　你知道我并不是在胡说；
　　　　让女人的眼睛看到好几个男人，

　　　她的心，先生，才能固定在一个人身上，
　　　这才是一种真正的德行。

利安肖　你这才说到了点子上；就为那个词吻你一下。

碧安莎　这并不是亲吻的场合，先生；算了吧，
　　　那仅仅是男女寻欢游戏而已，
　　　我们不应该太在意那了；
　　　让我们谈谈别的事儿，忘了它吧。
　　　关于海盗还有什么新闻，发生什么事儿了吗？
　　　请跟我谈谈这个。

母亲　（旁白）我很高兴他在这儿，
　　　尽管让他见到她的把戏，
　　　令他这么尴尬；
　　　如果我事先跟他说这个，
　　　他准会认为我在撒弥天大谎。

利安肖　说，亲爱的，是什么怪念头
　　　让你说出这些不可理喻的话？
　　　这不是你平常所为。

碧安莎　难道在燕侣莺俦之间
　　　就不存在恩爱，
　　　除非他们筑起一座友情的鸽舍，
　　　而且还要照常支付租金？
　　　那是百无聊赖想出来的
　　　最傻的事儿，
　　　可惜这变成了
　　　可人怜的淑女们的时髦；
　　　接吻会传染许多疾病，
　　　包括那法国病①。
　　　唉，先生，

_____

① 指花柳病。

> 想一想现世吧，
> 咱们该怎么活着；
> 说得严肃一点——
> 我们毕竟已经结婚两星期了。

利安肖　怎么，两星期！啊，难道那长吗？

碧安莎　是该抛弃两情缱绻的时候了；
　　　　如果你没忘的话，
　　　　这是你教导的一个原则，
　　　　我肯定要遵守。

母亲　（旁白）这儿这个人好好治了他一下；
　　　　说实在的，这真有意思，儿子，
　　　　就像一个人让另一个国家幸免了疫疠，
　　　　却把它带回了自己的家。（敲门声）
　　　　谁敲门？

利安肖　谁？碧安莎，你走开，
　　　　你是一颗宝石，陌生人的眼睛不能看，
　　　　不管你现在如何轻视我。
　　　　碧安莎下，信使上
　　　　欢迎，先生；请问给谁带信？

信使　我要送信的人不在这儿。

利安肖　那能是谁呢，先生？

信使　我要送信给一位年轻的淑女。

利安肖　一位年轻的淑女？

信使　是的，先生，大约十六岁；
　　　　你为什么显得如此惊讶，先生？

利安肖　因为你那怪异的错误。
　　　　你走错门了，先生。

　　　　　我肯定地告诉你，
　　　　　这儿没这个人。

信使　　我也肯定地告诉你，
　　　　　差使我来的这个人是不可能错的。

利安肖　啊，那是谁呀，先生？

信使　　公爵。

利安肖　公爵？

信使　　是的，他修书邀请她莅临
　　　　　在利维亚夫人家中举行的宴会。

利安肖　说真的，我要不要告诉你，先生，
　　　　　这是你诚实的差使所能犯的
　　　　　最大的错误。
　　　　　我请你原谅我，
　　　　　要是我不得不为这一
　　　　　最富戏剧性的错误
　　　　　失声笑起来（我真控制不住，先生）——
　　　　　我没有恶意。
　　　　　公爵殿下一定大大地弄错了；
　　　　　请回去禀报吧，先生。
　　　　　那上面写的是什么名字？

信使　　我正要告诉你：碧安莎·卡佩拉。

利安肖　什么，先生，碧安莎？她的姓是什么？

信使　　卡佩拉，先生，你似乎不知道这个姓？

利安肖　这可能是谁呢？我从未听说过那个姓。

信使　　那这肯定是一个谬误了。

利安肖　你是不是到隔壁大街上去问一下，先生？
　　　　　我看见有些风流时髦男子

住进了最近盖成的新房子里。
十有八九你能在那儿找到她。

信使　不，没关系，
我要回去禀告这错误，不再去找了。

利安肖　随你的便吧，先生，请。
信使下
我该首先想到什么呢？出来，碧安莎——
碧安莎上
恐怕你被出卖了。

碧安莎　出卖！怎么回事，先生？

利安肖　公爵知道你。

碧安莎　知道我？你怎么知道那个的，先生？[①]

利安肖　他有你的名字。

碧安莎　（*旁白*）是的，还知道我的好名声呢。
这更糟。

利安肖　这一切到底是怎么回事？

碧安莎　公爵是怎么知道我的？母亲，
你能猜出来吗？

母亲　按我的智力，我真想不出来，我们一直待在家里。

利安肖　待在家里！全意大利的锁
都不能把你们娘儿们锁住；
你们一直在东逛西荡，
傍晚跑到王宫绿地广场去玩耍，
溜一眼打保龄球回家的风流汉子——
而且还不戴面罩，两个都不戴，
假如不是这样我就去死！

———————————

① 碧安莎把"公爵知道你"，从性事方面来理解了。故有下面的反应。

你被什么陌生人瞅见，碧安莎？
别再申辩了。

碧安莎　我不愿意这样躲着，先生。
难道你娶我就是为了把我关在笼子里，
不让人看见？你要把我变成什么？

利安肖　一个好妻子，别的什么都不是。

碧安莎　啊，那些成天在外面露脸的女人，
都给魔鬼拽走了？

利安肖　不谈这个了，你的美德毋庸置疑，
我有信心；只是你碰巧
在什么地方被人瞧见，
发生了些调皮的事儿。
我已经想了办法避免。

　母亲　现在，儿子，我能告诉你
时间和地方了。

利安肖　什么时候，在什么地方？

　母亲　瞧瞧我这脑筋！
你还记得吗？你最近离家时，
我们俩在窗户向你告别。

利安肖　是的，我记得。

　母亲　不到三刻光景，
公爵一行前往圣马可教堂
庄严通过窗下大街，据我看，
公爵往窗户瞅了两次。

利安肖　哦，有门了！
调皮就由此而引起！

碧安莎　（旁白）如果你称这为调皮，

　　　　　　　　　我还担心怀上了呢。

利安肖　瞅了她两次，
　　　　你就没想到情况不妙吗？

　母亲　啊，儿子，一次所造成的危害，
　　　　和一千次有什么分别？
　　　　难道你不知道一颗火星
　　　　可以烧掉一栋房子和一整座火炉吗？

利安肖　我火冒三丈了！
　　　　但还是要小心，不要声张。
　　　　我想到一个问题了，门锁着吗？

　母亲　他走后我亲自锁的。

利安肖　你知道，母亲，
　　　　在黝黯的内室尽头
　　　　设计有一条暗道，
　　　　谁也发现不了。我父亲
　　　　在逃避杀人罪时就躲在那儿。
　　　　我要在那儿锁上我最好的宝贝——
　　　　碧安莎。

碧安莎　你还要把我禁锢在家中吗？
　　　　你有良心吗？还不如把我一把掐死算了，先生！
　　　　我真纳闷你到底正常不正常，
　　　　你的想法和疯子一样。怎么回事？

利安肖　啊，你难道一点儿也感觉不到
　　　　你所面临的危险，还这么问话？
　　　　公爵亲自差人来接你
　　　　到利维亚夫人家去赴宴。

碧安莎　啊，那我要诅咒你了，
　　　　他差人来了吗？

> 你这家伙直到现在才告诉我。
> 这就是你的忠诚和诚实吗？再见，先生。

利安肖　碧安莎，到哪儿去？

碧安莎　啊，到公爵那儿去呀，先生：
　　　　你说他差人来接我了。

利安肖　但是，我想，你不会去吧？

碧安莎　不去？那我就非常失礼了，
　　　　显得粗鲁、野蛮而错乱——就像你那样。
　　　　来，母亲，来，别再跟他的古怪想法纠缠了；
　　　　不久我们都要因为叛国罪而被绞死。

　母亲　我绝对不会。我首先听从公爵，
　　　　去尝一尝那盛宴；
　　　　我跟你的想法一样，
　　　　我要上楼去拿两条手绢，
　　　　好包上一些甜食带回家。
　　　　母亲下

碧安莎　（旁白）这老娘儿为了点儿甜食，
　　　　或者压成公驹模样的杏仁饼，
　　　　径直去当皮条客了。
　　　　碧安莎下

利安肖　哦，婚姻，让男人爆发忧愁的婚姻呀，
　　　　当所有思绪沉浸在忧虑和妒忌中，
　　　　你就像挂满累累果实的大树，
　　　　被孕育的果子压得喘不过气来。
　　　　哦，那婚姻之果，
　　　　一颗匆匆成熟的果子；
　　　　当太阳一照耀在新娘的脸蛋上，
　　　　显出一点点红晕，

这果子就成熟了。
可祝福的神呀，
这变化是怎么来的呢？
它带来无尽的困惑、恐惧和疑虑，
我不知道是什么原因。
从没有结过婚的人
享受着何等样的宁静！
如果他明白他所享受的好处，
来和我聊聊，
那他该知道他拥有何等样无尽的财富，
和我的失落相比，
他会发现他的财富是何等样巨大无比。
不，那在烟花女子怀抱里消磨青春的人，
他除了发泄淫欲外，
从不在女人身上再多花一分精力，
他比我多多少宁静呀；
他只是拍拍屁股走开了事，
要是再次造访发现她已经病死，
他的怜悯也很快就会消逝——
嗟叹不过是微乎其微，
给予她的仅仅是凤毛麟角罢了！
然而，当妻子死掉，
所有的恐惧、羞耻、妒忌、开销和麻烦，
以及随再婚婚床接踵而至的烦恼
还都在那儿困扰着你。

信使上

信使　一个按你的想法太完美的结果了。

利安肖　有消息吗，先生？

信使　虽然你让我乍犯了一个错误，
这次你就不能再哄骗我了：

公爵差遣我来邀请你前往。

利安肖　怎么，我？先生？
　　　　（旁白）我看这是因为我的私奔；
　　　　我们俩都被出卖了。
　　　　得，我并不是第一个偷走少女的人，
　　　　我的同胞经常这么干。
　　　　（对他）我跟你走，先生。
　　　　众下

第二场

　　　　舞台上摆着一桌茶点。卡狄阿诺和瓦特上

卡狄阿诺　请特别注意一下这位淑女，
　　　　她是特地来到这儿的；我邀请了她、
　　　　她父亲和叔叔来赴这场筵席。
　　　　注意她的举手投足，这确实跟你有关；
　　　　她身上所有的妩媚，千年
　　　　所能谦卑地期望的美丽，
　　　　都将躺着让你尽情欣赏、把玩。
　　　　你知道我是你的保护人，又是叔叔，
　　　　有对你双重的职责，
　　　　你是被保护人，又是我的侄子，
　　　　我应该在这件事上尽职。

瓦特　　说实在的，我可以根据她的异质，
　　　　在锦阵花营中认出她来：
　　　　是一个娇小、美貌、机灵和整洁的女人吗？

卡狄阿诺　正是。

瓦特　　在她的发中插上一根花枝玉簪。

卡狄阿诺　你这就对了，请再注意一点：
　　　　　你将会发现她的手
　　　　　永远不会离开她叔叔的手，
　　　　　他的手也永远不会和她的手分开，
　　　　　如果她就在他身边的话。
　　　　　亲人之爱从没那样如胶似漆；
　　　　　那个娶她的人
　　　　　也必然要娶她叔叔的心。

　　瓦特　那样的话，先生，
　　　　　我将在教堂结婚公告里提两个人。

　　　　　短号声响起

卡狄阿诺　往后退避，公爵来了。

　　瓦特　（旁白）他带来了一位淑女，
　　　　　我还不如赶紧趋前去扑在她身上。

　　　　　公爵、碧安莎、法勃里肖、希珀里托、利维亚、母
　　　　　亲、伊莎贝拉和随从上

　　公爵　来吧，碧安莎，
　　　　　你生来就是要向世人显示
　　　　　一位蛾眉可以多么完美；
　　　　　我从此相信女人有灵魂①，
　　　　　不屑那无礼而粗鲁的
　　　　　关于女人的看法。
　　　　　佛罗伦萨的荣光，请拥抱我吧！

　　　　　利安肖上

　　碧安莎　那儿走来的心怀怨恨的人将指责您，大人；
　　　　　他的心里正孕育着一场风暴，
　　　　　暴风骤雨愈益逼近，
　　　　　即将爆发——就从那儿横扫而来。

　　　　　———————————

　① 女人是否有灵魂是文艺复兴时期争论的观点之一。

公爵　要是他就是那风暴的话，
　　　要不了多久天空就会晴朗。
　　　听着，让我告诉你怎么干。（在她耳边细语）

利安肖　（旁白）还亲吻？
　　　我看这纯粹就是淫荡，明目张胆的私通。
　　　他们弃满桌的美酒和甜食于不顾，
　　　却在无耻地交头接耳，
　　　这说明什么？

公爵　（对利安肖）我听说你品行优良，先生，
　　　让我用拥抱和爱让你荣耀。
　　　（对随从）鲁昂斯①要塞的首领
　　　死了，填补了没有？

绅士　没有，殿下。

公爵　（对利安肖）你拿去，这要塞是你的了，
　　　随着忠诚和素质增长，
　　　我的信任也会增长。（利安肖跪下）
　　　起身，鲁昂斯要塞的首领。

利安肖　一生将为殿下效劳，感激不尽。

公爵　来，坐下，碧安莎。

利安肖　（旁白）这太美妙绝伦了，
　　　比我预期的好多了；
　　　一小点恩惠
　　　就足以让绿帽子认命。
　　　所有淫欲和罪孽浇灌的美差，
　　　犹如园丁在腐土上种植的花卉，
　　　会噌噌地往上蹿升；
　　　恩惠也会从卖淫的沃土上增长，

---

① 地名是虚构的，表达一种嘲讽。

就像生菜在粪堆上生长。
我像一个从未听说过的家伙，
一半儿快乐，一半儿癫狂；
宛如一个重病染身的人，
却还在若无其事地吃着美味佳肴；
或者像一个执顽的傻瓜蛋，
吃着荆棘直到流血不止——
这就是我的忧愁的况味。

利维亚　那是你儿子吗，孀妇？

母亲　是的，夫人一直不认识吗？

利维亚　不，真的，我认识吗？
（旁白）直到现在我认识他之前，
我真正感觉过爱情的力量吗？
我有绰绰有余的财力
去收买我的欲望；
那是一个让我感觉慰藉的玩意儿。
（对利安肖）听着，
在你走开之前，先生，
请跟我说一会儿话。

利安肖　和我，夫人？当然啦，我听您的。
（旁白）说什么呢？难道还会有更多的恩惠吗？

瓦特　我见到了她：这妞儿这么娇小，
我压根儿不想碰她；
我在集市上看见过，
跟她一般高的才卖十便士。[①]
瞧，她笑得多么矫揉造作，仿佛嘴里
含着没有化的柠檬酱。
她会给我送来木盘上的

---

① 瓦特指的是洋娃娃，他把她当成洋娃娃了。

金色公牛啦、公羊啦、
山羊啦的蛋白软糖。
这些娘儿们一碰到甜蜜的事儿,
就把所有朋友忘了,变得越来越贪婪;
常常把丈夫也忘了。

公爵　请把盏举杯,绅士们,
　　　为今日佛罗伦萨最美的美女祝酒。

碧安莎　既然给她祝酒,她不愿不喝酒,先生。[1]

公爵　不,你可以破例。

碧安莎　谁,我,殿下?

公爵　是的,按照酒神巴克斯的法令——请求你的特权吧;
　　　你不必遵守这祝酒的规矩,夫人。

碧安莎　殿下,不过那倒是保持清醒[2]的好办法。

公爵　不,我不想这么打扰维纳斯爱神,
　　　让巴克斯到另外的宫廷去寻求补偿吧。
　　　这一杯是祝你的,碧安莎。

碧安莎　对那名字的祝愿
　　　不能多于殿下。
　　　他们饮酒

利安肖　(*旁白*)已经这样了,已经这样了;
　　　我这个可怜的偷窃了那宝贝的贼,
　　　被整个儿地遗忘了。
　　　我们只成了亲戚,
　　　与世上的忧愁相伴:
　　　首先是这昧良心的俗物,

---

① 按当时的惯例,被祝酒的人是不能喝酒的。碧安莎假装没听懂这句恭维话。

② 原文为 dry,有三重含义:1. 口渴的;2. 冷静的;3. 性刺激。

560 / 文艺复兴时期英国戏剧选 II

　　　　　　将他的宝贝庋藏起来；
　　　　　　然后来了第二个，尽情享用这宝物——
　　　　　　第一个因为获得它，
　　　　　　第二个则因为把玩它
　　　　　　而受到诅咒。
　　　　　　哦，公正的法，
　　　　　　你对我的罪愆已经施以重击了；
　　　　　　我理该受到惩罚；
　　　　　　我能感受她亲人们曾经的焦虑。

公爵　　我想，绅士们，在我们中间，
　　　　除了倾国倾城的碧安莎
　　　　那熠熠发光的眼睛，
　　　　再没有其他的光亮了；
　　　　要不是那灿烂美色，
　　　　我们就都端坐在黑暗之中了。
　　　　谁告诉我要举行一场结婚典礼?①

卡狄阿诺　是我，殿下。

公爵　　确实是你，她在哪儿?

卡狄阿诺　就是这位淑女。

法勃里肖　殿下，是我的小女。

公爵　　啊，这真有点儿让人兴奋。

法勃里肖　她对我是一颗明珠。

公爵　　一定是这样的，你是说她是你的女儿?

法勃里肖　不，好大人，我是说除我的生命之外——
　　　　　她对我的钱袋至关重要；
　　　　　在我的算计中我还从没有包括这个。

---

① 在当时的意大利，特权阶层的婚礼要在统治者面前举行。

她拥有淑女所需的所有品质:
我让她从小在音乐和舞蹈中熏陶,
这可以增加女性的魅力,
对丈夫更有吸引力。

公爵　那她丈夫是谁?

卡狄阿诺　这位年轻的继承人,大人。

公爵　那他是用什么带大的?

希珀里托　(旁白)棒击木片游戏。

卡狄阿诺　大人,他是一位很有钱的继承人,富有而简单;
他的名望以英亩计算。

公爵　哦,是一个自作聪明的傻瓜①吗?

卡狄阿诺　你说得太贴切了,王爷。

碧安莎　唉,可怜的淑女,
她许聘错了,除非她聪明地应对,
趁年轻,给自己找一个情人:
傻瓜蛋在夏天是放不住的。

利安肖　(旁白)但这种老婆
在冬天也很难说不会变成婊子②。

公爵　(对法勃里肖)她的嗓子是不是也很动听,先生?

法勃里肖　是的,我认为她的嗓音甜蜜极了,大人。
否则我就此花钱就太傻了。
她比兄弟姐妹们都更早
用点记写成的乐谱唱歌,大人:
不瞒你说,一个少有的小把戏——

---

① 原文为 wise-acres,自以为是的傻瓜,虽然包括 acres,但与 acres 毫无关系。这是一
个双关语。

② 原文为 whore,与 hoar(霜冻)谐音,双关语,故有冬天之说。

我不愿让这小东西听到太多的赞扬，
那会让她骄傲自满，
而姑娘家最要不得的
就是挺起个大肚子了。

公爵　　让我们去一个更加盛大的宴会吧，
音乐召唤着人的灵魂前往筵席，
那是一个高贵的享受，
正符合碧安莎的身份。
（对碧安莎）你将会看到，美人儿，
佛罗伦萨的姑娘也不是等闲之辈。

碧安莎　看来她们生来聪明伶俐，大人，
一经精雕细琢，自然就很出众了。
　　　音乐声响起

利安肖　（旁白）说得倒是颇有道理，是什么该死的东西
教会你懂得这个？
你也可以接受这礼物①。
哦，那音乐在嘲弄我！

利维亚　（旁白）除了爱，
我对所有其他言语都麻木不仁，
就像一个从未学会说话的人；
我还不老，他还会思念我；
我错就错在空守闺房太久；
我要从头开始，明天起就化妆打扮，
请关注我每日的变化吧——
一旦化妆起来，我会异乎寻常地漂亮。

伊莎贝拉　（吟唱）佳人薄幸
生来依附男人，
将时间、青春、美貌、

---

① 原文为 gifts，可以释为才华，也可以释为礼物，利安肖取后一种含义。

生命、荣誉、责任

虚掷在无用的东西上，

如同药物，

仅让老妪的脸

泛起一点血色而已。

将做傻瓜母亲的娘儿们，

请跟我一起吟唱。

瓦特　（在伊莎贝拉吟唱的同时说）好一个调儿！

　　　呸，听这些在猫肠线上弹奏、小猫儿哼唧的装模作样

　　　的调儿，我还不如听肥羊和肥牛淹死时从鼻子里哼哼

　　　出来的悲伤的叹息。

法勃里肖　大人，您觉得她的嗓音怎么样？我爱上你了。

碧安莎　（对公爵旁白）她的胸部①？

　　　他说话的那腔调仿佛他女儿

　　　在婚前跟她的前辈们一样

　　　喂过奶似的；

　　　他下一步就要赞扬她的奶头了。

公爵　（对碧安莎旁白）我现在想，如此的嗓音配如此的丈夫，

　　　无异于一颗无价耳坠

　　　挂在傻瓜蛋的耳朵上。

法勃里肖　请殿下准允她

　　　展示另一项特长？

公爵　天啊，你想展示多少就展示多少吧，

　　　越多越好。

利安肖　（旁白）付之践行越少越好。

　　　灵魂一片混沌，

　　　再也不能赞扬美德了：

---

① 原文为 breast，可以释为嗓音，也可以释为胸部，碧安莎取的是后一种意思。

但是谁在实践美德呢？
敲诈者会对一个生病的乞丐说，
上天会安慰你，但他自己什么也不给。
仅仅口中赞美美德太普遍了。

法勃里肖　先生，是否可以请你的侄子
去牵上她的手，
在公爵面前跳一场舞？

卡狄阿诺　行，先生；那是很有必要的；听着，侄子。

法勃里肖　不，年轻的继承人，你将会看到，
无须讹诈或者欺骗，
那姑娘完全值你的钱。

瓦特　和她跳舞？
我不，亲爱的监护人，
别强迫我去做，
这违背我的脾性；
和一个陌生人跳舞！
谁愿意谁去；
我不愿和她开这个头。

希珀里托　（旁白）不，别怕，傻瓜，
她早就安排定当了。

卡狄阿诺　那谁跟她跳呢？

瓦特　另外一位绅士。
瞧，那是她叔叔，
一位体魄魁梧、寻欢作乐的人，
他也许熟悉她的舞步——
我愿意他先于我跳：
我决定了，叔叔，
这样我可以学着跳得更好一些。

卡狄阿诺　你这个傻瓜蛋。

　　瓦特　是的，叔叔，你不要再摆弄我：
　　　　　呸，我这样决定了。

卡狄阿诺　（对希珀里托）我恳请你，先生，牵上你侄女的手，
　　　　　和她一起跳；
　　　　　我侄子有点儿任性，
　　　　　他愿意你跳给他看。

希珀里托　我，先生？
　　　　　遵命，请这么告诉他。

卡狄阿诺　我代他感谢你，他脑子缺根筋，先生。

希珀里托　（对伊莎贝拉）来，我的宝贝。
　　　　　在这儿我有一个奇怪的职责：
　　　　　有的人将他们的欢喜
　　　　　深藏在胸中，
　　　　　而我则为了另一个人的喜欢
　　　　　要将它们展露于世——
　　　　　就像一个可怜、忧愁的人，
　　　　　在一片赞扬声中将马卖掉，
　　　　　自己却步行；
　　　　　有请求总要考虑，
　　　　　但每一步
　　　　　都在伤害一个男人和一个少女。
　　　　　音乐声响起。希珀里托和伊莎贝拉翩翩起舞，在舞前
　　　　　和舞后，向公爵鞠躬，相互行屈膝礼

　　公爵　法勃里肖先生，
　　　　　你是一位幸福的父亲。
　　　　　你的操劳是值得的；
　　　　　瞧，你的辛苦结出了高贵的果实。
　　　　　希珀里托，谢谢。

法勃里肖　为了我的辛劳，
　　　　　我得到了报答：
　　　　　她在哪儿都得到最高的褒奖。

　　公爵　喜欢吗，碧安莎？

　碧安莎　一切都好极了，殿下；
　　　　　只是这位淑女的命运，太可人怜了。

　　公爵　显然，碧安莎，她会找到办法
　　　　　来和这一切周旋；
　　　　　他有钱但很简单。

　碧安莎　她本来可以有一个更好的归宿，
　　　　　那是大部分女人都望尘莫及的。

卡狄阿诺　（对瓦特）跳个舞吧，我恳请你了，先生。

　　瓦特　我试试和她跳个角笛舞吧，叔叔，
　　　　　或者一个已婚人跳的舞蹈①。

卡狄阿诺　行，试试吧，先生。

　　瓦特　那就奏起我要的角笛舞曲吧。

卡狄阿诺　（旁白）我觉得这真没有道理。

　　瓦特　简单的人儿跳庄重的舞呀；
　　　　　勇敢的人儿跳快乐的舞呀；
　　　　　戴绿帽的跳角笛舞呀；
　　　　　农人跳干草舞呀；
　　　　　士兵们，还有挺起大肚子的少女们
　　　　　跳圆圈舞呀；
　　　　　醉鬼们跳加那利舞呀；
　　　　　婊子和皮条客跳吉格舞呀。
　　　　　这是八类舞者；

_____

① 原文为 hornpipe，其义暗示 cuckold's horn，表示瓦特在结婚前就已经戴上绿帽子了。

那第九类的，
就给乐师们付钱吧。

公爵　哦，他在这儿露出了他的本性；
我想他应该找一个人代婚，
让代理人跟她睡觉。

碧安莎　不，仁慈的大人，
很少有这么傻的人
会将老婆这么奉送别人。

利安肖　（旁白）好一个讽刺！
我不得不这样做——她那罪愆的辉煌
是何等样残酷地刺伤我的自尊。
　　音乐声响起。瓦特和伊莎贝拉起舞；他滑稽地模仿希
　　珀里托的舞步

公爵　在我看来，先生们，
这家伙很难当一个丈夫；
你觉得怎么样，碧安莎?

碧安莎　说真的，
我觉得就好像一条臭短裤衩①，大人；
如果他婚后去远行，
走上危险而漫长的旅程，
分离九年不见一面，
他妻子也不会把那太当回事儿。

公爵　亲吻一下！（吻她）说得太有智慧了。
来，上马车吧。

卡狄阿诺　为殿下准备好龙车凤辇了。

公爵　感谢你们的操心。来，美丽的碧安莎，
我给你以特别的关照，

① 公爵说 make shift（很难当），而碧安莎误认为 shift（内衣裤），故有此说。

在我宫阙住处附近
给你安排了下榻的地方。

碧安莎　您的关爱太动人了，大人。

公　爵　再一次感谢大家。

众　人　所有的荣耀属于殿下。

短号奏花腔。除了利安肖和利维亚，众人下

利安肖　（旁白）哦，碧安莎，你就这样把我落下！
碧安莎，我想念你！哦，回来，
顾全女人的面子吧。
在这之前，我从未感到过失去你的痛苦；
这是一个何等巨大的打击，
远远超过青春的肩膀
所能承受的分量，
犹如天谴降落在一个男人的头上；
对于血肉之躯，
这是何等样的折磨，
何等样陌生、何等样难以支撑的断肠，
一定什么地方发生差错了，
就好像宿命要溺死的人
定然要在滚烫的油锅里煎熬。

利维亚　有教养的先生！

利安肖　（旁白）就我眼睛所见，
我已经喜欢上你一半儿了。

利维亚　先生？

利安肖　（旁白）你能忘却我的爱情
所经受的那甜蜜的痛苦吗？
它怎样整夜地，
无论刮风下雨地守护你，

> 心中比在耳边吟唱的暴风雨
> 还要快乐，
> （犹如那阴险的谄媚者，
> 给罪愆谱上甜蜜的调儿）
> 从你父亲的窗口迎候你，
> 在半夜将你拥入怀中；
> 当我们拥抱时，
> 我们就像一对活人雕塑
> 展示艺术生命的力量，
> 幸福深埋在沉默之中，
> 亲吻呀，亲吻呀，两人的嘴唇粘在了一块儿。

利维亚　（旁白）这让我对他更加疯狂了。

利安肖　（旁白）你能忘却所有这些吗？
　　　　能忘却在这之后更加癫狂的快乐吗？
　　　　能忘却我们用新的亲吻来庆祝
　　　　这更加疯癫的狂喜吗？

利维亚　（旁白）我也变得更加癫狂了。
　　　　（对他）先生。

利安肖　（旁白）这不可能是皮条客私下捣鬼。
　　　　（对她）天啊，夫人。你要跟我说什么呢？
　　　　我的恓惶让我变得如此无礼失态，
　　　　请原谅，我不记得你了。

利维亚　那种自怜自爱的激情
　　　　不可能缓解你的悒怏。

利安肖　天啊，欢迎，夫人，
　　　　没有人可以说更暖心的话了。

利维亚　那你首先，先生，
　　　　就要撇清所有关于她的想法，

        记住她绝对只是一个婊子而已。

利安肖   哈？"绝对只是"！将一件事
        说得如此污秽，如此绝对，
        它就显得更加模棱两可了。

利维亚   那我就只好不刨根问底，
        不说出我之所知；
        那是我最近才发现的罪愆，
        并为之而哭泣。

利安肖   你发现的罪愆？

利维亚   是的，发现时哭了。

利安肖   哦，背叛爱情！

利维亚   当你遇见她的时候，你就背运了，先生：
        只为美貌而狂热的年轻绅士，
        并不能理智地爱；
        这种婚姻只能毁灭感情——
        它催生贪欲，
        而贪欲是通向淫乱的钥匙。
        我感觉她只带给你很少的一点嫁妆。

利安肖   哦，什么也没有，夫人。

利维亚   唉，可怜的绅士，
        你为什么，先生，用你的慈心
        毁了自己？
        你对女人太过好了，太过怜悯了。
        天啊，先生，
        感谢你那可祝福的命运吧，
        它使你的青春摆脱了
        那些在你的光辉中
        寻觅庇护的乞丐，

   他们让你在操劳中耗尽

   你生命的日日夜夜。

   现在对一个无限怜悯你的女人，

   一个特地前来相遇、

   酬谢你对女性仁慈的女人，

   你会说什么呢？

利安肖 那女人是谁，夫人？

利维亚 一个淑女，

   一个能回报善行的人；

   是的，一个把这视为职责的人。

   你能爱这样一个人吗，

   一个不管发生什么，

   都不愿看到你匮乏的人？

   一个让你不再面对仇人妒忌的人？

   你将压根儿不会有丝毫担忧，

   也不会为此而难以入眠，

   除非是音乐将你唤醒，

   而不会是任何命运的风暴。

   仔细瞧瞧我，

   认识一下这个女人吧。

利安肖 哦，我生命的财富，碧安莎！

利维亚 （旁白）还在念叨她的名字？

   什么也不能把那个磨灭吗？

   （对他）那声深深的叹息只为的是一个婊子，先生。

利安肖 不可能为任何别的爱我的人。

利维亚 （旁白）他内心烦躁极了；

   我太操之过急；

   我的谨慎、乖巧和判断到哪儿去了？

   我在所有方面都非常狡猾，

但遇到自己的爱情就不然了。
这样快地引诱他太不近人情，
犹如在她丈夫的棺木后面
和寡妇调情，
或者在坟墓边设法
让她迷上一个鲜肉男人：
在他的眼中，
那寡妇怪异的行为犹如那灵柩；
时间会很快将一切化解。

利维亚下

利安肖　难道她不是我至死不渝的妻子吗？
如今却不再是我的了。
那真是一个严重的打击；
婚姻还有什么用呢？
我不应该再活在世上，
那就一了百了了。
如果我从没有见过她，
我会是多么地幸福；
当一个人知道他所失去的东西的价值，
还有什么比这更让他凄怆的呢？
他永不会惦记他从没有过的东西。
她永远地走了，完完全全；
从公爵宫殿救赎一个漂亮女人的身体
就如同从地狱救赎一个灵魂一样艰难。
为什么我的爱比她的忠诚延续得还要长久？
当使其成为女人的东西不复存在，
女人身上还有什么值得爱的呢？
我已不可能再爱她了，
但我必须宽容她的罪愆
和我自己的耻辱，

对她违反法律

和我自己不光彩的行为

感到深深的内疚——

一切都是如此丑恶。

为了保持心灵和身体的健康，

最理智的办法就是转变我的想法

去恨她，咬牙切齿地恨[1]；

舍此没有别的出路。

美德的神呀，

见证了我们两人的忠诚，

也可以见证她亵渎了贞操，

而我则获得要塞首领的权杖！

我必须承认那是一个荣誉，

但收入非常可怜；

代理商的酬劳要丰厚得多。

那个首领就死在要塞里面，

一个酒鬼，即使很节俭，

死的时候比乞丐也好不了多少；

这地位并不适合我——

它适合我报仇的决心，

但不适合我的出身。

利维亚上

利维亚　（旁白）我已经试了各种办法，

但还是想见他想得要命。

（对他）你现在怎么样了，先生？

利安肖　安生多了，夫人。

利维亚　那就谢天谢地了。

我可以向你保证，你会过得很好，

---

[1]　见《旧约·诗篇》105：25："他转变他们的心，仇恨他的百姓。"

别害怕，先生，
如果你顺应自己的意愿。
一个人
沉迷于情殇或者病态，
或者喜欢上伤害他、
吸干他血液的病症，
那太不明智了。
振作起来呀，先生，
对于青春，不存在失落。
我请你和我一起去散步，先生，
你还没有看过我华美的房子，
也没有看命运在世俗的享受方面
是如何慷慨地眷顾我；
请相信我，先生，我有足够的能力
让我的情人成为一个富人，
在我死时成为一个举足轻重的人——
你将会成为这样的一个人。
如果你想要什么，
又羞赧不好意思说出来，
说真的，那我就要谴责你的任性了，先生。

利安肖　啊，这是只在睡梦中才可能有的奉承。

利维亚　现在，就凭这一吻，我的爱，
我的灵魂和财富，
就不再是梦幻了。（吻他）
来，你将去看看我的财产；拿你喜欢的；
你越放松，就越让我高兴。
我将让你拥有侍童和仆人，
赛马以及年轻人神往的各种娱乐；
只是对我，先生，
你要有一颗恒久的心——

你给予足够的爱，我也会给予足够的回报。

利安肖 说真的，那我会给予足够的爱，
　　　　也会拿上足够的回报。

利维亚 那我们俩就都心满意足了。
　　　　众下

第三场

卡狄阿诺和伊莎贝拉从一边门上，瓦特和索迪多从另
一边门上

卡狄阿诺 侄儿，这就是那位淑女。

瓦特 天啊，她又来了；注意她，索迪多。

卡狄阿诺 这位少女是我出于爱和关怀
　　　　为你选择的妻子，现在我把她交给你；
　　　　你目睹了她的许多品质，
　　　　她的高贵的教养。
　　　　我让你们俩在一起聊聊，
　　　　该是相互了解的时候了；
　　　　明天你们将牵手联袂，
　　　　一颗戒指将把你们连接在一起，
　　　　两人依偎在同一张床上——
　　　　如果你喜欢这个选择。
　　　　她父亲和朋友们就在隔壁房间，
　　　　在离开之前乐见婚书订立。
　　　　瓦特，把这事了结了，
　　　　要懂事、干脆：
　　　　喜欢她还是不喜欢她，就两条路——
　　　　一条是你奉献身体，

另一条是你钱包付钱①。

瓦特　　我向你保证，我的保护人，

　　　　我不会整天闲待着举棋不定，

　　　　鸟儿一飞来，我就射箭。

卡狄阿诺　说得太好了：祝你打鸟②成功。

　　　　卡狄阿诺下

瓦特　　我从未打错过目标。

索迪多　　说真的，我想，老爷，

　　　　说实在的，

　　　　你打的也不过是厨娘而已，

　　　　而那厨娘还是个雌鹬，一个傻丫头，

　　　　镇上经常在晚八点二十分

　　　　报告她失踪，像小孩似的找不着了。

瓦特　　别再说那些噱头话了，索迪多，

　　　　这是一件就像在炙叉上

　　　　烤鸡蛋的微妙事儿，

　　　　咱们必须小心点儿将炙叉翻个儿。

　　　　把女人所有缺点

　　　　列个单子写下来。

索迪多　　天啊，所有的缺点！你以为我的马裤兜能装下如此多
　　　　的纸吗？告诉你，只算拉皮条的，十辆车也装不完。
　　　　所有的缺点？省一点儿心，列举几条就可以了；即使
　　　　那么一点儿，我保证，你也会觉得很够了。你瞧，老
　　　　爷。（他们省视她）

伊莎贝拉　（旁白）即使我有了傻瓜蛋做障眼，

---

① 按照当时的习俗，保护人为被保护人选择妻子，如果被保护人拒绝接受，要支付保
　护人金钱。

② 原文为 birding，也有追逐女人之意。

> 得到一个女人尽可能得到的祈望和享用，
> 但这么买进又卖出，被任意耍弄和窥视，
> 是怎样一种地狱般的折磨呀；
> 唉，最糟糕的对于他来说太好了！
> 令人安慰的是，
> 他只是一个采购食材的伙计，
> 为另一个人的餐桌准备菜肴①；
> 但这傻瓜蛋多么爱挑剔，
> 煞有介事像一个迂腐的教授，
> 买走了市场上最精美的食品，
> 尝了之后却连咂嘴都不咂一下！

索迪多　现在瞧瞧她，浑身上下瞧个仔细。

瓦特　我应该从哪儿开始呢，索迪多？

索迪多　如果你是一个活人的话，当然从女人的嘴唇开始啦，老爷；你还问这样的问题？

瓦特　我想，索迪多，还是从那张刻薄的脸开始。

索迪多　从那张刻薄的脸开始？那可以省钱。

瓦特　啊，省钱，此话怎讲，索迪多？

索迪多　是的，先生：因为她有一张刻薄的脸，吃羊肉时，就会少吃沙果酱②；到年末，可以省下许多沙果酱，老爷。

瓦特　不，如果你的玩笑话变得越来越不像话，我就让你吃肉没有芥末。

索迪多　那倒是一个惩罚。

---

① 指瓦特拿钱支付希珀里托的享用。

② 刻薄的脸，原文为 crabbed face，沙果在英文中为 crab apple，沙果酱为 verjuice，剧作家在此用 crab 作双关语。

瓦特 女士，他们说你愿意做我的老婆，你很快就可以知道你是否会成为我的老婆，我是否会成为你的情郎；为此，我得先进入你。（吻她）哦，多么芬芳的香味儿！（旁白）我想这犹如一个人走进点心铺子，流连忘返，让马车兀自走了，在这当儿，我要尽情吻她。（对她）据说，女士，你要是不嫁给我，你会发疯。

伊莎贝拉 我的神经确实会出毛病，先生；
（旁白）我这么挨近他，他会踢我的脑袋吗？

瓦特 哎，可人怜的！那头发是你自己的吗？[①]

伊莎贝拉 自己的？当然啦，先生，我没对不起它。

瓦特 很高兴听到这个；我娶了你之后，可以节省不少钱。（对索迪多）瞧，她的一对眼睛是不是长得很标致？

索迪多 我觉得，她的一对眼睛长在她脸上不可能再动人了。你还能要它们长得怎么样？粉鼻儿，再秀美端庄不过的。

瓦特 据我所知，那过不了一年就会变。

索迪多 那是指一样用具。如果人们什么也不做，只是撼动一座桥梁的底座，再牢靠的桥梁也会崩塌。即使一只皮革鼻子也会变形，特别是当它来到随军商贩那帮人中间。[②]

瓦特 但是，索迪多，我们该怎么做能让她大笑起来，这样我可以看看她的牙齿长得怎么样。我不愿她有一颗坏牙，也不愿她有一颗黑牙。

索迪多 啊，只有当你跟她聊起来，你才能时不时地逗她笑，老爷。

---

① 性病会使一个人的头发脱落。

② 指梅毒，梅毒患者鼻子会烂掉。在当时随军商贩人群中梅毒流行。

瓦特　　那很难，但我要试试。(对她)请问除了唱歌和跳舞
　　　　之外，你还有什么特长？你会打羽毛球吗？

伊莎贝拉　会，还会女子板球，先生；打球时我总是运气很好。

瓦特　　你能很好地接一个球吗？

伊莎贝拉　我在膝盖上一下子接过两个球。[①]

瓦特　　是吗，娘儿们？那我得让你学打棒击木片游戏，那样
　　　　的话，你就完美了。

伊莎贝拉　你要我学的任何东西，我都会认真地去学。

瓦特　　(对索迪多)不行，索迪多，没法儿让她张大嘴巴。

索迪多　不行，老爷？太奇怪了！这儿有个窍门你学一下。
　　　　他打哈欠。伊莎贝拉也打哈欠，但是遮着嘴
　　　　瞧，瞧；快，快瞧那儿！

瓦特　　让那卑鄙的掩嘴把戏见鬼去吧；虽然有点儿遮掩，但
　　　　我还是看见了。一个漂亮女人打哈欠，用手巾掩嘴，
　　　　就像布塞子放在了奶油锅里；我想她的一口皓齿定然
　　　　会是非常可爱的，索迪多。

索迪多　啊，那一切都中你的意了，老爷；我看，她站着，身
　　　　子挺挺拔的。一般她们躺下时身子会扭曲，那也没有
　　　　什么关系：有经验的玩家并不在意那个，让她们静静
　　　　地躺在那儿就可以了。

瓦特　　我还要看看她走路的姿势，然后就一切定下来了。我
　　　　最受不了走路外八字的娘儿们，清晨碰上这样的娘
　　　　儿们准一天倒霉；脚跟靠在一起，仿佛她要跳爱尔兰
　　　　舞，按拍子扭屁股似的。我想了一个绝妙的好办法：
　　　　你趴下身子看我，当她的背对着你的时候，你就将眼
　　　　睛往另一边瞄去；让我来做给你看。

————————

① 指希珀里托的下身。

索迪多　你会发现我是瞄女人大腿的老手了，
　　　　躲在检阅台下面，
　　　　我看见过好多羡煞人的风光。

瓦特　（对伊莎贝拉）能劳驾你走一下台步吗？
　　　转一两个身就可以了。
　　　我是这么喜欢你，
　　　我想看看你的两侧曲线。

伊莎贝拉　既然你喜欢，我就走一下，先生；
　　　　　这将大大增加你的好感，先生。
　　　　　（旁白）我干吗堕落到如此下贱的地步？
　　　　　她转圈走步。瓦特和索迪多往她的裙子底下瞄

瓦特　现在就按良家女子在谦卑男子目光下
　　　走路的步态走吧。

索迪多　我看到让我的老爷
　　　　欢喜万分的最甜蜜的光景：
　　　　法国人走钢丝也没有
　　　　她走佛罗伦萨地毯走得漂亮。

瓦特　（对伊莎贝拉）够了，说实在的。

伊莎贝拉　你觉得我怎么样，先生？

瓦特　老实说，太好了，
　　　如果你给我生那么十六个孩子，全是男孩，
　　　我将永远不会和你分开，宝贝儿。

伊莎贝拉　要是你像个真正的男人的话，
　　　　　你将遭受极其巨大的痛苦，
　　　　　在你罹患牙痛的过程中
　　　　　把孩子们生育出来。[①]

瓦特　不，我寻思，

----

① 在英国有一种说法，妻子怀孕时，丈夫会牙痛。

        怎么才能对得起你的肚子呢?

        让我的双颊肿得像风笛也没事儿。

        卡狄阿诺上

卡狄阿诺 现在怎么样,我保护的孩儿和侄子,

        女士和侄女!

        说,成还是不成?

  瓦特 成,我们两人都同意了,先生。

卡狄阿诺 那到你们的亲人那儿去吧,

        朋友、美酒和音乐在等待你们。

  瓦特 那我就要为了快乐而喝得酩酊大醉。

  索迪多 对于我,

        没有再好的理由把我的鼻子[①]折断了。

        众下

---

① 原文为 nose,在当时的英语中可作"阳具"解。

第四幕

第一场

碧安莎由两位夫人陪同上

碧安莎　你们的表是什么时候了，夫人们？几点钟了？[1]

夫人甲　根据我的手表，正九点。

夫人乙　根据我的手表，九点一刻。

夫人甲　我对的是圣马可教堂的钟声。

夫人乙　我对的是圣安东尼教堂的钟声。
　　　　人们说那更准一些。

夫人甲　那只是你的看法，夫人，
　　　　因为你爱着一个叫那名字的绅士。

夫人乙　他是一个真正的绅士。

夫人甲　也许是吧，
　　　　他今晚就要来找我，

---

[1] 当时表刚发明出来，钟点不太准。同时，此处表述又指"（女性）难以驾驭的性"。在莎士比亚的《爱的徒劳》第三幕第一场中也有表述："我恋爱！我追求！我找寻妻子！一个像德国时钟一样的女人，永远要修理，永远出毛病，永远走不准，除非受到严密注视，才能循规蹈矩！"

来干吗你应该心知肚明。

碧安莎　结束这些无谓的争吵吧。
　　　　我按公爵来定时间，
　　　　我喜欢按最好的表来定时间；
　　　　这样也不用老对表了。

夫人乙　这是聪明办法。

碧安莎　如果我像有些姑娘那样
　　　　按照城里的钟来定时间，
　　　　那表就永远不可能准确。
　　　　时钟的针拨动得太多，
　　　　或者弹簧转动得太频繁，
　　　　这些似乎无关紧要的事
　　　　却会渐渐把表给毁了。
　　　　现在即将九点。

夫人甲　确实是那时间；我的离准确时间只差一点儿。

夫人乙　我发现她和一个律师在一起说谎，
　　　　就像一个教区里有两座坏钟似的。

碧安莎　谢谢你们，夫人们，我想一个人
　　　　待一会儿。

夫人甲　我是一个微不足道的小人物，
　　　　如果我高攀上了一个大人物，
　　　　我的愿望和她的永远不可能合拍。
　　　　夫人们下

碧安莎　女人的命运是多么地奇怪！
　　　　所有降临于我的
　　　　都几近乎不可能，
　　　　那些知道我生于威尼斯，
　　　　对我怀有妒忌的人，

当他们看见我，

会纳闷我怎么可能会接贵攀高。

但这是我的命，

在远离诞生地、朋友和亲眷的地方

会邂逅幸运；

对于一个年轻的女人

管束太过严厉不近人情；

约束会催生胡思乱想，

过多节欲的日子

反而会刺激强烈的性欲。

我对女儿不会这么管制：

不管怎么教养她们，

她们有自己的命运。

就以我为例：

如果她们生于王宫，

我不会不让她们到乡下去，

也不会不让她们到王宫来，

即使她们生在乡下；

她们会到王宫来，

绕一个大圈儿坠入罪恶的旋涡，

这是人们很少会想到的。

利安肖上

利安肖 （旁白）我真想瞧一眼那下贱娘儿们来到王宫，

如今怎么样了。

这是她的住处；

她不可思议地飞黄腾达了。

我记得我勾引她出逃的窗户：

要低矮得多，也没有精雕细刻的装饰。

碧安莎 （旁白）怎么样？穿这一身绫罗绸缎想显摆显摆吗？

啊，是他吗？

利安肖　向殿下躬身致礼；
　　　　我想，你一定有三条腿①了，是不是？

碧安莎　我必须得有一个情人，
　　　　我想要我应该有的服侍；
　　　　你只有两条腿。

利安肖　你住得好豪华。

碧安莎　你穿得好潇洒，先生。

利安肖　一座美轮美奂的房子。

碧安莎　你的外套漂亮极了。

利安肖　一把天鹅绒椅子。

碧安莎　你的外衣安内衬了吗，先生？

利安肖　你在这儿很气派。

碧安莎　够辉煌的，先生。

利安肖　请等一等，请等一等，让我瞧瞧你的银线织物拖鞋。

碧安莎　谁是你的鞋匠？他给你做了一双挺麻利的靴子。

利安肖　你要做一双吗？公爵会借给你马刺②。

碧安莎　是的，当我骑马的时候。

利安肖　你过着好如意的日子。

碧安莎　在我一生中，
　　　　我从未见过你穿这么华美的衣服。

利安肖　在你一生中？

碧安莎　当然啦，我想，先生。

———————————

① 第三条腿指阳具。

② 原文为 spurs，按詹姆斯一世时期的英语，暗指 testicles，下面的"骑马"便暗指"房事"。

我们两人都发迹了。

利安肖　你是一个勾栏婊子！

碧安莎　别害怕，先生。

利安肖　你是一个下贱娼妓！

碧安莎　哦，先生，为了你的要塞首领
　　　　你应该感谢我；
　　　　你把所有的礼貌都忘却了。

利安肖　我看不起你，瞧这个，读读这信吧！
　　　　给她一封信
　　　　让烦恼啃噬你的心；
　　　　你会发现我并不缺少爱。
　　　　这世界并没有如此冷酷无情，
　　　　它所拥有的仁慈
　　　　比一个傲慢的傻瓜门前多得多；
　　　　说实在的，如果我没有走过那门，
　　　　我的生活非常艰难。
　　　　读读你的羞耻吧；
　　　　一个快乐、美丽的施主，
　　　　构筑起了辉煌的爱的华屋。

碧安莎　（旁白）利维亚夫人！
　　　　这可能吗？夫人阁下是给我牵线的。
　　　　她宠爱他，给他一切！
　　　　啊，这是个淫媒客，
　　　　害人害己受到了惩罚。
　　　　（对他）你太幸运了，先生，
　　　　但我不妒忌你。

利安肖　不，王宫的圣者，不是你！
　　　　你拥有一个时髦的情人；

　　　　你的魔鬼现在还无害，

　　　　他只是一个嗷嗷待哺的幼兽；

　　　　但他很快会长出利牙来，是不是？

碧安莎　小心别跟他玩得太久。

利安肖　是的，还有那大魔鬼①。

　　　　我将适时和你们几个人

　　　　玩一场热烈的宗教游戏，

　　　　也许那能将你和你的罪孽

　　　　全都赶进永恒的狼窝里去。

　　　　我要轻声轻气地说话，

　　　　这是在高贵的女人住处的规矩，

　　　　我也明白这也是一种职责。

　　　　我要和你永别了，

　　　　对于这场暴风雨，

　　　　那隆隆雷声也只是轻慢的音乐而已。

碧安莎　上礼拜当月亮②那样挂着时，

　　　　有人说会变天，你仿佛听到这人说似的。

利安肖　啊，这是罪有应得，令良心受到责备；

　　　　一个魔鬼只有前额，没有眼睛。

　　　　我为什么要跟你谈那

　　　　像死亡一样黑暗的感觉和美德呢？

　　　　那也像疯狂在你的面前点起了亮光，

　　　　犹如引领盲者去看纪念碑，

　　　　闻到它们就算看见了——

　　　　天啊，因为失明，他们用脑袋

　　　　磕碰那坚硬的石头。

　　　　你的盲目的骄傲，因为不能看见，

---

① 指撒旦。

② 指角状的新月，暗指利安肖头上长角（戴上绿帽子）。

　　　　也会撞上我的复仇和愤怒；
　　　　在你最想不到的时候，
　　　　我的复仇有可能降临。
　　　　我会让你的虚伪的灵魂
　　　　坠入比你的子宫
　　　　还要黑暗的迷茫之中：
　　　　一场灾难就要来临！
　　　　利安肖下

碧安莎　你滚开吧，我的惧怕就好多了；
　　　　我也不会长久惧怕你；
　　　　我要将鲁莽从住宅清洗干净，
　　　　房间都要喷上香水，
　　　　驱散它留下的秽气：
　　　　说实话，他呼出的气息都让我恶心。
　　　　可怜而卑鄙的发迹！生活！
　　　　他穿上那华服，看那熊样，
　　　　却来这儿显摆，来耍大牌。
　　　　公爵上

公爵　那是谁？

碧安莎　天啊，王爷。

公爵　请告诉我，那是谁？

碧安莎　我原先的那个人，大人，
　　　　就是你救命为要塞首领的那个人；
　　　　他边吃肉边骂娘。

公爵　还骂娘！

碧安莎　他到这儿来吹嘘他的新情人，
　　　　显摆她给他的新衣服。
　　　　利维亚夫人，

除了她还能有谁会成为他的情人呢?

公爵　利维亚夫人?
　　　你没说错吧。

碧安莎　他给我瞧写在香笺上
　　　　她的名字,王爷,她的誓言,她的信,
　　　　想来寒碜我;他在心里是这么想,
　　　　而他的威胁把一切都表露出来;
　　　　它们是那么恶毒,
　　　　极尽恚恨之能事,
　　　　要是他照他说的去做的话,
　　　　那就非常危险。

公爵　绝不能让那个发生;
　　　别自寻烦恼,请就寝吧,走。
　　　一切会非常妥帖,非常安详。

碧安莎　我喜欢安宁,王爷。

公爵　所有在爱着的人都这样;
　　　别担心,
　　　一切都在你的拿捏之中。
　　　　碧安莎下
　　　谁在那儿?
　　　　信使上

信使　大人。

公爵　火速把利维亚夫人的哥哥——
　　　希珀里托找来。

信使　我刚见到他了,大人。

公爵　赶快。
　　　　信使下
　　　他是性情中人,会很快被激怒,

一旦他了解那烂事，
会断然将一切毁灭。
我知道她妹妹的声誉
对于他犹如生命。
同时，我要对他妹妹怀有善意
来讨好他，
这我曾经想到过，但从未想实行过，
（因为我觉得她太腐败了）
这讨好犹如一阵熏风会让他陶醉。
长着脓疮的声誉经受不了
哪怕最轻微的挤压，
犹如溃疡怕苍蝇叮咬一样。
　　希珀里托上
他来了；希珀里托，欢迎。

希珀里托　敬爱的大人。

公爵　那好色的寡妇，你仁慈的妹妹怎么样？
难道她还没有找到第二任丈夫吗？①
她有了一个床伴，我不是问那个，
她占有上他了。

希珀里托　占有上他了，大人？

公爵　是的，一个床伴；
难道你觉得这传闻很奇怪吗？

希珀里托　我相信大家都不知道。

公爵　我也这么希望，先生，
但暴露得太快了；
她任由淫欲驱使，
任性的享乐

────────────

① 与本剧第一幕第二场"我已经体面埋葬了两个丈夫"有冲突。

招来了一个无耻的恶棍：
他在她的耻辱上种植光荣，
对中午的艳阳诉说黑暗中之所为——
他被她的欲望所宠幸，
挥霍她的金钱，
用比慷慨的女管家收买地位
还要昂贵的代价购买她的耻辱。
没有比这更让我悲哀的了，
出于对你和你家门的爱，
我为她遴选了一个值得爱的配偶，
高贵的威桑肖，
我对他赞誉有加，
所有的人也都这么认为。

希珀里托　哦，你，永不餍足的情欲！
你毁灭家门中所有人的幸福，
大人，你知道这个毁损她的人的名字吗？

公爵　一个叫利安肖的人。

希珀里托　他是一个商务代理人！

公爵　他可从来没有做过如此大胆的航行。[1]

希珀里托　那可怜的老寡妇的儿子；
我谦卑地告辞了。

公爵　瞧，大功就这么告成了。
（对他）好好告诫她，让她看到自己的错误，
我知道她会听你的。

希珀里托　是的，大人，
我会采取一个直到实行
她才可能知道的办法；

---

[1]　指利安肖的商人身份。航行暗指利安肖的性冒险。

当她回归理智，她会感谢我。
对这头迷路的羔羊，
我将模仿古老外科医生的手法，
在割去病体前先让病人睡去。
出于对她的爱，我最怜悯的人，
在他消失之前，她将什么都不知道；
然后，她就痊愈了。

希珀里托下

公爵　最大的操心就这么解决了；
我想这会儿也该干好了。
他肯定会很愤怒，
会造成很深的伤害；
永别了，利安肖，
这儿将永远不会再听见你的絮叨了。

红衣主教大人在随从的护卫下上

高贵的兄弟，欢迎。

主教大人　把这些烛火放下；
请下去，叫唤你们再来。

随从们下

公爵　（旁白）从他的脸容来看，
似乎有什么严重的事儿；
不，那神色只是有一点儿不满而已。
（对他）贤弟，是什么让你的眼神如此严厉？
告诉我，你似乎在沉思什么。

主教大人　我正在想的事儿似乎是这样，
在我的眼中他永远迷失了。

公爵　你是在说我。

主教大人　请想想，一个人拥有这么一个漂亮、
聪明、高贵的朋友，不，一位公爵和哥哥，

而这一切却成了该诅咒的东西！
对于一个人的宗教感情而言，
这是何等样地痛苦呀！

公爵　　怎么回事？

主教大人　你的罪愆达到如此的地步，
也就没什么奇怪的了。
一想到天谴，你敢抬头吗？
如果你惧怕一觉睡下去
再也起不来，就此死去，
因为你把爱、热情和健康
都奉献给了一个风尘女子，
你还敢睡觉吗？
你现在站在这儿；
你能肯定你能再次，仅仅再一次，
有这个快乐享用她吗？
唉，你没法肯定；
这是何等样的一个悲哀，
当你肯定会永远地死亡，
却没法肯定再一次将她拥入怀中！
不，要我向你显示你比那卑下的人
更加不幸，陷于更深的罪愆吗？
卑下的人犯的罪孽，
就好像圈在栅栏里，
仅仅影响他个人，
很少跨越他灵魂的界限；
当他痛苦的时候，
他只是个人对他的痛苦负责，
这其实也是一种慰藉；
对于受苦，这是甜蜜的一剂。
但对于伟人，

所犯的每一个罪愆都像是
高山上的篝火；
从迢遥处就能看见，
百姓的流言蜚语犹如狂风
将火星吹遍城乡——这儿一点儿，
那儿一点儿，它们很快将一切
都化为了灰烬。
但请记住，那将河谷烧成废墟的火星
最初来自山上。
每一项犯罪都会得到特别的惩罚，
这是一个例子，
说明伟人是祸根：
普通的人的罪孽
犹如还没有汇总的账单；
当伟人倒台了，
就要算总账了。
这给你一个启示。
生活优渥的人们
用他们美好的行为去激励其他人
从事高贵的宗教的事业，
他们死后得到更大的哀荣；
有的人不仅无法自律，
还给别人树立走向地狱的榜样，
在最痛苦的折磨中，
在巨大的天谴的压力下，
（正如有罪的人必须坦白一样）
那是怎样的一种感受呢？

公爵　说够了吗？别说了，亲爱的弟弟。

主教大人　我知道说教令人生厌；
但这还不够淫乐时光的一小刻。

你怎么敢于去触犯永恒的戒律？
它可是受不了哪怕一刻的怠慢。
我觉得你应该耐着性儿听完
人们对你一心追求的痛苦的议论。
哦，我的哥哥！
如果死亡现在把你拽去，你会怎么样？
一想到这，我的心就流血；
这是一件令人无限痛惜的事儿，
虽然你永远不配获得，
但死亡终究还没有来拽你，没有，还没有——
我不敢让你久留，
生怕给你留的忏悔的时间不够。
在你和毁灭之间仅仅隔着这具躯体，
虽然你是最强而有力的，
但也不过是可怜的尘埃而已。[①]
想一想吧，哥哥；
为了一个婊子的爱，
你能走得离天谴如此之近吗？
难道你能坠入那无底洞吗？
而这仅仅为了妖媚，表面的虚华，
那也只是打扮出来的而已。
难道她是一个
疾病不敢侵入、
老年不敢接近、
死亡拒绝接受的东西吗？
难道蛆虫也不进她的坟墓吗？
如果不是这样（你的灵魂知道这个），
为什么淫乱要让男人为了腐烂的尘土
而经受永恒的惩罚呢？

———————

① 引述《圣经》的一种思想，人来自尘埃，死后归于尘埃。

公爵　声名遐迩的弟弟，

让我在你的怀中作首次的忏悔吧，

献上一颗感恩的灵魂

这可祝福的最初的感动；

如果我还要非法包养女人，

那表明我在最需要忏悔的时候

却没有悔过——

智者明白没有比缺乏上帝的恩惠

更荒芜的田野了。

主教大人　啊，这是一种皈依，哥哥，

是一支值得在天堂吟唱的歌；

在这一刻，黑暗的力量在呻吟，

让地狱去遗憾和惆怅吧。

我赞扬上天，

我欢乐，

因我的成功而欢乐。①

谁在外面待着？

　仆人们上

仆人们　大人！

主教大人　拿走这些烛火；

当它们刚拿来的时候，

这儿更黑暗一些。

愿我高贵的哥哥拥有

一颗毫无瑕疵的灵魂的宁静。

　主教大人和仆人们秉持火炬下

公爵　愿你快乐，大人，

她今晚将孤眠在床上，

---

① 见《新约·路加福音》15：10："我告诉你们：对于一个罪人悔改，在天主的使者前，也是这样欢乐。"

这不得已而为之，
虽然很难控制自己的情欲；
但我发誓了，
将不再与这个婊子苟合，
我必须信守我的誓言。
如果计谋成功的话，
她的丈夫今晚将死，
至少看不到明天的朝阳；
到那时，我将把她合法扶正，
再也不要顾忌罪愆或者恐怖。
我现在受到责备，
就是为了将来毫无顾忌地享用，
而且不会再在温暖如春的卧房里
节制我的欲望。
这只是一小会儿的事，
就权做一个即将完婚的、
洁身自好的新郎吧；
我将获得崭新、美好、新鲜的快乐。
下

第二场

希珀里托上

希珀里托　一上午就这么浪费殆尽，
他还这么厚颜无耻吗？
瞧，太阳都在嘲弄他！
他在我活着时还竟敢做这等事？
我知道自己犯有可怕的罪愆，
但我必须阴险毒辣，

在夜里静候机会；

负疚感也许会让我迟疑，

那终究是一种良心上的重压——

但干这种事儿需要的

只是狡猾、缄默、秘密、机变和阴险；

对于肆无忌惮的罪人没有怜悯，

恬不知耻的好色之徒！

公爵为了我家门恒久的荣誉，

将威桑肖勋爵和她配为眷姻，

对这桩婚事我怀有多么巨大的热情呀，

它让我热血沸腾，

希冀从此将腐败之气一扫而净，

不让它再传染开来，

毒化我们美好命运的希望。

我如此地爱她，

没有任何哥哥像我这样，

不仅为妹妹的高攀，

还为她的荣辱，

去赴汤蹈火。

利安肖和一个跟班上

利安肖　我将再一次

看到那个红得发紫的婊子，

像一条毒蛇那样闪闪发光，

现在那宫廷的太阳定然压在她身上。

跟班！

跟班　在，先生。

利安肖　我要像模像样地上路。

（对跟班）将马车准备定当。

我马上要赶路。

跟班下

希珀里托　是的，你要赶路，
　　　　　魔鬼就跟在你后面；
　　　　　在你出发前先吃我一剑。（举剑向他刺去）
　　　　　如果你就拔出剑，那我们就旗鼓相当了，先生：
　　　　　你利用我家荣耀的名字
　　　　　来引诱我妹妹——我一直没有发现，
　　　　　直到我的名誉遭到糟蹋；
　　　　　因此，我突袭并不是因为我胆怯，
　　　　　而是你的淫欲应得的惩罚。
　　　　　现在，我们平手，
　　　　　使出你的平生气力来吧。
　　　　　你必须得死。

　利安肖　妒忌如此紧随着人的幸福！
　　　　　当我贫穷、无人虑及我的生命的时候，
　　　　　我还没有这个福分要我这么死；
　　　　　一气之下，我就什么也不顾了。（拔出他的剑）
　　　　　混蛋，我现在向你刺去，
　　　　　雪你卑鄙突袭的一剑之仇。

希珀里托　这对于卑鄙的精神最合适。
　　　　　来，吃我一剑，
　　　　　这次是公开挑战了，
　　　　　我要比你对待你的灵魂
　　　　　和我的荣誉更加公正。
　　　　　　他们开打，利安肖受伤
　　　　　我想你吃我这致命一剑了。

（幕后音）　救命，救命，把他们分开。

　利安肖　虚伪的妻子！我还以为你为我真诚地祷告。
　　　　　你发迹了，婊子，我倒下了；
　　　　　你可以纵欲妄为了；

　　　　　　　　我的心弦和同心缕带断裂了。（死亡）

希珀里托　　我听见那同心结崩断的声响，
　　　　　　再没有比这更叫人喜欢的了。
　　　　　　　　卡狄阿诺、利维亚、伊莎贝拉、瓦特和索迪多上

　利维亚　　那是我哥，
　　　　　　你受伤了吗，哥？

希珀里托　　什么事儿也没有。

　利维亚　　太幸运了；
　　　　　　快跑开。你杀死的是谁？

希珀里托　　我家声誉的仇敌。

卡狄阿诺　　你认识这个人吗，夫人？

　利维亚　　利安肖？我的爱？
　　　　　　（对希珀里托）罪愆比伤口更深地
　　　　　　铭刻在你的身上；你没受伤吗？
　　　　　　该死的命运。他却死了！
　　　　　　但愿病魔悄没声儿，
　　　　　　神不知鬼不觉烂掉你的五脏六腑。
　　　　　　（对其他人）快去叫警官来，
　　　　　　尽快把他捉拿归案，
　　　　　　别让他溜跑了；
　　　　　　他肯定有罪，
　　　　　　抓住他；这是谋杀！
　　　　　　执行天罚和公正的法律吧，
　　　　　　你们没有我对他了解：他是一个歹徒，
　　　　　　犹如魔鬼一样可怕。

希珀里托　　你能否拿出你高贵的耐心，
　　　　　　听完我的辩解，可尊敬的妹妹？

　利维亚　　辩解！那连幽冥都要笑痛肚子：

毁灭我们更为合法的爱情，
还有什么可辩解的？
在侄女和你之间
见不得人的淫乱，
长期秘而不宣，
曾经有任何的辩解吗？

卡狄阿诺　怎么回事，好夫人？

利维亚　太真实了，先生，她就站在那儿，
让她来否认吧；
硕果将很快在接生婆的怀中哭啼，
除非父母的罪孽让它成为死胎——
如果你不聋或不佯装不知，
你不久就会听见
那新生儿怪异的啼哭。
（对伊莎贝拉）瞧着我，姑娘！
是我编造了一个虚假的故事，
把你出卖给了他；
现在我恶有恶报；
他的利剑让我受到了惩罚，
亲爱的，我的所爱利安肖！

卡狄阿诺　（旁白）我的判断和善意被如此捉弄了吗？
简直让人无地自容。
满大街的人都会嘲笑我。

瓦特　哦，索迪多，索迪多，我该死，我该死！

索迪多　该死，为什么，老爷？

瓦特　一个狡诈的阴谋，难道你没有看出来吗？我成了一
个乌龟，一个被上帝遗弃的人，一个妻子和别人胡搞
的人。

索迪多　不，你不该为此而感到倒霉，你该快乐，老爷，你还
　　　　有许多各行各业慷慨大方的朋友；我下星期日要选一
　　　　个老婆，她会穿上最美丽的礼服，而且瞧上去贤淑可
　　　　爱，我会邀请你跟我一起去。①

瓦特　那倒是一点儿安慰。

利维亚　（对卡狄阿诺）你，先生，承受着你的伤害，
　　　　就像我承受着痛苦，请帮帮忙，
　　　　用你那受到毁损的力气
　　　　伸手扶起这沉重的包袱吧，
　　　　他活着时就像火焰一样灵活。
　　　　我们可以在一起谈谈，
　　　　也许有幸在一起流泪神伤。

卡狄阿诺　我心中想的只是复仇和愤怒，
　　　　这是我一切行动的指针。
　　　　利维亚和卡狄阿诺抬着利安肖的尸体下

索迪多　还说是一个正经老婆！
　　　　你保护人选择的
　　　　好一棵甜蜜的李子树！②

瓦特　不，还有比这更糟糕的果子，一种像光溜屁股的果
　　　　子。一个娶了婊子做老婆的家伙，无异于把一生都绑
　　　　在欧楂树上；那是一种好果树，还没等成熟就已经汁
　　　　液饱满，看上去像烂掉的样子——有些十九岁的鸡就
　　　　是这样。她那玩意儿上生了梅毒，我觉得从那洞口流
　　　　出臭水来，我头一夜跟她睡觉的时候，就感觉在她肚
　　　　子里有小东西在躁动。

索迪多　什么，什么，老爷？

①　英语谚语：谁要娶一个漂亮的妻子，就让他在星期日而不是在星期六选。
②　原文为 sweet plum-tree，在英语俗语中这代指一个放荡的女人。

瓦特　这就是她所谓的典雅！会唱歌，会跳舞——我琢磨还会玩杂技哪。我将永远不会再娶会耍这么多玩意儿的人当娘儿们。

索迪多　说实在的，这些玩意儿没什么好的，老爷；她们有可能学许多玩意儿，但是有一件玩意儿她们得自己去学。得，给我找一个姑娘，只要品行好，那就是除了丈夫不跟任何别人睡觉，对于一个生蹦活跳的女人，这点教养就够了。

瓦特　当她交给我的时候，这是一个缺点；你没有注意到这个问题。

索迪多　唉，你叫我怎么看透这偌大的裙环裙，老爷？我总不可能看透一块磨石吧。[①] 当她走路时，我总不可能看到她的下身吧。

瓦特　她父亲赞扬她的嗓子，她的声音甜美；我很惊讶，她已经不再是少女了，怎么能唱出这么高的音来。我现在琢磨那是因为在她肚子里有一个男童歌手——我可以肯定那歌声在我的绿帽子上回响。

索迪多　这只是你老婆在羽绒垫子上跳的快乐的舞曲。说实在的，躺下吧，老爷——（旁白）但请留心，别让你的脑袋上的角将枕头戳破个洞。我可不会为了一桶圣马可金币和他打架，他会把我打得遍体鳞伤，就像抄写员手边那吸干墨水的沙盒。

　　　　瓦特和索迪多下

伊莎贝拉　（旁白）还有哪一个少女像这样
　　　　　被如此残酷地欺骗，
　　　　　以致毁掉人生、灵魂和荣誉？
　　　　　这一切都因为是一个女人的阴谋。

---

① 英语谚语 look through a millstone，（讽刺语）明察秋毫。

我不愿让她的名字玷辱我的家门，

她仅仅是一个女人而已，

充斥了女人的罪孽。

哦，耻辱和恐怖！

在那个男人和我之间太亲近的关系中

横亘着的罪恶

足以让整个世界毁灭。

（对希珀里托）该是我们分手的时候了，先生，

互相不要再见了；

没有什么比亵渎忏悔更加糟糕的了；

我们的眼睛对宗教的毒害，

比蛇怪①还要厉害。

如果你身上还有一点儿良知，

还有慰藉的希望，

还惧怕最后的审判，

我请求永远不要再见到你；

我从你面前永恒地消逝，

在地狱中也不复再见。

（旁白）至于那娘儿们，

敢于与如此危险的罪愆调情，

对我的青春设下如此卑鄙的陷阱，

哪怕有那么一星点儿机会，

让我有可能以同样的狡猾和残酷

实行我的复仇，

我会毫不怜悯地去要她的命，

就像她要了我的荣誉一样。

希珀里托　这是对名誉的担心，

　　　　　但妹妹的命运由于她

---

① 蛇怪，古代传说中的怪物，由蛇从公鸡蛋中孵出，有一双可怕的红眼睛，人触其目
光即死。

而得到甜蜜的报偿。
但愿犹如坟地的沉寂
永远锁住她的嘴；
我对她的爱让我悲哀。
　　正在交谈的卡狄阿诺和利维亚上

卡狄阿诺　如果你能够掩盖心中的痛苦，
　　　　　你就是一个好娘儿们。

利维亚　住嘴！我尽力而为吧，先生。

卡狄阿诺　如果说我能用微笑掩饰我的伤心，
　　　　　现在这是一个机会，
　　　　　你可以让你的愤怒
　　　　　自由而安全地发泄，
　　　　　做你的怒火驱使的一切，
　　　　　而无须有危险或法律方面的担忧；
　　　　　在公爵的婚礼假面舞会上
　　　　　犯罪会被认为是偶然
　　　　　——仅仅是无意的巧合，
　　　　　并不是故意而为之。

利维亚　我懂你的意思，先生，
　　　　　我希望你们在假面舞会上做点儿什么；
　　　　　请看看结果吧。
　　　　　　在希珀里托和伊莎贝拉面前跪下
　　　　　请两位原谅我；
　　　　　我在这儿，
　　　　　回归了常识和正常判断，
　　　　　不再是在你们面前撒泼的那个女人了；
　　　　　那个咋呼的女人永远消失了。
　　　　　我又是我自己了，
　　　　　那个平和而友好的人；

我流的泪来自内心，
发自对那些蠢行忏悔的痛苦，
我肆无忌惮的愤怒曾经
辱没过你们的美德。
这位绅士似乎满意了。

卡狄阿诺　我从来就没有不满意过；
我知道，唉，那不过是你的气话，
我从来就没有在意。

希珀里托　请起身，好妹妹。

伊莎贝拉　（旁白）对蠢行作了多么甜蜜的掩饰，
正如一个人有伤痛，
给外科医生付钱就行了；
所有的痛苦都不在话下，
大出血啦，
一筹莫展的伤口啦。
好吧，我也是母亲生的女人，
作为女人我也能掩饰。
（对利维亚）姑母，我原谅所有
由于愤怒和无知而发泄出来的咒语。

卡狄阿诺　啊，这多么入耳！

希珀里托　我做的一切，妹妹，
都是为了荣誉，
时间将向你证明这个。

利维亚　我终于惊醒，回归常识，
我增长这么多见识，哥，
我不得不赞美你的利剑，
你躲避了致命的一击；
由于他的死，你免除了
一个女人所痴迷的

代价高昂的罪愆。
这也使公爵异常高兴，
他（瞧这个，哥）给你捎来宽恕，（给他一封信）
我要亲吻这封信，
它是最亲爱的慰藉。
当它给我捎来时，
我的发作刚过去；
它的到来，我琢磨，
正是时候，让我心花怒放。

希珀里托　我看出来公爵殿下在维护我。

利维亚　现在除了筹备那隆重的婚礼，
任什么事儿都免谈。

希珀里托　他娶她了？

利维亚　突然风风火火行动了起来，
很快筹集了宴请几千人的经费。
这位绅士和我为公爵的初婚
设计过一场余兴，
他自己创作了情节；
经过艰苦的擘画，花费了许多钱，
不料你的好母亲去世，贤侄女，
让一切荣耀都成泡影。
这情节适合所有这类场合，
其艺术性真是无与伦比；
如果你参加的话，
它就完美了，费用由我来出。

希珀里托　你将得到我的支持，这将证明
我对公爵的爱和关照的感恩。

利维亚　你怎么说，贤侄女？

伊莎贝拉　我很高兴能演一个角色。

卡狄阿诺　这样的话，演员的阵营就齐备了；
　　　　　你的跟班们将临时出演丘比特。

利维亚　　让他们演那个吧，先生。

卡狄阿诺　你还演你那个老角色。

利维亚　　那是什么角色？天啊，我忘得一干二净了。

卡狄阿诺　啊，那是朱诺·普罗努巴，主婚的女神。[①]

利维亚　　对了，是这个角色。

卡狄阿诺　（对伊莎贝拉）你将扮演那个牺牲自己
　　　　　以平息她的愤怒的少女。

伊莎贝拉　牺牲，好先生？

利维亚　　难道我的愤怒必须平息吗？

卡狄阿诺　那取决于你愤怒的原因，
　　　　　你对自己的愤怒是怎么看的了。

利维亚　　我觉得愤怒让她的天神地位
　　　　　更有一种威严感。

伊莎贝拉　是这样的，但是我的牺牲
　　　　　将平息你的愤怒，要是我失败的话——
　　　　　（旁白）那将教训罪恶的皮条客怎么当女神。

卡狄阿诺　我们不能对我们的角色期望太高，先生；
　　　　　请进去，看看情节是怎么安排的，
　　　　　你们可以提一些意见。

希珀里托　我无所谓，只要有一个角色演就行了。

　　　　　　伊莎贝拉、卡狄阿诺和希珀里托下

----

① 根据维吉尔的诗，此角色对于利维亚是一个讽刺。

利维亚　多少无事生非，
　　　　我不得不忍着心中的怒火，
　　　　不让诅咒脱口而出！
　　　　哦，硬压住巨大的痛苦该是多么不幸！
　　　　我知道掩饰痛苦比遮掩爱情更难。
　　　　利安肖，你逝世的重担压在这儿[①]，
　　　　只有毁灭才能消弭。
　　　　下

第三场

　　　　双簧管音乐声响起。公爵和碧安莎一袭礼服在王公大
　　　　臣们、红衣主教们、贵妇人们、仆人们的陪伴下隆重
　　　　地上；他们一队庄严地穿过舞台。红衣主教大人气愤
　　　　地上，打破了仪式的欢乐气氛

主教大人　停，停！为罪愆而举行的宗教礼仪
　　　　只能损害对美德的崇敬，
　　　　将引来雷公对佛罗伦萨的惩罚——
　　　　神圣的仪式是用来荣耀圣洁，
　　　　而不是罪恶。
　　　　难道这是你忏悔的结果吗，哥？
　　　　与其这么亵渎上帝的恩典
　　　　还不如你从来就没有忏悔，
　　　　使现在的罪孽更加深重。
　　　　难道你没有发誓过不再豢养神女？
　　　　而如今如此急迫任凭情欲
　　　　将你的荣誉和生命
　　　　和她紧紧编织在一起。

———————
① 可能指胸口。

对于不幸的人，
难道罪愆不是必然的吗？
因为他总是跟罪愆捆绑在一起。
甚至还有更糟糕的！
难道婚姻，那荣誉的洁白无瑕的外衣，
那将辉煌、美好和卓有成效的美德
奉献给上帝的婚姻，
变成了堕落和污秽的亵衣？
难道忏悔就是为了使淫欲变得神圣？
这跟崇拜魔鬼又有什么区别？
难道这是罪愆在它性乱之后
所能做的最好的补救？
这如同一个酒鬼，为了安抚上天的愤怒，
他应该奉献上他的呕吐物作为祭品吗？
如果那样做合适的话，
那么这无异于将淫乱
置放在婚姻的神圣的祭台上。

公爵　你在发无名之火，贤弟。
我发誓我做的一切都符合你的良知，
你的指责毫无必要——
我从你那儿
比从宗教那儿尝到更多的愤怒，
更多的恶意，而不是善意。
我现在所走的路是正直的，
通向合法的爱情，
即使最严厉的美德也不会阻止。
我发誓不再与一个好色的女人交往：
那已经做到；
我让她成为合法妻子了。

主教大人　魔鬼教导了你这个伎俩，

请不要再以他为师了：他会毁掉你。

为了你的灵魂安宁，
不要变得太狡猾，好哥哥；
起始沉溺于偷情之乐，
继而躲进婚姻的庇护所，
难道这还不够狡猾吗？
我保证，一个罪人
如果选择在教堂里庇护，
他的生命就是安全的；
但如果他总是设法溜出来，
而且还故伎重施，
那他肯定死路一条。
你现在还是安全的；
但如果你离开这肉体，
人在世上的庇护所，
负疚的灵魂寄托之所在，
那你就会发现
当淫欲褫夺了本应是纯洁的床，
贞洁的誓言将承受何等样的痛苦。

碧安莎　大人，这一阵我一直在默默观察你，
我发现你博古通今
从你那儿获得不少有用的知识；
但在你所有的美德中，
我却看不到爱，
有人把这称为宗教的长子①，
但我没有能在你的诸德中找到。
请相信我，先生，
没有哪样美德可以开始被忽略，

①　见《新约·哥林多前书》13：13："现今存在的，有信、望、爱这三样，但其中最大的是爱。"

然后再实行；
它存在于诸德之中，
使它们先后有序。
上天和天使尚且为一个
皈依的罪人而欢欣鼓舞；
你，一个上帝的仆人，
一个自称为基督徒的人，
为什么和他们却如天壤之别？
如果每一个犯了罪孽的女人
都应该被剥夺善良的欲望，
那美德怎么被人知晓和尊重呢？
从瞎子手里夺过来燃烧的蜡烛，
那没有什么错；
他压根儿看不见。
但是，从一个看得见的人手里
拿走烛光，那就是损害和侮辱。
当放荡的人不再沉醉于罪孽的纵欲
而变成了正直的人，
难道宗教不正因此而达到它的目的吗？
美德的殿堂并不是致力于毁灭一切，
而应该致力于在废墟上重建，
那才是上帝的恩典呀。

公爵　　为你的思想，我亲吻你；
你用一种谦卑的方式表达了你的智慧。
继续前行！

双簧管音乐响起，公爵、碧安莎和随从们下

主教大人　淫乱太嚣张了，
在斥责它之前，上天就会发怒。

下

第五幕

第一场

卡狄阿诺和瓦特上

卡狄阿诺 你说，你有没有被欺侮的感觉？你知道你做了什么错事吗？

瓦特 我要不知道我就是一个十足的傻瓜蛋了——我每次洗脸，都能感觉到脑袋上的那个角。

卡狄阿诺 拿上这个铁蒺藜；偷偷地将它放在我告诉你的地方；瞧，先生，这是陷阱门。

瓦特 从上次假面舞会我就知道这个门了，叔叔；我记得，从这儿升起一个独眼魔鬼①，紧接着便冒出烟火来。

卡狄阿诺 请别再玩文字游戏了，听我的话，没错；你一听到我跺脚，就拿着这铁蒺藜马上跳进去——那混蛋已经困在那儿了。

瓦特 如果我误了你的事，就吊死我；我最喜欢逮王八羔子了，我保证你一跺脚我就跳进去。但是，在一个洞里，我怎么爬出来，而又让他待在那儿呢？那真是一

---

① 暗指男性阳具，是一个双关语，所以下面说是文字游戏。

个可怕的难题。你知道我还有一个角色要演，我扮演
诽谤鬼。

卡狄阿诺　没错，但别把它当回事儿。

瓦特　不当回事儿？我把衣服和道具都买了，一个魔鬼的面
具，脸颊上拖着一根长长的舌头。这形象对于郊区剧
场排演的诽谤鬼太合适了。

卡狄阿诺　在戏里还轮不到诽谤鬼来演，你不懂。

瓦特　噢，噢！

卡狄阿诺　诽谤鬼就在那陷阱里待着，首先将铁蒺藜的刺这么戳
着。

演示铁蒺藜的刺

瓦特　我现在懂了，我的保护人。

卡狄阿诺　走吧，听好那秘密的跺脚声，那是你全部的戏。

瓦特　如果我犯错，就把我的角放在研钵里研成粉，把粉放
在白葡萄酒里让那些戴绿帽子的倒霉蛋喝；治这种人
的头疼立刻见效。

瓦特下

卡狄阿诺　如果演出中途受挫，
　　　　　（这家伙肯定会很机灵）
　　　　　我已经告诉扮演丘比特的当差，
　　　　　用他们爱神的箭向他射去，
　　　　　（那太适合他的角色了）
　　　　　我已经在箭头上涂上了毒药。
　　　　　他不可能逃过我的愤怒；
　　　　　这恶作剧只能依靠运气，
　　　　　而不是意志。
　　　　　蹊跷也就在这里；
　　　　　因为谁能料到

在这样一个狂欢之夜，
会发生源自怨恨的厄运呢？
下

第二场

喇叭花腔号声响起。在舞台上方公爵、碧安莎、红衣
主教大人、法勃里肖、其他红衣主教、贵爵们、贵妇
人们庄严上场

公爵　现在，美丽的公爵夫人，
　　　你将欣喜地看到
　　　人们是怎样爱你，崇敬你；
　　　今晚所有的荣耀和喜悦
　　　都因你的美色而流光溢彩。

碧安莎　对这些爱和礼赞
　　　我亏欠得太多了，殿下，
　　　无需有任何的美德
　　　我却承受了如此丰厚的恩典。①

公爵　多么伟大的善意；
　　　它在迢遥处熠熠发光
　　　就像镶嵌在纯宝石里的黄金！
　　　我看到在你们两人之间②
　　　弥漫着高贵的宁静，
　　　是何等样地令人欣喜！
　　　这种和解
　　　比怕死的他能活更长的时间，

① 碧安莎在此表述了新教的观念，即上帝根据"信仰"，而不是根据"美德"给予人恩典。

② 指红衣主教大人和碧安莎之间。

更让我感觉甜蜜。

（对红衣主教大人）怎么样，贤弟？

主教大人 我已经重申和解，非常满意。

公爵 我希望看到你吻她，

犹如正式签字画押，那样才牢靠。

主教大人 你将拥有一切你希望得到的东西。（吻碧安莎）

公爵 我现在拥有了一切。

碧安莎 （旁白）但我还要做更加实在的事；

这一吻不可能让我得意忘形。

他一开始就谴责他，

很快就排挤他，冷淡他。

当心兄弟的妒忌；他是公国的王储。

红衣主教，你今晚就死了吧，

计策已安排就绪——

在狂欢的时刻，死亡将偷偷降临，

出乎所有人的意料。

那位对宗教最虔诚的人，

那位神圣的朋友，

绝对没有想到他这样的结局；

他也有脆弱的时光，

也会像我们一样，可怜的人，

（就凭他的热情、学识和启蒙精神）

到肉欲的梦幻中去游走，

在夜晚犯罪。

法勃里肖交给公爵一份文件

公爵 这是什么，法勃里肖？

法勃里肖 天啊，大人，这是余兴演出的大纲。

公爵 哦，我感谢你们的爱；

亲爱的公爵夫人，请坐，听听故事的梗概。

（读）"有一位少女，

常常光临森林和温泉，

她爱恋着两个人，

这两个人也都爱恋着她。

两人不分伯仲。

请婚姻女神朱诺来做决断。

为了讨好朱诺，

这两个情人献上他们的叹息，

而少女则献上一份祭礼，

朱诺用象征披露了结果；

这样争端解决了，

却发生了新的不和；

那被拒绝的男人死不甘心，

出于绝望，

他唤来了貌似黑魔的诽谤鬼，

来诋毁那另一个男人，

结果他得到了应得的惩罚。"

碧安莎　说真的，殿下，一个太令人喜悦的故事，

非常适合这场合；

妒忌和诽谤是唤来

对付那两个忠诚情人的魔鬼的；

好在不久它们就遭受惩罚了。

　　　　音乐声响起

　公爵　这音乐表明他们来到门口了。

碧安莎　（旁白）同样我所有的愿望也都实现了！

　　　　穿黄色衣服的许门①，伽倪墨得斯②穿着一件蓝色的

────────

① 许门，希腊神话中的婚姻之神。

② 伽倪墨得斯，希腊神话中的持酒俊童。

袍子，袍子上喷了粉，闪烁着星星，赫柏①穿一件
点缀着金星的白袍子，他们手中都拿着有盖的酒杯，
上。他们跳了一个简短的舞蹈，向公爵等人鞠躬

许门　　给碧安莎一个酒杯
"许门怀着对新婚的狂喜
向您，美丽的新娘，敬献上
这樽来自碧霄的美酒。
尝了它，你将在你的床笫找到爱，
在你的心灵觅到宁静。"

碧安莎　我会尝的，当然啦，
不过很遗憾这耽搁了
这么美的一个开场戏。（饮酒）

公爵　　朗诵得非常高雅。

伽倪墨得斯　"我们从朱诺那儿讨得两杯美酒；
赫柏，把那杯酒给无辜，我这杯给爱情。"
赫柏将酒杯给红衣主教，伽倪墨得斯给公爵。两人同
时饮酒
"请小心，别摔跤；
还记得银河的事儿吗？"②

赫柏　　"啊，伽倪墨得斯，你犯过更多的错，
只是很少有人知道；
我抛洒了一杯酒，而你弄翻了好多杯。"

许门　　"别再争了，请看在许门的面上，忍一下吧；
我们因爱而相聚，让我们演各自的角色吧。"
假面舞演员众下

———————————

① 赫柏，希腊神话中原为斟酒女神，后为青春和春天女神。

② 据神话传说，赫柏走路时不小心摔跤，将手中酒杯的酒抛洒了出来，形成了天上的
银河。

公爵　轻声些！在故事梗概里没有
　　　许门、赫柏和伽倪墨得斯三个角色。
　　　故事情节里描述的仅仅是
　　　四个人：朱诺、一位少女和两个情人。

碧安莎　这类似假面舞会的序幕，殿下，
　　　为正剧消磨时间而已。
　　　我现在踌躇满志，
　　　让欢乐上场吧。这是正剧了，殿下：
　　　听，你能听见他们了！

公爵　真的，一位妙龄少女！
　　　两个穿着像少女的人手持小蜡烛上；伊莎贝拉装饰着
　　　鲜花和花冠上，手持一只点着火的香炉上；她们恭敬
　　　地将香炉和蜡烛置放在朱诺的祭台上；她们唱各自的
　　　歌谣

歌谣

朱诺，你婚姻的女神呀，
你统领着交合的身体，
将男人和女人连理维系，
永远不要遗弃那女人哟，
你，唯一的婚姻女神呀，
可怜可怜这迷茫的情意；
我爱着这两个，
他们也恋着我；
我无法决断，
我的心平分给了这两个，
只等你给我以平和，
用你的伟力了断这纠葛。

伊莎贝拉　（对少女们）"我感谢你们，请回到温泉之乡，

　　　　　　而我则前往爱之源，锦绣乡。"

　　　　　　少女们下

　　　　　　"你，神圣的女神呀，

　　　　　　婚姻的皇后呀，伟大的萨图恩①的女儿呀，

　　　　　　朱庇特的妹妹和妻子，威严无比的朱诺呀，

　　　　　　请可怜我心中激情的冲突，

　　　　　　这漫长的爱恋像是一场两人的战争；

　　　　　　让一个人戴上佳配的桂冠，

　　　　　　让我的心趋向平静吧。"

　　　　　　希珀里托和卡狄阿诺打扮成牧羊人上

希珀里托　　"你伟大的女神呀，让我成为那幸运的人吧。"

卡狄阿诺　　"但我一直怀有希望，

　　　　　　如果最真诚的爱值得最诚恳的慰藉。"

伊莎贝拉　　"我以同样炽热的爱呀，

　　　　　　爱着两个人，

　　　　　　我真不知道为谁说情，希望谁赢，

　　　　　　伟大的仲裁者呀，

　　　　　　请用你幸运的恩典，

　　　　　　在两颗心之间，

　　　　　　给我指明谁将是我的爱人；

　　　　　　对谁我将请求原谅。"

希珀里托
卡狄阿诺　　"我们都祈求爱情。"

　　　　　　利维亚打扮成朱诺，在拿着弓箭的丘比特陪同下，从
　　　　　　高处舞台降下

伊莎贝拉　　"在吟唱了叹息无奈之后，

　　　　　　我给最强大的神

　　　　　　敬献上这宝贵的一炷香，

---

① 萨图恩，天空之神。

表达最真诚的痛悔；
祝愿香烟平和地缭绕升天——"
香烟向上升腾起一股有毒的烟雾
（旁白）如果这灵验，我的姑妈朱诺呀，
它不久就会要你的命，
你死，
恐怕也升不了天。

利维亚　"虽然你和你的爱，
相比于我的辉煌的光彩，
似乎只是灰霾，
只是黑夜和阴间，
我仍然怜悯你，
顺应你的要求。
你希望得到告白；
好吧，你会看到，
我对你充满了善意。
那个我为你选择的人，
爱之箭将让他受伤两次；
第二次伤象征经过岁月洗礼的爱，
我们都是这么经历过来，
在结婚时受到第二次伤害，
爱情会延续一生；
否则当青春泯灭，
爱情也就死亡。"
（旁白）这烟味让我难受极了。
（作为朱诺）"这金赀、阳光
和兴旺的象征，
这所有夫妇都趋之若鹜的东西，
是的，爱吧，接住这——"
向伊莎贝拉膝盖扔去燃烧的金子，伊莎贝拉死去

> "我哥哥朱庇特
> 从不吝啬给我他那燃烧的财富，
> 那昭示着富庶。"

公爵　她倒下了，
　　　这是什么意思？

法勃里肖　似乎是太高兴了。
　　　　巨大的财富让我们都大喜过望，
　　　　她似乎也有了她膝盖上的一份，殿下。

公爵　这跟情节有点儿偏离：
　　　请注意，贵爵们！

卡狄阿诺　一切按擘画的在做；现在轮到我引诱他到陷阱那儿去；
　　　　只要脚一跺，就叫他去送死完蛋。

希珀里托发现伊莎贝拉已死亡

希珀里托　完全死了。哦，出卖，她被残酷地杀死了！

希珀里托跺脚。卡狄阿诺从陷阱门那儿跌落了下去

　　　　怎么回事？

法勃里肖　瞧，另一个情人掉落下去了。

公爵　啊，这情节梗概写得有诈，在这儿没有写这个。

利维亚　哦，我难受得要死，让我快快死吧；
　　　　这香烟有毒。哦，它让我中毒了！
　　　　阴谋完成了，我自己也遭到了报应；
　　　　野心将我拖曳到毁灭。

倒下，死亡

希珀里托　不，我要亲吻你冰冷的嘴唇，
　　　　赞美啊，你用死亡实现了复仇。

吻死亡的伊莎贝拉

法勃里肖　瞧，朱诺也倒下了。

丘比特向希珀里托射箭

　　　　　　　她在那儿干吗？
　　　　　　　她的矜持可以使她超脱一些；
　　　　　　　她惯常在其他假面舞会①上不屑于俗世，
　　　　　　　我觉得她孔雀的羽毛太张扬了。②

希珀里托　　哦，死亡钻进了我的血液；
　　　　　　　犹如一团烈火在燃烧。
　　　　　　　这些丘比特射来的灾难呀。
　　　　　　　抓住他们；
　　　　　　　别让他们跑掉，他们毁掉了我；
　　　　　　　那致命的箭镞呀。

　　公爵　　我真一点儿也不明白这戏了。

希珀里托　　王公贵爵们，我们都被耍了。

　　公爵　　怎么回事？

希珀里托　　死亡；不仅是死亡，我还要遭天谴。
　　　　　　希珀里托指着伊莎贝拉的尸体

法勃里肖　　死亡？我女儿死了？
　　　　　　　我希望我的妹妹朱诺不会这么待我。

希珀里托　　我们曾经淫乱，忘却了道德，
　　　　　　　结果是一场空。③可祝福的慈悲呀，
　　　　　　　请将你的怜悯的剑向我刺来，
　　　　　　　浇灭我血液中的欲火吧。
　　　　　　　利安肖的死将这一切摊到我们头上
　　　　　　　——我现在尝到了死亡呀——④

---

① 指本·琼森的《婚礼之歌》（Hymanaei）和莎士比亚在《暴风雨》中的假面舞会。

② 在传说中，朱诺总是有孔雀陪在身边。

③ 见《新约·耶利米亚》10：24："上主，你惩戒我，只好按照正义，不要随你的愤怒，免得我归于乌有。"

④ 这也是《圣经》中的一种思想。

让我们想出各种计策来互相厮打。
结果证明了这一点，
人在坠落的时候省悟到的
比他一生所积累的还要多。
她，因为情人的死而疯癫，
披露了近亲间一场可怕的淫乱，
为此我受到了出乎意料的惩罚；
她得到了她自己的毁灭：
以仇相报，
像一场预先策划的阴谋，
罪恶的灾难将众人召集到一起，
仿佛都预先首肯了似的。
现在她的同谋掉进了陷阱，
我真不懂
他怎么陷进了自己设计的圈套；
在谴责我时，他绝不会想到死，
他擘画了整个阴谋，当然狡猾得很，
不会让自己受到些许的伤害——
但这罪恶本身
把聪明人拖入了地狱。
就这样，奇迹结束了。
哦，太难受了！

公爵　卫士快来！
　　　一位勋爵带着一个卫士上[①]

勋爵　殿下。

希珀里托　直面死亡吧，
　　　　　了结这生命和痛苦。
　　　　　直往卫士的戟扑去，死亡

[①] 为了清理舞台上的尸体，至少需要四位卫士。

勋爵　　瞧，殿下，
　　　　他把胸脯顶在了戈戟上了。

公爵　　在我的新婚狂喜之夜
　　　　毁灭演出了它的凯旋之歌，
　　　　罪恶躲在快乐的面罩后面；
　　　　太凶险了！
　　　　这是非常可怕的凶兆，
　　　　我讨厌极了。
　　　　（对卫士们）将这些尸体从我的眼前清除出去。
　　　　卫士们搬走尸体

碧安莎　（旁白）怎么，还没有来劲儿？他什么时候倒下？[1]

勋爵　　请殿下过目这份文件，
　　　　这是他在掉落陷阱、
　　　　灵魂离开他之前
　　　　内心一个简短的自白；
　　　　他行为之黑暗在这里暴露无遗，
　　　　披露了目的、方式和动机；
　　　　他监护的那个傻瓜
　　　　一听到他大喊，
　　　　不料忙乱中掉进了陷阱。

碧安莎　（旁白）还没有倒地？

公爵　　（对红衣主教大人）你读，你读；我眼神和体力都不
　　　　支了。

主教大人　我高贵的哥哥！

碧安莎　哦，该诅咒的奸诈！
　　　　我无力的手掉落在我的大人身上。
　　　　毁灭驱使我来到你身边；

---

[1] 碧安莎指望红衣主教大人死亡。

让我走过去；
他的迷失灵魂的痛苦和灾难
让我迟疑了一会儿！

公爵　　我的心在膨胀；
救命，把它打开，
我的胸口要炸裂了。（死亡）

碧安莎　　哦，毒药发作了，
这是为你，为你投放的，红衣主教！
要毒死的是你！

主教大人　可怜的王子！

碧安莎　　该诅咒的错失！
再呼最后一口气吧，你中毒的胸口，
让毒气把我们俩都包裹在毒雾里吧。
亲吻公爵的尸体
就这样，就这样，酬谢谋杀你的人，
将死亡演变成一场离伤的亲吻。
我的灵魂已经来到我的唇边，
你死后它无法再活哪怕一分钟。

主教大人　这一刻，宁静的佛罗伦萨
经历了最痛彻心扉的悲伤和惊讶。

碧安莎　　这样，我的欲望得到满足，
我感到身体里死亡在蠢动。
你成功了，该诅咒的毒药，
虽然你化在了我大人的胸膛里；
但对我精神上的摧残更加地巨大——
一张扭曲的脸
才最适合一个歹毒的灵魂。
我在这儿干什么？这些都是陌生人，
只知道他们心怀鬼胎，他们也走了；

我绝不祈求他们的怜悯。
从有毒的酒杯中饮酒

主教大人　哦，请止住
她那任性的手!

碧安莎　干吧；干了。
利安肖，在我快死亡的时候
我感到我们婚姻破裂的痛苦。
哦，这致命的陷阱呀，
这娘儿们为娘儿们
无论是对灵魂还是对荣誉
毫不留情地设置的陷阱!
以我为例，
你们就知道你们的对手了；
怀着这样的信念，我死了：
就像我们自己的性别一样，
我们没有敌人，没有!

勋爵　瞧，我的大人，
她怎么让自己走向了毁灭。

碧安莎　骄傲、伟大、荣耀、美丽、青春、野心呀，
你们都必须下台，这是没有办法的。
我高兴的是，我要死了，
在一杯爱情的美酒中尝到了死亡。
死亡

主教大人　罪孽，你是什么呀，
这些毁灭太可怜了。
两位国王不可能同时坐在
一个王位上，①

---

① 见塞内加的《梯厄斯忒斯》"non capit regnum duos"。希腊神话，珀罗普斯之子，因诱奸其嫂，其兄将其三个儿子杀死，并设宴端上其子之肉飨之。

其中一个必须下台，
因为他的头衔不对；
淫乱猖獗的地方，
国君不可能长久地统治。

众下

（全剧终）

2016 年 12 月 6 日于北京威尼斯花园

假傻瓜蛋[①]

托马斯·米德尔顿
威廉·劳里 著[②]

---

① 根据 Women Beware Women and Other Plays，Thomas Middleton，
Oxford Univerity Press，1999 译出。

② 根据研究，威廉·劳里撰写了第一幕第一场和第二场，第三幕
第三场，第四幕第二场部分，第四幕第三场和第五幕第三场，
托马斯·米德尔顿则撰写了其他部分。

戏剧人物

沃曼恩德罗，比阿特丽斯－乔阿娜的父亲

托马佐·德·毕拉克，贵族

阿伦佐·德·毕拉克，托马佐·德·毕拉克的弟弟，
  比阿特丽斯－乔阿娜的追求者

阿尔塞美罗，贵族，后与比阿特丽斯－乔阿娜结婚

耶斯佩里诺，他的朋友

阿里比乌斯，一位妒忌的医生

洛里奥，他的随从

伊莎贝拉，阿里比乌斯的妻子

安东尼奥，假傻瓜蛋

佩德罗，安东尼奥的朋友

弗朗西斯科斯，假疯子

德弗罗，沃曼恩德罗的仆役

疯子们

仆役们

狄阿芳塔，比阿特丽斯的侍女

地点：阿利坎特

第一幕

第一场

阿尔塞美罗上

阿尔塞美罗　在教堂初瞥芳容，
　　　　　　如今再次相见；
　　　　　　这是怎样的一个征兆呢？
　　　　　　纯然臆想而已。
　　　　　　为什么命运的希望趑趄不前？①
　　　　　　这教堂多么神圣，
　　　　　　我的意愿也同样神圣：
　　　　　　我爱她那绝世的美貌呀，
　　　　　　和她一起走进婚姻的圣殿
　　　　　　该是怎样的乐事，
　　　　　　犹如《创世记》那可祝福的乐园呀，
　　　　　　亚当得到了爱情。
　　　　　　现在，我犹如重回伊甸园，
　　　　　　教堂成就了我们的相识，
　　　　　　那它就应该成就连理琼枝，
　　　　　　既有初创，便应该有美满的结局。

---

① 原文为 hopes or fate，可能为 hopes of fate 的印刷错误，译者取后一种意义。

耶斯佩里诺上

耶斯佩里诺　哦，老兄，你在这儿？听着，
　　　　　　海上吹着顺风，
　　　　　　你的航程将会快速而又顺畅。

阿尔塞美罗　你肯定受骗了，朋友，
　　　　　　据我看，正相反。

耶斯佩里诺　什么，你是说去马耳他吗？
　　　　　　即使从巫师那儿可以买到一场狂风，
　　　　　　而你却可以不花分文
　　　　　　就得到上帝赐予的顺风。

阿尔塞美罗　即使现在我还能感觉
　　　　　　教堂的穿堂风刮在脸上，
　　　　　　我知道风向对我不利。

耶斯佩里诺　对你不利？
　　　　　　你知道你在哪儿吗？

阿尔塞美罗　实在不很清楚。

耶斯佩里诺　你不很正常吧，老兄？

阿尔塞美罗　我很正常，耶斯佩里诺。
　　　　　　除非我身上有不曾知晓的病，
　　　　　　让我感觉有误。

耶斯佩里诺　我倒是有这么点儿担心，老兄；
　　　　　　在此之前我还从未见过你
　　　　　　因为什么理由而迟疑出行。
　　　　　　在陆上，你早早催促仆役起床，
　　　　　　帮着你给辕马备鞍好轻装上路；
　　　　　　在海上，我见到你跟他们一起起锚，
　　　　　　升帆，生怕错过风向，
　　　　　　口中还一个劲儿祷告顺风，顺风！

阿尔塞美罗　不，朋友，
　　　　　　我还是那个原来的我。

耶斯佩里诺　我可以肯定你绝不是情人的料，
　　　　　　你一直是一个禁欲的信徒；
　　　　　　你母亲、好友曾经给你设下美人陷阱，
　　　　　　（是的，还设计得非常精巧）
　　　　　　但你从未陷入进去。
　　　　　　现在是怎么回事？

阿尔塞美罗　大人，你太厉害了。
　　　　　　我在琢磨在教堂里之所见。

耶斯佩里诺　难道这点儿洞察力厉害吗？
　　　　　　跟你昨日匆匆行色相比，
　　　　　　现在全然是百无聊赖。

阿尔塞美罗　我总是匆匆忙忙，老兄。
　　　　　　仆役上

耶斯佩里诺　我想，你在退步，老兄。
　　　　　　瞧，你的仆人来了。

　　仆役甲　海员来问了，要把货箱搬上船吗？

阿尔塞美罗　不，今天不装船。

耶斯佩里诺　今天是宝瓶宫①，似乎是很吉利的。

　　仆役乙　（旁白）今天绝不能出海；这烟说不定什么时候会冒
　　　　　　出火。

阿尔塞美罗　让所有的货都待在岸上；
　　　　　　我还不知道
　　　　　　手头一件（我必办的）事儿
　　　　　　在出海之前怎么了结。

① 黄道十二宫的第十一宫。

仆役甲　遵命。

仆役乙　（旁白）让他去悠着点儿办吧，
　　　　在陆地上我们还安全些。
　　　　仆役们下。比阿特丽斯－乔阿娜（以下简称：比阿特
　　　　丽斯）、狄阿芳塔和仆役们上（阿尔塞美罗亲吻比阿
　　　　特丽斯）

耶斯佩里诺　（旁白）现在怎么了？玛特人的法律更改了，[①] 肯定
　　　　更改了，这么招呼一个娘儿们？他接吻：太美妙了！
　　　　他是从哪儿学来的？还吻得那么像模像样；据我所
　　　　知，他从没有这么干过。啊，吻吧，吻吧，这将是巴
　　　　伦西亚最离奇、最热闹的新闻，比他从土耳其人手里
　　　　赎回半个希腊还要轰动。

比阿特丽斯　先生，你是一位学者？

阿尔塞美罗　小姐，只是摆摆样子而已。

比阿特丽斯　你所说的爱情属于哪一门科学？

阿尔塞美罗　从你嘴里说出来，就是美妙的音乐。

比阿特丽斯　你真是爱情的老手，初次一瞥就了然在胸了。

阿尔塞美罗　我马上要给您瞧瞧我所有的本事。
　　　　我希望找到更多的话语表达自己，
　　　　但也不得不重复这一句：
　　　　我多么狂热地爱着您。

比阿特丽斯　还是谨慎一点儿好，先生：
　　　　眼睛把守判断，
　　　　对所见下结论；
　　　　但眼睛也会疏漏不慎，
　　　　将鸡毛的事儿看成天大的奇迹，

---

① 　见《旧约·但以理书》6：9："玛特人的法律是不可更改的。"

当我们的判断力发现这一错误，
便会纠正所见，并宣称那过于盲目。

阿尔塞美罗　但我对此胸有成竹，小姐；
昨天我用眼睛观察，而现在，
我做出了决断，两者亲密吻合；
现在只需牵到那高贵的手了；
剩下是您的事儿了，小姐。

比阿特丽斯　哦，在我之上还有另一只手，先生。
（旁白）但愿没有这过往的五天！
我眼睛肯定看错了人，
这才是我钟情的人儿；
他错过了这关键的时光！

耶斯佩里诺　（旁白）就我们各得其所而言，我们还不如从瓦伦西
亚走陆路，免去走海路的麻烦。我觉得我也应该出手
了，我是说在情场上我也该做点儿什么了。来了一个
娘儿们，我要去制服她；如果她归属于我，那就请小
娘子放下架子吧。
耶斯佩里诺向狄阿芳塔打招呼，德弗罗上

德弗罗　小姐，你父亲——

比阿特丽斯　身体无恙吧，我想。

德弗罗　小姐，你很快就能看到
他正在往这儿走来。

比阿特丽斯　那还用你废什么话呀？
我还情愿他不期而至，
你的唠叨让这本该惊喜的会面
也变得沉闷不快：
我想你该明白
你让人有多么讨嫌。

德弗罗　（旁白）难道我们，就不能想个
　　　　什么办法和气一点？
　　　　难道她对我颐指气使
　　　　我就必须忍气吞声吗？得，
　　　　这是我的命，我不得不
　　　　在任何情况下，都得给她赔笑脸，
　　　　心中嫉恨死了就行；我知道，
　　　　她只盼我死，但又没有办法，
　　　　只是生气发泄发泄而已。

阿尔塞美罗　小姐，您似乎突然间变得不痛快了。

比阿特丽斯　请原谅，先生，
　　　　这是我的一个弱点；
　　　　我也不能给你更多的解释了，
　　　　人总有一些缺点，
　　　　对于一个人是致命的，
　　　　而对于其他人却毫无妨害；
　　　　犹如我看见的这个常人，
　　　　而其他人会说他是毒蛇。

阿尔塞美罗　这是人的本性中的弱点；
　　　　众多健康的人
　　　　也难免会有微恙：
　　　　有人讨厌玫瑰的香味，
　　　　虽然对于众人那是令人愉悦的芬芳；
　　　　有人厌恶治病的油膏；
　　　　有人憎厌美酒，那振作心灵、
　　　　让人面貌一新的佳酿。
　　　　事实上，这弱点是普遍的；
　　　　世上所有事物都是既爱又恨的。
　　　　我必须承认，我也有这弱点。

比阿特丽斯　我斗胆请问，那什么可能使你生气呢？

阿尔塞美罗　有可能是一种欲望，比方说，一张檀口儿点樱桃在吸
　　　　　　引你。

比阿特丽斯　就我记忆所及，我跟所有的人友善，
　　　　　　除了那边的那位绅士。

阿尔塞美罗　要是他明白就好了，
　　　　　　你见到他就心生厌恶。

比阿特丽斯　他不可能不知道，先生，
　　　　　　我一直不遗余力让他明白这个；
　　　　　　对此我也无能为力，
　　　　　　因为他是一位绅士，
　　　　　　他一直服侍我父亲，
　　　　　　得到我父亲的敬重。

阿尔塞美罗　他好像很别扭。
　　　　　　阿尔塞美罗和比阿特丽斯在单独谈话

耶斯佩里诺　我是一个疯小子，小娘子。

　狄阿芳塔　我也这么想；我冒昧告诉你，在城里有一位医生，他
　　　　　　专治这种病。

耶斯佩里诺　呸，我知道什么样的医生适合我身体的状况。

　狄阿芳塔　我想，身强力壮的男子汉很少。

耶斯佩里诺　我给你拿一样草药来，我们两人在一起干，两小时之
　　　　　　后不压住你那疯劲儿，我就不算是一个还懂点儿医道
　　　　　　的人。

　狄阿芳塔　吃一点儿鸦片，先生，能让人睡觉。

耶斯佩里诺　鸦片！我只要把你的嘴唇亲那么一下，就来劲儿了。
　　　　　　（吻她）罂粟是一回事儿，而戴绿帽子（是这么说的
　　　　　　吧）是另一回事儿了。我现在不拿出来，等以后我再

给你瞧。

比阿特丽斯　我父亲来了，先生。
　　　　　　沃曼恩德罗和仆人上

沃曼恩德罗　哦，乔阿娜，我来找你；
　　　　　　你的祈祷做完了吧？

比阿特丽斯　这次的祈祷做完了，父亲。
　　　　　　（旁白）我恐怕要换偶像了，我发现
　　　　　　我做了一个令人眩晕的改变。
　　　　　　（对沃曼恩德罗）父亲，
　　　　　　这一阵我一直跟这位绅士在一起，
　　　　　　他撇下自己的事儿来和我做伴，
　　　　　　谈话间我发现他非常想瞧一下城堡；
　　　　　　父亲，如果你允许，
　　　　　　让他瞧一眼这城堡。

沃曼恩德罗　竭诚欢迎你，先生。
　　　　　　不过，有一个条件：我必须要知道
　　　　　　你是哪国人，我们一般不给外国人
　　　　　　看我们真正的实力；我们的城堡
　　　　　　建在高山峻岭之巅，
　　　　　　让世人一目了然，
　　　　　　但内部结构却是绝对保密。

阿尔塞美罗　我是瓦伦西亚人，先生。

沃曼恩德罗　瓦伦西亚人？
　　　　　　那是本地人了，先生：请问尊姓？

阿尔塞美罗　阿尔塞美罗，先生。

沃曼恩德罗　阿尔塞美罗；是
　　　　　　约翰·德·阿尔塞美罗的儿子吗？

阿尔塞美罗　正是，先生。

沃曼恩德罗　我的最爱，欢迎你。

比阿特丽斯　（旁白）他总是这么称呼我，
　　　　　　这次他倒对他说了大实话。

沃曼恩德罗　哦，先生，我认识你的父亲，
　　　　　　我们两人很早，
　　　　　　在长胡子之前就认识，
　　　　　　友谊一直持续到
　　　　　　岁月将胡子染成灰白：得，他死了，
　　　　　　一个真正的战士。

阿尔塞美罗　你也是，先生。

沃曼恩德罗　不，看在圣贾克斯①的面上，我不如他，
　　　　　　当然我也做了些事；那悲惨的一天，
　　　　　　在与反叛的荷兰人战斗中，
　　　　　　他在直布罗陀饮弹而亡。
　　　　　　难道不是这样吗？

阿尔塞美罗　要不是最近的联盟阻止了我，②
　　　　　　我早就去为他雪仇，
　　　　　　重蹈他的覆辙。

沃曼恩德罗　是的，是的，该是喘口气的时候了：
　　　　　　哦，乔阿娜，我应该告诉你一件新闻，
　　　　　　我最近见到毕拉克了。

比阿特丽斯　（旁白）那是坏消息。

沃曼恩德罗　他一直在为这一天忙碌，
　　　　　　再过七天你就得当新娘了。

阿尔塞美罗　啊！

————————

① 圣贾克斯，西班牙的保护神。

② 指西班牙和直布罗陀荷兰人之间签署的 12 年停火协议，故有"喘口气"之说。

比阿特丽斯　不，好爸爸，别这么着急；
　　　　　　太快了，
　　　　　　我不能让我灵魂亲密的伴侣——
　　　　　　贞操满意，
　　　　　　我一直跟这位朋友生活在一起，
　　　　　　也不能跟它如此草率地分离；
　　　　　　难道与这样的好友分手，永不再相见，
　　　　　　不应该有一场庄严的告别仪式吗？

沃曼恩德罗　哎，哎，那只是小事一桩。

阿尔塞美罗　（旁白）我必须得走开，以后也永不会
　　　　　　再有世上的幸福了。（对沃曼恩德罗）先生，请原谅，
　　　　　　我赶紧要去办我的事儿了。

沃曼恩德罗　怎么啦，先生？不行；
　　　　　　我想也不能这么快变卦吧？
　　　　　　你必须得见见我的城堡，
　　　　　　领受一番它的款待，
　　　　　　就这么分手，
　　　　　　我会觉得太不近人情了。
　　　　　　来，来，待着吧：我很希望你能跟我们
　　　　　　在阿利坎特待上一阵；
　　　　　　我也很想邀请你出席小女的婚礼。

阿尔塞美罗　（旁白）他想邀我赴席，
　　　　　　预先毒死我。（对沃曼恩德罗）
　　　　　　我很想参加那场婚礼，先生，
　　　　　　要是生意做得称心如意。

比阿特丽斯　要是你不能出席婚礼
　　　　　　我会觉得非常遗憾，先生——
　　　　　　但我不要这么突然结婚。

沃曼恩德罗　先生，我告诉你，

这是一位完美的绅士[1]，
一位朝臣，一位时尚的骑士，
拥有许多高贵的勋章；
我不愿将女婿再换成
西班牙任何另一位男子，
任何一位引以为傲的汉子，
你知道，西班牙确实有很多伟大的青年。

阿尔塞美罗　他应该对你感激不尽，先生。

沃曼恩德罗　一旦匹聘办成，
他应该感激我；剩下的便是
写一份遗嘱了。

比阿特丽斯　（旁白）如果你这么一意孤行，
我倒是该写一份遗书了。

沃曼恩德罗　来吧，我还会告诉你更多关于他的事。

阿尔塞美罗　（旁白）他在大门布防轻火炮，
我还怎么敢在城堡里游逛？
但我不得不去，已经没有退路。

比阿特丽斯　（旁白）这恶鬼还没有离开？
　　　　　　将一只手套扔在地上

沃曼恩德罗　瞧，姑娘，你手套掉了；
站住，站住——德弗罗，帮忙捡一下。

　德弗罗　小姐，手套。（将手套递给比阿特丽斯）

比阿特丽斯　该死的讨好和奉承！
谁要你躬身捡起？
我的手再不想碰这手套：
另一只我也不要了。

---

① 在文艺复兴时期，一位完美的绅士既是一位朝臣，一位战士，又是一位学者。

脱下另一只手套给他

拿去吧，让你手上的皮也脱光吧。

比阿特丽斯、沃曼恩德罗、阿尔塞美罗、耶斯佩里诺、狄阿芳塔众下

德弗罗　这儿是一件爱物，

　　　　来得却是如此蹊跷！

　　　　现在我知道，

　　　　她宁可穿剥我的皮制作的舞鞋，

　　　　也不愿让我的手指钻进她的洞里①；

　　　　我知道她恨我，

　　　　我别无选择，只能爱她：

　　　　不管怎么让她烦恼，我还得去告扰；

　　　　虽然什么也得不到，我也要任性一场。

　　　　下

第二场

阿里比乌斯和洛里奥上

阿里比乌斯　洛里奥，我告你一个秘密，

　　　　　　但你必须给我保密。

洛里奥　我总是守口如瓶的，老爷。

阿里比乌斯　我在你身上发现的勤奋、

　　　　　　细心和耐劳，让我相信

　　　　　　你是一个靠得住的人。

　　　　　　洛里奥，我有一个老婆了。

洛里奥　真是的，老爷，把这当秘密未免太马后炮了；全城全国都知道她结婚了。

---

①　这句话带有强烈的性暗示，演员在此会做相关的动作。

阿里比乌斯　你的思维跳得真快，我的洛里奥，
　　　　　　那件事儿
　　　　　　我不瞒任何人；
　　　　　　还有一件更加神秘、
　　　　　　更加莫测、更加甜蜜的事儿，洛里奥。

　洛里奥　得，老爷，那就让咱俩私下分享吧。

阿里比乌斯　那是我最在意的，老兄；洛里奥，
　　　　　　我妻子很年轻。

　洛里奥　那更不用保密了，老爷。

阿里比乌斯　哎，问题的关键是：
　　　　　　我老了，洛里奥。

　洛里奥　不，老爷，应该说"我跟洛里奥一样老了"。[1]

阿里比乌斯　为什么这两者不能融合、互补呢？
　　　　　　老树和小树常常长在一起，
　　　　　　不是很和谐么？

　洛里奥　是的，老爷，但老树比小树长得高、长得密。

阿里比乌斯　多么乖巧的一个比喻！
　　　　　　但还是有点儿恐慌，老兄；
　　　　　　我宁愿让戒指戴在自己手指上；[2]
　　　　　　如果是借来的，那就不是我的，
　　　　　　那是让其他人享用的东西。

　洛里奥　你还是必须戴着它；你要是将它放在一边，别人会将
　　　　　　手指戳进去。

阿里比乌斯　你太了解我了，洛里奥；

---

① 这是一句玩笑话。

② 性暗示，戒指为阴道，手指为阴茎。洛里奥在下面对话中回应了这一性暗示。这性
　　暗示在通篇戏剧中出现。

你警觉的眼光应派上用场；
我不可能老待在家里。

洛里奥　　　当然你不可能死守在家里。

阿里比乌斯　但我必须防着点儿。

洛里奥　　　我知道，你得小心，每个男人都得这样。

阿里比乌斯　我在这儿想说
你在观察她行踪时的用处，
当我不在家，
你就垫补我的空缺。

洛里奥　　　我尽力而为吧，先生，但我看不出你到底吃谁的醋。

阿里比乌斯　你要理由，洛里奥？真是一个令人欣慰的问题。

洛里奥　　　在这栋房子里只有两类人，傻瓜和疯子，都是得用鞭
子来管的人，一类人要耍流氓智力不够，另一类人要
干傻事却不够无赖。

阿里比乌斯　是的，他们都是我的病人，洛里奥。
我给傻瓜和疯子治病：
那是我的职业，我的饭碗，
我由此而发家；
但在成功之中却蕴含隐忧：
每天来访问疯子的游客，①
我不愿让他们见到我妻子。
我确实见到过情场老手
那滴溜溜挑逗的眼神，
他们有地位、有钱又精于此道：
这种勾引最让人担心，洛里奥。

洛里奥　　　这很好办，老爷；当他们游览来看傻瓜和疯子，咱们

---

① 在 17 世纪的英国，访问疯人院是一种娱乐项目。

俩就充当傻瓜和疯子，而让女主人待在一旁，因为她
既不是傻瓜又不是疯子。

阿里比乌斯　这真是一个绝妙的防守方法；
　　　　　当他们来看傻瓜和疯子，
　　　　　就让他们看他们要看的，
　　　　　这样，他们就见不到她了，
　　　　　因为我肯定她不是傻瓜。

洛里奥　我也很肯定她不是疯子。

阿里比乌斯　就按此理来推挡，洛里奥；
　　　　　我信任你，对此我坚定不移。
　　　　　什么时候了，洛里奥?

洛里奥　快到肚皮时辰了，先生。

阿里比乌斯　午饭时候了? 那就是 12 点了。

洛里奥　是的，先生，人都有一定的时辰：6 点醒来，环顾四
周，那是眼睛的时辰；7 点我们祷告，那是下跪的时
辰；8 点散步，那是大腿时辰；9 点摘花①，那是鼻子
时辰；10 点喝酒，那是嘴巴时辰；11 点到处找吃和喝
的，那是手的时辰；12 点吃午饭，那是肚皮时辰。

阿里比乌斯　说得太深刻了，洛里奥!
　　　　　你的这些病人
　　　　　要花很长时间学会这个，
　　　　　现在，正有一个新的病人要来。等一等。
　　　　　这新来的倒还真像一个傻瓜。
　　　　　佩德罗上，安东尼奥穿着像一个傻瓜

佩德罗　哎呀，先生，这活儿本身就明摆在这儿；
　　　　不用我再费什么口舌了。

———————————

① 意指如厕。

阿里比乌斯	是的，是的，一眼就瞧出来了。
	你是说要把这病人放在我这儿吗？
佩德罗	希望你多多费心，把他人性中那脆弱和病态的部分治好，这是定金（给钱），以后除了饭钱、洗衣服的钱和其他日用品的钱之外再支付全额的费用。
阿里比乌斯	请相信我，先生，将照顾得无微不至。
洛里奥	先生，这地儿的主管也应该捞到点儿油水，麻烦事儿要经我的手来处理。
佩德罗	当然不应该让你的手也闲着，先生。
	给他钱
洛里奥	谢谢，先生，我当然会待他好，给他念书；他叫什么名字？
佩德罗	他的名字叫安东尼奥；啊，我们只叫他的小名，托尼①。
洛里奥	托尼，托尼，这么叫就够了，倒是一个很适合傻瓜的名字；你叫什么名字，托尼？
安东尼奥	嘻，嘻，嘻！得，谢谢你，堂哥；嘻，嘻，嘻！
洛里奥	好孩子！抬起头来：他能笑，从这也能判断他并不是一个野兽②。
佩德罗	啊，先生，
	假如你能让他有任何改善，
	提高哪怕是半星点儿智力，
	假如他能用四肢爬行
	到那智慧的椅子，
	能借助拐杖走路，
	那将为你的崇高的职业增光，

---

① 后来，"托尼"成了傻瓜的代名词，显然是受了这部戏剧的人物的影响。

② 亚里士多德认为人与野兽的区别就在于人能笑。

一个伟大的家族将为你祈祷，
他是这个家族的继承人，
如果他有足够的判断力
来引领他的家业；我告诉你，先生，
他是一位出身高贵、地位显赫的绅士。

洛里奥　不，没有人怀疑那个；第一眼我就认出他是一位绅士，他不可能是别的什么玩意儿。

佩德罗　让他得到头等的服侍，住房也要空气新鲜。

洛里奥　条件好得跟我的情人享用的一样，先生；如果你给我们充裕的时间和手段，我们可以提高他的判断力和理解力。

佩德罗　不，钱不会少，先生。

洛里奥　他不太可能提高到权贵的智力水平。

佩德罗　哦，不，那不是期望的目标，低好几档都不为过。

洛里奥　我向你保证在五个星期内我将让他适合当官；我将想办法让他达到一名警官的智力水平。

佩德罗　比那低也没有关系。

洛里奥　不，说实在的，让他达到巡丁、法庭差役，或者更夫的水平只比现在好一点儿，我还是愿意让他当巡官：如果他日后成了一名法官，那就让他感谢他的看守吧。要不将他的目标还得提高一点；比方说达到我的智力高度，比方说他跟我一样的聪明。

佩德罗　啊，那我当然求之不得啦。

洛里奥　得，要不我跟他一样是一个十足的傻瓜，要不他像我一样地聪明，我想后者才是适合他的正路。

佩德罗　不，我愿意你传授你的精明。

洛里奥　是的，你可以这么想；但是，如果我不是一个傻瓜蛋
　　　　的话，那我的智慧会比现在多得多；请记住我是干什
　　　　么的，不是吃素的。

佩德罗　我会记在心里的，现在我要走了，我请求你给他最好
　　　　的照顾。
　　　　佩德罗下

阿里比乌斯　别担心，我们会好好照顾他的。

安东尼奥　哦，我的堂哥走了，堂哥，堂哥，哦!

洛里奥　安静，安静，托尼，你一定不要哭，小家伙——如果
　　　　你再哭号，就要抽鞭子了；你的堂哥还在这儿，我就
　　　　是你的堂哥，托尼。

安东尼奥　嘻，嘻，如果你是我的堂哥，那我就不抹鼻子了，嘻，
　　　　嘻，嘻!

洛里奥　我最好试一试他的智力，那样我就知道该把他放在哪
　　　　一班了。

阿里比乌斯　是的，试一试吧，洛里奥，试一试吧。

洛里奥　我必须先问他一些简单的问题。托尼，裁缝的右手有
　　　　几根诚实的手指?①

安东尼奥　跟他左手的手指一样多，堂哥。

洛里奥　回答得好极了；在两只手上一共有多少根?

安东尼奥　二减二，堂哥。

洛里奥　回答得好极了；我再问你，托尼堂弟：多少傻瓜顶一
　　　　个聪明人?

安东尼奥　有时候一天四十个顶一个聪明人，堂哥。

洛里奥　一天四十? 这怎么说?

———————————
①　一般认为裁缝都是不诚实的。

安东尼奥　四十个家伙内部吵了起来，最终去找一个律师评理。①

洛里奥　一个精明的傻瓜蛋！我觉得他至少得待在四班；我再问你，托尼：有多少恶棍可以顶一个诚实的人？

安东尼奥　这个问题我答不上来，堂哥。

洛里奥　对，这问题对你来说太难了：让我来告诉你，堂弟，三个恶棍可以顶一个诚实的人——一个军士，一个狱吏，一个法庭差役；军士抓他，狱吏关押他，差役鞭打他；如果他再不老实，刽子手会制服他。

安东尼奥　哈，哈，哈，好玩极了，堂哥！

阿里比乌斯　这问题对一个傻瓜来说太难了，洛里奥。

洛里奥　是的，依我看，这对你倒正合适；你要去玩了，托尼。

安东尼奥　是的，该玩儿童针戏②了，堂哥，哈，嘻！

洛里奥　你会玩的；告诉我这儿有多少傻瓜——

安东尼奥　两个，堂哥，你和我。

洛里奥　在这方面你太精明了，托尼；听好我的问题：这儿有多少恶棍和傻瓜？在一个恶棍前有一个傻瓜，在一个傻瓜后面有一个恶棍，每两个傻瓜之间有一个恶棍，那么，有多少傻瓜，有多少恶棍？

安东尼奥　我还没有学到这个，堂哥。

阿里比乌斯　你给他的问题太难了，洛里奥。

洛里奥　我会让他很容易就理解；堂弟，站在那儿。

安东尼奥　是，堂哥。

洛里奥　老爷，你站在傻瓜后面。

---

① 当时跟现在一样，认为律师利用别人的痛苦而获利。

② 原文为 push-pin，一种儿童游戏，暗示安东尼奥的性目的。

阿里比乌斯　是这样吗，洛里奥？

　　洛里奥　我站在这儿：请注意，托尼，一个恶棍前面一个傻瓜。

　安东尼奥　那是我，堂哥。

　　洛里奥　一个傻瓜在一个恶棍后面，那是我，在我们两个傻瓜之间是一个恶棍，那是我老爷；那就是我们仨，就这么回事。

　安东尼奥　我们仨，我们仨，堂哥！
　　　　　　　幕后传来疯子们的叫喊声

第一批疯子　（幕后）将他的脑袋套上颈手枷，面包太小了。

第二批疯子　（幕后）飞吧，飞吧，你将抓住那燕子。

第三批疯子　（幕后）再给她一些洋葱，要不魔鬼就会将套索套在她脖子上。

　　洛里奥　从这你就可以知道是什么时候了，这是疯人院的钟声。

阿里比乌斯　安静，安静，要不就要抽鞭子了！

第三批疯子　（幕后）这贼猫，这贼猫，偷吃她的帕尔马干酪，她的帕尔马干酪！

阿里比乌斯　听我说，安静。时候到了，该开饭了，洛里奥。

　　洛里奥　那威尔士疯子真是没救了，他被一只耗子搅乱了，耗子偷吃了他的帕尔马干酪，他就乱了神经。

阿里比乌斯　你去干你的事吧，洛里奥，我去干我的事。

　　洛里奥　你去你的疯人院，我一个人去对付那些傻瓜。

阿里比乌斯　别忘了我最后的嘱咐，洛里奥。
　　　　　　　阿里比乌斯下

　　洛里奥　你认为我是你的哪一类病人？来，托尼，你必须到你的病友中去了；我告诉你，在你的病友中有一些人还

　　　　　　　　非常厉害，他们会将拉丁词"傻的"变格。

安东尼奥　我还是愿意看看疯子，堂哥，如果他们不会用嘴咬我的话。

　洛里奥　不，他们不会咬你，托尼。

安东尼奥　他们吃饭时会用嘴咀嚼，是不是，堂哥?

　洛里奥　他们吃饭时确实用嘴咀嚼，托尼。得，我希望你能给我增添脸面；在我服侍的所有病人中我最喜欢你，你应该证明你是一个聪明人，要不我就是一个傻子。

　　　　　众下

第二幕

第一场

比阿特丽斯和耶斯佩里诺分别从两侧上

比阿特丽斯　　哦，先生，我准备接受你那美好的服侍[①]，
　　　　　　　你使"朋友"这词更加光辉灿烂。
　　　　　　　愿善良的天使和这张通行证引导你。
　　　　　　　她给他一张通行证
　　　　　　　通行证上写着时间和地点，先生。

耶斯佩里诺　　你给予的快乐抵偿了我的服侍。
　　　　　　　耶斯佩里诺下

比阿特丽斯　　阿尔塞美罗交这么个挚友多么英明！
　　　　　　　这表明他选择的判断力。
　　　　　　　没有比选择他
　　　　　　　更明智的了。
　　　　　　　这是一个原则，他选择一个
　　　　　　　恰当的挚友，分享他的思想，
　　　　　　　这证明
　　　　　　　他做每次选择都谨小慎微。

[①]　此句含有性暗示。

我要用审慎的眼光去爱呀，

看到通向美德的路径。

一个值得得到爱情的人

犹如熠熠发光的宝石；

在黑暗之中散发光芒；

即使他不在，

爱情沉陷在一片漆黑之中，

你仍能凭借心灵的眼睛感受他。

毕拉克是什么人，

我父亲为他费如此多口舌？

只要维护他的名声，

我就能得到他的祝福，

一旦背离他的旨意，

他就会遗弃我，

敌意会变成诅咒：变化之神速

简直难以逆料；他是如此专横，

如此急迫，不容我有任何喘息。

德弗罗上

德弗罗 （旁白）她在那儿。

是什么让我难受？要是说

我最近总躲着她，那才叫冤枉呢；

一天见上差不多二十次，不，不会这么少，

我总是找些理由或借口，

走到她跟前去，其实我根本没有理由，

也没有勇气那么干；

她一次比一次厉害地奚落我，

当着我的面声言她是我在城里

最不共戴天的仇敌。

她看见我受不了，

仿佛我会给她带来背运。

我承认我长得丑陋，

但幸运之神比我还要难看，

然而人们却忍受，

还要对它顶礼膜拜：

脸上长着硬邦邦胡子茬儿，

下巴活像个巫师，

头发稀稀拉拉，东一根西一根，

仿佛它们互相规避，

皱纹就像饲料槽，

像猪一样的肉疙瘩

正在槽里贪婪地吮吸

从那肮脏而邪恶的眼睛里

流淌出来的虚伪的眼泪，

那眼泪就像眼药水待在那凹槽里——

但这样的一个人

却能随心所欲寻欢作乐，

心上人儿还觉得他异常英俊。

虽然厄运让我当下人，

但我还是个出身高贵的绅士。

她那祝福的眼睛在凝视着我，

在我离开那视线之前

我要忍受一切风暴。

比阿特丽斯 　（旁白）又是他！

　　　　　　这不祥而丑陋的脸

　　　　　　比所有其他的激情更让我不安。

德弗罗　　（旁白）又开始了；

　　　　　　即使飞沙走石击来，

　　　　　　我也要经受这夹着冰雹的暴风雨。

比阿特丽斯　什么事儿，你来干吗？

德弗罗　（旁白）轻声轻气些，
　　　　　我不能就这么走开。

比阿特丽斯　（旁白）这家伙站着不动了。
　　　　　（对他）你活像个池子里的癞蛤蟆。

德弗罗　（旁白）马上要下雨了。

比阿特丽斯　谁差遣你来的？来干吗？别让我看见你。

德弗罗　你父亲大人叫我给您带个口信来。

比阿特丽斯　怎么，又一个口信？
　　　　　说吧，然后给我滚蛋，我不想看见你。

德弗罗　真心实意的服侍是值得同情的。

比阿特丽斯　什么口信？

德弗罗　请美人儿息怒，
　　　　　听我道来。

比阿特丽斯　这琐碎的调情真是一种折磨！

德弗罗　阿伦佐·德·毕拉克，小姐，
　　　　　托马佐·德·毕拉克唯一的弟弟——

比阿特丽斯　奴才，你什么时候才能说完？

德弗罗　很快就完。

比阿特丽斯　他怎么啦？

德弗罗　前述的阿伦佐，
　　　　　和托马佐——

比阿特丽斯　又啰嗦起来啦？

德弗罗　已经抵达。

比阿特丽斯　该死的消息！
　　　　　最让人痛恨的事儿，

　　　　　　　这跟你到这儿来有什么关系？

德弗罗　　　我的老爷，你的父亲
　　　　　　　令我来找您。

比阿特丽斯　难道就没有别人可以差遣的么？

德弗罗　　　看来是我运气
　　　　　　　来跑这趟腿。

比阿特丽斯　别让我看见你。

德弗罗　　　（*旁白*）这样——
　　　　　　　啊，我莫不是个傻瓜蛋吗，
　　　　　　　这么苦心擘画，
　　　　　　　却遭到一顿臭骂？我还要再见她！
　　　　　　　在这时辰会有疯狂的激情向我袭来，
　　　　　　　我能感觉到，我就像纵狗斗牛的
　　　　　　　巴黎公园里一条公牛，①
　　　　　　　任凭别人生拉硬拽。
　　　　　　　我不知道这可能意味什么；
　　　　　　　我并不绝望，
　　　　　　　因为常常有丑陋的人
　　　　　　　无须任何理由而眷顾爱情；
　　　　　　　在哥儿们中间他那肉疙瘩
　　　　　　　有一天却成了宝贝：
　　　　　　　激烈的争辩是休闲时光的宠儿；
　　　　　　　正如孩子们哭着睡去，我看见过
　　　　　　　娘儿们因上了男人的床而责骂自己。
　　　　　　　德弗罗下

比阿特丽斯　我永远不想再见这家伙，
　　　　　　　但一想到因此而对我造成的损害，

---

①　巴黎公园是伦敦萨瑟克区的一个公共娱乐场所，盛行纵狗斗熊和斗牛。

心中不由感到一阵惊悚；
好长时间都无法停止颤抖。
往后我只要一发现父亲意兴盎然，
便提出将他辞掉：哦，我全然
陷进这些鸡毛蒜皮的小事，而忘却
那人抵达所带来的风暴
将会把我的欢乐吹得一干二净。

沃曼恩德罗、阿伦佐、托马佐上

沃曼恩德罗　欢迎你们两位，
但特别的欢迎给予你，先生，
在你那高贵的名字上寄托了我们的爱，
那是对儿子的爱，我的儿子阿伦佐。

阿伦佐　再荣誉的头衔也没有比这称呼
让我更欣喜若狂的了，先生。

沃曼恩德罗　这是你令人称道的结果；女儿，准备好，
那匹聘的一天会突然降临于你。

比阿特丽斯　（旁白）不管怎么样，如果它终久会来，
我肯定会严守我的初夜。

比阿特丽斯和沃曼恩德罗在一边交谈

托马佐　阿伦佐。

阿伦佐　哥？

托马佐　说真的，从她的眼神看不出多少兴奋。

阿伦佐　去你的，你对于爱的审视太严厉，
你不可能了解其中的奥秘；
要是情人们总是吹毛求疵，
那爱情就像是一本排印得糟糕的书，
半本全是谬误。

比阿特丽斯　我就请求这个。

沃曼恩德罗　这是人之常情；
　　　　　　那看看我儿子怎么想：吾儿阿伦佐，
　　　　　　现在有一个请求，要求
　　　　　　给少女三天宽限的时间；
　　　　　　这要求也不算太离谱，因为
　　　　　　少女的时光太让人留恋了。

阿伦佐　　虽然我期望的欢乐
　　　　　给推迟了如许多的时日，
　　　　　既然她要这样，
　　　　　那也同样叫人喜悦不已，
　　　　　对此，我不能缺乏善意。

沃曼恩德罗　让我们在那一天会面吧：
　　　　　　你们将受到高贵的接待，先生们。
　　　　　　沃曼恩德罗和比阿特丽斯下

托马佐　　你注意到分手时
　　　　　她那木然的神情吗？

阿伦佐　　什么木然？你还是这样严苛。

托马佐　　啊，那就看事态的发展吧，
　　　　　我是一个傻瓜
　　　　　如此细心关注你的福祉。

阿伦佐　　你看到什么啦？

托马佐　　听着，你受骗了，大大地受骗了；
　　　　　你完全失去理智，
　　　　　让感情如此飘忽不定，
　　　　　你不得安宁了。
　　　　　请想一想，跟一个人结婚，
　　　　　而那人的心却旁骛，
　　　　　那是怎样的一种折磨呀：

即使她从你那儿得到快乐，
那也不是因为你的名声或者才干；
她躺在别人的怀抱中，
你孩子中有一半是他生的；
如果他生不了，
她还帮他生；
而管束她危险又令人羞辱，
想到这不得不叫人感到痛苦。

阿伦佐　你这么说仿佛她已移情别恋了。

托马佐　你怎么理解得这么迟钝？

阿伦佐　不，如果你仅仅担心这个，
那我一点事儿也没有。
将你的情谊和劝诫，哥哥，
留待更为艰难的时刻吧；
你竟然认为
她将无常玩弄于股掌之间，
全然不顾习俗，
要是另一个人
像你那样诋毁她，
他就是我的敌人，
一个危险、致命的敌人，
但我们照常是亲兄弟。
请不要再挑衅了，
一旦再有人损毁她，
我就会无法忍耐，失去理智。
再见，亲爱的哥哥，
作为弟兄对于上苍的责任
要求我们友好地分手。
　　阿伦佐下

托马佐　啊，这就是疯狂的爱情；
　　　　如此轻易就堕入烦恼。
　　　　下

第二场

狄阿芳塔和阿尔塞美罗上

狄阿芳塔　这是我的地盘儿，你很准时，
　　　　一场温馨的约会会给你带来祝福。
　　　　我听见我家小姐来了；完美的绅士，
　　　　我真不敢太多地赞美你，
　　　　因为这样做太危险了。
　　　　狄阿芳塔下

阿尔塞美罗　一切都很顺利，
　　　　这些娘儿们是贵妇小姐们的首饰盒，
　　　　在她们心中庋藏着最为私密的东西。
　　　　比阿特丽斯上

比阿特丽斯　我的眼睛中充盈着欲望；
　　　　神圣的祷告携带着请求
　　　　飞向碧霄，
　　　　带回苍天对我们需求的回应，
　　　　但对我来说远没有你来得甜蜜。

阿尔塞美罗　在遣词造句方面
　　　　我们是如此相同，小姐，
　　　　除非借用你的表述，
　　　　我找不到更完美的了。(吻她)

比阿特丽斯　多么美妙！这约会，这拥抱！
　　　　要是没人妒忌就好了！

这可怜的一吻，
却有一个情敌，一个可怕的情敌，
那人真盼望这一吻带有毒药：
要是没有一个叫毕拉克的人，
要是没有父命就好了！
我会因此而加倍得到祝福。

阿尔塞美罗　　一场适时的服侍
将驱散你这两样恐惧，
你这么痛苦不堪，
我也差不多快崩溃了；
把根源去除，
那父命也就不存在，
两样恐惧——破除，
也就没有恐惧了。

比阿特丽斯　　请让我找回你的思路，先生。
这服侍怎么这么神奇？

阿尔塞美罗　　那是男人的最高奖赏，一往无前。
我马上给毕拉克下挑战书。

比阿特丽斯　　怎么回事？
难道这就是你所谓的驱散恐惧？
莫非唯一的办法就是燃起恐惧？
难道你这不是铤而走险
将我的快乐和慰藉抛到九霄云外？
劳驾，别，先生。
即使你赢了，你还是有危险，
这危险就不是我所能操控的了；
法律会将你从我身边夺走，
你将被剥夺所有的荣誉，
活生生埋进无声无息的坟墓之中。

我很高兴我终于一吐为快；
哦，别有这样的想法，先生。
看看在她走向死亡的路上
会给她带来柔肠欲断的情景吧：
她的眼泪将永远不会枯竭，
直到尘土将她窒息。
杀人罪更适合一个丑陋的面孔；
现在我想到了一个人——（旁白）真后悔，
我用轻蔑毁掉了一个大好的机会；
当初也没有想到今日；造物主
创造丑脸总得派上用场，
不过，我也不可能
改变自然要发生的事情。

阿尔塞美罗　小姐——

比阿特丽斯　（旁白）狡诈的人善于使用毒计，
　　　　　　纵横捭阖；我的手腕在哪儿呢？

阿尔塞美罗　小姐，你没在听我说话。

比阿特丽斯　我听着呢，先生。
　　　　　　现在并不像将来
　　　　　　对我们那么有利；我们必须充分利用
　　　　　　有利条件，就像节俭的人支配财富，
　　　　　　要省而又省，
　　　　　　直至时机到来。

阿尔塞美罗　你说的真富有哲理，小姐。

比阿特丽斯　狄阿芳塔，来！
　　　　　　　狄阿芳塔上

　狄阿芳塔　小姐，你叫我吗？

比阿特丽斯　这活儿还得你来干，

引导这位绅士沿你带他来的
私路回去。

狄阿芳塔　是，小姐。

阿尔塞美罗　我的爱就像历来的爱
自始至终坚挺不移。①

狄阿芳塔和阿尔塞美罗下。德弗罗上

德弗罗　（旁白）我一直关注着这场幽会，
纳闷另一个人将会怎么感受；
两个男人不可能都心满意足，
除非她出轨；
凑巧的话，我还有可能插入其中：
如果一个女人
逃离她称之为丈夫的人，
那她就有可能像数学一样向
一、十、一百、一千、一万个人劈腿。
犹如批发军粮给皇家军队的奸商。
尽管她将要臭骂我一顿，
我还是要去见她。

比阿特丽斯　（旁白）啊，即使我憎厌他，
犹如青年和美人憎恨坟墓，
但我难道必须表露出来吗？
难道我不能把真情隐藏起来，
有机会的时候利用他一下？瞧，他来了。
（对他）德弗罗。

德弗罗　（旁白）哈，我高兴死了；
她竟然直呼我名，
再也不是"流氓"或者"恶棍"！

————————

① 性暗示。

比阿特丽斯	你最近做了什么美容术？
	你定然遇到很好的美容师了；
	我觉得你给自己整容了一番；
	瞧上去如此动人。

德弗罗	（*旁白*）不是我变了；
	我还是这张脸，
	一根头发、一个小脓包都没有变，
	一小时之前她还说它们丑得要命：
	这到底是怎么回事？

比阿特丽斯	到这儿来，走近点儿，男子汉！

德弗罗	（*旁白*）我高兴死了！

比阿特丽斯	转过身，让我瞧瞧；
	哎呀，我看肝火好旺呀。①
	比我原先想的要旺得多。

德弗罗	（*旁白*）她的手指触碰了我！
	闻上去一股绝色天香味儿。

比阿特丽斯	我给你做龙涎香水，
	两星期内就把这擦去。

德弗罗	亲手，小姐？

比阿特丽斯	是的，亲手；
	在医疗方面，我不相信任何人。

德弗罗	（*旁白*）听她这样跟我说话，
	跟上床的快乐也差不离了。

比阿特丽斯	当我们习惯于看到一张丑陋的脸，
	那也就不怎么讨嫌了；
	在有的人的眼中它还会变化，

---

① 肝被认为是激情的发源处之一。

逐渐变得英俊起来，
这是我亲身的体验。

德弗罗 （旁白）在这一刻
我得到了何等样的祝福；
我一定不能让这机会溜走。

比阿特丽斯 粗陋才是一个真正男子汉的容貌，
用上它，
它就象征情欲、坚毅和男子气概。

德弗罗 很快就可以看到
小姐是否会用上它。
我真希望有服侍您的荣幸，
它将带来如许的快乐。

比阿特丽斯 我将要试一试。
哦，我的德弗罗！

德弗罗 （旁白）怎么回事？
称我为她的了，哦，我的德弗罗！
（对她）您刚才唉声叹气了，小姐。

比阿特丽斯 不，我叹气了吗？我忘了。哦！

德弗罗 这不又叹气了？
就是为这家伙叹气。

比阿特丽斯 你的思维跳得太快了，老兄。

德弗罗 没有必要再掩饰了，
我听到了两次，小姐；
还是发泄出来好，可人怜的，
说出来痛快；啊，要自由！
我听见那细声轻语
在叩打着您的门扉。

比阿特丽斯　但愿造物主——

　　德弗罗　是的，说得好极了，正是造人①那么回事。

比阿特丽斯　把我造成一个男人。

　　德弗罗　不，说的不是这个。

比阿特丽斯　哦，自由的灵魂！
　　　　　　我被迫要和一个
　　　　　　我恨得要死的人婚配；
　　　　　　我应该有能力
　　　　　　去抵御我憎恨的人，
　　　　　　哦，不，去将他们
　　　　　　从我的眼前扫除干净。

　　德弗罗　哦，可祝福的机遇！
　　　　　　您不用改变您的性别，
　　　　　　就能实现您的期望。
　　　　　　用上我的男子汉的气概吧。

比阿特丽斯　用上你，德弗罗？
　　　　　　没多少理由要这样做。

　　德弗罗　别把我排除在外，
　　　　　　我下跪恳求让我为您效劳。（跪下）

比阿特丽斯　你太莽撞了，你是真心想效劳吗？
　　　　　　在我的策划、血液和阴谋中存在恐怖，
　　　　　　难道这是你所追求的吗？

　　德弗罗　如果您知道为您所用
　　　　　　对于我是多么地幸运就好了；
　　　　　　那时您就会说，
　　　　　　如果我没能完成您给我的使命，

---

① 英文造物主为 creation，德弗罗误听为 procreation。

那就是我对您的尊重太不够了。

比阿特丽斯 （旁白）这太过分了；
看来他很饥饿，
喜欢天上的面包——黄金。（对他）起身。

德弗罗 我希望首先领命。

比阿特丽斯 （旁白）他似乎非常想要钱；
这是给你的激励。
给他钱
由于你勇于领命，且使命异常危险，
报酬也就非常丰厚。

德弗罗 我料想到了；
我在之前就对自己说
酬劳肯定会很高，
一想到这就让我血脉偾张。

比阿特丽斯 那就用你的愤怒去将他除掉吧。

德弗罗 我太想赶快干了。

比阿特丽斯 阿伦佐·德·毕拉克。

德弗罗 他的末日到了；
你不会再见到他了。（起身）

比阿特丽斯 你现在在我看来
是多么可爱！从来还没有一个人
受到如此高的酬谢。

德弗罗 我明白。

比阿特丽斯 在干掉他时要万分小心。

德弗罗 啊，难道我们两人的性命
都押在这上面吗？

比阿特丽斯　因为有你的效劳
　　　　　　我将所有的恐惧都抛却了。

　　德弗罗　它们不会再来打扰您。

比阿特丽斯　干完这，
　　　　　　我将向你提供逃亡需要的一切，
　　　　　　你将在另一个国家舒舒服服地生活。

　　德弗罗　是的，是的，这我们以后再讨论。

比阿特丽斯　（旁白）我将一下子清除
　　　　　　两个我憎恨的人，
　　　　　　毕拉克和这个狗脸①。
　　　　　　比阿特丽斯下

　　德弗罗　哦，我的热血②！
　　　　　　我似乎觉得她正躺在我的怀抱里，
　　　　　　她那无耻的手指在抚弄胡须，
　　　　　　兴起了，就赞美起这丑陋的脸。
　　　　　　不管是饥饿还是得意忘形，都会
　　　　　　称羡即使烹饪得极差的菜肴，
　　　　　　而且会大快朵颐。
　　　　　　不，拒绝美食去吃粗陋的饭食，
　　　　　　难道不奇怪吗？③
　　　　　　有些娘儿们的胃口着实古怪。
　　　　　　我说话的声音太响了。
　　　　　　这人来了，他将不吃晚餐就上床，
　　　　　　而明天就不能起来吃饭④了。
　　　　　　阿伦佐上

————————

① 指德弗罗。

② 在本剧中，热血指激情，含有性暗示。

③ 关于饮食的议论，实际上是关于性的议论。

④ 顺应上面的议论，在此，dinner 是指性。

阿伦佐　德弗罗。

德弗罗　仁慈而高贵的大人，有什么事吗？

阿伦佐　我很高兴遇见你。

德弗罗　老爷。

阿伦佐　你能带我游览一番
　　　　这城堡吗？

德弗罗　我能，老爷。

阿伦佐　我很想瞧瞧。

德弗罗　如果您不觉得门道、窄巷太烦人的话，
　　　　我觉得花时间走一遭太值得了，大人。

阿伦佐　哦，那不成问题。

德弗罗　我现在是您的仆人了：
　　　　快近吃饭时间了；在大人用完膳之前，
　　　　我去将钥匙拿来。

阿伦佐　谢谢，好心的德弗罗。

德弗罗　（旁白）真没想到他就这么轻易
　　　　掉进了我的手心。
　　　　众下

第三幕

第一场

在幕间时间，德弗罗将一把拔出剑鞘的双刃长剑藏好。阿伦佐和德弗罗上

德弗罗　是的，所有的钥匙都在这儿了；我真有点儿担心，大人，我在找边门，在这儿。
　　　　全走到了，全走到了，大人：这是一座孤立的小堡垒。

阿伦佐　这是一座极其宽敞、极其坚固的堡垒。

德弗罗　待会儿你会跟我说更多的典故，大人：
　　　　这下坡道有点儿窄；
　　　　佩戴着刀剑走
　　　　很不方便；麻烦得很。
　　　　德弗罗卸去佩剑腰带

阿伦佐　你说得很有道理。

德弗罗　让我帮大人您将它卸下来。
　　　　德弗罗帮着阿伦佐卸下佩剑腰带

阿伦佐　卸下来了。谢谢，仁慈的德弗罗。

德弗罗　这儿是钩子，大人，

就为挂这些玩意儿而设的。

德弗罗将佩剑腰带挂上

阿伦佐　在前面带路吧，我跟着你。

从一扇门众下

第二场

德弗罗和阿伦佐从另一扇门上

德弗罗　这些都不算什么；您很快就会看到
　　　　一个地方，您简直没有想到。①

阿伦佐　我很高兴
　　　　我有这个闲暇：
　　　　你老爷家所有的人
　　　　都会以为我搭乘了凤尾船。

德弗罗　但我不会，老爷——（旁白）这让我有一种安全感。——
　　　　（对阿伦佐）大人，我带您来到窗户前，
　　　　在这儿您可以看到城堡的全景。
　　　　啊，在窗户上瞧个够吧。

阿伦佐　景色真美，德弗罗。

德弗罗　是的，老爷。

阿伦佐　固若金汤的防御工事。

德弗罗　啊，那是火炮，老爷，
　　　　没有锈迹斑斑的金属能像它们那样
　　　　给你演奏像伟人的葬礼上
　　　　那样动听的钟声；
　　　　您往前看，大人，

---

① 指坟墓。

特别瞧一眼你前面的暗炮台，
你将在那儿待上一阵。
将藏着的双刃长剑拿出来

阿伦佐　我正在炮台上面。

德弗罗　我也在。（刺他）

阿伦佐　德弗罗！哦，德弗罗！
你在执行谁的阴谋？

德弗罗　你想问
这是谁的密谋吗？我必须让你闭嘴。
刺他

阿伦佐　哦，哦，哦。

德弗罗　我必须让你闭嘴。
刺他，阿伦佐死亡
就这样，一件活儿干完了。
这拱顶还挺适合当坟墓。
哈，是什么在我眼前熠熠闪烁？
哦，那是他戴的一颗宝石戒指：
太好了，这能证实我干的活儿。
怎么？这么紧箍在手指上？
死了还不掉下来？那我就来一个干脆的，
手指和所有的一切去你们的吧。（剁掉手指）
现在，我要擦干净过道上的血迹，
不留任何蛛丝马迹。
拖着尸体下

第三场

伊莎贝拉和洛里奥上

伊莎贝拉　为什么，小二哥？你是从哪儿得到指令
　　　　　将所有的门都对我关上？
　　　　　如果你要把我关在笼子里，
　　　　　那也得请你给我吹声口哨，
　　　　　好让我干点儿什么。①

洛里奥　如果你喜欢，你可以干点儿什么；
　　　　　如果你照我的口哨行事②，
　　　　　我就给你吹。

伊莎贝拉　把我圈在这么个围场里，
　　　　　是你老爷还是你的主意？

洛里奥　是老爷的主意，生怕你会迷路被圈在另一个男人的庄
　　　　稼地里，在另外一个什么地方受到骚扰。

伊莎贝拉　好极了，这证明他很聪明。

洛里奥　他说在这屋子里你的朋友够多的了，如果你想跟人交
　　　　往，这儿有各色人等。

伊莎贝拉　各色人等？啊，在这儿除了疯子和傻瓜外就没有别人
　　　　了。

洛里奥　听我说：你到外面街面上能找到什么其他人等？你还
　　　　有老爷和我呢。

伊莎贝拉　也是一路货，一个是疯子，另一个是傻瓜。

洛里奥　我要是你的话，还愿意两路都沾上点边；我知道你已
　　　　经一半疯狂一半痴呆了。

伊莎贝拉　你是一个好大胆的色鬼加流氓！来吧，老兄，
　　　　　给予我你那疯人院的快乐吧；
　　　　　你今天给我介绍了最近来的疯子，

---

① 原文为 doing，暗指私通。

② 原文为 pipe after，来源自谚语 "To dance after someone's pipe"。

多么标致的身材，

只是没长一个聪明脑袋，

然而，在这一残缺中蕴含着

多么令人怜悯的快乐，

仿佛你在疯狂中发现欢笑，老兄，

如果真有这样的一种快乐，

请让我也分享一下。

洛里奥　如果我不给你找最英俊、最谨慎的疯子，可以称之为
　　　　明白事理的疯子，那你就叫我傻瓜蛋。

伊莎贝拉　行，好一个赌咒，我会这么叫你的。

洛里奥　当你尝到疯子的风味，你就会看到疯人院的另一面；
　　　　我很少给疯人院上锁，只是插上一两个门闩而已①，
　　　　所以，你实际上和他们是混在一起的。

　　　　洛里奥下

洛里奥　（在幕后）来吧，老兄，我要瞧瞧你怎么拿手表演
　　　　一番。

　　　　洛里奥带着弗朗西斯科斯上

弗朗西斯科斯　她瞧上去多么可爱！哦，她眉宇间有一道深深的皱
　　　　纹，就跟哲学一样的深奥莫测；阿那克里翁②，为我
　　　　的情人的健康干杯，祝愿吧：等一等，等一等，酒杯
　　　　里有一只蜘蛛！不，那只是一颗葡萄核；咽下去吧，
　　　　别害怕，诗人；对，就这样，举高一点儿。

伊莎贝拉　唉，唉，太可怜了，

　　　　总是被人讪笑；他怎么变疯的？你能告诉我吗？

---

① 原文为 shooting a bolt or two，源自英语谚语 A fool's bolt is soon shot（傻瓜才一下子
　　把箭射掉）。

② 阿那克里翁（前 570？—前 478？），古希腊宫廷诗人，以歌颂美酒和爱情为主题。
　　据传，他被葡萄核噎死。

洛里奥　因为爱情，夫人：他是一个才华横溢的诗人，这首先
　　　　就决定了他与众不同；诗神缪斯遗弃了他，他爱上了
　　　　一个女仆，那女仆还是一个侏儒。

弗朗西斯科斯　啊，美丽的泰坦尼娅[1]，
　　　　你为何伫立在鲜花盛开的河岸？
　　　　奥伯龙正在与树神共舞；
　　　　我将撷取雏菊、报春花、紫罗兰呀，
　　　　用一束诗歌将它们系扎在一起。（伊莎贝拉走近）

洛里奥　别走太近；有危险。（扬起鞭子）

弗朗西斯科斯　哦，住手，狄俄墨得斯[2]，
　　　　你把马喂得膘肥体壮，它们会服从你；
　　　　骑上来吧，布塞弗勒斯[3]跪下。（跪下）

洛里奥　瞧，我怎么制伏我手下的这帮人；没有牧羊人的狗像
　　　　他们那样听话了。

伊莎贝拉　肯定他的良心不平静。
　　　　这就是他疯了的原因。一个多么体面的绅士。

弗朗西斯科斯　到这儿来，埃斯科拉庇俄斯[4]，把你的毒药[5]藏起来。

洛里奥　藏起来了。

弗朗西斯科斯　难道你从未听说忒瑞西阿斯[6]，
　　　　一位著名诗人？（起身）

---

[1] 中世纪民间传说中仙王奥伯龙的仙后。

[2] 希腊神话中的一位英雄，他俘获了色雷斯的马。

[3] 亚历山大大帝的战马名。

[4] 希腊神话中的医神。

[5] 毒药指鞭子。

[6] 希腊神话中的一位盲人先知。他由男人变为女人七年。据奥维德《变形记》，他因
为揭示女人在性事上感到比男人更多的快乐，被天后朱诺弄瞎。

洛里奥　　　　　是的，他驯服了野鹅。①

弗朗西斯科斯　　那是他；我就是这个人。

洛里奥　　　　　不！

弗朗西斯科斯　　我是的；只是没说罢了；七年前我是一个男人。

洛里奥　　　　　也许还是一个小伙子。

弗朗西斯科斯　　我现在是一个女人，完完全全的一个女人。

洛里奥　　　　　我倒希望你是一个女人。

弗朗西斯科斯　　朱诺把我弄瞎。

洛里奥　　　　　我永远不会相信那个；人们说，女人比男人多一只眼睛。

弗朗西斯科斯　　我是说她把我弄瞎了。

洛里奥　　　　　而露娜②让你疯了；你既瞎又疯。

弗朗西斯科斯　　露娜现在挺起大肚子了，有一个房间让
　　　　　　　　我们两人跟赫克忒③一起待着；
　　　　　　　　我会将你提拎到她那银色的世界，
　　　　　　　　在那儿用脚踢那
　　　　　　　　在夜里狂吠的疯狗，
　　　　　　　　用树枝敲打灌木丛：
　　　　　　　　我们将撕裂那迅跑的
　　　　　　　　患妄想狂的狼，
　　　　　　　　保护我们的羊群。
　　　　　　　　弗朗西斯科斯抓住洛里奥

洛里奥　　　　　难道这就是报答吗？不，我拿出我的毒药来；疯小子，
　　　　　　　　你太亏待你的保护人了！（洛里奥拿出鞭子来）

---

①　属无稽之谈。也有学者认为，当时的一种暗喻现在已无法知晓，野鹅有可能指妓女。

②　罗马神话中的月亮女神。

③　赫克忒就是露娜，在此更加强调巫术。

伊莎贝拉　我请你对他多加注意，他变得越来越危险了。

弗朗西斯科斯　（咏唱道）"我的情人，可怜可怜我吧，
让我跟你躺在一起。"

洛里奥　不，我首先得看你是不是变得聪明些了：回你的狗窝
吧。

弗朗西斯科斯　别出声，她睡了，把窗帘都拉上；
别让任何声音去骚扰这美丽的灵魂，
但是，爱情，爱情钻进了老鼠洞①。

洛里奥　我看你还是钻进你那狗洞去吧。
弗朗西斯科斯下
现在，夫人，我要给你带来另一类人；你还要跟傻瓜
打一阵交道；托尼，到这儿来，托尼；瞧谁在那儿，
托尼。
安东尼奥上

安东尼奥　堂哥，这是我的姑妈②吗？

洛里奥　是的，是你的一位姑妈，托尼。

安东尼奥　嘻，嘻，你过得怎么样，姑父？

洛里奥　别怕他，夫人，他是傻瓜蛋；你可以跟他一块儿玩，
就像跟他的拐杖③玩一样地安全。

伊莎贝拉　你成傻瓜多长时间了？

安东尼奥　自从我到这儿来，表妹。

伊莎贝拉　表妹，我可不是你的表妹，傻瓜蛋。

洛里奥　哦，夫人，傻瓜的智力也就是认认亲人而已。

---

① 暗指阴道。
② 英语俚语，aunt 即拉皮条的。
③ 原文为 bauble，一种形似阴茎的拐杖。

疯人们　（幕后）跳，跳，他摔倒了，他摔倒了。

伊莎贝拉　听，你的疯子们在楼上房间里
　　　　　乱套了。

洛里奥　我必须来揍你们吗？你跟这傻瓜蛋聊一会儿吧，夫
　　　　人；我到楼上去，对这些疯子使点左撇子奥兰多①的
　　　　手段。
　　　　洛里奥下

伊莎贝拉　你好，先生。

安东尼奥　真是千载难逢的好机会，亲爱的夫人！不，
　　　　　别对这一变化投之以惊讶的眼神。②

伊莎贝拉　哈！

安东尼奥　这卖傻的外衣掩蔽着你亲爱的情人，
　　　　　那对你绝色美貌死心塌地仰慕的仆人，
　　　　　你的美的魅力能将我改变。

伊莎贝拉　你真是一个怪怪的傻瓜蛋。

安东尼奥　哦，这并不奇怪；
　　　　　爱情赋予人看透一切的智慧，
　　　　　就像一个多才多艺的诗人，
　　　　　能捕捉一切真知的内涵，
　　　　　并能把一切归纳到他所追求的
　　　　　神秘和秘密之中。

伊莎贝拉　你是一个危险的傻瓜蛋。

安东尼奥　我没有危险：我只带来丘比特，
　　　　　和射向你的温柔的箭：
　　　　　试着吻我一次吧；

----

① 意大利诗人阿里奥斯托长篇叙事诗《疯狂的奥兰多》中的主人公。

② 从傻瓜到情人的变化。

如果这让你难堪，
那我就用二十个吻来酬谢。(试图吻她)

伊莎贝拉　好一个放肆的傻瓜蛋!

安东尼奥　这就是爱情:
丘比特设计了无数的路径,
从银河走到我的星星
最安全,最接近。①

伊莎贝拉　太深刻了!
你肯定一直在梦想这个;
爱情从来不在你醒着的时候肆虐。

安东尼奥　别在意这些外在的傻样;
我实际上是一位绅士,
这绅士爱你。

伊莎贝拉　当我看见这个人,
就有跟他说话的冲动;还穿着
这身衣服,对你太合适了。
由于你是一位绅士,我不会揭发你;
这是你可以得到的所有的善意:
如果你觉得过于疲倦,
你可以离开这病人院,
你一直在扮演傻瓜蛋的角色。

洛里奥上

安东尼奥　我还必须扮演这角色。嘻,嘻,我谢谢你,表妹。
明天早晨我就成你的情人了。

洛里奥　你喜欢这傻瓜蛋吗,夫人?

伊莎贝拉　太喜欢了,老兄。

洛里奥　对于一个傻瓜来说,他够聪明的吧?

---

① 性暗示。

伊莎贝拉　如果他一直像这样下去的话，有可能成就些事儿。

洛里奥　是的，得益于一个优秀的导师：你可以考考他；他能
　　　　　回答十分艰难的问题了。托尼，5 乘 6 是多少？

安东尼奥　5 乘 6 等于 6 乘 5。

洛里奥　还有什么数学家比这回答得还要精确的？ 100 乘 7 是
　　　　　多少？

安东尼奥　100 乘 7 等于 700 乘 1，堂哥。

洛里奥　这一回答不够聪明，你想把他撵走吗？

伊莎贝拉　不啦，让他再待一阵吧。

疯人们　（幕后）逮住，逮住中圈那最后一对夫妇！①

洛里奥　又闹起来啦？难道还要我再来收拾你们吗？老爷回家
　　　　　来就好了！又是疯子，又是傻瓜，我真管不了了。
　　　　　洛里奥下

安东尼奥　干吗要荒废这爱情的千金一刻？

伊莎贝拉　呸，又脱去傻瓜蛋外衣了？我还愿意
　　　　　你保持傻瓜蛋的样子：
　　　　　当你穿着这身傻瓜衣服说话，
　　　　　说的话跟你的衣着太不相称了。

安东尼奥　在这么一位妩媚的美人儿面前
　　　　　人怎么能自持呢？
　　　　　难道我走进金苹果园
　　　　　还没有胆量去撷取金苹果吗？
　　　　　这长着绯红脸蛋的人儿，
　　　　　我一定要不顾一切去把她征服。

---

① 　一种调情游戏，英文名 hell，由三对男女组合参加。在中圈的一对男女，手拉着手，
　　设法逮住另外两对从游戏场的一端穿过中圈跑到另一端的男女。被逮住的男女取代
　　原来在中圈的男女组合。

洛里奥上，安东尼奥设法吻伊莎贝拉

伊莎贝拉　请注意，可是有巨人守护这金苹果园的。①

洛里奥　怎么样，傻瓜蛋，你善于做那事吗？你读过立帕斯②
　　　　的书吗？他超越了《爱的艺术》③；我想我必须问他
　　　　更为艰难的问题。

伊莎贝拉　你很勇敢，没有一点儿恐惧。

安东尼奥　我拥有如许多的快乐，
　　　　为什么还要恐惧？微笑吧，
　　　　爱情将狂吻你的嘴唇，
　　　　嘴唇对嘴唇胶合在一起，分开，
　　　　分开，然后又胶合在一起：
　　　　瞧，你多么快乐，在你的眼睛里，
　　　　我看见我的残缺，
　　　　我要穿得更加漂亮；
　　　　我知道这模样
　　　　并不适合我，
　　　　然而，在你那明亮的眼睛里，
　　　　我将穿戴得潇洒倜傥。

洛里奥　咕咕！咕咕！④
　　　　舞台上方的洛里奥下。上方的疯子有的学鸟叫，有的
　　　　学野兽叫

安东尼奥　这是什么声音？

伊莎贝拉　这非常危险，要把我们两人拆开；

---

① 指阿特拉斯，以肩顶天的巨人，看守金苹果园的仙女们的父亲。

② 巨思特·立帕斯（1547—1606），欧洲人文主义者。剧作家引用此人仅仅因为他的
　名字（Lipsius）与 lips（嘴唇）相近。

③ 即奥维德的《爱的艺术》（*The Art of Loving*）。

④ 洛里奥学杜鹃叫，cuckoo 源自 cuckold，其意表示阿里比乌斯将戴上绿帽子。

> 但他们终究是疯人院的病人，
> 他们用任何方式
> 按他们的狂想行事；
> 如果悲哀，他们便哭号；
> 如果欢乐，他们便大笑；
> 他们有时模仿野兽和鸟儿，
> 吟唱啦，吼叫啦，驴嘶啦，狗吠啦；
> 全按他们的妄想。
> 舞台上方的疯子下。洛里奥上

安东尼奥　这没有什么可怕。

伊莎贝拉　可怕的是那个胖子——我的奴才。

安东尼奥　哈，哈，那真是一件乐事①，堂哥。

洛里奥　我真希望我的老爷回到家里，一个牧羊人要管两群羊太过分了；我也不相信一个神父可以同时管两个教堂；总有一些不可救药的疯子和非常傻逼的傻瓜。来吧，托尼。

安东尼奥　堂哥，请让我在这儿再待一会儿。

洛里奥　不，你必须去看书了，你玩得够多的了。

伊莎贝拉　你的傻瓜蛋变得如此聪明。

洛里奥　得，我不想唠叨什么；我并不相信他有一天会将你撂倒在床上。
　　　　　洛里奥和安东尼奥下

伊莎贝拉　尽管有恪尽职守的护堤员，
　　　　　河中的水总有决堤的可能；
　　　　　要是一个女人想有外遇，
　　　　　她无须到外面去放荡，

---

① 可能指看疯子胡闹，也可能指亲吻伊莎贝拉。

要发生的总会发生：
指南针①总是指向北方；
而女人的美就是吸引力。
洛里奥上

洛里奥　怎么样，亲爱的女流氓？

伊莎贝拉　什么怎么样？

洛里奥　哈，傻瓜也有不同的傻劲儿，一个傻瓜也许比另一个
傻瓜要好一些。

伊莎贝拉　怎么回事？

洛里奥　不，如果你拧着劲儿想要跟傻瓜蛋上床，那就找我
吧！
洛里奥试图亲吻她

伊莎贝拉　你大胆，奴才！

洛里奥　我可以照另一个傻瓜那么做：
"我拥有如许多的快乐，
为什么还要恐惧？微笑吧，
爱情将狂吻你的嘴唇，
嘴唇对嘴唇胶合在一起，分开，
分开，然后又胶合在一起：
瞧，你多么快乐，在你的眼睛里，
我看见我的残缺，
我要穿得更加漂亮；
我知道这模样
并不适合我——"
等等；难道这不更傻吗？来，亲爱的女流氓，吻我，
我的小荡妇。让我感觉一下你胸口的跳动；你有一件
玩意儿令男人春心荡漾，我要把我的手放在那上面。

①　暗指男人的阴茎。

伊莎贝拉　别，伙计！我看你发现了

　　　　　　这为了赢得我的爱情

　　　　　　而进行的骑士般的冒险；闭嘴，

　　　　　　像一尊石像那样沉默，

　　　　　　对他希冀得到拥有我的快乐，

　　　　　　我的回应会叫你酸溜得要死：

　　　　　　我将做这事，

　　　　　　即使纯粹为了快乐，

　　　　　　我可以肯定他才不会拒绝。

　洛里奥　我只要我的那一份，就这么回事；我只要我作为傻瓜
　　　　　的那一份跟你的情分。

伊莎贝拉　别说了——你老爷来了。

　　　　　阿里比乌斯上

阿里比乌斯　亲爱的，过得怎么样？

伊莎贝拉　只不过是你的被囚禁的仆人而已，先生。

阿里比乌斯　不，不，我的心肝，

　　　　　　不是那么回事。

伊莎贝拉　你还不如把我锁起来。

阿里比乌斯　亲爱的伊莎贝拉，

　　　　　　我要把你紧紧锁在我的心中。

　　　　　　洛里奥，

　　　　　　我们手头有一件要务要办；

　　　　　　在高贵的城堡主人沃曼恩德罗家，

　　　　　　将举行一场庄严的婚礼，

　　　　　　（新娘比阿特丽斯，他的美丽的女儿）

　　　　　　这位绅士要求我们

　　　　　　在婚礼的第三晚

　　　　　　提供一场疯子和傻瓜的混合表演，

作为欢庆活动的压轴戏；
其初衷也就是出其不意，
把大伙儿吓一下子，就是这么回事，
但我不想就此为止。
我们能不能，
用夸张的动作、滑稽的噱头表演一番，
纵然乱套，打破时限
也没有关系；即使不是这一次，
迟早总会弥补过去：
这次，这次，洛里奥，报酬非常丰厚，
成名之后那好处就会纷至沓来。

洛里奥　　这太容易了，老爷，我向你保证：你的疯子和傻瓜们
　　　　　中有跳舞跳得出众的家伙；毫不奇怪，你最好的舞者
　　　　　并不是最聪明的人；道理就在于，因为他们老是在
　　　　　跳，把脑袋塞在裤裆里，留在脚跟里的智慧比脑袋里
　　　　　的还要多。

阿里比乌斯　　老实人洛里奥，你给我一个很好的理由，
　　　　　让我安心不少。

伊莎贝拉　　你倒做起了一项很不错的买卖。
　　　　　疯子和傻瓜成了你推销的商品。

阿里比乌斯　　哦，老婆，我们得吃饭，穿衣，活着；
　　　　　我们做的跟律师庇护港①做的也差不多，
　　　　　我们俩就靠疯子和傻瓜吃饭。
　　　　　众下

―――――――――

① 原文为 lawyers' haven，这是一个暗讽，与伦敦红灯区地名 cuckold's haven（绿帽子
　庇护港）相对。

第四场

沃曼恩德罗、阿尔塞美罗、耶斯佩里诺和比阿特丽斯上

沃曼恩德罗 瓦伦西亚都对你赞誉有加，先生，
我真希望我有一个女儿能匹配上你。

阿尔塞美罗 即使她的同胞妹妹就够佳配
一个国王的爱了。

沃曼恩德罗 我曾经有过一个她的同胞妹妹，先生，
但上天将她许配给永恒的欢乐了；
再祈愿她回到这个世界上来
就是一种罪愆了。
来吧，先生，你的朋友和你将看到
我的健康享受的种种快乐。

阿尔塞美罗 我已经听说不少关于这城堡的美的传说。

沃曼恩德罗 那远远不够。

沃曼恩德罗、阿尔塞美罗、耶斯佩里诺下，比阿特丽斯留下

比阿特丽斯 他只差一步就可以
赢得我父亲的欢喜了；
时间将赋予他永恒的地位。
我已经为他赢得了
在城堡行动的自由：
智慧和多谋还会给她带来自由；
如果把那令我憎厌的眼睛剜掉
（我就期盼那一天的到来），那么，
这位绅士借助我的爱的光芒，
就将成为我父亲闪耀的明星。

　　　　　　　　德弗罗上

德弗罗　　（旁白）我的思绪都沉浸在刚才干的事儿上，
　　　　　　心中没一点儿压力，轻松而愉快，
　　　　　　眼下要来享用早已定下的甜蜜的犒劳。

比阿特丽斯　德弗罗。

德弗罗　　小姐。

比阿特丽斯　你看上去似乎很快乐。

德弗罗　　世上的一切都受欲念支配——时间、境遇，
　　　　　　您的希望和我的服侍。

比阿特丽斯　干了吗?

德弗罗　　这世上已没有毕拉克。

比阿特丽斯　我止不住热泪盈眶；我们最甜蜜的快乐在泪水中诞
　　　　　　生了。

德弗罗　　我有一样东西要给您看。

比阿特丽斯　给我?

德弗罗　　拿出来有点儿勉强。
　　　　　　不把这手指剁下来，拿不到这戒指。
　　　　　　德弗罗给她看手指

比阿特丽斯　天啊，你干的好事!

德弗罗　　怎么，难道这比杀个人还要严重吗?
　　　　　　我割掉了他的心弦。
　　　　　　贪吃的人在席面儿上伸手
　　　　　　误碰上割食的餐刀也会这样。

比阿特丽斯　这是父亲强迫我
　　　　　　送给他的第一个信物。

德弗罗　　而我强迫他将最后的信物

送了回来；我不想放弃它，
而且我相信死人用不了首饰。
他也不愿放弃它，
它牢牢地粘在手指上，
仿佛和肉融合在一起了。

比阿特丽斯　在鹿场打猎，看守人
会得到猎物的毛皮和角；
就这么分吧：死人的财物全归你，伙计；
请你埋葬掉这手指，留下那戒指
归你所有；说句实话，那足值
你一年的收入。

德弗罗　不过要为良心买一口棺材，
不让它经受悔恨的煎熬还差强人意。
得，既然是我应得的一份，
那我就收下了。
伟人教导我可以收下，否则
我的美德会嘲弄我。

比阿特丽斯　是这样的，先生。
不过，你想错了，德弗罗，
这不是酬谢。

德弗罗　不，我也希望这样，小姐，
你很快就可以看到我并不在乎。

比阿特丽斯　请别，你瞧上去似乎不悦。

德弗罗　太奇怪了，小姐；我的效劳
受到你这样的责难，这几乎是不可能的。
不悦？你会这么想吗？
对我的效力的评价未免太苛刻了，
我曾经怀着如此忠诚的热情。

比阿特丽斯　　我因为太担忧了，因而有责难你的地方，先生。

德弗罗　　我相信你说的；是这样的，

那是最磨人的担忧了。

比阿特丽斯　　但还是化解了；

瞧，先生，这儿是三千弗洛林金币：

我对你美德的评价还算公允。

德弗罗　　怎么，这是薪酬吗？你让我生气。

比阿特丽斯　　怎么啦，德弗罗？

德弗罗　　你把我置于一帮恶棍中，

为了钱去杀人越货？给金子？

用金子来换人命？

有什么贵重的东西可以超越我的酬劳呢？

比阿特丽斯　　我不明白你。

德弗罗　　我完全可以雇用

一个亡命之徒来干这个谋杀，

把尸体给我拿来，

我的良心也可以安然无恙。

比阿特丽斯　　（旁白）我简直仿佛掉在了迷宫里。

怎样才能满足他呢？真想把他除掉。

（对他）我把这个数目加倍，先生。

德弗罗　　你这是把我的烦恼加倍，

这就是你做的好事。

比阿特丽斯　　（旁白）天哪！我陷于更糟糕的困境；

真不知道怎么能使他满意。

（对他）我请求你尽快离开，

我看着你害怕。

如果你谦让不愿说出

让你满意的数目，那就用白纸，
白纸不会害羞；
把要求的数目写在纸上，
钱随即会给你送来。
但请求你离境逃亡。

德弗罗　那你也必须逃亡。

比阿特丽斯　我？

德弗罗　如果你不走，我死活也不走。

比阿特丽斯　你这是什么意思？

德弗罗　啊，难道你不觉得有罪吗？
明摆着的，你陷得跟我一样地深。
我们应该抱作一团。
听着，恐惧感让你做出了错误的决定，
我一走，马上就会怀疑到你头上；
你没有退路。

比阿特丽斯　他说的倒是在理。

德弗罗　我们两人如此藕断丝连，
分开居住也不相宜。
德弗罗想亲吻比阿特丽斯

比阿特丽斯　怎么现在，先生？
给人看见难堪得很。

德弗罗　是什么让你的嘴唇变得如此陌生？
我们两人之间不应该这样生分。

比阿特丽斯　（*旁白*）这人说话真是放肆。

德弗罗　来吧，带着点疯狂来吻我。

比阿特丽斯　（*旁白*）天！这人真可怕！

德弗罗　　　我不会久久这么站着等待亲吻。

比阿特丽斯　德弗罗，别忘了你的身份。
　　　　　　这疯狂不可能长久。

德弗罗　　　首先别忘了你的身份；
　　　　　　说实在的，你变得越来越健忘了，
　　　　　　这事儿的罪过在于你。

比阿特丽斯　（旁白）他太乖张了，全是我惯的！

德弗罗　　　我为你除去了心腹之患，
　　　　　　请想一想这个；这是一种缘分。
　　　　　　公正应该驱使你懂得我。

比阿特丽斯　我不敢。

德弗罗　　　快！

比阿特丽斯　哦，我永远不！
　　　　　　再进一步说，我可能失去
　　　　　　已经说过的话，声音是不可能留下来的。
　　　　　　下次再有这类事，
　　　　　　我不想再听见不同的声音。

德弗罗　　　轻声点，小姐，轻声点；
　　　　　　最近的这件事还没有了结！哦，这件事
　　　　　　让我激动不已；
　　　　　　我就像干涸的土地渴求云儿的泪水一样
　　　　　　渴望着它。
　　　　　　难道你没注意到
　　　　　　我是自告奋勇领受这份差事的？
　　　　　　不，甚至不惜跪下哀求？
　　　　　　为什么要如此不遗余力呢？
　　　　　　你看到我蔑视你付与的黄金，
　　　　　　并不是我不想要它，我苦苦地想要它呢：

我终久会得到它，并使用它，
但在发轫的时候它并不是最宝贵的；
我将财富置放在享乐之后，
如果我不是坚信
你的贞操完美无瑕，
我早就半推半就拿下我的酬劳，
仿佛这仅仅是无奈之举。

比阿特丽斯　啊，简直不可想象你是如此奸刁，
怀有如此狡猾的险恶用心，
用他的死亡来泯灭我的荣誉。
你说的话是如此大胆而阴险，
叫我简直无法原谅，
无法以谦让之礼忍受下去。

德弗罗　呸，你忘乎所以了！
一个手上沾满鲜血的女人
来奢谈谦让之礼？

比阿特丽斯　哦，犯罪的痛苦呀！我还不如
生活在对毕拉克永恒的仇恨之中，
也不愿听见这些恶语。
请想一想造物主
在你我出身之间所造就的距离，
将你远远地横隔在那儿。

德弗罗　瞧一眼你的良心吧，在那儿读读我，
那是一本真正的书，
在那儿你将发现我和你是平等的：
呸，别逃到你那出身中去，留在
这事把你塑造成的你吧，你什么都不是了；
跟我打交道，你必须忘却你的出身；
你只是这事塑造的人；为此，

你丧失了出身的优越感，

你不再享有宁静和无辜，

成了和我一样的人。

比阿特丽斯　和你一样，你这混蛋？

德弗罗　是的，我的美丽的女杀人犯；

你还要来挑衅我吗？

虽然你自我标榜是"淑女"，

在情感上你只是一个婊子；

从你初恋那一刻起你就改变了，

在你内心深处你是一个婊子；

他的死亡引发了第二场恋情，

你的阿尔塞美罗。

如果我不能享用你

（在黑暗之中享用万种风情），

那你也永远享用不了他；

我将让你的婚姻的美梦破灭——

我会将一切都坦陈于世；

我的生命已无关紧要。

比阿特丽斯　德弗罗！

德弗罗　我将告别所有情人的胡闹而安息；

我现在生活在痛苦之中：

那炽热的眼神

将把我的心焚烧成灰烬。

比阿特丽斯　哦，先生，听我说。

德弗罗　她在生活和爱情中拒绝了我，

但在死亡和耻辱中她将是我的同伴。

比阿特丽斯　等一等，最后听我说一次话。（跪下）

我让你拥有我所有的黄金和首饰：

　　　　　请允许我像一个穷光蛋
　　　　　带着我的荣誉上我的床，
　　　　　这样，我在所有方面都是富有的了。

德弗罗　　请闭嘴；
　　　　　用瓦伦西亚所有的财富
　　　　　也买不来我的快乐；
　　　　　你能为命运注定的归宿哭泣吗？
　　　　　你很快就会为我而哭泣。

比阿特丽斯　复仇开始了；
　　　　　谋杀后接踵而来的是更多的罪恶。
　　　　　难道在子宫中我就注定
　　　　　要让一个混蛋来褫夺我的贞操吗？

德弗罗　　来吧，起身，将你的害羞的脸颊
　　　　　藏在我的胸怀里吧。（将她扶起来）
　　　　　沉默是快乐最好的诀窍：
　　　　　在这委身的一刻你便得到了宁静。
　　　　　啊，这恋人在喘息！你很快就会喜欢上
　　　　　这你至今还在惧怕的事。

　　　　　众下

第四幕

第一场

（哑剧）绅士们上，沃曼恩德罗与他们会面，对毕拉克的逃逸表示惊讶。阿尔塞美罗和耶斯佩里诺，以及勇武的男子上。沃曼恩德罗手指着他，绅士们似乎对此选择鼓掌。沃曼恩德罗、阿尔塞美罗和耶斯佩里诺以及绅士们列队下。新娘比阿特丽斯由狄阿芳塔、伊莎贝拉和淑女们陪同盛装尾随在后，德弗罗走在最后，满脸笑容。阿伦佐的鬼魂在微笑的德弗罗面前出现，让他看砍去手指的手，他大吃一惊。他们以极其庄重的仪态走过舞台。比阿特丽斯上

比阿特丽斯　这家伙彻底毁灭了我，

　　　　　从来没有新娘如此恐惧，如此凄惶；

　　　　　我越想到在即将来临的夜晚，

　　　　　与之相拥亲热的人——

　　　　　这人有高贵的血液和人品——

　　　　　敏锐的洞察力（那正是我忧心之所在），

　　　　　我的错误将由他来审判，

　　　　　就像罪犯面对法庭，

　　　　　我就越感没有任何可能隐瞒，

我就越感痛苦。
一个聪明的人是一个多么
巨大的灾难!
别冒险爬上他的床,
不管我做什么选择,
他都可能发现我失贞的耻辱,
最终会导向危险的暴力;
他别无选择,
只能将我勒死,
一个躺在他身边的骗子;
这就需要一个狡猾的赌棍
玩假骰子高超的技巧。
这是他的私室,
钥匙就挂在那儿,
而他正在围场玩耍:
显然他把钥匙忘在那儿了;
我斗胆走进去瞧一瞧。(打开私室)
天啊,这正是一个地道的医生的私室,
摆放着小瓶儿,小瓶儿上都贴着标签,
很显然他在钻研医学,
这完全可以称之为伟人的智慧。
什么手稿放在这儿?
《实验之书:自然中的秘密》①;
是的,是这部书;
"怎么知道一个女人是否怀孕。"
我希望我还没有;要是他试我呢!
让我瞧瞧,第四十五页。在这儿;
这页折了角,这儿有点名堂。

---

① 《自然中的秘密》为法国学者安东尼斯·米查德斯（Antonius Mizaldus，1520—1578）
所著。《实验之书》为阿尔塞美罗自己杜撰的书名。

"如果你想知道一个女人是否怀孕，给她饮两勺 C 瓶
的白液……"

C 瓶在哪儿？哦，在那儿，我看见了——

"……如果她怀孕了，在服用后，她将睡上十二小时，
如果没有怀上，则不会。"

那白液没有进我的肚子。

就是在一百个瓶子中间，我也能把你辨认出来；

我可以把你打碎，

或者换上牛奶，

把这神秘的主人骗过去，

但我要小心行事。

啊，下面这个就更糟了。

"如何知道一个女人是否是贞女。"

如果这要应用起来，我该怎么办呢？

他很可能非常相信我的贞洁，

不会来试我；

他称这为"一个快乐的诀窍"，这是真正的实验，作
者安东尼斯·米查德斯。给你怀疑的女人一勺 M 瓶中
的液体，如果她是贞女的话，会产生三项效果："她
立即会目瞪口呆，继而突然打喷嚏，最终哈哈大笑不
止；如果她不是，那她会显得麻木、迟缓、愚钝。"

我遇到的麻烦是什么呢？

我真有点儿害怕，上婚床的时间还有七个小时。

狄阿芳塔上

狄阿芳塔	天啊，小姐，你在这儿。
比阿特丽斯	（旁白）看见这小妮子，
	我心中不由生出一个计策；
	这小贱人生性谨慎，
	即使黄金也撼动不了她。
	（对她）我到这儿来，姑娘，

是来找我的丈夫。

狄阿芳塔　（旁白）我不是也在找他吗。
　　　　　（对她）啊，他在围场里，小姐。

比阿特丽斯　那就让他待在那儿吧。

狄阿芳塔　是的，小姐，让他像伟大的守林员一样
　　　　　在围场和森林里转悠吧；
　　　　　睡觉的时候有座小木屋就足够了。①
　　　　　征服世界的亚历山大大帝
　　　　　觉得偌大的世界对于他太狭窄，
　　　　　到头来不也就待在他那小洞穴里吗?②

比阿特丽斯　狄阿芳塔，你这么说恐怕太冒失了。

狄阿芳塔　小姐，你可能对自己都掩饰关于爱的想法；
　　　　　临近上床的时候新娘都是这样，
　　　　　竭力不外露心中的窃喜，
　　　　　仿佛她压根儿就没有喜悦似的。

比阿特丽斯　她的喜悦? 还不如说她的恐惧。

狄阿芳塔　恐惧什么?

比阿特丽斯　你一个姑娘家，跟小姐儿能谈这个吗?
　　　　　你冒失的话让我感觉脸红，
　　　　　你这个该死鬼!

狄阿芳塔　你是认真的吗，小姐?

比阿特丽斯　要是害怕初夜的话，
　　　　　我就是一个从未见过男人的人。

狄阿芳塔　这可能吗?

① 性暗示。
② 带有性暗示，指虽然男人征服世界，最终还是因于一个狭小的空间。故有对比阿特丽斯的指责。

比阿特丽斯　如果有个女人愿意经受我所恐惧的事，
第二天早晨实话告诉我
她从那事儿上的体验，
我将给她一千达克特：
如果她乐在其中，
那我也许也会喜欢上它。

狄阿芳塔　你是认真的吗？

比阿特丽斯　那你何不找来那个女人，将我一军，
看看我会不会改口？
顺便告诉你，
这人必须是一个真正的贞女，
要不破烂货不可能体验我的恐惧，
那就毫无意义了。

狄阿芳塔　是的，我找来放在你手心上的女人，小姐，
准是一个窈窕淑女。

比阿特丽斯　要不我会羞耻得要死，
因为她将代我去行床笫之乐。

狄阿芳塔　这真是一种怪异的幽默：
你不是闹着玩儿的吧？
你不仅放弃初夜的欢乐，
而且还给钱？

比阿特丽斯　心甘情愿。（旁白）唉，金子
只是维护面子的一项小小的赌注。

狄阿芳塔　我不知道这世界外面怎么了，
就信任和贞操而言，我不敢为任何人担保了。
小姐，你不会为你刚才跟我说的事后悔吧？
事实上，我很想挣你那份钱。

比阿特丽斯　恐怕你已不是一个少女了。

狄阿芳塔　　怎么？不是少女？不，小姐，
　　　　　　那你也来将我一军吧；
　　　　　　怀有恐惧的你
　　　　　　并不比——

比阿特丽斯　（旁白）拿我来比喻太糟糕了。

狄阿芳塔　　拥有所有调情快乐的我更高贵。

比阿特丽斯　我很高兴听到这个；
　　　　　　你敢于将你的贞操
　　　　　　在一项不费力的实验中试上一次吗？

狄阿芳塔　　不费力？怎么都可以。

比阿特丽斯　我马上就回来。
　　　　　　比阿特丽斯走进私室

狄阿芳塔　　（旁白）她不会像那陪审团女头儿那样
　　　　　　来检查我吧？①

比阿特丽斯　标号 M 的瓶子：是的，就是这瓶；
　　　　　　瞧，狄阿芳塔，
　　　　　　我喝给你看，这没什么。（比阿特丽斯喝）

狄阿芳塔　　既然这样，
　　　　　　我就没有任何狐疑（喝了）。

比阿特丽斯　（旁白）如果实验如所说那样，那就功德圆满，
　　　　　　我也就可以安心了。（狄阿芳塔喘息）开始发作了。
　　　　　　这是第一个症状；该多快进入第二个症状呢？
　　　　　　（狄阿芳塔打喷嚏）打喷嚏了。
　　　　　　一个多么令人钦佩的配方。
　　　　　　但它一点儿也没有撼动我，

---

① 指 1613 年陪审团在一项离婚讼案中对埃塞克斯伯爵夫人弗兰西斯·霍华德的贞操
　　状态进行的检查。

与这配方最有干系的人。

狄阿芳塔　哈！哈！哈！

比阿特丽斯　（旁白）一切都按程序发生，
　　　　　　仿佛预设的一样；
　　　　　　一个症状紧跟着另一个症状。

狄阿芳塔　哈！哈！哈！

比阿特丽斯　感觉怎么样，小姑娘？

狄阿芳塔　哈！哈！哈！我心中感觉如此骚动——哈！哈！哈！
　　　　　如此快乐！

比阿特丽斯　是的，明天；
　　　　　　我们还有时间想喝多少就喝多少。

狄阿芳塔　我重又痛苦了。

比阿特丽斯　（旁白）症状就这么和缓地消失了。
　　　　　　（对她）来，小姑娘，
　　　　　　我现在可以称你为
　　　　　　最圣洁的狄阿芳塔了。

狄阿芳塔　请告诉我，小姐，你这玩的是什么把戏？

比阿特丽斯　我以后会全告诉你；
　　　　　　我们得讨论一下怎么干。

狄阿芳塔　我会干得很好的，
　　　　　因为我喜欢他压在我身上。

比阿特丽斯　半夜，
　　　　　　你必须偷偷地去到
　　　　　　我该在的床位那儿。

狄阿芳塔　哦，别担心，小姐，
　　　　　到那时我也疲乏得够呛了。

（旁白）新娘的床位，
还有一千达克特。
我现在富得可以带上嫁妆
攀上个法官了，
那些小傻瓜蛋全不在我的眼皮底下。

众下

第二场

沃曼恩德罗和仆人上

沃曼恩德罗　我告诉你，小厮儿，我的信誉成问题了，
这还从来没有被怀疑过，
也从来没有被人指责过。
在城堡的绅士中，
谁消失了？告诉我，到底多少人，是谁。

仆人　安东尼奥，老爷，和弗朗西斯科斯。

沃曼恩德罗　他们什么时候离开城堡的？

仆人　大概十天之前，老爷，一个想去布里阿玛塔①，一个想去瓦伦西亚。

沃曼恩德罗　时间正好巧合；
城堡里发生了一起谋杀案，毕拉克被杀；
我无法解释他们的离去：
应该马上发一个逮捕令，
要么把谋杀一股脑儿悄悄抹去，
要么公开揭露出来。
快给我将逮捕令拿来。

仆人下

---

① 沃曼恩德罗的乡间别墅。

瞧，又有人来打扰我了。

托马佐上

托马佐　我来问你要我的兄弟。

沃曼恩德罗　你太鲁莽了，
这不是找他的地方。

托马佐　是的，要是宁静的心境
不能得到满足，
我就要在你的至亲中报仇；
这地方必须对他的死负责，
我是在这儿和他分手，
这场匆匆忙忙缔结的婚姻
肯定是把他毁掉的原因。

沃曼恩德罗　一派胡言！
是在这地儿；他的背信弃义
诋毁了我对他的爱，
也嘲弄了我女儿的感情；
那预定匹聘的清晨
也会因他的遗弃而叫人脸红；
过分信任他的朋友们
受到了深深的伤害，
他们对他只有轻蔑和鄙薄。
哦，如此出其不意地逃亡
太卑鄙了，
给爱他的人
在大庭广众之中造成了损伤。

托马佐　这就是你的回答吗？

沃曼恩德罗　对于他的亲属，
这回答已是尽善尽美的了；
我警告你，

这地儿不想再见到你了。

沃曼恩德罗下，德弗罗上

托马佐　好在
还有别的地方可以复仇。
忠诚的德弗罗！

德弗罗　我是叫这名字。
你见到新娘了？又漂亮又甜蜜，老爷，她走的是哪条
道？

托马佐　要是我没撞见那虚伪的女人，我就谢天谢地了。

德弗罗　我还是赶紧走开。不要跟这人打交道，一走近他，我
仿佛闻到他兄弟的血腥味儿。

托马佐　到这儿来，仁慈而真诚的人儿；我记得
我兄弟和你是至交。

德弗罗　哦，是这样，亲爱的老爷。
（*旁白*）我仿佛又在杀他了，
他瞧上去那么相像。

托马佐　你不怀疑，伙计，
（既然是朋友，往往会这么本能地怀疑）
一个什么混蛋有罪吗？

德弗罗　唉，老爷，我是如此平和，
我总觉得别人都比我要好。
你还没有见过新娘吗？

托马佐　请你别跟我提起她。
难道她还不够奸刁吗？

德弗罗　不，不，一个漂亮、随和、被罪人围绕的罪人，
正像大多数娘儿们一样
（我要是不这么说，你还会以为我要吹捧她呢）；

但是，老爷，女人除非衰老得够呛，

变得和巫婆差不多，

一般无论如何是不奸刁的。

我想有人叫唤我了，老爷。

德弗罗下

托马佐 这德弗罗有一颗十分诚实的心；

我肯定到时候他会把一切揭露。

哦，这吹牛的新郎。

要不了多久我就会知道他到底干了什么。

阿尔塞美罗上

先生。

阿尔塞美罗 欢迎你。

托马佐 把你那臭话收回去吧。

我并不认为我受欢迎，也不想。

阿尔塞美罗 那就奇怪了，你到这屋子来干吗？

托马佐 要是我不知道来的理由就好了！

先生，我不是来参加婚礼取乐，

也不是来狂饮喜酒；

我是来喝更为稀有的饮料——谋杀者的血，

以解我燃眉之渴。

阿尔塞美罗 你说的话和你本人

在我看来仿佛十分生分。

托马佐 时间和利剑

将让我们更加了解对方。

事情是这样的：

新郎原来应该是我兄弟。

阴谋和恶意将他剔除。

我是来责问

篡夺他新郎位置的人，
篡夺者永远不可能合法。

阿尔塞美罗　你必须做好准备，
对你说的话
我将要用利剑来回答，先生。

托马佐　没什么可怕的。
在我们再见时，
我也会将剑拔出剑鞘。
去寻欢作乐吧。再见，我不想再打扰你；
我会忍上一阵子。

托马佐下

阿尔塞美罗　这有点儿不祥；在大婚之日
发生这样的争吵。
不管怎么样，我是无辜的，
这让我安心。

耶斯佩里诺上

要不我会发愁得要死。
耶斯佩里诺，
我有奇怪的新闻要告诉你。

耶斯佩里诺　我也有新闻要告诉你，
一样地令人诧异。我真希望
我能独自保守这秘密，
如果我能就此保持和你的友谊。
请允许我不过分地坦率，像往日那样，
这样我就可以不告诉你这新闻了。

阿尔塞美罗　这撩拨得我更加难熬，
我要责怪你的犹豫迟缓了。

耶斯佩里诺　也许这最后证明无中生有；
只是作为朋友心生担忧而已，老兄。

阿尔塞美罗　不管它是不是无中生有；
　　　　　　让我分享这新闻吧。

耶斯佩里诺　是狄阿芳塔，
　　　　　　（对那小妞，我心怀真诚的爱，
　　　　　　她完全配得到那样的爱）
　　　　　　将我留在了这房子的后院，
　　　　　　那是我们幽会的地方；
　　　　　　她刚一走，
　　　　　　我就听见你的新娘在隔壁的声音；
　　　　　　仔细一听，发现德弗罗的嗓音
　　　　　　比她还要响。

阿尔塞美罗　德弗罗？你弄错了。

耶斯佩里诺　是你知道还是我知道？

阿尔塞美罗　我要预先阻止你；
　　　　　　他是她的眼中钉。

耶斯佩里诺　这也曾经让我犹豫不决，
　　　　　　但是，狄阿芳塔
　　　　　　回来时，证实了这个。

阿尔塞美罗　狄阿芳塔！

耶斯佩里诺　我们俩就一块儿听，
　　　　　　而说的就是占有一个女人的话语。

阿尔塞美罗　悠着点儿，别再那么直白了；小心我给你一剑。

耶斯佩里诺　说真话本身就有危险。

阿尔塞美罗　事实上，
　　　　　　哦，她是大地唯一的光辉，
　　　　　　眼神可以刺穿国王的心呀，
　　　　　　她将在我的床上破身。

虽然夜晚即将来临，
我仍有时间来判定这流言；
请不要以我激烈的言辞来评判我。

耶斯佩里诺　我从来不这么评判我的朋友。

阿尔塞美罗　那就太好了。（阿尔塞美罗给耶斯佩里诺钥匙）
这钥匙将让你看到
迦勒底人教授我的一项秘密；
我也研发了几个秘方；
从我那小屋拿来
标着 M 字样的小瓶，
请不要问我要干什么。

耶斯佩里诺　我会遵照你说的去做，老兄。
　　　　　耶斯佩里诺下

阿尔塞美罗　这一切如同乱麻，怎么理出个头绪？
还在一小时之前，
她的侍女来诉说她如何惧怕，
把她描述成最胆怯的少女，
见到男人就却步，
她是如此羞赧，
令她向我哭诉她的请求，
允许她在黑暗之中投入我的怀抱。
　　　　　比阿特丽斯上

比阿特丽斯　（旁白）一切都顺利地进行着。
侍女正在那儿为她甜蜜的行程
做准备，失去这机会让我忧愁；
但也是没有办法；否则我将失去一切。

阿尔塞美罗　（旁白）唉，贞操的圣殿正显现在那前额上。
我真没有把握。（对她）我的乔阿娜！

比阿特丽斯　先生，我给你捎了一份
　　　　　　充满泪水的口信；
　　　　　　请原谅我作为一个少女的担忧。

阿尔塞美罗　（旁白）这鸽子看来没有变得更加想取悦于人；
　　　　　　毫无疑问，她被错看了。
　　　　　　耶斯佩里诺拿着一个小瓶上
　　　　　　哦，先生，你来了？

比阿特丽斯　小瓶子，天啊！我看见那字母了。

耶斯佩里诺　先生，这是标有 M 的瓶子。

阿尔塞美罗　就是它。

比阿特丽斯　（旁白）我遭到怀疑了。

阿尔塞美罗　多么凑巧，新娘来与我们共享这个！

比阿特丽斯　这是什么，大人？

阿尔塞美罗　这无害。

比阿特丽斯　先生，请原谅我，
　　　　　　我很少喝这些混合饮料。

阿尔塞美罗　听我说，这个你必须斗胆喝下。

比阿特丽斯　恐怕会让我感觉不舒服。

阿尔塞美罗　绝对不会。

比阿特丽斯　（旁白）我得使出我的狡猾劲儿了；
　　　　　　我知道这效力，
　　　　　　还不如假装演上一回。（喝）

阿尔塞美罗　（对耶斯佩里诺）它有秘密的效力，测试贞女，
　　　　　　从来没有错过。

耶斯佩里诺　有三重效力？
　　　　　　比阿特丽斯喘息，然后打喷嚏

阿尔塞美罗　很灵验，继续喝！

耶斯佩里诺　这真是对少女所做的最奇怪的试验。

比阿特丽斯　哈，哈，哈！
　　　　　　你给予我销魂的快乐，大人。

阿尔塞美罗　你让我春心荡漾，
　　　　　　那永远不应受到诅咒。

比阿特丽斯　怎么回事，先生？

阿尔塞美罗　（对耶斯佩里诺）瞧，就这样在一场苦笑中结束，
　　　　　　完全按程序应验。（对她）我的乔阿娜，
　　　　　　贞操是上天的呼吸，
　　　　　　孕育清晨的子宫，
　　　　　　它带来这欢乐的一天，
　　　　　　让我用爱来拥抱你吧。（拥抱她）
　　　　　　众下

第三场

伊莎贝拉和洛里奥上

伊莎贝拉　哦，天！难道这是渐渐满盈的月亮吗？
　　　　　难道情人要变成傻瓜、疯子，
　　　　　而且还同时变吗？
　　　　　伙计，这个疯子和傻瓜差不多，
　　　　　这疯狂的情人。

洛里奥　不，不，不是让我捎信的那个吧？

伊莎贝拉　你把信封上写的和信里写的比较一下。（将信给他）

洛里奥　信封写得疯狂，这是肯定无疑的；我领教过他的疯劲

儿。（读信封）"寄往天蝎宫中区①，太阳骑士总内侍美丽的安德洛墨达②收，寄件人埃俄罗斯③。邮资未付。"这纯粹是疯狂。

伊莎贝拉　现在读信。（把信拿过来，读信）"甜蜜的夫人，看过弄虚作假的信封之后，我现在呈现在您面前的是一位真诚的情人，他为您的花容月貌而沉醉。"

洛里奥　他还在撒疯。

伊莎贝拉　"如果您发现我有任何缺陷，那只是因为您太完美了，反衬我身上有许多不完美；您就是太阳，让万物蓬勃生长，同时也催促一切枯萎和代谢……"

洛里奥　哦，流氓！

伊莎贝拉　"……它破坏，继而又重建；冬天，我脱去我所有的衣服来拜谒您：您的欢乐的微笑的甜蜜的光辉让我在春天获得蓬勃生长的精力，而成为一个情人。"

洛里奥　还是一个疯狂的恶棍！

伊莎贝拉　"请别将他踩在脚下，他将为您的慷慨增光。在我跟您谈话之前，我将一直处于疯狂之中，我期望您来治愈我的疯狂。永远忠诚于您的，除他之外最宝贵的人，弗朗西斯科斯。"

洛里奥　看来你将有一段欢乐的时光；老爷和我将把这活儿移交给你了；我并不认为你能比我们更快地毫不费劲儿地治愈疯子和傻瓜。

伊莎贝拉　很可能我能。

---

① 占星术中黄道十二宫中的第八宫天蝎宫主管生殖器，所以"中区"带有性暗示。
② 安德洛墨达，埃塞俄比亚公主，其母夸其貌美而得罪海怪，致使全国遭扰，她为救国民而毅然献身，被因于大石之旁，被帕尔修斯救出并娶为妻。弗朗西斯科斯把伊莎贝拉当作安德洛墨达。
③ 希腊神话中的风神。

洛里奥　　有一件事我必须告诉你，小姐：我知道你的诀窍，但我不会告诉任何别人；一旦我发现你干上这一行，我需要分得一腿；要不我也会变成疯子或者傻瓜了。

伊莎贝拉　听我说，你是第一位的，洛里奥；
　　　　　一旦我倒下①——

洛里奥　　那我就倒在你身上。

伊莎贝拉　原来是这样。

洛里奥　　得，我一直挺着冒险。

伊莎贝拉　好啦，得给我支招啦，我怎么跟他们打交道？

洛里奥　　啊，你是说怎么对付他们吗？

伊莎贝拉　不是，请理解我的真意，怎么利用他们？

洛里奥　　欺骗他们；这样你就可以把傻瓜变成疯子，把疯子变成傻瓜，你就可以随心所欲地利用他们了。

伊莎贝拉　那好办，我要化装一番；你在一旁看着吧；
　　　　　把你衣橱的钥匙给我。

洛里奥　　在这儿，穿戴化装好对付他们，我也会叫他们准备好。
　　　　　洛里奥给她钥匙

伊莎贝拉　你站在一旁从外面观看就可以了。
　　　　　伊莎贝拉下

洛里奥　　绝不往深里看，我倒要进到你里面去。
　　　　　阿里比乌斯上

阿里比乌斯　洛里奥，你在吗？一切都好吗？
　　　　　　沃曼恩德罗似乎想给明晚
　　　　　　庄严的婚礼一个欢乐的压轴，

---

① 原文为 fall，它可以意为"失败"，也可以意为"扑倒在"，含有性暗示的意味。洛里奥取后一种意思。

他邀请我们参加。

洛里奥　我最信不过那些疯子；那些傻瓜会表现很好；我费了老大劲儿训导他们啦。

阿里比乌斯　呸，他们不可能犯错；
越荒唐越精彩，
只要他们的鲁莽动作
不要惊吓夫人们。你知道，她们太脆弱了。

洛里奥　你不用担心，先生；只要我们拿着鞭子就可以了，他们会像那些夫人一样驯顺。

阿里比乌斯　在走之前我还要再看他们排练一次。

洛里奥　那事由我来做，老爷；你只要管好疯子们的乡村舞蹈就可以了，我来管其他的事；有那么一两个人的傻动作我还不太满意；我要指导他们，然后和乡村舞蹈一起排练。

阿里比乌斯　就这样吧；我要去看看音乐是否准备好了。
但，洛里奥，顺便问一句，
我老婆怎么想对她的管束？
她抱怨了没有？

洛里奥　呵，呵，她在屋子里干活还挺高兴，她也想见见外面世界；你得给她一点儿自由，她给管得太死了。

阿里比乌斯　她将跟我们一起到沃曼恩德罗家去；
那将给她一个月的自由。

洛里奥　你脸上是什么，先生？

阿里比乌斯　哪儿，洛里奥？我什么也没有看见。

洛里奥　天啊，先生，你鼻子；太像小象的鼻子①啦。

————————
① 这含有带绿帽子的意味。

阿里比乌斯 去你的，小混蛋！我要去准备音乐了，洛里奥。

　　　　　阿里比乌斯下

洛里奥 去准备吧，先生，在这期间我要跳舞；托尼，你在哪儿，托尼？

　　　　安东尼奥上

安东尼奥 在这儿，堂哥：你在哪儿？

洛里奥 来，托尼，我教你怎么当马夫。

安东尼奥 我还不如自己骑上马①呢，堂哥。

洛里奥 嗨，我要抽你一鞭子；我不会让你挨近她。跳过来。瞧，托尼：法，拉，拉，拉，拉。（跳舞）

安东尼奥 法，拉，拉，拉，拉。（跳舞）

洛里奥 在那儿，鞠一个躬。

安东尼奥 是这样鞠躬吗，堂哥？（鞠躬）

洛里奥 是这样，如果阁下想这样的话。

安东尼奥 有脸面的人也会躬腿鞠躬吗，堂哥？

洛里奥 天啊，会的；按照社会阶层来分，低等的要向高于自己的人鞠躬，比方说，乡绅啦，不，自由民啦，躬身首先从轮状皱领那儿开始。跃起，跳。

安东尼奥 鞠躬之后还要跳一下吗，堂哥？

洛里奥 跳一下非常合适，因为再荣耀也不过是一次跳跃而已，跳得高高的，有一两个膝盖那么高，然后再落到地上。你记住你的舞蹈动作了，托尼？

　　　　洛里奥下

安东尼奥 记住了，堂哥；当我看见你的脸，我就记住我的舞蹈动作了。

---

① 带有性暗示。

安东尼奥起舞，伊莎贝拉像一个女疯子上

伊莎贝拉　嗨，他凌空飞腿多么美妙；小心，小心，那么跳将起
　　　　来，翅膀都会给烧化了；那是蜡制的翅膀呀，伊卡鲁
　　　　斯，即使十八个月亮也给烧化了，他掉下来了，掉
　　　　下来了，一个多么可怕的坠落。（安东尼奥掉落下来）
　　　　站起来，你克里特岛第达罗斯的儿子，让我们一起去
　　　　探索迷宫吧；我将给你一条引导你前行的线。

伊莎贝拉帮助他起身

安东尼奥　表妹，请让我一个人待一会儿。

伊莎贝拉　你还没有淹死吗？
　　　　在你的头顶上我看见层层白云，
　　　　就像土耳其人的头巾；
　　　　在你的后背挂着一条
　　　　扭曲的变色龙颜色般的彩虹，
　　　　像彩巾一直垂挂到你的膝盖。
　　　　让我吮吸干你肚皮上的波涛[①]；
　　　　听，它们是如何在海峡奔腾咆哮！
　　　　你没有遭海盗抢劫有福了。

安东尼奥　你该死，让我一个人待着。

伊莎贝拉　你为什么像墨丘利[②]爬得这么高，
　　　　难道你想继承他的地位吗？
　　　　陪着我待在月亮里吧，恩底弥翁[③]，
　　　　我们将制服这些要吞噬我的爱的
　　　　反叛的狂野的波涛。

安东尼奥　你要再碰我，我就要踢你了，
　　　　你这个疯狂、丑陋的小丑；

────────────

① 原文为 billows，据 Daalder 研究，billows=bellows=penis。所以，这儿有性暗示。

② 墨丘利，罗马神话中众神的信使。此处英文原为 mount，带有性暗示。

③ 恩底弥翁，月亮女神塞勒涅所爱的青年牧羊人。

我可不是傻瓜蛋，
你这疯子。

伊莎贝拉　但是，你跟我一样疯狂，
我心中充满了对你的爱，
穿上这疯子的衣服，
为了蒙骗警觉、妒忌的目光，
而这就是我的报偿吗？
　　伊莎贝拉现出原形

安东尼奥　哈！最亲爱的美人儿！

伊莎贝拉　不，我现在没有任何美貌，
也从来没有美丽过，
只有衣服包裹的这个人。
你是一个眼光敏锐的情人吗？
别走近我。
还穿着你那身破衣烂衫吧；
我来时假装疯狂，而走时是真疯狂了。
　　伊莎贝拉下，洛里奥上

安东尼奥　请留步，否则我也不再是傻瓜蛋，
而跟你一样因单相思而癫狂了。

　洛里奥　怎么，托尼，到哪儿去？为什么，傻瓜蛋？

安东尼奥　谁是傻瓜蛋，你这个管傻瓜的小二哥？
你自己就是个傻瓜蛋！
我装痴卖傻得太久了。

　洛里奥　你最好还是在另外一个什么时间装疯吧。

安东尼奥　我已经疯了，炽热的爱情叫我没法不疯；
我要将闷气一股脑儿发泄在你头上，
死揍你一顿。

　洛里奥　别，别；我真受不了假装傻瓜蛋绅士的愚弄；啊，我

718 / 文艺复兴时期英国戏剧选 II

早看穿了你的西洋镜；来，我来给你一点儿安慰；我
的女主人爱你，在这屋子里还有一个像你一样假装的
疯子，你的情敌，她不爱他；如果在假面舞会后，我
们把他干掉，她说，你就可以赢得她的爱；傻瓜蛋就
可以骑上她了。

安东尼奥　你这是真话吗？

洛里奥　是真话，你可以选择干还是不干。

安东尼奥　她摆脱了他；在这事上，我有优势。

洛里奥　得，还是保持你原来的样子，别声张。

安东尼奥　告诉她我将值得她爱的。
　　　　　安东尼奥下

洛里奥　你的欲望会得到满足的。
　　　　　弗朗西斯科斯上

弗朗西斯科斯　（唱）"当，当，当，当，当"；
　　　　　　然后，来上一个马跃，
　　　　　　一脚踢到拉托娜的前额，
　　　　　　把她的弓弦打断。①

洛里奥　（旁白）这是另一个假货；我要叫他把狐狸尾巴露出
　　　　来；（拿出信来读）"甜蜜的夫人，看过弄虚作假的信
　　　　封之后，我现在呈现在您面前的是一位真诚的情人，
　　　　他为您的花容月貌而沉醉。"一个疯子能写得这么
　　　　动人。

弗朗西斯科斯　哈，那是什么？

洛里奥　"如果您发现我有任何缺陷，那只是因为您太完美了，
　　　　反衬我身上有许多不完美；"

---

① 弓弦在此应该表明是狩猎女神狄安娜。而拉托娜是狄安娜的母亲。弗朗西斯科斯在
　　此将二者混淆了。

弗朗西斯科斯　我被一个傻瓜蛋揭露出来了。

洛里奥　在我跟你了结之前，我倒想看看你这个傻瓜蛋是什么样子。"永远忠诚于您的，除他之外最宝贵的人，弗朗西斯科斯。"这疯子肯定能治愈。

弗朗西斯科斯　你在读什么呀，伙计？

洛里奥　你的命运，先生；就凭这档子阴谋诡计，还有另外的就我所知的丑事，你就得被吊死。

弗朗西斯科斯　你是女主人的心腹吗？

洛里奥　差不多就是她的裤腰带。

弗朗西斯科斯　把你的手给我。

洛里奥　等一等，让我先把你的信放在口袋里。（把信放进口袋）你的手是诚实的，对不对？不会偷窃吧？我有点儿害怕，因为我认为你的手确实不老实。

弗朗西斯科斯　完全没那事儿。

洛里奥　那好吧；如果你爱我的女主人就像你处置最近这事儿一样，那看来你的疯狂将会痊愈。

弗朗西斯科斯　除了她，没有任何别人能治好我的病。

洛里奥　好吧，我把你交给她，她就会先化验你的尿样来治病。

弗朗西斯科斯　为了你的辛苦，请收下吧。（给洛里奥钱）

洛里奥　我希望我该得到更多的钱，先生；我女主人爱你，但必须得到证据你确实爱她。

弗朗西斯科斯　我的愿望终于实现了。

洛里奥　这还不算完，你还必须对付她的和你自己的情敌。

弗朗西斯科斯　他早已死了。

洛里奥　你怎么能这么跟我说话？我刚跟他分手。

弗朗西斯科斯　告诉我是谁。

洛里奥　这样就对了，不管怎么样，在杀死他之前见他一面，
而且这也不用走很远的路；他就是一个假装傻瓜蛋的
家伙，不断骚扰这屋子和女主人的蠢货；只需把他伪
装的外衣统统剥掉就可以了。

弗朗西斯科斯　统统，统统。

洛里奥　等到化装舞会结束再下手。如果你没在这群跳舞者中
间发现他，我将指给你看。请进，请进。老爷。

弗朗西斯科斯　他对付他就像对付一根羽毛。嗨！
　　　　　　　弗朗西斯科斯舞蹈着下，阿里比乌斯上

阿里比乌斯　做得好极了；准备好了，洛里奥？

洛里奥　是的，老爷。

阿里比乌斯　那就去吧，把他们带进来，洛里奥；
请你的女主人来观看。
　　　　洛里奥下
听着，是否先天性的傻瓜，
还可以参加表演？我已经有许多了。

洛里奥　（在幕后）我给你找到他了，这人正合你说的。

阿里比乌斯　好小子，洛里奥。
　　　　伊莎贝拉上。然后洛里奥带着疯子们和傻瓜们上
太好了；准备好音乐，
我们将因辛劳而得到金钱和荣誉。
　　　　众下

第五幕

第一场

比阿特丽斯上。一座钟报时

比阿特丽斯　钟敲一点，她还躺在他身边。
　　　　　　哦，我的恐惧！
　　　　　　太明显了，这小花娘心中自有打算，
　　　　　　尽情享用着这新婚的快乐，
　　　　　　把我为妻的荣誉、宁静
　　　　　　和权力一股脑儿撇在一边；
　　　　　　不过，她要为此付出沉重的代价：
　　　　　　就为这秘事，我不能让她活下去，
　　　　　　她背弃了诺言，这样纵情享受鱼水之乐。
　　　　　　我也怀疑起她的忠诚，
　　　　　　我丈夫对我的狐疑，
　　　　　　很可能起始于她。
　　　　　　啊，听，好可怕呀，
　　　　　　钟敲两点了。
　　　　　　钟敲两点。德弗罗上

德弗罗　　哎呀，你在哪儿？

比阿特丽斯　德弗罗？

德弗罗　　　是的。难道这小娘子还没有从他那儿回来吗？

比阿特丽斯　如果我还是活人的话，她还没有回来。

德弗罗　　　肯定这新郎倌
　　　　　　已经在她身上找到乐子了；
　　　　　　谁能相信一个丫鬟呢？

比阿特丽斯　我总得拜托个什么人。

德弗罗　　　呸，她们是一群荡妇，
　　　　　　特别当她们扑在主人身上，
　　　　　　享用女主人的初夜缠绵；
　　　　　　她们是皇家猎场上疯狂的猎狗，
　　　　　　你无法让它们停下来。
　　　　　　你是如此自以为是，不问询问询，
　　　　　　我本来可以帮你这个忙，
　　　　　　给你找个药剂师的女儿，
　　　　　　她十一点就会退下阵来，
　　　　　　并且还会感激你不尽。

比阿特丽斯　哦，天啊，还没有完？这小花娘忘乎所以了。

德弗罗　　　这女流氓玩得这么痛快；瞧，你完了，
　　　　　　晨星在手这一边。太白星就在那儿。

比阿特丽斯　告诉我怎么使出杀手锏；
　　　　　　我再没有什么别的办法了。

德弗罗　　　镇静，我有办法；
　　　　　　我们得设法让全屋子的人都醒来；
　　　　　　除此之外没有别的办法。

比阿特丽斯　怎么做呢？那要很小心。

德弗罗　　　嘘，安静些，
　　　　　　要不什么也别做。

比阿特丽斯　那请说，我豁出去了。

　　德弗罗　我的计划是这样的：
　　　　　　我在狄阿芳塔卧室
　　　　　　什么地方放上一把火。

比阿特丽斯　怎么？放火，先生？
　　　　　　那会危及整栋房子。

　　德弗罗　当你的名誉着火，
　　　　　　你不觉得万分危险吗？

比阿特丽斯　那倒是；就按你说的去做吧。

　　德弗罗　啊，我要达到
　　　　　　一个最有效的结果，
　　　　　　把一切症结都解决；
　　　　　　将她卧室的烟囱和一些
　　　　　　无关紧要的小物件点上火，
　　　　　　如果狄阿芳塔在远离卧室的地方
　　　　　　被人碰巧看见——这不太可能——
　　　　　　那人们自然认为她因为惊吓
　　　　　　而到那儿去寻求救助；
　　　　　　如果她没有碰到任何人——
　　　　　　这是最可能的——
　　　　　　因为羞耻，她会急急地奔回卧室；
　　　　　　我准备好一管上了膛的枪，
　　　　　　表面上是为了扫清烟囱里的烟灰。
　　　　　　在那儿，一切就可以了结，
　　　　　　她将是这管枪的死对头。

比阿特丽斯　哎呀，我没法不爱你呀，
　　　　　　你为我的名誉设计了
　　　　　　这么一个周详的计策。

德弗罗　天啊，这牵涉到我们两人的安全、
　　　　快乐和生命。

比阿特丽斯　还有一句话要请问你；
　　　　　仆人们怎么办？

德弗罗　我要派遣他们
　　　　赶紧干各种各样的事儿，
　　　　水桶啦，钩子啦，梯子啦；
　　　　别担心，有时间干这个。
　　　　我甚至都想好怎么把尸体移走。
　　　　这场火灾将怎样考量智慧呀！
　　　　你情绪一定要稳定。

比阿特丽斯　惧怕让我老想着这事；我无法摆脱。
　　　　　阿伦佐的鬼魂上

德弗罗　哈！你是谁，
　　　　泯灭了那颗星和我之间的光明？
　　　　我不怕你；
　　　　那只是良知的一层迷雾。
　　　　一切又都明朗了。
　　　　德弗罗下

比阿特丽斯　那是谁，德弗罗？天啊！它溜走了。
　　　　　阿伦佐的鬼魂下
　　　　　有鬼魂到这屋子里来；
　　　　　它让我大汗淋漓：
　　　　　我现在怕得要死。
　　　　　长夜漫漫太恼人了。
　　　　　哦，这小淫妇！
　　　　　她让他带来一个又一个欢快，
　　　　　直至销魂在最后一场极乐之中。
　　　　　听，哦，可怕极了呀，

（大钟敲打三下）
圣塞巴斯蒂安教堂的钟声敲打三点！

（幕后音） 火！火！火！

比阿特丽斯 已经点上了？这人的速度真是少有！
他多么忠诚地服侍我！
他的脸俗不可耐，
但考虑到他的细致，谁能不爱他？
即使黎明也没有他的效力灿烂。

（幕后音） 火！火！火！

德弗罗上，仆人们穿过舞台，摇响一个铃

德弗罗 快去，快！拿上钩子、水桶、梯子；做得好极了！
响起火警铃，烟囱已经完成了它的使命；我现在就
上膛，
把枪准备好。

德弗罗下

比阿特丽斯 这是一个值得爱的男人！

狄阿芳塔上

哦，你真是一个宝货！

狄阿芳塔 请原谅我的孱弱，小姐；
事实上我挺好，我甚至把自己都忘却了。

比阿特丽斯 你玩得好开心呀。

狄阿芳塔 什么？

比阿特丽斯 赶快回卧室去；
你的报酬随后就到。

狄阿芳塔 我从来还没有做上
这么一笔好买卖。

狄阿芳塔下，阿尔塞美罗上

阿尔塞美罗　哦，亲爱的乔阿娜，
　　　　　　你也起身了？我来了，
　　　　　　我的心肝宝贝。

比阿特丽斯　如果我想念你的话，
　　　　　　我别无选择，就只能跟随你了。

阿尔塞美罗　那太叫人惬意了！
　　　　　　这火不是太危险。

比阿特丽斯　你是这么想的吗，先生？

阿尔塞美罗　我希望你不要害怕：
　　　　　　请相信我，火不太危险。
　　　　　　　沃曼恩德罗、耶斯佩里诺上

沃曼恩德罗　哦，保佑我房子和我吧。

阿尔塞美罗　（对比阿特丽斯）我的大人，你的父亲。
　　　　　　　德弗罗拿着枪上

沃曼恩德罗　混蛋，拿着那枪到哪儿去？

德弗罗　　　去疏通烟囱。
　　　　　　　德弗罗下

沃曼恩德罗　哦，干得好，干得好；
　　　　　　那家伙在什么时候都是顶呱呱。

比阿特丽斯　这是一个绝对不可缺少的人。

沃曼恩德罗　他聪明绝顶；一个人顶所有的人，先生。
　　　　　　他就像狗在屋子里到处嗅火苗；
　　　　　　我看见他衣服还给烧焦了呢。
　　　　　　　响起枪声
　　　　　　啊，他开枪了。

比阿特丽斯　（旁白）下手了。

阿尔塞美罗	来，亲爱的，上床去吧； 哎呀，你会着凉的。
比阿特丽斯	唉，恐惧还是让我不敢上床！ 在我得知狄阿芳塔， 我可怜的丫鬟的情况之前 我的心灵是不可能宁静的； 火灾就发生在她的卧室，她睡觉的房间。
沃曼恩德罗	为什么火灾会在那里发生？
比阿特丽斯	这是女主人喜欢的那类丫头， 但在卧室里她就疏忽而慵懒； 她引起过两次火灾了。
沃曼恩德罗	两次？
比阿特丽斯	两次，简直像奇迹，大人。
沃曼恩德罗	这些在房子里贪睡的女仆， 即使她们很好， 也还是危险。 德弗罗上
德弗罗	哦，可怜的贞操！ 你为此付出了多大的代价。
沃曼恩德罗	天啊，怎么回事？
德弗罗	这是你们都认识的人；狄阿芳塔被烧死了。
比阿特丽斯	我的丫鬟，哦，我的丫鬟！
德弗罗	火苗正在吞噬她；烧啊，烧啊，烧死了，先生！
比阿特丽斯	哦，我的早有预感的灵魂！[①]

---

① 原文为 O my presaging soul，请与《哈姆雷特》第一幕第五场 "O my prophetic soul"
相比较。

阿尔塞美罗　别再哭泣了；
　　　　　　我要像在我们从床上被惊起之前
　　　　　　那样拥抱你。

比阿特丽斯　紧紧地抱住我；
　　　　　　即使她是我的妹妹，
　　　　　　她也已经不存在了。
　　　　　　　仆人上

沃曼恩德罗　怎么样？

　　　仆人　一切危险都已过去，你们可以去休息了，大人们；火
　　　　　　已经完全扑灭；啊，那可怜的女士，一晃眼就窒息
　　　　　　了！

比阿特丽斯　德弗罗，还有留下的骨灰吧，
　　　　　　我们将给她送葬：
　　　　　　我祈求给予我的侍女以荣誉，
　　　　　　我的丈夫也将参与悼念。

阿尔塞美罗　下命令吧，亲爱的。

比阿特丽斯　你们谁最初看见火苗的？

　　　德弗罗　我，小姐。

比阿特丽斯　而且奋力扑救了？双倍的功劳！
　　　　　　他理应得到褒奖。

沃曼恩德罗　他会的；
　　　　　　德弗罗，来找我一下。

阿尔塞美罗　也来找我一下，先生。
　　　　　　　沃曼恩德罗、阿尔塞美罗、比阿特丽斯、仆人众下

　　　德弗罗　褒奖？天啊，这阴招连我也没有想到！
　　　　　　我见识过各种各样的男女之情，
　　　　　　好玩而又机智，

但总是女人做最后的出击。

第二场

托马佐上

托马佐　我无法以惯常的兴味
　　　　体验生活的况味。①
　　　　我对人已经困倦，
　　　　人与人之间的关系
　　　　不过是叛卖和血腥；
　　　　我还不能确知
　　　　应该向谁将愤怒发泄，
　　　　我把所有的人都看作歹徒，
　　　　遇见的人——不管是谁——都可能
　　　　谋杀了我高贵的兄弟。
　　　　啊，他是什么人？

德弗罗上，穿过舞台

　　　　哦，这就是所谓诚实的德弗罗。
　　　　但在那样丑陋的人身上，
　　　　诚实很难存留；那如同一个皇后
　　　　将皇宫变成一座传染病医院。
　　　　我发现在那人和我之间
　　　　存在一种自然的厌恶感：
　　　　我没有任何理由
　　　　去向他挑衅；但他是如此邪恶，
　　　　都不愿让心爱而珍贵的剑刃
　　　　去触碰他。他是如此歹毒，

---

① 托马佐跟哈姆雷特一样发展了一种詹姆斯一世时期典型的忧郁，对生活失去了兴味，对所有的人和人的动机都抱有怀疑。

都不愿让利剑沾上他的血；
作为正直的人的一种准则，
他将永远不屑在决斗中再使用它；
它应该被扔进河水中，
永远不要再有人发现它。
怎么，又回来了？

德弗罗上

他肯定故意这么做，
他想让我窒息，
毒化我的血液。

德弗罗　可敬而高贵的大人。

托马佐　他想走近，扑在我身上呼吸吗？（打德弗罗）

德弗罗　打我？（拔出剑）

托马佐　是的，你准备好了吗？
我宁可刺死一位军士，
也不愿让一个阴谋家的毒液玷污它。（拔出他的剑）

德弗罗　住手，大人，你是有脸面的人。

托马佐　所有用毒液杀人的奴才都胆小如鼠。

德弗罗　（旁白）我不能下手；我在他眼睛里
就像在玻璃球里
看见他兄弟伤口流淌着鲜血。①
（对他）我毫不怀疑，我知道你是贵族。

将剑插进剑鞘

我把侮辱看作是恩惠，先生，
就像来自聪明的律师；我把这看作
来自那高贵的手的赠与。
（旁白）为什么是他呢？

---

① 英国民间认为当谋杀者在场时，尸体会流血。

昨天他还对我充满了爱意。
哦，本能是更加微妙的东西。
负疚的人一定不能再挨近他；
他差不多快发现我了。

德弗罗下

托马佐　在我发现谋杀者之前，
一切与人有关的东西我都唾弃；
我甚至还唾弃通常的礼貌：
当我对兄弟的谋杀者一无所知，
我就很可能会犯错向他致意，
在问候中甚至还会祝愿这恶棍。

沃曼恩德罗、阿里比乌斯和伊莎贝拉上

沃曼恩德罗　高贵的毕拉克！

托马佐　请照常往下走开吧，
我对你没什么可说。

沃曼恩德罗　愿你得到慰藉，先生。

托马佐　我已经摈弃礼貌；
虽然我对你还要彬彬有礼，先生；
你，还有在这儿的其他人
我还没有到不愿祝愿的地步。

沃曼恩德罗　你无论如何不能这样，
不能沉浸在悲痛中而无法自拔；
我们给你带来消息，
这将使我们成为受欢迎的人。

托马佐　什么消息能这样？

沃曼恩德罗　别对我的热忱报以
轻蔑的微笑，
这理应得到更热烈的回报，先生。

这两位追随者，

我不能阻止他们去追求法律，

也不能阻止他们为你正义的复仇效劳。

托马佐　哈！

沃曼恩德罗　感谢这些知情者，

让你的心境更加宁静吧。

托马佐　如果你能带来那种宁静，

那请告诉我为了那轻蔑的微笑

该做什么才能得到宽恕：

我将怀着对神圣的祭台

那种虔敬去做。

托马佐跪下

沃曼恩德罗　令人尊敬的先生，请起身。

沃曼恩德罗扶他起身

啊，你刚才在礼貌方面太欠缺，

现在又忏悔得太过分了。

说吧，阿里比乌斯。

阿里比乌斯　是我妻子最近碰巧发现——

她在发现这事儿上是非常幸运的——

在我们疯子和傻瓜医院里，

有两个人乔装混入病人当中；

它们的名字叫弗朗西斯科斯和安东尼奥。

沃曼恩德罗　两人都是我的人，先生，我不想袒护他们。

阿里比乌斯　他们的伪装引起了疑心——

他们混入医院的时间

正好是在谋杀发生的那天。

托马佐　哦，发现这一线索太好了！

沃曼恩德罗　还有，还有，先生，为了公正

我也要说说我的发现。
他们两人假托前往布里阿玛塔，
狡猾地得到允许离开城堡；
我的爱意被如此糟蹋。

托马佐　　时间太宝贵了，
不要浪费在空谈之中，
你给我带来的宁静
五个王国的财富也买不来。
请当我的最可祝福的引路人吧；
我急切地想去面对这两个罪人：
我要让闪电袭击他们，
将他们的骨髓融化在骨头里。①
众下

第三场

阿尔塞美罗和耶斯佩里诺上

耶斯佩里诺　　你对她的指控得到了证明。
花园的那一幕
提供了足够怀疑的依据。

阿尔塞美罗　　这黑色的面罩
戴得太久了，
在露出真脸之前
它就注定是丑陋的了——
她对他的丑陋的憎厌
似乎是如此刻骨铭心。

耶斯佩里诺　　看问题的实质吧：

---

① 一种酷刑，据说闪电能将犯人骨髓融化在骨头里而死。

这不是浅尝辄止就可以揭露的；
恐怕你会看到
整个故事充斥腐败。
我还是离开你吧；
她似乎会在散步中与你不期而遇；
他们是在后门分手的。

耶斯佩里诺下

阿尔塞美罗　难道我平生一接触女人
就这么不幸吗？——她在这儿。

比阿特丽斯上

比阿特丽斯　阿尔塞美罗！

阿尔塞美罗　你好吗？

比阿特丽斯　我好吗？
啊！你好吗？你看上不太妙呀。

阿尔塞美罗　你看得很准，我是不太好。

比阿特丽斯　不太好，先生？我能为你做点什么呢？

阿尔塞美罗　是的，你能。

比阿特丽斯　不，你最好去找医生。

阿尔塞美罗　夫人，你最好给我解决一个问题。

比阿特丽斯　如果我能够的话。

阿尔塞美罗　别说得这么肯定。你是贞女吗？

比阿特丽斯　哈，哈，哈！这问题太宽泛了，大人。

阿尔塞美罗　那不是一个合理的回答，我的夫人：
你笑了？我的怀疑太强烈了。

比阿特丽斯　那是无辜在微笑，
愁眉也无法夺走她脸颊上的酒窝。

如果我勉强挤出眼泪来填充天际，
你会更加相信我吗？

阿尔塞美罗　　那只是一种更加悲哀的虚伪，
实质是一丘之貉；
无论是你的微笑还是你的眼泪
都无法改变我对你的看法：
你是一个婊子！

比阿特丽斯　　那是多么可怕的声音！
它把一个美女变成丑女；
不管它是否俯身在那张脸上呼吸，
它给人的印象都是丑陋：
哦，你摧毁了
你永远再无法弥补的东西。

阿尔塞美罗　　我要毁坏一切，
在你身上寻找真实，
如果还有真实的话；
让你的甜蜜的舌头说出真话吧，
要不我就要掏空你的心，
来证实我的怀疑。

比阿特丽斯　　你可以这样做，先生；
这很容易做到。不过，
请给我看看使你丧失对我的爱的证据：
我的毫无瑕疵的美德，
在我死之前，
有可能将那踩在脚下。①

阿尔塞美罗　　简直无法回答！
我拥有的证据你无法驳倒；
当你将无常的脚跟踩在上面的时候，

① 原文为 tread，作为第二层含义，有性交的意思。故有下面阿尔塞美罗的反应。

你就丢尽了脸面；
在那张狡猾的脸上，
挂着一副假面具；那就是你。
现在，无耻正傲慢地支配着它。
在你和你蔑视、憎厌的德弗罗之间
怎么会发生温情的调和呢？
他，你一见就感到厌恶的人，
如今成了将你拥入怀中的情人，
你给以甜蜜亲吻的人。

比阿特丽斯　这就是你的指控吗？

阿尔塞美罗　还有比这更糟糕的：你的淫欲，
你的暗通情愫！

比阿特丽斯　除了你之外，任何人说这个话，
他就是个混蛋。

阿尔塞美罗　你的随身丫鬟狄阿芳塔
亲眼看到。

比阿特丽斯　你的证人不是死了吗？

阿尔塞美罗　叫人害怕的正是
她的知情得到的报应；可怜的人儿，
她在此事之后没有活很长。

比阿特丽斯　那么，请听一听比你的想象
更加恐怖的故事吧。
关于你婚床上的丑闻，我是无辜的，
另一个罪恶的行径也完全可以反证：
我对你的爱使我成了残酷的谋杀者。

阿尔塞美罗　哈！

比阿特丽斯　太血腥了。
我为此而亲吻毒液，

爱抚一条毒蛇：
那歹毒的人（在我看来，他不配做更大的事，
而做这正最适合他）
我指使他去谋杀毕拉克，
为了赢得你的爱，
舍此别无他法。

阿尔塞美罗　哦，教堂一直在呼吁复仇，
在那儿，高贵的血统和美丽
私下一见钟情，而泯灭了对上帝的责任；
最初就在我的心头存有疑惧，
现在终久报应了；
哦，你们都变得太丑陋了！

比阿特丽斯　别忘了，先生，
那是因为你才干的；
难道为了你，我所承受的巨大的危险
反而使我成为一个不受欢迎的人吗？

阿尔塞美罗　哦，你即使多走千里的路
也要避免走这座危险而血腥的桥；
我们在这儿迷路了。

比阿特丽斯　还记得吗，
我可是你婚床上忠诚的伴侣？

阿尔塞美罗　婚床对于被谋杀的尸体而言
只是墓穴，床单只是裹尸布而已；
我必须静默细想一番
我到底该怎么做；在这期间，
你是我的囚犯：到我的内室去吧。
比阿特丽斯下，走进内室
我将做你的守护人。哦，我该在
这悲哀的故事的哪一部分开局呢？啊！

德弗罗上
这家伙可以给我点启示。德弗罗！

德弗罗　　高贵的阿尔塞美罗！

阿尔塞美罗　我可以告诉你点儿新闻，先生；
我妻子向你问候。

德弗罗　　那倒真是新闻，大人；
我还以为她希望我上绞刑架呢，
那表明她是多么爱我；我感谢她。

阿尔塞美罗　你领子上的鲜血是怎么回事，德弗罗？

德弗罗　　血？不，肯定不是，衬衣刚洗过。

阿尔塞美罗　什么时候洗的，老兄？

德弗罗　　前几天在剑术学校
我吃了一剑；我还以为洗掉了呢。

阿尔塞美罗　是的，几乎看不见了，
但仔细看还是能看到。
我几乎忘了我想问的：
你谋杀的代价是什么？

德弗罗　　什么，先生？

阿尔塞美罗　我问你呢，先生；
我妻子对我说，
她有负于你，
因你为她而施行
一件针对毕拉克的
勇敢而血腥的行刺。

德弗罗　　行刺？他彻底死了。
她坦白了吗？

阿尔塞美罗　你们两人干的好事大白于天下了，

还没有完呢。

德弗罗　　　不可能再有什么了；
　　　　　　只有这一件事，那就是她是一个婊子。

阿尔塞美罗　这两个人都不是好货；哦，狡猾的魔鬼！
　　　　　　瞎了眼的人怎么能把你们
　　　　　　跟面容姣好的圣人区别开来呢？

比阿特丽斯　（幕后）他骗人；这混蛋把我出卖了。

德弗罗　　　让我到她那儿去，先生。

阿尔塞美罗　你去吧。
　　　　　　（在门口对她说）安静点儿，流泪的鳄鱼，我们听到
　　　　　　你的哭声了。
　　　　　　去捕获你的战利品吧，到她那儿去，先生。
　　　　　　德弗罗走进内室
　　　　　　我现在是你们的皮条客了；
　　　　　　重演一次
　　　　　　你们淫乱的情景，
　　　　　　在魔鬼们面前，
　　　　　　在号叫和咬牙切齿的音乐的伴奏下，
　　　　　　你们会成为完美苟合的一对。
　　　　　　任情地拥抱你的姘头吧，
　　　　　　那是卡戎，它将亡灵摆渡到死海去，
　　　　　　在那儿你将沉没到无底的深渊。
　　　　　　沃曼恩德罗、阿里比乌斯、伊莎贝拉、托马佐、弗朗
　　　　　　西斯科斯和安东尼奥上

沃曼恩德罗　哦，阿尔塞美罗，
　　　　　　我有一件会让你惊讶的事告诉你。

阿尔塞美罗　不，先生，我有一件会让你惊讶的事告诉你。

沃曼恩德罗　关于毕拉克的谋杀，我有怀疑，

几乎是证据。

阿尔塞美罗　先生，关于毕拉克的谋杀，
　　　　　　我有毫无疑义的证据。

沃曼恩德罗　请听我说；自从谋杀之后，
　　　　　　这两人一直处于伪装之中。

　　　　　　沃曼恩德罗手指着弗朗西斯科斯和安东尼奥

阿尔塞美罗　我也有两个人，
　　　　　　自从谋杀之后，
　　　　　　他们比这两人的伪装还要令人迷惑。

沃曼恩德罗　请听我说，我的这两个仆人——

阿尔塞美罗　听我说，比这两个仆人跟你还要亲的人
　　　　　　将让他们摆脱怀疑，
　　　　　　证明他们的无辜。

弗朗西斯科斯　这是很容易用事实证明的，先生。

　　　托马佐　我的使命被这么推来推去耽搁了！
　　　　　　事关家门荣誉，需要尽快处置；
　　　　　　把我的兄弟给我，活或者死：
　　　　　　如果活着，让他拥有一个妻子；
　　　　　　如果死了，那需要报应，
　　　　　　为谋杀，为通奸。

比阿特丽斯　（幕后音）哦，哦，哦！

阿尔塞美罗　听，你要的报应来了。

　　　德弗罗　（幕后音）不，我要跟你一块儿死。

比阿特丽斯　（幕后音）哦，哦！①

---

① 前面的"哦"可能是他们两人苟合的声音，后面的"哦"则可能是比阿特丽斯被刺
受伤的呻吟。

沃曼恩德罗　这是什么可怕的声音？

阿尔塞美罗　出来吧，你们这两个捣蛋鬼。

　　　　　　阿尔塞美罗打开门，德弗罗拖着受伤的比阿特丽斯上

　　德弗罗　我们在这儿。
　　　　　　如果你们有什么话说，赶快说，
　　　　　　以后我不会再听你们说什么了。
　　　　　　我也就这么点儿力气了，
　　　　　　我想那折断的人类的肋骨①
　　　　　　也没多少力气了。

沃曼恩德罗　一群敌人闯进了我的城堡，
　　　　　　这太让人惊讶了：乔阿娜！比阿特丽斯！乔阿娜！

比阿特丽斯　哦，别走近我，老爷，我会亵渎你。
　　　　　　我是你血液中的魔鬼，
　　　　　　被放了出来，②让你更加健康。
　　　　　　别再瞧它，把它扔进阴沟里去吧，
　　　　　　让下水道冲刷掉它的身份。
　　　　　　在星星下，在流星上③，
　　　　　　在千变万化的事物之中，
　　　　　　悬挂着我的命运。
　　　　　　我从没有能够从他那儿把命运摘取：
　　　　　　我对他的憎厌预示着
　　　　　　以后发生的一切，
　　　　　　但从没有预感到；
　　　　　　我的荣誉和他一起倾颓，
　　　　　　现在再赔上我的性命。
　　　　　　阿尔塞美罗，我和你的婚床无缘；

---

① 指犯罪的夏娃。

② 指 17 世纪放血的医术。

③ 指德弗罗。

你的床在婚礼之夜被蒙骗，
为此，你的假新娘被谋杀。

阿尔塞美罗　狄阿芳塔！

德弗罗　是的。在乡村舞蹈跳得正酣时，
我正和你的新娘享受床第之欢。
现在，我们都入地狱了。

沃曼恩德罗　我们都在地狱里；
地狱的边界就在这儿。[①]

德弗罗　我爱这个女人，
尽管她爱另一个人，并且憎厌我；
我谋杀了毕拉克才赢得她的爱。

托马佐　哈！谋杀我兄弟的人。

德弗罗　是的，她的贞操就是我的报酬。
我感谢生活，不为别的，
就为这快乐：那对我来说是这么甜蜜，
我把一切都一股脑儿痛饮下去了，
不留一点茬儿
让别的男人分享。

沃曼恩德罗　可怕的歹徒！
让他活着上更多的刑。

德弗罗　不！
我可以阻止你；
我还有一把袖珍折刀。
就这最后一下子（他向自己刺去），割啦。
快，乔阿娜，跟我给你的伤口一样了。
你不能忘记，我刚跟你说的，
我不能把你留下。

---

① 参见马洛的《浮士德博士》（A 版）第二幕第一场"我们所在的地方就是地狱"。

比阿特丽斯　原谅我，阿尔塞美罗，原谅一切；
　　　　　　当活着就是耻辱，该是死亡的时候了。

沃曼恩德罗　哦，我的姓进入记录人间是非的天书了，
　　　　　　在这致命的时刻之前，我和那天书从来无缘。

阿尔塞美罗　那就把它涂掉吧，让你忘掉它，
　　　　　　那它就永远不能当面嘲弄你，
　　　　　　或者在人们的背后
　　　　　　讲述一个使你丢脸的故事。
　　　　　　公正可以让有罪的得到惩罚，
　　　　　　通过公开的宣示让无辜者洗白，
　　　　　　重新享受生活。
　　　　　　（对托马佐）先生，你已经看到正义做了什么；
　　　　　　这是对你的痛苦最好的慰藉。

　　托马佐　（对沃曼恩德罗）先生，我很满意，
　　　　　　造成我的伤害的人
　　　　　　已经在我面前死亡；
　　　　　　我已无须复仇，
　　　　　　除非我的灵魂能抓住
　　　　　　那从这里逃逸的魔鬼①，
　　　　　　进行第二次复仇。
　　　　　　需要恐惧的是
　　　　　　比我的还要深沉的
　　　　　　上帝的愤怒。

阿尔塞美罗　那幽暗不祥的月亮
　　　　　　将我们改变了多少。
　　　　　　绝代佳人变成了婊子；
　　　　　　顺从的仆役变成了
　　　　　　罪恶的主犯，一个骄横的杀人犯；

---

① 指比阿特丽斯和德弗罗。

我，一个所谓的新郎，
却将放荡拥在了怀中——
她由此而遭到了报应；
（对托马佐）你也会改变，从莫名的愤者
而演变成朋友。
难道我们中不是更多的人在改变吗？

安东尼奥　是的，先生；我也改变了，从一个小傻瓜而变成了一
个大傻瓜蛋；差一点儿被怀疑而走上断头台，你们知
道我的傻气总让我得以解脱。

弗朗西斯科斯　我从一个小聪明而变成一个疯子，为了同样的目的。

伊莎贝拉　（对阿里比乌斯）你的变化还没有来到，
但你完全配得上你的变化：
你是一个自以为了不起的蠢货，
经营疯子和傻瓜病院，
教你的那些傻瓜蛋怎么管住你老婆。

阿里比乌斯　我一切都看得很明白，老婆，
从此我要变成一个好一些的丈夫，
也将永远不再收治比我更加聪明的病人。

阿尔塞美罗　（对沃曼恩德罗）先生，你还有一个活着的儿子，
请你接受他；
忘却那使你痛苦的人吧，
即使你时时会为她而哭泣；
人和痛苦在坟墓面前必须分手。

尾声

阿尔塞美罗　为了相互安慰，
我们所能做的

不过是作为兄弟
分担兄弟的痛苦，
抹掉慈悲的父亲
为女儿而挥洒的泪，
但这却毫无用处，
只会使眼泪更加奔涌。
你们的微笑将使死者
在一场新的演出中复活，
使兄弟得到一个新的兄弟，
父亲得到一个新的女儿；
如果这样的话，
一切痛苦都可以忍受。

众下

（全剧终）

2016 年 7 月 15 日于北京威尼斯花园

齐普赛街上的贞女[①]

托马斯·米德尔顿 著

---

① 根据 Women Beware Women and Other Plays，Thomas Middleton，Oxford University Press，2009 译出。

戏剧人物

金榔头老爷，金匠

摩德琳，他的老婆

蒂姆，他们的儿子（剑桥学生）

莫儿，他们的女儿

苏珊，莫儿的侍女

导师，蒂姆的私人教师

瓦尔特·霍尔亨德爵士，莫儿的追求者

奥利弗·基克斯和太太（基克斯夫人），瓦尔特爵士的亲戚

奥尔维特老爷，和他的太太（奥尔维特夫人），

　　瓦尔特爵士的情人

威尔士淑女，瓦尔特爵士包养的妓女

瓦特和尼克，他的私生子

　　（即瓦尔特爵士和奥尔维特夫人的私生子）

戴维·达乎玛，他的男仆，一位远亲

大塔奇伍德和太太（塔奇伍德夫人），一个腐败的绅士

小塔奇伍德（大塔奇伍德的弟弟），莫儿的另一个追求者

两个大斋节细作

仆人们（一共9个：奥尔维特家2个，糖果制造商家1个，

　　基克斯家4个，瓦尔特爵士家2个）

　　（3个或者4个）船工

（牧师

嘉格，基克斯夫人的侍女

乡下女人，大塔奇伍德曾经包养过的妓女，生有一个孩子

送信人

绅士

奥尔维特夫人最近生的孩子的保姆

奥尔维特夫人最近生的孩子的奶妈

接生婆

两个拎着肉篮子的男子

两个信奉新教的女人

5 个命名日聚会上的女朋友）

第一幕

第一场

摩德琳和莫儿上，一个工场用帆布遮掩着

摩德琳　你学的钢琴课都反复练习了吗？

莫儿　反复练习了。

摩德琳　反复练习了？我看你最近犯懒得够呛；
　　　　改改你那副百无聊赖的样子吧
　　　　——你哭了？——
　　　　你需要个汉子。
　　　　要是没有这么块肉，
　　　　那要咱们老婆干吗使？
　　　　做做沙拉，
　　　　或者在大街上撕破喉咙
　　　　兜售海芦笋？
　　　　看看这些年的变化！
　　　　我年轻时，快快乐乐，
　　　　结婚前两年就怀上孕。
　　　　你只适合跟个骑士上床——
　　　　老是紧蹙着眉头，目光呆滞，
　　　　无精打采！

我敢打赌，你把舞蹈动作全忘光了——
舞蹈教练什么时候跟你在一起的？

莫儿　上个星期。

摩德琳　上个星期！
我在你那个年纪，
舞蹈教练没一个晚上放过我；
我不断地学；
学得很有兴味，
也喜欢他教我；
那可是个英俊的皮肤褐色的绅士，
他乐意跟我做伴；
而你却干巴巴的，
没一点儿情趣——
跳起舞来活像管道工的女儿，
背着两千磅重的铅去结婚，
一点儿也不像金匠的闺女。
金榔头上

金榔头　娘儿俩
在闹腾什么？

摩德琳　唉，芝麻小事儿——
跟你女儿说说她的过失。

金榔头　过失？不，伦敦城已经容不下你，老婆，
你像威斯敏斯特宫那样拿腔拿调了。——
我说完了——
难道律师的伙计最近没到咱这儿，
来换他母亲寄给他的半克朗金币，
甚至用镀金的两个银便士蒙你，
用"过失"这个时髦的词
来掩饰她在职责和纵容中的谬误

　　　　　或者说缺陷吗?

　　　　　暂且就这么说吧，亲爱的太太。

　　　　　没一个女人是没有缺陷的，

　　　　　正如最完美的草坪也有枯斑，

　　　　　最好的亚麻纱布也有瑕疵。

摩德琳　但要老公来修补这些瑕疵。

　莫儿　怎么，他来了吗，父亲?

金榔头　瓦尔特爵士来了:

　　　　　在霍尔伯恩桥迎候的他，

　　　　　跟他一起来的还有

　　　　　一位漂亮的年轻淑女，

　　　　　从红头发和身份来看，

　　　　　我猜准是他从威尔士带来的

　　　　　有很多地产的侄女，

　　　　　咱儿子（剑桥的大学生）

　　　　　才应该娶的老婆。

　　　　　这婚事还是瓦尔特爵士的主意，

　　　　　把咱们和他联姻。

摩德琳　要是咱这没用的货在骑士进来的时候

　　　　　能狂热地亲吻他就好了，

　　　　　咱们就可以光宗耀祖了。

　　　　　我不能一辈子教她

　　　　　前前后后怎么干，

　　　　　爵士前前后后①要什么。

　　　　　我总告诉她，

　　　　　是女人的这一绝招

　　　　　让男人听命动起来，

　　　　　并且还占上风。

---

①　前前后后，暗指做爱前后。

	亲爱的，你给剑桥送信了吗？

　　　　　　　蒂姆知道了吗？

金椰头　　就在你给他送银勺，
　　　　　　好让他在小灶餐厅和绅士们①一起
　　　　　　喝肉汤的第二天捎的信。

摩德琳　　哦，那倒来得及。
　　　　　　送信人上

金椰头　　什么事？

送信人　　剑桥一位绅士送来一封信。

金椰头　　哦，原来是霍博孙邮件传送公司②的人：欢迎你——
　　　　　　我告诉了你，摩德琳，咱们该收到蒂姆的回信了。
　　　　　　（读信）Amantissimis carissimisque ambobus parentibus
　　　　　　patri et matri。③

摩德琳　　说什么呀？

金椰头　　不，老实说，我也不知道，
　　　　　　别问我：他变得咬文嚼字了；
　　　　　　这学问倒好像是巫术。

摩德琳　　请让我来瞧瞧；
　　　　　　兴许我能了解他——
　　　　　　Amantissimis carissimisque：他说，他差遣了一个送信
　　　　　　人；ambobus parentibus：来拿一双靴子；patri et matri：
　　　　　　给送信人脚钱，不过不付也没有关系。

送信人　　是的，是这样的，夫人！译得还不太精确；我辛辛

---

① 原文为 gentlemen commoners，指付较高费用的大学生，金椰头一家都是竭力想往上
爬的人。

② 当时剑桥大学一家主要的邮件传送公司。

③ 拉丁文，意为：致我亲爱的父母。摩德琳和送信人的释义，纯粹是胡说八道，剧作
家在取笑而已。

　　　　苦苦从贝尔客栈①跑到这儿来，跑了一身臭汗。让我
　　　　来看看，四十年前，我可是一位学者呀。是这样的，我
　　　　向你们保证，Matri：没关系；ambobus parentibus：一双
　　　　靴子；patri：给送信的付钱；Amantissimis carissimisque：
　　　　这送信人，他的名字叫西姆斯——确实，他说得对极
　　　　了。我还没有忘记我的学问！是关于钱的问题；我想
　　　　咱们还是开门见山把这事儿说清好。

金榔头　去吧，你真是一个老狐狸！（给钱）这是银币，拿着。

送信人　要是我在鹅市②碰巧见到阁下，
　　　　我请你吃鹅肉。

金榔头　啊，你在博镇上混得不错呀。

送信人　一直混得不错呀，先生；
　　　　在街面上我总是能混出个人样儿来。
　　　　再见，阁下。
　　　　送信人下

金榔头　一个好不快乐的送信人！

摩德琳　从剑桥给咱们儿子蒂姆带信来，
　　　　他还能不乐呵呵的吗？

金榔头　这儿写的是什么？（读）Maxime diligo？③
　　　　说真的，这玩意儿还得找有学问的人，
　　　　否则怎么也搞不明白。

摩德琳　去律师学院
　　　　找我表弟。

金榔头　不，他们只会法文，

① 贝尔客栈位于科勒曼街上，离金榔头家才四分之一英里，送信人的言辞夸大了。
② 每年在圣神降临周在斯特拉特福德－勒－博举行的集市。
③ 拉丁文：最亲爱的。

不懂拉丁文。

摩德琳　那教区牧师懂拉丁文。

　　　　一位绅士拿着一条项链上

金榔头　不，他鄙视拉丁文，

　　　　把拉丁文说成是天主教的玩意儿；

　　　　他不会干的。——

　　　　你有什么事，先生？

绅士　请称一下这项链。

　　　　金榔头称项链，瓦尔特·霍尔亨德爵士、威尔士淑女
　　　　和戴维·达乎玛上（他们远离金榔头夫妇在自己谈话）

瓦尔特爵士　妞儿，欢迎你来到伦敦市中心。

威尔士淑女　Dugat a whee。[①]

瓦尔特爵士　如果你想感谢我的话，请用英语说。

威尔士淑女　我当然能用英语说啦。（她吻他）

瓦尔特爵士　那才对啦，妞儿；

　　　　真奇怪，我竟然常常跟你睡觉

　　　　却容忍你不说英语；

　　　　那太不对劲儿了。

　　　　我把你带来

　　　　就想把你培养成金字头牌，

　　　　让你的命运，妞儿，

　　　　跟你的耀眼的职业一样

　　　　璀璨夺目；

　　　　金匠的工场可以

　　　　把你打扮成个城市小姐。

　　　　戴维·达乎玛，别多嘴！

-----

① 威尔士土语，意即"上帝保佑你。"

戴维·达乎玛　嗯，嗯，先生。

瓦尔特爵士　在这儿你得像个纯洁的少女。

戴维·达乎玛　（旁白）还纯洁的威尔士少女呢——
她早在博莱克诺克夏①就失贞了。

瓦尔特爵士　我听见你在嘀咕什么，戴维。

戴维·达乎玛　我牙齿在作祟，先生；
这四十年我压根儿无须再嘀咕了。

瓦尔特爵士　（旁白）这家伙还真能损人。

金椰头　（对拿来项链的绅士）你想卖个什么价，先生？

绅士　一百英镑，先生。

金椰头　最多一百马克②，
再说我也不想买。——
怎么，瓦尔特·霍尔亨德爵士来啦？
绅士下

莫儿　哦，死鬼！
莫儿下

摩德琳　怎么啦，闺女！唉，不上台面的货！
（对瓦尔特爵士）姑娘害羞，先生；
如今这些小妞儿都太羞涩；
再说，亲爱的瓦尔特爵士，
你王宫里长大的架势
足以让姑娘吓得要命：
莫儿上
一位英武的王宫侍从
足以让少女怕得发抖，

① 威尔士一郡名。
② 英格兰当时一种币值计算单位，一马克等于三分之二英镑。

接吻的话两腿也会发酥。

瞧，她来了，老爷。

瓦尔特爵士　（对莫儿）啊，缓过来了吧，漂亮的妞儿。

我现在抓住你了。

啊，你能忍心

这么躲避你忠诚的仆人

浪费你那宝贵的时间吗？

金榔头　不！

省点你的话儿吧，好骑士——

那会让她脸红——

那些溢美之词

对于生意人的女儿太过分了。

什么"荣幸之至"啦，

"忠诚的仆人"啦！

那只适合王宫里的人士。

适合咱们的

只是些简简单单的言辞，老爷。

这位淑女是你高贵的侄女吗？

瓦尔特爵士　你可以这么说；

她可是十九座大山的继承人，先生。

金榔头　了不得！

你的爱和财富真把咱们镇住了。

瓦尔特爵士　大山都如圣保罗教堂①那么高。

戴维·达乎玛　（旁白）噱头就在这儿。

瓦尔特爵士　你说什么，戴维？

戴维·达乎玛　还要高好多，先生；

高得看不到头。

---

① 伦敦曾经最高的建筑，于 1666 年毁于大火。

金椰头　　什么，天！
　　　　　摩德琳，向这位淑女致意，
　　　　　咱们的儿媳妇，
　　　　　要是一切进展顺利的话。
　　　　　小塔奇伍德上

小塔奇伍德　（*旁白*）骑士由一对随从陪着来了，
　　　　　带来一只雌羊
　　　　　想哄骗伦敦的公羊；
　　　　　我必须赶快行动起来，
　　　　　要不就会前功尽弃；
　　　　　她属于我，
　　　　　这毫无疑问。
　　　　　得，骑士，那块肉是给我留着的。
　　　　　他从后面蒙住莫儿的眼睛

莫儿　　　先生？

小塔奇伍德　别转过身来
　　　　　直到你成为我的新娘；
　　　　　熊熊的欲火
　　　　　正在心中燃烧。
　　　　　请仔细读一下这信。
　　　　　他偷偷地塞给她一封信
　　　　　别引我起疑，
　　　　　把对我的爱存在心底。
　　　　　读一下这信，
　　　　　只给我三个字就可以了；
　　　　　到时我会来拿。

金椰头　　（*对瓦尔特爵士*）哦，蒂姆，老爷，蒂姆：
　　　　　一个简简单单的男孩，大学生；
　　　　　到明年大斋节就是文科学士了；

到那时全剑桥的人
会对他以金榔头爵士相称，
毕竟那至少是半个爵士。

摩德琳　请走近一点，
体验一下伦敦城的热情吧，老爷。

金榔头　来，到这儿来，好瓦尔特爵士，
还有您的才貌双全的侄女。

瓦尔特爵士　对于你们的厚爱，只能躬身听命了。

金榔头　带他们进屋去，老婆。

瓦尔特爵士　你不进去，先生？

金榔头　我很快就会跟进来陪您。

　　　　摩德琳、瓦尔特爵士、戴维和威尔士淑女下

小塔奇伍德　（旁白）魔鬼和财富如此怪异地纷扰着人世！
可怜的人儿，在母亲
严酷的眼皮子底下待着，
她娘还是向着他的呀。
我要为她做一只婚戒，
来逗一逗他。
我必须得这么做；
与其让陌生人捞上这油水，
还不如让老岳父赚这笔钱，
这让人脸上生光。

金榔头　（旁白）这姑娘真是太顺从了。
我只怕她会爱上别的人，
那一切就完蛋：
必须严密看守好。
对孩子可得留点儿神。
（对小塔奇伍德）你有什么事？

小塔奇伍德　哦，没什么特别的事；
　　　　　　我想要的就在场——
　　　　　　我想为一位淑女尽快
　　　　　　打一只戒指。

　　金榔头　多重，先生？

小塔奇伍德　半盎司左右；
　　　　　　戒指要漂漂亮亮，
　　　　　　中间缀上一颗宝石，先生；
　　　　　　不能丢一点儿份。

　　金榔头　请让我瞧一眼。
　　　　　　从小塔奇伍德那儿拿来钻石
　　　　　　先生，好宝石。

小塔奇伍德　那小姐也是。

　　金榔头　你有她手指的尺寸吗，先生？

小塔奇伍德　当然有啦，我想我有她的尺寸。
　　　　　　哦，天啊，在口袋最里边呢；我不能给你看，
　　　　　　我要一件一件拿出来太多的东西。
　　　　　　让我想一想：
　　　　　　它要长而细，
　　　　　　很利索地衔接在一起；
　　　　　　跟你女儿一样的一位淑女，先生。

　　金榔头　先生，她才不是淑女呢。

小塔奇伍德　依我看，
　　　　　　我从没看见过两个妮子这么相像；
　　　　　　如果你允许的话，
　　　　　　我不想再找别人了，先生。

　　金榔头　你敢用她的手指来量，先生。

小塔奇伍德　我敢，我将承担可能的损失，先生。

金榔头　你说话算数吗，先生？
　　　　到这儿来，姑娘。

小塔奇伍德　我能冒昧量一下
　　　　你的手指吗，淑女？（他量莫儿的手指）

莫儿　请吧，先生。

小塔奇伍德　完全合适，先生。

金榔头　戒指上写什么诗呀，先生？

小塔奇伍德　天啊，真是的，镌刻上什么箴言呢？
　　　　那就这么写吧，先生：
　　　　　　"爱得乖巧，
　　　　　　父母不晓。"

金榔头　怎么啦，怎么啦？我冒昧说一句，先生，
　　　　我敢打赌——

小塔奇伍德　说什么，先生？

金榔头　说出来吧。你会原谅我吗？

小塔奇伍德　原谅你？当然啦，先生。

金榔头　真的？说话算数？

小塔奇伍德　真的，说话算数。

金榔头　你想把谁的女儿偷走：
　　　　我说得八九不离十吧？
　　　　你转过身去了？
　　　　你们这些君子是些疯小子！
　　　　我不信事情能这么容易干成，
　　　　父母能这么给蒙骗过去；
　　　　不过他们明明长着眼睛

却看不清也活该。

小塔奇伍德　（旁白）不幸你将会中招。

　　金榔头　明天中午你来，
　　　　　　戒指就可做好。

小塔奇伍德　这够快的了，
　　　　　　多谢了——（对莫儿）告辞了，亲爱的女士。

　　　　莫儿　先生，你太客气了。
　　　　　　小塔奇伍德下
　　　　　　（旁白）哦，要按我的心愿，我真想跟随你走。

　　金榔头　来吧，让咱们瞧瞧
　　　　　　这场戏在家里怎么开锣。

　　　　莫儿　（旁白）快乐将被剥夺；
　　　　　　已经获得的一切
　　　　　　将丧失殆尽。
　　　　　　众下

第二场

戴维和奥尔维特分别从两边门上

戴维·达乎玛　（旁白）让我揉揉眼睛！我分明看见了一个王八。

　　奥尔维特　什么，达乎玛？欢迎你从北威尔士来；
　　　　　　瓦尔特爵士来了吗？

戴维·达乎玛　来伦敦了，老爷。

　　奥尔维特　去跟侍女们说，亲爱的戴维，
　　　　　　叫她们马上把寝室准备定当。
　　　　　　我太太现在挺着个大肚子，

走起路来摇摇摆摆，戴维，

只想吃腌黄瓜[①]，

也只盼他到来；

她就要看见他了，伙计。

戴维·达乎玛　她肯定会得到这一切，老爷。

奥尔维特　你的出现

就足以让她兴奋不已，

更不用说骑士了。

进去吧，进去吧，戴维。

戴维下

恩人来城了：

我手边像摆放着一桌筵席，[②]

随时可以享用，

我要为恩人祈祷——

"祝好恩人阁下长命百岁。"

我对他感激涕零，

这十年他一直资助我家，

不仅供养我老婆，还扶养我，

以及这一大家子人：

我享用着他的筵席。

他给我生了所有的孩子，

按月或者按周支付保姆费；

无论房租啦，教堂捐助啦，

甚至清道夫费啦，

都不用我破费：

这是一个人生来

可以得到的最幸福的境况了！

清晨我出外散步，

---

①　含有性暗示。

②　参见《旧约·诗篇》23：5："在我对头面前，你为我摆设了筵席。"

怡然自得回来吃早餐；
冬天屋里有暖洋洋的火炉；
仲夏夜去看一眼煤栈，
煤块堆得满满当当，
瞧一眼后院，
从肯特郡砍伐来的薪火，
堆得像尖塔一样，
俯瞰水房和风车：
我强忍住不说什么，
只是暗自微笑，
轻轻关上了门。
她临盆躺在床上，
几乎要尖叫起来，
浮雕饰品啦，绣花啦，
闪烁的小玩意儿啦，
就像皇家交易所花哨的礼品店，
俨然贵妇人的派头，
不再是那往日的她了；
那些提神的药
足够让她成为一位年轻的药剂师，
大大丰富一家药房的存货；
一整块一整块的糖，
一整桶一整桶的酒。
我瞧着这些，
心里乐开了花，
我无须为这些东西花一分钱；
傻瓜蛋才相信那是我的，
我只有名分，
在他的金子里发光而已；
有些商人为了给太太买下天堂
宁可呕心沥血亲吻地狱，

为了使夜景灿烂生辉，

情愿让挥金如土的后代的血

来染污他们的良知，

而在做了这一切之后，

他们仍然受到妒忌的煎熬——

还有什么比为别人的快乐

把老婆养得丰腴

而更少受苦受难的呢？——

我与所有这一切痛苦绝缘。

我既不因老婆而妒忌，

也不用花钱供养老婆：

哦，这两项神奇的福分呀！

骑士把一切烦恼都拿去了：

我可以悠闲坐着玩玩；

他妒忌我，

派遣侦探跟踪她；

他既花钱又操心

而我却活得自由自在：

他伤神伤心，

而我却吃饭，欢笑，唱歌：

吟唱

这玩意儿，这玩意儿，玩意儿，这玩意儿，玩意儿，

玩意儿。

两仆人上

仆人甲　怎么回事，他脑袋进水了这么唱歌？

仆人乙　他没事儿干，拿玩意儿开心。

奥尔维特　伙计们，瓦尔特骑士来了。

仆人甲　咱们老爷来了？

奥尔维特　你们的老爷？那我算是什么？

仆人甲　难道你自己还不明白吗，先生？

奥尔维特　请问我敢情不是你们的老爷吗？

仆人甲　你只是
　　　　咱夫人的老公。

奥尔维特　呸，混蛋，你们的老爷。
　　　　瓦尔特爵士和戴维上

仆人甲　正相反①——瓦尔特爵士来了。
　　　　（对仆人乙旁白）现在，他跟咱们一样要低声下气了；
　　　　咱要好好利用这状况，
　　　　他戴着一顶绿帽子，
　　　　不过比咱们高那么一点儿。

瓦尔特爵士　过得怎么样，杰克？

奥尔维特　托阁下的福，爵士。

瓦尔特爵士　你太太怎么样？

奥尔维特　在您干了她之后，她成了个滚筒；
　　　　鼻子和肚子快凑到一块儿了。②

瓦尔特爵士　它们终究还是要分开的。

奥尔维特　只要阁下乐意，到时候当然会啦。

瓦尔特爵士　（对仆人）伙计，把我的靴子脱掉。
　　　　（对奥尔维特）把帽子戴上吧，戴上吧，杰克。③

奥尔维特　感谢您的好意，爵士。

瓦尔特爵士　拖鞋！（对拿拖鞋来的仆人）亲爱的朋友，
　　　　你怎么好像没睡醒似的。

---

① 原文为拉丁文：Negatur argumentum。
② 当时习惯指称怀孕。
③ 詹姆斯一世时期，人们在室内也戴帽子。这时，奥尔维特脱帽以示尊敬。

奥尔维特　（*旁白*）戏开锣了。

瓦尔特爵士　喂！戴上吧，杰克。

奥尔维特　（*旁白*）我必须得戴上帽子，
　　　　　　否则他要生气了，
　　　　　　仿佛我压根儿就没有脱帽。
　　　　　　我只是——（*他戴上帽子*）
　　　　　　我只是遵守一时的规矩，
　　　　　　他可是要左右我一辈子的呀。

瓦尔特爵士　（*对仆人*）在这儿有过什么娱乐吗？
　　　　　　我不在的时候，有陌生人来吗？

仆人甲　没有，爵士，一个也没有。

奥尔维特　（*旁白*）醋劲儿上来了。
　　　　　　他在销魂，我却在内心发笑，
　　　　　　难道这还不幸福吗？

瓦尔特爵士　你怎么让我相信你？

仆人甲　好爵士，请耐心。

瓦尔特爵士　那我两个月不来也就放心了。

仆人甲　没一个活人进来——

瓦尔特爵士　进来？喂，你赌誓。

仆人甲　你不会听我说完，爵士？

瓦尔特爵士　会的，我会听你说完，伙计。

仆人甲　（*指着奥尔维特*）爵士，他能告诉你。

瓦尔特爵士　亲爱的朋友，他能告诉我！
　　　　　　你认为我信得过他吗？——
　　　　　　一个靠没收抵押财产发财的
　　　　　　放高利贷的家伙。

　　　　　他？哦，伤天害理！
　　　　　相信他？魔鬼会诅咒黑夜吗？
　　　　　（对奥尔维特）你怎么说，先生？

奥尔维特　凭良心说，爵士，
　　　　　她虽为人妻却从不让我染指，
　　　　　就如任何大人骄傲的夫人一样。

瓦尔特爵士　不过，我听说你曾经
　　　　　想上她的床。

奥尔维特　不，我发誓，爵士！

瓦尔特爵士　亲爱的朋友，如果你这样做了，
　　　　　那你就得承担所有的后果。
　　　　　我就结婚！

奥尔维特　哦，我求你了，爵士。

瓦尔特爵士　（旁白）这家伙这下子明白过来，
　　　　　要张牙舞爪来吓人了。

奥尔维特　（旁白）一有嫌隙
　　　　　我就要设法将它们弥补。
　　　　　我已经灭了他结婚的念头——
　　　　　跟个什么有钱寡妇啦，
　　　　　跟个什么有地产的少女啦，
　　　　　两个孩子瓦特和尼克上
　　　　　在失去他之前，我就得行动起来，
　　　　　他太性命攸关了，不能没有他。

瓦特　（对奥尔维特）晚安，父亲。

奥尔维特　哈，小混蛋，安静点儿。

尼克　晚安，父亲。

奥尔维特　安静点儿，小杂种！

（旁白）别让他听见他们！
（大声地）这两个傻小子，
不知道那儿坐着一位绅士？

瓦尔特爵士　哦，瓦特！过得怎么样，尼克？上学，读书，孩子
们，哈？

奥尔维特　（对男孩们旁白）你们的腿在哪儿，小杂种？
（旁白）如果他们能说祷告，
他们就应该跪下。①

瓦尔特爵士　（旁白）等一等，让我想一想；
我要结婚的话，
怎么处置这两个小家伙？
他们决不能和我婚生的孩子
混在一块儿；
那会乱成一锅粥，
吵成一团。
我要送瓦特去当金匠学徒——
我岳父那儿，这才妥帖！
尼克到个酿酒师那儿去；
对，金匠和酿酒师，
那美酒就一大碗一大碗喝不完。
奥尔维特夫人上

奥尔维特夫人　（拥抱瓦尔特爵士）亲爱的骑士，
欢迎！我在城里得到我渴望的一切；
你来得正是时候。

瓦尔特爵士　夫人过得快乐吗？

奥尔维特夫人　怀上这孩子
让我感觉轻松愉快。

---

① 按习俗，孩子在初次见到父亲时，要跪下以得到父亲的祝福。

瓦尔特爵士　她如今肚子就像一轮圆月
　　　　　　还这么勇敢，先生。

　　奥尔维特　说真的，如果她生下一个男孩，
　　　　　　那他就是月亮上的那个男人了，先生。

瓦尔特爵士　只是月亮上的男孩，一个该死的傻瓜而已。

　　奥尔维特　月亮上就只有一个男人，男孩永远不会到那儿去。

瓦尔特爵士　你的男孩会去，先生。

　　奥尔维特　不，说真的我发誓
　　　　　　他们没有一个是我的。
　　　　　　谁生他们谁养他们吧！
　　　　　　（*旁白*）这样，我就免除了忧虑，
　　　　　　睡在柔软的床上，
　　　　　　做美美的梦，
　　　　　　喝甜酒，吃大餐呀，
　　　　　　快快乐乐。
　　　　　　众下

第二幕

第一场

大塔奇伍德和夫人上

塔奇伍德夫人　先生，没有你的日子会非常沉闷，
　　　　　　　但因为穷，这也没有办法。

大塔奇伍德　　我也希望不是这样，老婆。
　　　　　　　要说沉闷，我会更沉闷无聊，
　　　　　　　因为我懂得你对于我
　　　　　　　是何等样的一种福分①；
　　　　　　　分离对于一颗理解你的心，
　　　　　　　是何等样的一种折磨。
　　　　　　　但正如你说的，
　　　　　　　咱们必须顺应贫困，
　　　　　　　暂时分居一阵；
　　　　　　　咱们的欲望
　　　　　　　对于咱们的命运
　　　　　　　太过于强烈了。
　　　　　　　人的命运就是这样怪异：
　　　　　　　有人发财却没有孩子，

---

① 指生育过多的孩子。在詹姆斯一世时代，很少有人实行人工避孕。

而咱光生孩子却没金子!
上天的旨意要咱控制冲动,
让咱清心寡欲,
直到飞黄腾达的一天。
小孩,一年一个,有时一年两个,
还不算婚外的幽会;
这是不可能持久的呀。

塔奇伍德夫人　先生,如果你同意,
我可以到我叔家住一阵,
直到兴旺对咱家青睐。

大塔奇伍德　贞洁的太太呀,我感谢你;
在此时此刻之前,
我还从不知
你给咱带来如此完美的财富。
在困厄的时候,
仍然可以安心立命的人
是幸福的呀。
如果我从一群时髦的淑女中
娶了一个骚货——这是很难免的——
她会勾住我的脖子,
直吻得我跟她干上为止,
绝不松手,
我一旦醒悟,
会把这一切诅咒,
除了生养了孩子之外,
还要呵责自己的放荡。
孩子生得够多的了,
在钟鸣鼎食之家犹可说,
可我的孩子,
虽然是在觥筹交错之中怀上,

却注定要当乞丐。
从你身上得到无限的快乐，
你是一个美妙绝伦的太太：
再见，让我快乐的女神。

塔奇伍德夫人　我再也见不到你人了吗？

大塔奇伍德　我会常常来见你，
快快乐乐聊聊，
和你玩玩接吻，
做任何事，老婆，
但不能做生乞丐的事；
在我改变主意之前，
我要彻底放弃这想法，
不敢再重操旧业了。

塔奇伍德夫人　你的想法就是我的想法，先生。
塔奇伍德夫人下

大塔奇伍德　这不仅让她的贞操完美，
也表明她多么通情达理。
即使她纵欲无度，
那是婚内，无可指责；
在所有的人中，
太太堪称是无价的宝贝，
她能按境遇来制约欲望，
而不是任其纵情妄为：
这才是真正的姻缘；
婚姻的盛宴并不是纵欲，
而是爱情，对家业兴衰的关怀；
当我满足她的欲望时，
我像一只食肉蝇①，

---

①　原文为 sing，疑为 sting 之讹。

吮吸别人的精华；
这是许多聪明男人的缺陷，
而我，在所有男人中，
在这场让两情都销魂的游戏中
最最不幸：
我从不错失生养个私生子；
我一来高潮，
那些穷娘儿们便把我骂得臭死；
在怀上私肚之前
她们不止要上一次。
我坚挺异常，
拿出来对付乡下娘儿们，
但每一次都不想播下种子。
一个抱着小孩的女人上
在上一次皇家出巡中，
三个星期，
我干了不少于七个女人。

乡下女人　哦，你这枪手，终于找到了你。

大塔奇伍德　我怎么是枪手？

乡下女人　（将孩子给他瞧）瞧瞧你的杰作，
不，别转过身去，
也别想逃跑；
如果你逃跑，
我就跟着你，
满大街地喊叫。
你不愧叫塔奇伍德——
该死的你！——
只盼你得花柳，不得好死；
你把我毁了；
我原先还是个黄花少女，

我手里有教堂执事的证明。

大塔奇伍德　我倒要看一看执事的证明，
　　　　　　否则我不会相信。

乡下女人　你还会得到更多的证明，
　　　　　　你这混蛋。
　　　　　　唯一让我痛苦的事就是艾琳，
　　　　　　我可怜的在德比郡的表妹，
　　　　　　你毁了她的婚姻；
　　　　　　她要来找你算账。

大塔奇伍德　好啊，她来找我，我还跟她干一场!

乡下女人　我是说，找你打官司，先生。

大塔奇伍德　倒是真的，
　　　　　　律师跟凡人一样
　　　　　　会利用这大捞一笔。
　　　　　　如果那使你痛苦，
　　　　　　我给她找个老公就是了。
　　　　　　我手上有那么两三个
　　　　　　专找青楼粉黛的汉子，
　　　　　　让她挑上一个。
　　　　　　讲一点儿礼仪，娘儿们，
　　　　　　原谅我对这孩子犯的事，
　　　　　　我觉得他似乎矮一点儿。

乡下女人　不，你将会发现，混蛋，
　　　　　　孩子好好的，
　　　　　　手指上指甲全着呢。①

大塔奇伍德　说真的，我穷光蛋一个；
　　　　　　行行好吧，娘儿们；

---

① 受花柳病影响，孩子的指甲有可能残缺。

> 我只是老二，一无所有。[①]

乡下女人　一无所有！你还不知足，

　　　　　你还有这孩子呀，

　　　　　你这骗人的混蛋。

大塔奇伍德　我连住处也没有；

　　　　　今早上我已离家出走。

　　　　　可怜可怜我吧；

　　　　　我是一个好人，

　　　　　对像你那样的娘儿们心肠太软，

　　　　　如果我没有生它，

　　　　　没哪个娘儿们会觉得缺少它。

　　　　　（旁白）这句话足可以感动一个娘儿们。

　　　　　（对她）有许多办法可以摆脱这小孩，娘儿们：

　　　　　明天清晨，或者干脆今天晚上，

　　　　　把它放在个有钱人的门廊前；

　　　　　有好多好多门道呀。

　　　　　（给她钱）这是我的全部，说真的，把钱包拿去吧；

　　　　　（旁白）要是能摆脱掉这些私生子该多好！

乡下女人　如果你做得像条汉子，

　　　　　我会怜悯你，

　　　　　这孩子不会成为麻烦。

大塔奇伍德　不行，娘儿们，

　　　　　以后生的我得自己养。

乡下女人　轻声点儿，先生上一个再说！

　　　　　（旁白）如果我再冒险，这该是第五个了。

　　　　　我说我是贞女，还有谁会说我是妓女？

　　　　　　　乡下女人下

[①] 当时英国实行的是长子继承制，所以如果说是弟弟的话，他就"一无所有"了。

大塔奇伍德　我真无法想象
　　　　　　在这严格的大斋节①
　　　　　　她怎么掌控她的肉体；
　　　　　　谁敢往妓者的粉肉溜一眼呢；
　　　　　　我观察伦敦城七年多，
　　　　　　我从未见，
　　　　　　也从未听说政府治理改善。
　　　　　　在这半年中，
　　　　　　有关大众的福祉，
　　　　　　相对历史上任何时期
　　　　　　颁布了更多严厉的宗教法令，
　　　　　　奥利弗·基克斯爵士和夫人上
　　　　　　这为腐败的告密者，
　　　　　　以及歹毒的官员，
　　　　　　毒化每一项福祉
　　　　　　提供了温床。

基克斯夫人　哦，我宁可没有生！

奥利弗爵士　满足吧，亲爱的夫人。

大塔奇伍德　（旁白）这是怎么回事？
　　　　　　我赌誓她在为那些关在牢房里的
　　　　　　小鲜肉哀号；
　　　　　　为哪个傻瓜蛋哭泣。
　　　　　　我觉得她老公的脑袋
　　　　　　倒可以暂且充当一碟火腿肉。
　　　　　　小塔奇伍德上

基克斯夫人　别说话！

奥利弗爵士　耐心点儿，亲爱的夫人。（基克斯夫妇走到一边）

———————————

① 基督教的大斋节从灰星期三到复活节，历时四十天，不吃肉。

小塔奇伍德　哥，我一直在找你。

大塔奇伍德　啊，什么事？

小塔奇伍德　你尽快为我去
　　　　　　搞一份结婚许可证。①

大塔奇伍德　怎么，许可证？

小塔奇伍德　该死，她把许可证给丢了！没有她，我会想死她的。

大塔奇伍德　不，当然啦，你不会因为一点儿证书钱
　　　　　　而失去这么漂亮的一个姑娘。

小塔奇伍德　太感谢了！
　　　　　　小塔奇伍德下，大塔奇伍德仍然留在舞台上，偷听基
　　　　　　克斯夫妇的对话

奥利弗爵士　不，请别再说了。
　　　　　　我不怕花钱，
　　　　　　你知道我有钱。

基克斯夫人　有钱，但没有孩子，
　　　　　　赶明儿只好当乞丐。
　　　　　　哦，哦，哦！
　　　　　　当了七年太太，却没有孩子，
　　　　　　哦，没有一个孩子！

奥利弗爵士　亲爱的太太，请耐心点儿。

基克斯夫人　还有哪个女人能承受
　　　　　　这样的挫折？

奥利弗爵士　我知道那很痛苦，
　　　　　　但，太太，那又怎么样呢？
　　　　　　我干不成；
　　　　　　你医生叫药房配药；

---

① 证明此人以前在教堂从未作过结婚预告。

我不想花那个钱，太太，
如果一调羹要四十马克，
为了怀上孕，我宁可花一千英镑；
期望老天给个一男半女，
就有可能湮没
建造监狱和医院的功德；
没有子嗣，权且把功德当孩子吧。

基克斯夫人　把那在功德上花的钱给我，
我给你找孩子来。
大塔奇伍德下

奥利弗爵士　该死，你有太多的情人！

基克斯夫人　你在胡说，你这无能的家伙。

奥利弗爵士　哦，太可怕了！竟然叫我"无能的家伙"？
你怎么敢这么称呼我？

基克斯夫人　你还配更糟糕的称呼。
请想一想那肥沃的土地
和优渥的生活，
没有后代这一切都要完蛋。

奥利弗爵士　劳驾别说这个了，
这让我像娘儿们要哭鼻子了。

基克斯夫人　我们的不育将养肥瓦尔特爵士，
没有人可能像骑士那样得益；
他已经据此预借了一大笔钱，
并凭此继承的前景
很快就要迎娶金匠的女儿
得一笔巨大的嫁妆。

奥利弗爵士　他们也许都受骗了；等着瞧吧，太太。

基克斯夫人　我受了很长时间的罪了。

奥利弗爵士　该死，
　　　　　　你受了什么了不起的罪！

基克斯夫人　呸，你，你这不识抬举的家伙！

奥利弗爵士　好啦，好啦，就此打住；
　　　　　　你去参加奥尔维特老爷
　　　　　　孩子的命名典礼吗？

基克斯夫人　当然啦，我真想去。
　　　　　　人们都在我之前生育了；
　　　　　　我妹去年圣巴多罗马日①前夕结的婚，
　　　　　　已经一胎生了两个：
　　　　　　哦，我只要生一个，一个，就够了。

奥利弗爵士　忧虑伤身，你还来恼我呀，
　　　　　　你该知道我的脾气——
　　　　　　　侍女上

　　　侍女　哦，夫人——
　　　　　　（旁白）伤心地哭天喊地，
　　　　　　或者哭着相互指责，
　　　　　　那都是这家和谐的反映！

基克斯夫人　你要说什么，嘉格？

　　　侍女　最甜蜜的新闻！

基克斯夫人　什么新闻，小妞？

　　　侍女　把医生的药都抛到九霄云外去吧，
　　　　　　那全是些邪方。
　　　　　　我搞到了一份药方，
　　　　　　证明有效，从来没有失败过。

奥利弗爵士　哦，药，药，药，要不什么都不是！

---

①　即 8 月 23 日。

侍女　　有一位绅士，
　　　　我获得了他的尊姓大名，
　　　　他喝了一种药剂
　　　　生了九个孩子：
　　　　从没有失效过；
　　　　孩子来得那么快，
　　　　他几乎不再想用它了。

基克斯夫人　他叫什么名字，亲爱的嘉格？

侍女　　一个叫塔奇伍德的老爷，
　　　　一位文质彬彬的绅士，
　　　　因为孩子多欠了好多债。

奥利弗爵士　这可能吗？

侍女　　啊，老爷，他赌誓
　　　　吃了那药剂，
　　　　十五年之内，
　　　　就凭你的那财富，
　　　　因为有了如此多的孩子，
　　　　你也会变穷。

奥利弗爵士　我真想试试。

基克斯夫人　试试吧，老公。

侍女　　但我得预先告诉你，
　　　　他要价很贵。

奥利弗爵士　没关系：要钱干什么？

基克斯夫人　说得太对了，亲爱的老公。

奥利弗爵士　要不花掉，那土地就要转手了。
　　　　如果那药剂五百英镑一品脱，
　　　　生个基督徒孩子就一千英镑。

基克斯夫人　那也值，亲爱的老公。

奥利弗爵士　我要试一试。

　　　　　　众下

第二场

　　　　奥尔维特上

奥尔维特　我马上要去招呼客人了，

　　　　　我要做的就这件事；

　　　　　其实我无须东跑西颠，

　　　　　东看看，西看看，

　　　　　有时发表点儿意见，

　　　　　这是我的乐趣：

　　　　　我不具体负责什么；

　　　　　要做的就是活跃气氛，

　　　　　不要让场子沉闷下来。

　　　　　人们在这儿走来呀走去——

　　　　　又是奶妈，又是保姆，

　　　　　三个杂工，众多侍女

　　　　　和邻居的孩子！

　　　　　嗨，我免除了自己多大的烦恼；

　　　　　一想到它就叫我浑身出汗。

　　　　　瓦尔特·霍尔亨德爵士上

瓦尔特爵士　怎么样了，杰克？

奥尔维特　我将为你的孩子举行命名典礼，爵士；

　　　　　好漂亮的一个女孩——会让你喜欢！

　　　　　就她的洗礼长袍，

　　　　　瞧上去也足值两千英镑；

一个漂亮、丰腴、黑眼珠的骚货呀：

噢，说得过分了，爵士。

我真喜欢瞧她。来人！

保姆上

保姆 您叫我吗，老爷？

奥尔维特 我不是叫你，我叫奶妈到这儿来。

保姆下

把奶妈叫来——！

奶妈抱着孩子上

是的，是叫你；到这儿来，到这儿来！

让我们再瞧她一眼；

我真忍不住

一小时要亲吻她三次。

奶妈 你为她而骄傲，老爷；

这是你创造的最好的作品了。

奥尔维特 你是这么认为的吗，奶妈？那瓦特和尼克算什么呢？

奶妈 他们是好男孩儿，但这是女儿，

女儿是美人儿。

奥尔维特 （对孩子）哎！——你这么对我说吗？——

哎，小伯爵夫人——

说真的，爵士，为这个小姑娘

我要千倍地感谢阁下。

瓦尔特爵士 我很高兴

我为你生了她，先生。

奥尔维特 把她抱进去吧，奶妈；

给她擦一擦，

喂点儿菜泥。

奶妈 擦一擦你的嘴，别说傻话，先生。

奶妈抱着孩子下

奥尔维特　现在来谈一谈关于教父教母的事。

瓦尔特爵士　只要两个人；
　　　　　　我自己充任一个。

奥尔维特　你当自己孩子的教父，爵士？

瓦尔特爵士　这是一个巧妙的障眼法：避免嫌疑；
　　　　　　要尽一切可能阻止谣言传布。

奥尔维特　说真的，我真钦佩你的谨慎，爵士；
　　　　　我怎么也不会想到这招儿。

瓦尔特爵士　（旁白）十足的傻瓜！
　　　　　　当一个人堕落，
　　　　　　灵魂中的纯火也随之泯灭，
　　　　　　百无聊赖会蒙蔽他的眼睛。

奥尔维特　我正在琢磨谁
　　　　　当阁下女儿的教母。
　　　　　我想到了一个。

瓦尔特爵士　这事你就别操心了，我自己来办——
　　　　　　（旁白）我的爱，金匠的女儿；
　　　　　　如果我去请她，
　　　　　　她父亲会叫她来。——戴维·达乎玛！
　　　　　戴维·达乎玛上

奥尔维特　我可以为您找一个教父。

瓦尔特爵士　谁？

奥尔维特　一位仁慈而可敬的绅士，
　　　　　塔奇伍德老爷的兄弟。

瓦尔特爵士　我认识塔奇伍德，
　　　　　　他还有一个兄弟？

奥尔维特　一位儒雅的单身汉。

瓦尔特爵士　既然你推荐了，那就凑合用他吧：

　　　　　　派人去把他找来，时间不多了。

　　　　　　——来，戴维。

　　　　　　瓦尔特·霍尔亨德爵士和戴维·达乎玛下

奥尔维特　说实在的，我真可怜他，

　　　　　　他从不歇着；

　　　　　　可怜的骑士，太劳神费心了呀：

　　　　　　叫人干这个，

　　　　　　又叫人干那个，

　　　　　　没一会儿闲着：

　　　　　　我可不愿为这点儿乐趣，

　　　　　　费那么大神。

　　　　　　两个细作①上

　　　　　　（旁白）哈，现在怎么样？

　　　　　　这些探子站在街角，

　　　　　　竖起了耳朵，

　　　　　　东听听，西听听，

　　　　　　伸长了鼻子，

　　　　　　前嗅嗅，后嗅嗅，

　　　　　　就像有钱人家的狗，

　　　　　　一闻到喂食就疯狂。

　　　　　　该死，这些探子！

　　　　　　我敢打赌，

　　　　　　模样儿就是这样；

　　　　　　他们躲在街角，

　　　　　　嗅闻牛羊肉的味儿，

　　　　　　犹如贪婪的放债人，

　　　　　　绝不容忍借债人一死了之，

---

① 原文为 promoter，意为监督人们在大斋节是否遵守斋戒的人。

甚至在他们去死的路上
还要拿米德尔塞克斯[①]
王座法庭的令状
来麻烦他们一番。
大斋节用羔羊的性腺
将这些无赖养成好汉一条，
用绵羊的睾丸
滋润他们的粉头；
他们没收的牛羊肉
很快就到了这个那个妓女手里：
鸨母们吃得如此肥腴，
她们的双下巴
犹如复活节前夕乳牛的乳房，
稍加爱抚拿捏，
连魔鬼也会得到哺育。
这些杂种听说我太太怀孕
会怎么反应？[②]
得，我要好好羞辱他们一番。
（对他们）劳驾，绅士们，
我对伦敦城和大斋节
关于吃肉的法规一无所知。

探子甲　好啊。你想问什么，先生？

奥尔维特　请告诉我，可以住在什么地方，
在那儿可以不遵守斋戒？

探子甲　什么，不遵守斋戒？（对探子乙）到这儿来，迪克；
一个乡巴佬，一个乡巴佬！

探子乙　（对奥尔维特）你想要什么？

---

① 指伦敦城泰晤士河以北的地区。

② 在大斋节，允许怀孕的妇女吃肉。

奥尔维特　说实在的，什么肉都行；
　　　　　　不过我特别想吃小牛肉和绿酱。

探子甲　（旁白）傻瓜蛋，你快泡到酱缸里了。

奥尔维特　我的胃很糟糕，
　　　　　　吃不了鱼。

探子甲　不光是在这大斋节，先生？

奥尔维特　大斋节？我的肠胃跟大斋节有什么干系？

探子甲　说的好极了，先生：
　　　　　先生的肠胃——正如阁下说的——
　　　　　应该充斥合适的食物，
　　　　　让血液奔流，
　　　　　身体健康，
　　　　　性情闲适。
　　　　　是有人告诉你到这街上来的吗，先生？

奥尔维特　是有人叫我到这儿来的，啊，天啊。

探子乙　那屠夫可能在个什么阁楼上
　　　　　秘密宰牲口卖肉吧？

奥尔维特　我琢磨是在一座苹果阁楼，
　　　　　　或者一栋煤库里；
　　　　　　事实上，我也不知道在哪儿。

探子乙　这两地儿都成；
　　　　　（旁白）这屠夫去坐牢肯定无疑了，
　　　　　除非他把围裙袋兜底儿翻开来。——
　　　　　你去找他？

奥尔维特　你们找不到他：
　　　　　　我去买肉，
　　　　　　提拎着肉就从你们

这些吃羊肉的杂种、
骚扰老百姓菜篮子的混蛋
鼻子底下大摇大摆走过去!
我老婆待产——去你妈的探子们!
　　奥尔维特下

探子甲　这不在咱们侦查之列。
　　　　这个混蛋!
　　　　他待咱们多么狡猾。
　　　　一男子拿着装着鲜肉的篮子上

探子乙　别出声,躲到一边去。

男子甲　我已经闯过好几道关了;
　　　　人们说这些蛮横的混蛋
　　　　正忙得不可开交。

探子甲　劳驾,先生,
　　　　我们必须查看一下
　　　　什么东西藏在大衣底下。

男子甲　什么东西! 什么也没有。

探子甲　什么也没有? 你是这么说吗?
　　　　这戳在外面的是什么?
　　　　咱们必须看一看,先生。

男子甲　你要瞧什么呢?
　　　　送洗衣店的两条被单
　　　　和老婆的两件罩衣?

探子乙　咱就喜欢看那个! 没有什么比这更让咱们喜欢的了。
　　　　他拿走了鲜肉
　　　　怎么,你哄咱们吗? 这是衬衣、罩衣吗?

男子甲　瘟神!
　　　　你们夺走了我和太太

五位亲人的一顿美餐；
咱只好用鲱鱼和牛奶浓汤凑合了。
　　男子甲下

探子甲　这是小牛肉。

探子乙　小牛肉？该死，真倒霉！
我答应给顿恩布尔大街
一位淑女送羊肉去
她怀了孕可想吃羊肉了，
这真让我气死了！

探子甲　咱就平分这牛肉吧，再瞧瞧还能碰上什么。
　　另一位男子拿着篮子上

探子乙　平分吧。再躲一躲：又来一个冤大头。
这是什么人？

探子甲　（对刚来的男子）先生，劳驾。

男子乙　是跟我说话吗，先生？

探子甲　是好奥利弗老爷吗？请原谅没有认出你来。
你那儿装的是什么？

男子乙　羊肉，先生，
半腔羔羊；你知道我夫人的嗜好。

探子甲　走吧，走吧，咱不瞧你的了；走吧，留点儿神——
（对探子乙）老兄，让他走吧。
你永远不懂怎么讨好
对你有用处的人。
　　男子乙下

探子乙　我忘了他了。

探子甲　他为大老板贝格兰德老爷干活，
他给咱们送钱。

探子乙　我有点儿想起他来了。

探子甲　你知道，他把大斋节整个儿买下来了，
　　　　在灰星期三①给了咱每人一份钱。

探子乙　是的，是的。
　　　　一个年轻女人拿着一个篮子上，篮子里放着一个小
　　　　孩，小孩身上覆盖着羊排骨

探子甲　一个年轻女人！

探子乙　啊，那就偷偷躲在一边吧。

年轻女人　（旁白）女人想活，要点儿智慧，
　　　　聪明女人可以在任何地儿活命。

探子甲　瞧，瞧！可怜的傻瓜，
　　　　她没有将羊肉藏起来，
　　　　这不一下子就把她暴露了？
　　　　这就像谋杀者
　　　　沾着血迹的袖口，
　　　　一下子就让他的罪行穿帮。

探子乙　这是什么时候，小妹？

年轻女人　哦，亲爱的先生们，
　　　　我只是一个可怜的女佣，
　　　　让我走吧。

探子甲　你可以走，但羊排得给咱留下。

年轻女人　哦，你让我为难了，先生，
　　　　这是给一位有钱的、
　　　　正在治病的淑女送的，
　　　　医生说她需要吃羊肉。
　　　　哦，请可怜一位淑女的生命吧！

① 灰星期三是大斋节的头一天，在 1613 年是 2 月 21 日。

　　　　　　　我去叫我的老爷来；
　　　　　　　会给你看你上级的准许证。
　　　　　　　我要快快跑着去拿来。

探子乙　好吧，你把篮子留下来，
　　　　　快去吧。

年轻女人　你能给我赌誓
　　　　　　看好我的篮子
　　　　　　直到我来吗？

探子甲　上帝见证，
　　　　　我会的。

年轻女人　你说什么，先生？

探子乙　真是一个怪女人！
　　　　　难道咱们会死吗？

年轻女人　那我奔着去，先生。

　　　　　　　年轻女人留下篮子，跑着下

探子甲　希望她永远不会回来了。

探子乙　一个狡猾的伎俩！
　　　　　她让咱发誓看好篮子：
　　　　　瞧一瞧她到底买了些什么。

探子甲　首先，先生，
　　　　　一腔肥肥的好羊排。
　　　　　这棉布下面盖着什么？
　　　　　准是羔羊肉。

探子乙　带肩肉的前腿肉。

探子甲　猜对了！

探子乙　啊，猜对了，先生！

探子甲　该死，我觉得我猜错了，
　　　　篮子死沉死沉的。

探子乙　难道是小牛排吗？

探子甲　不，说实在的，是一只羊羔脑袋，我摸着没错儿；
　　　　啊，我打赌要赢了。(他发现一个孩子)

探子乙　呃？

探子甲　他妈的，这是什么？

探子乙　一个小鬼！

探子甲　去他妈的这些狡猾的婊子！

探子乙　一清早就遇到这倒霉事儿！

探子甲　咱该怎么办呢？

探子乙　这婊子让咱赌誓看好孩子。

探子甲　要没赌誓就好了。

探子乙　这么恶毒的一个陌生家伙！
　　　　天啊，她干吗要糊弄咱探子呢，
　　　　咱也不过混口饭吃罢了。

探子甲　咱们一半的收入
　　　　不得不花在蘸糖浆面包片儿
　　　　和奶妈的工资上，
　　　　还得买许多肥皂和蜡烛；
　　　　咱们还得去找更多的羊肉，
　　　　那羊油可以充当蜡烛。

探子乙　再没有比你说那是羊头肉
　　　　更让我沮丧的了；
　　　　居然说你摸到了！
　　　　她把咱骗了。

探子甲　劳驾别再说这个了。
　　　　有的是时间再捞一票；
　　　　大斋节还没有过半呢。

探子乙　我气死了，今天我不想再巡查了。

探子甲　说真的，我今天也不想干了。

探子乙　那我提个建议吧。

探子甲　什么建议？

探子乙　咱们干脆去奎恩哈夫的切克客栈吧，
　　　　把羊排在涨潮前烤了吃了；
　　　　然后再把孩子送到布莱恩福德去。
　　　　众下

第三场

奥尔维特穿着瓦尔特爵士的外套和戴维上，戴维正在
设法将长筒袜的钩子吊在瓦尔特爵士的紧身上衣上

奥尔维特　这一天在家里真是够忙乎的，戴维。

戴维　命名典礼总是这样的。

奥尔维特　吊上，给我吊上，戴维。

戴维　（旁白）你去吊死算了，先生。

奥尔维特　这外套对我合适吗，戴维？

戴维　太合身了；
　　　我老爷所有东西都对你适合，先生，
　　　甚至包括生后代。

奥尔维特　你说得对极了，戴维，
　　　　这十年我们总在分享，戴维，

所以，你说得好极了。

一仆人拿着一只盒子上

你是谁？

仆　人　糖果商的仆人，先生。

奥尔维特　哦，甜蜜的青年，快送到奶妈那儿去，快，
　　　　　说实在的，正是时候；
　　　　　你的女主人很快就会来吗？

仆　人　她很快就会来到，先生。

两个清教徒上

奥尔维特　来的是两位客人；
　　　　　哦，今天可得吻个够了——
　　　　　亲爱的恩德曼夫人，欢迎。①

清教徒甲　上天赏赐你一个可爱的女儿，先生，
　　　　　愿你欢乐无涯；
　　　　　但愿她获得清教的哺育
　　　　　而成为一位虔诚的清教徒。

奥尔维特　衷心感谢你
　　　　　姐妹般的祝愿，恩德曼夫人。

清教徒乙　有任何兄弟的太太到了的吗？

奥尔维特　有些已经来了，有些还在家没来。

清教徒甲　好极了，谢谢，先生。

两位清教徒下

奥尔维特　好极了，你只是个傻瓜蛋：
　　　　　我必须应付裕如，
　　　　　如果在哪儿出了纰漏，
　　　　　所有好处就要泡汤。

---

①　强调虔诚外表下的好色本质。

两位客人上
来的是两个友好而熟悉的女士：
如今我太喜欢这些年轻女人了。

客人甲　过得怎么样，先生？

奥尔维特　说真的，挺好的，谢谢你，老邻居，你过得怎么样？

客人乙　再没有比像你那样
生那么多孩子更令我神往的了，先生。

奥尔维特　我的孩子，女士？他们糟透了。

客人甲　你怎么能这么说！
他们是一个男人
所能得到的最好的礼物了。

戴维　（旁白）是的，一个男人所能得到的，那是我的老爷。

奥尔维特　那都是些傻事儿，
几分钟之内就可以敲定；
我从来坚持不了多长时间。
请进吧，女士们？
客人下，小塔奇伍德和莫儿上

小塔奇伍德　这是我们可能期望的最幸福的幽会！
这是给你的戒指；
我看着你父亲忙着打的戒指，
他准时完成了。

莫儿　他从来没有像这次这么准时。
瓦尔特·霍尔亨德爵士上

小塔奇伍德　往后站一点儿，别说话。

瓦尔特爵士　女士，教父，
我为你们俩干一杯。（他为他们的健康干一杯）

戴维　（旁白）为两人干一杯！说得太好了：

对于一个金匠的女儿，
那是再合适不过的祝愿了。

奥尔维特　是的，先生，在今天的典礼上，
他，塔奇伍德老爷的兄弟，
将偕阁下同为孩子的教父。

瓦尔特爵士　我要拥抱您，我的新相识，先生。

小塔奇伍德　竭尽为您效劳，先生。

瓦尔特爵士　典礼快开始了。来，奥尔维特老爷。

奥尔维特　一切准备就绪，先生。

瓦尔特爵士　请进吧？

小塔奇伍德　先生，我跟随在您后面。

众下

第四场

接生婆抱着孩子，摩德琳、两位清教徒和五位出席命
名典礼的客人上，接生婆抱着孩子下

客人甲　（让路）好金榔头夫人。

摩德琳　说什么我也不能站在头位。

客人甲　那是你理所当然的位置。

摩德琳　我发誓不站在头位。

客人甲　那我站在这儿不走。

摩德琳　难道你要让这孩子
没人陪同去命名，
强迫我背弃誓言吗？

客人甲　你是这么死心眼儿。
　　　　客人甲和摩德琳下

客人乙　走在我前面？
　　　　请往后一点儿。

客人丙　一寸也不能往后，
　　　　我知道我的位置。

客人乙　你的位置？奇谈怪论！
　　　　你不就是个糖果商的老婆吗？

客人丙　那也不亚于药剂师的地位。

客人乙　荒唐！那就让着你一点儿吧。
　　　　客人乙和客人丙下

清教徒甲　来，姐，亲爱的；
　　　　咱们相亲相爱，和平相处，
　　　　就如同圣灵的孩子。

清教徒乙　我喜欢低调。
　　　　两位清教徒下

客人丁　真是的，按我说呀：
　　　　他们似乎非常谦让，
　　　　与其争先还不如落后，
　　　　其实内心还是想争先。

客人戊　每一寸利益都要
　　　　争斗一番。
　　　　众下

第三幕

第一场

小塔奇伍德和一位牧师上

小塔奇伍德　哦，先生，如果您感受过爱情的力量，
　　　　　　请可怜可怜我吧。

　　牧师　是的，虽然我从未结婚，
　　　　　但我可以从良家姑娘的身上
　　　　　感受到爱情的力量，
　　　　　有些三年前就不是处女了。
　　　　　你有准婚证书吗?

小塔奇伍德　喏，在这儿，先生。

　　牧师　那就好极了。

小塔奇伍德　戒指啦什么的都齐备。
　　　　　　她会偷偷地到这儿来。

　　牧师　她会受到欢迎，先生;
　　　　　用不了多长时间
　　　　　我就可以让你们成婚。
　　　　　莫儿和大塔奇伍德上

小塔奇伍德　哦，她来了，先生。

牧师　他是谁？

小塔奇伍德　我忠诚的哥哥。

大塔奇伍德　快，赶紧点儿，先生们！

莫儿　你必须尽快完事，
他们很快就会发现我失踪了；
我想尽一切办法
挤出这点儿时间。

牧师　我不会耽搁你们。
把戒指戴在她的婚指上：
那是她的无名指，
来自爱心的热血直奔那儿。
　　小塔奇伍德将戒指戴在莫儿的手指上
现在，请牵手——
　　金椰头和瓦尔特爵士上

金椰头　我要把他们拆开，
永远不得再见面，永远！

莫儿　哦，穿帮了。

小塔奇伍德　悲惨的命运！

瓦尔特爵士　真是不可思议！

金椰头　你这鬼鬼祟祟的蠢货，
不听话的婊子，
玩这么狡猾的花枪？
（对瓦尔特爵士）你把她弄到这步境地，
明智吗？

瓦尔特爵士　我也不想要到这般境地；
你快让我发疯了。

金榔头　（对小塔奇伍德）你是什么人，先生？

小塔奇伍德　你如果戴着这副眼镜还看不清，
　　　　　　再戴上一副吧。

金榔头　气死我了！——喏，把戒指拿去，先生。
　　　　他把戒指从莫儿手指上除去
　　　　哈，这枚戒指？天啊，竟然一样！太可恶了！
　　　　难道不是我卖给你的那枚戒指吗？

小塔奇伍德　我想是的；
　　　　　　你拿了钱。

金榔头　亲，听着，骑士；
　　　　这是怎样肆无忌惮的歹行！
　　　　让我做这枚婚戒，
　　　　却心怀鬼胎来偷我的女儿：
　　　　还有什么私奔比这更无耻的吗？

瓦尔特爵士　（对大塔奇伍德）这是你弟弟吗，先生？

大塔奇伍德　你问他自己吧。

金榔头　戒指上的诗句简直在嘲弄我：
　　　　"爱得乖巧，
　　　　父母不晓！"
　　　　把我们蒙得如此之惨，
　　　　我还真得感谢你，
　　　　不过我们很快就可以看清；
　　　　同时，我要把这贱货关起来，
　　　　就像把我的金子小心锁好一样：
　　　　她不会见到多少阳光，
　　　　密不透风的小房不会
　　　　给她带来多少亮光。

莫儿　哦，亲爱的父亲，

　　　　　　　　看在爱的情分上，
　　　　　　　　可怜可怜我吧！

金榔头　　走！

　莫儿　　（对小塔奇伍德）再见，先生，
　　　　　　　　虽然暴力将禁锢我，
　　　　　　　　但你永远不会失去我，
　　　　　　　　纵然分离，但我永远属于你，
　　　　　　　　但愿上帝给你以祝福，
　　　　　　　　你由此而得到慰藉。

金榔头　　是的，我们要将你们分离，你这个骚货。
　　　　　　　　金榔头拽着莫儿下

瓦尔特爵士　　（对小塔奇伍德）我最近才认识你，
　　　　　　　　但认识得过于仓促，
　　　　　　　　我决不能认你为友，
　　　　　　　　你是瘟疫、淫乱，
　　　　　　　　我必须远远躲避你。

小塔奇伍德　　很可能是这样，先生：
　　　　　　　　你在最糟糕的时候遇见我，
　　　　　　　　我不想絮叨什么：
　　　　　　　　请别小看我，先生。
　　　　　　　　小塔奇伍德和牧师下

大塔奇伍德　　仔细观察他，
　　　　　　　　留点儿神：
　　　　　　　　他走开了，
　　　　　　　　没让你当众难堪：
　　　　　　　　就我所知
　　　　　　　　你太幸运了；
　　　　　　　　去休息吧。
　　　　　　　　大塔奇伍德下

瓦尔特爵士　我原谅你，你们两人都是倒霉蛋。
　　　　　　下

第二场

　　　　舞台上摆着一张床，奥尔维特夫人躺在里面。所有命名典礼的客人（清教徒、摩德琳、基克斯夫人、抱着孩子的保姆）上

　　客人甲　感觉怎么样，夫人？我们给你
　　　　　　送来一个要受洗礼的孩子。

奥尔维特夫人　谢谢，麻烦你们了。

　　清教徒甲　按正确的仪式施以洗礼，
　　　　　　没有偶像崇拜，也没有迷信，
　　　　　　严格按照阿姆斯特丹的规范。

奥尔维特夫人　请坐，好邻居们。保姆！

　　　　保姆　在这儿。

奥尔维特夫人　看看她们是否都有矮凳坐。

　　　　保姆　都有了。

　　客人乙　把孩子抱到这儿来，保姆。你怎么说，客人，难道这
　　　　　　不是个壮实的姑娘吗？多么像父亲。

　　客人丙　一模一样！
　　　　　　姑娘那眼睛，那鼻子，那眉毛，
　　　　　　多么像他，
　　　　　　只是嘴巴像母亲。

　　客人乙　完全像母亲的嘴，完全像！

　　客人丙　这是一个大孩子；

　　　　　　　　而她却只是个小女人。

清教徒甲　不，请相信我，
　　　　　一个瘦骨嶙峋的小家伙，
　　　　　倒是挺活泛；
　　　　　她不愧是个虔诚的清教信徒，
　　　　　意志坚强忍受了
　　　　　繁衍后代的苦难。

　客人乙　她着实吃了一番分娩之苦，
　　　　　你是知道的，好邻居。

　客人丙　哦，她的命真好，
　　　　　曾经让我们担心死了；
　　　　　不久她就让我们高兴了起来；
　　　　　生了一个好小妞儿；
　　　　　接生婆发现
　　　　　这是一个快乐的姑娘。

清教徒甲　这是上帝的精神；
　　　　　姐妹们都跟她一样。
　　　　　瓦尔特爵士拿着两个银勺和一个银盘子和奥尔维特上

　客人乙　哦，走来的是最显赫的客人，邻居们。
　　　　　保姆抱孩子下

瓦尔特爵士　向你们致以最诚挚的问候，夫人们。

　客人丙　哦，天啊，一个嘴甜的绅士，他说了多么好听的话呀：
　　　　　"最诚挚的问候"！

　客人乙　还称我们"夫人们"！

　客人丁　我敢担保这是一位彬彬有礼的绅士。

　客人乙　我觉得她老公和他相比
　　　　　简直像一个粗鄙的乡巴佬。

客人丙　我倒不在乎我老公像不像乡巴佬，
　　　　只要拥有这些可爱的孩子就好了。

客人乙　她所有的孩子都挺可爱，姐。

客人丙　是的，瞧一个接着一个生出来。

清教徒甲　如果是汉子怀着激情给怀上的，
　　　　　那孩子就是一份祝福，
　　　　　我家里就有五个孩子。

瓦尔特爵士　（对奥尔维特夫人）最糟糕的已经过去，
　　　　　　我这么希望，朋友。

奥尔维特夫人　我也这么希望，好先生。

奥尔维特　（旁白）啊，我也希望有个伴儿；
　　　　　我没有别的事可干。

瓦尔特爵士　（给礼物）留作纪念的一点小礼物，夫人，
　　　　　　谨表对孩子的爱；
　　　　　　请收下吧。

奥尔维特夫人　哦，让你太破费了，先生。

客人乙　瞧，瞧!
　　　　他给她什么？那是什么，朋友？

客人丙　天哪，一只高脚酒杯和两把使徒大勺，一把还是镀金
　　　　的。①

清教徒甲　那肯定是红胡子②犹大。

清教徒乙　我可不愿用这勺喂女儿，
　　　　　就怕把她的头发也染成红色的了；
　　　　　汉子们不喜欢红头发，

---

① 在勺把上镌刻使徒形象，一般为银器。流行的命名日礼物。

② 红胡子在含义上一般与放荡相连。

那让他们太消耗了，^①

那不应是女人应有的发色。

保姆拿着糖果和葡萄酒上

奥尔维特 　做得太对了，保姆；

在客人中散发吧！——

（旁白）所有有挂穗的手帕都拿出来，

铺陈在她们的膝盖上；

一天抹三次尿液膏^②的

长长的葱指伸了出来；

我太太也用这种化妆品。

马上就会有

将糖果袖进口袋的一幕：

看看她们怎么在手帕下偷偷运作！

清教徒甲 　到这儿来，保姆。

奥尔维特 　（旁白）还叫她来？她已经拿了两次了。

清教徒甲 　（拿糖）我忘了给一位姐妹的病孩拿糖了。

奥尔维特 　该死！仿佛你的清教如此喜欢甜食，

竟然要拿上三次糖果。

这要是花我的钱，

我还不成叫花子了呀？

这些娘儿们一来

看见糖果就没命；

即使她们不吃那蜜李，

除了那不值一嚼的小糖果，

她们也会把其他一切洗劫一空：

难怪我听说有人抱怨，

老婆的肚子压断了他的脊背；

---

① 带有性暗示。

② 当时用的一种化妆品。

要不是这位可敬的骑士
七年来支撑了我太太和我,
我的脊背早压得喘不过气来,
钱也都在布莱克斯伯利①花光。

奥尔维特夫人　（向她们祝酒）向金榔头夫人和邻居们,
向所有和我一起同舟共济的人,
敬一杯酒,
你们都是善良的女人。

清教徒甲　我要代表她们回敬一杯。
她们希望你健康并充满力量,
希望你像母亲,像一个真正的清教徒,
勇敢前行再生更多的孩子。（干杯）

奥尔维特　（旁白）她们这么敬来敬去,
酒就这么大口大口喝掉,
从不考虑这要花钱买。

清教徒甲　再斟一杯,保姆。（一饮而尽）

奥尔维特　（旁白）老天,一连喝两杯!
我真待不住了;
要是要我出钱,
还不要我的命——
（对瓦尔特爵士）
您是否愿意进去,
让娘儿们自己去胡闹?

瓦尔特爵士　好吧,杰克。

奥尔维特　说真的,这怪不得您。

瓦尔特爵士　快乐坐着吧,夫人们。

———————

① 布莱克斯伯利,齐普赛街南面延伸到瓦尔布鲁克的大街,大街上大都是杂货铺和
药店。

众客人　谢谢阁下，先生。

清教徒甲　谢谢阁下，先生。

奥尔维特　（旁白）该死，你这卑鄙的小人！

　　　　　瓦尔特爵士和奥尔维特下

清教徒甲　把那酒杯给我，保姆，我不要这个——哼！——干吗
　　　　　要反基督呢，太痛苦了！（喝酒）

　客人丙　瞧，朋友，
　　　　　她不能像伯爵夫人①那样分娩，
　　　　　就痛苦得这样了；
　　　　　我女儿要能找到这样的老公，
　　　　　我就谢天谢地了。

　客人丁　她要结婚了吗？

　客人丙　哦，不，亲爱的朋友！

　客人丁　怎么啦，她不十九岁了吗？

　客人丙　是的，收获节②她就十九岁了，
　　　　　她有个缺陷，朋友，
　　　　　一个秘密的缺陷。
　　　　　保姆又斟满了酒杯，下

　客人丁　一个缺陷？什么缺陷？

　客人丙　当我醉了，我告诉你。（喝酒）

　客人丁　（旁白）看得出来，美酒能做到，
　　　　　而友谊却做不到。

　客人丙　我现在能告诉你了：她太放任了。

　客人丁　太放任了？

———————————

① 指 1613 年的施鲁斯伯里伯爵夫人，以布置豪华的产房而著名。

② 收获节在 8 月 1 日，基督教丰收的节日。

客人丙　哦，是的，她尿床①。

客人丁　什么，十九岁的人？

客人丙　是这样的，朋友。
　　　　保姆上，与摩德琳说话

摩德琳　要跟我说话，保姆？那是谁？

　保姆　一位从剑桥来的绅士；
　　　　我捉摸他是你的儿子。

摩德琳　是我儿子蒂姆；
　　　　请把他叫到这女人群中来，
　　　　这可以锻炼他的胆量。
　　　　保姆下
　　　　他缺就缺勇气。
　　　　要是那威尔士淑女不是在家里，
　　　　而在这儿就好了。

基克斯夫人　你儿子来了？

摩德琳　是的，从剑桥大学来。

基克斯夫人　你真有福气。

摩德琳　一场伟大的婚姻
　　　　正等待着他。

基克斯夫人　婚姻？

摩德琳　当然啦，婚姻。
　　　　一位威尔士姑娘
　　　　除了财务和地产外，
　　　　还将继承十九座大山，
　　　　一个了不起的继承人。
　　　　保姆带着蒂姆上

———————————

①　性暗示。

蒂姆　哦，我受骗了！

　　　蒂姆下

摩德琳　怎么，又跑掉了？好保姆，去追他。

　　　保姆下

　　　他这么腼腆，

　　　被宠坏了的年轻人：

　　　在大学，他们只跟男人交游，

　　　从来不惯和女人来往。

基克斯夫人　是太宠坏他们了。

　　　保姆和蒂姆上

保姆　你母亲要你来。

摩德琳　为什么儿子，为什么蒂姆！

　　　难道要我站起把你提拎过来吗？

　　　别害羞，儿子！

蒂姆　母亲，你像大学一年级女生在哀求，

　　　这有悖于剑桥的成规，

　　　不允许任何大学生

　　　在已婚的娘儿们中厮混。

摩德琳　啊，我们可以原谅你。

蒂姆　把导师叫来，母亲，我不在乎。

摩德琳　怎么，你的导师来了？你带他来的吗？

蒂姆　我没有带他来，他就在门口：

　　　把它否定了。[①]母亲，说话得有逻辑。

摩德琳　快跑，叫那位绅士来，保姆；他是我儿子的导师。

　　　保姆下

　　　（对蒂姆）吃李子吧。

————————

① 原文为拉丁文：Negatur。

蒂姆　给剑桥的准学士
　　　　吃六颗李子!

摩德琳　啊,怎么啦,蒂姆!
　　　　把你那些老把戏收起来,好吗?

蒂姆　对堂堂的大学生
　　　　就像对待小孩儿一样!

摩德琳　我不叫导师对你抽鞭子,
　　　　你不会住嘴;
　　　　还记得我在圣保罗教堂学校
　　　　揍你的情景吗?

蒂姆　哦,太荒唐了!
　　　　从我进了剑桥
　　　　就没发生这样的事;
　　　　天啊,鞭打一位学士!
　　　　这不让人笑掉牙吗?
　　　　别让我的导师听见这个!
　　　　这将成为全剑桥的大笑话。
　　　　闭嘴,母亲。
　　　　导师上

摩德琳　这就是你的导师吗,蒂姆?

导师　是的,当然啦,夫人;
　　　　我就是那个给他讲
　　　　逻辑学和达恩斯①的人。

蒂姆　他给我讲的,母亲,
　　　　我已经把它们全装进脑袋,
　　　　可以给别人讲解了。

---

① 指哲学家约翰·达恩斯·司各脱(1265?—1308?)和他的追随者的著作。人文主义者批判这些哲学家的思想。于是,"达恩斯"就变成了傻瓜的代名词。

导师　他能做到那个，夫人，
　　　一切都那么自然地
　　　从他脑子里流露出来。

摩德琳　我对您的辛劳
　　　　表示诚挚的感激，先生。

导师　Non ideo sane。①

摩德琳　说真的，他一离开伦敦，
　　　　就成了傻瓜蛋，
　　　　他现在已经好多了。
　　　　您收到我寄的两个鹅肉馅饼吗？

导师　感谢夫人，
　　　吃得很痛快。

摩德琳　（对客人们）这是我儿子蒂姆；
　　　　请对他表示欢迎吧，女士们。

蒂姆　蒂姆？听着，应该叫"蒂姆修斯"，母亲，"蒂姆修斯"。

摩德琳　怎么，我可能说错你的名字吗？他说什么"蒂姆修
　　　　斯"，见鬼，是有个名字的！说实在的，这是我儿子，
　　　　名字叫蒂姆。

基克斯夫人　（吻他）欢迎你，蒂姆少爷。

蒂姆　（对导师）哦，太可怕了！
　　　她接吻漏口水！
　　　拿手绢来，亲爱的导师，
　　　赶快把它擦去。

客人乙　（吻他）欢迎剑桥大学生。

蒂姆　（对导师）真受不了！

---

① 拉丁文：并不是因为那个理由。逻辑学家的套话。摩德琳把 ideo 当成了 idiot，因此
　有下面的表述。

> 这女人喷吐致命的香气，
> 那是糖果腐烂的味儿。
> 帮帮我忙吧，亲爱的导师，
> 要不我要把嘴唇擦破。

导师　我倒乐意
　　　去吻房间那头的人。

蒂姆　也许那更加甜蜜，
　　　让我们赶快走完这程序吧。

清教徒甲　下一个该我来吻了。
　　　　　欢迎从滋润所有兄弟的
　　　　　学术之源来的人。
　　　　　转身，摔倒了下去

蒂姆　起来，我求求你了！

客人丙　哦，祝福这个女人吧——恩德曼夫人！

清教徒甲　这是虔诚的教徒都会有的病，
　　　　　我们应该拥抱着坠落。

蒂姆　（对导师）真庆幸躲过了这一劫；
　　　这注定该死的吻，
　　　还没有飞来
　　　就自己摔下去了。
　　　奥尔维特和戴维上

奥尔维特　（旁白）听，有嚷嚷声！
　　　　　还没有走呢？
　　　　　嘿，这尿盆好一面镜子！
　　　　　她们从银酒杯灌了那么多酒，
　　　　　真需要拿更多尿盆来了。
　　　　　（大声地）那儿是最精彩的一幕！

众客人　在哪里，在哪里，先生？

奥尔维特　　赶快到小沟①去，
　　　　　　那儿有两个精彩的鼓
　　　　　　和一个旗手。

　众客人　哦，精彩！

　　蒂姆　跟我来，导师。
　　　　　蒂姆和导师下

　众客人　（对奥尔维特夫人）再见，亲爱的朋友。
　　　　　众客人下

奥尔维特夫人　感谢你们不辞辛苦来看我。

清教徒甲　好好吃饭，养得更壮实些。
　　　　　奥尔维特夫人、摩德琳、莫儿、基克斯夫人和清教徒
　　　　　们下

　奥尔维特　你比饮食更需要睡眠；
　　　　　　去吧，跟兄弟们一起睡个午觉，②
　　　　　　去吧，醒来就是一个
　　　　　　受到神示、更坚强的姐妹！
　　　　　　哦，一天的劳累就此结束，
　　　　　　真够叫人发疯！
　　　　　　她们屁股的衬垫
　　　　　　把这房间弄得多么淫荡，
　　　　　　难道你没有感觉到吗，戴维？

戴维·达乎玛　太明显了，先生。

　奥尔维特　那矮椅子底下是什么？

戴维·达乎玛　只是些液体，先生，
　　　　　　　好像是泼洒的酒水。

————————

①　小沟，在皇家交易所附近。含有性暗示。

②　再洗礼派认为男女只要睡着可以混杂睡在一起。

奥尔维特　你不觉得那是更糟糕的东西吗？
　　　　　漂亮的刺绣椅子
　　　　　不用她们自己掏腰包，戴维。

戴维·达乎玛　（*旁白*）你不也一样吗？

奥尔维特　瞧她们怎么放的椅子，
　　　　　脚跟翘到天上去了！
　　　　　她们的软木后跟①
　　　　　把草垫蹭成什么样子，戴维，
　　　　　这些女人一来，
　　　　　摆着的东西就没个安分的了。
　　　　　你有什么秘密要跟我说，
　　　　　可尊敬的戴维？

戴维·达乎玛　如果你透露出去，先生——

　　奥尔维特　天啊，让我肚肠都烂掉，戴维。

戴维·达乎玛　我老爷快要结婚了。

　　奥尔维特　结婚，戴维？还不如把我吊死！

戴维·达乎玛　（*旁白*）我刺中他要害了！

　　奥尔维特　什么时候，在哪儿？
　　　　　　新娘是谁？

戴维·达乎玛　就是送银勺的那位。

　　奥尔维特　我没时间这么待着，
　　　　　　也没时间这么闲聊，
　　　　　　我得让轮子赶紧停下来，
　　　　　　要不一切都得完蛋。
　　　　　　奥尔维特下

戴维·达乎玛　我知道这会让人恼怒不已。

① 原文为 shittle-cock（shuttle-cock）heels，当时的俗语，含有妓女的意思。

但我还要来策划

针对骑士和他那些烂事的阴谋：

我要阻止他步入婚姻之殿；

我这最近的穷光蛋亲戚，

他一死我就可以发一笔财；

既然基克斯夫人没有子息，

那是我希望之所在。

下

第三场

塔奇伍德兄弟上

小塔奇伍德　你以最幸运的方式使自己富有，

并给了我最大的快乐，哥；

虽然她已被禁锢，

她海盟山誓仍然忠诚于我；

暌隔的时光不可能让我悲伤，

因为有那个海誓，

即使他不在身边，

我仍然可以享受她的存在，

别人都无法有此殊荣，

这使我漫长沉闷的岁月

变得光明无比。

与此同时，亲爱的哥哥，

请不要错失良机，

你有可能夺走骑士的财富，

让他①走向破产；

让他的太太怀上孩子，

---

① 指奥利弗·基克斯。

你俨然如待在树梢上的果农，
让她对着干枯的土地哭泣、
哀号到声嘶力竭之前，
将金色的苹果摇落在她的围裙里。

大塔奇伍德　请别说了；
无须任何怂恿，
我血液中就有够多的兴奋
刺激我去干这营生；
收起你那催情的盛宴吧，
刺芹糖果啦，洋蓟啦，红薯啦，
还有你那涂黄油的蟹肉啦：
留着你自己的婚宴用吧。

小塔奇伍德　不，如果你按我说的去做，
并让我捞上一大笔嫁妆，
那我就是那个绝顶幸运的人了：
他会很幸福，
遇到一个真诚的朋友，
当他需要的时候。

大塔奇伍德　天啊，是什么让你如此快乐？
自从你遭受挫折以来，
我并没有听说
有任何让你高兴的理由，
除非又有新的情况。

小塔奇伍德　啊，你说对了：
我今晚会见到她，哥。

大塔奇伍德　怎么回事？会见到她？

小塔奇伍德　我很快就会让你不再惊愕，哥：
这屋里有一位好心的女人，
出于怜悯

秘密而仁慈地帮助我，
把我的困境看成她的不幸，
她将带着她从隐蔽的地下阴沟
逃出来相会，
这条路只有爱才能发现，
也只有爱能有勇气去冒险；
我跟她相会的地点
你简直不可能想象。

大塔奇伍德　我才不管你们在哪儿相会，
我关心的是你们的安全。

小塔奇伍德　希望让我深信：
你的爱将护卫我的安宁。
　　　　　　　小塔奇伍德下

大塔奇伍德　你知道最糟糕的是什么，弟弟；
现在到无嗣的他们那儿去吧；
他们就在隔壁房间；
我不知道眼下
他们到底是怎样的心情。

奥利弗爵士　（对基克斯夫人，两人仍在幕后）躺下，你这不生孩
子的女人！

大塔奇伍德　哦，这是干那事的时候吗？
还是说说话儿取乐吧，
你也没有别的事可干：
这就是他们一整天的生活，
从睁开到闭上眼睛，
要不接吻，要不吵嘴，
最终还得是朋友；
一阵狂热之后便是抱怨，
接着还是得不了了之，

> 谁也弄不清他们两口儿到底
> 在吵架还是已经和好；
> 没有结果已经说明一切。
> 奥利弗·基克斯爵士和夫人上

奥利弗爵士　是你的错。

基克斯夫人　我的错？我太冷淡？

奥利弗爵士　是你的问题；你不生孩子。

基克斯夫人　我不生孩子？
哦，天，我现在
为了我的公正，我的权利，
我敢于说出真相了。
我不生孩子？
我在宫里过的是另样的生活，
在结婚之前
可从没人这样说过我。

奥利弗爵士　我要跟你离婚。

基克斯夫人　去吊死吧！不用我来咒你。
我可以说，
就我在婚姻中找到的好处而言，
如果绞刑和婚姻是命中注定，
那你被绞死便只是时间问题。

奥利弗爵士　我要放弃这家，
像商会会所的老光棍，
养个能生育的粉头，
她和孩子们将继承所有的财产。

基克斯夫人　孩子们在哪儿呢？

大塔奇伍德　请不要再说话；
尽管你们互相詈骂，

如果在你们自己家里，
营造一个更为友好的
繁衍的气氛，
依靠自己的努力
生儿育女，
我想你们就会和谐相处。

奥利弗爵士　怎么，跟她？永不。

大塔奇伍德　亲爱的先生——

奥利弗爵士　你一切努力都是徒劳。

基克斯夫人　他生孩子那是幻想，
就像你的劝说是白费力气一样。

大塔奇伍德　听我说，先生——

奥利弗爵士　让她单着身见鬼去吧！
我娶她几乎没有什么嫁妆。

基克斯夫人　你下船时是单身
但确实也够烂的。①

奥利弗爵士　天啊，她咬我啦！
（对大塔奇伍德）请帮着让我们和好吧。

大塔奇伍德　（旁白）到这份儿上了？
大吵大闹该安静下来了。

奥利弗爵士　（对基克斯夫人）我要把所有财产都拍卖掉！

基克斯夫人　你还可以做更丧心病狂的事儿，你这混蛋！
（对大塔奇伍德）好好先生，请帮着我们再度相爱吧。

大塔奇伍德　（旁白）真是不可思议——
（对他们）别再嚷嚷啦，

① 意指他与虱子相伴。故有下面的"咬"意。

　　　　　　　　让这场风暴平息下来吧。

奥利弗爵士　好先生，请原谅我；
　　　　　　我是这房子的主人，
　　　　　　我马上要把这房子卖掉；
　　　　　　今晚就贴出拍卖的广告。

大塔奇伍德　夫人，朋友们，你瞧！

基克斯夫人　如果你爱女人，
　　　　　　请别那么说，先生。
　　　　　　怎么，跟他做朋友！
　　　　　　天啊，难道你以为我疯了吗？
　　　　　　跟这没有雄风的人做朋友！

奥利弗爵士　你根本不像个女人。

基克斯夫人　（哭泣）我希望我比女人还不如女人！

奥利弗爵士　请告诉我，你这是什么意思？

基克斯夫人　我无法满足你。

奥利弗爵士　说真的，你真是个好人；
　　　　　　说不能满足我的人在撒谎；
　　　　　　（吻她）吻一下，吻一下，好个流氓。

基克斯夫人　你不关心我。

大塔奇伍德　（旁白）有谁知道这两口儿到底怎么回事？
　　　　　　这样看来，我真该死！

奥利弗爵士　饮料拿来了吗？

大塔奇伍德　（旁白）这儿是一小瓶杏仁奶，
　　　　　　要我花三便士。

奥利弗爵士　我希望看到你，娘儿们，
　　　　　　在几年内，孩子绕膝，

把姑娘打扮得漂漂亮亮，

在她们耳孔挂上耳坠；

这真是一件赏心乐事！

基克斯夫人　啊，老公，你在此之前

干了你该干的事了吗？

干了吗？

奥利弗爵士　我干了我该干的事？！

你该死！你干了你该干的事吗？！

你只是个烦人的东西。

基克斯夫人　你不过是个令人厌恶的废物。

奥利弗爵士　去你的！

大塔奇伍德　（旁白）看样子两个人

都从同一个门跳出来了，

到底往哪儿走还未可知！

（对奥利弗爵士）来，这是你的合剂，先生。

奥利弗爵士　在肯定能在半夜得三个男孩之前，

我还不能喝，先生。

基克斯夫人　啊，你拒绝生育的灵药，

这可以看出

你受的教育多么糟糕。

哦，你这混蛋，

你知道因为我们没有子息，

这世界是多么诡异地对待我们，

而你现在还要错失这良机。

奥利弗爵士　该死，你这淫妇，我现在喝！

大塔奇伍德　（给奥利弗爵士）然后你必须骑五小时的马。

奥利弗爵士　我知道。

来人哪！

一仆人上

仆人　　　　　先生？

奥利弗爵士　　给那匹白母马套上马鞍：

仆人下

我要骑上一个妓女到威尔①去。

基克斯夫人　　骑马去见鬼吧！

奥利弗爵士　　我咒死你。

瞧，瞧见了吗？（*喝合剂*）干了。

基克斯夫人　　去它的合剂！

奥利弗爵士　　好啊，你咒吧。

大塔奇伍德　　上下活动活动，先生，

你不能老站着不动。

奥利弗爵士　　我站不直。

大塔奇伍德　　那样更好，先生，因为——

奥利弗爵士　　我从来不能在一个地方站很长时间；

这是父亲的遗传，好动。

要是我从这儿跳过去，怎么样？

他跳

大塔奇伍德　　哦，跳得好，先生，

一个绝妙的马背动作：

当你回到你的客栈，

要跳过一两只矮凳，

就不会有任何失误了——

（*旁白*）尽管你会摔断你的脖子，先生。

---

①　伦敦北面 20 英里处，是男女幽会的地方。

奥利弗爵士　这么高的桌子怎么样，先生？
　　　　　　　　他跳过去

大塔奇伍德　没有比这更好的了，先生，——
　　　　　　（旁白）要是桌上有佳馔
　　　　　　就更好了。
　　　　　　（对他）你知道
　　　　　　这事儿需要付多少钱吗？

奥利弗爵士　要不知道我就是死脑筋了：
　　　　　　必须分期给你付钱：
　　　　　　眼下你拿到一百英镑。

大塔奇伍德　是的，我拿到了，先生。

奥利弗爵士　当我太太一怀上孕，付一百英镑；
　　　　　　当她被抬上产床，再付一百英镑，
　　　　　　婴儿一发出啼叫，付最后一百英镑，
　　　　　　要是死胎，那就什么也不付。

大塔奇伍德　你跳得太缓慢，
　　　　　　可以跳得再快一点儿。

奥利弗爵士　一点儿也不想快了，先生；
　　　　　　这速度对于任何药剂
　　　　　　都是很好的了。
　　　　　　　仆人上

　　仆人　白母马备好了。

奥利弗爵士　我马上就来——
　　　　　　　仆人下
　　　　　　（对基克斯夫人）吻我一下，再见。

基克斯夫人　可以吻你两下，我的爱。

奥利弗爵士　我大概三点回来。

奥利弗·基克斯爵士下

基克斯夫人　全身心欢迎你，亲爱的。

大塔奇伍德　（旁白）看样子他们忘掉了以前的愤懑，
　　　　　　又像以前一样相爱了起来。
　　　　　　他们到底会怎么样？
　　　　　　天啊，我一点儿也看不透。
　　　　　　你简直没法知晓。
　　　　　　（对基克斯夫人）来，亲爱的夫人。

基克斯夫人　我怎么吃我的药，先生？

大塔奇伍德　用完全不同的方式；
　　　　　　你必须躺下。

基克斯夫人　躺在床上，先生？

大塔奇伍德　躺在床上，
　　　　　　或者你认为舒服的地方，
　　　　　　你的马车也可以。①

基克斯夫人　吃这药还需要取悦于人。
　　　　　　众下

---

① 指当时流行的在马车中车震。

第四幕

第一场

蒂姆和导师上

蒂姆　你的立论被否定了，导师。

导师　我正在向你证明，学生，一个傻瓜不是一个理性动物。

蒂姆　你肯定判断错误了。

导师　我请你保持沉默，我在向你证明——

蒂姆　你怎么证明，导师？

导师　一个傻瓜没有理智，因此是一个非理性的动物。

蒂姆　你由此而认为，导师，一个傻瓜没有理智，因此是一个非理性的动物。你的立论再一次被否定，导师。

导师　我将再次向你展示我的立论，先生：任何没有理智的人绝对不能认为是理性的；一个傻瓜没有任何理智，因此，一个傻瓜绝对不能被认为是理性的。

蒂姆　他有。

导师　那你告诉我：谁有？他怎么有？

蒂姆　作为人：我将用三段论来证明。

导师　请证明。

蒂姆　我这么来证明，导师：傻瓜是一个人，就像你和我；
　　　人是一个理性的动物，所以傻瓜是一个理性的动物。①
　　　摩德琳上

摩德琳　他们整天辩论，什么事也不干！

导师　所以你认为：傻瓜是一个人，就像你和我；人是一个
　　　理性的动物，所以傻瓜是一个理性的动物。②

摩德琳　你们的争辩不管怎么样都有道理；
　　　请别再争论了吧；
　　　累得要命；
　　　你们在争论什么？

蒂姆　在争论傻瓜是否有理智，母亲。

摩德琳　争论关于傻瓜的事儿，儿子？
　　　天啊，你们干吗要为那个费心思呢？
　　　我们大家都知道傻瓜是怎么回事。

蒂姆　啊，那什么是傻瓜，母亲？
　　　我倒要问问你。

摩德琳　一个傻瓜就是
　　　在他有了智慧之前就结婚。

蒂姆　这是一个没有进过大学的女人
　　　会想到的结论；
　　　你领一个傻瓜到这儿来，母亲，
　　　我将证明他是一个
　　　跟我、跟我导师一样
　　　有理性的人。

---

① 以上对话均以拉丁语进行，拉丁语也并不标准，显得愚蠢、冗长而无聊。
② 原文为拉丁语。

摩德琳　哎呀，那是不可能的。

导师　不，他将证明。

蒂姆　按逻辑来证明什么是傻瓜
　　　那太容易了。
　　　按逻辑我可以证明任何命题。

摩德琳　啊，你不能!

蒂姆　我将证明
　　　一个妓女是一个有贞操的女人。

摩德琳　不，我觉得，她将自己来证明，
　　　而不是逻辑。

蒂姆　我告诉你，我能。

摩德琳　大街上有人会出一千英镑，
　　　如果你能证明他们的太太贞洁。

蒂姆　说实话，我能。
　　　还可以证明他们的女儿纯洁
　　　即使她们有三个私生子!
　　　你的裁缝什么时候来这儿?①

摩德琳　怎么，跟他有什么相干?

蒂姆　我将用我的逻辑证明他是一条汉子，
　　　他如果愿意的话，
　　　让他到这儿来。

摩德琳　（对导师）对于他来说
　　　起步学习的时候是多么困难!
　　　说真的，先生，
　　　我还以为他永远学不会拉丁语。
　　　你猜猜在他掌握拉丁语法之前

———————————

① 在当时裁缝一般被认为缺乏男人气概。

他读了多少词形变化的书?

导师　三四本吧?

摩德琳　请相信我,先生,三四十本。

蒂姆　呸,

我在教堂门廊拿着它们玩耍。①

摩德琳　他读了八年的语法,

总是可怕地卡在

那愚蠢的开首第一句上。②

蒂姆　(指着自己的脑袋)该死,那现在还在我脑袋里呢。

摩德琳　他在我少女时认识的一位绅士面前

让我感到羞辱不堪。

蒂姆　这些女人把什么都兜底说出来!

摩德琳　这位绅士问他"语法是什么?"③——

我仍然记得那甜蜜的、甜蜜的声气——

但他回答不出来。

导师　现在能回答吗,学生,嗯?

什么是语法?

蒂姆　语法?哈,哈,哈!

摩德琳　不,别笑,儿子,

让我听你说:

从这位绅士的舌尖

流泻出如此美丽的声气,

我将一辈子忘不了。

――――――――――

① 原文为 haberdines,应为"晒干的鳕鱼",估计是一种失传的游戏。

② 此为威廉·利理的《拉丁语法精简教程》著名的开篇第一句话"作为现在时"(as in praesenti)。

③ 原文为拉丁语:Quid est grammatical?威廉·利理的著作中另一句名言。

导师　说，什么是语法？

蒂姆　难道你不感到羞耻吗，导师？
语法：
啊，优美地写作和说话的艺术①，
说句有渎母亲清听的话。

摩德琳　说对了！
啊，儿子，我看你已是一位深奥的学者了。
导师先生，请听我一句话：
让我们退到我老公的卧室去吧；
我邀请北威尔士淑女来陪伴他，
她正在寻觅脉脉温情。
我要让他们待在一起，
把房门牢牢锁上。

导师　我很赞赏你的结论。
　　　摩德琳和导师下

蒂姆　我真纳闷我干吗要娶
这位淑女——
一个陌生人。
我捉摸不透
父母让我和一个陌路人结婚
到底怀的是什么鬼胎；
她既不是朋友也不是亲戚。②
天啊，难道他们以为
我对自己的身体毫不吝惜，
可以任意和一个陌生人，
一个从不知晓的人，

① 原文为拉丁文：recte scribendi atque loquendi ars。此为威廉·利理的著作中自己的回答。

② 蒂姆对于婚姻的性质十分困惑。

一个从没同窗过、

从没一起玩耍过的人

睡在一张婚床上？

他们大错而特错了。

他们说她有山脉领地，

两千头牛群①做嫁妆：

我导师也无法告诉我

这些牛群的含义；

我在拉德词典②中

在 R 的词条下寻找其含义。

在那儿我仍然不得要领；

除非它们是拉姆福德③的猪，

但我知道它们不是。

威尔士淑女上

她来了。

要是要我以求婚的方式跟她说话，

那我肯定不够研究生的格！

作为一个陌生人，

她径直来到我的房间

实在是非常大胆；

我不希望她说我太骄矜

不愿跟她说话：

正如我会说的，

结婚吧，

而她不会听懂我的话，

虽然它是真诚的。

威尔士淑女施礼

---

① 原文为 runt，威尔士和高原的一种小牛种。runt 和 cunt（淫妇；性交）仅一字之差，下文其实他应该在 C 词条里寻找。

② 拉德词典，Rider's Dictionary，约翰·拉德主教 1589 年编撰的拉丁语 – 英语词典。

③ 拉姆福德，位于埃塞克斯郡，每星期有猪市。同时也是有名的幽会之所。

她瞧着，还施了一个屈膝礼！

（对她）Salve tu quoque, puella pulcherrima ; quid vis nescio nec sane curo——图留斯的原话！①

威尔士淑女 （旁白）我不知道他说什么：

他在追求我吗？

天啊，他竟然不懂英语。

蒂姆 Ferter, mehercule, tu virgo, Wallia ut opibus abundis maximis。②

威尔士淑女 （旁白）他叽里咕噜说什么？

他肯定在嘲弄我，说我只是屁玩意儿。

蒂姆 （旁白）我不知道小牛用拉丁语怎么说；

我用一些其他的词吧。

（对她）我再说一遍，你们那里物产丰富，拥有最高的大山和喷泉，以及，请允许我这么说，小牛；说实在的，我只是一个很小的人物，一个学士，现在对跟人上床还没有准备好。③

威尔士淑女 （旁白）这让人摸不着头脑：

他也许能说威尔士语——

（对他）你说威尔士语吗？

天啊，你在跟我装模作样吗？④

蒂姆 （旁白）装模作样？我不想欺骗她；我要这样告诉她，

---

① 拉丁语：也向您致意，最美丽的少女；您到底想要什么，我不知道，也不想知道——。这句话并不是罗马雄辩家图留斯·西塞罗的原话，甚至不是任何人的名言。

② 拉丁语：赫拉克勒斯说，威尔士物产丰富。蒂姆故弄玄虚，其拉丁语极为蹩脚，只是作为笑料而已。

③ 原文为拉丁语：Iterum dico, opibus abundat maximis montibus et fontibus et, ut ita dicam, rontibus ; attamen vero homunculus ego sum natura simule arte baccalaureus, lecto profecto non parata.

④ 原文为米德尔顿按发音而写作的威尔士语。

　　　　　　　用一个跟她的语言相近的一个词。（对她）我不想跟
　　　　　　　你在一块儿。①

威尔士淑女　可以请你去吃威尔士美味——奶酪和乳清饮料吗？②

　　蒂姆　（旁白）天，她是一位学者，
　　　　　　　这我已经看出来了：
　　　　　　　她说的话简单明了；
　　　　　　　我敢打赌她下过苦功。
　　　　　　　人们会怎么说我们呢？
　　　　　　　"一对有学问的夫妻！"
　　　　　　　摩德琳上

　摩德琳　你的事儿进展得怎么样？

　　蒂姆　（旁白）真高兴母亲来把我们分开。

　摩德琳　（对威尔士淑女）进行得怎么样？

威尔士淑女　跟我们遇见前一样。

　摩德琳　这是什么意思？

威尔士淑女　你把我跟一个我不理解的人凑在一起；
　　　　　　　我觉得你儿子不是英国人。

　摩德琳　不是英国人！
　　　　　　　天啊，我儿子可是生在伦敦中心的呀！

威尔士淑女　我跟他在房间里待得够长的了，
　　　　　　　我发现他既不讲威尔士语，也不讲英语。

　摩德琳　啊，蒂姆，你怎么跟这位淑女说话？

　　蒂姆　就像一个男人会做的那样，母亲，
　　　　　　　用简单的拉丁语。

---

① 拉丁语：Ego non cogo。实际上，蒂姆想说：我不想欺骗你。

② 原文为威尔士语，几乎无法理解。她似乎是在邀请他共进晚餐。

摩德琳　拉丁语，你这傻瓜蛋？

蒂姆　她用希伯来语顶嘴。

摩德琳　用希伯来语，傻瓜蛋？那是威尔士语！

蒂姆　都是一回事，母亲。

摩德琳　她也能说英语。

蒂姆　谁曾经告诉我过这些？
　　　天啊，如果她说英语，
　　　那我就会跟她亲近点儿了，
　　　我以为你要我娶一个外国人。

摩德琳　（对威尔士淑女）你必须原谅他，
　　　他和他导师
　　　如此惯于说拉丁语，
　　　几乎忘了说清教的语言了。

威尔士淑女　这完全可以原谅。

摩德琳　蒂姆，作为补救，亲吻她一下。——
　　　（对威尔士淑女）他正在靠近你呢。

蒂姆　（吻威尔士淑女）哦，多么甜蜜的吻！
　　　从她的吻可以感知她来自何方；
　　　谚语说得好：
　　　"再没有比威尔士粉头
　　　更甜蜜的了"——
　　　（对威尔士淑女）据说你歌唱得很好。

摩德琳　哦，极少有的，蒂姆，最甜蜜的威尔士歌。

蒂姆　我赌誓在我结婚前，
　　　我要看到我太太
　　　展示所有的才能，
　　　看看我有多么富有。

摩德琳　你将听到美妙的歌声，蒂姆——
　　　　（对威尔士淑女）请吧。

威尔士淑女　（吟唱）**音乐和威尔士**
　　　　丘比特，维纳斯唯一的欢乐呀，
　　　　一个顽皮、
　　　　非常顽皮的男孩；
　　　　他将箭射向女人的奶头，
　　　　让男人戴上绿帽——
　　　　那前额上的绿帽呀，
　　　　无形但是可怕；
　　　　他教你把玩女人的嘴唇。

　　　　为何维纳斯不斥责儿子，
　　　　为了这些玩笑，
　　　　这些荒唐的玩笑？
　　　　他的流矢如此密集，
　　　　击中女人最柔软的地方，
　　　　啊，我，受伤的心呀！
　　　　他的箭镞如此厉害，
　　　　生活全都颠倒，
　　　　只有嘴唇还在癫狂。

　　　　在那一吻中，
　　　　那瞬息即逝的一吻中，
　　　　有哪怕些许的祝福吗？
　　　　追求享乐，
　　　　消闲只是浪费时间，
　　　　迟滞的吻
　　　　挑逗起最急迫的激情，
　　　　还没有尝到

就失去了它。

快乐的游戏呀

只在高音和低音间盘桓。

蒂姆　拿一个王国来换我的太太，

我也不换：

我在我的住处可以做同样的事。

金榔头和奥尔维特上

金榔头　啊，说得好，蒂姆！

钟声在快乐地敲打；

我爱这生命的声息。

太太，领他们进去待一会儿吧；

这位陌生的绅士要私下跟我谈一谈。

摩德琳、威尔士淑女和蒂姆下

（对奥尔维特[1]）欢迎您，先生，

主要还是因为您的姓氏——

好金榔头老爷；

我非常热爱我的姓氏：

我是否可以冒昧问一下，

您属于哪一支金榔头家族？

请问哪一支？

奥尔维特　阿宾顿附近牛津郡的那一支。

金榔头　那是金榔头家族中

最优秀、最纯正的一支，

我也来自那一支，

虽然现在是平民：

我冒昧跟您啰嗦一番，

衷心欢迎您来。

奥尔维特　我希望我的热情能匹配你的期望。

---

① 摩德琳见过奥尔维特，但金榔头没有见过。看来奥尔维特化了装。

金椰头　我的热情一点儿不比你的逊色；
　　　　你来有什么事儿吗，先生？

奥尔维特　我听街坊说你有一个女儿，
　　　　那是我的族侄女呀，
　　　　如果我可以冒昧这么说的话。

金椰头　我代表她向您表示感谢，先生。

奥尔维特　我听说了她的贤惠和美德。

金椰头　一个叫人麻烦死了的姑娘，先生。

奥尔维特　她的名声比你说的要高贵得多，
　　　　你太谦逊了。
　　　　听说她要结婚了？

金椰头　有这么回事，先生。

奥尔维特　是跟城里的一位骑士，瓦尔特·霍尔亨德爵士？

金椰头　正是他，先生。

奥尔维特　我觉得太遗憾了。

金椰头　遗憾？为什么，老兄？

奥尔维特　还不太久吧，是不是？
　　　　还能毁约吗？

金椰头　毁约？为什么，好先生？

奥尔维特　有一点你得告诉我，
　　　　然后，你就能听到我该说什么了。

金椰头　还没有签订婚约。

奥尔维特　我很高兴听到这个，先生。

金椰头　但他一定要让她上床。

奥尔维特　绝对不行，老兄；

838 / 文艺复兴时期英国戏剧选 II

她还是一个处女，
如果你促成了这桩婚事，
你该受到诅咒；
他是一个淫荡的嫖客，
整天游手好闲，
挥霍光了他的财产——
据我所知，
他这七年来一直无所事事，
荒淫无耻，
呸，兄弟，他还霸占别人的老婆。

金榔头　哦，太可恶了！

奥尔维特　他花钱维持她全家的开销，
　　　　　给她老公买衣服穿，
　　　　　支付用人工资，
　　　　　虽然不多，但是——

金榔头　卑鄙，太卑鄙了！
　　　　那她老公知道这个吗？

奥尔维特　知道吗？知道，他求之不得，
　　　　　那是他的生活来源；
　　　　　跟屠夫卖肉啦，
　　　　　家禽贩子卖兔子啦，[①]
　　　　　一个样儿，兄弟。

金榔头　这是怎样的一个明王八呀。

奥尔维特　呸，他管那个荏儿干吗？
　　　　　请相信我，老兄，
　　　　　他并不比我操心得多。

金榔头　这是个怎样的王八蛋呀！

---

① 又可以理解为贩卖妓女的皮条客。

奥尔维特　对这王八全一样：

　　　　　　他有吃有喝，

　　　　　　过着悠闲自在的生活，

　　　　　　按他自己的说法，

　　　　　　从来没有因为要生孩子

　　　　　　打断过睡梦，

　　　　　　而他太太竟然生了七个。

　金榔头　怎么，全是瓦尔特爵士的？

奥尔维特　瓦尔特爵士乐意

　　　　　　给他们提供优裕的生活：

　　　　　　那王八不敢稍有怠慢，先生。

　金榔头　天啊，王八有自己的孩子吗？

奥尔维特　孩子！男孩们

　　　　　　都在读加图①和考提埃②的书啦。

　金榔头　什么？你在开玩笑吧，先生！

奥尔维特　有一个孩子已能写诗，在伊顿学院上学呢。

　金榔头　哦，这说法真叫我受不了，老兄。

奥尔维特　要是我说的没能阻止这场婚事，

　　　　　　那你女儿遭受的祸害

　　　　　　比一个叫奥尔维特的太太就更悲惨了。

　金榔头　奥尔维特？天，我听说过他；

　　　　　　他女儿最近命名了？

奥尔维特　那场典礼

　　　　　　花了骑士一百多马克。

　金榔头　这个就够称他为歹徒和混蛋了。

----

① Dionysius Cato，（前234—前149），罗马政治家，著有《道德箴言》。

② Mathurian Cordier，著有《初级诗选》（*Common Versebooks*）。

万分感谢！我跟他算完了。

奥尔维特 （旁白）哈，哈，哈！骑士还会支撑我；

我不会失去他；

不会与什么太太有一腿了；

不管他在哪儿倚翠偎红，

我终究还能在家中找到他。哈，哈！

奥尔维特下

金榔头 得，假定这都是真的，

他的行为够污秽的了。

但是，请问，

婚姻能使他改弦易辙吗？

我也曾经私养过妓女，

跟安妮夫人有过私肚；

我并不在意谁知道这个；

他现在活得很自在，

两次当了教堂执事；

他的子孙也会这样发达，

虽然他们像他一样私生。

骑士非常富有，

他将成为我的女婿；

只要他玩的粉头没病，

我女儿也就不会传染。

让他们结婚吧，

在他们颠鸾倒凤之前，

我要他好好治一治病。

摩德琳上

摩德琳 哦，老公，老公！

金榔头 现在怎么样啦？

摩德琳 完了，

她逃走了，逃走了！

金榔头　又逃了？该死！怎么找？

摩德琳　到屋顶上去看看。
　　　　还有河边。
　　　　她永远离家了。

金榔头　哦，这好大胆的小妞！
　　　　众下

第二场

　　蒂姆和导师上

蒂姆　贼，贼！我妹妹被偷了！有贼偷了她：
　　　哦，我父亲的金银器不见了！
　　　它们全不翼而飞了，导师。

导师　这可能吗？

蒂姆　还有三串珍珠项链和一盒珊瑚！
　　　我妹妹不见了。
　　　让我们到特里格巷码头去找找看；
　　　我母亲到帕德尔码头去搜索了；
　　　在码头下面站着我傻乎乎的父亲。
　　　快跑，亲爱的导师，快跑！
　　　众下

第三场

　　塔奇伍德兄弟上

大塔奇伍德　要不是这些诚朴的渡工，弟弟，我早就被警察抓走；
我现在和他们的血肉相连了；
他们是世上最知道报恩的人，
他们就靠摆渡去看戏的绅士，
因此最乐于帮助绅士：
你听说过这样一个故事吗？
一位绅士从黑修道士剧场刚逃出来，
两三个恶棍跑进了剧场，
手中拿着脱鞘的长剑，
仿佛他们要在舞台上跳剑舞，
另一只手高擎着蜡烛，
活像蜡烛的魔影，
这时那可怜的绅士，
被诚朴的渡工用渡船
早已安全送到了彼岸。

小塔奇伍德　我为此真爱他们。

　　　　　　三四个渡工上

渡工甲　该轮到我了，先生。

渡工乙　我能用渡船把您摆渡过河去吗？

大塔奇伍德　这真是些诚朴的家伙。
　　　　　　选个船，把其他的渡工留给她吧。

小塔奇伍德　榆树仓①。

大塔奇伍德　一条船够了，弟弟。

渡工甲　该轮到我了。

渡工乙　我可以给阁下摆渡吗？

小塔奇伍德　走吧。

① 在哈磨斯密斯对面，是情人和决斗者聚集的地方。

大塔奇伍德和渡工甲下

其他渡工在这儿待着，

这儿是一个法国克朗。

他给一枚银币①

会有一位少女赶到这儿来，

尽快让她上船，

在我之后全力把她送到榆树仓。

渡工乙　到榆树仓，好先生。

把渡船准备好，山姆；

咱们在下面等着。

渡工众下。莫儿上

小塔奇伍德　你怎么这么晚才来？

莫儿　我发现路上比我预想的要危险得多。

小塔奇伍德　走吧，快！

有一条渡船在等着你，

我到保罗码头②上船追上你。

莫儿　好先生，你去吧；

咱们必须注意安全。

众下

第四场

瓦尔特·霍尔亨德爵士、金榔头、蒂姆和导师上

瓦尔特爵士　天啊，难道这就是你所谓的监护吗？

金榔头　关她的房间上了双重锁。

---

① 合五先令。

② 在特里格巷码头和帕德尔码头之间的一个码头。

瓦尔特爵士　见鬼的双重锁！

蒂姆　他就像个警官，
　　　　　有那么点儿牛皮筋儿，导师；
　　　　　他永远不会放手。

金榔头　要是你，
　　　　　怎么锁女人？

蒂姆　用挂锁，父亲；
　　　　　威尼斯人用贞洁皮带；
　　　　　我导师读到过。

瓦尔特爵士　该死，如果这么锁她，
　　　　　她怎么能逃出去呢？

金榔头　那儿有一个小洞
　　　　　通向排水沟；
　　　　　可是，谁能想到呢？

瓦尔特爵士　绝顶聪明的人就能想到！

蒂姆　他说得对，父亲；
　　　　　一个沉醉在爱里的聪明人
　　　　　会设法寻找任何洞口；
　　　　　我导师知道这个。

导师　诗人说了真话。①

蒂姆　维吉尔这么说的，父亲。②

金榔头　请在别处谈论你们的荡妇③吧，
　　　　　她跟我耍了花枪。
　　　　　你的聪明的母亲在哪儿？

---

① 原文为拉丁语：Verum poeta dicta。

② 原文为拉丁语：Dicit Virgilius。

③ 金榔头在这里用 jill（荡妇、情人）来调侃蒂姆说的诗人维吉尔（Virgil）。

蒂姆　　　我想她发疯了；
　　　　　我还以为她想跳河寻死；
　　　　　她等不及渡船
　　　　　而乘上了一艘小渔船：
　　　　　我还以为她去钓鱼①呢!

金榔头　　她会逮上好一筐小鱼儿
　　　　　给咱们晚饭佐餐。
　　　　　摩德琳一把手揪着莫儿的头发上，渡工们后随

摩德琳　　我要扯着你的头发一直把你拖到家。

渡工甲　　好夫人，饶了她吧。

摩德琳　　管你自己的事儿去吧。

渡工乙　　你真是个狠心的妈妈。
　　　　　渡工们下

莫儿　　　哦，我的心死了!

摩德琳　　我要让你成为
　　　　　所有邻居女儿的榜样。

莫儿　　　永别了，生活!

摩德琳　　你这种掉花枪的人
　　　　　就会装模作样。

金榔头　　别，别，摩德琳。

摩德琳　　我揪着你宝贝的头发来了。

金榔头　　她在这儿了，骑士。

瓦尔特爵士　别再这么粗鲁了，要不我感觉会更糟糕。

蒂姆　　　瞧瞧她，导师；
　　　　　她把她从河水里一把手揪起来

---

① 原文 smelt、gudgeon 都是小鱼的意思，意指傻瓜。

就像揪美人鱼①；
她只一半是我的妹妹，
而另一半肉
已经卖给鱼贩子②。

摩德琳　我这说谎而又狡猾的小妞。

金椰头　无耻的妓女！

瓦尔特爵士　你们再这么詈骂，这婚约就算告吹！——
（对莫儿）你为什么这么对待我，狠心的姑娘？
我干了什么要受这罪？

金椰头　你话说得太软弱了，先生：
我们要用另外的方式，
不能让这样的事再发生；
早就该采取断然措施了；
我们不能再浪费时间，
也不能太放任自流。
明天上午，
最迟太阳落山之前，
我们要让你们完婚。

莫儿　哦，今晚就让我死吧，
命运啊，你怜惜爱情吧，
别让我看见旭日
明天在地球上升起。

金椰头　你满意了吗，先生？
在那之前将牢牢看住她！

摩德琳　死姑娘，将牢牢看住你！
摩德琳揪着莫儿下

---

①　当时英语的俗语，美人鱼即妓女。

②　原文为 fishwives，即 fishimonger，因此可引申为皮条客。

蒂姆　啊，父亲，导师和我
　　　将喝烧酒来壮胆。
　　　金榔头下

导师　我们拿什么武器看住她呢?

蒂姆　你不用担心；
　　　如有必要，导师，
　　　我可以设法弄到
　　　强大的武器，
　　　那从没在任何战场上失败过；
　　　它现放在威斯敏斯特：
　　　我认识那看守纪念碑的人；
　　　我可以把亨利五世的剑借来。①
　　　我们两人用那把剑就足够看住她了。
　　　蒂姆和导师下

瓦尔特爵士　我从来没有这样走运过：
　　　在明天午前
　　　我将获得两千英镑的金子
　　　和一个甜蜜的
　　　足值四十英镑的贞女。②
　　　小塔奇伍德上，渡工甲随后

小塔奇伍德　哦，你带来的消息让我痛不欲生!

渡工甲　她几乎快淹死!
　　　她残暴地扯她头发，拖拽她，
　　　压根儿不像个母亲。

小塔奇伍德　够了! 让我独自待一会儿吧，
　　　一切欢乐早已离我而去。
　　　渡工甲下

---

① 可笑之处在于亨利五世的剑并不在威斯敏斯特教堂。

② 仿佛莫儿是妓女似的，以市场价在出售。

　　　　　（对瓦尔特爵士）先生，你忍心看一个可怜的少女
　　　　　就这么受到欺凌吗？
　　　　　天啊，是你造成的吗？

瓦尔特爵士　是的，是我！
　　　　　两人拔出剑出鞘，对打

小塔奇伍德　我必须把你劈成两半：
　　　　　除了我亲爱的，
　　　　　没有任何东西可以
　　　　　扼制我诅咒你，
　　　　　没有任何东西可以
　　　　　阻止我去追求充满希望的命运。

瓦尔特爵士　（击伤小塔奇伍德）先生，我相信
　　　　　这一下子可以叫你够呛。

小塔奇伍德　（回击）先生，你想第一击就击中我的心脏吗？

瓦尔特爵士　没有任何谈判的余地吗？
　　　　　请想一想两千英镑的嫁妆。

小塔奇伍德　哦，你也吃我一剑，先生。
　　　　　小塔奇伍德击伤瓦尔特爵士

瓦尔特爵士　现在打了个平手，
　　　　　我不想再打了。

小塔奇伍德　不想再打了，混蛋？

瓦尔特爵士　在再斗胆开打之前，
　　　　　有些事儿我得好好想一想。
　　　　　瓦尔特爵士下

小塔奇伍德　再吃我一剑！
　　　　　没个完，我要叫你去死。
　　　　　下

第五幕

第一场

奥尔维特、奥尔维特夫人和戴维·达乎玛上

奥尔维特夫人 摆脱不完的烦恼！

奥尔维特 我们怎么办呢？

戴维·达乎玛 我看他的伤是致命的。

奥尔维特 你也这么觉得吗，戴维？
那我也快要死了，
一具僵尸而已，戴维；
他一死，这世界就不是我的了，
干脆把我打包，戴维，
包上裹尸布，两头一打结，
运走拉倒！

受伤的瓦尔特·霍尔亨德爵士由两个仆役扶持上

戴维·达乎玛 哦，瞧，先生，
他显得多么屡弱！我的两个伙计正扶持着他。

奥尔维特夫人 （晕倒）哦，天！

奥尔维特 该死，我老婆也倒下了！

这原本好好的一大家子全趴倒了：
好好照顾他，好心的戴维，
让他振作起来。
让我来看看阁下，让我来看看。
　仆人们下

瓦尔特爵士　别碰我，你这混蛋！
我一看见你，伤口就疼，
你这毒害我心灵的蛇！

奥尔维特　他胡言乱语，
神志不清，
他不认识我了——
（对他）瞧，阁下好好瞧一瞧；
睁大你的眼睛，
瞧我的脸：
阁下好好瞧一瞧，我是谁?

瓦尔特爵士　如果还有什么比歹徒和混蛋还要可恶的，
那就是你！

奥尔维特　唉，可怜的阁下神志不清了！
他会渐渐认出我来的。

瓦尔特爵士　没哪个魔鬼像你！

奥尔维特　啊，可怜的绅士，
我一想到你所忍受的痛苦——

瓦尔特爵士　你知道我的荒唐呀，你！
你的卑俗让你
对我的罪愆熟视无睹；
没有人像你
那么了解我的灵魂
因高昂的费用而忍受的压力，

　　　　　　　而你，
　　　　　　　却似地狱里谄谀的天使，
　　　　　　　从未告诫过我，
　　　　　　　而让我一意孤行
　　　　　　　在昏睡中走向死亡。
　　　　　　　现在，即使我
　　　　　　　因为陌路人的悲悯
　　　　　　　而碰巧醒了过来，
　　　　　　　我也已把所有恩惠和怜悯的希望
　　　　　　　都丧失殆尽。

　奥尔维特　　他的境况越来越糟了。
　　　　　　　太太，到他那儿去，太太：
　　　　　　　跟他干吧。

奥尔维特夫人　跟你吗，先生？

　奥尔维特　　没有什么"跟你"了，
　　　　　　　你这叫人讨厌的婊子呀！
　　　　　　　真希望有个好心的人儿
　　　　　　　把这罪愆从我眼前赶走；
　　　　　　　一看见她，我就要瑟瑟发抖，
　　　　　　　她待在我面前，
　　　　　　　一切的恬适都会不翼而飞。
　　　　　　　难道这是跟你幽会作乐的时刻吗，
　　　　　　　你这不懂情理的女人？
　　　　　　　你对一个男人宁静的心灵
　　　　　　　是如此残酷，
　　　　　　　你不容给他些许自由吗？
　　　　　　　甚至魔鬼都比你
　　　　　　　对善良有更多的敬意呀。
　　　　　　　他都不敢这么做，
　　　　　　　他会用手捂着脸，

在忏悔的时刻离去。
当人远离魔鬼，
魔鬼也就离开了。
难道你比你的祖师爷——魔鬼
还更缺乏风度，还更厚颜无耻吗？
请显示你的廉耻吧，
如果你还有些许的话，
把你从我这儿要回去吧：
你应该把自己
锁在一个远离我的地方，
别看见我可怜的容貌，
如果你还有点爱和宽容的话。

奥尔维特夫人　他永远地失落了！

奥尔维特　快去，亲爱的戴维，快，
把孩子们带到这儿来；
一瞧见他们，他就会快乐起来。
戴维·达乎玛下

瓦尔特爵士　（对奥尔维特夫人）哦，死亡！
这是你哭泣的地方吗？
这算是什么眼泪？
趁早把它们抹去吧，
一看见泪水，
我就会更加焦躁；
我不喜欢眼泪。
在你的悲哀中
我只看到对性的狂热，
你为淫欲而泣；
每每在闲适之中
我可以感觉到
这种扑面而来的淫欲。

> 在你开始勾引我之前
> 我一切都安好无恙。
> 这看上去就像一位疏忽的母亲
> 无可奈何的悲哀，
> 她将溺爱的儿子
> 送上了断头台，
> 只能伫立在一边，
> 眼睁睁看着他受难。

戴维·达乎玛带着尼克、瓦特和婴儿上

戴维·达乎玛　孩子们都在这儿，先生；
　　　　　　正如阁下乐意看到的，
　　　　　　这是你最近生的漂亮姑娘：
　　　　　　说实在的，她笑了；
　　　　　　瞧，瞧，真的，先生。

瓦尔特爵士　哦，这是上帝对我的惩罚！
　　　　　　让我对那些使我的希望泯灭、
　　　　　　站在我和上天之间的人
　　　　　　遮掩我可诅咒的脸庞吧！
　　　　　　上天正瞧着我，
　　　　　　上帝和我周围的人们
　　　　　　完全可以说我的罪孽太深重了。
　　　　　　哦，我曾经为我的过错而忏悔！
　　　　　　但忏悔是多么地苍白；
　　　　　　私情依然在空中翱翔，
　　　　　　当忏悔还在孕育的路上，
　　　　　　它就用它那黑色的翅膀
　　　　　　把所有的祈祷击得粉碎。
　　　　　　谁知道我还能活多久，
　　　　　　哦，然后是什么呢？
　　　　　　整个世界只是一个苦胆，

　　　　　　让我感觉越来越苦涩；
　　　　　　我用灵魂交换来的作乐
　　　　　　将我深深毒害：
　　　　　　但愿我所有的嗟叹
　　　　　　为我铺设一条通向天国的路！

奥尔维特　　跟他说话，尼克。

尼克　　我不敢，我害怕。

奥尔维特　　告诉他，瓦特，他越抱怨就越痛苦。

瓦尔特爵士　　悲惨的七个私生死鬼。

奥尔维特　　来，我们来谈一谈，
　　　　　　让他振作一点。啊，瓦特伙计，
　　　　　　我的大人不是给了你如此的天赋，
　　　　　　让你用拉丁语写书信体诗文吗？
　　　　　　你是一个早熟的好孩子，
　　　　　　真叫人看了欢喜。

瓦尔特爵士　　哦，悲哀呀！

奥尔维特　　（旁白）天啊，难道没什么能安慰他了吗？
　　　　　　他既然已如此病入膏肓，
　　　　　　那只能令人悲叹不已了。
　　　　　　（对他）这儿是笔、墨水和纸，
　　　　　　一切就绪；
　　　　　　可以请阁下写一份遗嘱吗？

瓦尔特爵士　　遗嘱？是的，是的，还有别的吗？
　　　　　　谁来代写呢？

奥尔维特　　那个人，戴维，能够，
　　　　　　如果阁下愿意的话，
　　　　　　一个快手，字迹也清楚。

瓦尔特爵士　请写下：（戴维·达乎玛写）
　　　　　　首先①，我要给那个明王八
　　　　　　遗赠三倍于他体重的诅咒。

　奥尔维特　怎么这样!

瓦尔特爵士　给他身体和心灵
　　　　　　带来一切灾难。

　奥尔维特　不要把这写下来，戴维。

戴维·达乎玛　这是他的遗嘱;
　　　　　　我必须写下来。

瓦尔特爵士　盼望在他死前
　　　　　　罹患把他拖得痛不欲生的恶病。

　奥尔维特　多么甜蜜的遗产! 真把我气死了。

瓦尔特爵士　其次，我盼望那可恶的婊子，他的太太，
　　　　　　在她行将死亡的日子里
　　　　　　没有欢乐，没有美德，没有忏悔，
　　　　　　却有英国婊子都会有的痛苦，
　　　　　　那就是法国和荷兰的病——花柳;
　　　　　　在她死亡之前
　　　　　　目睹她的崽子们乱伦，
　　　　　　却不掉一滴眼泪。
　　　　　　仆人甲上

　　仆人甲　骑士在哪儿?
　　　　　　哦，先生，你击伤的绅士
　　　　　　刚才死了!

瓦尔特爵士　死了? 拉我一把，拉我一把!
　　　　　　谁帮我一把?

_____

① 原文为拉丁语: Imprimis。

奥尔维特　　　让法律帮你一把吧，
　　　　　　　只能是那样；
　　　　　　　我占了你的便宜，我太太也是。

　　仆人甲　　你最好躲起来。

奥尔维特　　　别躲在我家，先生，
　　　　　　　我不想包庇杀人的歹徒；
　　　　　　　你还是躲到你想躲的地方去吧。

瓦尔特爵士　　这算什么情分？

奥尔维特夫人　啊，老公！

　奥尔维特　　我明白我干了什么，太太。

奥尔维特夫人　（对奥尔维特）现在还说不定呢；
　　　　　　　如果他杀死他是自卫，
　　　　　　　他的性命和财产都会完好无损，老公。

　奥尔维特　　走开，老婆娘！听听傻瓜的废话！
　　　　　　　王家会没收他的土地，
　　　　　　　吊死他。

瓦尔特爵士　　连一间小房间也不能给我吗？
　　　　　　　（对奥尔维特夫人）你怎么说？

奥尔维特夫人　唉，先生，我希望看到你们两人和睦相处，
　　　　　　　但我不得不听老公的——
　　　　　　　（对奥尔维特）亲，让这可怜的绅士待着吧，
　　　　　　　他受的伤不轻：
　　　　　　　在阁楼的一端有一间
　　　　　　　我们从不使用的小房间；
　　　　　　　我请求你让他躲到那儿去吧。

　奥尔维特　　我们从不使用？
　　　　　　　在瘟疫流行的时候

　　　　　　　　　难道那不是一个隔离的去处吗？
　　　　　　　　　仆人乙上

瓦尔特爵士　　　哦，死亡！
　　　　　　　　　我现在所听到的
　　　　　　　　　跟我原先的印象多么迥然不同！
　　　　　　　　　你又带来什么消息？

　　仆人乙　　　情况越来越糟糕了；
　　　　　　　　　您很可能要失去您的土地，
　　　　　　　　　即使法律或者医生拯救了您。

　　奥尔维特　　（旁白）听见了吗，太太？

瓦尔特爵士　　　啊，怎么啦，先生？

　　仆人乙　　　奥利弗·基克斯爵士的太太怀孕了；
　　　　　　　　　那孩子将剥夺你的继承权，先生。

瓦尔特爵士　　　所有的厄运一股脑儿全来了！

　　奥尔维特　　我真纳闷，
　　　　　　　　　他跟他的一大帮伙计
　　　　　　　　　在这儿干什么？
　　　　　　　　　难道我们家就不能
　　　　　　　　　让我们安静待着，
　　　　　　　　　非要闯进这一大帮客人吗？
　　　　　　　　　请你们出去，先生们，
　　　　　　　　　并且带上你们的杀人犯；
　　　　　　　　　最好在他走之前就逮捕他，
　　　　　　　　　他杀死了一位正派的绅士：
　　　　　　　　　叫警察来！

瓦尔特爵士　　　我很快就不会再搅扰你。

　　奥尔维特　　我必须告诉你，先生，
　　　　　　　　　你在我家过于放任随便，

　　　　　已经远远超出我忍耐的范围。
　　　　　你的胡作非为
　　　　　都堵在我心口上了；
　　　　　我老实告诉你吧，
　　　　　我觉得你跟我太太过于亲密。

奥尔维特夫人　跟我？我只盼望吊死他。
　　　　　我才不喜欢像他那样快死的人。

瓦尔特爵士　如果我一直把眼睛擦得雪亮的话，
　　　　　我就可以看清他们的为人了：
　　　　　赌徒，淫棍，永别了！
　　　　　我再也没有什么戏可演了。
　　　　　瓦尔特·霍尔亨德爵士和仆人们下

奥尔维特　（对戴维）你也走吧，先生。

戴维·达乎玛　在所有的王八中，
　　　　　你是首屈一指的枭雄！
　　　　　（对奥尔维特夫人）
　　　　　而你则是令人唾弃的大淫妇！
　　　　　戴维·达乎玛下

奥尔维特　他的美梦就要成为泡影，
　　　　　我应该庆幸终于跟他了断。

奥尔维特夫人　你一喊叫警察，
　　　　　我就知道他不敢久待。

奥尔维特　那一下子就叫他泄了气。我们该怎么办呢，太太？

奥尔维特夫人　做我们想做的。

奥尔维特　家里的家具已经齐备，太太。

奥尔维特夫人　让我们把房子出租出去，

在斯特兰德大街①找一栋房子。

奥尔维特　找一座相当的房子，娘儿们：
　　　　　我们还有布垫
　　　　　可以装饰飘窗；
　　　　　吓，难道从上到下
　　　　　咱们不是装修得既不同凡响
　　　　　又富丽堂皇吗？
　　　　　天啊，就这套家什而言，
　　　　　足可以让一位侯爵夫人汗颜！
　　　　　还要有一座黄褐色丝绒盖的便桶，
　　　　　我现在都闻到那味儿了。

奥尔维特夫人　这没什么奇怪，先生，
　　　　　　　你的鼻子什么都闻得出来！

奥尔维特　我能闻出来，娘儿们；
　　　　　让这个座右铭粘贴在
　　　　　求爱者的房间里：
　　　　　"玩弄爱情呀，
　　　　　不算罪人，
　　　　　不管玩什么呀，
　　　　　赢家总是情人。"
　　　　　众下

第二场

金榔头和他太太上

摩德琳　哦，老公，老公，她要死了，她要死了！
　　　　好像只有死亡的气息了。

---

① 在伦敦和泰晤士河平行的一条大街，在詹姆斯一世时期是伦敦最时髦的街区。

金榔头　这将是咱们的耻辱。

摩德琳　哦，在一小时之内她变得多快!

金榔头　啊，可怜的孩子!
　　　　说真的，你这么扯她的头发
　　　　太残酷了。

摩德琳　为了对付她的任性，
　　　　你可能会做得还要绝。

金榔头　好言好语地劝说!
　　　　她在水里受了惊吓了!
　　　　　蒂姆上

摩德琳　现在怎么样了，蒂姆?

蒂姆　忙死了，母亲，忙着
　　　写妹妹墓碑上的碑文。

摩德琳　墓碑? 我想她还没有死吧?

蒂姆　是还没死，但她想死，
　　　死了也好。
　　　要做一件事，
　　　就做到底，
　　　这是你教导我的，母亲。

金榔头　你导师在干吗?

蒂姆　也在写碑文，
　　　用最纯正的拉丁文，
　　　摘自奥维德的《哀歌》。

金榔头　你妹妹看上去怎么样?
　　　　她有变化吗?

蒂姆　变化? 就是黄金变成银子
　　　也没有我妹妹的脸色苍白。

　　　　　　莫儿在仆人们的搀扶下上

金椰头　哦，她被搀扶来了；
　　　　瞧，那脸色多么像死亡！

　蒂姆　一脸死灰色，
　　　　难道还一个字没写出来吗？
　　　　即使我在床架上撞破脑袋，
　　　　也要赶在导师前把碑文写出来。
　　　　蒂姆下

金椰头　（对莫儿）说话呀，感觉怎么样？

　莫儿　我盼望我能好起来，
　　　　心里难受死了。

金椰头　唉，可怜的姑娘！
　　　　医生为你配制了极好的药剂，
　　　　最便宜的药材却具有极高的效力，
　　　　我们不惜一切代价，姑娘。

　莫儿　你的爱来得太迟，
　　　　但我还是要报以感谢。
　　　　当可怜的病人心死了，
　　　　那还有什么慰藉可言呢？
　　　　这不是医生能治疗的。

金椰头　把一切都抛之度外吧，
　　　　请微笑着瞧我一眼。

摩德琳　唱一两句歌吧，
　　　　你不知道
　　　　这将让我们多么高兴，
　　　　尽力唱一支歌吧，
　　　　劳驾啦，亲爱的莫儿。

　莫儿　母亲，我尽力来唱吧。

摩德琳　啊，说得好极了，姑娘。

莫儿　（吟唱）泪眼呀，破碎的心呀，
　　　我的爱人和我要分离。
　　　残酷的命运要我们生离：
　　　哦，将永远看不见你了，
　　　永远，永远，我的朋友！
　　　哦，在父母皱眉之前
　　　就结束生命的姑娘，
　　　你有福呀。
　　　泪眼呀，破碎的心呀，
　　　我的爱人和我要分离。
　　　　　大塔奇伍德拿着一封信上

摩德琳　哦，听着这样的音乐，
　　　叫我去死都愿意——唱得好极了，姑娘。

莫儿　既然你这么说它，那它就算吧。

金榔头　她扮演着天鹅的角色，
　　　一直鸣啼到死。

大塔奇伍德　冒昧打断一下，先生。

金榔头　你是谁，先生？请问有什么事？

大塔奇伍德　虽然我弟弟是你们仇恨的人，
　　　你们现在还在追踪他，
　　　但我希望你们能接受我；
　　　仇恨不要再扩大了；
　　　你们的恶意造成了死亡，是不是，先生？

金榔头　死亡？

大塔奇伍德　他死了：这爱对于他太昂贵了，
　　　他为此殒命，就是这个情况，先生；
　　　他为了爱付出够多的了，可怜的绅士。

金椰头　（旁白）一切障碍就此扫除，只要她无恙就好——
　　　　（对大塔奇伍德）别把他的死，先生，
　　　　归罪于咱们的仇恨；
　　　　他受了一个很致命的伤。

大塔奇伍德　我得承认，那加速了他的死亡；
　　　　但是，你们无情阻断他的爱情，
　　　　让他的心痛苦得流血。
　　　　既然说什么都已无用，
　　　　让我们把这一切忘怀吧：
　　　　在闭眼前不到三分钟，
　　　　永远告别这个世界之前，
　　　　他写了这封信，
　　　　要我发誓亲自送到她手上：
　　　　这就是我来这儿的目的。

金椰头　你可以将信送给她：她就坐在那儿。

大塔奇伍德　哦，一副要随他而去的眼神！

金椰头　啊，请相信我，先生，
　　　　我想她不久会随他而去。

大塔奇伍德　这儿是一些金子，
　　　　他叮嘱我在仆人们中间散发。
　　　　他将金子在仆人们中间散发

金椰头　唉，他到底是什么意思，先生？

大塔奇伍德　（对莫儿）你感觉怎么样，小姐？

莫儿　你得到的消息可以告诉你，先生。

大塔奇伍德　（给莫儿信）这是你的一位朋友给你的信，
　　　　这封信没有提及的，
　　　　我悲哀的舌头将予以补充。

莫儿　在我看信之前，

请告诉我他怎么样。

大塔奇伍德　没有一点儿起色，
　　　　　　只有很少一点气息了。

　　　莫儿　（读信）我还是很高兴听说这个。

　摩德琳　（对金榔头）死了，先生？

　金榔头　他死了。太太，
　　　　　　咱们得设法让她振作起来，
　　　　　　赶快跟她一起到教堂去。

　　　莫儿　哦，他告诉我他快要死了：
　　　　　　这之后他会怎么样呢？

大塔奇伍德　就什么痛苦都没有了：
　　　　　　他死了，亲爱的小姐。

　　　莫儿　（晕倒）天，也让我闭上眼吧！

　金榔头　姑娘，看好姑娘，太太！

　摩德琳　莫儿，我的女儿，好姑娘，说话呀！
　　　　　　只要瞧一眼，
　　　　　　你心中想怎么样就怎么样，
　　　　　　只要财富可以买到！

　金榔头　哦，她也完了！
　　　　　　这封信伤了她的心。

大塔奇伍德　与其让她沉浸在痛苦之中而心死，
　　　　　　还不如就这样一了百了。
　　　　　　苏珊上

　摩德琳　哦，苏珊，这么爱你的人死了！

　苏珊　哦，亲爱的小姐！

大塔奇伍德　（旁白）就是她一直在帮助她。——

（给苏珊钱和一个短笺）这是给你的报酬。

金榔头　把她抬走吧，
　　　　不要让我们再看见她，
　　　　我们的耻辱和痛苦。

大塔奇伍德　等一等，让我帮你一把；
　　　　这是我可以为亲爱的、
　　　　业已冰冷的弟弟
　　　　所付出的最后的一点情意了。
　　　　大塔奇伍德、苏珊和仆人们抬着莫儿下

金榔头　所有的街坊将怨恨咱们，
　　　　整个的世界将在咱背后指戳：
　　　　在安排好葬礼之后，
　　　　她下葬之前，
　　　　我们最好躲避一阵；
　　　　这是最明智的选择了，太太。

摩德琳　那我们怎么度过这段时光呢？

金榔头　我来告诉你在哪儿，娘儿们：
　　　　去找个隐蔽的教堂，
　　　　让蒂姆把那富有的
　　　　博莱克诺克淑女娶来。

摩德琳　天啊，一场姻缘！
　　　　我们并没有一无所有，
　　　　还是找回来了一些。
　　　　众下

第三场

奥利弗·基克斯爵士和四个仆人上

奥利弗爵士　　呵呵，我妻子怀孕了；
　　　　　　　我是一条男子汉了呀！
　　　　　　　一想到这，我就要
　　　　　　　让我那玩意儿忙乎一番。
　　　　　　　快去，召集所有的仆人，
　　　　　　　前往教区的教堂，
　　　　　　　把钟敲打起来。

仆人甲　　遵命，老爷。
　　　　　仆人甲下

奥利弗爵士　　看在我的分儿上，
　　　　　　　我要求你，奴才，
　　　　　　　晚上在大门前
　　　　　　　燃起一堆篝火。

仆人乙　　一堆篝火，老爷？

奥利弗爵士　　去点燃一堆
　　　　　　　令人印象深刻的篝火。

仆人乙　　（旁白）太不可能了！
　　　　　仆人乙下

奥利弗爵士　　快去，数好一百英镑，
　　　　　　　给第一个给我妻子拿来饮料的人。

仆人丙　　一百英镑，老爷？

奥利弗爵士　　一场好买卖！
　　　　　　　当我们兴高采烈，
　　　　　　　应记住欢乐的源泉，
　　　　　　　否则我们这些繁衍人口的人
　　　　　　　就太忘恩负义了。
　　　　　　　仆人丙下
　　　　　　　孩子生下，紧接着土地就要回归；

　　　　　　　　这一新闻叫瓦尔特爵士
　　　　　　　　顿时成了个穷光蛋。
　　　　　　　　说真的，我击中了要害。①

　仆人丁　天啊，你确实击中了要害，老爷；
　　　　　阁下将参加这一对情人的葬礼吗？

奥利弗爵士　两个？两个人的合葬礼？

　仆人丁　是的，老爷，这位绅士的哥哥要这样；
　　　　　这将是一个最令人伤感的场面。
　　　　　人们奔走相告，流言四起，
　　　　　送葬者蜂拥而至，
　　　　　从来没有哪一对情人
　　　　　吸引来如此多围观的人，
　　　　　招惹来如此多男人的怜悯
　　　　　和女人的眼泪。

奥利弗爵士　那我妻子去，
　　　　　　将增加悼念者的数字吗？

　仆人丁　这么多人拿手帕擦眼泪，
　　　　　没手帕的撩起围裙抹鼻子。

奥利弗爵士　她的父母却会因此而兴奋异常！
　　　　　　我不愿让我的孩子知道我的残酷，
　　　　　　这也算是一种垄断吧。②

　仆人丁　我相信你说的话，老爷。
　　　　　还安排了两具棺椁相会的场景，
　　　　　这太叫人伤心了。

奥利弗爵士　来，让我们去看看。
　　　　　　众下

────────

① 含有性暗示。

② 暗指詹姆斯一世时期，皇家赋予个人和公司特定的商业经营权的广受贬责的做法。

第四场

木管乐队奏着哀乐，装饰得庄严的绅士（小塔奇伍德）的棺椁从一扇门进入，棺椁上置放着他的剑，人们（包括奥利弗·基克斯爵士，和一位牧师）穿着黑色的服装护送着棺椁，他的哥哥（大塔奇伍德）主持葬礼；从另一扇门进入贞女（莫儿）的覆盖着鲜花的棺椁，棺椁上别着墓志铭，少女和女人们（包括基克斯夫人、奥尔维特夫人，和苏珊）护送着棺椁。两队送葬队伍相对而立；所有的送葬的人在哭泣，从音乐室传来一支悲歌

大塔奇伍德　从亚当之死开始
　　　　　　从没有任何的死亡
　　　　　　比这更富有教益；
　　　　　　这世界还没诞生过
　　　　　　一对比这更为真诚的心灵。
　　　　　　作为哥哥，
　　　　　　根据缜密的观察，
　　　　　　对这位已逝的绅士
　　　　　　做任何真诚的评价
　　　　　　都可能被斥为奉承，
　　　　　　这让我想保持沉默，
　　　　　　而不向怀有深深敬意、
　　　　　　希图改善自己德行、
　　　　　　乐于听闻善行的人们细述。
　　　　　　而这位少女，
　　　　　　嫉恨这毒药
　　　　　　不可能伤害她，

因为她留给世世代代
一块真实而纯洁的里程碑，
这里程碑
构筑在她那持续的名声之上，
这里程碑
即使时间
也不可能使其褪色。
我可以自由而真实地
谈论她，而不带有
任何的顾忌：
她身上熠熠发光的本性
是什么呢?
那有可能救赎夏娃原罪的本性
是什么呢?
善良中所包含的美
表明她是什么样的人：
既然美如此优雅地
镶嵌在善良之中，
富有德行的范例
就可能使他们成为夫妻。

奥尔维特　他们的死太叫人惋惜了!

众人　不可能再有像这样
更令人痛彻心扉的惋惜了!

基克斯夫人　无数人在哭泣，
无数人在传颂他们甜蜜的爱情。

大塔奇伍德　我相信
在这美好聚会中的人们，
无论是少女、丈夫，还是妻子，
如果最终能目睹他们喜结良缘

　　　　　　　不会不喜悦得雀跃起来。

　　　众人　无数人的心
　　　　　　会充溢由衷的欢乐。

大塔奇伍德　（对小塔奇伍德和莫儿）快起来，
　　　　　　把命运掌握在你们的手中吧，
　　　　　　让这些人欢乐起来；
　　　　　　在这儿全是朋友。
　　　　　　　小塔奇伍德和莫儿从棺椁中爬出来

　　　众人　还活着，先生？
　　　　　　哦，甜蜜、亲爱的一对人儿！

大塔奇伍德　别挡着他们，给他们让路；
　　　　　　如果她再次被囚禁起来，
　　　　　　我不会再为他们谋划了，
　　　　　　这位正直的侍女
　　　　　　也不会在危急时刻再帮忙了。

小塔奇伍德　（对牧师）好先生，快！

　　　牧师　手握手，心心相连，
　　　　　　父母之命
　　　　　　再也不能把你们隔断。
　　　　　　（对小塔奇伍德）你将规避寡妇、有夫之妇，和少女——
　　　　　　（对莫儿）你将规避贵胄、骑士、绅士和商人——
　　　　　　如果婚约因匆忙而有所疏忽，
　　　　　　那请你们用亲吻来弥补吧。

大塔奇伍德　说得多么乖巧！
　　　　　　祝你快乐，弟弟，
　　　　　　难道你拥有一个活着的她
　　　　　　不比拥有一个死去的少女更好吗？

奥尔维特夫人　也祝你快乐，亲爱的新娘。

众人　祝你们两人快乐，快乐，快乐！

大塔奇伍德　这就是你们带来的婚床的床单；
　　　　　如果你们愿意的话，
　　　　　你们可以上床了。

小塔奇伍德　我的快乐需要一个出口。

大塔奇伍德　到晚上再发泄吧，弟弟。

莫儿　我沉默却快乐着。

大塔奇伍德　贤妹，快乐会让女人沉默，
　　　　　但一旦你跻身一群侍女之中，
　　　　　你自然又会捡起你的话语，贤妹。

众人　从来没有一个时刻
　　　充溢如许的快乐和惊奇。

大塔奇伍德　述说这位侍女的故事，
　　　　　她这次所做的好事，
　　　　　需要漫长的时间；
　　　　　简而言之，是她
　　　　　聪明谋划了今天的结果。

众人　我们将因此而爱她。
　　　金椰头和妻子摩德琳上

奥尔维特　瞧谁来了！

大塔奇伍德　一场暴风雨要来临了，一场暴风雨！
　　　　　不过我们已有庇护。

金椰头　我指望你们都在这儿，
　　　　我要来嘲弄你们一番，
　　　　嘲弄你们
　　　　和你们以为会发生的风暴：
　　　　其实我非常快乐，

因为这两人都活着，

因为你们心中的欢愉！

大塔奇伍德　这又是奇怪的一天！

金椰头　骑士最终证明是个混蛋：

一切该发生的都发生了，

他侄女是个声名狼藉的妓女，

我可怜的孩子蒂姆

今晨早餐之前和这粉头结了婚，

真是倒了大霉。

众人　一个妓女？

金椰头　他所谓的"侄女"！

奥尔维特　（对妻子）我们还是及时摆脱了他。

奥尔维特夫人　当我委身于他的时候

我就知道他已经过了巅峰时期了。

（对金椰头）请问他现在怎么样了，先生？

金椰头　谁，骑士？

他被关在骑士牢①里——

（对基克斯夫人）夫人，你的肚子开始显现了，

他不会有安宁之日，

他的那些债权人个个都是恶鬼。

奥利弗爵士　（对大塔奇伍德）塔奇伍德老爷，

你听说了这新闻吗？

你使我妻子怀上了孩子，

我对你感激不尽，

我于此请求你和你的妻子

不要再分居，

---

① 当时英国债务牢狱按支付的钱不同分四个等级，老爷牢、骑士牢、两便士牢和洞
穴牢。

> 让世人看了笑话：
> 我给你们提供开销、床和膳宿：
> 不要害怕重操你们的旧业，
> 去生孩子吧，我来抚养他们。

大塔奇伍德　你是这么说吗，先生？

奥利弗爵士　如果你有胆量，
　　　　　　给我证明一次生个三胎。

大塔奇伍德　跟个男子汉挑战可要谨慎，
　　　　　　他可是拥有灵光的武器。
　　　　　　　蒂姆、威尔士淑女和导师上

奥利弗爵士　他妈的，我这就向你挑战，先生！

　　金榔头　瞧，先生们，
　　　　　　如果说世界上有不幸的婚姻，
　　　　　　那就请看那一对吧。

威尔士淑女　不，亲爱的好蒂姆——

　　　蒂姆　从剑桥回来
　　　　　　却娶了一个妓女做妻子，
　　　　　　竟然当着我导师的面！
　　　　　　哦，时代！哦，死亡！①

　　　导师　蒂姆，劳驾啦，
　　　　　　耐点儿性子！

　　　蒂姆　我在剑桥买了个粉头
　　　　　　我要把她出租给人，导师，
　　　　　　一天十八便士，
　　　　　　或者给布莱福德赛马场，

————————————

① 原文为拉丁语：O，tempora！O，mors！西塞罗在《挽歌：卡提莱娜》中说 "O，tempora！O，mores！（哦，这世界怎么啦？）"，蒂姆在此搞混念错了。

让人到郊外畅快骑上个七英里。

那些黄金山地在哪里？①

我得到过允诺，

但是迷雾重重，

我什么也看不见。

那两千头的牛群怎么样啦？

让我们跟它们干上一个回合吧，

你不得不出气！

摩德琳　好极了，亲爱的蒂姆，要有耐心。

蒂姆　如果我无法规劝神，

那我就只好去寻求幽冥了，母亲。②

摩德琳　我觉得你按逻辑娶了她，蒂姆。

你曾经告诉过我，

你可以证明妓女是贞女；

那你就来证明吧，蒂姆，

你权且把她当作你的酬劳吧。

蒂姆　说真的，还得感谢你：

告诉你吧，我可以证明

另一个男人的妻子，

但不想证明我自己的。

摩德琳　真是不可救药，蒂姆；

你必须尽可能证明她是贞女。

蒂姆　啊，我导师和我将

尽力善待她。

一个妻子不是一个妓女，

---

① 原文 I was promised mountains，英语谚语有 promise moutains of gold。

② 原文为拉丁语：Fletctere si neguro superos，Acheronta mourbo。摘自维吉尔的史诗《爱涅阿斯纪》，蒂姆说的拉丁文有谬误。

因此这是一个谬论。①

威尔士淑女　先生，如果你的逻辑不能证明我贞洁，
　　　　　那还有一样称之为婚姻的东西，
　　　　　它可以使我持贞守洁。

摩德琳　哦，你的逻辑之外还有玄机，蒂姆。

蒂姆　我看，当一个女人在拉丁语中是妓女，
　　　在英语中她便成了贞女。②
　　　说了这么多关于婚姻和逻辑的话！
　　　我将因她的智慧而爱她，
　　　我要在那儿找到我的牛儿；
　　　为了我的山地，我要爬上……③

金榔头　命运很少给予两个婚姻
　　　以同样完满的结局；
　　　好在可以为两场婚姻
　　　只举行一场婚宴！
　　　哈哈，为了宽敞起见，
　　　我要在戈尔德斯密斯大厅
　　　大摆筵席，
　　　仁慈、时髦而勇武的男子汉们，
　　　我邀请你们所有的人。
　　　众下

（全剧终）

2018 年 1 月 21 日于北京威尼斯花园

---

① 原文为拉丁语：Uxor non est meretrix，ergo falacis。
② 拉丁语中 meretrix（妓女）在英语中听起来像是 merry tricks，固有此语。
③ 此处的省略号有可能是因为过于直白而遭审查官删去，也有可能是剧作家自己省略，让观众自己去体味。

不信上帝的人的悲剧[①]

（又称：老实人的悲剧）

西里尔·图纳 著

① 根据 Four Revenge Tragedies，Oxford University Press，2008 译出。

剧中人物

蒙特菲勒斯伯爵

贝尔福莱斯特伯爵

达姆威尔[1]，蒙特菲勒斯的弟弟

莱维杜尔西亚[2]，贝尔福莱斯特的夫人

卡斯特贝拉[3]，贝尔福莱斯特的女儿

查勒蒙，蒙特菲勒斯的儿子

洛萨，达姆威尔的长子

塞巴斯蒂安，达姆威尔的次子

蜡烛匠朗格博[4]，清教徒，贝尔福莱斯特的专职牧师

博拉齐奥[5]，达姆威尔的狗腿子

卡塔博拉斯玛[6]，假发和服装制造商

索凯特，卡塔博拉斯玛手下一个外表像淑女的人

弗莱司科[7]，卡塔博拉斯玛的仆人

其他仆人

---

[1] D'Amville，意为卑鄙的灵魂，是英语和法语组合的一个名字。

[2] Levidulcia，意为轻佻而甜蜜。

[3] Castebella，意为贞洁而美丽。

[4] Languebeau，意为巧舌如簧。

[5] Borachio，酒鬼的意思。

[6] Cataplasma，原为药膏的意思。

[7] Fresco，原为新鲜的意思。

警卫官

士兵

巡夜人

军官们

法官们

火枪手

医生

狱卒

刽子手

第一幕

第一场

达姆威尔、博拉齐奥上，一仆人跟随其后

达姆威尔　我看见侄子刚跟他父亲告别，
去告诉他，我想见他。
仆人下
博拉齐奥，你熟谙自然，
了解它那涵盖一切的规律。
难道你不观察人和牲畜
繁衍变化的次序吗？

博拉齐奥　那是一样的——
出生，成长，盛年，衰落，死亡：
只是人比畜生
更为优越罢了。

达姆威尔　但自然的恩赐并不
覆盖全体，你会看见
一个傻瓜蛋，比畜生好不了多少。

博拉齐奥　那表明人并没有
比他的造化更加高级的东西，

如果说存在这种东西的话，
只是他的高贵
超越了造化的弱点而已。

达姆威尔　如果死亡增加
快乐和幸福的话，
那就让我立刻
沉溺于寻欢作乐，
让那甜蜜和放纵的
快乐将我逐渐引向死亡。

博拉齐奥　我想，那种轮回太短暂了。
如果此生包含全部的幸福，
这么急于去死，
不太愚蠢了吗！
如果自然让我们活够长的寿命，
为了瞬息即逝的快乐，
去换得死后无穷的痛苦，
那该是多么地不合算呀！

达姆威尔　那你认为快乐
只能在财富的河上找到吗？

博拉齐奥　财富是所有快乐的
源泉。

达姆威尔　那是神谕，
一个人老实但没有钱
会是怎么样一个人呢？

博拉齐奥　既凄惨又被人瞧不起。

达姆威尔　比那还要糟糕，博拉齐奥。
如果仁慈是诚实最重要的内容，
——诚实与否也需要别人来评定——

而且我们首先应该对自己仁慈，
那你所谓的没钱的老实人
其实是最不诚实的，
因为他对他所依附的人
最不仁慈。
那为什么这使像我这样
富足的人深有所感呢？
那是因为这牵涉到勤俭，
真是这样的。
难道我的血脉没有遗传到
我的子孙吗？
也许我不应该将我的后代
扩大到与我的存在不相称的地步。
即使在那样的地步，
人也有充足的理由不断繁衍。
有精打细算的眼光、
有实力的人，
能够筹划他的发展，
增强他的地位，
以应付不测风云，
因为最微小的变故也会
毁掉他一生的成果，
这是一种什么人呢？
我的孩子们跟我十分亲近，
就像大树树干上的树枝一样，
会不断地葳蕤生长。
他们人口日繁，
我对此也应该要有远见，
他们从我的身上汲取精髓，
以此而活着，而兴旺。

博拉齐奥　老爷，够了，
　　　　　我知道你向往什么。
　　　　　　　查勒蒙和仆人上

达姆威尔　别说话。有人来了。——查勒蒙！

　查勒蒙　早晨好，叔叔。

达姆威尔　高贵的查勒蒙，早晨好。
　　　　　在今天这个荣耀的日子，
　　　　　你准备奔赴战场吗？

　查勒蒙　是想这样。

达姆威尔　但不是你决意这样？

　查勒蒙　是的，大人，
　　　　　我父亲反对。

达姆威尔　哦，高贵的战争，
　　　　　男人荣耀的源泉！
　　　　　现代精神鄙俗而萎靡，
　　　　　大大落在先人之后了！
　　　　　这些先人，我们毕竟从他们的才气
　　　　　继承了那高贵的血统呀。

　查勒蒙　大人，请别多问关于他的反对了，
　　　　　严父的威权
　　　　　让我不得不违逆我自己的心意了。

达姆威尔　贤侄，你是我们门第的光荣。
　　　　　远比你卑下的人们
　　　　　成为你的上司，
　　　　　他们卑贱的出身
　　　　　更应该凸显你的高贵。

　查勒蒙　你无须用激将的办法

来鼓励我；
上战场肯定非常高贵。
但父亲不让我去。
为了阻止我，他不给我钱
购买军装和装备。
请将我从困境中解救出来，
要是我犹豫不决，
就叫我胆小鬼吧。

达姆威尔　缺钱吗？博拉齐奥，金子在哪里？
博拉齐奥下
为了获取荣耀，
我将不让我的后代继承遗产。
我将荣誉置于资本投资之上。
我真高兴我的财富能用来
为你效劳。
博拉齐奥拿着钱上
这儿是一千克朗。

　查勒蒙　我的高贵的叔叔，为此，
我留下我的借条。
这样，我就有两方面的责任：
归还你的金子，
同时，用你的金子去满足你的爱。

达姆威尔　贤侄，这只是见证一下我的爱，
而爱是不图回报的。
现在到你父亲那儿去，
设法去得到他的允诺吧。
我的给予将帮你的忙，
你会得到允诺的。

　查勒蒙　如果恳求无效，

那就只能听天由命了。

查勒蒙下

达姆威尔 （对仆人）去把我的儿子们叫来，

跟高贵的查勒蒙告别。

仆人下

博拉齐奥！

博拉齐奥 我们刚才谈到财富的问题。

达姆威尔 问题在于如何获得财富。

博拉齐奥 年轻的查勒蒙将奔赴疆场。

达姆威尔 哦，你开始懂得我的用意了。

博拉齐奥 那就听我说。

我认为，极其聪明的人将从

查勒蒙的消失

获取优厚的回报。

他父亲非常富有，

不久就将进入坟墓，

查勒蒙一走，

就没有人能挡你的路了。

达姆威尔 你看透了我的用意和我的爱。

让你的丰富的经验去指导

你执行这一危险而秘密的计谋，

你也会得到相应的报酬。

博拉齐奥 我已经决意和你

捆绑在一起。

达姆威尔 衷心祝你成功。

洛萨和塞巴斯蒂安上

我的儿子们来了——

我永恒的未来。
我储存在他们身上的生命
将永远活着。
我在经济上的远见
将给予他们的生命以更多的福祉。
让所有的人都失败吧，
那我的财富就可以增加：
别人的痛苦
跟我无关痛痒。
众下

第二场

蒙特菲勒斯和查勒蒙上

蒙特菲勒斯　我希望这不尽的泪水
　　　　　可以把你从战争中拉回来，
　　　　　因为在我的孩子中
　　　　　你是唯一有希望继承我财产的人。
　　　　　你从战场上得到的功勋
　　　　　只是给你以虚名。
　　　　　你已经从先祖那儿获得
　　　　　足够的尊严，
　　　　　足够的财富让你享用。
　　　　　请留下吧。

查勒蒙　高贵的父亲，
　　　　你发出的最轻微的太息
　　　　足以改变我最明确的目标，
　　　　你最温柔的一掬清泪
　　　　足以扭转我的意志

做一头驯服的绵羊。
但我对于战争的迷恋
源自我的血脉，
源自我所有先祖的生命。
先祖就是先例，
而你就是我的榜样。
难道你要我
在一个无上光荣的家族中
仅仅当一个连接符号吗？
或者像一个空洞的标牌，
悬挂在先祖的奖杯
和后人威武的武器之间吗？
出身高贵、年轻的法国人
出于精神或者榜样，
都去当兵。唯独查勒蒙
却是这么一个不成器的东西，
连胆小鬼都可以明目张胆地嘲弄。

达姆威尔、洛萨和塞巴斯蒂安上

达姆威尔　　早晨好，大人。

蒙特菲勒斯　早晨好，好弟弟。

查勒蒙　　　早晨好，叔叔。

达姆威尔　　早晨好，贤侄。
怎么，今天早晨你以泪洗面了吗？
（对蒙特菲勒斯）来，从我心底里说，
他的请求应该得到爽快的允准。
你出于舐犊之情，想阻止他。
对于一位绅士的父亲，
还有什么比维系和增加
家族的荣耀更富有温情呢？

大人，我的孩子们在这儿。
他们两人都能够，或者说勇于
成为我侄子的挑战者。

蒙特菲勒斯　你把我说服了。
但愿上帝保佑，
我不得已做出的允诺
不会带来厄运。

达姆威尔　（对查勒蒙旁白）终于松口了。
（对蒙特菲勒斯）什么厄运？
充其量不过是死而已。
我相信
我们死亡的时间、地点和方式
完全由命运决定，
而我们命中注定都要死。
既然这样一件事不可改变，
那天命怎么可能改变它呢？
贝尔福莱斯特、莱维杜尔西亚、卡斯特贝拉，以及随
从仆人上

贝尔福莱斯特　早晨好，蒙特菲勒斯大人，达姆威尔大人。
早晨好，绅士们。
查勒蒙表弟，向你诚致早晨好！
说真的，我生怕来迟告诉你，
我希望你奔赴疆场的愿望得以实现，
因为这才与你的美德相称。

查勒蒙　大人，没有你的命令，
我也无法实现我的愿望。

贝尔福莱斯特　那不过是表面文章而已。
我们应将精力花在严肃的事务上，
而不应为此花费太多的时间。

蒙特菲勒斯　要不是我们挽留他，
　　　　　　你也无法跟他道别了。

达姆威尔　他来就是要做说客的，
　　　　　现在了无必要了。
　　　　　厨师请我们去用早膳。
　　　　　大人阁下请进吧？哦，高贵的小姐！
　　　　　除了查勒蒙和卡斯特贝拉，众下

查勒蒙　我高贵的小姐，
　　　　这相会
　　　　犹如一篇优雅而动人的讲演，
　　　　包含了许多甜蜜的说辞，
　　　　其气势一泻千里，
　　　　最精彩的文采留在了最后，
　　　　凌驾一切之上，
　　　　以全力倾倒了听者；
　　　　人们最后的道别
　　　　总是最长久、最经常
　　　　存留于记忆之中。
　　　　临别祝愿的话
　　　　大大增强了
　　　　我从他们那儿得到的爱。
　　　　但是你，亲爱的小姐，
　　　　最后来向我告别的人，
　　　　是最珍贵的，
　　　　就像是一篇具有恢弘结尾的
　　　　甜蜜的演说，
　　　　让我欢喜不已，
　　　　将永远存留在我的灵魂中。
　　　　小姐，请让我跟你吻别吧。
　　　　他们接吻

卡斯特贝拉　我的诚挚的情人，
　　　　　　你错认了接吻。
　　　　　　接吻并不意味着分离，
　　　　　　两人嘴唇相连，
　　　　　　呼吸将我们维系
　　　　　　在一个生死盟约中。
　　　　　　你要么留下，
　　　　　　要么让我跟你一块儿去。

　　查勒蒙　我的卡斯特贝拉，对于我来说，
　　　　　　不管留下还是你跟我去，
　　　　　　既表明我青春的不光彩，
　　　　　　也表明你的爱的无礼。
　　　　　　蜡烛匠朗格博上
　　　　　　为了满足你的爱情，
　　　　　　我让这位来人见证
　　　　　　我们神圣的盟誓，
　　　　　　从战场归来我将用婚姻明证。

　　朗格博　我以性爱的名义向两位祝贺。①我已经听说你们的婚
　　　　　　约，我将作为见证人见证履行这一承诺。

卡斯特贝拉　哦，这困扰我可怜灵魂的痛苦！
　　　　　　我的忠诚的情人，你听说过吗？
　　　　　　当一个伟人亲赴战场，
　　　　　　苍天美丽的容貌将蒙上悲戚，
　　　　　　太息的风吹拂大地的胸脯，
　　　　　　乌云低垂哀悼的头颅，
　　　　　　临走的那一天，洒下悲哀的细雨，
　　　　　　仿佛这一天预示着凶兆，
　　　　　　他的幸福将注定要连根拔起；

---

①　朗格博是一位清教徒。他的戏谑的语言意在嘲弄清教徒在宗教上的虚伪。

现在正是这情景。
我的眼睛——苍天不许——
就像那垂泪的乌云，
那乌云所预示的，
正如我的眼泪；
随我的恐惧而来的
将是令人伤感的结局。

查勒蒙　不，这是迷信！难道接吻是不祥的吗？

卡斯特贝拉　但愿除了这，所有的恐惧都不会困扰我。
他们接吻

朗格博　哎，哎，哎，这些肉感的接吻肯定会撩拨起肉欲。
贝尔福莱斯特和莱维杜尔西亚上

莱维杜尔西亚　哦，你女儿在这儿，正亲吻情人的嘴唇呢。

查勒蒙　夫人，你没有理由错认
我给予的吻；这只是吻别。

莱维杜尔西亚　淫荡！如果这是吻别的话，
那我还想吻你当作打个招呼呢。

贝尔福莱斯特　你父亲阻拦你上战场。
再见。但愿伟大的战神
让你平安无事。再见。

查勒蒙　大人，我谦卑地向你告别。
（对莱维杜尔西亚）夫人，
我吻你的手。（对卡斯特贝拉）吻你的甜蜜的嘴唇。
再见。
除了查勒蒙和蜡烛匠朗格博，众下
她泪流满面泣不成声。
内心有什么在挽留我，
但荣誉却不想退却。

> 亲爱的先生，因为你的诚实，
> 我选择你作为我的朋友。
> 恐怕我的远去会让她难受。
> 你要尽力减轻她的悲伤。
> 让她的悲叹得到你友谊的抚慰，
> 而你将永远不会吝惜你的爱。

朗格博 先生，我需要你用言辞来担保你的承诺，不过简而言之，我会尽力去抚慰她的悲伤。

查勒蒙 先生，我将像借高利贷一样，
租借你的友谊，
酬谢不会少，
进账将大大超出投入。

查勒蒙下，达姆威尔和博拉齐奥上

达姆威尔 朗格博先生，很高兴见到你！你诚恳的举止让我对你更加感兴趣了。

朗格博 如果大人阁下不这么一本正经跟我打招呼，我倒愿意为您效劳。这种做礼拜式的客套表现出一种迷信和虚荣。简而言之，我不喜欢这样。

达姆威尔 按你的脾性和愿望，我冒昧拥抱你，向你显示我的爱，就像你的当之无愧的保护人贝尔福莱斯特大人所做的那样。

朗格博 他大人阁下乐于接受我直截了当的做派。

达姆威尔 那不可能让他不乐于。在他的女儿卡斯特贝拉的谈吐举止中，男人有可能感觉到她的高贵和你的教导。

朗格博 那位淑女最为甜蜜、谦和、美丽、正直、妩媚、聪明，有礼而富有。

达姆威尔 你给我描述了她的一幅十分简洁的肖像画。

894 / 文艺复兴时期英国戏剧选 Ⅱ

朗格博　她就像是你的钻石，在每个男人的眼中她是一种诱惑，但她本人却不会给人任何淫荡的印象。

达姆威尔　对她的赞美倒是实在的，但那譬喻是你杜撰出来的。
　　　　　给他戒指

朗格博　把这免了吧，先生。

达姆威尔　我才不会按你说的把这免了，先生。我只是把它给你，先生。要不，天啊，你会要我赌咒。

朗格博　哦，绝不会！别让那污秽的罪过亵渎你的嘴唇。不过我还是收下吧。为了不赌咒，你就失去你的戒指了。其实，大人，我对她的赞美还远远不够。她比一颗宝石还要宝贵多了。宝石只是作装扮，而她不仅作装扮，还有用。

达姆威尔　要是没用，养着不就亏了吗？她配一个出色的丈夫，先生。我常常希望她嫁给我大儿子。这场婚姻将贝尔福莱斯特和达姆威尔两大名门望族结合在一起。

朗格博　家族的联姻是一件需要爱和慈悲的工作。

达姆威尔　那活儿需要好脾性的你的效力。

朗格博　如果大人阁下把这担子赋予给我的话，我会别无二心地担当起来，肯定会让你心满意足。

达姆威尔　这太让我高兴了！（对台后喊）洛萨！——这是我给贝尔福莱斯特大人写的信，讲到我对那件事的想法。
　　　　　洛萨病快快地上
　　　　　洛萨，我给你找了一个到卡斯特贝拉那儿去说情的说客。我请这位绅士关照你追求她的事务。你信赖他，他就有成功的希望。听从他的指导，他是你的带路人。

朗格博　简而言之，是这样。

洛萨　我的带路人？难道大人阁下认为我太羸弱而无法独自
　　　战斗吗？①

朗格博　我只是在一旁帮帮忙。

洛萨　老实说，还是需要你的，没有帮助，一个病人很难得
　　　到一个女人的欢心。②

朗格博　（旁白）查勒蒙，你的善意和我的承诺不过是空话而
　　　已，都会随风飘逝而去。
　　　关于你那可怜空白的手，
　　　我决不能说什么；
　　　这戒指让我感觉稳操胜券。
　　　蜡烛匠朗格博和洛萨下

达姆威尔　博拉齐奥，你能看出这个清教徒是个什么人吗？

博拉齐奥　他的宗教信仰似乎让他显得很纯洁。

达姆威尔　他似乎知道死后从宗教那儿
　　　能得到什么好处；
　　　但将他的宗教信仰
　　　和他的生活比较一下吧；
　　　它们是如此相悖，
　　　仿佛他的所有说教
　　　就是要世界避开罪恶，
　　　而他自己却无恶不作。
　　　就为此，
　　　我是一个坚定的不信上帝的人。
　　　好啊！查勒蒙走了，
　　　你就此可以看到
　　　他的离去成就了我的计谋。

---

① 双关语。此处含有性暗示。
② 原文为 will，意为 lustful desire，含有性暗示。

博拉齐奥　　卡斯特贝拉爱着他。

达姆威尔　　那就是为什么
　　　　　　我建议他奔赴异国的战场的原因，
　　　　　　这样他就不会碍事了。

博拉齐奥　　我们可以放开手脚干了。

达姆威尔　　卡斯特贝拉是个富有的继承人，
　　　　　　我的长子如和她喜结良缘，
　　　　　　我的家族将门楣生光，
　　　　　　地位也将大大擢升。
　　　　　　这本身就值得我全力以赴；
　　　　　　如果我家果然发达，
　　　　　　你将看到这不过是
　　　　　　一个充斥牟利手段的目的，
　　　　　　这足以让一颗诚实的灵魂
　　　　　　梦想成为一个歹徒。

博拉齐奥　　我请求参与进去。
　　　　　　我将充当你的工具，
　　　　　　运用我的灵巧的智慧
　　　　　　去履行你的计谋。

达姆威尔　　好的。
　　　　　　没有人能夺走你这荣誉。
　　　　　　赶紧去买一条
　　　　　　类似查勒蒙的玫瑰红围巾。
　　　　　　穿上士兵的军装，
　　　　　　装扮成一个跛脚的伤兵
　　　　　　出现在婚礼上，
　　　　　　在那儿你将做一件符合你脾性的事。

博拉齐奥　　正如我发誓说的，
　　　　　　我，你的工具，将使你的策划

成为一个值得骄傲的计谋。

达姆威尔　这场婚姻将带来财富。
这场联姻，
再加上叫我哥哥丧命，
将大大增加我的家业。
众下

第三场

卡斯特贝拉上，躲避洛萨的胡搅蛮缠

卡斯特贝拉　不，好先生；说实在的，如果你知道这有多么让我难受，你就会忍住不这么动手动脚了。

洛萨　我不会离开你，直到你承认我是你的情人。

卡斯特贝拉　我的情人？你说，你病了；你无法为我效劳，这样要求不就强人所难了吗？

洛萨　淑女的名分主要在闺房，而病人是最适合待在房间里的了。我请求你给我一张笑脸。

卡斯特贝拉　我觉得你已经有一张很甜蜜的脸了。

洛萨　我欠缺的就是你的那小口儿。

卡斯特贝拉　如果你跟男孩们打架，他们会给你落下口子。

洛萨　呸，如果你还这么冷嘲热讽，我就不会再在意你那小口儿了。看早晨，就知道一天的天气了。

卡斯特贝拉　现在你既然不再装模作样，我倒愿意向你表示一点善意。你想要什么？

洛萨　什么玩具都行，任何小玩意儿。

卡斯特贝拉　呸！难道你这么粗鲁，竟然希望从一个淑女手中拿到什么小玩意儿吗？

洛萨　给我一缕你的头发①，好吗？

卡斯特贝拉　你想要头发吗，先生？②

洛萨　不，说真的，只要我能花钱买到性爱，我就不在意我有没有头发。

卡斯特贝拉　那你要我的头发干什么？

洛萨　亲亲，为了你，戴上你的头发。

卡斯特贝拉　你觉得我会高兴让我的头发被人戴在脑袋上吗？

洛萨　来吧，你是如此聪明，如此敏感。
　　　吻她

卡斯特贝拉　呸，我真希望我没有嗅觉。

洛萨　又作死了！怎么回事？臭吗？③

卡斯特贝拉　不，不，不。啊，我想你该满足了吧？我给了你一个善意的表示。

洛萨　什么善意？一个吻吗？我请求你再给我一个吻。

卡斯特贝拉　那你给我看看我刚才给你的吻。

洛萨　我怎么给你看？

卡斯特贝拉　如果你连一分钟都无法维持它，那你就不配得到那吻。

洛萨　得，简单说吧，你爱我吗？我就是为此而来。

卡斯特贝拉　爱你？是的。很爱。

洛萨　那把你的手给我。

卡斯特贝拉　不，你理解错了。如果我很爱你，我现在就不能爱

---

① 这是当时流行的女子给男子的一个信物。

② 如果一个人感染梅毒，会掉头发。梅毒正是洛萨所犯的病。

③ 口臭是梅毒的另一个体征。

　　　　　　你。因为你现在身体不很好；你病了。

洛萨　　　这弯弯绕只适合开玩笑。

卡斯特贝拉　我这么说在当下很时髦，我也是很认真的。我想，只
　　　　　　有当我给你一份善意，我们才会扯平。你爱我吗？

洛萨　　　全身心爱你。

卡斯特贝拉　那我全心全意给你一颗宝石悬挂在你的耳朵上。你听
　　　　　　着——我永远不可能爱你。

　　　　　卡斯特贝拉下

洛萨　　　你称这是悬挂在耳朵上的宝石？这可不是一份轻巧
　　　　　　的善意，我敢打赌它对我是很沉重的打击。但我也不
　　　　　　会因此而离开她。我想，当一个女人一见面就想摆脱
　　　　　　他，这反而会激励一个男人去追她。

　　　　　下

第四场

　　　　　贝尔福莱斯特和蜡烛匠朗格博上

贝尔福莱斯特　我一直有意于这项婚配，
　　　　　　一经提出，我马上就同意了。
　　　　　　我试探询问了女儿。
　　　　　　她吞吞吐吐，
　　　　　　我起先觉得那不过是羞赧而已，
　　　　　　毕竟从未在性爱的河流中浸淫。
　　　　　　但当我用更为亲密的语言开导她，
　　　　　　试图让她大胆起来，
　　　　　　她那羞涩却变成了苍白的厌恶，
　　　　　　她如此断然地拒绝，
　　　　　　仿佛已经倾心爱上另一个男人，

而且态度一直是那么坚决。

朗格博　那种违逆很不适合一个孩子。这是由违背圣意的自由
　　　　放任造成的。你遭遇这样不孝的事，可是有损你的
　　　　名誉。

贝尔福莱斯特　你的智慧给我很好的启示。
　　　　我会再次去劝说她；
　　　　如果她再坚持，
　　　　所有温和的手段泡汤，
　　　　那我就要动用为父的权威。

朗格博　那就得赶紧，怕就怕她的反叛会教给她一些办法来对
　　　　付你的逼婚。

贝尔福莱斯特　为了把可能帮她拖延的路
　　　　都掐断，
　　　　她在今天晚上就得合卺完婚。

朗格博　太好了。
　　　　卡斯特贝拉上

卡斯特贝拉　大人，我母亲在走廊里，
　　　　她有话想跟你说。
　　　　贝尔福莱斯特下
　　　　这让我有可能听听你怎么说。
　　　　时间不允许详谈；
　　　　我必须言简意赅。
　　　　查勒蒙对你是否说了
　　　　他和我的爱的盟约，
　　　　如今一只强而有力的手
　　　　正试图将这爱阻断。
　　　　如果你睿智的忠告
　　　　也不站在我这一边的话，
　　　　那我就只能抛弃这一盟约了。

朗格博　　自从查勒蒙远走高飞，我就仔细掂量了查勒蒙的爱，
　　　　　　老实说，我发现他的爱轻佻而虚荣。收回你的敬意
　　　　　　吧；他不值得你爱。

卡斯特贝拉　好先生，
　　　　　　我知道你的心不可能亵渎
　　　　　　你神圣的职业，
　　　　　　不会让你为了卑鄙的目的
　　　　　　去破坏在你主持下
　　　　　　所结的婚盟。

朗格博　　他无视你的快乐，毫不在意你的祈祷和眼泪，只身远
　　　　　　离你温馨的陪伴，一门心思远走高飞，甚至不惜流血
　　　　　　和生命危险，就怕没有什么借口跟你作别，这样的人
　　　　　　还值得你爱吗？
　　　　　　分离意味着仇恨；
　　　　　　爱情需要他的爱哺育。
　　　　　　他不是爱的家庭①中真正的爱人。

卡斯特贝拉　哦，别错怪他。
　　　　　　那是宽阔的胸怀
　　　　　　将他引向沙场。
　　　　　　温柔的爱和高贵的勇气
　　　　　　是如此相近，
　　　　　　他们互相滋养，
　　　　　　如果说爱是妹妹，
　　　　　　那勇气就是哥哥。
　　　　　　难道我不能比从前更喜欢他吗？
　　　　　　他那战士的心让我更爱他了。

朗格博　　但是，卡斯特贝拉——

---

① 爱之家，the Family of Love，英国文艺复兴时期一个神秘的新教宗教组织，据说鼓励
　教众乱交。

莱维杜尔西亚上

莱维杜尔西亚　呸，你不懂女人；
　　　　　　她在意的是欲望而不是道理。
　　　　　　蜡烛匠朗格博下，卡斯特贝拉欲跟着下
　　　　　　不，站住！一个孩子
　　　　　　含辛茹苦养大，
　　　　　　长成了一个像模像样的人，
　　　　　　却违背养育她的父母的意愿，
　　　　　　这是什么人？

　卡斯特贝拉　是违背自然的。

莱维杜尔西亚　那你就是这个违背自然的人。
　　　　　　自然，我们所有人亲爱的母亲，
　　　　　　为了她自己的慰藉养育了一个女人，
　　　　　　以世世代代延续她的生命，
　　　　　　而你现在有了这一可能①，
　　　　　　却违背自然拒绝这一使命。

　卡斯特贝拉　请相信我，母亲，我爱着一个男人。

莱维杜尔西亚　你爱上一个虚有的男人，
　　　　　　甜蜜的占有，
　　　　　　成了天方夜谭，
　　　　　　一个丰盈活泼的身子
　　　　　　却面对一颗荒芜的心。
　　　　　　造物主着意的是人的身体，
　　　　　　创造人就为了传宗接代，
　　　　　　（除非孩子可以通过思想降生）
　　　　　　而繁衍生育必须由身体进行。
　　　　　　如果理智是导师，
　　　　　　我们就可以无视

_____

① 指性能力。

> 每次欢爱所损耗的
>
> 生命的精华。
>
> 睿智的自然，
>
> 由此在我们的感官中
>
> 让这件最伟大的事
>
> 拥有最疯狂的快乐。
>
> 当这个快乐拱手奉献于你，
>
> 你却懵懂无知，
>
> 断然拒绝了它，
>
> 只因为爱一个虚幻的男人，
>
> 只因为那想象中的空洞的愉悦；
>
> 这个男人在沙场流血，
>
> 回家成一个跛脚，
>
> 一个无能的病人，
>
> 那婚姻无异成坦塔罗斯①式的折磨，
>
> 而你的情欲，
>
> 你对爱的期盼，
>
> 只能是空悲切。

贝尔福莱斯特、达姆威尔、洛萨、塞巴斯蒂安、蜡烛匠朗格博上

贝尔福莱斯特　莱维杜尔西亚，你劝说了
　　　　　　我们的女儿
　　　　　　去爱这位男子、
　　　　　　她的丈夫吗?

莱维杜尔西亚　我只是她的继母；
　　　　　　即使是亲生的，
　　　　　　为了她的好处，
　　　　　　我也不可能劝说得更好了。

---

① 宙斯之子，因泄露天机，被罚立在齐下巴深的水中，头上有果树，口渴欲饮时，水即流失；腹饥欲食，果子就被风吹去。

洛萨　　　　　亲爱的妻子！
　　　　　　　你快乐无比的丈夫
　　　　　　　前来亲亲你的腮帮。
　　　　　　　洛萨吻卡斯特贝拉

卡斯特贝拉　　我的丈夫？哦，我被出卖了！
　　　　　　　（对朗格博）查勒蒙诚挚的朋友，
　　　　　　　你道德上的严谨
　　　　　　　使你对俗世有一种天意的蔑视；
　　　　　　　哦，不要被你所鄙夷的贿赂，
　　　　　　　成为世俗的工具，
　　　　　　　而让你受到上帝公正的惩罚。
　　　　　　　向各人相继跪下
　　　　　　　（对贝尔福莱斯特）亲爱的父亲，
　　　　　　　让我自己省视我的爱情吧。
　　　　　　　（对达姆威尔）先生，
　　　　　　　你审慎的判断力
　　　　　　　应该让你的儿子懂得
　　　　　　　和一个他不了解的人结婚
　　　　　　　太盲目了。
　　　　　　　（对洛萨）好先生，
　　　　　　　我的脾性
　　　　　　　如此不合你的胃口，
　　　　　　　你草率跟我结婚，
　　　　　　　你会诅咒这该死的千金一刻。

达姆威尔　　　贝尔福莱斯特大人，
　　　　　　　我不希望强迫你女儿做出选择。

贝尔福莱斯特　气死我了！你这撒娇的姑娘！
　　　　　　　我以为父的祝福和权威
　　　　　　　要求你服从：嫁给他。

卡斯特贝拉　　查勒蒙！

哦，我早有预感的眼泪呀；
凄惨的恐惧引来这凄惨的一幕。

塞巴斯蒂安　强奸，强奸，强奸！

贝尔福莱斯特　怎么回事？

达姆威尔　说什么？

塞巴斯蒂安　强迫一位少女去跟一个她不想嫁的男人睡觉，难道这
还不是强奸吗？

朗格博　说真的，他有一根亵渎的舌头。

塞巴斯蒂安　说真的，你的一本正经正适合你堕落的灵魂，就像霉
菌让水果腐烂一样。

贝尔福莱斯特　老兄，你既粗鲁又亵神。

达姆威尔　你这不守规矩的小混蛋！从我面前滚开！
就为这鲁莽，我要诅咒你。

贝尔福莱斯特　来吧，让我们到教堂去。
除塞巴斯蒂安外，众下

塞巴斯蒂安　这正合了一句谚语：离教堂越近，离上帝越远。可怜
的少女！看在你的情分上，但愿他没有性能力，这样
你至少不会受你不爱的人骚扰。但愿他的无能将你引
向另一个男人，让他成个王八。让他支付那人工资，
你从你痛恨的人那里还能得到好处。卧室的房间铺上
灯芯草草垫，门链上润滑油，床帘上的铃不让发声，
让侍女按他自己的要求不要来打扰，这样，他就能睡
得更熟一些；就在他熟睡的当儿，让他戴上绿帽子。
当他发现破绽，要离婚，那就让他知晓这个："他就
躺在旁边熟睡；这就意味他默认，法律不追究她的
责任。"
下

第二幕

第一场

> 音乐声响起。晚宴。达姆威尔、贝尔福莱斯特、莱维
> 杜尔西亚、洛萨、卡斯特贝拉、蜡烛匠朗格博从一边
> 门上；卡塔博拉斯玛和索凯特在弗莱司科带领下从另
> 一边门上

莱维杜尔西亚　卡特博拉斯玛小姐，我已等你一个小时了。

卡特博拉斯玛　夫人，有几位夫人在我的店里让我来迟了；否则我会
　　　　　　　早一些来侍候夫人阁下。

莱维杜尔西亚　我们一直期盼你的来临。我的大人，我请你欢迎这些
　　　　　　　淑女；她们是我邀请来的客人。

达姆威尔　　　淑女们，欢迎：请坐。

莱维杜尔西亚　弗莱司科，我得到达姆威尔大人的准许，请你到配膳
　　　　　　　室去看看；你将会看到我的几个仆人在那儿；如果他
　　　　　　　们没有说欢迎，那是因为他们长着个木头脑袋。

弗莱司科　　　我走进配膳室，如果你的木头脑袋们不说欢迎，夫
　　　　　　　人，你的酒桶们会说。
　　　　　　　　弗莱司科下

达姆威尔　　　我们应该学学这家伙的乐观劲儿。当事务需要我们认

真的时候，我们可以严肃一些。但现在还扮出一副严肃的面孔，就很不合时宜了。

莱维杜尔西亚　我们都应该快乐起来。

达姆威尔　奏音乐！
音乐声又起

贝尔福莱斯特　蒙特菲勒斯大人在哪儿？告诉他这儿专门为他设了一个房间。
蒙特菲勒斯上

蒙特菲勒斯　愿上天给你们的婚姻带来幸福，这我再没有福分享受的——幸福。

达姆威尔　贝尔福莱斯特大人，祝卡斯特贝拉身体健康！
干杯
把酒窖的门打开，让这祝酒
在屋子里自由回荡。——另一杯
祝你的儿子，我的大人，高贵的查勒蒙。
他是一名战士。让战争永远记住他。
响起鼓声和喇叭声。一个仆人上

仆人　大人，有一位穿军装的丘八说他刚从奥斯坦德①回来，有一些事要跟您说。

达姆威尔　奥斯坦德！让他进来。
我有预感他带来的消息
将给我们的节日
一个圆满的结束。
伪装的博拉齐奥上

蒙特菲勒斯　哦，我的心灵，
它不让我的舌头去问问题，
仿佛它知道回答会令人悲凄。

---

①　比利时城市。西班牙军队在 1601 年至 1604 年包围该城市。

达姆威尔　丘八，有什么消息？
　　　　　我们听说
　　　　　你们给了敌人致命的痛击。

博拉齐奥　是这样的，大人。

贝尔福莱斯特　你能详细说一说吗？

博拉齐奥　好的。

达姆威尔　请。

博拉齐奥　敌人在一次佯攻中
　　　　　受到重创，于是
　　　　　将所有炮口对准这城，
　　　　　隆隆炮声和火光交织，
　　　　　让我们的壁垒地动山摇，
　　　　　紧接着可怕的炮火，
　　　　　敌人开始了进攻。
　　　　　进犯的阵势拉得很开；
　　　　　地形极其不适宜守卫，
　　　　　敌军士气高昂，
　　　　　兵分冲锋方阵和后卫。
　　　　　他们迈步前进，
　　　　　在河边停下等待退潮。
　　　　　为了我们的安全，
　　　　　我们建议开闸放水，
　　　　　让涉水过河成为泡影。
　　　　　但总督反对，让敌人
　　　　　将我们逼到护坡的脚下，
　　　　　当他们的前锋士兵冲破防线，
　　　　　进入白刃肉搏之后，
　　　　　总督才命令开闸放水，
　　　　　汹涌奔腾的河水

将敌人冲得东倒西歪，
困在河流和城之间的先锋部队，
眼见水位暴升，
退却已无可能，
士气便一落千丈，
就像一个心脏强健的人
奄奄一息，
做最后的冲刺，
但还是纷纷或被击退，
或被击毙。
不会游泳的士兵
只能淹死在激流中，
会游泳而逃亡的，
被分布在两岸的小炮击中，
不是淹死就是被打死。

达姆威尔　士兵，你们太勇敢了。

蒙特菲勒斯　哦，那查勒蒙怎么样？

博拉齐奥　第二天到那致命的岸边，
只见被汹涌的海水
冲上沙滩的遍野的尸体，
不幸中我瞥见一张脸，
那脸告诉我活着时那是谁。
他穿着战袍，
仿佛那是他的棺椁，
哭泣的大海，
就好像一个柔肠的人，
一怒之下杀了人，
然后又为他哭泣一样。
海水漫上岸来，
亲吻他的面颊，

将泥沙带上来把他掩埋，
然后又依依不舍退回大海。
每一次离别，
海都要流泪，
（仿佛它无法忍受再看一眼
亲自杀死的人，
迟迟不愿离去）
犹犹豫豫、不情愿地，
一浪裹挟着一浪，
宛若一个因痛苦抱臂绞手的人，
缓缓地从尸体移开，
退下去，
仿佛羞于它的谋害
要渗进大地中去，
躲起来似的。

达姆威尔　士兵，这是谁呢？

蒙特菲勒斯　哦，查勒蒙！

博拉齐奥　您的恐惧正道出了
我不愿当这个信使的原因。

卡斯特贝拉　哦，上帝。

卡斯特贝拉下

达姆威尔　查勒蒙淹死了？啊，那怎么可能，
既然淹死的都是敌方阵营的人？

博拉齐奥　敢打敢拼的精神让他冲锋在前，
当敌人因洪水而后退时，
他被裹挟在混乱的敌群中，
潮水没过了他头顶，
淹死了他。
这是他的遗物，

> 他拿出一条围巾
>
> 为了纪念他，我将永远围着它。

蒙特菲勒斯　别再用那现场目击折磨我了，

我希望不相信，但又不得不信。

达姆威尔　你是夜间一头不祥的鸱鸮，

带来了这可诅咒的死亡消息。

滚！滚出我的房子，

要不你会发现我是一个

比奥斯坦德更可怕的敌人。

滚！走开！

博拉齐奥　先生，那是因为我的爱——

达姆威尔　你的爱用我恨的方式

来烦我吗？听着，

听见了吗，你这混蛋？

（对博拉齐奥旁白）哦，你是一个最讨人喜欢的甜蜜

的能说会道的混蛋。

博拉齐奥　（对达姆威尔旁白）伪装得还可以吗？

达姆威尔　（对博拉齐奥旁白）妙极了。（大声地）滚！我才不想

跟你说话。

博拉齐奥　啊，那就再见。不打扰您了。

> 博拉齐奥下

达姆威尔　（旁白）就这样。圈套设好了。

以后一环扣一环，

很快大功就可告成。

（大声地）哦，人生莫测！

贝尔福莱斯特　那又怎么样？这是月亮下[①]

---

① 根据托勒密天文学的地心说，地球是宇宙的中心，月亮是围绕地球转的最近的行
星。在月亮的轨道内，所有的东西都要灭亡，而月亮的轨道外一切都是永恒的。

所有人都难免的命运。

达姆威尔 是这样的。

哥，为了你的身体，别再悲伤了。

蒙特菲勒斯 我做不到，老弟。你安慰不了我。

下一个就该是我了。

我感觉不太好。

达姆威尔 你太悲伤了。

朗格博 所有的人都是要死的，只是什么时候死不确定罢了。年迈让病痛更加危险，而悲伤会导致疯狂。你都不知道什么时候会失去理智。在我看来，你还是最好现在就把一切事情安排好。写一个遗嘱吧。

达姆威尔 （旁白）一切都按我希望的发生了。

（大声地）给我哥哥打灯！

蒙特菲勒斯 我要离开一会儿，

希望听听这位老实的人的劝说。

贝尔福莱斯特 去吧。我请求你好好开导他，先生。

蒙特菲勒斯和蜡烛匠朗格博下

隔壁房间，大人阁下，请。

达姆威尔 你也去吧。

贝尔福莱斯特和达姆威尔下

莱维杜尔西亚 我女儿走了！来，小伙子，卡塔博拉斯玛，来。让我们前往新房去吧。我真想看看她怎么顺应她丈夫在床上的要求。

洛萨 说真的，她会顺应。但我却无法满足她；因此，只好让她闲着用不上了。

莱维杜尔西亚 不，满足她吧，你会让她大大地满足的。

众下

第二场

三个举着火把的喝得醉醺醺的仆人，拽着弗莱司科上

仆人甲　伙计！再喝一点儿，伙计。

弗莱司科　够了，好先生；就凭这火光起誓，不能再喝一口了。

仆人乙　不凭这烛光起誓，又怎么样呢？啊，那就把这蜡烛吹灭，如果你乐意的话，咱们在黑暗中喝，老伙计。

弗莱司科　不，不，不，不，不。

仆人丙　啊，那就喝。为健康干杯，弗莱司科！
　　　　　仆人们跪下①

弗莱司科　你健康了，我却要生病了，先生。

仆人甲　我希望这能叫你跪下来，先生。

弗莱司科　我不能站着祝酒吗，先生？

仆人乙　希望你跟我们一样。

弗莱司科　不，我不能站着，因为你们也没站着。
　　　　　弗莱司科跪下

仆人丙　说得好极了，老伙计。

弗莱司科　老伙计！你们这么捉弄我，很快就会把我弄得像个傻小孩，因为我再喝，我没人扶，就回不了家了。

仆人甲　我身子软得像水一样，弗莱司科。

弗莱司科　真是好理由，先生。啤酒把麦芽都送到你脑袋上去了，身子里只剩水了。
　　　　　达姆威尔和博拉齐奥上，仔细地观察一番他们酒醉的

_____

① 当时伦敦酒馆里的一种风俗，敬酒时跪下。

状况

达姆威尔　博拉齐奥，你瞧见这些家伙吗？

博拉齐奥　瞧见了，大人。

达姆威尔　他们烂醉如泥，
看起来似乎很可笑，
但他们可以成为
使我们清醒的计策成功的工具。

博拉齐奥　我准备好要他命了，先生。

达姆威尔　把这套衣服扔了，穿得规矩些。

博拉齐奥　让他们祝酒，
把脑袋泡在酒精里；
我敢担保
不久他们就要用鲜血来祝酒。

　　　　　博拉齐奥下

仆人甲　你在这里留下该死的酒渣滓，先生。

仆人乙　难道你不是人渣吗，先生？

仆人甲　你是个该死的流氓。

　　　　他们开始互相厮打

达姆威尔　（旁白）命运，我向你致敬。
我的计谋在按预想进行着。
（大声地）给我哥哥打火！怎么，你们都喝醉了，你
们这些混蛋？

仆人甲　大人，这些混蛋揍我。

达姆威尔　（对仆人甲）我觉得打你的这些家伙确实是王八蛋。
你听见吗？那家伙是一个蛮横的混蛋。他揍了你。你
给我哥哥打火回家，走到野地时，我告诉你该干什
么：用火把照着那家伙的脑门打去；到末了，我会为

你辩解。

仆人甲　我会用这火把把这笨蛋烧焦。

仆人甲下

达姆威尔　（对仆人乙）伙计，听见吗？瞧见那蛮横的混蛋了吗？我已经就他的鲁莽教训了他一顿。他揍了你。我告诉你该干什么：走到野地时，用你的火把突然向他的脑袋揍去；到末了，我将为你辩解。

仆人乙　我要给他一顿足够的教训。

仆人乙下，蜡烛匠朗格博上

达姆威尔　蜡烛匠先生，我哥干了什么？

朗格博　立了遗嘱；他将你立为他的继承人，附带有这样一个条件，如果他觉得情况需要，他可以任意取消或者改变继承人。

达姆威尔　（旁白）是的，他可以干任何他想干的事。
但我将不让他有任何可能取消遗嘱。

在举着火把的仆人甲和仆人乙陪同下，蒙特菲勒斯和贝尔福莱斯特上

蒙特菲勒斯　贤弟，晚安。

达姆威尔　天色已晚；我们将护送你走过田野。
（旁白）这一下子揍下去，
需要智慧和技巧；
心狠才能揍得又准又狠。
众下

第三场

卡斯特贝拉上

卡斯特贝拉　　哦，爱情！你圣洁的心灵，
　　　　　　　　不含一点儿不贞的血液，
　　　　　　　　这美德呀，
　　　　　　　　让上天的宠儿变得纯而又纯。
　　　　　　　　上天呀，
　　　　　　　　因为爱你所爱，
　　　　　　　　我却遭受到了你的怨恨，
　　　　　　　　难道我命该如此吗？
　　　　　　　　或者说，
　　　　　　　　难道我的查勒蒙，
　　　　　　　　因为你爱他，
　　　　　　　　你自己将他拥有了？
　　　　　　　　我得承认
　　　　　　　　你的愤怒不是没有道理：
　　　　　　　　我是你的情敌。
　　　　　　　　亲爱的苍天，
　　　　　　　　即使你没有心怀仇恨，
　　　　　　　　然而你却
　　　　　　　　让相爱的人生生分离，
　　　　　　　　这惩罚也太残酷了。
　　　　　　　　哦，双倍的痛苦！
　　　　　　　　既然你乐意这么惩罚，
　　　　　　　　即使不是内心，
　　　　　　　　我的职责也应该顺从。
　　　　　　　　莱维杜尔西亚、洛萨、卡塔博拉斯玛、索凯特和提着
　　　　　　　　灯笼的弗莱司科上

莱维杜尔西亚　　卡塔博拉斯玛小姐，晚安。当你的仆人陪伴你回到
　　　　　　　　家，请你让他回来掌灯送我回我的房子。

卡塔博拉斯玛　　他马上就会来侍候夫人阁下。

莱维杜尔西亚　　好极了，卡塔博拉斯玛小姐，我的仆人全都喝醉；靠

不上他们啦。

卡塔博拉斯玛、索凯特和弗莱司科下

哦，你的新娘在这儿。

洛萨 我觉得她看上去很忧郁。

莱维杜尔西亚 她还能有什么选择？

你的病

让晚上的甜蜜事儿索然无味。

这自然让她心情沉重。

洛萨 那应该让她感觉轻松。

莱维杜尔西亚 你要留意点那事儿呢。

卡斯特贝拉 你说的甜蜜事儿是什么意思？

夜晚的甜蜜就在于休息。

洛萨 你肯定会受到那愉悦的祝福，

除非我的呻吟把你吵醒。

别呻吟。

莱维杜尔西亚 她还巴不得你把她叫醒，让她呻吟不已呢。

洛萨 不，说真的，甜心儿，我不会打扰你。

今晚你不会丧失你的贞操。

卡斯特贝拉 但愿那无能永存，

我也不会设法离婚！

洛萨 上床吗？

卡斯特贝拉 我将服侍你，先生。

洛萨 母亲，晚安。

莱维杜尔西亚 但愿快乐成为你的床伴。

洛萨和卡斯特贝拉下

啊，当女人睡意蒙眬时

怀上孩子，
生下的孩子懒惰、羸弱
而又有缺陷。[1]
一个需要有欲望，
一个需要有能力——
我的爱紧贴在冷漠上，
就像手在皮肤上搽冰雪，
徒然想让那肉燃烧起来！
我只能松手，
去拥抱空气，
让那欲火沉静下来。

塞巴斯蒂安上

塞巴斯蒂安　　那只是降火而已，
还不如拥抱个小兄弟，
他能帮着把那欲火释放。

莱维杜尔西亚　　你能吗，先生？
但愿鬼都没有听见你说的话。
啊，大胆的塞巴斯蒂安，
你不怕对你不满的父亲知晓吗？

塞巴斯蒂安　　他不在。

莱维杜尔西亚　　你知道他不在家吗？

塞巴斯蒂安　　是的。
让我就这样跟你好上吧；
我将请你调解我和他的关系。

莱维杜尔西亚　　是这样吗？我真不理解你。
要调解，到我家里来吧；
我将满足你的要求。

---

[1] 这是文艺复兴时期一种较为普遍的观念，认为女人在半睡半醒时做爱而怀孕，生下
的孩子智力迟钝。

塞巴斯蒂安　在半小时之内吗？

莱维杜尔西亚　一小时之内吧。随你的便。

　　　　　　　塞巴斯蒂安下

　　　　　　　充斥了淫荡的欲火！一个富有男子气概的人。我喜欢
　　　　　　　他自由自在的举止。嗬！塞巴斯蒂安！走了？他让我
　　　　　　　的血管里的血沸腾起来。而现在，就像水浇洒在地
　　　　　　　上，在蒸发中它与相遇的潮气混合，我现在想跟任何
　　　　　　　我遇见的男人交欢。

　　　　　　　弗莱司科提着灯笼上

　　　　　　　哦，弗莱司科，你来了？
　　　　　　　（旁白）要是那个不行，
　　　　　　　那我要的就是你了。
　　　　　　　淫欲是活泼生命的征象，
　　　　　　　不管谁挑逗撩拨起来，
　　　　　　　要勇于面对的
　　　　　　　就是见到的下一个男人。

　　　　　　　众下

第四场

　　　　　　　博拉齐奥一副干架的架势，急匆匆跑上舞台，两手各
　　　　　　　拿着一块石头

博拉齐奥　　　这石头人们用来造房子，
　　　　　　　而我将去毁灭一个人。

　　　　　　　博拉齐奥走下一座砾石坑①。两个仆人醉醺醺地上，
　　　　　　　手中拿的火把摇摇晃晃；达姆威尔、蒙特菲勒斯、贝
　　　　　　　尔福莱斯特和蜡烛匠朗格博上

贝尔福莱斯特　天啊，这些酒鬼，你们要把火把弄灭了。

---

① 博拉齐奥实际上走进舞台上的机关门。

达姆威尔　　　不，大人，他们只是闹着玩罢了。

仆人甲　　　　我的火把灭了。

达姆威尔　　　（对仆人甲旁白）那就在他脑袋上点燃火把吧；那是
　　　　　　　个傻脑蛋。
　　　　　　　仆人们继续互相打架，把火把都熄灭了
　　　　　　　老天，火把都灭了。你们这些酒鬼，快回去把火把点
　　　　　　　起来。
　　　　　　　仆人们下

贝尔福莱斯特　太黑了。

达姆威尔　　　没关系；
　　　　　　　路我熟。把手给我。
　　　　　　　让我们轻松上路。
　　　　　　　我就这么带着你，直到他们回来。

蒙特菲勒斯　　我的灵魂正经受着忧伤的煎熬。痛苦压在我的心上。
　　　　　　　哦，我的逝去的儿子，我不久也要和你见面了。
　　　　　　　达姆威尔将他推进砾石坑

达姆威尔　　　天啊，自然不许！①

蒙特菲勒斯　　哦，哦，哦。

达姆威尔　　　苍天不许！
　　　　　　　（幕后音）混蛋！流氓！

贝尔福莱斯特　上帝保佑他没有受伤！他掉进砾石坑里了。

达姆威尔　　　哥哥，亲爱的哥哥！
　　　　　　　（幕后音）流氓，歹徒，混蛋！
　　　　　　　仆人们举着火把上
　　　　　　　你们真活见鬼；来，
　　　　　　　到砾石坑里去，

---

① 　原来应该是上帝不许，但达姆威尔是一个不信上帝的人，他相信自然是最高的权威。

帮我的哥哥爬上来。

仆人们下

啊，一个多么怪异、不幸的夜晚！

是吗，大人？

那条带来死讯的癞皮狗，

那不祥的鸥鸦，

引发了这一切灾难。

仆人们抬着蒙特菲勒斯被谋杀的尸体上

朗格博　真是一场灾难，大人。你的哥哥死了。

贝尔福莱斯特　他死了。

仆人甲　他死了。

达姆威尔　他不能再说话了！

把我的眼珠挖出来，

让妒忌的命运

用它们打网球玩。

难道我命该如此吗？

凶险的自然，

如果你让我瞎着眼降生，

那对我也许是一份福分。

没呼吸了？不动弹了？

请告诉我，苍天，

你是否对谋杀闭上了眼睛，

要不，

你披上了这黑貂的衣裳，

就是为了悼念他的死亡？

在这整个宏博的夜空，

就没允诺一颗星星闪光吗？

自然之王的公卿们，

你们的星座左右着凡人的出生，

是哪一颗要命的星斗
决定了他的降生?
它也许乐意让他的星宿熄灭
而来到这个世界,
要不它羞于承认造成了
这么一个好人该诅咒的命运!

贝尔福莱斯特　痛苦把你压垮了。
振作起来吧。
别再为他而悲伤了。
无论我们安然而死
还是暴死,
不是死亡,
而是生命决定。
他生于安乐,
毫无疑问他也死于安乐。

达姆威尔　是的,这样毫无痛苦就死了,
对于他也是一件好事。
难道你认为
那种感情是非自然的吗?

贝尔福莱斯特　感情? 是非自然的。
难道造化在无事生非吗?
你面对尸体哭天喊地,
有什么用?
虽然你无法左右,
但你安然接受它,
那是非自然的,
然而,
明知痛苦于事无补,
还让悲痛戕害你的身体,
这两种态度你取哪一种呢?

达姆威尔　如果那是从我身上挖走的
　　　　　一块死肉，
　　　　　我不会有感觉，
　　　　　也不会为此而痛苦。
　　　　　但请到这儿来，
　　　　　祈请你看一下这儿。
　　　　　瞧瞧这活生生的血色！
　　　　　既没有浮肿，也没有黄疸，
　　　　　而是鲜亮的红色，
　　　　　虽然这残忍的黑夜的浓雾
　　　　　让它看上去有些模糊。
　　　　　就我所知，
　　　　　他是有可能寿终正寝，
　　　　　一生比你和我都活得舒坦。
　　　　　哦，哥哥！
　　　　　他是一个生来如此完美的人，
　　　　　仿佛在母亲的子宫里
　　　　　就得到免于原罪的救赎。
　　　　　他是如此善良，
　　　　　为了不踩踏一条青虫，
　　　　　宁可改道而行；
　　　　　他如此充满同情之心，
　　　　　没等穷人张口问他要救济，
　　　　　他已经饱含热泪把施舍奉予他们——
　　　　　哭泣
　　　　　饱含热泪——是的，饱含热泪。

贝尔福莱斯特　把尸体抬走吧。
　　　　　明智些，
　　　　　让理智战胜人性的弱点吧。

达姆威尔　啊，你要我做什么呢？

愚蠢的自然会不顾理智，

走自己的路。

但我已经做了。

我所说的话是一股强劲的风，

现在眼泪止住了风，

我又变得宁静了。

如果你们愿意，

抬着尸体走吧，

我将像一个必须但又不情愿的人

跟随在你们后面。

朗格博　我们一意孤行反而让他更难受。

贝尔福莱斯特　随着眼泪悲伤也就尽了；

过于压抑会让痛苦更加深沉。

除了达姆威尔，众人下。博拉齐奥从砾石坑爬了上来

达姆威尔　这真是一出精彩的喜剧，以"哦，悲伤"①开始，以"哈，哈，哈"收场。

博拉齐奥　哈，哈，哈。

达姆威尔　哦，我的回声！

在让我的强健的肺

因为哈哈大笑而吹破前，

我能让这甜蜜、欢乐的旋律

在空中久久回荡。

可爱的夜渡鸦！

你获取了一具腐尸。

博拉齐奥　我一下子就把他弄死了。

我紧贴躲在坑边上，

他正好跌落在我身边，

还没等他喊出第二个"哦"，

---

① 原文为拉丁文：O Dolentis，一首悲哀的歌。

　　　　　　　我就用这块漂亮的沾着血的石头
　　　　　　　照准他脑袋砸去，
　　　　　　　用另一块这么样子、
　　　　　　　这么大小的石头，
　　　　　　　垫在他破脑袋瓜子下面，
　　　　　　　就像一个枕头，
　　　　　　　看上去就像掉下来摔死的。

达姆威尔　就在这地儿，
　　　　　　　我要建造起我的庄园，
　　　　　　　而这块石头
　　　　　　　将是那奠基石。

博拉齐奥　这将是人所能想到的
　　　　　　　最完美无瑕的谋杀。

达姆威尔　是的，请看这计谋。
　　　　　　　在整个实施过程中，
　　　　　　　我脑袋瓜子所能谋略到的
　　　　　　　人物、脾性、情景、时间，
　　　　　　　以及地点都恰到好处，
　　　　　　　起了至关重要的作用。
　　　　　　　从起始到完成，
　　　　　　　没有任何环节勉强为之，
　　　　　　　像是故意安排，
　　　　　　　一切看来是如此随意而为。

博拉齐奥　起先我禀报了查勒蒙的死讯，
　　　　　　　虽然是假的，但也像真的一样。

达姆威尔　是的，禀告的时间正合适，
　　　　　　　当我们全专注于一件事儿，
　　　　　　　没有人会怀疑
　　　　　　　会有什么不可告人的目的。

博拉齐奥　在这火候上，
　　　　　你哥谈及了死亡，
　　　　　很自然引发他去写遗嘱。

达姆威尔　他自己的绝望要求去到那儿，
　　　　　无须强求，遗嘱就在房间里写了。
　　　　　在于他，那是一种宗教的要求，
　　　　　省得我们去强求引起怀疑，
　　　　　如果我一意孤行，
　　　　　那整个计划就有可能泡汤。

博拉齐奥　然后是你的祝酒，
　　　　　看起来是庆典上
　　　　　必然会有的礼仪——

达姆威尔　我利用祝酒
　　　　　让仆人们喝得酩酊大醉，
　　　　　这一环万万不可缺少。
　　　　　让醉鬼相互打架太容易了；
　　　　　他们手中除了火把没有别的东西，
　　　　　当火把熄火——

博拉齐奥　然后是黑夜，
　　　　　黑暗掩护了计谋的施行，
　　　　　既保护了它，
　　　　　又不让它穿帮。

达姆威尔　这一场谋杀
　　　　　在人们的眼皮子底下，
　　　　　实施得天衣无缝。

博拉齐奥　而深陷其中的人
　　　　　却浑然不觉
　　　　　成了你手中的工具。

达姆威尔　他，众星之王，

哲学家赋予他统治的权威，

星辰散发的以太的气，

决定着月亮下人们的命运，

而星星本身并不知晓——

雷声和闪电

什么！

开始打雷了吗？

这证实了我的信念；

这是自然的一种现象，

它炙热而干燥的呼气，

在冰冷的中层[①]，

将饱含的水汽凝结成云朵，

狂野的呼气因于水汽里，

总想摆脱出来，

于是，在那巨大的云朵里爆发了，

发出了我们听见的隆隆声。[②]

博拉齐奥　那是一种可怕的霹雳。

达姆威尔　一种勇猛的声音，

它给我们业已完成的计谋

增添一种优雅，

就像在凯旋归来时，

响起隆隆的礼炮声一样；

那是一种鼓励呀。

现在自然向你显示

它是多么赞赏我们的作为，

在我们刚动手的时候，

它忍住没有发作，

---

① 当时人认为，大气包含三层，外面的两层是温暖的，而中间的一层是冰冷的。

② 在这里，达姆威尔试图用诸如亚里士多德和卢克莱修对宇宙的观点来阐释自然。

惧怕在我哥回家时惊吓他，
把我们的勾当打乱——
在我们行走时，
也忍住没有闪电，
生怕让他预感到
可能掉进坑里去。
吉祥的自然呀
默认我们的所为，
现在它显示
它的忍耐对我们的成功
是多么重要。

博拉齐奥　你让我信服了这个道理；
自然本身憎恨腐朽，
全力赞颂那些
寻求提升自己地位的人。

达姆威尔　查勒蒙死亡的假讯息
是整个计谋的要害，
下一步要使出浑身解数
把它弄假成真。

博拉齐奥　说真的，先生，
甚至不惜用他的遗产，
你剥夺了他的那份遗产，
来支撑这行动。
从那儿拿出钱来
给他办一场庄严的葬礼；
那是值得的，
让他死亡的流言
显得更加可信。

达姆威尔　我要采用你的想法。
再见，黑夜，

谋杀者的情妇；
为了感谢你，
感谢你帮助完成的一切，
我将在他的葬礼上佩戴你的黑色。
众下

第五场

莱维杜尔西亚在弗莱司科陪伴下走进卧房

莱维杜尔西亚　欢迎你来到我的卧房，弗莱司科。请把门关上。（他想离开）不，你理解错了。进来，关上门。

弗莱司科　很晚了，夫人。

莱维杜尔西亚　没关系。我有点儿话要跟你说。啊，你情妇快要嫁个丈夫了？

弗莱司科　说实话，夫人，有人追她，但我认为他们并不真心追求她。他们似乎干得不好。

莱维杜尔西亚　你是说他们没让她干得痛快吗？

弗莱司科　我是说，夫人，他们不够富有。

莱维杜尔西亚　但我是富有的，弗莱司科，他们不够大胆。你的情妇是一个活泼而风姿绰约的女人，说实话，我心里一直非常妒忌她。空虚的精神比空虚的钱包更可怜。给我找个汉子，他不仅有诱惑力，而且有智慧和胆量将女人说的每一个词和每一个动作都按他自己的欲望来理解，让女人相信她一直在追求他，直到他让她屈从。

弗莱司科　在我们这一类人中间确实是这样的，但如果和贵妇人，那就相当尴尬了。

莱维杜尔西亚　你有所不知，弗莱司科。贵妇人跟仆人的妻子们一样喜好偷情，我想她们更加容易屈从。炽烈的欲望和温情脉脉的闲适，就像蜡总能保持温暖一样，使她们更加容易对人产生深刻印象。请把我的鞋带松开。啊，难道你也感到难为情吗？干活吧，伙计。我的腿并没有肿，告诉你吧，它还能经受得住触摸。到这儿来，弗莱司科；你的耳朵。

莱维杜尔西亚吻弗莱司科

老天啊，我找错地方了；没找到耳朵，却吻了嘴唇了。

弗莱司科　夫人阁下，您让我脸红。

莱维杜尔西亚　那说明你身上充满了欲念，你只是不知道怎么发泄罢了。让我瞧瞧你的手。你不应该为你的手而感到羞耻，弗莱司科。结实的肌肉和多毛的皮肤，这两种都是一个强健身体的象征。我才不喜欢这些冷漠、皮肤光滑、肌肉松弛的家伙。他们就好像快要腐烂的蜜饯，我总是要把它们从我的食品柜中清理出去，把它们给我的侍女。我懂一点儿手相术；离我最近的那条手线显示你将会有一个很好的运气，弗莱司科，如果你敢去顺应它。①

弗莱司科　哦，夫人，请问那是什么意思？

莱维杜尔西亚　那就是说一位漂亮的贵妇人的爱，如果你没有因为胆怯而失去她。

弗莱司科　一位贵妇人，夫人？哎呀，一位贵妇人太了不起啦；我哪有这个福分呀？

莱维杜尔西亚　没有？为什么？我就是一个贵妇人。难道我那么了不起不能被拥抱吗？抱上我的腰肢，试试看。

弗莱司科　夫人，我的心直在打鼓——

---

① 含有强烈的性暗示。

　　　　　　　塞巴斯蒂安在幕后敲门

莱维杜尔西亚　天啊，我丈夫！胆小的傻瓜蛋！我觉得你仿佛生在北极和从西北欧到远东道上的家伙。现在，你就好像一个迟疑不决而又野心勃勃的胆小鬼，得承担你永远没有干的偷情的勾当了。快躲到那挂毯后面去。
　　　　　　　弗莱司科躲了起来。塞巴斯蒂安上
　　　　　　　塞巴斯蒂安！什么事让你来得这么迟？

　塞巴斯蒂安　没什么事，我也想快点来。
　　　　　　　塞巴斯蒂安亲吻莱维杜尔西亚

莱维杜尔西亚　你大胆。

　塞巴斯蒂安　你也够大胆的，你这么快就跟我约会。

莱维杜尔西亚　你不是叫我帮助调解你和父亲的关系吗？我将为你写上几个字。

　塞巴斯蒂安　几个字，夫人？那你为我写的用不了两张纸①。老实说吧，我们怎么利用这个私会？

莱维杜尔西亚　干什么呢？

　塞巴斯蒂安　按英国风格跳《世界之始》②舞。

莱维杜尔西亚　为什么不是法国或者意大利风格呢？

　塞巴斯蒂安　说真的，他们太反常了，把后面顶在前面。③

莱维杜尔西亚　你那么急于跳舞吗？

　塞巴斯蒂安　我会踢踏脚后跟。

莱维杜尔西亚　你的身材很适合跳舞。

　塞巴斯蒂安　从头到脚，你不会发现我的任何部位不符合标准。

----

① 原文为 sheets，一语双关，可以理解为纸张，也可理解为床单："用不了两张床单"。
② 《世界之始》是当时一首流行的舞蹈乐曲。
③ 指欧洲大陆的性行为。

贝尔福莱斯特在幕后敲门

莱维杜尔西亚　我觉得我真倒霉。塞巴斯蒂安，有人在敲门，把机会敲掉了。简单说吧，我爱你，不久我将证明我说的话。为了不让你受到怀疑，拔出你的长剑，把你自己弄得出血，他匆匆进来，你可以不用注意到他。你只要摆出一副愤怒的样子，其余的事儿由我来应付。

贝尔福莱斯特上

塞巴斯蒂安　这墨丘利的手！

塞巴斯蒂安下

贝尔福莱斯特　怎么回事，妻子？

莱维杜尔西亚　哎呀，哎呀，丈夫！

贝尔福莱斯特　什么地方疼，娘儿们？

莱维杜尔西亚　哦，搭一搭我的脉搏。告你吧，跳得快极了。耐心等一会儿，亲爱的丈夫；等一会儿，让我缓过气儿来吧，然后，我会把一切都告诉你。

贝尔福莱斯特　塞巴斯蒂安怎么了？他瞧上去这么心烦意乱！

莱维杜尔西亚　我觉得，这可怜的绅士几乎疯了。你还记得他父亲因为他在你女儿出嫁的事上胡说八道而很生他的气？

贝尔福莱斯特　记得。那又怎么样呢？

莱维杜尔西亚　这肯定让他发疯了。他在大街上碰到一个穷光蛋，不知道因为什么事儿，他们吵了起来，穷光蛋猛追他，要不是我的房子让他躲了起来，穷光蛋肯定会杀了他。

贝尔福莱斯特　那是一个多么怪异、绝望的年轻人！

莱维杜尔西亚　不仅如此，丈夫，当他发现他追的人从他眼皮底下跑掉，暴跳如雷，他甚至用他的脱鞘的剑直指着我。[1]要

---

① 含有性暗示。

　　　　　　　　不是你敲门阻止了他，他准会在我身上干点儿什么。

贝尔福莱斯特　这人现在在哪儿?

莱维杜尔西亚　哎呀，就在这儿。我警告你，这可怕的穷光蛋还没有
　　　　　　　恢复正常。(旁白)这傻瓜蛋如果还有点儿智慧，他
　　　　　　　应该懂得我的意思。(对弗莱司科)你听见了吗，先
　　　　　　　生? 你应该斗胆走出来；让你生气的人滚蛋了。
　　　　　　　弗莱司科从挂毯后面害怕地往外瞧

　　弗莱司科　你肯定他滚蛋了吗?

贝尔福莱斯特　他走了；他走了，我向你担保。

　　弗莱司科　我还真希望我也走掉。他真把我吓瘫了。

贝尔福莱斯特　你们为什么吵架?

　　弗莱司科　我希望我从后门出去。

贝尔福莱斯特　你是十分安全的。请告诉我你们为什么吵架。

　　弗莱司科　好的，先生，请等我恢复一下神智。我的记忆力差不
　　　　　　　多给吓跑了。哦，就是这么回事，这么回事，这么回
　　　　　　　事。啊，先生，我在大街上走，先生，这位绅士跌
　　　　　　　跌撞撞跟在我后面，踩上了我的脚后跟。我叫了起
　　　　　　　来"哎哟"。"你叫什么，伙计?"他说。"让我看看你
　　　　　　　的脚后跟；要是受了伤，我会让你再叫喊起来。"他
　　　　　　　不由分说把我的脑袋夹在他的胯下，把我的鞋子脱了
　　　　　　　下来。我已经一个礼拜没有穿袜子了，这绅士大叫起
　　　　　　　来，"哎哟"，并说我的脚太臭，是胆小鬼的脚；它们
　　　　　　　就是因为太胆小而发臭的。然后，他用鞋揍我的脑
　　　　　　　袋，我又一次喊叫"哎哟"。这时，走过来一条皮毛
　　　　　　　蓬乱的癞皮狗，身子擦了一下他的胫骨。这位绅士把
　　　　　　　这皮毛蓬乱的癞皮狗当成穿粗毛大衣的巡夜人，嘴里
　　　　　　　咒骂道，要把我吊在隔壁门上，让我手中拿着灯笼，
　　　　　　　这样，行人就可以看清路，不用将身子擦在这位绅士

的胫骨上了。他手中没有绳子，只好用他的吊袜带来做一个套圈，我就利用这个当儿逃走了。我一边跑，一边诅咒他还是用他的吊袜带吊死他自己算了。于是，他一脸怒气来追我，一直追到这所房子。

贝尔福莱斯特　这听起来有点儿癫狂。

莱维杜尔西亚　纯粹是发疯。

弗莱司科　（旁白）不管听起来怎么样，这听上肯定就是一个不折不扣的谎言。

贝尔福莱斯特　你可以从后门出去了，老实人；这条道很隐秘，很安全。

弗莱司科　你的前门还需要加固，它太开放，太危险了。[1]
贝尔福莱斯特下

莱维杜尔西亚　晚安，老实的弗莱司科。

弗莱司科　晚安，夫人。要是你再让我吻一番贵妇人就好了——
弗莱司科下

莱维杜尔西亚　一切这么完美地结束。
但这事儿还没有干成，
我一定要设法干成它。
下

第六场

一身戎装的查勒蒙、一位火枪手、一位警卫官上

查勒蒙　警卫官，现在深夜什么时候了？

警卫官　大约一点钟。

---

[1]　含有性暗示。

查勒蒙　我希望你能换我的班，
　　　　我是如此困倦，
　　　　简直无法再在埋伏中熬下去了。
　　　　隆隆雷声和闪电

警卫官　我去转一圈，长官，
　　　　马上就回来。

火枪手　看在上帝分儿上，警卫官换我的班吧。在这个鬼天气
　　　　里我们已经埋伏了五个钟头了！

警卫官　啊，那是美妙的音乐，火枪手老兄。霹雳声和大炮声
　　　　相互呼应，老天和大地在演奏合奏曲呢。
　　　　警卫官下

查勒蒙　我也不知道我怎么会这么困；
　　　　我感觉睡眠深深压在我身上。
　　　　火枪手，如果你比我还清醒的话，
　　　　警卫官回来时请叫醒我。

火枪手　长官，暴风雨夜这么黑，
　　　　即使他走到我跟前，
　　　　我什么也看不见，听不见。

查勒蒙　我想不睡也不可能了。
　　　　查勒蒙睡觉。蒙特菲勒斯的鬼魂上

　鬼魂　回法国去吧，
　　　　老父亲被谋杀，
　　　　你的继承权也被剥夺。
　　　　耐心等待事情的了结吧，
　　　　万王之王会为你复仇。
　　　　鬼魂下。查勒蒙受到惊吓，醒了

查勒蒙　哦，我的受惊的灵魂！
　　　　是什么可怕的梦幻把我惊醒？

梦幻不过是白天想过的事情，
残留心头的忧虑的再现，
是与体液、
与性情有关的幻象。①
但这些都不是我产生梦幻的原因，
因为我没有被任何思绪所困扰，
我的本性也并不耽于恐怖的幻觉。
那一定是护卫我的天使
要告知我什么事情。
仁慈的老天不许！
哦，在了解这幻觉
是不是真的之前，
别让我有洞察和颖悟的能力。
我为什么会这么想？
难道我没有将可敬的父亲
拜托给最亲爱的叔父吗？——
火枪手，
你看见一个幽灵了吗？

火枪手　你做梦了，
长官；我什么也没看见。

查勒蒙　呸，这些无根无据的梦
简直难以置信。
我们活灵活现的幻觉
犹如被搅动的一池湖水
幻现出万千形象来，
当它们果然逼真得像什么时，
又看上去什么都不是了。
因此，我每天与战争打交道，
与鲜血和死亡擦肩而过，

① 这是文艺复兴时期典型的对梦幻的解释。

也许在我心灵上留下血腥，

当血腥和其他思绪搅浑在一起，

比如对我父亲的思念，

一切就都融合在一起了，

仿佛他就是那鲜血，

就是那死亡的化身，

他人在巴黎，

而在这儿洒血。

也许是这样。

我不会因为这无聊的忧虑，

一场空虚的梦，

而离开这疆场，

为了荣誉，

我要留下。

　　鬼魂上

火枪手　　站住！站住，听见了没有！没听见？那就吃我一枪！

　　　　　先生，如果你不站住，我就要叫你完蛋。

　　　　　　向鬼魂射击

　　　　　既不站住，又不倒下？

　　　　　鬼灾害降临了，

　　　　　这肯定是一个幽灵。

　　　　　我射穿他了，但他并不倒下。

　　　　　　火枪手下。鬼魂走近查勒蒙。他惧怕地回避它

查勒蒙　　哦，请原谅我！

　　　　　我惧怕认出你来。

　　　　　我太忧虑了，

　　　　　迟迟不想认出你来。

　　　　　　众下

第三幕

第一场

达姆威尔随蒙特菲勒斯送葬队伍上

达姆威尔　把灵柩放下。
偿还大地的付与吧，
她将是一个活的里程碑，
让世世代代知道
她得到了他充分的补偿，
包括本金和利息，
因为他死时的价值
比他诞生时要高得多。
葬礼进行曲。作为战士的查勒蒙的灵柩在火枪手的护
卫下上
随着高贵的查勒蒙，
他的值得骄傲的儿子下葬，
我们也埋葬了对他的记忆。
请给予他们以
属于战士的礼仪吧。
两人都是战士。
父亲向罪恶公开宣战，

而儿子以鲜血奋战沙场。
在战争中，
父亲更为勇敢，
而儿子则更为光荣。

火枪手们第一次齐射
在那儿置放着他们的武器，
现在我来朗读纪念他们的悼诗，
但愿这些诗句能流传下去：

达姆威尔吟诵
悼念蒙特菲勒斯的诗

这儿埋葬着
大地和火的灰烬，
大地的果实
哺育了——
火的热
温暖了——
无数穷人；
大地和火
悲叹他的逝世，
仿佛在太息中消逝，
在热泪中融化。
为了慈悲，
他自由无阻地做善事。
慷慨是他的生命，
他无所畏惧，
只惧怕创造了他的上帝，
但与其说他害怕上帝，
还不如说他爱上帝，
他愿侍候的就是上帝。
他的一生证明，
虽然他突然死亡，

但并不是毫无征兆。

吟诵悼念查勒蒙的诗

他的躯体埋葬在这抔土中，

英年早逝，但是睿智的死，

年轻人期望得到的一切

将都放进他的坟墓。

他在美德中成长，

以一对青春的眼睛

凝视着死亡之神，

他视死如归；

虽然他已被剥夺呼吸，

但他死得其所，

并不是不幸呀。

关于他勇敢、可祝福的死

可以这样说：

他死于战争，

但长眠于安详。

火枪手们第二次齐射

哦，但愿那枪声使

凤凰在灰烬中重生！

然而这奇迹远不如

他本身传奇。

他的一生是奉行

教义的真正的榜样，

宗教的神性与其说

指导了他的人生，

还不如说就是他人生的化身。

他那高尚的儿子，

一个完美的追随者，

继承了他的德行。

在那两座赫拉克勒斯的立柱上

镌刻上他们高贵家族的盾饰，

可以写上：

不要再前行。①

因为在他们身后，

无论年轻还是年迈，

无论青春还是老年，

无论在美德还是荣誉上，

没有人能超越他们的懿德和声誉。

火枪手们第三次齐射

完事了。(旁白)这样，完美的结局

将丑陋变成了高尚。

查勒蒙，你愿意的话来吧，

在这两块大理石下

我埋葬了你生的希望

和你死亡的父亲的骸骨。

达姆威尔和葬礼参与者下。穿着丧服的卡斯特贝拉来到查勒蒙的墓碑前

卡斯特贝拉　哦，您知道我属于查勒蒙，

虽然我被迫嫁给了另一个人，

从您那自由的精神

我们获得了感召，

虽然能强迫我们分离，

但不能泯灭我们的爱，

请您不要不快，

如果我在他坟墓的祭台上

祭献我的眼泪。

那是我的爱

化成了痛苦的珠宝，

---

① 原文为拉丁文：Non ultra。在古代，在直布罗陀海峡有两座岩石，上面书写着："不要再前行"，当时认为这就是西方的边界。

滴落在他那被扼杀的春天上，
宛若四月天的朝露，
坠落在过早枯萎的鲜花上。
　　查勒蒙上，一个仆人跟随其后

查勒蒙　去把我的箱笼拿下来。
　　我要在教堂院子里散步，
　　然后再来找你。
　　　仆人下
　　哦，这是我首次见到
　　先父令人痛彻心肺的墓碑。
　　这是什么？
　　查勒蒙之墓？
　　不实的流言将人们蒙骗。
　　我受到妄想的蛊惑了。
　　感谢您，老天，
　　但愿我永远就这样被蛊惑吧。
　　我的卡斯特贝拉
　　在我的棺木上哀悼？
　　亲爱的卡斯特贝拉，请起来；
　　我没有死。

卡斯特贝拉　哦，天，救救我！
　　　卡斯特贝拉在一阵惊讶后昏厥

查勒蒙　我的鲁莽和冲动真该死——
　　卡斯特贝拉——
　　我真没有想到——
　　我的卡斯特贝拉！——
　　我的突然出现会如此惊吓她。
　　请原谅我，我的爱。
　　　卡斯特贝拉起身
　　请冷静想一想你看见了什么。

在这身戎装里，
你以为是一个鬼魂，
却真实地盛装着
查勒蒙的身子和灵魂。

卡斯特贝拉　（触碰他）我感觉到
一个温暖、柔软、湿润，
可以用感官感知的躯体。

查勒蒙　但他精神的精髓超越了
造物主给予我们的感觉。
请触摸一下我的嘴唇。
为什么离开我？

卡斯特贝拉　痛苦至极的痛苦呀！
痛苦刚宽释，
新的痛苦又接踵而至，
陷入更深沉的痛苦。

查勒蒙　难道卡斯特贝拉认为
关于我的流言是假的
却使她更加痛苦吗？

卡斯特贝拉　所爱的人现身，
却又无法享受他的爱，
我对他的爱
比与他暌隔时，
变得更为炽烈了。

查勒蒙　为什么不享受它呢？
难道暌隔让你变心了吗？

卡斯特贝拉　是的，
从少女变成了人妻。

查勒蒙　你结婚了？

卡斯特贝拉　哦，是的。

　　查勒蒙　结婚了！
　　　　　　要是我母亲不是女人的话，
　　　　　　我不会在意女性的贞操。
　　　　　　商人或者水手
　　　　　　成年离家远走，
　　　　　　鱼水之欢的老手，
　　　　　　回家时尚且能确保
　　　　　　他们的床单纯洁无瑕，
　　　　　　没有受到偷情的玷污，
　　　　　　而你从来没有体验过
　　　　　　真正的诱惑，
　　　　　　却不能忍受几个月的分离？

卡斯特贝拉　哦，请听我说。

　　查勒蒙　你太聪明了，
　　　　　　考虑到一个士兵有可能残疾，
　　　　　　再也无法满足你的欲望。

卡斯特贝拉　不。
　　　　　　那正是我现在男人的缺陷。

　　查勒蒙　什么，跟一个无能的男人结婚？
　　　　　　哦，多么奇怪的无能！
　　　　　　为什么？
　　　　　　难道是因为
　　　　　　你的欲望如此强烈，
　　　　　　以至必须打开缺口，
　　　　　　碰巧那个人不会这么做？

卡斯特贝拉　先生，我请求你听我说。

　　查勒蒙　说吧。

卡斯特贝拉　老天知道我没有错。

　　查勒蒙　啊，难道你是被迫的？

卡斯特贝拉　老天知道我是。

　　查勒蒙　哪个混蛋干的？

卡斯特贝拉　你叔叔达姆威尔。
　　　　　　他剥夺了我对你的爱，
　　　　　　同时又褫夺了你的继承权。

　　查勒蒙　褫夺继承权？
　　　　　　凭什么剥夺我亲爱的父亲的爱？

卡斯特贝拉　你被剥夺了父亲和父亲的爱。
　　　　　　他的灵魂永息了。
　　　　　　在这里，请耐着性儿瞧一眼
　　　　　　纪念他的墓碑吧。
　　　　　　　查勒蒙找到他父亲的墓碑
　　　　　　他找到它了。
　　　　　　听说他的痛苦，
　　　　　　远比把他当作一个鬼魂
　　　　　　更难以忍受惧怕的煎熬。
　　　　　　　卡斯特贝拉下

　　查勒蒙　在所有人的痛苦中
　　　　　　难道就我的最为特别吗？
　　　　　　最史无前例吗？
　　　　　　在这儿，我看到了我的坟墓，
　　　　　　人们的悲伤都埋葬在坟里，
　　　　　　只有我的没有。
　　　　　　在我的坟里诞生了我的哀伤。
　　　　　　悲哀呀，
　　　　　　请你在我扰乱而煎熬的心中
　　　　　　留一点儿余地，

让我仔细琢磨一下
这悲剧的原委和凶手；
我的离去让我失去了
土地和妻子，
而所有好处都归属了他，
这个人最早鼓动我离去。
这些情况，叔父，告诉我，
你是所有这些折磨的元凶，
在这些折磨中，
最轻微的也不是
最有耐心的心灵所能承受。
下

第二场

达姆威尔、塞巴斯蒂安和蜡烛匠朗格博上

达姆威尔　儿子，你有什么事？

塞巴斯蒂安　我的生活费。

达姆威尔　一分钱也没有。

塞巴斯蒂安　你让我怎么生活？

达姆威尔　去镇上干个发公告的活儿吧。你能干那个活儿吗？

塞巴斯蒂安　能干。

达姆威尔　那你就干那个活儿吧；
你的嗓子不错，
宣布一件强奸案倒挺合适。

塞巴斯蒂安　父亲，我得特别向你承认我有点儿健忘了。诚实让我
不安。

达姆威尔　　滚蛋，你是我的逆子，
　　　　　　长在我肉上的毒疮。

塞巴斯蒂安　惩罚我吧。再严厉的惩罚也不会让我退缩，只要不让
　　　　　　我太丢面子，往我钱包里放钱就可以了。挣大钱会让
　　　　　　放高利贷者发疯，缺钱会让一个高尚的人更加疯狂。

达姆威尔　　一分钱也不给。

塞巴斯蒂安　难道你要我去当扒手吗？再这么下去就只能当扒手去
　　　　　　了。缺钱就像那拷问台，与其忍受拷问，还不如上绞
　　　　　　刑架死了算了。
　　　　　　查勒蒙上。达姆威尔假装把他当作鬼魂

达姆威尔　　你是干什么的？站住！我受不了了，救救我吧。我吓
　　　　　　得快要发疯了。站住！
　　　　　　蜡烛匠朗格博恐惧地躲避查勒蒙

塞巴斯蒂安　你是什么人？说！

查勒蒙　　　查勒蒙的灵魂。

达姆威尔　　哦，站住！让我镇静一下。我受不了了。

朗格博　　　不，这亵渎神明。鬼魂是看不见的。这是装扮成查勒
　　　　　　蒙的魔鬼。[①]我不想跟撒旦说话。
　　　　　　蜡烛匠朗格博下

塞巴斯蒂安　查勒蒙的鬼魂？让我来试试看。
　　　　　　打查勒蒙，拳头被挡了回来
　　　　　　上帝在上，你说的是对的；
　　　　　　你是鬼魂。

达姆威尔　　把警官们叫来。
　　　　　　达姆威尔下

————————

① 清教徒认为鬼魂是魔鬼装扮的。

查勒蒙　你是一个混蛋，一个混蛋的儿子。

塞巴斯蒂安　你胡说八道。

　　　　　他们格斗。塞巴斯蒂安被制服

查勒蒙　（正要杀死他）吃我一剑。

　　　　　蒙特菲勒斯的鬼魂上

　　　　　为了复仇，我要叫你吃我一剑。

鬼魂　住手，查勒蒙！

　　　　让上帝为我的谋杀和你的冤屈报仇吧，

　　　　公正的复仇之剑握在他手中。

　　　　　鬼魂下

查勒蒙　你让我在

　　　　激情和宗教之间饱受煎熬。

　　　　　塞巴斯蒂安起身

塞巴斯蒂安　不愧为一个善良、正直的家伙。

　　　　　达姆威尔和博拉齐奥以及警官们上

达姆威尔　怎么，受伤了？

　　　　逮捕他。

　　　　先生，难道这就是我们分手之后

　　　　你对我的善意作出的回应吗？

　　　　你忘了我借与你的一千克朗。

　　　　（对警官们）首先让他回答

　　　　这场骚乱到底是怎么回事。

　　　　法理得到满足后，

　　　　就要对他的欠账采取措施，

　　　　把他关起来。

　　　　（对查勒蒙）我把你当成了一个鬼魂，

　　　　在我干掉你之前，

　　　　我先要把你这个鬼魂驱赶走。

查勒蒙　不，驱鬼的应该是我。魔鬼！

在这个圆圈中，
考量到你所有的作为和恶意，
我判你遭受最糟糕的命运。

达姆威尔　把他带走。
　　　　　警官们带着查勒蒙下

塞巴斯蒂安　父亲，因为你的缘故，
　　　　　我在这儿遭受了一两处创伤。
　　　　　我希望你能给我看医生的钱。

达姆威尔　博拉齐奥，给我拿一千克朗来！
　　　　　博拉齐奥下
　　　　　我乐于激励你自由的精神，
　　　　　只要它用在刀刃上。
　　　　　看在上帝的分儿上，
　　　　　干什么，
　　　　　就自由自在地干吧，
　　　　　只要不是胡作非为。
　　　　　博拉齐奥拿着金钱上
　　　　　这金钱支付你的伤口。

塞巴斯蒂安　谢谢你，父亲。
　　　　　达姆威尔和博拉齐奥下
　　　　　"自由自在"——那就是说，为了诚实的目的，我可
　　　　　以自由地支配我的资源。如果我有可能为一个诚实
　　　　　的人做诚实的效劳的话，我就不应该遵照他的说教行
　　　　　事，我应该忽略它。查勒蒙因为一千克朗而被关进监
　　　　　狱，而我却拥有了一千克朗。诚实告诉我应该释放
　　　　　查勒蒙。而谨慎却告诫我这样做会有麻烦，做成之
　　　　　后，我将何以处身，特别是这会让我父亲对我永远忌
　　　　　恨在心。我也许不得不吊死我自己，或者不得不让另
　　　　　一个人把我结果了。没关系。查勒蒙，你剑下保了

我的命，那太高贵了，比金子还要高贵。我为你做
的并不是出于礼节，而是出于感恩。我欠了你一条
命，我将报答你。他在疆场上勇敢杀敌，而警官们
却像歹徒一般拖曳他。恶毒的混蛋们！他们如此简
慢地对待他，但愿穷人的犯罪率少之又少，他们就
捞不到多少外快，没钱雇条跛脚的饿得不成样子的马
骑着到行刑场去，只好劳驾自己走路到绞刑架去吊
死。但愿长兄们好好经营他们的遗产，兄弟们娶上
有钱的妻子，这样就没有必要设立赊账本儿，也没
有必要动用警官了。但愿除了战场之外和平笼罩一
切，除了魔鬼之外世界上只有善意，这样，监狱就
变成了慈善机构，警官们依靠施舍度日。如果这诅
咒成真的话，那人们就会说："让那诅咒的人受到祝
福吧。"

下

第三场

查勒蒙走进囚牢

查勒蒙　天啊，我承认
你主宰对我们的惩罚，
但不会超越我们犯的罪孽。
那除此之外的惩罚
怎么可能是公正的呢？
当惩罚超越了我们的罪孽，
你希冀控制人的行为的裁决
怎么可能如你所希望的
是宽厚仁慈的呢？
它们反而引导野蛮的世界

去超越残酷的极限，
让人的行为变得更加野蛮。
哦，我的受伤的灵魂，
痛苦让你充斥
反对上帝神圣审判的
亵渎神灵的想法！
我们自己的解释导致
我们的痛苦。
我们总以地位高的人的境况
来衡量我们的命运，
当我们的心气
远远高于我们的命数，
它们就变得更加卑鄙。
既然这些让人优越的东西
是人的工具，
并用来为人效劳，
那整天抱怨的人
就只能是卑微的人，
把自己的价值贬低了。
塞巴斯蒂安与狱卒上

塞巴斯蒂安 （对狱卒）拿上我的剑。（对查勒蒙）你这个狂妄自大的家伙，现在该服帖了吧，是不是？蹲监狱就好像患上肺病，把你的傲气打掉，让你耐心地忍受痛苦而不觉得苦。怎么，不再唱歌了？你可以唱高音，也可以唱低音，最高音让你受伤，低音让你变得卑微。要是没有次高音或者男高音，那最高音和男低音的音乐听起来也非常糟糕。你需要钱，是吗？怎么，脑袋耷拉下去了？萎靡沮丧了？

查勒蒙 不，先生。
我的心远远超乎

你的恶毒，

我的韧性全然不屑于

你的轻视——

既然命运让我忍受这一切——

那我就能够承受

你所能强加于我的痛苦。

我是一个伯爵；

你父亲将这褫夺。

我却成了一个国王。

我丧失了一片领地，

一片土地，

一个大地上的毒疣。

我却成了一个世界，

一个小小的人的世界的皇帝。

我的激情就是我的臣民，

我能命令他们大笑，

当你用痛苦引诱他们去死。

塞巴斯蒂安　说得好极了，我为此而喜欢你。你因为一千克朗而被
囚禁在这儿。这儿是一千克朗，将你赎出来——不是
赎你给予我的生命，那我觉得不值分文。这也不是我
之所为；应该感谢我的父亲。那是他的善意。他并不
追求报恩，他很低调，他想为你做好事却又不想张扬。
递上钱
出于一颗高贵的心你会拒绝它，是不是？

查勒蒙　（接下钱）不。既然我必须顺应命运，

那我永远不会放过

任何一个好处，

而把它当作命运的恩赐，

更好机遇的导引。

作为他的遣使，

我感谢你的好意。

塞巴斯蒂安　好吧，来。

众下

第四场

达姆威尔和卡斯特贝拉上

达姆威尔　儿媳妇，别再劝说我。
我所做的不过是正义而已。
查勒蒙将死在监狱里，
烂在监狱里，
这就是正义。

卡斯特贝拉　哦，公公，
怜悯和正义
都是一样崇高的美德，
都是上帝无限善意的精髓。
上帝神圣的外表、样子和形象，
人们都应该牢记在心。
我觉得，人们应该践行
上帝的怜悯，
因为正义的唯一内涵
就是毁灭，
如果上帝怜悯的甘露
无法在正义
和人的弱点之间
斡旋。

达姆威尔　别再说了。你会让我不悦。他只能死而烂掉。

卡斯特贝拉　亲爱的公公，

既然以你的伟大
你离苍天这么近，
那么，也让你离善良
更近些吧！
富人应该超然于穷人，
就像白云饱受太阳的爱抚，
高悬于大地之上，
用雨水浇灌干枯、荒芜的泥土。
如果你灵魂中的善良荡然无存，
高位的责任也无法感动你，
那么，让自然，
让能够在野蛮人和畜生中
燃起怜悯之火的自然，
告诉你，
他是你的一个亲人。

达姆威尔　你的诚意真让人觉得奇怪。
你干吗这么死乞白赖
要释放查勒蒙？
哈，你的矜持也无法掩盖
你对他深深的爱意。
你叫我起疑了。
告诉你吧，
他将在监狱里挨饿、死亡、腐烂。
　　查勒蒙和塞巴斯蒂安上

查勒蒙　叔父，我感谢你。

达姆威尔　你倒没事儿了。
谁放了他的？

塞巴斯蒂安　我。
　　卡斯特贝拉下

达姆威尔　（对塞巴斯蒂安旁白）你是一个混蛋。

塞巴斯蒂安　（对达姆威尔）你是混蛋的父亲。
　　　　　塞巴斯蒂安下

达姆威尔　（旁白）我必须顺势而为。
　　　　　（对查勒蒙）虽然我并不知晓
　　　　　他赎出了你，
　　　　　我其实也会像日出日落一样，
　　　　　为我对你的爱所驱使，
　　　　　让你获得自由，
　　　　　我也不想让世人知道
　　　　　只独自暗暗欣喜就可以了。

查勒蒙　那表明你的所作所为
　　　　　都出于善良的目的。
　　　　　我太粗莽了，
　　　　　我必须承认，但——

达姆威尔　我原谅你。
　　　　　失去了父亲，
　　　　　你又以为被剥夺了继承权，
　　　　　这肯定让你心烦意躁。
　　　　　然而死亡，谁又能躲避？
　　　　　至于说到他的庄园，
　　　　　当你们两人生命未卜，
　　　　　匆匆忙忙就把它传给了
　　　　　最近的血亲，
　　　　　亲爱的贤侄，就是那个
　　　　　你最应该感谢的人。
　　　　　我不想夺你的遗产，
　　　　　只想当你的天使。
　　　　　我将取代你父亲，

指导乳臭未干的你，
让你成熟起来。

查勒蒙　叔父，我拥抱你慷慨的承诺。
查勒蒙拥抱达姆威尔，病快快的洛萨和卡斯特贝拉上

洛萨　拥抱？我所见的一幕
令我感动。
亲爱的堂弟查勒蒙！

达姆威尔　我的长子！
他见到你很高兴，
这是我们整个家族
爱的盟约。

查勒蒙　我接受这盟约，
但你看上去并不是很快乐，
也许因为你病了。

达姆威尔　虽然他病了，
但他的感情还是健全的。

洛萨　病得够呛。
一种病确实让人惊讶。
在我娶卡斯特贝拉那天，
那病仿佛是一种惩罚，
因为我给她造成了伤害。
（对卡斯特贝拉）请相信我，我的爱，
你跟这么一个在床上
无法满足你的人结婚，
实在是太不幸了。

卡斯特贝拉　请相信我，先生，
这从来就没有让我感到不快。
我就好像一个无知的少女一样，

　　　　　　对这种快感也无意享受。

查勒蒙　你的性真是一个奇迹。
　　　　（*旁白*）可怜的查勒蒙!

达姆威尔　啊，让我们去吃晚饭吧。
　　　　　在餐桌上，
　　　　　我们将缔结
　　　　　永恒的爱的纽带。
　　　　　众下

第四幕

第一场

卡塔博拉斯玛和索凯特拿着针线活儿上

卡塔博拉斯玛 　瞧，索凯特，你的针线活儿！让我们来瞧瞧你的活儿。这是什么？一棵欧楂树，紧靠它长着一棵李树①，李树的树叶有的掉落了下来，从树瘤那儿流淌出汁液来，有的树枝死了，有的腐烂了，但是一棵年轻的树。说真的，真漂亮。

索凯特 　李子树离欧楂树这么近，欧楂树将李子树所有青春的汁液和土地的肥力都吸走了，所以它长不好。②

卡塔博拉斯玛 　你一直是多么自以为是！可是在这儿你绣了一棵不长果子的树。为什么？

索凯特 　那旁边长着一棵刺柏树③。

卡塔博拉斯玛 　在这一方面，你真是太聪明了。
　塞巴斯蒂安上

塞巴斯蒂安 　（拥抱她）这个金银花围绕在山楂树上，美丽而可爱，

---

① 李子树在英语俗语中意指女性的生殖器。

② 索凯特在这里想表述妓女和老鸨的关系。

③ 据说，其有毒的子可以导引流产。

　　　　　　亲爱的卡塔博拉斯玛小姐。

卡塔博拉斯玛　塞巴斯蒂安先生！说真的，今晚肯定欢迎你。[①]

　塞巴斯蒂安　怎么，将这位淑女绣的画做道德说教吗？让我来瞧瞧。

卡塔博拉斯玛　不，先生，只是看看绣品是不是符合自然和生活。

　塞巴斯蒂安　你绣了一棵欧楂树，一边是毛莨，另一边是蜗牛。毛
　　　　　　莨应该抬起头来更加傲视欧楂树；另一边蜗牛的尾巴
　　　　　　加长了一倍，而又让它的头角缩短一半，把它的慵懒
　　　　　　非常精致地表现了出来，欧楂树仿佛要从慵懒的蜗牛
　　　　　　那一边往毛莨那儿倒下去，俯身在毛莨之上，枝条伸
　　　　　　将出去，相互交错，仿佛在拥抱一样。在这儿有一个
　　　　　　道德的问题。一棵梨树[②]长在河边，似乎不断地瞧着
　　　　　　河水，仿佛迷恋上了她一样，果子成熟了，就让果子
　　　　　　掉坠到河水里去，仿佛是爱她，扑到她怀里去一样；
　　　　　　而这无耻的溪流仿佛是一个婊子，一接到果子，流水
　　　　　　就将它漂送到她豢养的其他一些人那儿，他们似乎在
　　　　　　梨树下嬉戏撒泼，河水几乎将梨树根下面的泥土冲刷
　　　　　　殆尽，那可怜的树立在那儿，仿佛随时都要被梨树用
　　　　　　自己的精华养育的河水弄得颓倒而死亡。

卡塔博拉斯玛　你的道德问题就是爱上这无耻的河水。

　塞巴斯蒂安　我的莱维杜尔西亚夫人来了没有？

卡塔博拉斯玛　在此之前，她就答应要来。塔拉，拉，拉，吹起笛
　　　　　　子来。

　塞巴斯蒂安　对，在她来之前，让我们听听笛子取乐。
　　　　　　索凯特吹笛子

卡塔博拉斯玛　索，法，米，拉。——米，米，米。——看在上帝

---

①　原文为 uprightly，含有性暗示。

②　原文为 poppering pear，据说其果子像男性的生殖器。

960 / 文艺复兴时期英国戏剧选 Ⅱ

的分儿上，难道你没有看见两个四分音符之间的米①
吗？把米充分地表达出来。就这样——吹下去。这是
一段甜蜜的乐段，手指的力度大一些。②米是一个全
音符，在米之前的附点音符要拉长；总是只吹每个音
符的一半就可以了。——现在，抒情地吹奏八分音
符③的乐段。在表述上注意装饰音。一个甜蜜的乐句
结束音④——尽情地把它吹出来；这让你的音乐显得
更加纤巧。

蜡烛匠朗格博和莱维杜尔西亚上

朗格博　　　但愿这屋子纯洁无瑕。

卡塔博拉斯玛　纯洁女神进来了，欢迎你，好夫人阁下。

塞巴斯蒂安　　别再吹奏你那笛子了。这儿有更甜蜜的音乐。

试图拥抱莱维杜尔西亚

莱维杜尔西亚　（对塞巴斯蒂安）别胡来！难道你没见蜡烛匠吗？

塞巴斯蒂安　　这发臭的家伙在这儿干吗？叫这家伙滚蛋。太臭了。

莱维杜尔西亚　不能这样做。他在这儿让我出门在外免遭怀疑。

卡塔博拉斯玛　夫人阁下请到内室去好吗？在那儿你将看到我提起过
　　　　　　　的面纱和头饰。⑤

莱维杜尔西亚　蜡烛匠先生，请耐心等一会儿。我不会去得太久。

朗格博　　　遵命，夫人。

莱维杜尔西亚和塞巴斯蒂安下

（旁白）面纱和头饰？我真纳闷你说的面纱和头饰到

---

① 音符 mi 和英语中的我的宾格 me 音相同，在这里是一个双关语。英语中的四分音为
　crotchet，与 crotch（腹沟股）音相近。在这整个关于笛子吹奏的台词中充满了性暗示。

② 含有性暗示。

③ 英语的八分音符为 quavers，它同时又意指"颤抖"。

④ 指性高潮。

⑤ 含有性暗示。

底是什么意思。我的夫人是面纱，塞巴斯蒂安是头饰，而我是垂挂在女帽檐上的遮脸布。我感觉我关于纯洁的说教被用来掩盖他们肮脏的勾当。然而，一想到这事儿就让你把我心中的欲火燃烧。我的欲火已经找到了一个发泄的对象。我想，这位淑女住在这栋有不少勾当的房子里，我只要跟她一提出来，她准会喜欢得了不得。诱惑已经整个儿将我拽住，我一定得想办法征服她。（大声地）卡塔博拉斯玛小姐，现在看起来我的夫人有事还得待上一阵儿，这夜晚温馨的空气让我真想到外面去走一走，你能让这位淑女放下手中的活儿，跟我去散一会儿步透透气吗？

卡塔博拉斯玛　完全可以，先生。去吧，索凯特，好好听听他的教诲。听我说，你跟他在一起完全有可能躺到他的下面去。

朗格博　上帝在上，卡塔博拉斯玛小姐。

卡塔博拉斯玛　好朗格博先生！——我等你回来。

朗格博　（对索凯特）你的手，女士。
（旁白）虽然肉体软弱，
但心神可以让它坚强起来，
肉体一旦坚强起来，
它就会左右心神。①
众下

第二场

达姆威尔、查勒蒙和博拉齐奥上

达姆威尔　你的伤感和我儿子的病

---

① 在此，朗格博把《新约·马太福音》26：41 "心神固然切愿，但肉体却软弱"倒过来表述了。

　　　　　　　让我们的会见和谈话
　　　　　　　显得不像我原来设想的那样
　　　　　　　顺畅和快乐。

查勒蒙　　叔叔，当下我极不适宜
　　　　　　交谈或与人交往。
　　　　　　我只能鲁莽地告退了，
　　　　　　请你原谅。

达姆威尔　晚安，亲爱的贤侄。
　　　　　　　查勒蒙下
　　　　　　你看到这个人了吗?

博拉齐奥　什么意思，先生?

达姆威尔　这家伙活着，博拉齐奥，
　　　　　　就像法律文件中
　　　　　　一个多余的字母，
　　　　　　让我们处于危险的境地。

博拉齐奥　那就把他干掉。

达姆威尔　你愿意干吗?

博拉齐奥　告诉我你的目的;我愿意干。

达姆威尔　查勒蒙整天想着父亲的死，
　　　　　　忧郁整个儿攫住了他，
　　　　　　每每到教堂院子里
　　　　　　去独自散步。

博拉齐奥　教堂院子?
　　　　　　那是弄死他最好的地点。
　　　　　　也许他在那儿祷告。
　　　　　　他活该得死。
　　　　　　咱们发善心把他送进坟墓里去。

达姆威尔　不管你用什么手段。首先拿上这个。
　　　　　给博拉齐奥一支手枪
　　　　　你知道那地方。
　　　　　观察好他进出的路子，
　　　　　找到一个最有利的地形，
　　　　　在夜幕的遮掩下，
　　　　　他的胸部离你的枪口如此之近，
　　　　　你开枪，他怎么躲也来不及。
　　　　　干完后，你就隐退到安全的地方。
　　　　　那地儿很少有人去，
　　　　　他的尸体只有遭小贼们偷窃了。

博拉齐奥　别担心。放心好了。
　　　　　这把枪将解除你的恐惧。
　　　　　博拉齐奥下

达姆威尔　为了我为血亲所拟定的目标，
　　　　　让我来实施我的计划吧：
　　　　　给我的至近的后代
　　　　　留下一份殷实的产业。
　　　　　但，那份产业怎么持续呢？
　　　　　恐怕大儿子不行。
　　　　　病症和孱弱使他无法有后嗣。
　　　　　而那另一个小子，
　　　　　他那放浪不羁
　　　　　使他无法容忍婚姻的约束——
　　　　　在我看来，
　　　　　他的生活和脾性非常危险。
　　　　　哦，可怜可怜我吧，
　　　　　带来如此丰厚回报的谋杀
　　　　　却会竹篮打水一场空！
　　　　　老天不许。

　　　　　　　我希望我的身子不会
　　　　　　　失去传宗接代的能力。
　　　　　　　但那会是一个私生子。
　　　　　　　呸，与其养育别人的后代，
　　　　　　　还不如哺育私生子。
　　　　　　　儿媳妇!
　　　　　　　让我来顺势占有吧。
　　　　　　　我下定决心了。
　　　　　　　儿媳妇!
　　　　　　　　　仆人上

　　仆人　　大人。

达姆威尔　　请把我儿媳妇叫来。
　　　　　　　　卡斯特贝拉上

卡斯特贝拉　　什么事，爸?

达姆威尔　　你丈夫睡了吗?

卡斯特贝拉　　睡了，大人。

达姆威尔　　这夜晚多么美好。
　　　　　　　你去散一会儿步吧。

卡斯特贝拉　　来，加斯帕。

达姆威尔　　不。
　　　　　　　我们一块儿散步去教堂院子;
　　　　　　　我有些私密的话要跟你说。

卡斯特贝拉　　没关系;你待着吧。
　　　　　　　　仆人下

达姆威尔　　（旁白）一切进行得如此顺利。
　　　　　　　　众下

第三场

查勒蒙上，博拉齐奥在教堂院子里尾随其后。大钟敲
十二下

查勒蒙　十二点钟。

博拉齐奥　（旁白）好时间；很快就要敲一点了。

查勒蒙　这冢墓，
　　　　一个多么合适的
　　　　让人深夜沉思的地儿。
　　　　躺在这座坟墓的人
　　　　生前也许为所欲为。
　　　　然而，在这一小片
　　　　比村舍更小和简陋的土地里，
　　　　他比在最辉煌鼎盛的时期
　　　　更富有，更满足，
　　　　因为在这儿，
　　　　他既不希冀也不操心。
　　　　既然他的躯体已经腐烂，
　　　　他享受着现世所有甜蜜的快乐中
　　　　更加甜蜜的快乐——休息，
　　　　因为在这儿
　　　　已没有任何东西让他烦恼了。
　　　　而在那座坟墓里，
　　　　躺着另一个人。
　　　　他在生前也许
　　　　饱经过忧患，
　　　　也享受过幸福，
　　　　而在这儿，

忧患和幸福都到头了。
现在这两种状况
都没有什么差异。
哦，凡人在世殚精竭虑
往世俗的高处爬，
然而，在谦卑的泥土中，
却处于最美好的境地！
他们在世也许蔑视
比自己低一等的人，
但是，比青虫还要低等的呀
却比国王还要崇高！

博拉齐奥　趴下，站起来。

　　　　　开枪，却不发火

　查勒蒙　这是哪个混蛋的手在开枪？
　　　　　赶快滚蛋，要不你就得死。

　　　　　他们厮斗

博拉齐奥　该死，完蛋了。

　　　　　博拉齐奥倒下

　查勒蒙　怎么，我杀死了他？
　　　　　不管你是谁，
　　　　　但愿你能兴旺发达，
　　　　　而我不配活着，
　　　　　只有准备去死了。
　　　　　我该怎么办呢？
　　　　　谴责我自己，
　　　　　把自己交给法律，
　　　　　那将很快结束我的痛苦？
　　　　　但这是对我施行谋杀
　　　　　而造成的杀戮。

我不。

我要趁机逃走。

也许老天还要我活着，

给我一个更美好的未来。

查勒蒙下。蜡烛匠朗格博和索凯特进入教堂院子

索凯特　不，好先生，我不敢。说实话，我这一代人是由生育许多许多孩子的父母带大的。

朗格博　呸，那最可怕的危险就是野蛮了。生育许多许多孩子就像吃许多许多新鲜的水果到头来会生太多的痰、太多的气。

索凯特　我必须听从你的指导了，先生。我不希望受骗。

朗格博　不，你不会怀孕的。同时，你又能得到我的指导的好处。小姐，我的身体不是每天都抽干的。

索凯特　我捉摸，先生，你不常抽干你的身子反而使你的身子像一座井一样：水抽得越少，它干得越快。

朗格博　你马上就会体验这个。

索凯特　但咱们需要地方和机会。

朗格博　这两样咱们都有。这儿是这栋房子的后院，迷信的人称这为圣维尼弗莱德教堂，很少有人会到这儿来，是干这事最方便的地方，何况还有夜幕——

索凯特　你是说在黑暗中你要要我。

蜡烛匠朗格博拿出一条床单、假发和胡子

这些是什么？

朗格博　这套行头是为了安全起见，小姐。你知道，据说老蒙特菲勒斯的鬼魂常来这儿游弋。他埋葬在这座教堂里。当咱们的勾当还没有干完，有陌生人来打扰时，告诉你吧，我就会被认作那鬼魂，就不会有人来麻烦

咱们了。这样，咱们就不会被人发现。戴上这套行头，我看上去怎么样，小妞？

索凯特 虽然我知道来由，还是太像个鬼魂了，你让我毛骨悚然。

朗格博 我要试试戴着这胡子怎么亲嘴。哦，呸，呸，呸。我还是摘掉它再亲嘴吧，亲完嘴再戴上。干别的勾当，我可以不亲嘴。

查勒蒙迟疑地上，剑拔出了鞘；当他们俩沉醉在勾当中时，他踩到了他们。他们从舞台两边下，留下了行头

查勒蒙 这是什么？一条床单？假发？胡子？
这行头是干什么用的？
不去管它。
我也不要去探究
这幸运邂逅的目的了。
也许这还能帮助我逃跑。
恐怕有人在追我。
为了安全起见，
我还是先躲在停尸房，
这尸骸堆放的地方。

为了走进停尸房，他拿住了一个死人的头颅，那骷髅从手中滑落了下来，让惊恐万状的他踉踉跄跄后退了几步

你这骷髅，要从我的掌控中溜走吗？
死人都是靠不住的。

查勒蒙躲进停尸房。达姆威尔和卡斯特贝拉上

卡斯特贝拉 大人，夜深了。大人阁下说要跟我私下说一些事儿？

达姆威尔 是的，我现在就说出来。
要说的就是爱情。

你甜蜜的身影
最细小的细节，
那所有快乐的结晶，
能够激起澎湃的激情，
你的整个的完美
就是我追求的目标；
我爱你，
不顾一切理智。
我可以告诉你
我爱你的理由。

卡斯特贝拉　爱我，
大人？
我完全相信，
因为我是你爱子的妻子。

达姆威尔　是这样。
由于我的劝说，
你嫁给了一个无法履行
丈夫职能的人。
我是这一切颠倒是非的
始作俑者。
我的良心受到谴责，
我愿意用满足你来求得解脱。

卡斯特贝拉　怎么解脱法？

达姆威尔　我来提供他不能提供的快乐。

卡斯特贝拉　你是魔鬼还是人？

达姆威尔　我是人，
这人能够以他充沛的身子
给你以快乐，
一个女人梦寐以求的快乐；

除了垫补你丈夫的不足，
你还会有延续生命的后代；
让你快乐的欲望
将两个身子的伟力结合，
使它们付诸行动，
这定然会生育出嗣息。
人的目的无非是
快乐或者利益，
在甜蜜的绸缪中
鸾凤两情相悦在了一起。
一个与你全然陌生的人
却要在你家族的废墟上
建立起他家第一块基石，
难道这不让你感到难受吗？

卡斯特贝拉　老天，救救我！
让我的记忆完全泯灭吧，
在极致的快乐
和最大的利益
引诱我堕入乱伦之前，
愿我公公敌人的子嗣
在我们的废墟上
建立起永恒的里程碑。

达姆威尔　乱伦？呸。
这些亲情之间的规定
只是我们自己强加在
自由身上的枷锁呀。
自然允许人
与其他所有造物的自由。
难道人，
造物都服从和依附的人，

要比其他造物
还要不自由吗？①

卡斯特贝拉　哦，上帝，
难道您无限的全能
有些限制，
是因为您从不干坏事吗？
如果仅仅用自然界来申辩，
难道你没有从动物退化了吗？
当你卑鄙地以动物的行为——
人本可以控制的行为，
赋予你自己权威和理由，
你还配是自然的灵长吗？
我完全可以驳斥你，
但这讨论主题之恐怖
把我弄得晕头转向。
先生，我知道
你以你儿子的名义
来试探我，
你以为以我年轻的血性
忍受不了无性的生活。
请相信我，先生，
我从来没有抱怨过他。
如果是淫欲作祟，
那就到婊子身上去发泄吧，
那罪恶的交易倒是可以
让你更加快乐，
而较少负疚。
达姆威尔试图吻她
从如此歹毒的灵魂中

---

①　这段对白采编于奥维德的《变形记》第十部。

呼出来的瘴气，
比坟墓里快腐烂的尸体
散发出来的潮气
更加毒化空气。

达姆威尔 　亲吻我，我保证
我的呼吸甜如蜂蜜。
这些尸骸故意置放在这里，
让我们增加生的人口。
来吧，我们将制造出年轻的人来。
让我享用你吧。
不？
那向你的保护神呼救吧，
我还是要干。

卡斯特贝拉 　保护神？
你不是一个不信上帝的人吗？
我的祷告和眼泪都虚掷了。
哦，如此耐心的苍天呀，
你为什么不用雷霆，
不将人撕成碎片薤粉，
来表示你的愤怒呢？
大地怎么能承受
如此奸诈的重负，
而不山崩地裂、天翻地覆呢？
为什么苍天的脸上
不燃烧起霹雳闪电呢？

达姆威尔 　呼唤来
魔鬼和魔鬼的盾吧；
向坟墓哭泣吧；
死者会听见你；
祈求他们的帮助吧。

卡斯特贝拉　真希望这坟墓会打开，
　　　　　　在我的身子接受
　　　　　　这混蛋的淫欲之前，
　　　　　　将它和坟墓里的人
　　　　　　永远绑在一起。①

　达姆威尔　我就要像蒂留斯②一样，
　　　　　　硬来了——

　　查勒蒙　魔鬼！
　　　　　　戴着伪装行头的查勒蒙站立了起来，把达姆威尔吓跑
　　　　　　小姐，查勒蒙用他的手
　　　　　　把你从淫欲的魔爪中
　　　　　　拯救了出来！
　　　　　　我的卡斯特贝拉！

卡斯特贝拉　我亲爱的查勒蒙！

　　查勒蒙　仁慈的老天，
　　　　　　为了我所有遭受的痛苦，
　　　　　　我感谢你！
　　　　　　你给了我报应，
　　　　　　为了这可祝福的目的，
　　　　　　将我保存了下来。
　　　　　　现在，甜蜜的死亡呀，
　　　　　　我该欢迎你了！
　　　　　　来，我护送你回家，
　　　　　　然后，我要将自己送进牢狱，
　　　　　　法律将终判我这一行动
　　　　　　最好，也是最后
　　　　　　一生业绩的巅峰。

————————

① 在古罗马传说中，罗马人塔昆在强奸贞女卢克丽霞时惯用的恫吓。

② 色雷斯国王，因强奸妻妹而被神罚作一只鸟。

卡斯特贝拉　最后的？法律？
　　　　　　老天不许，你干了什么？

　查勒蒙　啊，我杀了一个人——
　　　　　不是谋杀他，我的卡斯特贝拉，
　　　　　他要谋杀我。

卡斯特贝拉　那么，查勒蒙，
　　　　　　老天的手将为你辩护。
　　　　　　那个狡诈的不信上帝的人，
　　　　　　我早就怀疑他的阴谋了。

　查勒蒙　他想要我的命。
　　　　　我但愿他还不如把我弄死算了，
　　　　　因为他剥夺了我所有的福祉，
　　　　　那些让我热爱生命的福祉。
　　　　　啊，我将把我的命给他。

卡斯特贝拉　别。
　　　　　　让我去面临危险吧，
　　　　　　我不愿为了保护自己，
　　　　　　而牺牲让我免于毁灭的人的生命。

　查勒蒙　你把我从痛苦中拯救了出来，
　　　　　再没有比这更让我高兴的了。

卡斯特贝拉　快逃走吧。
　　　　　　把我交给呵护无辜者的上帝，
　　　　　　要不让我和你同舟共济。

　查勒蒙　我心情沉重。来，让我们躺下休息一会儿；
　　　　　这些是可以安睡的枕头。
　　　　　　　查勒蒙和卡斯特贝拉各自躺在一个死人的头盖骨上
　　　　　　　蜡烛匠朗格博上，正在寻找索凯特

　朗格博　索凯特，索凯特，索凯特！哦，你在那儿吗？

他将博拉齐奥的尸体错认为索凯特

你躺着的姿势正好可以干这事儿。来，亲吻我吧，亲
爱的索凯特。（吻尸体）清教不让我犯同性恋的罪！
这是一个男性。（触摸尸体）这是一个炸飞了的男人！
是的，又冷又硬！谋杀，谋杀，谋杀！

蜡烛匠朗格博下。达姆威尔心烦意乱地上，一眼看到
死人的头骨惊恐万状

达姆威尔　你为什么死盯着我？

你并不是我谋杀的

那个人的头颅，

干吗要来扰乱我的良心？

你肯定是一个放债人，

毫无怜悯之心。

那婊子，那天空，

关上了这世界卧房的窗户和门，

当婊子，

也就是那谋杀

和我在一起犯事时，

在我和这些灯光之间，

在大地的床上拉上了窗帘。

她让我们待在黑暗之中，

直到完事。

但是，我现在感到罪孽的可怕，

像一个掏空了淫欲的好色之徒，

想遮掩我的脸，

不让羞耻被世人瞧见，

她却跟我面面相觑，

那咄咄逼人的眼神

仿佛要我偿命。

哦，瞧呀！

远处老蒙特菲勒斯的幽魂，

披着一件白色的床单，
在高山上向上爬去，
他要向老天控告我。
蒙特菲勒斯！
哎，胆小鬼。
那不过是一片白云。
难道我生来是个胆小鬼吗？
如果说是，他准在撒谎。
但是，一条小青虫都可能
让我吓得浑身大汗淋漓。
抖动的山杨树叶
足以让我颤抖不已，
就像那叶子的影子。
我现在还能去杀人，
如果我能渴饮
我谋杀的人的热血，
用他的血来
温暖我冰冷的身子。

朗格博　（幕后音）谋杀，谋杀，谋杀！

达姆威尔　高山倾倒在我身上——老蒙特菲勒斯的幽灵追逐着我。

朗格博　（幕后音）谋杀，谋杀，谋杀！

达姆威尔　哦，要是我身子包裹在
那片云里，
当霹雳轰隆击打下来，
我也就不会有丝毫惧怕！
　　　蜡烛匠朗格博和巡夜人上

朗格博　你会在这儿
找到那被谋杀者的尸体。

达姆威尔　黑魔王

和黑魔王所有的走狗

都要来逮我吗?

朗格博　不,好大人,

我们来逮杀人凶手。

达姆威尔　冥王呀,

这幽灵是个傻瓜蛋,

他根本无法胜任

冥府里任何重大的事儿。

他为什么不掀翻我罪孽的大山,

就像对冥府所有的冤鬼一样,

整个儿地压在我身上

让我痛苦,让我毁灭呢?

而现在,却在最后下手之前,

游移不定,折磨我!

巡夜人　这就是搞谋杀的那个人吗?说话鬼鬼祟祟的。

朗格博　不是,绝对不是。这是我的达姆威尔大人,他之所以心神不定,我想,是由于他失去了他忠诚的仆人博拉齐奥,就是那个被杀的人,他太悲痛了。

达姆威尔　哈!博拉齐奥被杀了?你瞧上去像是蜡烛匠,是不是?

朗格博　是的,不开玩笑,大人。

达姆威尔　你听着——你看到一个鬼魂吗?

朗格博　一个鬼魂?什么地方,大人?(旁白)我倒也要怀疑起来了。

达姆威尔　在这教堂院子里。

朗格博　呸,呸。游走的幽灵只是传说而已。在自然界①没有

---

① 原文为拉丁文:in rerum natura。

这种东西。这儿是一个被杀的人，现在想起来，我觉得他就是那个化装了的杀人凶手，而不是什么胡思乱想出来的鬼魂。

达姆威尔　我脑子开始回过味儿来。
　　　　　我懂得你说的话了。是这样的。
　　　　　瞧尸体
　　　　　博拉齐奥！我要到天涯海角去找，
　　　　　把杀人凶手找出来。

巡夜人　（注意到查勒蒙和卡斯特贝拉）在这儿，在这儿，在这儿。

达姆威尔　等一等！睡着了？睡得这么香？
　　　　　躺在头颅骨上，
　　　　　睡得这么甜？
　　　　　竟然在这么一个
　　　　　充满恐惧和恐怖的地方？
　　　　　显然在我的知识之外，
　　　　　在自由的良知中
　　　　　还存在另外的幸福。
　　　　　呵，呵，呵！

查勒蒙　（醒来）欢迎你，叔父。
　　　　你要来得更早一点，
　　　　欢迎你也会更早一点。
　　　　我就是你要找的那个人。
　　　　不用再盘问我了。

达姆威尔　我侄子！还有我儿媳妇！
　　　　　哦，我亲爱的遭难的亲人呀，
　　　　　你怎么会遭到这样不幸的命运呀？

查勒蒙　你知道，先生，她仍然像贞女一样无辜。

达姆威尔　像贞女一样无辜。

这时间，这地点，
这境况都说明她不可能是贞女了。

卡斯特贝拉　先生，我坦白，
我愿意经受
法律判给查勒蒙的
同样的惩罚。

查勒蒙　由于不公正的原因
她丧失了她的无辜。

巡夜人　但是，先生，既然她已与你结合，
她必须跟你一起去蹲监狱。

达姆威尔　毫无办法；
要不是她欺骗了我儿子的婚床，
我可以卖掉我的土地，
两人都可以被宽恕。

众下

第四场

贝尔福莱斯特和一仆人上

贝尔福莱斯特　我妻子还没有回来吗？

仆人　还没有，大人。

贝尔福莱斯特　我觉得，她最近和年轻的塞巴斯蒂安
非常亲近，
但妒忌是如此折磨人，
我真惧怕沾染上它。
然而，我越不想正视它，
我的怀疑越显得有根有据。
首先，我知道她一贯的胃口，

> 一旦遇上像塞巴斯蒂安
> 如此放浪不羁的男子,
> 如此性感的一个身子,
> 本身就很腐败的她
> 绝对抵御不了这诱惑。
> 弗莱司科蹑手蹑脚地上

弗莱司科 (旁白)天啊,他的夫人派我来看看她的丈夫上床了没有。我应该偷偷地干这差事,但不知不觉却撞上了他们两个。
弗莱司科下

贝尔福莱斯特 你认识我妻子带到家里来的那位淑女吗?

仆人 只是看见,大人。她的仆人刚在这儿。

贝尔福莱斯特 她的仆人?请赶快去把他叫来。
仆人下
这个混蛋,从我在挂毯后面找出他来,
就一直对他有怀疑。
弗莱司科和仆人上
弗莱司科!欢迎你,弗莱司科。——你可以走了。
仆人下
听见我说的话吗?
我妻子在你女主人家吗?

弗莱司科 我不知道,大人。

贝尔福莱斯特 请你告诉我,弗莱司科;我们在私下谈话,请告诉我。你女主人是一个清净姑姑儿吗?

弗莱司科 大人阁下是什么意思?你是说她是不是个粉头?

贝尔福莱斯特 是的,弗莱司科,是不是甚至是一个粉头?

弗莱司科 哦,不,大人。这会招来病症,会脱头发,我的女主人设法遮掩了脱发,因为她是一个假发制造商。

贝尔福莱斯特　不干别的了？

　　弗莱司科　卖女人面罩啦、头饰啦、紧身上衣①啦什么的。

贝尔福莱斯特　所以，先生，她时不时地卖遮羞的面罩啦、紧身上衣
　　　　　　　啦给我的夫人，是不是？

　　弗莱司科　要是夫人阁下乐意的话，大人。

贝尔福莱斯特　要是乐意，你这流氓？你给她拉皮条，是不是？你知
　　　　　　　道塞巴斯蒂安和我妻子之间的勾当。给我说实话，要
　　　　　　　不我就用这只手把你钉死在地上。别动，你这只狗，
　　　　　　　快给我说实话。

　　弗莱司科　（以城镇公告员的腔调）哦，是的！

贝尔福莱斯特　你女主人为我妻子拉皮条？

　　弗莱司科　哦，是的！

贝尔福莱斯特　了解她的机关、阴谋和手法？

　　弗莱司科　哦，是的！如果人、法庭、城邦或者国家②发现莱维
　　　　　　　杜尔西亚夫人和除贝尔福莱斯特大人以外的人睡觉，
　　　　　　　那个人定然是塞巴斯蒂安。

贝尔福莱斯特　怎么，你想把这公告传布出去吗？你想让这丑事满天
　　　　　　　飞吗，你这混蛋？

　　弗莱司科　你还能嘲笑公告员这活儿吗？我觉得你自己已经广而
　　　　　　　告之你是个王八了。
　　　　　　　　巡夜人上

贝尔福莱斯特　巡夜人！太巧了。我想求得你的帮助。
　　　　　　　　弗莱司科逃跑
　　　　　　　　天啊，逮住这坏蛋；快去追他。
　　　　　　　　众下

————————

① 原文为 body，在此意为女人紧身上衣 bodice，是双关语。

② 这是城镇公告员的套话。

第五场

蜡烛匠朗格博上，正和索凯特纠缠不休

索凯特　不，要是你把我往教堂院子再拽近些——

朗格博　啊，索凯特，我还没有靠近那儿呢。

索凯特　靠近那儿？不，我不想要孩子。

朗格博　我向你保证我不会，我说话算数。

索凯特　你只会吹牛。偷偷到那左手铺地毯的小房间去吧。

朗格博　还是到右手的房间去吧；你总偷偷地溜掉，我不喜欢
　　　　那样。

索凯特　天啊，快！女主人一上床睡觉，我就来找你。
　　　　蜡烛匠朗格博下。塞巴斯蒂安、莱维杜尔西亚，
　　　　和卡塔博拉斯玛上

卡塔博拉斯玛　我真纳闷弗莱司科走了这么长时间！

塞巴斯蒂安　索凯特小姐，我要跟你说句话。
　　　　在一旁跟索凯特耳语

莱维杜尔西亚　如果他带话来我丈夫已经上床入睡，那我将斗胆在外
　　　　面睡一晚上。我对这个男人奇怪的感情！那如同一种
　　　　自然的向往，即使地球上没头脑的动物由此也会产生
　　　　一种依恋和会意。虽然这似乎是我自作多情迸发出来
　　　　的爱，但我既无法控制它，又难以名状。既然已经做
　　　　了，毁誉与否全在你的掌控之中了。

卡塔博拉斯玛　夫人，享受你的快乐吧，不要害怕。我永远不会背弃
　　　　你对我的信任，现在你纠结于这罪孽就是折磨自己的
　　　　良知了。我觉得，就此谴责一个犯这事儿的女人太不

	公正了，而丈夫们和别的女人交欢却只是一件很轻微的过失。
莱维杜尔西亚	我也是这么想的。——啊，怎么回事，塞巴斯蒂安，你想跟那个淑女干这营生吗？你到底有多少情人？
塞巴斯蒂安	说实话，一个也没有。因为我认为她们没一个是忠诚的；但从另一个角度说，又跟干净衬衣一样地多。一个女人的爱就如同蘑菇：它一晚上就长成，第二天早餐时就能吃，但不久它就枯萎，就不能吃了。
卡塔博拉斯玛	不，据圣威妮弗莱德①说，一个女人的爱情是可以像蜜饯一样保存很久的。
塞巴斯蒂安	在找到新的情人之前，是这样的——根据我的经验，不再是这样了。 弗莱司科奔跑着上
弗莱司科	事情穿帮了，咱们可能要付出惨痛的代价了。
塞巴斯蒂安	惨痛的代价？为了什么？
弗莱司科	你想想看，难道这还不是惨痛的代价吗？五六个检察官家伙手里拿着长柄斧来找咱们，咱们怎么对付得了？ 敲门
卡塔博拉斯玛	天啊，干吗敲门呀？夫人，快躲起来。
莱维杜尔西亚	塞巴斯蒂安，如果你爱我，就保护我的名誉。 除了塞巴斯蒂安，众下
塞巴斯蒂安	干吗要拿长柄斧？你们要找什么？ 贝尔福莱斯特和巡夜人上 该死，我不会让你们过去。
贝尔福莱斯特	去追那婊子！

---

① 传说中 7 世纪威尔士一位基督徒妇女。

众巡夜人下
混蛋，让路，
要不我就要杀开一条血路了。

塞巴斯蒂安　我的血会让你滑跤，大人。
你最好还是走另一条路；
你也许还会摔倒。
他们对打。两人都严重受伤。塞巴斯蒂安先倒下
我受到了致命的一击。
塞巴斯蒂安死亡。贝尔福莱斯特摇摇欲坠时，莱维杜
尔西亚上。贝尔福莱斯特摇晃身子，倒下死亡

莱维杜尔西亚　哦，上帝！我的丈夫！
我的塞巴斯蒂安！丈夫！
两人谁都说不了话了；
然而两人都可以羞辱我。
当他们的鲜血流进了
从我的淫欲奔涌出来的河流里，
这还能维护我的体面吗？
亲爱的丈夫，
如果我用偷情的嘴唇
亲吻你的脸颊，
别让你逝去的精神不悦。
在这儿，我看到了淫欲的可恨，
它让我跪下去拥抱他死亡的头颅，
而当他活着时，
我腻味触摸他的身子。
现在，我可以哭泣了！
但眼泪有什么用？
我哭的是眼泪，
而他们哭的是鲜血。
如果我的眼泪变成海洋，

在浪涛上漂浮着我破损的
蓄满淫欲的身子，
有可能遇到海难，
把我的羞耻淹没的话，
那这哭泣还有点儿意义；
但是，唉！
大海需要足够多的海水
去冲刷我名字上的耻辱。
哦，在他们的伤口上
我感到我的荣誉已经死亡。
我还能拥有我的名声吗？
难道我的人生必须成为
世人嘲笑的一个例子吗？
既然必须这样，
出于对我放荡的憎厌，
为了勉强给我一点美德，
我将以死作一个了断，
这充满恐怖，
犹如我的人生充满罪愆。

巡夜人随同卡塔博拉斯玛、弗莱司科、蜡烛匠朗格博
和索凯特上

巡夜人　别，夫人！

莱维杜尔西亚向自己刺去，死亡

大人，这是一个多么奇怪的夜晚！

朗格博　但愿让蜡烛匠离这儿远点儿吧。

巡夜人　你不能，谁也不能。
所有人都要跟我们走。
哦，淫欲有什么好处，
它犹如一团火，
不用鲜血扑灭不了。

众下

第五幕

第一场

音乐声响起。呈现出一内室。一个仆人睡着，身前亮
着灯光和金钱。达姆威尔上

达姆威尔　怎么，你还睡着?

仆人　不，大人——既没睡，也没醒，
　　　只是昏昏然在两者之间徘徊。

达姆威尔　这金子哪儿来的?

仆人　这是你哥暴死之后，
　　　大人阁下获利的一部分。

达姆威尔　去睡吧。把金子给我。

仆人　把休息给我。
　　　一个人很难两全其美。
　　　仆人下

达姆威尔　把那尖厉的音乐停下来。我不喜欢。
　　　他把玩金子
　　　这金子的清音
　　　才是抒情的曲调儿，

就好像天使的天籁，
听来让周身畅怀。
瞧，你无知的占星家，
你竟然要在行星中
不着边际地占卜人的命运！
人们讶异于你的失算，
甚至有时会大惊失色。
这些黄金灿烂的星光
才决定人的命运和未来。
那穹顶上灯光的小星星
就好像臣民们在楼窗前
用充满爱的目光，
眺望他们的国王
骑马威武地走过大街，
凝视着
你更为辉煌、更为霸气、
更为显赫的熠熠金光。
把面罩卸下来吧，
美丽的皇后。
把黄金从袋子里倒出来
请满足人们期望一瞥
你那美丽容貌的愿望吧。
这些金子才是星星，
才是命运的舵手，
才是人的最高的智慧，
它们只屈从于强权。

达姆威尔睡觉。蒙特菲勒斯的鬼魂上

鬼魂　　达姆威尔，你聪明一时，却只是个傻瓜，
　　　　你还不如称之为弱智的人，
　　　　你是一个最奸诈、最可怜的傻瓜，

你很快就会看到
你所有的机关将破产。

鬼魂下。达姆威尔惊吓地站起来

达姆威尔　是什么傻乎乎的梦魇搅乱我的美梦？
那怎么可能呢，
既然我所有的计谋
都获得绝对的成功？
既然查勒蒙已经逮捕，
再没有任何人能剥夺我的权利，
我的智慧让他自投罗网，
没有引起任何怀疑，
我灭了他所有的利益和称号，
合法占有了他的一切。
当一个头脑简单、真诚的
想象出来的上帝的信徒，
在被遗弃的痛苦的重压之下
呻吟不已的时候，
我却依靠高度的智慧
建立起了一份家业
我的后代可以享之不尽。

仆人们抬着塞巴斯蒂安的尸体上

那是什么？

仆人　被贝尔福莱斯特大人
杀死的你的小儿子。

达姆威尔　杀死？你骗人。
塞巴斯蒂安！说话呀，
塞巴斯蒂安！
他听不见了。
赶快叫个医生来！
叫外科大夫。

洛萨　（幕后音）哦。

达姆威尔　那是什么呻吟？
　　　　　我大儿子怎么样？
　　　　　这声音来自他卧房。

仆人　他卧病在床，大人。

洛萨　（幕后音）哦。

达姆威尔　曼德拉草的嘶喊
　　　　　也没有像那呻吟令我恐怖。[①]
　　　　　一个仆人奔跑着上

仆人　要是你想最后见一眼你活着的儿子——

达姆威尔　自然不许我见到死亡。
　　　　　仆人们将洛萨挂着帐幔的床推上舞台
　　　　　把帐幔拉开。
　　　　　哦，我儿子怎么啦？

仆人　我觉得他快死了。

达姆威尔　让你和你那该死的舌头灭亡吧。
　　　　　死亡，医生在哪儿？
　　　　　难道你就是在我的梦中
　　　　　让我惊惧不堪的幽灵
　　　　　那张吓人的脸吗？

仆人　医生来了，大人。
　　　医生上

达姆威尔　医生，你瞧，
　　　　　你有两个病人需要医治，
　　　　　拿出你的看家本领吧，

[①]　曼德拉草的根有点像人形。据说，将它拔出来时它会尖叫嘶喊，人们听到会被吓得
　　发疯。

　　　　　医好了你会享有一生的声誉。
　　　　　如果你读过希波克拉底①、
　　　　　盖伦②，或者阿维森纳③的书，
　　　　　如果用什么草本，或者药物，
　　　　　或者矿物可以有奇效，
　　　　　那就让你的医术
　　　　　给你带来财富和荣耀吧。

医生　　如果生命还可以用医学拯救的话，
　　　　请不要担忧，大人。

洛萨　　哦。

达姆威尔　他的喘息就像是
　　　　　一座大楼轰然倾颓。
　　　　　在那两根柱子上
　　　　　耸立着我巍峨的华厦。
　　　　　地震摇撼了它；
　　　　　地基倒塌了。
　　　　　亲爱的自然，
　　　　　以你的名义，
　　　　　我为后代建起了一座辉煌的大楼。
　　　　　哦，请不要将那伟大而骄傲的大厦
　　　　　掩埋在一堆废墟之下。

医生　　大人，这两具身体
　　　　已没有任何生命的体征。
　　　　生命之火完全泯灭了。
　　　　已经没有任何回天之力。

达姆威尔　拿上这金子；

---

① 希波克拉底（前460—前377），古希腊医师，"医学之父"。
② 盖伦（129—199），古希腊医师。
③ 阿维森纳（980—1037），波斯医学家，哲学家。

<blockquote>
汲取它的精华，
在身体里激发起新的生命吧。①
</blockquote>

医生　所有的东西都无济于事了，大人。

达姆威尔　你还没有检查
他们身体真实的状况。
你肯定没有。
我要把他们的尿样
留到明天早晨。
毫无疑问，尿样
将让你有更好的了解。

医生　哈，哈，哈！

达姆威尔　你笑，你这混蛋？
难道我的智慧，
人们羡慕的智慧，
却成了你的笑柄？

洛萨　哦。

洛萨死亡

医生和仆人们　他死了。

达姆威尔　哦，我就此断子绝孙了！
难道自然能如此简单、
如此恶意地毁灭
她记忆中的声誉吗？
她不能。
肯定在她之上
还有控制她的力量。

医生　在自然之上还有伟力？
你对此有怀疑吗，大人？

---

① 在古代曾经认为金子具有治疗的作用。崇尚物质的达姆威尔更会这样想。

请想一想，
人怎么获得他的身体和形状：
他不像虫儿和飞蝇
在腐物中诞生，
而是一个男人种出来的，
在自然中，从来是
一个男人生下另一个男人；
但第一个男人，
他是一个被动的，
不是一个主动的人，
因此只造了他自己。
所以，在自然之上，
必然有一个超然的力量。

达姆威尔　我要嘲笑我自己了。
自然，你背叛了我的灵魂。
你嘲弄了我的信任呀。
我要到至高无上的法庭
去控告你。
我将证明你伪造了
虚假的产权和信用。
在星法庭上，
你必须回答。
把尸体搬走吧。
哦，死亡的意识
开始干扰我纷乱的心。
众下

第二场

法官的座椅和断头台搬了上来，法官们和警官们上

法官甲　将罪犯带上来。

　　　　在警卫押解下，卡塔博拉斯玛、索凯特和弗莱司科上
　　　　是在你这位女士的家里
　　　　发生谋杀的吗？

卡塔博拉斯玛　是的，大人。

法官甲　虽然你穿着所显现出来的教养
　　　　跟卑贱的人迥然不同，
　　　　但你的名字和你自己
　　　　有损于女人的称号，
　　　　因为你是戕害女人名声的毒药。

卡塔博拉斯玛　大人，我是一位淑女，
　　　　但我必须说，
　　　　我的穷困迫使我处于
　　　　比我出身和教养
　　　　低贱得多的境地。

法官乙　呸，我们知道你的出身。

法官甲　你以售卖面罩和头饰
　　　　给淑女为名，
　　　　让有夫之妇
　　　　背着她们的丈夫，
　　　　不断造访你那淫乱的勾栏。

弗莱司科　我的好大人，她的租金很贵。
　　　　这位好淑女除了房子

没有别的生活来源；
所以她不得不将前面的房间
租给别人，自己却
睡在后厢房里。①

法官乙　原来这样。

法官甲　没有证据控告你
　　　　是谋杀的同谋。
　　　　但因为从你经营的淫乱之泉
　　　　奔涌出疯狂的欲望，
　　　　判你们仅次于死刑的刑罚。
　　　　法律也不能对这种
　　　　可怕的罪恶的源头判得太重。

法官乙　接受对你的判决吧。
　　　　既然你的财物是通过
　　　　传染花柳病的勾当赚来，
　　　　它们将转送医院使用；
　　　　按照羞辱妓女的习俗，
　　　　将用牛车拖着你们游街，
　　　　同时鞭笞你们的肉体，
　　　　直到你们皮开肉绽，
　　　　昏厥过去。
　　　　你们会很穷，
　　　　你们也许再也无法
　　　　回到你们从前的生活。
　　　　你们将去从事苦力，
　　　　仅仅能维持温饱，
　　　　节制你们的本性，
　　　　劳役你们的肌肤，

---

① 带有性暗示。

　　　　　　成为一个悔过自新的人。

卡塔博拉斯玛
　　索凯特　　哦，好一个大人！
弗莱司科

　法官甲　审判结束；把他们带下去。
　　　　　在警卫押解下，卡塔博拉斯玛、索凯特、弗莱司科
　　　　　下，在警卫押解下蜡烛匠朗格博上

　法官乙　蜡烛匠先生，一个操你那样职业的人竟然也到了这种
　　　　　堕落的地方！

　朗格博　我同意你的说法，这是一个充斥污秽的地方；更需要
　　　　　指导和改造。催使我来到这儿的动力就是要改造他们
　　　　　的精神，纯洁他们的灵魂，我希望，法官阁下不会因
　　　　　此而加罪于我。

　法官甲　不，先生，不能；但是，
　　　　　请允许我告诉你，
　　　　　我认为你的狡猾的回答
　　　　　是一种想溜掉的借口，
　　　　　而并不是出于宗教的目的。
　　　　　你是在哪儿获得学位的？

　朗格博　我不是学者，大人。说实话，我只是一个蜡烛匠。

　法官乙　那你怎么穿上这身道袍的？

　朗格博　我的贝尔福莱斯特大人很喜欢我简洁的布道，帮助
　　　　　我摆脱那卑微的生活，穿上神袍，就操上目前这职
　　　　　业了。

　法官甲　大人阁下只是将一根溃烂的柱子
　　　　　涂上了美漆，
　　　　　把腐败遮掩。
　　　　　蜡烛匠先生，

　　　　　　还是回去干老本行吧！
　　　　　　也许那样能比你传教
　　　　　　或者你生活的榜样
　　　　　　给世界以更多的光明。

朗格博　　蜡烛熄灭了。
　　　　　　朗格博下。达姆威尔心烦意乱地上

达姆威尔　审判，审判！

法官乙　　审判，大人？审判什么？

达姆威尔　你必须解决我的一件案子。
　　　　　　把尸体抬上来！
　　　　　　仆人们把塞巴斯蒂安和洛萨的棺木抬了上来
　　　　　　啊，我希望为我把这案子审判一下。
　　　　　　这案子是这样的，大人：我的天啊，
　　　　　　几乎在一刹那间，
　　　　　　一个、两个，甚至三个人被杀害，
　　　　　　——请听我说呀，
　　　　　　当然也在一刹那免除了痛苦；
　　　　　　我依靠智慧为后代
　　　　　　建立了一份丰厚的产业；
　　　　　　这不很有智慧、很仁慈吗？
　　　　　　与此相比，
　　　　　　你大人阁下，或者你的父亲，
　　　　　　或者你的祖辈年复一年
　　　　　　向贫穷的佃户收高额租金，
　　　　　　也没有给你的后代留下一点儿好处。
　　　　　　难道我不更有智慧、更仁慈吗？说！

法官甲　　他疯了。

达姆威尔　怎么，疯了？
　　　　　　你的判断不灵。

对我说的哪怕一个细小的音节

我都可以给你阐释出含义和理由。

既然我的收获比你的祖辈

更加仁慈、更加精明，

啊，我真想知道大人阁下

为什么让你父亲的第二代

和我的整个的后代

在刹那间毁灭，

连个小孩也没给我留下：

我真想知道。

法官乙　孩子的死亡让他变得暴躁。

法官甲　大人，我们将解答你的问题。

同时，请跟我们坐在一起。

达姆威尔　太好了，你们将解答我的问题。

　　　　　达姆威尔走上法官席。在警卫押解下，查勒蒙和卡斯
　　　　　特贝拉上

法官乙　现在审问查勒蒙先生。

你被控告谋杀

达姆威尔大人的仆人博拉齐奥。

你有什么为自己辩护的吗？

有罪，还是无罪？

查勒蒙　杀死他有罪，但不是谋杀。

大人们，我不想为自己申辩。

　　　　　达姆威尔走下法官席，来到查勒蒙面前

达姆威尔　没有礼貌的野小子！

你需要一点人情味儿，

可不要对痛苦幸灾乐祸。

你为什么微笑看着我死亡的儿子？

那是叫我痛苦的根源呀。

法官甲　哦，我的好大人，
　　　　仁慈些吧，
　　　　不要再去打扰
　　　　一个将死的人的情绪了吧。
　　　　微笑面对死亡，
　　　　是一颗高贵的灵魂
　　　　最真实的容貌。
　　　　看在荣誉的面上，
　　　　请不要讥笑那个了。

达姆威尔　你们全都缺失礼貌。
　　　　哦，他卑鄙地串通了命运，
　　　　将我的后代全都毁灭，
　　　　为了成为我财产的继承人，
　　　　他必须对我俯首听命，
　　　　竟然得意忘形
　　　　当面嘲笑我，
　　　　对我的痛苦幸灾乐祸。
　　　　难道这还不够吗？

查勒蒙　达姆威尔，为了向你显示
　　　　我是多么鄙视死亡
　　　　和你的侮慢，
　　　　我就像大海上好战的海军，
　　　　在前往征服富饶土地的路上，
　　　　经历了人生的狂风暴雨，
　　　　到达戒备森严的海岸，
　　　　为了胜利，
　　　　荣誉悬于一线，
　　　　冲破重重致命的危险，
　　　　我以视死如归的精神，
　　　　希望就此一死了之。

　　　　　　　　查勒蒙跳上断头台。卡斯特贝拉跟随其后也跳了上去

卡斯特贝拉　我由此当了一个勇敢的随从。
　　　　　　快乐起来吧，查勒蒙！
　　　　　　我们的生命，
　　　　　　在蓬勃青春的年华
　　　　　　就戛然而止，
　　　　　　犹如青青的草儿，
　　　　　　当它们在凋零之前碧绿生青，
　　　　　　它们正处于生命的巅峰，
　　　　　　那是最美好的岁月呀，
　　　　　　抛撒在朋友的墓间；
　　　　　　当罪愆的溃疡还没有在流年中
　　　　　　蔓延全身，
　　　　　　我们就去死，
　　　　　　那也是最美好的呀。

　达姆威尔　开个恩，大人们。
　　　　　　我请求开个恩。

　　法官甲　开什么恩，大人？

　达姆威尔　他死了之后，
　　　　　　给他的尸体做一个解剖。

　　法官乙　为什么，大人？

　达姆威尔　你们还不理解我。
　　　　　　我想从他的尸体解剖了解
　　　　　　在自然中，还有什么比我的身体
　　　　　　更完善的。
　　　　　　我觉得我身体器官的构造
　　　　　　和他的是一样的，
　　　　　　然而，在我，
　　　　　　却缺乏像他那样

去死的勇气和决心。
我想从对他的解剖中
找出造成这个差异的原因。

法官甲　耐心点儿，你会得到的。

达姆威尔　我把自己看成一个更为优秀的人。
贤侄，我们必须好好谈一谈。
先生，我最近在钻研学问。
我的研究已经超越自然的界限；
虽然我的学问已经非常广博，
但是，我仍然想探究
良心的宁静是怎么得到的。

查勒蒙　它是自然而然的。

达姆威尔　不管它是技巧还是自然，
我钦佩你，查勒蒙。
啊，你引导一个女人
成为一个勇敢的人。
我要请求豁免你的死罪。
（对法官们）大人们，我请求豁免我侄子的绞刑。
（对查勒蒙）我将请你当我的医师。
你将给我读哲学。
我将设法找到怎么
获得心灵的宁静；
如果我无法获得，
那也是无奈的事，
作为我的医师，
当你给我吃药的时候，
不让我知道，
请在药剂里放一点毒药。
我将在无知和无惧中
走进坟墓；

我期望的就是这样一个结局，
因为死亡是多么可怕的折磨呀，
是不是?

法官乙　大人阁下干扰了法律的程序。

法官甲　准备去死吧。

查勒蒙　我死的决心已下。
但在我死之前，
面对令人尊敬的法官，
我以一个行将死亡的灵魂
自由的声音，
要求法律撤销
对这位淑女的指控和谴责。

卡斯特贝拉　我谴责我自己。
法律缺乏还我清白的力量。
我亲爱的查勒蒙，
我将与你厮守，一起承受
对你的所有惩罚。

查勒蒙　叔叔，由于我的死，
在你获得的财富中，
请给我这个：
为拯救无罪的卡斯特贝拉
而去斡旋，
你的良知应该知道
她清白而又无辜。

达姆威尔　好吧。
我拿我的斡旋
和我在世界上所有的利益，
和她交换，
让我获得她视死如归的决心。

物质稀缺，价格自然就高。
我如果有她的勇气就好了，
我珍惜这种勇气。
即使印度群岛也不能
从我的手中买去。①

查勒蒙　给我一杯水。②

达姆威尔　给我一杯酒。
这关于死亡的谈话
让我的血凝固了起来。
令人毛骨悚然的恐惧，
和对你目的的忧虑，
让我的血在血管的河流中冻结了。
一个仆人给他倒了一杯酒
我必须得喝酒暖身，
缓解冻结，
要不我就要中风了。
啊，你这个糟糕的混蛋，
你给我拿血来喝？
这酒杯看上去如此苍白，
为此而在瑟瑟发抖。

仆人　是你的手在发抖，老爷。

达姆威尔　面对一个杀人凶手，
能嗔怪我胆怯吗？
仆人给查勒蒙一杯水

查勒蒙　是水吗？

仆人　是水，先生。

----

① 东、西印度群岛以出产矿产著名。

② 按习俗，被绞死的犯人在死前可以喝一杯酒壮胆。但查勒蒙只要一杯水。

查勒蒙　来吧，你沉静脾性的象征呀，
　　　　你见证我没有耍花样
　　　　来壮我的胆量，
　　　　我也无须帮助
　　　　来激发我的精神，
　　　　不像那些软弱的人，
　　　　用酒精掺入血中，
　　　　在酒精和血的私通下，
　　　　他们生下私生子——勇气。
　　　　与生俱来的勇气呀，
　　　　感谢你。
　　　　你引导我镇静地去
　　　　做这件巨大、艰难而高尚的事。

达姆威尔　勇敢的查勒蒙，
　　　　一想到你的勇气，
　　　　我冰冷、恐惧的血便燃烧起来，
　　　　分享你面对死亡的勇气。
　　　　刽子手上
　　　　那是要杀你的人吗？
　　　　我的大人们，
　　　　让这么一个卑贱的手
　　　　来处死如此高贵的人，
　　　　未免太荒唐了吧？

法官们　他受到的是法律的惩处。

达姆威尔　我要改革这陋习。
　　　　你这一头乱发的杂种，
　　　　下来。
　　　　砍向我侄子的手
　　　　应该像他的血一样高贵。
　　　　我来当刽子手。

　　　　　　　达姆威尔爬上断头台，从刽子手手里夺过斧头来

法官甲　　制止他的愤怒！好大人，息怒！

达姆威尔　（挥舞斧头）任何企图阻止我的人，
　　　　　我叫他灵魂出窍。

法官乙　　大人，这会给你带来毁谤和恶名。

查勒蒙　　这适合他；
　　　　　别阻止他的手，
　　　　　让他给我一个
　　　　　不同凡响的死亡吧。
　　　　　找准了砍。我把脑袋伸给你。

　　　　　　　查勒蒙跪下，准备接受断头

卡斯特贝拉　我也把脑袋伸给你。

　　　　　　　卡斯特贝拉准备接受断头

　　　　　我们蔑视死亡，
　　　　　让我们手牵着手去死。

达姆威尔　我耍了一点儿花招，侄子。
　　　　　你将可以看到
　　　　　我将怎么轻而易举
　　　　　让你摆脱痛苦。
　　　　　哦！

　　　　　　　达姆威尔举起斧头往自己的脑袋上砍去。他跌跌撞撞
　　　　　　　从断头台上掉了下来

刽子手　　我琢磨他举起斧头时，砸了自己的脑袋了。

达姆威尔　那个举起我的手砸我脑袋的
　　　　　是什么样的谋杀者？

法官甲　　不是别人，正是你自己，大人。

达姆威尔　我认为那样做的人

定然是一个谋杀者。

法官甲　上帝不许。

达姆威尔　不许？你撒谎，法官；
　　　　他操控一切，
　　　　告诉你吧，
　　　　智慧的人不过是傻瓜。
　　　　我来找你寻求审判，
　　　　你也认为你是一个聪明的人。
　　　　我超越了你的智慧，
　　　　运筹帷幄把你的审判变成
　　　　谋杀查勒蒙和卡斯特贝拉的工具，
　　　　这给我谋杀蒙特菲勒斯，
　　　　继而攫取他富有的家业，
　　　　以一个辉煌的终局。

查勒蒙　我觉得他这才说了真话。

法官乙　从断头台上下来，让我们走完余下的程序。

达姆威尔　确实存在自然认知的力量。
　　　　但自然是一个傻瓜。
　　　　在她之上还有一股力量，
　　　　那力量颠覆了
　　　　我对我的计划和后代的自豪感，
　　　　为了我的后裔，
　　　　我竖起了这一座
　　　　令人骄傲的纪念碑，
　　　　我要在我面前处死他们，
　　　　为此我请求你们审判。
　　　　但你们作出判决时要谨慎，
　　　　那高处打击我的力量知道
　　　　该给我什么判决，

并且已经给出了。
哦！死亡的淫念强奸了我，
就像我想在卡斯特贝拉身上干的那样。

　　达姆威尔死亡

法官甲　他的死和对他的判决太奇特了。
以快乐和正义的手，
我给你们自由。

　　帮助查勒蒙和卡斯特贝拉跳下断头台

那天上永恒的神力，
推翻了他引以自豪的计谋，
将你们的痛苦变成了
从未有过的更高的祝福。

查勒蒙　这一切我只能归功于上天，
它那慈悲的动机让我仍然
愿意做我自己的复仇者。
现在我明白了：
老实人忍耐就是复仇。

法官甲　查勒蒙甚至现在还准备
被剥夺一切，
但我要以比你生来所有
还要多的财富和尊严的称号
向你致敬。
而你，亲爱的女士，
你现在是贝尔福莱斯特夫人，
你父亲死后你获得的称号。

卡斯特贝拉　我将用属于我的称号
去增加我的查勒蒙的
财富和荣耀，
蒙特菲勒斯伯爵，
达姆威尔伯爵，

贝尔福莱斯特伯爵，

以及最后也是最重要的头衔，

拥抱查勒蒙

卡斯特贝拉的老爷。

现在充分享用我的爱吧，

那爱像我的少女的贞操一样

清澈而又纯洁。

查勒蒙　对我最高的祝福呀！

我不再相信星象决定命运，

我也不会再拖延我的婚期。

婚礼一完毕，

我就要料理亲属的葬礼。

法官甲　打起鼓，吹起喇叭！

在他们应得的悲剧之后，

为这两个高贵的生命①，

吹奏起死亡和凯旋相交的乐音吧。

鼓和喇叭的声音

查勒蒙　感谢上天，

期望给我们送葬的人们②

自己死了，

我们要给他们送葬了。

抬着达姆威尔的尸体，众下

（全剧终）

2017 年 8 月 14 日于北京威尼斯花园

———————

① 指查勒蒙和卡斯特贝拉。

② 指达姆威尔、塞巴斯蒂安和洛萨。